KB236966

한국남북문학100선

메아리 메아리

조정래/지음

▨ 작품해설
조정래의 작품세계
신동한

일신서적출판사

책머리에

언어는 인간만이 유일무이하게 구사할 수 있는 사상의 전달매체이다. 말은 시간적인 의미의 매체이며 글은 시간을 초월하는 공간적인 의미의 매체이다. 문자가 발명되어 기록으로 전해짐으로써 비로소 사상은 고금을 잇는 연결고리를 갖게 되었다. 이렇게 문자를 통해 선조의 사상과 지혜가 후세에 전달됨으로써 인류문명은 비약적으로 발전하게 되었던 것이다.

우리 나라도 세종대왕께서 세계에서 가장 훌륭한 문자인 한글을 창제하시어 우리만의 문자를 갖게 되었다. 그러나 안타깝게도 한자문화의 영향권에 오랫동안 머물러 있었던 것이 개화기를 맞아 우리 글에 대한 새로운 시각에 눈을 뜨게 되자, 비로소 우리 글로 씌어진 문학작품이 물밀듯이 쏟아져 나오게 되었다. 그러나 이처럼 많은 작품들을 여러분이 모두 읽을 수는 없는 실정이다. 따라서 한국문학사에 길이 남을 훌륭한 작품들을 신중히 선택하여 수록함과 더불어 여러분에게 실질적인 도움을 주고자 교과서에 나오는 작품들을 위주로 하여 《한국남북문학 100선》이라는 표제를 붙여 발간하고자 한다. 여기에는 납북작가들의 작품까지도 자료가 보충되는 대로 수록하여 여러분에게 편중된 작가의 작품만 읽는 우를 범하지 않도록 배려하였다.

이 《한국남북문학 100선》이 학생들뿐만 아니라 일반인에게도 널리 읽혀 우리 문학작품의 흐름과 이해에 많은 도움이 되었으면 하는 마음 간절하다.

작가소개

조정래(趙廷來 : 1943~   )

　소설가. 전남 승주군 선암사에서 시조시인인 아버지 조종현의 차남으로 출생했다. 66년 동국대학교 국문학과를 졸업했고 이듬해 시인 김초혜와 결혼하였다. 70년에 〈현대문학〉에 단편 《누명(陋名)》과 《선생님 기행(紀行)》이 추천 완료되면서 문단에 데뷔하였다. 이후부터 왕성한 창작활동을 하여 이듬해에는 단편 《20년을 비가 내리는 땅》《빙판(氷板)》《어떤 전설》《폭력교사》 등을 각 문예지에 기고하였고 《선생님 기행》이 일어로 번역되기도 하였다. 72년에는 중편 《靑山宅》 단편 《이런 式이더이다》를 발표하고 부부 작품집 《어떤 전설》을 간행하였으며 그동안 재직하던 동구여상에서 경동고등학교로 전근하였다. 76년에 단편 《허깨비춤》《방황하는 얼굴》《검은 뿌리》《비틀거리는 혼(魂)》 등을 발표하였고 장편 《대장경(大藏經)》을 민족문학대계의 일환으로 집필 완성하였으며 월간 문예지 〈소설문예〉를 인수하여 대외적인 문단 활동에도 진력하였다. 77년에는 중편 《진화론》《비둘기》 단편 《恨, 그 그늘의 자리》《어떤 솔거의 죽음》《변신의 굴레》《우리들의 흔적》 등을 발표하였고 10월호를 끝으로 〈소설문예〉의 경영권을 양도하는 개인적인 아픔을 겪었다. 그러나 그는 이러한 불행에 굴하지 않고 이듬해에 다시 도서출판 〈민예사〉를 창립하는 문학적 정열을 과시하기도 하였다. 81년에 중편 《길이 다른 강》《사랑의 벼랑》《유형의 땅》 단편 《껍질의 삶》《아내의 선물》 등을 발표했고 《靑山宅》이 불어로 번역되는 기쁨을 맛보았고 《流刑의 땅》으로 제27회 현대문학상을 수상하였다. 이후 꾸준히 작품을 발표하다가 86년 장편 대하소설 《태백산맥》 제1부 3권을 발간하여 한국문학사에 큰 획을 긋는 대업을 이룩했다. 이 작품은 한국인의 역사와 생태를 관류하는 도도한 흐름을 명철하게 꿰뚫은 작품으로서 공전의 주목을 끌었다.

메아리 메아리

"작은아버지, 저 결혼하게 됐어요."

조카딸 인희가 커피잔을 들어올리며 담담하게 말했을 때 나는 문득, 아, 내가 벌써…… 하는 영탄조의 말을 흘릴 뻔했다. 그러나 나는 용케도 그 말을 삼킴으로써 작은아버지로서의 체면을 유지시킬 수 있었다. 나는 조카딸 인희가 스물아홉 살이라는 사실을 무슨 계시처럼 떠올렸던 것이고, 그 나이에 비해 나의 영탄조가 얼마나 어울리지 않는가를 순간적으로 깨달았던 것이다. 그건 아버지 없이 자란 조카딸에 대한 나의 평소의 무관심과 무책임을 입증하는 것일 뿐이었다. 내 영탄조가 제대로 어울렸으려면 인희가 결혼적령기인 사오 년 전에 시집을 갔어야 했을 것이다.

"작은아버지, 결혼식날 저를 좀 예식장으로 데리고 들어가주세요. 아빠가 아직 안 돌아오셨으니……."

두 손으로 받쳐든 커피잔에 눈길을 담근 채 인희는 여전히 담담하게 말했다. 그런데 나는 전신에 끼쳐오는 소름을 느꼈다.

"암, 그래야지, 그래야지."

나는 소름의 섬뜩한 기운을 털어내듯 필요 이상 큰소리로 말하며 자리를 고쳐 앉았다. 그러면서도 눈길은 인희에게서 떼지 않고 있었다.

인희는 목소리만큼 담담한 표정일 뿐이었다. 아빠가 아직 안 돌아오셨으니…… 인희는 마치 제 아버지가 어느 외국에라도 나가서 시일에 맞춰 돌아올 수 없기라도 한 것처럼 말을 했다. 유복자로 태어나 이십구

년 동안 얼굴 한 번 본 적이 없는 아버지를 두고 그렇게 말하는 것에 놀라지 않을 수 없었고, 그러면서도 표정 하나 달라지지 않는 그 담담함에 더욱 놀라지 않을 수가 없었다. 그런 조카딸의 모습은 바로 형수의 모습이었다. 남편의 생존을 확신하고 있는 형수의 신념이 그대로 조카딸에게까지 전이된 것이었다. 그 누구도 형수의 지치거나 시들 줄 모르는 신념을 허황하다거나 부질없는 짓이라고 만류할 수 없듯이, 조카딸의 그런 모습을 대하고도 나는 아무 할 말이 없었다.

형을 많이 닮았으면서도 형수의 우울한 그림자를 간직하고 있는 인희의 얼굴에서 나는 천천히 시선을 옮겼다. 내가 느낀 섬뜩한 기분은 가시지 않고 그대로 남아 있었다. 인희의 뜻밖의 말에서 나는 이상하게도 어떤 괴기스러움을 느끼고 있었던 것이다. 그건 형수가 풍기는 냄새인 동시에 형수가 즐겨 찾아다니는 무당의 울긋불긋한 옷자락이 펄럭일 때마다 물씬물씬 풍겨나는 그 음산하고 칙칙한 기분이었다.

그래도 배웠다는 너까지…… 나는 인희에 대한 실망스러움을 씹다가 내가 큰 착각을 범하고 있다는 사실을 깨달아야 했다. 형수가 남편의 생존을 확신하는 것은 무당의 점괘에 의해서가 아니라 분명한 근거에 입각해 있다는 점이었다. 세금고지서처럼 전사통지서가 예사로 배달되던 그 시절에 우리 집으로는 분명 형의 전사통지서가 배달되지 않았던 것이다. 그 확실하고도 분명한 근거 위에 형수의 신념은 뿌리발을 한 것이고, 무당은 형수가 그 신념을 지켜나갈 수 있게 옆에서 응원의 북을 울려준 것에 지나지 않았다. 아버지가 가벼운 나들이에서 금방이라도 돌아올 것처럼 여기고 있는 인희의 믿음도 바로 그 사실에 근거를 두고 있을 것이었다. 누가 감히 그 믿음의 근거를 부인할 수 있을 것인가.

아버지가 돌아가실 때까지 집안에는 금기사항이 한 가지 있었다. 형의 생존에 대해서 회의하거나 부정적인 그 어떤 말도 해서는 안 되는 것이 그것이었다. 그 금기사항은 아버지가 세상을 떠나고나서도 계속 지켜져왔다. 우리 집안에서는 국립묘지에 드높게 솟아 어느 나라 대표의 절이든 제일 먼저 받는 〈무명용사의 탑〉의 존재를 한사코 외면해온 셈이었다.

"저 그만 가보겠어요."

인희가 소파에서 일어섰다.

"아니다, 아니다."

나는 손까지 저어대며 말하면서도, 막상 무엇이 아니라는 것인지 나 스스로도 요령부득이었다.

"그래, 그런데, 신랑될 사람은 어떤 사람이냐?"

나는 허둥지둥 생각을 간추려 겨우 이 말을 찾아냈다.

"오늘 함께 오려고 했는데 서로 시간이 맞지 않았어요. 이삼 일 후에 인사드리러 오겠어요. 안녕히 계세요."

인희는 어색하게 느껴지는 웃음을 남기고 빠른 걸음으로 사무실을 나갔다. 그 어색한 느낌의 웃음은 어머니의 그늘을 그대로 닮아 있었다.

니는 인희가 앉았다 간 자리를 멍하니 바라보고 있었다. 담담했기 때문에 더 처연하게 느껴졌는지도 모를 조카딸의 모습 위에 형의 얼굴이 겹쳐지고 있었다. 그 옆에 아버지의 얼굴이 나란히 놓였다.

나하고는 아홉 살 터울인 형이 판검사라는 으스스한 사람이 되기 위해 일본으로 공부를 떠난 것은 내가 소학교 사학년 때였다.

"돈은 얼마든지 풍족하게 대줄 테니 너는 그저 공부만 열심히 해서 판검사 나으리가 돼야 헌다. 그렇게만 되면 이 애비는 천하를 다 얻는 것이나 진배없다."

아버지가 몇 번이고 형에게 당부한 말이었다. 돈은 얼마든지 대주겠다는 아버지의 장담처럼 우리 집은 부자였다. 사리원에서 일본 사람 것을 빼놓고는 두 번째로 큰 포목점의 주인이 바로 아버지였던 것이다. 포목점에서 벌어들이는 돈 말고도 우리 집에는 논도 많았다. 아버지는 포목점을 언제나 그만한 크기로 운영하면서 거기서 번 돈으로 논을 사들이고는 했다.

"요런 멍텅구리 같은 여편네야, 누가 손님 놓치는 것이 아깝지 않구, 점방 늘릴 줄 몰라서 안 늘리는 줄 아냐니까. 까짓 미시마 같은 쪽바리 놈 점방보다 몇 배 크게 늘리기는 찬밥 상추쌈 해서 넘기기보다 쉬운 일이야. 허나 세상을 알아야지, 세상을. 이등 자리만 착실히 지키면서 땅만 늘궈가는 거야. 세상이 제아무리 험하게 바뀌어도 땅만은 요동을 안 하는 법이니까."

물건 구색이 맞지 않아 어쩌다 손님을 놓치게 되면 어머니는 조금이라도 점포를 늘리자고 안달이었고, 그럴 때마다 아버지는 똑같은 말로 어머니의 요구를 묵살해버리고는 했다.

내 위로 두 누나는 소학교까지만 마치고 집안 일에 파묻혀 지내야 했다. 둘이는 일을 하면서도 언제나 툴툴거렸고, 어머니 눈을 피해 바가지를 내동댕이치기가 일쑤였다. 돈이 많으면서도 상급학교에 보내주지 않는다는 불만 때문이었다.

"계집이 언문 깨쳤으면 됐지 더 배워 뭘 해. 계집들이 식자 들면 팔자 사나워진다. 집안 일 익혀 시집이나 갈 채비 해."

아버지의 이 한 마디 호령으로 누나들은 꼼짝없이 일구덩이에 빠지고 만 것이다.

형이 독립운동에 가담했다가 체포되었다는 소식이 경찰서를 통해서 집에 전해진 것은 오월이었다.

"아이쿠, 이 일을 어쩌면 좋으냐. 인자 우리 집안 망했다. 망했어. 이 일을 어째야 좋으냐."

아버지는 가게의 마룻장을 손바닥으로 치며 황소울음보다 더 큰 목소리로 눈물 안 나오는 통곡을 터뜨렸다. 그러나 아버지의 통곡은 오래 계속될 수가 없었다. 눈꼬리 치세운 형사를 따라 경찰서로 끌려가야 했다. 형사는 형의 소식을 전해주려고 온 것이 아니라 형 때문에 아버지를 붙들려고 온 것이었다. 매를 맞을지도 모르는 아버지를 생각하면 오금이 저리고, 독립운동을 한 형을 생각하면 가슴이 두근거리고, 나는 엇갈리는 감정을 감당할 수가 없었다.

긴 겨울방학 내내 책만 읽다가 삼월이 되어 형은 그 멋들어진 사각모 차림을 하고 일본으로 떠났다. 형은 일본에 가 있었던 지난 일년 동안에 꼭 아버지 같은 어른으로 변해버렸고, 더욱 말이 없어져서 나는 형 대하기가 아버지보다 더 어려웠다. 이학년의 공부를 하기 위해 다시 일본으로 떠나는 형을 나는 부러운 눈으로 언제까지나 바라보았을 뿐 그 형이 독립운동을 하고 있으리라고는 상상도 해보지 않았었다. 막연하게나마 독립운동이라는 것은 무지무지하게 훌륭한 사람들만 하는 것으로 알고 있었던 것이다. 그런데 형이 바로 독립운동을 하다가 체포되었다는 것이 아닌가. 나는 그 감격스러움에 혼자 떨었다.

아버지는 서너 차례나 더 경찰서에 불려다녔다.

"멍청한 놈, 세상이 어찌 돌아가는지도 모르고 꺼떡대, 꺼떡대길. 불효자식 같으니라구. 애비 속도 모르구."

아버지는 전에 없이 자주 술을 마셨고, 술을 마시면 형을 향해 끝없이 욕을 해댔다. 어머니는 그런 아버지의 술주정을 받아내며 한숨만 쉬었다.

"잔소리 말어. 그런 놈 옥바라지 허자고 뼈빠지게 돈 번 거 아니야. 다시 그 따위 넋나긴 짓 못 하게 이번에 톡톡히 고생을 해야 돼."

아버지는 눈을 부릅뜨고 어머니를 향해 이런 말을 벌써 몇 번인가 외쳐댔던 것이다. 어머니는 그때마다 주눅든 몸짓을 지으며 눈물만 훔쳤다.

형이 감옥에서 풀려나 집으로 돌아온 것은 바람이 몹시 불던 십이월 어느 날이었다.

"너 이놈, 방으로 들어오지 말고 거기 그대로 섰거라!"

역으로 마중을 나갔던 어머니와 함께 마당으로 들어서고 있는 형에게 아버지가 외친 호령이었다.

"영감, 왜 그러시오, 왜."

어머니가 겁에 질린 얼굴로 다급하게 말했다.

"임자는 저리 비켜!"

마루로 내려서고 있는 아버지의 손에는 지겟작대기가 들려 있었다. 그건 아까부터 기둥 옆에 세워져 있었던 것이었다.

"이놈아, 애비 말 거역하고 독립운동인가 지랄인가에 가담했으면 그 길로 나가 뒈지고 말 일이지, 집구석에는 뭐하러 기어들어와. 요런 미련하고 바보 멍청이 같은 놈아, 세상이 어떤 세상인데 감히 니놈이 독립운동을 하겠다고 나서, 나서길. 대일본제국은 호랑이고 네까짓 놈은 그 앞에서 생쥐새끼도 못 돼. 어딜 감히 덤벼들어, 천치같은 놈아. 니놈은 내 자식이 아냐. 나가 죽어라, 죽어."

아버지는 소리소리 지르며 지겟작대기로 형의 등줄기를 후려치고 있었다. 형은 눈을 꼭 감은 채 그 매를 견디고 있었다.

"차라리 날 죽이시오. 날 죽여."

보다 못한 어머니가 아버지와 형 사이로 뛰어들어 형을 싸잡았다.

"못된 놈, 하라는 공부는 안 하고……."

지겟작대기를 높게 치켜든 아버지의 팔이 거센 바람 속에서 부들부들 떨리고 있었다.

"짚더미 지고 불 속으로 뛰어드는 미련한 놈!"

아버지는 지겟작대기를 내던지고는 대문을 박차고 나가버렸다. 인사불성이 되도록 취한 아버지는 밤이 늦어서야 돌아왔다.

형은 매일 방에 누워서 지냈다. 집안에는 한약 달이는 냄새가 진하게 퍼져 있었고, 형은 한약을 마시고는 밤낮없이 시름시름 잠만 잤다.

"얼마나 매타작을 무작스리 했으면 젊은 삭신이 저리 골병이 들었을꼬."

어머니는 가게 일은 거들떠보지도 않고 약탕관을 지키고 앉아 부채질을 하며 중얼거리고는 했다. 나는 어머니한테 묻지 않고서도 형의 골병이 아버지한테 맞아서 생긴 것이 아니라 일본놈들한테 맞아서 생긴 것이라는 것쯤 알고 있었다. 나는 어머니 옆에 붙어앉았다가 내 손으로 약사발을 갖다주려고 애썼다. 형은 약사발을 받아들면서도 나를 한 번도 쳐다보지 않았다. 물론 입을 열지도 않았다. 나는 형의 눈치를 살피며 머뭇거리다가 빈 사발을 들고 나오곤 했다.

형은 닷새쯤 지나면서부터 기운을 차리는 것 같았다. 벽에 등을 기대고 앉아 있기도 했고, 머리맡에는 책이 펼쳐져 있기도 했던 것이다.

"상균이가 나 때문에 고생이 많구나."

형이 약사발을 받아들며 마침내 말을 걸어주었다. 나는 이때다 싶었다. 나는 형이 약을 다 마시기를 기다리며 두 무릎을 바짝 붙이고 앉아 있었다. 형이 빈 사발을 방바닥에 놓으며 손바닥으로 입술을 훔쳤다.

“형.”

나는 내 목소리에 깜짝 놀랐다. 생각과는 달리 목소리가 너무 컸던 것이다. 나는 얼굴이 화끈하게 달아오르는 것을 느꼈고, 형은 대답 대신 왜 그러느냐고 눈으로 묻고 있었다.

“저어…… 저어…….”

“괜찮아, 우리 둘이만 있으니까 아무 말이나 해도 괜찮아.”

형이 웃으면서 내 머리를 쓰다듬었다. 그 조용한 목소리와 부드러운 웃음, 예상 외로 뜨겁게 느껴졌던 손길은 형을 회상하는 내 기억 중에서 가장 아름답고도 선명한 한 장의 사진이 되었다.

“저어…… 형이 정말 독립운동했어? 독립운동은 어떻게 하는 건데?”

나는 용기를 얻어 빠르게 물었다. 내 목소리는 나도 모르게 속삭이듯이 낮아져 있었다.

형은 한참 동안이나 내 눈을 똑바로 쳐다보고 있었다. 형의 그 눈길은 여름 한낮의 햇살보다 더 눈이 부셨다.

“일본놈들이 그렇게 만든 거지.”

형은 고개를 떨구며 가까스로 알아들을 수 있을 정도의 작은 소리로 말했다. 형은 고개를 좌우로 젓고 있었다.

“제대로 해보지도 못하고, 너한테 부끄럽구나.”

형은 천정을 멍하니 올려다본 채 탄식하듯 말했다.

“상균아, 너는 좀더 커야 알 수 있다. 그만 나가 놀아라.”

형은 다시 내 눈을 똑바로 쳐다보며 말했는데, 그 얼굴이 몹시 화가 난 것처럼 무섭게 보였다.

나는 쫓기듯 형의 방을 나오며 마루가 출렁이는 어지러움을 느꼈다. 형의 말이 무슨 말인지 알아들을 수가 없었고, 형이 내 형 같지가 않고 생판 남같이 멀게 느껴졌던 것이다. 형이 말했던 ‘부끄러움’이 무엇인지 윤곽을 잡은 것은 내가 대학을 졸업할 임시였다.

경찰에서는 형을 그대로 놔두지 않았다. 학도병을 지원하라고 압력을 가해오기 시작한 것이다.

“영감, 돈 어디다 쓸려고 벌었어요. 자식 목숨이 달려 있는 일이잖아

14

요."
　어머니는 목소리를 낮춰가며 아버지에게 애원했다.
　"쓸데없는 소리. 지놈이 긁어 덧낸 부스럼이야. 정신대 피해 딸년 시집 서둘러 보내는 것하고 학병나가는 문제하고는 달라."
　아버지는 매정하게 어머니의 애원을 뿌리쳐버리고는 했다.
　"상섭아, 도망을 쳐라. 만주로든 깊은 산중으로든 도망을 쳐. 학병 끌려갔다간 다 죽는다는데."
　아버지를 설득하기에 지친 어머니는 이제 형을 붙들고 애가 탔다.
　"어머니, 도망친다고 끝날 일이 아녜요. 다 제가 알아서 할 테니 염려 마세요."
　형은 입가에 웃음기까지 띠며 태연하게 말하는 것이었다.
　형은 그 태연함 속에 무슨 묘방을 감추고 있었던 게 아니었다. 형은 제 발로 경찰서에 가서 학병자원서를 쓴 것이었다. 도망을 치라는 어머니의 단순함에 비해 형의 그 결정은 어쩌면 묘방 중의 묘방이었는지도 모른다.
　"돈이 아까워 자식을 사지(死地)로 보내다니, 당신도 사람이요, 사람?"
　뒤늦게 이 사실을 안 어머니는 아버지 앞에 두 다리를 뻗고 앉아 통곡을 했다.
　"저, 저, 저놈의 주둥아리! 박살을 내기 전에 닥치고 있어!"
　아버지는 눈을 부릅뜨며 정말 어머니를 박살낼 것처럼 불끈 쥔 주먹을 치켜들었다. 아버지는 버릇처럼, 자기는 무식하다는 말을 입에 올리곤 했는데, 정말 그때처럼 아버지가 무식해 보이고 무지막지한 짐승처럼 보인 때도 없었다. 어머니는 아예 아버지의 상대가 될 수 없었다.
　형이 학병에 끌려갈 수밖에 없다고 체념을 했는지 어머니는 다음날부터 천인침(千人針)을 만들기 위해 이집 저집을 정신없이 쏘다녔다. 어머니는 가게에서 제일 좋은 비단을 골라 거기에 무운장구(武運長久)라고 한자로 쓰고는 한 사람에게 한 땀씩 뜨게 해서 네 글자를 수놓아 가는 힘겨운 일을 해내고 있었다. 천 사람의 정성을 모은 그 부적을 몸에 지니면 사지(死地)에서도 살아날 수 있다는 것이었다. 그 일을 해내는 며칠 동안 어머니의 눈은 줄곧 벌겋게 울고 있었고, 밥도 제대로 먹지 않았다.

"한시라도 몸에서 떼지 말아야 한다. 명심해, 알겠지야?"

어머니는 형이 떠나는 날 아침에 천인침을 형의 주머니에 넣어 꼭꼭 누르며 애가 달았다.

"어머니, 고생하셨어요."

형은 어머니의 손을 잡으며 말했다.

"총알을 피해 다니도록 하거라. 그럼 아무 탈 없다."

하, 참으로 무식하고도 무식한 아버지의 말이었다. 사람보다 수백배 빠른 총알을 형이 어떻게 피할 것인가. 소학생인 내가 알고 있는 것을 어른인 아버지가 모르다니. 나는 아버지가 그렇게까지 무식한 줄은 몰랐고, 그것이 창피한 것인 줄도 모르고 그런 무식한 말을 큰소리로 하는 뻔뻔스러움에 소름이 끼쳤다. 나는 차라리 죽고 싶은 심정이었다. 그렇게 무식한 아버지가 어떻게 돈 하나는 기막히게 잘 벌고, 주판도 없이 돈 계산만은 귀신같이 빨리 해내는지 알 수 없는 노릇이었다.

정신대를 피해 부랴부랴 시집을 갔던 큰누나가 아들을 낳았다. 그리고 해가 바뀌었지만 형한테서는 아무런 소식이 없었다. 집집마다 놋그릇이란 놋그릇은 다 공출당하고 있었고, 쇠로 된 다리의 난간까지 뜯어갔다.

천인침 덕분이었을까, 총알을 피해다녔기 때문일까. 형이 성한 몸으로 무사하게 돌아온 것은 해방이 된 해 10월이었다.

"거 참 알다가도 모를 일이다. 그리 허망하게 망하다니, 귀신이 곡할 노릇이라니까."

일본이 망한 것이 못내 아쉽기라도 한 듯이 아버지는 고개를 갸웃거려가며 혼자 중얼거리고는 했다. 아버지는 해방이 하나도 기쁜 것 같지가 않았다. 다른 것은 다 그만두더라도 이제 누구의 눈치 볼 것 없이 포목점을 마음껏 늘릴 수 있게 된 것만으로도 아버지는 해방을 기뻐해야 했다. 그러나 그런 것은 아버지의 안중에도 없는 것 같았다.

"영감, 점방부터 크게크게 늘립시다."

16

　해방의 소식을 들은 어머니가 춤이라도 출 듯이 기뻐하며 두 번째로
한 말이었다. 첫 번째 말은 물론, 내 아들 상섭이가 돌아오겠구나, 하는
목메인 말이었다.
　"암탉이, 암탉이!"
　아버지가 어머니를 손가락질하며 소리친 말이었다. 어머니는 정말 기
죽은 암탉이 되어 입을 다물고 말았다.
　"이놈의 세상이…… 이놈의 세상이……."
　아버지는 무언가를 골똘히 생각하는 얼굴로 담배만 빡빡 빨아대며 가
게 유리문 밖을 찬찬히 내다보고는 했다.
　소련군이 밀어닥치면서 세상에는 이상한 소문이 번져가기 시작했다.
부자나 가난뱅이의 차등이 없이 모두 똑같이 사는 세상이 된다는 것이
었다. 그런 세상을 소련군이 만들어줄 것이라고 했다. 아버지는 그런 소
문을 아는지 모르는지 갑자기 평양 나들이를 뻔질나게 했다. 그렇다고
아버지는 가게 물건을 해오는 것도 아니었다. 형이 돌아온 것은 그즈음
이었다.
　"고생했다."
　전쟁터에서 돌아온 형에게 아버지가 한 말은 이것뿐이었다.
　형은 사흘 동안이나 밥만 먹고 잠만 잤다. 그러나 독립운동사건 때처
럼 한약을 달여먹지는 않았다. 몸이 허해졌을 테니 보를 해야 한다며 어
머니는 한약을 먹이려고 안달이었지만 형은 굳이 마다고 했다.
　형이 긴 잠에서 깨어나자 나는 좀이 쑤시게 궁금한 그 희한한 이야기
를 묻지 않을 수가 없었다.
　"형, 비루마(버마)에서 싸운 일본군들이 너무 배가 고파 사람을 잡아
먹었다는데 그게 참말이야?"
　나는 하마터면 '그게 참말이야?' 하는 대목을 '형도 사람고기 먹었어?'
할 뻔했다.
　형은 나를 물끄러미 바라보고 있다가 불쑥 말했다.
　"왜, 너도 사람고기 먹어보고 싶으냐?"
　이 느닷없는 말에 나는 잠시 정신이 멍해졌고, 사람의 팔다리가 잘리

고 배가 갈라지는 끔찍한 상상과 그것이 내 입으로 들어온다는 몸서리
쳐짐과 함께 토악질을 시작했다. 나는 매운 눈물을 삐질삐질 흘려가며
아침 먹은 것을 다 토해내야 했다. 형이 그때처럼 밉고 야속한 때는 없
었다.

옷을 말끔하게 차려입은 형은 매일 바쁘게 나다녔다. 그런 형은 어느
때 없이 생기나 보이고 기분이 좋아 보였다. 그런데 난리판이 벌어진 것
은 며칠이 지나지 않아서였다.

"상섭이 너 이놈, 니놈이 이 애비 때려잡는 선봉장 섰다며? 요런 죽일
놈아, 당장 나와라. 니놈이 비싼 밥먹고 헛지랄 못하고 다니게 두 다리
를 뚝뚝 부러뜨려줄 테니까."

아버지는 고래고래 소리치며 마당으로 뛰어들었다. 아버지는 독립운
동사건 때보다도 몇 갑절 화가 나 있었고, 손에는 지겟작대기가 아닌 몽
둥이가 들려 있었다. 그러나 형은 그때처럼 아버지의 매질을 당하고 있
지 않았다. 아버지의 몽둥이질을 이리저리 피하다가 잽싸게 몽둥이를
낚아채고 말았다.

"아니, 요놈이 인자 뒈질라고 환장을 했냐. 애비한테 덤비기까지
해?"

몽둥이를 빼앗긴 아버지는 자기 가슴을 치며 소리쳤다.

"아버지가 저를 팬다고 제가 그 일을 중단하지 않습니다. 그 일은 새
시대를 위해 꼭 이루어져야 할 일입니다."

형은 당당하게 말했다. 그 일이란 공산주의 운동이었던 것이다.

"아이고, 아이고, 저놈이 우리 집안 다 망치네."

아버지는 갑자기 힘이 빠지는지 허리를 반으로 접으며 마루로 가 걸
터앉았다.

"내가 미친 놈이다. 내가 미친 놈. 소학교만 마치고 장사나 가르쳐야
하는 건데 판검사 바랜 내가 미친 놈이다. 집안 번창시킬 판검사되는 공
부하라고 금싸라기 같은 돈 댔더니 저놈이 집안 망칠 공산당 공부를 하
다니. 이놈아, 이 정신나간 놈아, 우리 집 재산이 어떻게 모아진 것인지
나 알고 니놈이 날뛰냐. 할아부지, 그 위 증조할아부지, 그 위 고조할아

부지, 나까지 사대에 걸쳐서 푼푼이 모은 것이 지금 재산이다. 이놈아. 대대로 어깨가 녹아내리도록 등짐을 지고 눈이 오나 비가 오나, 추우나 더우나 산넘고 강건너 보부상 노릇을 해서 씨를 틔운 재산이다, 이 넋나간 놈아. 니놈 할아부지께서 워낙 실하셔서 터 잡을 목돈을 남기셨고, 나는 그걸 밑천으로 오늘 같은 재산을 만드느라고 어떤 고생을 한 줄이나 아냐. 돈 아까운 줄 모르고 니놈을 판검사 만들려고 했던 것이 무슨 뜻인지 알기나 하냐. 니놈이 애비 망치고 집안 망치는 선봉장으로 나서? 에라, 죽어도 고이 못 죽을 놈아."

한숨을 토해낸 아버지는 냉수를 가져오라고 소리질렀고, 형은 장승처럼 어둠이 깔려오는 마당 가운데 서 있었다.

우리 집의 재산을 남김없이 몰수당하게 될 때까지 몇 개월 동안 집안은 거의 하루도 편할 날이 없었다. 아버지와 형 사이에 말다툼이 계속되었던 것이다. 아버지는 어쨌든 공산주의를 버리라고 형에게 성화였고, 형은 그럴 수 없다고 맞서는 지루한 싸움이었다. 아버지의 독기는 이미 소문난 것이었지만 거기에 맞서는 형의 끈기는 정말 대단한 것이었다.

재산을 다 빼앗긴 아버지는 세상 살맛을 잃어버린 것 같았다. 형 덕분에 집까지 빼앗기지 않은 우리 집은 그래도 나은 편이었다. 다른 부자들이나 지주들은 어제까지의 하인이나 소작인에게 안채를 내주고 사랑방 살이를 하는 수모를 겪고 있었다. 그리고 더 심한 경우에는 친일이니 반동이니 하는 죄목으로 어디론지 끌려가고 말았다. 그것이 공산주의 사회에서뿐만이 아니라 그 어떤 체제의 사회에서나 기필코 거쳐야 하는 역사의 순리고 과정이라는 사실을 깨닫기에는 그때의 나는 너무나 어렸었다.

"그래, 공산주의도 사람 사는 세상일 테니 어디 살아보자."

언제까지 맥을 빼고 있을 수 없다는 듯 아버지가 밥상머리에서 한 말이었다. 아버지의 그 말 한마디는 마치도 어둠 속에서 빛나는 불꽃처럼 식구들의 마음을 밝게 해주었다.

그런데 집안에 불행이 닥쳤다. 형이 보안서에 잡혀들어간 것이다. 회의를 하다가 논쟁이 벌어져 형이 상대방에게 재떨이를 던졌는데, 머리를 맞은 사람이 크게 다쳤다는 것이었다.

"모자라는 놈, 공산주의에 붙기로 했으면 좀 마땅찮은 일이 있어도 주둥아리 딱 닥치고 찰거머리처럼 붙어서 끝장을 봤어야지. 지놈이 뭐라고 주둥아리를 놀려. 모자라는 놈, 모자라는 놈."

사건 진상을 수소문하고 돌아온 아버지는 장탄식을 했다. 사람을 다치게 한 것이 문제가 아니라 형이 한 말이 문제가 되어 잡혀갔다는 것이었다. 만약 형이 한 말이 '반동적 발언'으로 결정되면 형의 앞날은 캄캄해지는 모양이었다.

닷새가 지나도 형은 풀려나지 않았고, 또 초조한 며칠이 지나 우리 집에 들이닥친 것은 형이 아니라 보안서원이었다. 우리는 집에서 쫓겨나야 했다.

형이 돌아오기까지 일년 동안 움막 같은 집에서 우리 식구들이 겪은 고생은 혹심한 것이었다. 식량 배급표를 받아야 했기 때문에 아버지와 어머니, 작은누나까지 작업장에서 노동을 해야 했다. 그래도 식구들은 배고픔을 면할 수가 없었다. 식구들은 그 누구도 고생을 힘들어 하지 않고 형만이 무사히 돌아올 수 있기를 기다리는 마음으로 살았다. 감옥살이를 하고 나온 형은 몰라볼 정도로 여위어 있었다.

"상섭아, 너 아직도 공산주의가 좋으냐?"

아버지가 낮은 목소리로 물었다.

"글쎄요……."

형이 고개를 떨구었다.

"나무라자는 것이 아니다. 숨기지 말고 솔직하게 말해봐라."

"아버지 마음과 똑같아요."

형은 고개를 떨군 채 말했다.

"그래!"

아버지가 형의 손을 덥석 잡았다.

"우리 뜨자, 이남으로."

아버지가 느닷없이 말했고, 식구들은 일제히 문 쪽으로 시선을 꽂았다. 방 안은 얼어붙은 듯 조용했다.

"그러지요."

마침내 형이 대답했다. 아버지와 형 사이에서 이렇게 쉽게 의견일치가 된 것은 두 분의 생애 중에 처음이고 마지막 일이었다.

"언제 뜨나요."

"내일 밤 이맘때 당장."

"빠른 건 좋지만 준비가……."

"다 애비한테 맡겨라."

다음날을 다른 식구들은 평상시와 다름없이 지냈고, 아버지만 몸이 아프다는 핑계를 대고 작업장에 나가지 않고 어딘가를 다녀왔다. 이른 저녁을 해먹은 우리 식구들은 어두워지기를 기다려 집을 나섰다.

우리는 이틀밤을 꼬박 걸어 해주가 가까운 해변에 다다랐고, 집을 떠난지 사흘만에 배를 타고 인천에 도착했다. 아버지가 허리춤에서 꺼내 뱃사람에게 준 것은 돈이 아니라 금덩이였다.

"육지로 삼팔선을 넘자면 경비가 심해 위험하고, 안내하는 길잡이 놈들을 믿을 수가 있어야지. 그놈들한테 속아 돈 털리고 목숨까지 잃은 사람들이 한둘이 아니라는 소문이야."

식욕 좋게 국밥을 먹으며 아버지가 말했다.

아버지가 허리에서 풀어놓은 전대 속의 금덩이들을 구경한 것은 서울의 여관방에서였다.

"이게 있으니 타향이라고 기죽지 말고 모두 힘내서 살아보자."

아버지가 엄지손가락만씩한 금덩이들을 손아귀에 몰아잡으며 기운차게 말했다.

"헌데 이 금덩이들은 언제 다 모은 거요?"

흡족한 웃음을 머금은 어머니가 아버지를 바라보며 물었고, 그걸 어머니가 모르고 있다는 사실에 놀라 우리들도 아버지를 일제히 쳐다보지 않을 수 없었다.

"임자, 내가 평양 걸음 자주 할 때 거기다 첩이라도 뒀냐고 투정했었지? 그때 바로 이것들을 구해 모았던 게야."

"영감 참 용하시오. 세상 바뀔지 어찌 아셨소, 그래."

“허, 말 말어. 내가 조금만 덜 무식했더라도 그 아까운 재산 그리 억울하게 뺏기지 않고 반 이상은 건졌을 게야. 무식하다보니 이 세상에 공산주의라는 것이 있는 줄 까맣게 모르고 살았고, 노스께놈들이 밀어닥쳐서야 손을 썼으니 이 꼴밖에 안 됐지.”

“아녜요. 이만큼 건진 것만도 얼마나 다행이에요.”

어머니는 두 손으로 금덩이들을 어루만졌고, 형은 고개를 푹 수그리고 앉아 있었다.

우리는 금을 처분해서 동대문 밖에 조그만 집부터 장만했다. 아버지는 열흘 가까이 어딘가를 부지런히 나다니더니 마침내 식구들을 모여앉혔다.

“다시 포목상을 시작하기로 했다. 돈 놓고 돈 먹고, 내 벌어 내가 먹는 이남이 역시 사람 살 만한 곳이다. 배운 도둑질이라고 포목상을 다시 시작해서 옛말 이르고 살아보자. 상섭이 너도 장사 따라나서라.”

나는 내가 잘못 들었나 했다. 그러나 내가 잘못 들은 것은 아니었다.

“왜 대답이 없나!”

고개를 숙이고 있는 형을 향해 아버지가 버럭 소리를 질렀다.

“저어…… 못한 공부를 마저 했으면 하는데요.”

형은 자신없는 목소리로 말했다.

“하아, 공부?”

아버지는 가당찮다는 듯 코웃음을 치고는 담배를 빼물었다.

“들어라, 인자 우리 집에는 판검사 나으리님이 필요없다. 타향땅에 굴러와 다섯 입이 굶느냐 먹느냐 하는 시급한 판에 시장스럽게 판검사 타령이 다 뭐냐. 우선 돈부터 벌어놓고 판검사 타령은 니 아들 대에나 가서 해도 된다.”

“그렇지만 아버지…….”

“어허 쓸데없는 잔소리는 그만 해. 정 공부를 하고 싶거들랑 니 혼자 힘으로 해봐. 니 혼자만 자식이 아니니 이 애비는 뒷바라지할 힘이 없어.”

형은 포목장사를 따라나서지 않았다. 그렇다고 공부를 시작한 것도 아니었다. 두 달인가 빈둥빈둥 놀다가 옛 학교 동창의 소개로 어느 회사에 취직을 했다. 아버지는 새로 시작한 포목상에 매달려 있느라고 그런 형은 거들떠보지도 않았다. 그러나 형의 직장생활은 오래 가지 못했다. 누군가의 밀고로 빨갱이 혐의를 받고 체포된 것이었다.

"모자라는 놈, 길 한 번 잘못 들어서면 그 꼴이 된다는 걸 진작 알았어야지."

면회를 다녀온 아버지가 맥이 빠져 중얼거린 말이었다. 경찰에서는 형이 이북에서 활동한 경력을 소상히 알고 있었는데, 하필이면 감옥살이한 대목만은 쏙 빠져 있더라는 것이었다. 형이 감옥에 들어가기 직전까지 사리원에 살다가 월남한 어느 사람의 밀고 같다고 했다. 그러니까 경찰 쪽에서 보면 형은 영낙없이 월남을 가장한 이북의 빨갱이일 수밖에 없다는 것이었다.

"그 야속한 사람이 누굴까요?"

어머니는 손바닥을 비비며 애가 탔고,

"낸들 아나. 사리원이 커서 잘사는 사람들도 많았으니 상섭이놈이 원수산 사람들도 많았을 게고, 그 사람들 거개가 무슨 수를 써서든 삼팔선을 넘었을 테니 상섭이놈이 그 꼴 당하기야 쉬운 일이지."

아버지는 줄담배만 피웠다. 형이 이북에서 감옥살이한 것이 인정되느냐 안 되느냐에 따라서 죄가 판가름될 것이라고 했다. 그러나 삼팔선은 막혀 있고, 그 사실을 증명할 수 있는 증인은 경찰에서 인정하지 않는 가족밖에 없었다.

결국 형은 일 년 징역을 선고받았다.

"아무래도 그 자식이 출생 시(時)를 잘못 타고 태어난 모양이다."

어머니가 울먹였고, 아버지는 카악카악 가래를 돋궈 올리고 있었다.

형이 감옥살이를 하는 동안 아버지는 장사에만 파묻혀 있을 뿐 한 번도 면회를 가지 않았다. 어머니는 자기 혼자만이라도 면회를 다니게 묵인하는 것만으로도 고마운지 그런 아버지를 전혀 탓하지 않았다.

감옥살이를 끝내고 나온 형은 지칠대로 지쳐 있었다. 형은 방에만 틀어박혀 살았고, 어쩌다 밖에 나오면 먼 하늘만 한정도 없이 바라보고 있

기가 일쑤였다. 그렇게 몇 개월이 지나고 6·25전쟁이 터졌다. 피난을
제일 먼저 서두른 것은 형이었다.

"라디오에서 안심하라는데 좀 있어보자. 우리 쪽도 허수아비는 아니
잖나 말이야. 빌어먹을, 장사가 터를 잡을 만하니까 왜 이 지랄들이야."

아버지가 화를 돋구었다.

그러나 어물거리는 사이에 인민군은 서울로 밀어닥쳤고, 한강다리가
끊겼다는 소문이 퍼졌다. 우리 가족은 뚝섬으로 나갔다. 돈을 아무리 많
이 가진 사람이라 해도 배를 얻어 탈 길이 없었다. 배 없는 강변에 피난
민들만 들끓었다.

"돌아가자."

아버지가 말했다.

"안 돼요."

형이 단호하게 반대했다.

"안 되다니?"

"건너가겠어요."

"무슨 수로?"

"헤엄을 쳐야죠."

"빠져죽는다."

"자신 있어요."

"정말이냐?"

"자신 있어요."

"알았다. 혼자 떠나거라."

아버지가 형에게 돈을 나눠주었다. 형의 생애 중에서 이때의 결정이
유일하게 현명하고 올바른 것이 되었다. 만약 서울에 남아 있었더라면
의용군에 끌려갔거나, 월남민으로 무슨 곤경을 치뤘을지 모른다.

형이 돌아올 때까지 사개월 동안 나는 거의 매일밤 형이 시퍼런 강물
에 빠져죽는 꿈을 꾸어야 했다. 그러나 그 꿈 이야기를 작은누나한테도
할 수가 없었다.

"충청도 어느 마음씨 좋은 집에서 저를 살려줬지요."

24

전쟁의 와중에서 어떻게 살아 돌아왔는지 알고 싶어하는 식구들의 궁금증 앞에 형이 한 말은 이 한마디뿐이었다.

몇 십 년만의 혹한이라고 했다. 일사후퇴의 시작으로 서울은 텅 빈 도시가 되었고, 칼바람과 눈보라 속에서 피난의 행렬은 남으로 남으로 이어졌다. 우리 식구들도 그 피난의 대열에 끼어 있었다. 그러나 형은 빠지고 없었다. 젊은이란 젊은이는 모두 쓸어가다시피 한 제이국민병이 된 것이었다.

우리는 논산까지 내려가 엉거주춤하고 있다가 다시 진격해 올라가는 국군의 뒤를 따라 서울로 올라왔다. 집으로 들어서던 우리 식구들은 모두 소스라치게 놀랐다. 형이 먼저 돌아와 있었던 것이다. 그뿐만 아니라 형은 어떤 낯선 여자와 함께였다.

"두 번씩이나 제 목숨을 구해준 사람입니다."

형은 아버지 어머니 앞에 그 여자 소개를 대뜸 이렇게 했다. 그 말은 금방 효과를 발휘했다. 우리의 의혹이 당장 고마움으로 바뀐 것이었다.

"지금 한창 문젯거리가 되고 있지만 그 당시의 형편은 말이 아니었어요. 날은 춥지요, 급식은 제대로 안 되지요, 사람 수는 갈수록 늘어나죠, 결국 질서가 깨지면서 도망자가 생기고, 배가 고프니까 약탈을 하게 되고, 얼어죽고 굶어죽고, 참 기가 막힌 일이었어요. 그대로 따라가다간 제 꼴도 뻔할 것 같더군요. 그래 도망을 해 염치불구하고 이 사람 집을 또 찾아간 겁니다."

"참 천벌을 열 번 받아 마땅한 놈들이다. 적군을 쳐부순다고 남의 집 생떼같은 자식들 끌어가구서는 그 사람들 먹이고 입힐 돈을 웃대가리 몇몇 놈이 부정을 해처먹구 젊은 사람들을 굶겨죽이고 얼려죽이다니, 육시를 할 놈들, 그래가지구 어지간히 전쟁에 이기겠다. 이놈의 나라는 썩을 대로 다 썩었다."

아버지는 처음 보는 여자 앞인데도 상소리를 서슴지 않았다. 그건 바로 제이국민병사건이었다.

"결혼을 해야 되겠습니다."

한강을 헤엄쳐 건너겠다고 했을 때처럼 형은 단호하게 말했다.

아버지와 어머니는 어처구니없다는 표정으로 한참 동안이나 형을 바라보고만 있었다. 여자는 고개를 깊이 숙이고 앉아 있었다.

"그래. 목숨을 두 번씩이나 지켜줬으니 연분은 천생연분인 모양인데……."

아버지는 담배를 신문지에다 말았다. 그 시간이 지루할 정도로 길게 느껴졌다.

"아직 난리도 안 끝났으니 어떻게 난리가 끝나믄……."

"그건 안 돼요!"

형이 느닷없이 소리쳤다. 고개를 숙이고 있던 여자가 흠칫 놀라며 뒤로 조금 물러나 앉았다. 아버지가 이빨을 갈아붙이는 뿌드드득 소리를 못 들은 사람은 방 안에 하나도 없었을 것이다.

"상섭아, 결혼이란 일생에 한 번뿐인 경산데 이 난리통에 가진 것이 아무것도 없이……."

"어머니, 우린 아무 상관 없어요. 냉수 떠놓고 하는 결혼식이 옛날부터 있었잖아요."

형은 무엇이 그리 급한지 번번히 말허리를 자르고들었다.

"혼약만 해두고 시골에 내려가 있다가 난리가 끝나면 해도 될 일 아니냐."

"글쎄 어머니, 우린 그럴 형편이 못 된다니까요."

형이 또 언성을 높였고, 어머니의 얼굴이 무언가를 깨달은 것 같은 표정이 되었다.

"그래, 알았다. 식을 올리자."

놀랍게도 어머니가 한 말이었다. 그런 중요한 일을 아버지와 의논 한 마디 없이 어머니 혼자 결정내린 것은 그것이 최초의 일이었다. 아버지는 방바닥만 내려다본 채 담배만 빨고 있었다.

다음날 정말로 하얀 보를 씌운 밥상 위에 냉수 한 사발을 찰랑찰랑하게 떠다놓고 결혼식을 올렸다. 꼭 장난을 하는 것 같기도 했고, 어딘가 슬픈 것 같기도 했고, 어쩌면 엄숙한 것 같기도 했던 그 결혼식을 나는 잊을 수가 없다. 내가 철이 들어서야 알았지만, 그때 형수는 이미 임신

중이었던 것이다.

전쟁은 계속 중이었고, 형 앞으로 징집영장이 나왔다.

"처가로 피해라."

아버지가 지체없이 한 말이었다.

"글쎄요, 그러고 싶지 않은데요."

"피하라니까, 개죽음 당한다."

"기피하고 싶지 않아요."

"글쎄, 이번 한 번만이라도 애비 말 들어."

"생각해보겠어요."

그러나 형은 아버지 말을 듣지 않았다. 결혼생활 사 개월만에 형은 전쟁터로 떠났다.

이집 저집에 전사통지서가 예고없이 날아드는 불안 속에서 형수는 혼자 애를 낳았다. 그리고 또 한 해가 바뀐 여름 전쟁은 끝이 났다. 그러나 형은 돌아올 줄을 몰랐다. 남과 북의 포로교환이 끝나고서도 형은 돌아오지 않았다. 그러나 누구의 입에서도 형의 생사에 관한 이야기는 나오지 않았다.

전쟁이 끝나면서부터 아버지의 장사는 급속한 호황을 누리기 시작했다. 미군용 더블백에다가 마구 쑤셔넣어 가지고 온 돈을 간추려 백 장씩의 다발로 묶는 일을 거의 매일밤 자정까지 해야 할 정도였다. 그러나 아버지나 어머니는 그 일이 전혀 신명나 보이지를 않았다. 그 일을 돕고 있는 형수도 마찬가지였다.

조카 인희는 커갈수록 형의 모습을 인화(印畫)시켜갔다. 아버지는 그런 손녀딸의 얼굴을 하염없이 바라보고 있다가 인기척이 나면 흠칫 놀라고는 했다.

형수가 아버지의 가게일을 돕기 시작한 것은 인희가 국민학교를 들어가면서부터였다. 아버지가 원해서 그리 된 일인지, 형수가 원해서 그리 된 일인지 알 수가 없었다. 그러나, 그 일이 시작되고부터 우리는 형수의 전혀 다른 변모를 발견하며 놀라지 않을 수 없었다. 말이 없이 온순하고 나약해보이기만 해서 거칠은 장사일을 감당할 수 없을 것 같던 형수가 의외로 그 일을 빈틈없이 해나갔던 것이다. 사람이란 으레 그 깊은 속을 알기 어렵다고는 하지만 나는 형수의 그런 새로운 면모를 미처 개발되지 않았던 능력이라고 보지 않았다. 그건 인위적인 노력, 그러니까 딸 하나를 데리고 평생을 혼자 살아야 될지도 모를 위기감에서 스스로를 구출하고자 하는 방어본능이 형수를 그렇게 강하고 질기게 만들고 있는 것이라 싶었다. 아버지는 그런 형수를 무척이나 대견해 했지만 내 눈에는 그런 형수가 한없이 슬픈 그림자로만 보였다. 형수한테 내가 할 수 있는껏 마음을 썼던 것은 형 때문이 아니라 한 여자가 지닌 그 가엾은 슬픈 몸부림이 끝없이 내 가슴을 적시고 있었기 때문이다.

어차피 모든 죽음이란 그런 것이지만 아버지의 죽음도 갑작스럽고 허망하게 왔다.

"사앙서어바아……."

아버지는 분명 내 손을 잡았으면서도 희미한 바람결처럼 형의 이름을 부르고는 눈을 감았다. 그 희미한 음성은 형이 내 가슴 속에 만들어놓은 추억의 산골짜기들을 굽이쳐 돌며 멀리멀리 메아리쳐가고 있었다.

아버지가 항시 몸에 지니고 다녔던 때절은 가죽지갑 속에서는 몇 푼의 돈과 사진 한 장이 나왔다. 그건 누렇게 변색이 된 사각모를 쓴 형의 모습이었다.

그 사진은 형수에게 넘겨졌고, 사진을 두 손바닥으로 감싸받쳐 들여다보던 형수는 마침내 두 손을 이마에 모두어 붙이며 흑 울음을 터뜨렸다. 형 때문에 형수가 식구들 앞에서 눈물을 보인 건 그것이 처음이었다.

아버지를 뒤따르기라도 하듯이 어머니도 다음 해에 세상을 떠났다. 나는 그때 비로소 형수가 가게일을 익힌 것이 얼마나 현명한 처사였던가를 절실히 깨달았다. 아무런 근거도 없는 채로, 그 현명한 단안은 분명 아버지가 내린 것일 거라고 나는 믿었다.

내가 결혼을 하게 되면서 자연스럽고도 필연적으로 형수와는 떨어져 살게 되었다. 나는 아버지가 남긴 적잖은 재산을 한 푼도 받기를 원하지 않았고, 형수는 반을 나에게 넘겨주려고 애를 태웠다. 나는 결국 그 돈을 받아 지금의 건축회사를 차리는 밑천으로 삼았다. 형수는 내 도움이 전혀 필요없게 야무지게 포목점을 운영해가며 딸자식 인희를 키워나갔다.

나는 인희가 놓고 간 하얀 사각봉투를 집어들었다.

朴商變氏 長女 仁姬孃

청첩장의 빳빳하고 흰 종이 위에서 형은 선명한 세 자의 검은 글씨로 생생하게 살아 있었다.

"사앙서어바아……."

내 가슴 속에 들어앉은 추억의 산골짜기들을 굽이쳐 돌며 아버지의 목소리가 메아리져가고 있었고,

"네에에 아버지이이……."

아슴한 저쪽 산골짜기 끝에서 형의 목소리가 메아리쳐오고 있었다.

두 메아리가 어우러지는 소리를 들으며 나는 내가 우리 집안에 유일하게 남겨진 남자라는 고적감 속으로 빠져들어가고 있었다.

회색의 땅

형은 아버지와 앙숙이었다.

그 정도는 상상으로 가능하지 않을 만큼 심한 것이었다. 한 마디로, 형은 아버지를 거미만큼도 못한 존재로 취급했다. 미물인 거미는 제 새 끼가 자립을 할 때까지 키우기 위해 새끼를 등에 업고 자기의 몸을 파먹 히우며 죽어간다는 것이었다. 그런데 인간인 아버지는 그 반대로 자식 의 인생을 파먹고들어 산산조각으로 박살을 낸 위인이라는 것이었다.

'아버지'라는 엄연한 존재를 거미만도 못한 존재로 취급하는 자식이 라면 그건 틀림없이 정신이상이거나, 그게 아니면 싸가지 반푼어치도 없는 볼장 다 본 놈의 짓일 것이다. 그러나 그건 어디까지나 객관적인 평가기준에 지나지 않았다. 형은 미치기는커녕 공과대학을 꽤는 괜찮은 성적으로 졸업한 이력의 소유자이며, 그 사건이 있기 전인 대학 사학년 말기까지 이웃에 자자하게 소문난 효자였다.

아버지에 대한 형의 가치평가는 어쩌면 정확한 것인지도 모를 일이었 다. 여기에 우리 집안의 슬픔이 있고 비극이 있었다.

형은 앙숙의 사이답게 아버지의 임종을 지키지 못했다. 그뿐만 아니 라 전보를 친 당일로 집에 온 것이 아니라 하룻밤을 지나고 다음날, 그 것도 밤이 어둑어둑해서야 들어섰다. 형은 몸을 가누지 못할 지경으로 취해 있었고, 훅훅 내뿜는 숨결에서는 썩은 술냄새가 는적는적 묻어났 다. 그 끈적거리는 타액의 질감을 느끼게 하는 지독스러운 술냄새는 형 이 얼마나 긴 시간에 걸쳐 술을 들어부었는지 입증하는 것이었다.

아버지는 새벽 다섯시쯤 운명했고, 전보는 여덟시쯤 중앙우체국을 통해서 전화로 처리되었다. 전보가 아무리 굼벵이걸음으로 갔을지라도 형은 점심때쯤엔 아버지의 임종을 만났을 것이다. 그리고 아무리 늑장을 부렸더라도 오후 여섯시 경에는 집에 도착할 수밖에 없는 거리에 있었다. 그런데 형은 하룻밤을 버티고, 다음날 온낮을 어디서 용케도 죽이고는 어두워서야 술취한 박쥐가 되어 나타난 것이다.

형은 아마 전보를 받고부터 줄곧 술을 마셔댔을 것이다. 술을 마시면서 아버지의 죽음을 축하했을지 애도했을지 그건 확실히 알 수가 없다. 다만 한 가지 분명한 사실은 형은 그 둘 중 어느 한쪽을 택했을 것이고, 그것이 어느 쪽이든간에 형은 술을 안 마시고는 못 배겼을 것이라는 점이다.

형은 곧 무너져내릴 것만 같은 불안한 자세로 흔들리며 아버지의 영정을 노려보고 서 있었다. 그런 형의 표정은 비웃는 것도 슬퍼하는 것도 아닌 기묘한 것이었다. 나는 서너 걸음 옆에서 조마조마한 마음으로 서 있었다. 형이 느닷없이 영정을 내동댕이치거나 촛불과 향로가 놓인 상을 걷어차버릴지도 모른다는 불안감 때문이었다.

형은 지루할 만큼 긴 시간을 그러고 서 있다가 그 자리에 그대로 철퍼덕 주저앉았다.

"야, 술."

아버지의 영정을 노려본 채로 형이 소리쳤다.

절 올려야죠. 목구멍까지 기어나온 말을 나는 꿀꺽 삼켜버렸다. 형의 기분이 어떤 것인지도 모르면서 괜히 긁어 부스럼을 만들고 싶지 않았던 것이다. 술도 그만 마시게 하고 싶었지만 그것도 마음뿐이었다. 나는 서둘러 부엌으로 갔고, 조객을 위해서 미리 손봐둔 세 개의 술상 중에서 아무거나 하나를 들고 돌아섰다.

형의 잔에 소주를 따랐다. 반만 따를까 하다가 또 신경을 거슬릴까봐 찰랑찰랑하게 잔을 가득 채웠다. 형은 한숨인지 심호흡인지 모를 긴 숨을 내쉬고는 잔을 들었다.

"저어…… 과로에 의한 심장마비 증상이라더군요. 어저께 새벽 다섯시……."

"자, 자, 술 받어!"

그따위 것 아나마나라는 투로 말허리를 자르며 잔을 내 코앞에 불쑥 디밀었다. 그런 형의 얼굴은 험상궂게 일그러져 있었다. 분명 술잔을 거절해야 된다고 생각하면서도 내 두 손은 술잔을 받쳐잡고 있었다.

술병이 떨렸고, 술은 비틀거리며 술잔으로 흘러들었다. 형의 손마저 심하게 취해 있는 것이었다. 형을 탓하지 말자는 생각을 나는 벌써 여섯 번째 하고 있었다.

비록 형이 아버지의 죽음을 축하하는 한이 있더라도…….

나는 술잔을 단숨에 비우고 형에게 내밀었다.

"난 그만하겠어요."

상주이기 때문이 아니었다. 형과 마주보고 앉아 있기가 싫어서였다.

눈을 힘주어 감으면 금방 눈꼬리로 술이 번져나올 것처럼 술기에 완전히 젖어버린 눈으로 아버지의 영정을 바라보고 앉아 자작 술을 마시며 형은 밤을 꼬박 밝혔다. 나는 우선 형의 주량에 놀랐고, 그리고 그 예전과 다름없는 독기에 몸서리가 쳐졌다. 고등학교 일학년 때부터 자신의 인생설계도를 만들어놓고 그것의 성취를 위해서 형은 대학을 졸업할 때까지 칠 년간을 고학으로 일관한 독종이었다. 전혀 풍족한 것은 아니었지만, 아버지가 학비를 마련하지 못할 만큼 무능하지도 않았다. 아버지는 형의 고학을 만류했지만 형은 듣지 않았고, 아버지는 학기마다 형의 등록금을 애써 장만했지만 형은 단 한 번도 그것을 필요로 하지 않았다. 그래서 형은 아버지에게 더욱 믿음직스럽고 대견한 장남이었고, 이웃들은 부러움과 동경의 눈으로 그런 부자(父子)를 바라보며 형에게 효자 칭호를 붙여주기를 주저하지 않았다.

형에게 있어서나 아버지에게 있어서나 그 시절이 행복의 절정이었다고 해야 할 것이다.

형은 발인제를 올릴 때도 게게풀린 핏발어린 눈으로 아버지의 영정을 쏘아본 채 전혀 절을 할 생각을 하지 않았다.

"형, 절을 올려야죠. 떠날 시간입니다."

나는 형이 절하기를 기다리다못해 입을 열고 말았다.

"가자……."

형은 중얼거리듯 말했다. 그리고 비틀비틀 걸어서 장의차로 올라갔다.

"맏상주가 저러는 법이 어딨어요."

아내가 제법 큰소리로 불만을 표시했다.

"입 다물어!"

나는 놀라움 반, 역정 반이 섞인 더러운 기분으로 아내에게 쏘아붙였다. 아내가 갑자기 형을 비판하는 것에 놀랐고, 감히 그 버르장머리 없음에 역정이 솟긴 것이다.

물론 어젯밤부터 계속된 형의 행동은 턱이 내려앉을 정도로 따귀를 얻어맞아도 좋을 만큼 막되어먹은 것이었다. 그러나 그것 역시 객관적인 눈에 한정된 것이었다. 아무 물정도 모르고 아내가 입을 놀리는 것은 시건방진 소치이거나 싸가지 없는 짓으로밖에는 보이지 않았다. 물론 아내의 심중을 이해 못 하는 것은 아니었다. 맏상주의 그런 정신 나간 것 같은 행동이 주위사람들에게 민망하고 열적을 게 분명했다.

형은 주머니에 주병을 넣고 차를 탔었는지, 장지에 다다를 때까지 술을 찔끔찔끔 마셔대고 있었다. 나는 줄곧 형을 외면하고 있었다. 형을 탓하지 말자는 생각을 벌써 서른 번이 넘게 하면서.

관이 옮겨졌을 때는 인부들에 의해서 이미 하관할 수 있는 준비가 다 끝나 있었다.

"저건 뭐냐."

무심한 듯 하관 자리를 내려다보던 형이 불쑥 물었다. 형이 무엇을 묻는 것인지 나는 금방 알아차렸다.

"어머니를 합장할 자립니다."

나는 아버지의 그 애절하던 유언을 생생히 떠올리며 대답했다.

"어머니?"

"네, 어머니요."

나는 형을 쳐다보지 않은 채 분명한 어조로 대꾸했다. 그리고 옆볼에

꽂혀오는 형의 시선을 느꼈다. 그러나 나는 형에게로 눈길을 돌리지 않았다.

형은 무슨 뜻인지를 알았는지 몰랐는지 더 묻지를 않았다. 아래만 내려다보고 있는 나의 시야 속에서 형의 두 발이 돌려 세워졌다. 발이 움직이고, 흙가루가 좌르르 아래로 떨어져내렸다. 그 무심하게 떨어져내리는 한 줌 정도의 흙가루가 이상하게도 내 가슴에 뭉클한 서러움의 파문을 일구었다. 저승길로 떠나는 아버지에게 형이 베풀 수 있는 것은 바로 저 흙가루뿐인지도 모른다는 생각이 스쳐갔기 때문이었을 것이다.

정해진 시간에 맞춰 하관이 되고, 친족의 하직인사를 겸한 매장을 허락하는 말을 대신하는 흙 떠넣는 순서가 되었을 때 형의 모습은 보이지 않았다.

"형 어디 가셨니, 형?"

친구가 두리번거리며 말했고, 나는 그에게 찾지 말라는 고갯짓을 해 보였다. 형은 아까 돌아서는 길로 이 자리를 떠난 모양이었다.

묏자리를 다지는 발길들에 따라 회색빛 선소리가 구슬프게 휘어져 감기우며 퍼져나가고, 그 서럽고도 음울한 가락을 타고 아버지의 서리서리 한맺힌 이승의 혼이 저승으로 떠나고 있음을 나는 망연히 보고 있었다.

일을 다 마치고 장의차로 돌아왔지만 형의 모습은 보이지 않았다. 술기운을 못 이겨 어디 쓰러져 잠이 들었나 싶어 사람들이 흩어져 찾아나섰다. 삼십분 이상을 샅샅이 뒤졌지만 넓은 공원묘지 안에서 형의 흔적은 찾아낼 수 없었다.

"출발합시다. 먼저 집으로 갔을 겁니다."

무슨 확신을 가지고 한 말이 아니었다. 나는 행동을 결정해야 할 책임을 지고 있었고, 형이 제발 무사하게 집에 가 있기를 바라면서 한 말이었다.

결국 형은 아버지의 장례에서 눈물은 고사하고 형식적이나마 절 한 번 올리지 않고 말았다. 형은 죽음 앞에서까지 아버지를 용서하지 않은 것이다. 내 마음의 팔 할은 그런 형을 이미 욕하고 혐오하고 있었다. 그러면서 나머지 이 할로 형을 이해해야 한다고, 용서해야 한다고 애써서 마음을 다독이고 있었다.

장의차가 시내 변두리로 진입할 즈음이 되었을 때 아내는 더 못 견디겠다는 듯 입을 열었다.

"아무리 생각해도 시아주버님은 너무하세요. 생전에 사이가 나빴다고 해도 어떻게 그럴 수가 있어요."

아내는 목소리를 아주 낮추고 있었지만 어감은 힐난했다.

"입 다물어. 당신이 떠들 일이 아냐."

나는 눈까지 부라리며 쥐어박듯이 내지르고 말았다.

그 시한폭탄 같은 사건은 형의 대학졸업을 사개월 남짓 남겨놓고 터졌다. 그 사건은 생선을 도마 위에 올려놓고 토막치듯 형의 인생을 첫번째로 좌절시킨 날벼락이었다. 형은 공대 졸업과 동시에 공병장교로 임관되게 되어 있었다. 그런데 최종 신원조회에서 그 자격을 박탈당하고 말았다. 아버지 때문이었다.

"그때 무슨 일을 하셨던 거예요?"

형의 떨리는 목소리가 낮게 들려나왔다.

"말씀을 하세요. 이유를 알아얄 것 아닙니까."

아버지의 음성은 들리지 않은 채 잠시 침묵이 흘렀다.

"이게 얼마나 기막힌 일인지 아세요? 이년 동안 죽도록 고생한 것이 하루아침에 물거품이 돼버린 거예요. 말씀 좀 해보세요."

형의 음성은 격하게 들렸다. 아버지는 죄인이고 형의 말은 고문이 되고 있었다. 나는 전혀 몰랐던 아버지의 과거에 대해 놀라는 한편, 형의 입장을 충분히 아파하면서도 아버지를 대하는 그 태도에는 동조할 수가 없었다.

"아버지!"

"……그래, 다 이 못난 애비 죄다. 다시 곱씹어 어디 쓸 것이냐. 늦었으니 건너가 자거라."

아버지의 음성이 이때처럼 절망적인 탄식으로 들린 때는 전에 없었던 일이었다.

형은 어이없게도 하사관으로 입대했고, 아버지는 척추뼈 한 마디가 빠져나간 것처럼 어깨가 축 처지고 말았다.

형의 좌절은 여기서 끝나지 않았다. 무슨 과학연구소에 첫번째 이력서를 냈는데 시험에 합격을 하고는 신원조회에서 탈락이 되고 말았다. 형은 다시 아버지를 다그치듯 하며 그때 무슨 일을 했는지 말하라고 고문했고, 아버지는 역시 그 고문을 침묵으로 견뎌냈다.

형은 핏발이 선 눈으로 하늘을 응시하며 이빨을 뿌드득뿌드득 가는 나날을 보냈고, 아버지는 척추뼈 마디가 두 개쯤 더 빠져버린 것 같은 후줄근한 꼴이 되었다.

형은 어찌어찌 기운을 차렸는지 세 번째의 도전을 시도했다. 그러나 역시 좌절이었다. 그의 불행은 그가 공대출신이기 때문에 더 끈덕지게 그를 괴롭히게 되는 모양이었다. 형은 세 번째의 좌절을 당하고나서는 아버지를 괴롭히지 않았다.

형의 네 번째의 도전은 마침내 형을 침몰시키고 말았다. 형은 고등학교 일학년 때부터 세웠던 과학자로서의 인생설계를 포기하고 만 것이다. 형은 아버지에게 단 한 마디의 의논도 없이 친구 아버지가 유산으로 남겨놓고 간 목장의 관리인으로 집을 떠나버린 것이다. 그리고 형은 아버지가 돌아가시기까지 육 년 동안 한 번도 집에 오지 않은 것이다.

형이 집을 떠나버린 다음부터 아버지는 삶의 의욕을 거의 상실해버린 것 같았다. 얼굴에서는 웃음이 완전히 사라져버렸고, 죄의식이 분명한 우울한 그늘만이 짙게 얼굴을 덮고 있었다. 아버지는 나에게까지도 죄의식을 느끼는 게 여실했다. 아버지로서의 언행이 완전히 없어져버렸고, 어쩌다 무슨 말을 할 때도 시선을 마주치는 일이 절대 없었다.

아버지는 처음 이삼 년 동안에는 명절만 되면 몹시도 초조하게 형을 기다리고는 했다. 그러나 형이 끝내 나타나지 않자 사 년째 되는 설부터는 옷가지며 일용품 등속을 사가지고 와 내 앞에 내밀기 시작했다.

"형한테 댕겨오거라."

형과는 만 삼 년 만의 대면이었다. 그런데 형은 전혀 모르는 사람을 대하듯 무표정했다. 형은 그동안 폐인이 된 것 같기도 했고, 어찌 보면 모든 욕망을 초월해버린 도인(道人)이 된 것 같기도 했다.

"한 마리 거미만도 못해."

아버지를 이해하는 방향으로 생각을 좀 고쳐먹으라는 내 말에 형은 이렇게 일갈하고 말았다.

형을 만나고 온 나는 아버지를 대하기가 너무나 민망하고 미안했다. 아버지는 말 대신 눈으로 많은 것을 물었다. 그러나 나는 그 안타깝고 애절한 물음에 흡족할 만큼의 대답을 준비하지 못하고 있었다. 건강하게 잘 있더군요. 나는 고작 이 한 마디를 겨우 했을 뿐이다. 그리고 한껏 지어낸 거짓말이라는 것이, 아버지 건강하시라고 전하더군요, 였다.

내 거짓말을 들은 아버지는 눈물이 핑그르 도는 것 같았고, 그것을 감추려는 듯 얼른 담배에 불을 붙여 물었다. 그런 아버지의 희끗희끗한 머리칼이 유독 두드러져 보였다.

첫 번째 사건이 터진 다음부터 아버지한테서는 두 가지 변화가 일어났었다. 세상사는 재미를 잃어버린 것 같은 것이 그것이었고, 다른 하나는 전보다 훨씬 더 일에 파묻힌 것이었다. 전에는 직공들에게 맡겼던 야근을 아버지가 손수 차고 나선 것이다. 열시까지의 야근도 부족했던지 아버지는 공장에서 밤을 새우는 일도 허다했다.

세상사는 재미를 잃어버린 것과 죽자사자 일에 매달리는 것. 이건 모순 중의 모순이었다. 모든 사람이 일을 하는 일차적 목적은 돈일 것이고, 보다 많은 돈을 얻고자 함은 삶의 의욕의 표현일 것이다. 나는 아버지의 이 모순을 이해할 수도, 납득할 수도 없었다.

모든 노동의 시간은 돈과 비례하게 마련이지만 특히 아버지가 경영하는 비닐커버 제작은 시간이 곧 돈이었다. 일초에 두 개씩을 찍어내는 비닐커버는 한 개당 몇 원의 이익을 셈하게 되어 있었다. 아버지가 더러 즐기던 술마저 딱 끊어버리고 그렇게 일에만 매달려서 돈을 벌어들이는 이유를 나는 알 수가 없었다.

나는 어렸을 때부터 형과는 상당히 다른 체질이었다. 형처럼 점수를 탐하는 식의 공부에 흥미가 없었고, 고등학교 일학년 때부터 거창한 인생설계를 세우는 식의 심각함도 마땅찮았다. 적당히 공부하고, 적당히 돈을 벌고, 적당히 재미보고 사는 것이 인생이 아니겠느냐고 나는 생각하고 있었다. 그래서 형은 마음놓고 나를 한심한 놈으로 무시할 수 있는 자유를 얻었고, 나는 나대로 편안하게 형은 공부밖에 모르는 좀벌레로 외면해버렸다. 물론 형은 학기마다 좋은 성적표로 아버지를 즐겁게 해드릴 수 있었지만 나는 한 번도 그런 일이 없었다. 그 대신 나는 어머니 없이 홀로 사는 아버지의 친근한 말벗이었고, 아버지가 하는 조그만 사업의 충실한 내조자였다. 한글만 겨우 깨쳤을 뿐인 아버지가 수공업적인 그 사업이나마 무난하게 이끌어갈 수 있었던 것은 순전히 나의 조력 때문이었다. 그러나 형은 아버지의 사업에는 철저하게 무관심했다. 학비까지 손수 마련하는 독기를 부리고 있는 형은 어쩌면 아버지의 영향권에서 완전하게 벗어나기 위해서 의도적으로 그러는 게 아닌가 싶을 정도로 느껴지기도 했다.

열 손가락 깨물어 아프지 않은 손가락 없다는 말을 접어두고라도 아버지에게 있어서 단 둘뿐인 자식인 형과 나는 어느 것도 없어서는 안 될 실한 기둥이었던 것이다.

형이 첫번째 좌절을 했을 때 나는 시시한 대학의 상대 일학년이었다. 그 시한폭탄 같은 사건은 나에게도 꽤 충격을 주었다. 그러나 나는 곧 그 충격에서 회복되었다. 그것은 사회적으로 전혀 새로운 사실이 아니었고, 다만 예기치 않게 우리 집안의 문제로 폭발했다는 것 때문에 새삼스러워지는 사건일 뿐이었다.

형한테는 대단히 미안한 이야기이지만 내가 충격을 받은 다른 일면은 전혀 엉뚱한 데에 있었다. 죄될 이야기가 분명하지만, 솔직히 말해서 아버지는 무식하기 이를 데 없는 보잘것없는 남자였다. 더듬거리던 한글을 내가 국민학교에 들어가게 되면서 나와 함께 완전히 깨쳤다. 그리고 내가 사학년 때까지 아버지는 지게품팔이였다. 아버지에게 남다른 데가 있다면 찰고무처럼 질긴 생활의 성실성뿐이었다.

그런 아버지가 이십오 년 후에 문제가 될 만큼 한 시대를 치열하고 적극적이고 살아냈다는 사실 …… 그것이 법에 저촉된다는 사실과는 전혀 별개의 문제로 나를 경이에 떨게 했다. 나의 경이감은 왜, 어떻게, 무슨 일을…… 하는 식으로 호기심에 찬 의문들을 유발시켰지만 그대로 덮을 수밖에 없었다. 어쨌든 그 일이 있고나서 나는 아버지를 새롭게 보게 되었다.

나는 형과는 다른 방법을 택해서 편안하게 대학을 졸업하고, 편안하게 사병으로 입대하고 편안하게 이력서 같은 것은 쓸 생각도 하지 않고 내가 하고 싶은 장사를 시작했다. 극복할 수 없는 장애가 나타나면 우회를 해서 가는 방법을 강구하는 것이 인생이라고 나는 생각하고 있었다. 돌이킬 수 없는 사실을 곱씹으며 자기 학대를 계속하는 어리석음을 범하고 싶지 않았다. 그렇다고 형을 상하게 한 그 사건의 당위성을 인정하는 것은 물론 아니었다.

나는 결혼할 필요를 느꼈다. 아버지에게 그 뜻을 밝혔을 때 아버지는 복잡한 기분을 드러내보였다.

"하긴 해야지……."

아버지의 이 말과 깊은 한숨은 형 때문인 것이 분명했다. 그러나 아버지로서는 속수무책인 일이었다.

나는 형을 찾아갔다.

"멍청한 자식, 미친병만 유전인 줄 아나?"

내가 결혼하겠다는 말을 꺼내자마자 형이 내뱉은 말이었다.

나는 참으로 어리석고도 둔하게도 그 말을 새기느라 한참이나 눈을 껌벅거리고 앉아 있었다. 나는 그 말뜻을 깨닫고나서, 세상 사는 방법은 가지가지라는 말을 할까 하다가 단념하고 말았다. 또 한 번 멍청한 자식이 되고 싶지 않았던 것이다.

물론 형은 내 결혼식에 오지 않았다. 아버지도 체념을 하고 있었는지 전혀 내색을 하지 않았다.

형은 집에도 와 있지 않았다.

"어쩐 일일까요? 무슨 사고가 난 건 아닐까요?"

아내가 완연히 당황하는 얼굴이었다.

"아마 목장으로 내려갔을 거야."

나는 공원묘지에서와는 달리 확신을 가지고 말았다.

"그러기라도 했음 좋겠네요. 조마조마해서 원…….."

시집 와서 처음 대면한 형에 대해서 아내가 어떤 인상을 가졌을지는 물으나마나 뻔한 노릇이었다. 조마조마하다는 말은 어른이 필요로 해서는 안 되는 말이다. 아내에게 형은 곧 무슨 일을 저지를지 모를 비정상인으로 보인 게 분명했다.

아내는 저녁을 먹는둥 마는둥 하고 이내 잠자리에 쓰러졌다. 친척 붙이 하나 없는 장례 뒷바라지하느라고 어지간히 지쳤을 것이었다.

나는 아버지의 방으로 건너갔다. 방 안에는 아버지의 체취가 그대로 담겨 있었다. 아버지는 깨끗하게 돌아가셨다. 자정이 가까워 활명수를 사오라고 했고, 서너 시간을 괴로워하다가 짧은 유언을 남기고 눈을 감았다. 그런 깨끗한 죽음은 어쩌면 아버지가 평소부터 원해왔던 것인지도 모른다.

나는 아버지의 유품들을 차근차근 정리하기 시작했다. 유품이라고 해야 별것이 없었다. 서랍 세 개가 붙은 헐어빠진 옷가지들과 머리맡에 놓인 조그만 앉은뱅이 책상에 있는 자질구레한 일용품이 전부였다.

나는 낡은 옷들을 하나하나 꺼내 어루만지듯해가며 새로 접었다. 더 입을 수가 없을 정도로 낡은 옷들은 생전의 근면뿐이던 아버지의 생활을 여실히 보여주고 있었다.

아버지의 단 한 벌뿐인 양복이 두 번째 서랍 중간쯤에서 나왔다. 아버지는 그 양복을 형의 대학 입학식에 입고 가기 위해서 맞춘 것이었다.

그 양복을 입던 날 아버지는 하루종일 얼굴이 벌겋게 상기되어 있었고 눈에는 물기가 번져 있었다.

"한 장 더 박자, 한 장 더 박어."

카메라 사진도 아닌 사진관 사진을 아버지는 굳이 한 장 더 찍기를 원했다.

"한 장이면 됐지 돈만 버린단 말예요."

형이 말했고, 나도 형과 같은 생각이었다.

"아니다, 아녀. 돈은 어디 쓸라고 버는 것이냐."

아버지는 막무가내였다. 그래서 나와 형은 아버지가 시키는 대로 모델 노릇을 해야 했다. 아버지가 가운데 앉고 형과 내가 그 뒤로 나란히 서서 찍었던 처음의 사진과는 반대로 두 번째에는 형과 내가 나란히 앉고 아버지가 우리들 뒤에 선 것이었다. 아버지의 그런 연출솜씨는 얼핏 보기에는 단순히 자리바꿈에 지나지 않은 것 같았지만 신중히 생각해보면 아주 깊은 의미가 담겨 있는 것 같기도 했다. 처음의 것이 '뒤로 거느리고'라면 나중의 것은 '앞으로 내세워서'였던 것이다. 물론 이건 나 혼자만의 의미부여였지 아버지에게 물어본 것도, 형에게 귀띔한 것도 아니었다.

아버지의 연출은 여기서 끝난 것이 아니었다. '병호의 대학 입학식날에. 1972년 3월 2일'을 사진에 명기(明記)할 것을 사진사에게 지시한 것이다.

"아버지, 그건 옛날에나 하던 촌스런 짓예요."

형이 민망할 지경으로 퉁명스럽게 말했다.

"그래요, 그건 옛날 식이에요."

나도 부드럽게 말하며 아버지의 뜻을 돌리려 했다.

"아니다. 오늘이 어떤 날인데. 사진에다 꼭꼭 박아 써서 떠억 걸어놓고 평생 잊지 않도록 해야 쓴다."

아버지는 역시 막무가내였고, 사진사는 연상 빙글거리고 있었다.

아버지는 그 후로 설날이나 추석 같은 때를 골라 네댓 차례 양복을 입었을 뿐이다.

생각보다는 촌스럽지 않게 글씨가 박힌 사진을 찾아와 보고 또 보며 아버지는 그 얼마나 즐거워했던가. 대학 입학의 기쁨이 그러했을 때에 대학 졸업이 아버지에게 안겨줄 기쁨이 얼마나 클 것인지는 상상하고도 남음이 있었다. 더구나 형은 졸업과 동시에 소위에 임관하고, 졸업식장에서 양쪽 어깨에 계급장을 달게 되어 있었다.

그러나 그 사건은 이런 예상된 기쁨을 송두리째 앗아가고 말았다. 형은 끝내 졸업식장엘 가지 않고 말았다. 형이 마음을 수습해서 만약 참석했다고 해도 입학식날과 같은 즐거움은 있을 수 없었을 것이다.

　형이 장교가 되기를 원하지만 않았더라도 졸업의 즐거움은 온식구가 만끽할 수 있었을 것이다. 그러나 그건 그 옛날에 아버지가 그런 과오를 범하지 않았기를 바라는 것이나 마찬가지의 부질없는 일이었다.

　양복을 꺼내서 펴들었다. 그와 동시에 무언가가 툭툭 둔한 소리를 내며 방바닥에 떨어졌다. 나는 반사적으로 눈길을 돌렸다. 방바닥에 떨어져 있는 것은 두 개의 저금통장이었다.

　나는 얼른 그것들을 집어들었다. 하나에는 내 이름이 다른 하나에는 형의 이름이 또렷이 적혀 있었다. 나는 전신에 소름이 쫙 끼치는 것을 느꼈다. 저금통장 속의 액수가 얼마이든간에 두 자식 앞으로 저금통장을 마련한 아버지의 뜻이 순식간에 서러움과 아픔과 회한으로 가슴을 압박해오는 것이었다.

　나는 몇 번이고 일·십·백·천·만을 되풀이하며 동그라미의 단위를 세고 있었다. 그건 예상을 뒤엎는 거액이었다. 형과 나의 저금통장의 금액은 똑같았다. 마지막 저금 날짜가 보름 전쯤이었고, 그 날짜도 형의 것과 동일했다. 이상한 생각이 들어 하나씩 대조를 해보았다. 저금 날짜와 저금 액수가 모두 같았고, 입금과 이자계산 첨부만 있을 뿐 인출은 한 번도 하지 않은 통장이었다.

　나는 처음 저금 날짜를 확인했다.

　"아버지……."

　나 자신도 모르게 신음처럼 아버지를 불렀다. 예감했던 대로 저금 날짜는 그 사건이 터졌던 그 해, 그 다음 달로 되어 있었다.

　세상 살 재미를 잃어버린 것 같은 아버지가 미친 것처럼 일에 파묻혔던 그 모순이 비로소 풀린 것이었다.

　── 한 마리 거미만도 못해.

　형의 목소리가 떠올랐다. 나는 저금통장을 덮었다. 그리고 내일 당장 형을 만나러 가기로 작정했다.

　짐작했던 대로 형은 앓아누워 있었다.

　"이걸 봐요. 이래도 아버지가 거미만도 못합니까?"

　나는 두 개의 저금통장을 형 앞으로 밀쳐놓으며 어느때 없이 강하게 말했다. 내 감정 속에는 처음부터 형이 아버지를 지레 죽인 것이라는 생각이 상당부분을 차지하고 있었고, 저금통장을 발견하고부터는 형을 이해하고 있던 마음이 싹 가시면서 그 대신 미움이 차 있었던 것이다.

"몇 푼의 돈이 어쨌다는 거냐?"

형은 입가에 쓰디쓴 비웃음을 물었다.

"몇 푼이 아니에요. 하여튼 금액은 고하간에 이건 돈이 아니라 아버지의 피고 살이라는 것만 아세요. 그런 일도 없지만, 만약 아버지가 형이나 나한테 죄를 진 일이 있었다면 이 저금통장을 남긴 뜻이나 액수가 그 죄값을 열 번 치르고도 남는 겁니다."

나는 흥분을 참지 못하고 말했다.

"이거 가지고 그만 올라가거라."

형은 두 개의 저금통장을 내 앞으로 밀었다.

"나는 도무지 형을 이해할 수가 없어요. 형이 아버지한테 남긴 한이 얼마나 큰지 한 번 냉정하게 생각해본 일이 있어요?"

형은 아무 대꾸 없이 담배만 빨아대고 있었다.

"아버지는 형이 당신을 용서할지 모르겠다는 말을 유언으로 남겼어요."

형은 천천히 고개를 들었다.

"아버지는 내 마음속에서 아직 돌아가시지 않았다."

형은 중얼거리듯 말했고, 나는 그 말뜻을 얼른 파악할 수가 없었다.

"원망이 아직도 남아서 말인가요?"

나는 비웃으며 말했고, 형은 갑자기 눈에 힘을 모아 나를 노려보았다.

"……넌 모른다. 그만 떠나라."

"알겠어요. 나도 길게 얘기하고 싶지 않아요. 여기 온 건 다른 게 아니라 형 몫의 통장을 전하고, 아버지 유언에 따라 어머니 산소를 이장하는데 같이 가야겠다는 말을 전하려는 거였어요."

"정학리에 말이냐?"

형의 얼굴은 갑자기 일그러졌다. 나는 멈칫 놀랐다. 형은 어떻게 정학리를 알고 있을까 싶었던 것이다. 그러나 이내 납득이 갔다. 그 사건이 터졌을 때 정학리쯤은 으레 드러난 이름이었을 것이다. 뒤늦게 안 게 나 자신일 뿐이었다.

"날짜가 확정되는 대로 전보를 치겠어요. 며칠 안에 가게 될 겁니다."

나는 내 저금통장을 집어들고 일어섰다.

"이것도 가져가거라."

형이 자기 이름이 적힌 저금통장을 가리켰다.

"난 내 몫으로 충분해요. 그건 형 몫이니 형이 알아서 해요. 형 목장을 하나 갖든지 자선사업을 하든지."

나는 서둘러 방을 나왔다. 형은 따라나오는 기척이 없었다.

나는 집을 출발하며 형을 설득해서 목장에서 끌어내려는 생각을 했었다. 그러나 막상 형을 대하고보니 그 생각이 자취를 감추고 말았다. 나는 형한테서 너무나 큰 이질감을 느끼고 있었다. 내가 기대하는 것은 이제 한 가지뿐이었다. 저금통장의 금액을 확인하고 우선 아버지의 진심을 이해하고, 그리고 그 돈으로 삶의 용기를 회복할 수 있기를 바라는 것이었다.

"……니 형이 날 용서할지 모르겠구나……니 어무니 산소……이장해서 합장을…… 해다오. 정학리서 싸전하는……박 서방, 박 서방 찾아가면 다……저어기, 저어기……."

아버지는 머리맡의 책상을 가리키다가 숨이 끊어졌다. 그 조그만 책상 서랍에는 벌써 몇 년 전에 구입해놓은 합장묘지증서가 들어 있었다. 아버지는 평소에 성실하고 철저했던 생활태도 그대로 죽음을 맞을 준비도 완벽하게 해놓은 것이었다.

아버지가 종업원을 서너명 거느린 비닐커버 공장의 사장노릇을 하게 된 것도 순전히 성실과 근면을 철저하게 실행한 생활의 결과였다. 아버지는 어느 비닐커버 공장의 제품을 거래처에 옮겨다주는 지게품팔이었다. 그런데 아버지는 지게품을 파는 것보다는 기술을 배워야겠다고 생각했던 모양이다. 아버지는 그 공장의 직공으로 취직을 했고, 삼 년만에 기계 한 대를 장만하면서 독립을 하게 되었다. 그 업종은 아버지의 체질에 꼭 어울리는 성질의 것이었다. 많은 자본이 필요치 않은 데다 주문하청이었으므로 위험부담율이 적었다. 당장 큰돈을 벌 수는 없지만 꾸준히 하면 그만큼 목돈을 만들 수 있는 사업이었다. 아버지는 개미처럼 일했고, 나는 경리를 도맡아 처리했다. 경리래야 구구법으로 족한 장부정리에 지나지 않았다. 그러니까 나는 중학교 일학년 때부터 내 밥벌이를 톡톡히 해낸 셈이었다.

나는 난생 처음 내 발로 점쟁이를 찾아갔다. 이장하는 망령을 위해 길일(吉日)을 택하기 위해서였다.

날짜가 정해지자 아버지 친구인 박 서방에게 자세한 내용을 적은 편지를 등기로 부쳤다. 형에게는 예고한 대로 전보를 쳤다.

"오실까요?"

아내가 고개를 갸우뚱했다.

"와, 틀림없이. 아버지가 갑자기 돌아가셔서 충격이 큰 것 같았어."

나는 자신있게 말했다. 나에게는 말로 표현 안 되는 어떤 확신 같은 것이 있었다.

역시 형은 지정한 날에 나타났다. 옷도 제법 말끔한 것으로 골라입은 눈치였다. 집에서 하룻밤을 보내는 동안 형은 거의 말을 하지 않았다. 멍하니 앉아 있는 모습이 그림자나 허깨비 같았다. 옛날의 그 끈질긴 독기라곤 흔적을 찾을 수가 없었다.

형과 나는 꼭 거짓말처럼 고속버스에 나란히 앉았다. 어머니 얼굴을 기억하느냐고 형한테 물으려다가 그만두었다. 형이 네 살 때, 내가 두 살 때 어머니가 돌아가셨다던 아버지의 말이 얼핏 떠올랐기 때문이었다.

형이 아무리 머리가 좋다고 해도 어머니 얼굴을 기억할 재주는 없을 것 같았다. 사진이라도 한 장 있었다면 또 모른다. 어머니에 관한 것이라곤 아무 것도 없었다. 거기다가 아버지는 이상하리만큼 어머니에 대해선 말이 없었다.

아빠, 울 엄마는 언제 죽었어? 니가 두 살 적에. 왜에……아파서? 응. 어디가 아파서? ……어디가 아파서, 아빠. 이눔아, 죽은 사람 자꾸 물어싸면 밤에 도깨비가 잡아가는 법이야.

나는 그만 겁에 질려 입을 다물고 말았다. 어린 시절의 기억이었다.

아버지는 형과 나에게 아버지뿐만이 아니라 충실한 어머니이기도 했다. 지게품을 팔면서도 한 번도 아침밥을 굶겨 학교에 보낸 일이 없었다. 손수 빨래도 했고, 김장도 했다.

자네 언제까지 요런 꼴로 살겠다는 겐가? 자네도 자네지만 새끼들 꼬라지를 좀 보게. 글쎄, 염려놓으세요. 이제 어려운 고빈 다 넘긴 참입니다. 아니, 이 사람아 인생살이라는 게……글쎄, 됐으니 그만 돌아가세요. 어허 이 사람, 인심 야박허구만. 다 자넬 위해 허는 일인데. 혹시 자네 고자 아닌가? 뭐요? 아, 아, 그래요. 난 고잡니다, 고자.

아버지가 지게품팔이를 면하고 두 평짜리 공장 사장이 되고부터 장가를 들라는 성화가 끊이지 않았다. 아버지는 어느 정도까지는 잘 참아내다가 마침내 벌컥 역정을 내는 것으로 중매쟁이를 쫓고는 했다. 나는 국민학교 육학년 때 고자라는 말을 처음 들었고, 그 말뜻을 몰라 형에게 물었다가 알밤만 호되게 쥐어질리고 말았다.

나는 아버지의 삶을 더듬으며 새삼스럽게 콧날이 찡해지는 것을 느꼈다. 그리고 어렴풋한 의문의 꼬리가 잡혔다. 어머니에 대해 말하기를 꺼려한 것과, 한사코 새장가 들기를 꺼려하며 평생을 혼자 살아낸 것과는 무슨 연관이 있을까 하는 것이었다. 그러나 아버지는 이미 가고 없었다.

정학리에 도착한 것은 열두시쯤이었다.

"자네들이 바로 천길이 아들이란 말이지? 그러고 보니 엄니 아부지 얼굴이 반반씩이구먼그래. 자네들을 보니 천길이도 헛세상 산 것은 아니었구만."

싸전을 하는 박 영감은 피붙이라도 대하듯 눈물을 글썽이며 형과 나를 반겨주었다.

"어허, 천길이가 세상을 뜨다니…… 험한 세상 그리 모질게 살아내더니만…… 원없이 한평생 살다 간 거지."

박 영감은 회한이 사무치는지 혼잣말을 한숨처럼 토해내고 있었다.

"그래, 운명은 편히 하셨다고?"

박 영감은 벌겋게 물든 눈자위를 훔치며 물었다. 편지에 적은 내용을 인사겸해 확인하는 것이었다.

"네, 유언하시기까지 몇 시간 앓으신 거지요."

나는 '유언'이란 말을 함으로써 박 영감의 임무를 다짐하고자 했다.

"그랬을 것이여. 원체 곧고 강한 성격이었으니 죽음도 성질대로 한 것이지. 자네들 엄니 제삿날 찾아 일년에 한 차례, 내려올 때마다 내가 권했었지. 그만 고향에 내려와 늘그막 살다가 뼈는 고향땅에 묻으라고 말야. 옛 성질 그대로 고집을 부리더니만 타향죽음 하면서 마누라 혼까지 타향으로 데려갈 유언을 했구먼그랴."

아버지가 일년에 한 차례씩, 여기로 내려왔다니…… 그러고보니 여태껏 어머니 제사를 한 번도 지낸 일이 없었던 게 아닌가. 나는 이 어처구니없는 깨달음과 동시에 재빨리 형에게로 눈길을 돌렸다. 그때 형도 내게로 시선을 돌리는 순간이었다. 우리는 시선을 고정시키고 있었고, 형도 나와 똑같은 생각을 하고 있음을 나는 직감할 수 있었다.

"허긴 자네들 부친 심정도 능히 이해는 혀. 이 한맺힌 땅에 꿈에라도 눕고 싶지 않았을겨. 오직이나 한이 컸으면 한 해도 거르지 않고 마누라 제삿날 찾아 천리길을 꼬박꼬박 오는 사람이 다 큰 아들자식들은 안 데려왔을 것인가. 내가 그러면 못쓰는 법이라고 말렸지. 세상이 달라졌다고도 해봤지. 헌데 그놈의 고집이 자식들한테는 절대 이 땅을 밟게 하지 않겠다는 거였어."

형과 나는 그저 서로를 바라보고 있었다.

"참. 내 자네들한테 꼭 한 가지 물어볼 말이 있네. 그게 다른 것이 아니라 자네들 엄니 아부지한테 얽힌 사연을 알고 있는가?"

"아무 것도 모릅니다. 이번 기회에 여쭤보려고 했던 겁니다."

형이 기다리고 있었다는 듯 재빨리 말했다. 나는 그때서야 비로소 형이 순순히 여기까지 온 또 다른 목적을 알 것 같았다.

"제삿날에도 안 데려왔으니 그 기막힌 사연을 알려줬을 리가 있나. 저승에서 자네들 부친은 펄펄 뛸지 모르지만, 자네들도 다 컸으니 알 건 알아야지. 오늘 이장을 해 떠나면 다시는 여기 오지 않을 테니 말야. 자아, 시간이 다 돼가니 산소로 가면서 얘기하세."

박 영감은 시계를 보며 일어섰다.

형은 민첩한 동작으로 자리를 차고 일어났는데 그 얼굴에는 몇 년 사이에 볼 수 없었던 생기가 넘치고 있었다.

"나나 자네들 아부지나 송아지 한 마리 값도 못되는 대를 물리는 소작농 자식으로 이 세상에 태어났지……."

아버지는 어쩌다가 김씨문중의 어느 집 딸과 정을 통하게 되었다.

그 염문은 발 없는 말 천리 간다는 식으로 마을에 퍼졌고, 김씨문중의 살벌한 징계가 아버지에게 떨어졌다. 김씨네의 장정들에게 붙들려간 아버지는 덕석몰이를 당해 온몸이 피걸레가 되도록 두들겨맞았다. 아버지는 한 달 가까이 앓다가 일어났는데, 문제는 그때부터 본격화하기 시작했다. 아버지는 시퍼런 낫을 꼬나잡고 자기에게 폭행을 가한 김씨네 젊은이들을 잡으러 다녔다. 다 잡아죽이고 자기도 죽겠다는 것이었다. 마을이 뒤집혔고, 김씨네 젊은이들은 그림자도 볼 수가 없었다. 그러던 어느 날 밤 아버지는 자다가 김씨네 장정들한테 습격을 당했다. 이번에는 당산나무에 묶여 살점이 뚝뚝 떨어져나가도록 두들겨맞고 반죽음이 되어 개천가에 내다버려졌다. 그 누구도 살아나리라고 생각하는 사람이 없었고, 소작인들은 어느 사람 하나 김씨네의 짓을 입 밖으로 욕하지 못했다. 그런데 아버지는 끈질기게 목숨이 이어져나갔고, 누구의 입에서인지 모르게 김씨네의 그 딸이 아버지의 자식을 임신했다는 소문이 퍼져나갔다.

"자네들 부친보다 더 독한 양반이 바로 모친이었다네. 임신 소문은 사실이었고, 집안에서는 가문 망신시켰다고, 차라리 죽으라고 배추잎에 양잿물을 싸서 디미는 판인데, 어느 날 밤 집을 도망쳐 나와 자네들 아버지 집으로 오지 않았겠나. 김씨문중에서도 더 어쩌는 도리가 없었지. 그리 어렵게 태어난 목숨이 바로 자네가 아닌가."

박 영감은 걸음을 멈추며 감개어린 눈으로 형을 쳐다보았다. 형은 창백하게 굳어진 얼굴을 떨구었다.

"자네들 부친은 천하라도 얻은 듯이 황소처럼 미련하게 일을 했지. 생활도 그만하면 뜨뜻했고, 무엇보다 부러운 게 부부사이였지. 원앙이 따로 없고, 양반 상놈 피가 다르다는 말도 헛소리였던 게야. 둘째아들까지 낳고 잘 사는데 그놈의 난리가 터진 거야."

아버지는 변신을 했다. 괭이 대신 죽창을 든 것이다. 물 만난 고기처럼 아버지는 거침없이 행동했다. 김씨문중 사람들이 피해를 입은 건 말할 것도 없었다. 그나마 아버지가 사람들을 죽이지 않은 분별력을 가졌던 것은 어머니 때문이었다. 아버지가 아니었어도 김씨문중 사람들은 다른 사람들 손에 의해 많이 사라져갔다. 서너달이 그렇게 지난 어느 날 새벽 그 동안 자취를 감추었던 김씨네 젊은이들이 문을 박차고 뛰어들었고, 아버지는 포박을 당해 끌려가면서야 세상이 뒤바뀐 것을 알았다. 뿌연 어둠이 자욱이 깔린 국민학교 운동장의 플라타너스에 아버지는 칭칭 묶여졌다. 그리고 철컥 쇳소리가 어둠 속에 차갑게 흩어졌다. 그때 외마디 소리를 지르며 아버지 앞에 쓰러진 여자가 있었다. 어머니였다. 김씨네 젊은이들이 몰려들었다. 어머니 가슴에는 칼이 박혀 있었고, 옷은 피로 물들어 있었다. 내가 대신 죽게 해달라는 말을 되풀이하여 남기고 어머니는 숨을 거두었다. 젊은이들은 아버지의 포승을 풀었다.

"그것이 다 한바탕 한풀이 굿이었어. 대대로 물려온 한이 장작개비였다면 그 난리는 불쏘시개 같은 것이었지. 자네들 둘을 양쪽에 끼고 여길 떠나던 게 엊그제 같은데 자네들은 이렇게 장성하고, 그 사람은 저세상 사람이 됐구먼. 저기가 자네들 엄니 산소네."

박 영감은 인부 서너 명이 서 있는 묘를 가리켰다.

간단하게 제를 올렸다. 절을 하는데 얼핏 울음 추스르는 소리가 들리는 것 같았다. 그러나 나는 차마 형 쪽을 볼 수는 없었다.

절을 끝내고 힐끔 쳐다보니 형의 눈자위가 벌겋게 변해 있었다.

제가 끝나자 인부들은 금방 작업을 시작했다.

박 영감은 뼈를 담은 상자와 뼈를 쌀 한지를 간추리고 있었다.

생각보다 빨리 관 있는 부분이 드러났다. 뼈들은 하얀 모습으로 가지런히 누워 있었다.

"명당이었구먼. 자네들 번창한 게 다 엄니 덕이었던 모양이야."

박 영감이 인부한테서 뼈를 받아 한지에 조심스럽게 싸며 말했다.

　머리에서부터 순서대로 뼈를 싸서 상자에 담는 일은 한 시간이 채 걸리지 않았다.
　"한 많던 사람들 영혼이 이제야 한자리에 편안히 눕게 되는구먼."
　박 영감은 상자를 들어 형에게 건네주며 중얼거리듯 말했다. 상자를 받아드는 형의 눈에는 눈물이 어려 있었는데, 형은 무슨 말인가를 하려는 것 같다가 그만두었다.
　"자네들 엄니나 아부지 가슴에 맺힌 한은 아마도 백설 위에 떨어진 노루 핏빛 같은 색깔일 거구먼. 그 한은 합장을 한다고 풀리는 것이 아니라 자네들이 번성하게 잘 살아야 풀리는 거네."
　박 영감은 당부하듯 말하고는 앞서 걷기 시작했다.
　형은 상자를 받쳐든 채 무슨 생각을 하는지 멍하니 서 있었다.
　"갑시다."
　나는 형을 일깨웠다.
　"내가…… 출세를 하려 했던 일방적인 계획은 우리 집안이 너무 보잘 것 없어서였다. 근데 지금 생각해보니 나보다 아버지가 먼저 시도한 일이었어. 난 결국 아버지 속에 있는 놈일 뿐이다……."
　형은 중얼거리듯 말하고 있었다.
　나는 그 말을 듣는 순간 형이 아버지의 장례 때 했던 행동과 자기 마음속에는 아직 아버지가 살아 있다고 했던 의미가 일직선으로 연결되는 걸 느꼈다.
　"형, 아버지가 이제 편히 잠드시겠수."
　나는 나도 모르게 형의 팔을 붙들었다. 형의 얼굴이 반쯤은 웃고 반쯤은 울고 있었다.

마술의 손

　설마설마했던 소문은 설마가 아니었다. 참말로 전기가 들어오게 된 것이다. 밤골의 밤이 대낮처럼 밝아질 날이 현실로 다가온 것이다.

　집 한채는 거뜬히 싣고 달릴 수 있을 만큼 큰 '도라꾸'가 마을로 밀려들 때까지만 해도 사람들은 그 차에 별다른 관심을 보이지 않았다. 그 차가 꼬마들의 눈길이나마 끌 수 있었던 것은 그 큰 몸집에 온통 홍시감 색깔을 칠한 때문이었다.

　그 차는 돌이 울퉁불퉁한 길을 힘겨운 듯 느릿느릿 움직이다가 멈추곤 했다. 멈추었을 땐 둥글고 긴 기둥 같은 것을 하나씩 내려놓았다. 그런데 그 기둥 같은 것은 꼭 그만한 간격에 내려져선 길게 눕는 것이었다.

　꼬마들은 하아 이상해서 차로 몰려들기 시작했다. 꼬마들은 그 흰빛의 기둥 같은 것이 돌덩어리라는 것을 알았다. 그리고 차에 올라탄 아저씨들이 그것을 내리면서 왜 낑낑매는지도 알았다.

　"응냐, 응냐 응냐, 응냐……."

　두 패로 갈라진 아저씨들은 그 돌덩어리 기둥 양쪽에 매달려 짐을 잔뜩 싣고 고개마루를 오르는 소처럼 숨을 씩씩 불면서도 연신 이런 소리들을 번갈아가며 내고 있었다.

　꼬마들의 궁금증은 뭉게구름처럼 피었다. 저리 무거운 돌덩어리 기둥을 어디에 쓰려는 것일까. 저 기둥에 드문드문 뚫린 조그만 구멍들은 무엇을 하는 걸까. 두 주먹이 다 들어가고 남을 만큼 기둥 밑에 뚫린 동그란 구멍은 또 뭘까.

꼬마들은 잔뜩 긴장한 채 눈알만 잽싸게 굴릴 뿐 누구도 입을 열지 않았다. 이런 때 누가 한 마디만 벙긋하면 와자한 우김질이 시작되련만 워낙 처음 보는 것이라 그것이 어디에 쓰이는 것인지 꼬마들은 도통 실마리를 풀어낼 수가 없었다. 그래서 꼬마들은 차가 움직이면 쪼르륵 그 꽁무니를 쫓았고, 아저씨들이 낑낑대며 돌기둥을 내릴 때면 멀찌감치 서서 넋놓고 구경을 되풀이했다.

아저씨들이 땀을 훔치며 제각기 담배에 불을 붙였다. 어떤 아저씨는 방금 내려놓은 긴 돌기둥에 걸터앉았다. 꼬마들은 조그맣게 쪼그리고 앉아 그 아저씨들을 말끔히 쳐다보고 있었다.

"니들 이 동네 사니?"

한 아저씨가 담배연기를 푸우 뿜어내며 꼬마들에게 물었다. 꼬마들은 주춤 일어서다 말고 하나같이 고개를 끄덕였다.

"니들 이게 뭐하는 건지 알아?"

아저씨가 빙긋 웃으며 물었고, 꼬마들은 금방 밝은 얼굴이 되며 모두 크게 고개를 가로저었다.

"뭐하는 건지 가르쳐줄까?"

꼬마들은 더 크게 고개를 끄덕였다. 그러면서 앞으로 조금씩 다가서고 있었다.

"이 사람 또 시작이다. 애들만 보면 그저 싱글벙글이지."

다른 아저씨가 말했고,

"애들아. 이게 뭐냐면 말야, 전봇대다, 전봇대."

아저씨가 신나는 목소리로 말했다.

"에키, 이 사람아, 쟤들이 전봇대를 어떻게 알아."

다른 아저씨가 나무라듯 말했다.

"그런가?……니들 전봇대 모르니?"

아저씨의 말에 꼬마들 모두는 함께 고개를 끄덕였다.

"이것 참…… 그럼 전기는 아니? 등잔이나 호롱불 대신 쓰는 대낮처럼 밝은 전기 말야."

아저씨의 말에 꼬마들의 얼굴은 금방 붉게 상기되었고 눈들은 반짝이는 물기를 머금었다. 엄마 아빠들이 하는 말을 들어 꼬마들은 이미 전기가 무엇인지는 알고 있었다.

"알아요!"

누군가가 큰소리로 외쳤다.

"나도 알아요!"

"전기다마. 나도 알아요!"

"무지하게 밝은 것, 나도 알아요!"

꼬마들은 제각기 소리쳤다.

"그래, 그래. 그 전기가 니들 동네에 들어오게 됐다. 신나지?"

"야아아."

"와아아."

꼬마들은 외치며 마구 뛰기 시작했다.

전기가설공사 소식은 삽시간에 온 동네에 퍼져나갔다. 누구나 처음엔 설마했고, 나무가 아닌 시멘트 전신주가 길가에 번듯번듯 누워 있는 것을 보고서야 비로소 감격어린 안도의 숨을 내쉬게 되었다.

밤골사람들이 전기가 들어온다는 사실에 하나같이 설마를 앞세웠던 것은 그만큼 여러 차례에 걸쳐 속아왔기 때문이었다. 시꺼먼 그을음이 오르는 석유등잔 신세를 이제야 면하는가보다고 잔뜩 벼르다보면 공염불이 되곤 했었다. 그런 때의 허탈감이란 단순히 기대에 대한 실망이 아니라 그런 약속을 찰떡먹듯이 한 상대를 향해 내뿜다 지친 증오의 산물이었다. 그들이 전기가 들어오기를 목이 늘어지게 고대했던 것은 그저 밤을 밝게 살고 싶어했던 얕은 소견머리에서가 아니었다. 어둠침침한 등잔불빛 아래서 그래도 공부를 하겠다고 코를 들이미는 자식들에게 한시라도 빨리 전등의 그 말끔한 밝음을 주고 싶어했었다. 그 간절한 소망이 공염불이 되고 말면 자식들에 대한 미안함과 안쓰러움이 무력한 부모라는 죄책감과 함께 뒤범벅이 되어 증오로 바뀌는 것이었다.

밤골 저 앞산 중턱쯤에 쇠막대로 얼기설기 짜서 만든 무지막지하게 크고 높은 전신주가 선 것은 일정시대의 일이었다. 아슴한 높이로 이어져나간 전깃줄에는 사람이고 짐승이고 붙기만 하면 시꺼멓게 타죽을 만큼 센 전기가 흐른다고 했다. 그래서 사람들은 감히 접근을 못 한 채 그 축 늘어진 전깃줄을 빠안히 건너다보면서 어두운 밤을 지내야 했다. 그때 사람들은 아무도 밤골에 전기가 들어오지 않는다는 사실에 신경을 쓰지 않았다. 앞산의 전기는 큰 도회지로 간다는 것이었고, 신작로에서도 산 하나를 넘어야 하는 밤골은 당연히 전기 같은 것은 지나쳐가는 곳으로 생각해버렸다.

그런데 해방이라는 것이 되었다. 밤골사람들에게 해방의 기쁨은 공출을 안해도 되는 것으로 확인되었다. 그리고 얼마가 지나서 선거라는 이상야릇한 바람이 불어왔다. 그 선거바람은 손가락이 일하는 데만 쓰이는 것이 아님을 일깨워줌과 동시에 사람값을 턱없이 올려놓는 일을 했다. 그러나 정작 밤골사람들을 들뜨게 만든 것은 따로 있었다. 손가락을 세워 암기한 기호 밑에 붓대롱으로 꾸욱 눌러만주면 전기를 끌어들여준다는 것이었다. 이 얼마나 가슴 벌떡이고 기분 들뜨고 황감한 이야기인가. 그래서 밤골사람들은 이장(里長)이 시키는 대로 줄줄이 서서 똑같은 기호 밑에다 정성스레 붓대롱을 눌렀다. 그러면서도 또다른 느낌으로 역시 해방이 좋다는 것을 실감했고, 그 밝은 전등불빛 아래 온 식구가 오손도손 모여앉은 광경을 연상하며 기분이 달떴다.

그들이 붓대롱으로 누른 바로 그 사람이 국회의원인가 대감인가로 뽑혀 서울로 행차하게 되었다는 소식이 들렸다. 그들은 자신들의 일이나처럼 기뻐했고, 머잖아 그 신명나는 전등불의 밝음이 마을의 어둠을 걷어가리라 굳게 믿었다. 그러나 달이 몇 겹인가 겹쳐지나도 소식을 감감하기만 했다. 남자들은 진작, 아낙네들까지도 기대에 부푼 이런저런 이야기들에 시들해지고 지쳐갔다.

"이거 어찌된 일일까요? 혹시 우리가 속은 건 아닌가요?"

"허허, 거 뭔 소리, 점잖은 양반한테. 나라 일 보는 양반이 얼마나 눈코뜰새가 없겠어. 틀림없으니까 조금만 더 기다리도록 하세나."

이런 이장의 당당한 태도를 믿고 또 몇 달이 지나갔다. 그러나 소식은 꿩 구워먹은 자리였다.

“아직도 더 기다려야 할까요? 우리가 홀딱 속은 것이지요?”

“글쎄 말이야…… 점잖은 체면에 그럴 양반이 아닐 것인디…….”

이장이 난색을 표하며 말을 어물거리게 되자 모두는 발끈 화가 솟았다. 그래서 모여앉으면 이장을 떡판 위의 떡살을 만들었다. 그러면서도 한가닥 희망을 버리지 못한 채 한 해를 넘기고 몇 개월이 지났다.

“되면 된다, 안 되면 안 된다 속시원하게 좀 알아버립시다. 이거야 원 똥누고 밑 안 닦은 것처럼 이게 뭡니까.”

이런 말까지 나오게 되자 이장도 더는 참을 수가 없었던 모양이다.

“고거 순 후레아들놈이야. 어디다 대고 고런 싸가지 없는 거짓말을 해 그래.”

이장이 험상궂은 표정으로 욕을 쏴지르고 말았을 때 사람들은 그만 완전히 맥이 풀려버렸다. 한가닥 희망마저 자취를 감추어버린 것이다. 그렇다고 잔뜩 화가 치밀어 있는 이장을 전처럼 욕해대거나 원망할 수도 없었다. 이장도 밤골에 전기가 들어오기를 바라고 그런 일을 했다가 자신들과 함께 속은 것뿐 저지른 죄라곤 없었던 것이다.

사람들이 전기에 대한 일을 까맣게 잊어버리고 있던 어느 해 다시 그 선거바람이라는 게 불어왔다. 이번에도 전기를 끌어들인다는 것이었다. 물론 지난번에 왜 성사가 안 되었는지에 대해 청산유수 같은 설명이 곁들여진 건 말할 것도 없었다. 듣고보니 그럴듯도 했다. 그래서 이장을 위시한 동네사람들은 지난번처럼 한 기호 밑에 붓대롱을 눌렀다. 그러나 결과는 마찬가지였다.

이번에야 설마, 이번에야 설마, 하며 똑같은 방법으로 속기를 얼마나 했는지 사람들은 기억조차 하지 못했다. 그건 기억을 하지 못해서가 아니라 불신감 때문에 기억을 하려들지 않았다.

그런데 느닷없이 전기가 들어온다는 소문이 나돌았다. 그건 정말 느닷없는 소문이었다. 선거바람도 안 타고 불어온 소문이었던 것이다. 그래서 그 누구도 믿으려 하지 않고 콧방귀만 뀌었다. 설마 전기가 들어올라고…… 언제부턴가 설마는 처음과는 반대의 의미로 쓰여지고 있었다.

그런데 읍내 장터거리에서나 볼 수 있었던 그 돌덩이 같은 전신주가 길가에 즐비하게 누워 있는 것이 아닌가. 앞산 중턱에 철근 전신주가 서고나서 실로 오십여 년만의 일이었다.

어린애고 어른이고 할것없이 모두 기쁨에 들떠 있었지만. 특히 감격해 마지 않는 사람은 몇몇 노인들이었다. 그들은 모두 칠순이 넘어 있었다.

"사람은 참 오래 살고볼 일이야."

"누가 아니래나. 결국 이런 날이 오긴 오는구먼."

"저기 저 전봇대가 박힐 때 내 나이 스물셋이었지 아마……."

"허허, 기억 한 번 총총하네 그랴. 내가 스물둘이었으니 틀림없구먼."

노인들은 이런 말을 나누며 앞산을 감개무량한 얼굴로 건너다보고 있었다.

전기공사는 예정보다 훨씬 앞당겨 진행되어 나갔다. 그도 그럴 것이 백이십여 호의 마을사람들이 거의 동원되다시피 하고 있었다. 누가 시켜서 하는 일이 아니었다. 하루라도 빨리 전기를 켜고 싶은 바램으로 너나없이 일손의 틈을 내어 공사에 힘을 합쳤다. 아낙네들은 돌아가며 먹을 것을 장만해 기술자들을 대접하기에 바빴다.

이렇게 되고보니 기술자들의 일손에 신명이 붙지 않을 수가 없었다. 책임자는 연신 벙글거리며 이리 뛰고 저리 뛰고 했다.

공사기간을 한 달 이상 단축시켜 온 동네에 전깃불이 들어오게 된 날 밤 돼지를 세 마리나 잡는 잔치가 벌어졌다. 이렇게 밤골 전체가 흥겨움에 넘친 잔치는 보기 드문 일이었다. 공사 기술자들이 상좌에 앉혀진 건 물론이었고 그들은 코가 비뚤어지도록 술을 마셔야 했고, 배꼽이 요강 꼭지가 되도록 음식을 먹어야 했다.

양복을 미끈하게 뽑아입은 청년들이 밤골에 나타난 건 잔치가 끝난 바로 그 다음날이었다. 그들은 큼직큼직한 상자를 경운기만한 자동차에 가득 싣고 왔다.

회관 마당에 차를 세운 그들은 부지런히 손을 놀려 차 옆구리에 높은 쇠막대를 묶어 세웠다. 그 쇠막대 끝에 잠자리날개 모양으로 굽어진 또 다른 쇠들이 여러 개 달려 있었다. 그 흰빛의 쇠막대들은 햇빛을 받아

반짝반짝 빛을 냈다.

몇몇 꼬마들은 청년들의 손놀림을 하나도 빼놓지 않고 살피고 있었다. 전기공사가 시작됐을 때처럼 또 집에 신나는 소식을 가져갈 수 있었으면 하고 꼬마들은 제각기 생각했다.

청년들은 한 상자 안에서 물건을 꺼냈다. 그 물건은 생전 처음 보는 것인데, 네모가 반듯했다. 무슨 기계인 건 분명한데 무엇을 하는 데 쓰는 것인지는 꼬마들로서는 알 수가 없었다.

청년들은 그 예쁘장하게 생긴 기계를 운전대를 덮은 차 지붕 위에 달랑 올려놓았다. 그리고 높은 쇠막대 꼭대기로 이어진 까만 줄 끝을 기계에다 연결시켰다. 청년들의 일은 그것으로 끝났다. 그들은 손바닥을 털고 벗어놓은 양복을 입었다.

"저게 뭐예요, 아저씨?"

누군가가 더 못견디겠다는 듯 쨍한 목소리로 물었다.

"하아 요놈들, 오래 참았구나."

한 청년이 그럴 줄 알았다는 듯 씨익 웃으며 꼬마들 앞으로 다가섰다.

"너희들 텔레비전이라는 말 들어봤니? 저게 바로 텔레비전이라는 거야."

"테에레에……."

꼬마들을 전혀 귀에 익지 않은 말을 어물어물 흉내냈다.

"저게 머어 하는 기곈데요?"

어느 꼬마가 힘들게 물었다.

"응, 저기에 이쁜 여자가 나와서 노래도 부르고, 군인아저씨가 나와 총싸움도 하고, 아주 신나는 기계다."

"예에?"

꼬마들은 하나같이 놀라는 표정이 되었고 다음 순간, 피이, 아저씨 거짓말! 하는 표정으로 바뀌었다. 그런 눈치를 놓치지 않은 청년은 잠시 난감한 얼굴이 되었다.

"그래, 너희들 트랜지스터, 아니 라디오는 알지?"

청년이 반색을 하며 물었고, 꼬마들은 고개를 끄덕였다.

"바로 라디오하고 비슷해. 한 가지 다른 것은 라디오에서 노래하고 말하는 사람의 얼굴이 저기 저 네모난 데에 그대로 나오는 거야. 그러니까 사진이 나오는 라디오가 바로 저 텔레비전이라는 거다."

꼬마들은 수긍이 가는 것 같은 표정들이었고, 청년은 그런 꼬마들을 내려다보며 만족스런 웃음을 흘리고 있었다.

"어디 그럼 보여줘봐요."

"그래 그러잖아도 이 아저씨들이 보여주려고 저렇게 차려놓은거다. 그런데 방송국에서 낮엔 안 하고 저녁에만 한단다. 너희들 이따 저녁 밥 먹고 꼭 나오너라, 신나게 구경시켜줄 테니까. 얘들아, 너희들은 구경하고나서 말이지, 엄마 아빠한테 저 텔레비전을 사달라고 조르란 말야. 알겠지? 저걸 너희들 안방에 갖다놓고 매일 신나게 봐얄 것 아니냐. 그치?"

청년은 꼬마들의 눈동자들을 들여다보며 진득진득한 음성으로 속삭이고 있었고, 꼬마들은 무슨 말인지 아는지 모르는지 구분이 안 가는 끄덕임을 계속했다.

청년 하나만 차에 남았고 나머지 셋은 골목을 타고 흩어져갔다.

그들은 한 집도 빼놓지 않고 샅샅이 뒤지고 다녔다.

"안녕하십니까, 아주머니. 전기가 들어오니 얼마나 후련하십니까 그래."

"전기는 잘 들어오나요? 어디 불편한 점은 없으신가요?"

서슴없이 마당으로 들어선 그들은 그지없이 사람좋은 웃음을 지어보이며 이런 식으로 너스레를 떨었다.

"말도 말아요. 뱃속까지 다 환해진 기분이라오."

"불편하긴요. 등잔 밑에서 어떻게 살았나 싶은 게 다신 그런 세상 못 살아낼 것 같은 붕붕 뜨는 기분이라우."

여인네들은 아무런 경계의 빛도 보이지 않고 이렇게 마음들을 풀어놓았다. 낯설은 외지의 남자들을 모두 전기를 끌어다준 고마운 사람들로 싸잡아보는 여인네들의 착각의 탓도 있었지만 생전처음 전등불을 밝히고 보낸 지난 밤의 감회가 그네들의 마음을 그렇듯 헤프게 만들어놓고 있었다.

 "아주머니 이제 전기도 처억 들어왔겠다, 안방에다 극장 하나 멋들어지게 차리시는게 어떨까요?"

 청년은 나긋나긋 말하며 울긋불긋한 카탈로그를 여인네 눈앞에 기세 좋게 펼쳐보이는 것이었다.

 "안방에 극장을 차리다니?……."

 여인은 여기서 말을 멈추고 눈앞에 펼쳐진 요란한 색깔의 종이에 눈을 박기 마련이었다. 그리고 여인의 얼굴은 언뜻 긴장했다.

 "이거 텔레비전이라는 거 아녜요?"

 여인은 읍내에서 눈여겨보았던 기억을 다잡으며 자신도 모르게 소리쳤다. 발목을 틀어잡은 것처럼 발길을 돌리지 못하게 하던 그 희한한 기계 텔레비전이라는 것. 그것을 맘놓고 볼 수 있는 사람들의 신세가 얼마나 부러웠던가. 그런데 지금 바로 눈앞에 와 있는 것이 아닌가.

 "그렇습니다. 이게 바로 안방극장 텔레비전입니다."

 "하지만 우리 형편에 어디……."

 여인은 금방 시무룩한 얼굴이 되었다.

 "아주머니 그까짓 값은 염려 마십시오. 밤골에 전기가 들어온 걸 축하하기 위해 우리 회사에서 특별히 싹 반값으로 깎아드리기로 했습니다. 아무 염려 마시고 오늘저녁 회관 마당으로 나오세요. 거기서 텔레비전을 한바탕 틀 테니 구경부터 해보세요. 자아, 이만 물러갑니다."

 청년이 양복깃을 펄럭이며 사립 밖으로 사라져버린 다음에도 여인은 텔레비전이 그려진 울긋불긋한 종이를 든 채 무엇에 홀리기라도 한 것처럼 멍하니 서 있었다.

 세 청년이 동네를 한바탕 휘젓고나자 여인네들은 끼리끼리 모여 텔레비전에 대한 길지 못한 상식들에 제각기 적당한 거짓말까지 반죽해가며 수다를 떨기에 침이 말랐다. 그네들의 수다는 하나같이 텔레비전 예찬론이었고, 전기가 들어온 바에야 사람같이 살아보려면 텔레비전은 꼭 있어야 한다는 필연적 명분론에 귀착했고, 그게 값이 수월찮을 것이라는 경제의 허약성에 부딪쳤다가는 반으로 싹 깎아준다는 청년의 말을 상기하며 다시 기운을 회복했고, 어쨌거나 공짜구경이니 저녁밥 일찍 해먹고 회관 마당으로 나가자고 의견일치를 보았다.

어느때 없이 이른 저녁을 먹은 사람들이 회관 마당으로 꾸역꾸역 몰려들었다. 누구보다 세상을 만난 것이 어린것들이었다. 청년들은 곡마단 문지기들처럼 신바람을 내며 자리를 정리하기에 바빴다. 차를 맞바라보고 아이들은 앞에, 어른들은 뒤에 자리를 잡았다.

텔레비전에 어릿어릿 흔들리는 불이 들어오고, 한 청년의 손짓에 따라 긴 쇠막대를 이리저리 움직이자 과연 기계에는 사람들의 모습이 나타났다.

"와아아!"

함성을 지른 건 앞에 앉은 꼬마들이었다. 꼬마들이 더 좋아한 건 프로가 어린이 시간이었기 때문이다.

텔레비전이 찰칵 꺼진 것은 어린이 시간이 끝나면서였다.

어떻습니까, 여러분. 모두 잘 보셨지요? 이게 바로 텔레비전이라는 겁니다. 여러분들이 직접 보셨으니까 긴 설명은 안 드리겠습니다. 이제 여러분들도 이 텔레비전으로 안방에 극장을 꾸며 온 식구가 오손도손 더욱 행복한 가정을 꾸밀 수 있게 되었다는 것입니다. 그럼 이거 값이 얼마냐! ×××원입니다. 아 아, 놀라지 마십시오. 잠깐 조용히 하십시오. 그럼 그 돈을 한꺼번에 다 받느냐, 그게 아닙니다. 다른 사람들에겐 최고로 길어야 육 개월, 여섯 달 동안 쪼개서 내게 하는데 우리 밤골 여러분들에겐 특별히 전기가 들어온 걸 축하하는 의미로 여섯 달을 더 늘려 일 년, 열두 달, 자그마치 열두 달로 쪼개서 내도록 했습니다. 그럼 열두 달 동안의 오부 이자만 계산해보십시오. 여러분들은 반값에 텔레비전을 사게 되는 겁니다. 그리고 열두 달로 쪼개서 냈을 경우 한 달에 낼 돈이 얼마냐! 단돈×××원. 이까짓 돈이면 아저씨들이 술 한 잔 안 마시면 거뜬히 해결될 것이고, 아주머니들이 돼지 한 마리 더 치면 깨끗이 끝날 돈 아닙니까."

청년은 여기서 잠시 말을 멈추었다. 어른들은 끼리끼리 뭐라고 숙덕이고 있었고 더러 고개를 끄덕이기도 했다.

"자아 희망자는 말씀하세요. 당장 댁에다 달아드립니다. 돈은 염려마세요, 다음달부터 내면 됩니다. 선착순으로 지금 당장 달아드려요. 여기선 더이상 안 틀어요. 우리도 갈 길이 바쁘니까 더이상 못 틀어요. 네에 저기 손드신 분, 어서 앞으로 나오세요. 네에, 그쪽 분도……."

이렇게 해서 열일곱 집이 신청을 했다. 청년들이 열다섯 대밖에 가져오지 않았기 때문에 두 집은 다음날 달기로 할 수밖에 없었다.

"예에, 아직도 기회는 있습니다. 밤새 생각해보시고 내일 다시 신청해도 좋습니다. 전기 들어오는 집에 텔레비전 한 대 없는 건 상투틀고 갓 안 쓴 격이고, 비단치마저고리 입고 버선 안 신은 것이나 마찬가집니다."

청년은 이렇게 말을 맺었다.

열다섯 집엔 당장 텔레비전이 설치되었다. 사람들은 제각기 가까운 집으로 떼지어 몰려들었다. 사월이긴 했지만 아직 밤공기는 찬데도 사람들은 마당에 진을 치고 앉았다. 열다섯 집은 하나같이 텔레비전을 마루에 내놓아야 했다. 그날 밤 태극기가 펄럭이고 애국가가 나올 때까지 자리를 뜬 사람은 하나도 없었다.

"억시게 좋긴 존 세상이야."

"소리야 공중으로 날아다닌다고 허지만 어찌 온갖 사진이 공중으로 날아다닐 수 있을까."

"참 귀신이 곡을 할 노릇이지. 우리 나라 사람들은 또 그렇다 치더라도 코쟁이들이 또박또박 우리말을 하는 건 어찌된 일이야, 글쎄."

어른들이 이런 감상소감을 피력하는 데까지는 좋았다. 그들은 곧 자식들 앞에서 곤궁한 입장에 놓이게 되었다.

"아빠, 우리도 텔레비전 사요."

"그래요, 영길이네는 낼 신청한댔어요. 우리도 낼 신청해요, 아빠."

애들의 성화는 아무리 많은 물을 끼얹어도 꺼지지 않을 불길이었다.

"밤이 늦었다. 어서 잠이나 자거라."

이 말을 들을 아이들이 아니었다.

"싫어, 낼 산다고 약속해야지 뭐."

"텔레비전 안 사면 잠 안 잘 거야."

애들은 몸까지 훼훼 저었다.

"영길이네 걸 구경하면 될 거 아니냐."

"싫어, 싫어. 챙피하게 그게 뭐야."

"아빠 쩨쩨하게 그게 뭐야. 아빠 챙피하지도 않아?"

이건 애비로서 체면이 말이 아니다. 애새끼들이 요모양인데 어쩌자고 저놈의 여편네는 또 입 꼭 다물고 있는 건가. 슬그머니 부아가 치밀어올랐다.

"시끄러, 요런 소갈머리없는 새끼들아. 썩 가서 잠이나 자!"

드디어 꽤엑 소리를 질러버렸다. 그 서슬에 애들이 미적미적 물러갔다. 그때서야 아내가 발딱 일어서며 쏴질렀다.

"흥, 소리만 지르면 장땡인 줄 알지."

내일 당장 텔레비전을 사겠노라고 당당하게 외치지 못한 가장(家長)들은 거의 이런 궁색한 꼴을 면할 수가 없었다.

청년들은 다음날 아침 햇살이 다 퍼지기도 전에 들이닥쳤다. 그들에게 새로 신청한 수는 어제의 곱이 넘는 서른여섯 집이나 되었다. 그러니까 밤골에서 텔레비전을 살 만한 집은 거의 다 산 셈이었다. 청년들은 하루종일 동네 골목골목을 부리나케 갈고 다녔고, 해질녘이 되자 밤골에는 쉰세 개의 긴 장대가 여기저기 삐쭉삐쭉 솟게 되었다.

텔레비전을 가진 집들이 반 가까이 되어버리자 형편이 어젯밤과는 영 딴판으로 변했다. 어젯밤처럼 그걸 마루에 내놓지도 않았고, 구경꾼들도 획 줄어버려 구경하는 입장도 만만치가 못했다. 전혀 눈치를 하는 건 아니었지만 어젯밤처럼 태극기가 펄럭일 때까지 죽치고 앉아 있을 수가 없었다.

텔레비전 시비는 아이들한테서부터 일어나기 시작했다. 무슨 놀이를 하다가 말다툼이 벌어지면 느닷없이 텔레비전이 사이에 끼어드는 것이었다.

"너 이새끼 까불면 텔레비전 안 보여줄 거야."

한 녀석이 눈꼬리를 세우며 이렇게 대지르면 상대편 녀석은 지금까지의 기세가 푹 꺾이며 어물거리는 것이었다.

"알았어. 네 맘대로 해. 내가 잘못했어."

텔레비전 구경을 담보로 말타기놀이의 말노릇이나 숨바꼭질의 술래노릇을 떠맡는 일이 예사로 벌어졌다.

그러나 며칠이 못 가 어른들 사이에서도 난처한 문제가 생기기 시작했다. 매일밤 안방에서 딴집사람들과 북적거릴 수는 없는 일이었다. 그래서 차츰 꺼리는 눈치가 노골화되어갔다.

"애들아, 텔레비전 그만 보고 어서 공부해라."

처음엔 이런 정도였고,

"아이, 노곤해. 우리 그만 잡시다."

며칠이 지나자 이렇게 변했고,

"아유, 이놈의 텔레비전 다시 팔아치우든지 해야지 귀찮아서 못 살겠네."

이런 지경에까지 다다르게 되면서 서로의 사이가 고약하게 일그러졌다.

홧김에 소 잡아먹는다고, 이와 비슷한 꼴을 당한 어떤 집에서는 다음날로 제까닥 안테나를 드높이 올리기도 했다. 그러나 아무리 꺼끄러운 꼴 당했다 하더라도 오기만으로 닭모가지 비틀 수 없는 집은 있게 마련이었다. 어느 사이엔가 그런 집들은 그런 집들끼리 모여 입을 삐쭉거리고 눈을 흘기고 했지만 겉돌기는 매일반이었다. 예전과는 달리 마을의 화제는 거의가 텔레비전과 연관되어 있었던 것이다. 그런 현상은 어린애들과 아낙네들에게서 특히 두드러졌다.

"여기는 본부, 여기는 본부, 뻐꾸기 나오라, 뻐꾸기 나오라 오바."

"여기는 뻐꾸기, 여기는 뻐꾸기, 본부 말하라, 오바."

"지금 간첩 일당이 강 쪽으로 도망가고 있다. 계속 쫓아라, 오바."

"알겠다. 계속 강 쪽으로 쫓아가서 간첩들을 잡겠다, 오바."

이런 놀이를 하는가 하면,

"에잇, 받아라, 마린 보이다!"

"좋다, 덤벼라. 나는 아톰이다!"

　애들은 제각기 만화영화의 주인공이 되어 나무에서 뛰어내리고 바위를 건너뛰고 하는 것이었다. 애들은 옛날의 숨바꼭질이나 땅따먹기 같은 놀이는 아예 집어치워버렸다. 씨름대신 레슬링 흉내를 냈고, 아무때나 ‘주고 싶은 마음, 먹고 싶은 마음…….’, ‘열두시에 만나요’ 어쩌고 흥얼거렸다.

　아낙네들도 애들 못지 않았다. 얼굴을 맞대면 그저 지난밤에 본 연속극 이야기에 바빴다.

　“그 여자가 불쌍해서 어떡허지 그래?”

　“그러게 말야. 어쩌면 그리도 눈치가 없는지 몰라.”

　“모를 수밖에. 남자가 그렇게 감쪽같이 속여버리는데 어떻게 알아?”

　“어쩜 그 남잔 그리도 흉물스럽지? 낯짝만 봐도 정나미가 떨어져.”

　“그것도 다 그 여우 같은 미스 홍 때문이야. 홀딱 홀려버린 거라니까.”

　“그렇다니까. 고 여우 떠는 꼴좀 봐. 금방 간을 홀딱 빼먹을 것처럼 눈웃음 살살 치는 것 하고…….”

　“그런 남편 믿고 어찌 살지?”

　“이 세상 남자가 어디 다 그럴라고.”

　“얼래, 남자처럼 믿을 수 없는 것도 세상에 또 없어. 계집이 살살 꼬리치는데 싫어할 남자 어딨어.”

　“그렇담 우리 애아범들도 그럴까?”

　“아따, 걱정도 팔자다. 요런 흉악한 촌구석에 미스 홍이 어딨어서.”

　“아녀, 그런 것은 아녀. 읍내에서 미스 홍 같은 계집들이 한둘인 줄 알어? 그런 짓 백날 하고 다녀도 우린 캄캄밤중이지 별 수 있어?”

　“그도 그렇구먼.”

　“혹시 우리가 여태 까맣게 속아온 건 아닐까?”

　“그럴지도 모르지.”

　“안 되겠네, 오늘 저녁 당장 따져봐야지.”

　“나도 그래야겠어.”

　“나도 몸살나 죽겠네, 언제 저녁까지 기다려 그래.”

이처럼 화제는 비비틀려서 엉뚱한 방향으로 불이 붙곤 했다. 그래서 가당찮은 부부싸움을 터뜨리기도 했다.

"당신도 저 남자처럼 날 속이고 있는 건 아니우?"

"아이고, 나도 저런 팔자나 한 번 돼봤음 좋겠네."

남자는 심드렁하게 대꾸했고, 여자는 남편의 그런 미지근함이 마음에 걸렸다.

"아니, 무슨 말이 그 모양이오? 저런 꼴이 부럽다니, 지금도 날 속이고 있는지 누가 알아."

남자는 아내의 말에서 섬뜩함을 느꼈다. 농담이 아니라 가시가 돋혀 있는 것이다. 괜히 어물거리다간 그대로 뒤집어쓸 판이었다. 그렇다고 벌컥 화를 내기도 민망한 일이었다.

"누가 정말 그렇대나, 그냥 농담이지."

"누가 알아요. 사람 속을. 아무래도 당신 좀 이상해요. 어물어물하는 게."

아내는 정색을 하고 덤비고 있었고, 남편은 급기야 화가 치밀어올랐다.

"아니, 요런 싸가지없는 여편네 좀 보소. 저놈의 텔레빌 당장 팍 부셔버려야지, 어디다 대고 지랄이야, 지랄이."

남편이 벌떡 일어나며 텔레비전을 곧 걷어찰 기세였고, 아내는 황급히 남편을 붙들며 만족스런 웃음을 머금고 있었다.

"그만 했기 망정이지 텔레빌 깨버렸음 어쩔 판이었어 그래."

"우리 애아범은 그래도 텔레비전은 아까웠던 모양이지. 재떨이를 벽에다 내던지더라니까."

"지랄하고 나만 젤 손해봤네. 눈깜짝할 새에 팍 쥐어박고 말잖아."

"히히히…… 창수 아범이 본래 몸이 날래잖은가베. 성질은 좀 칼칼허구."

"어쨌거나 속시원하지 뭐야. 우리 애아범들은 아무 탈 없으니까."

이러면서 아낙네들은 키들거리고 신바람이 나는 것이었다.

아낙네들은 이제 퀴퀴하고 질척질척한 느낌의 생활 속의 이야기들을 거의 잊어버리고 있었다. 누가 누구보다 미남 탤런트고, 어느 가수가 누구보다 더 노래를 잘 부른다고 우김질하는 것이 한결 재미가 고소했던 것이다.

텔레비전 바람은 좀체로 잠잘 줄을 모른 채 더러 가정불화까지 일으키며 꾸역꾸역 밤골을 먹어가더니만 삼 개월쯤 지난 칠월이 되어서는 백 개가 넘는 안테나가 서게 되었다.

지난 해와는 달리 무더운 밤인데도 당산나무 밑에는 모깃불이 지펴지지 않았다. 어둠 속에서 담뱃불이 빠알갛게 타고, 어른들이 나누는 이야기 소리가 개구리 울음소리에 섞여 두런두런 들리던 밤이 없어졌다.

그뿐만 아니라 앞개울의 어둠 속에서 물창을 튀기는 소리와 함께 여자들의 간지러운 웃음소리도 들을 수가 없었다. 반딧불을 쫓는 애들의 왁자한 외침도 자취를 감추었고, 감자나 옥수수 추림을 하는 아낙네들의 마실도 씻은 듯이 없어졌다. 집집마다 텔레비전 앞에 매달려 있는 탓이었다.

청년들은 매달 같은 날짜에 나타나 또박또박 돈을 받아갔다. 처음 팔아먹을 때와는 달리 하루만 늦어도 이자를 가산하겠다고 으름짱을 놓았고, 한달이 늦으면 그 동안 낸 돈은 무효로 하고 물건을 가져가겠다고 큰소리를 쳤다. 그런데 이 말에 꼼짝을 못 할 것이, 읽어보지도 않고 도장을 찍어주고 받은 월부계약서란 것에 그 조항들이 똑똑히 적혀 있었다. 그래서 거의 매일이다시피 돈을 빌리러 골목을 헤집고 다니는 사람들이 끊이질 않았다.

팔월로 접어들면서 청년들과 다툼이 자주 벌어졌다. 처음 한두 달은 어찌어찌 날짜를 맞췄는데 달이 갈수록 돈물기가 힘에 부치기 시작한 것이다. 그런 사람들은 대개 나중에 구입한 사람들로, 에라 외상인데 그까짓 돈쯤 어떻게 변통이 되겠지, 하는 배짱을 부린 것이었다.

"담달에 한몫 내면 될 거 아뇨."

"글쎄, 안 된다니까요."

"아, 이잘 붙여준다는데도 안 돼?"

"똑같은 말 자꾸 해봤자 입만 아파요. 텔레비전이 없어서 못 팔아 먹는 판에 다 소용없는 소리요. 비키시오, 떼갈 테니.”

청년이 마루로 올라서려 했고, 주인이 청년을 나꿔챘다.

“정 이러기야, 이거?”

주인이 곧 쥐어갈길 듯이 대들었고,

“기운 좀 쓰시나본데 어디 쳐보시지. 요새 사람치는 놈들 잡아들이느라고 경찰서 유치장문 활짝 열어놨는데 어서 쳐보시라니까.”

주인과는 달리 청년은 유들유들한 태도로 비웃고 있었다.

주인은 그만 미칠 것 같은 심정이 되고 말았다. 텔레비전을 빼앗기고, 두 달 낸 돈까지 꼼짝없이 떼일 형편이었던 것이다. 돈도 돈이지만 텔레비전이 있다가 없어지면 이게 무슨 꼴인가. 마누라한테, 애들한테 체면이 말이 아닌 것이다. 그리고 동네 망신은 또 얼마나 큰가. 그냥 기분 같아서는 저놈의 뺀질뺀질한 낯짝을 후려갈겨버리면 속이 시원하련만 그러지도 못하고…….

청년은 이미 싹수가 노란 걸 알고 있었다. 남들이 산다니까 기죽기 싫어서 덥썩 일 저질러놓고 똥줄이 타는 것이다. 지금 기분으로는 다음달에 한몫 낼 것 같지만, 아서라 안 속는다, 안 속아. 돈이 거짓말 시키지 어디 사람이 거짓말 시키더냐. 이런 가난뱅이들일수록 더욱 애지중지하게 마련이니까 삼 개월쯤 썼다고 한들 신품이나 마찬가지야. 새로 사는 것들도 숙맥이긴 매일반이니 더 속 썩히지 말고 물건 가져가는 거다.

청년의 이런 배짱 앞에서 텔레비전을 지킬 재간은 없었다. 그래서 열서너 집이 고스란히 수난을 당했다. 텔레비전이 실려나갈 때는 일대소란이 벌어졌다. 애들은 발을 동동 구르며 울부짖었고, 화가 솟을대로 솟은 주인은 애들을 마구 때리며 소리질렀고, 안주인은 그런 남편에게 대들며 악다구니를 썼다.

한편에서 이런 소동이 벌어지는 것과는 아랑곳없이 살림살이가 넉넉한 열서너 집에서는 전기용품 들여놓기 시합을 벌이고 있었다. 그들이 시샘을 하듯 다투어 장만하고 있는 것은 밥통이었다. 그들은 이미 여름이 되면서 선풍기를 들여놓느라고 서로 신경을 곤두세운 일이 있었다. 그 선풍기라는 것도 참 희한한 기계였다. 부채로는 도저히 맛볼 수 없는 기막힌 시원함을 주었던 것이다. 땡볕 속에서 농약을 뿌리거나, 채전(菜田)에 엎드렸다 들어오면 전신은 땀으로 미역을 감고 더위는 헉헉 목을 치받고 올랐다. 그런 때면 으레 옷을 홀러덩 벗어젖히고 찬물을 끼얹게 마련이었다. 그리고 손목이 아프도록 부채질을 해보지만 땀은 가슴으로 등줄기로 줄줄 흘러내리는 것이었다. 그런데 선풍기는 그게 아니었다. 스위치를 돌리기만 하면 금방 쏴아 쏟아져나오는 바람이 찬물을 끼얹었을 때의 그 시원함을 되살려주며 땀을 말끔히 걷어가는 것이다. 그뿐만 아니었다. 선풍기를 틀어놓으면 모기의 극성이 한결 누그러졌다. 그 신통한 선풍기바람이 모기란 놈을 제멋대로 날게 내버려두지 않았다. 선풍기를 가진 사람들은 이런 알톨 같은 맛도 맛이었지만 한편으론 자기들도 대처사람들과 마찬가지로 이렇듯 편리하고 근사한 전기용품을 사용하고 있다는 사실을 더 고소한 맛으로 즐기고 있었디.

그런데 이젠 전기밥통이 여자들을 환장하게 만들고 있었다. 쪼그리고 앉아 먼지 뒤집어써가며 짚단을 풀어 땔 필요가 없었다. 뜸을 들이자고 몇 번씩 솥뚜껑을 열어 뜨거운 김 속에 손을 처넣어 밥알을 집어내는 고역을 치르지 않아도 되었다. 전기를 꽂으면 빠알간 불이 반짝 들어와서는 제대로 보글보글 끓었고, 불빛이 바뀌면서 딱 먹기 좋게 뜸까지 들이는 게 아닌가. 밥국물이 넘치길 하나, 밥이 설기를 하나, 여인네들은 그저 감탄에 감탄을 거듭하는 것이었다.

"이리 존 세상을 몰랐으니 여태 헛살았지 뭐야."

"누가 아니래, 나도 당장 사야지 이러고 있을 때가 아냐."

"편하긴 참말로 편해서 존데, 그게 값이 좀……."

"아유, 무슨 걱정야. 월부 아냐, 월부."

"월부가 아니래도 그렇지. 마누라가 모처럼 고생을 좀 덜게 되었는데 까짓 돈 땜에 벌벌 떠는 남자라면 알아볼 쪼지 뭐야."

"그렇구말구. 그런 남자하고 살 섞고 살아봤자 뻔해. 그건 부부가 아니라 종노릇인 셈이라구."

"허지만 그런 게 자꾸 늘어나면 전기값도 더 물어얄 것 아냐."

"아이고 저런 궁상스런 여편네. 구더기 무서워 장 못 담글라, 죽기 전에 신간 한번 편해지는데 까짓 전기값 더 무는 게 무슨 대수야 그래."

이렇게 해서 전기밥솥은 텔레비전 옆에 의젓하게 자리를 잡아갔다.

가을에 접어들면서 잔칫집이 생겼지만 일손이 예전과 같지 않았다. 누구도 예전과 같이 밤늦게까지 일을 도와주려 들지 않았다. 날이 어둑어둑해지자부터 이런저런 이유를 대며 슬슬 자리를 뜨기 시작한 것이다. 주인의 입장에서는 품삯을 주는 것도 아닌데 붙들어 앉힐 수 없는 노릇이었다. 주인은 전에 없던 이 야릇한 변괴를 얼핏 알아차리지 못했고 평소에 앙큼한 짓 잘해서 미워지던 딸년이 텔레비전 때문이라고 일깨워서야 그렇구나 싶었고, 텔레비전 없는 집만 골라 일손을 모았고, 잔치준비를 하는데 생전 처음 품삯을 지불하기로 한 주인은 마당 감나무 잎에 내려앉기 시작한 가을의 썰렁함이 그대로 가슴에 옮겨지는 것을 느끼고 있었다.

샛터댁은 손을 재게 놀렸다. 빨리 설거지를 마쳐야 했다. 조금만 있으면 주말연속극을 시작할 참이었다. 그 연속극은 어쩌면 그리도 아슬아슬한 게 오금을 조이게 하는지 몰랐다. 남편이 들으면 골통 박살날 얘기지만 그 훤하게 잘생긴 미남배우는 거의 밤마다 샛터댁의 잠자리를 어지럽히고 있었다. 어찌된 영문인지 그 미남배우와 한이불 속에 들어 있는 꿈을 꾸는 것이다.

"이 미친년이 왜 이래. 지까짓 촌년이 어쩌자고 이래."

샛터댁은 소리내어 자신을 꾸짖기도 했다. 그러나 그 배우의 웃는 얼굴이 언뜻언뜻 떠올랐고, 그 연속극 시간만 다가오면 마음이 설렁거려 일손이 헛돌기 일쑤였다. 다른 여자들과 모여앉은 자리에서 그 배우를 놓고 이러쿵저러쿵 말이 나올 때도 샛터댁은 한 마디도 하지 않았다. 마음과는 달리 도무지 말을 꺼낼 수가 없었다.

샛터댁은 그릇들을 대충 건져내놓고는 부엌을 나왔다. 설거지물은 이따가 버리거나 내일 아침에 쏟아버려도 그만일 일이었다.

선전이 끝나고 곧 극이 시작되었다. 샛터댁은 아랫목에 엉덩이를 찰싹 붙이고 앉아 텔레비전 화면을 응시하며 침을 꿀떡 삼켰다. 지난 주일의 마지막 장면이 키스를 하려다가 부잣집 딸인 애인한테 덜컥 들킨데까지였다.

그 잘생긴 남자는 두 여자 사이에서 이러지도 못하고 저러지도 못하며 괴로워하고 고민하고 있었다. 한 여자는 가난하고 다른 한 여자는 부잣집 딸이었다. 두 여자는 누가 더 낫다고 할 수 없을 만큼 예쁜 얼굴이었고, 똑같이 그 남자를 사랑하고 있었다. 그런데 그 남자가 부잣집의 회사에서 일을 하고 있었다.

샛터댁은 언제부턴가 자기가 꼭 가난한 여자처럼 느껴지기 시작했고, 그 남자가 부잣집 딸에게 조금만 잘해주게 되면 파르르 화가 나기도 했고, 좀더 심하면 욕을 쏴대기도 했다. 틀림없이 자신이 당하는 것 같은 서운함과 분함이 가슴에서 엇갈리고 있었다.

키스를 하려다 들켜 엉거주춤 서 있는 두 남녀 앞에서 부잣집 딸이, 비겁해요, 더러워요, 이럴 줄 몰랐어요, 정말 몰랐어요, 외치며 뒤돌아서 뛰어가고 남자는 이름을 부르며 쫓아가려다 말고 엉거주춤 섰는데 가난한 애인과 눈이 마주쳤다. 그와 동시에 여자가 울음을 터뜨리며, 가세요, 어서 가보세요, 난 상관없어요, 하며 부잣집 딸과는 반대 방향으로 뛰어간다. 남자는 이쪽 저쪽을 두리번거리며 울상이 되고…… 샛터댁은 입술을 잘근잘근 깨물며 넋을 빼고 앉아 있었다.

샛터댁은 장면이 바뀔 때마다 얼굴을 찡그리기도 했고, 혀를 끌끌 차기도 했고, 흡족하게 웃기도 했고, 엉덩이를 들썩 올리기도 했다.

"엄마, 나 목말러."

국민학교 삼학년인 아들이 화면에 눈을 둔 채 말했다.

"……."

"엄마, 나 목마르다니까!"

아들의 목소리가 좀더 커졌다.

"……."

"아, 엄마! 나 목마르단 말야!"

아들이 꽤엑 소리를 질렀다. 그때서야 샛터댁의 고개가 아들 쪽으로 휙 돌려졌다. 그런 그네의 눈길이 매서웠다.

“아 니놈이 목타면 니놈 손으로 떠다 처먹지 어디다 대고 악을 써!”

샛터댁의 외침과 동시에 주먹이 아들의 머리통을 쥐어 갈겼다. 그 서슬에 아들이 발딱 일어섰다.

“엄만 텔레비전이라면 미치고 환장이야.”

아들이 투덜거리며 방문을 차고 나갔다. 그리고 아들의 황급한 외침이 들린 것은 잠시 후였다.

“엄마, 불이야! 불났어!”

“?……”

샛터댁은 어리둥절했다. 어디서 들리는 소린지 잠시 분간이 안 갔다.

“엄마! 불이야, 불!”

아들이 문을 박차고 뛰어들었다.

“부울? 어디냐, 어디!”

샛터댁이 방을 뛰쳐나갔다.

불길은 부엌을 다 채우고 넘쳐나 처마 밑을 핥고 있었다.

“달수 아부지, 달수 아부지, 불이요, 불! 불이 났소.”

샛터댁은 펄쩍펄쩍 뛰며 남편을 찾았다. 아직 돌아올 시간이 아니었다.

“달수야, 달수야!”

방으로 뛰어들면서 외쳤다.

“엄마, 나 여깄어, 여기?”

아들이 여동생 손을 잡고 마당가에서 와들와들 떨며 소리쳤다.

“아, 얼렁 사람들 불러. 불끄라고 사람들 불러!”

되돌아나온 샛터댁이 뒤집혀진 눈으로 울부짖었다.

“불이야! 불이야!”

“사람살려! 불이야!”

샛터댁의 째지는 부르짖음과 아들의 울먹이는 외침이 어두운 골목으로 퍼져나가기 시작했다.

어쩐 일인지 사람들의 기척은 들리지 않았고, 샛터댁이 사립을 떠다밀고 마당으로 뛰어들어 외쳐서야 비로소 방문이 열리는 것이었다.

사람들이 손에손에 물통을 들고 샛터댁의 집에 당도했을 때는 이미 불길은 처마밑을 빙그르 돌아 지붕으로 번진 뒤였다.

"살림살이라도 좀 꺼내봐야지!"

"틀렸어. 저 불길 좀 봐!"

"딴 데로 번지지나 못하게 해."

"아니, 이 꼴이 되도록 뭘 한 거야."

불길은 절망적이었다. 사람들은 가져온 물을 열심히 끼얹기는 했지만 푸시식푸시식 순간적으로 연기만 일으킬 뿐 불길은 점점 거세어갔다. 사람들은 더 물을 길어오려 하지 않았다. 이 눈치를 챈 샛터댁이 갑자기 소리를 질렀다.

"내년이 미친년이여. 내년이 미쳤어. 나같은 년은 죽어야 돼."

샛터댁은 불길을 향해 내달렸다.

"잡아!"

"저런, 저런……."

남자들이 쫓아가서 간신히 샛터댁을 붙들었다.

"놔요. 놔! 난 죽어야 돼. 죽어야 돼. 그까짓 게 뭐라고, 난 죽어야 돼에!"

눈을 허옇게 까뒤집은 샛터댁은 무서운 기운으로 발버둥질치며 한사코 불길을 향해 내닫을 기세였다.

유형(流刑)의 땅

"이 늙고 천헌 목심 펀허게 눈감을 수 있도록 선상님, 지발 굽어 살피주씨요. 요러크름 빌팅께요."

영감은 부처님 앞에 합장을 할 때보다 더 간절하고 애타는 심정으로 손을 모았고, 그것도 부족한 것 같아 그만 바닥에 무릎까지 꿇었다.

"영감님, 왜 이러십니까. 딱한 사정 충분히 알았으니 어서 의자로 올라앉으십시오."

원장은 당황한 몸짓으로 영감을 일으켜 세우려 했다.

"선상님, 지발 딱부러지게 맡아주시겠다고 말씀해 주시씨요."

영감은 몸을 더욱 오그리며 애원하고 있었다.

"……알겠어요. 맡도록 하지요."

원장은 착잡한 표정으로 어렵게 대답했다.

"고맙구만이라, 선상님. 이 하늘 같은 은혜 저 시상에 가서라도 잊어뿔지 않컸구만이라."

가슴께에 두 손을 모으고 무릎을 꿇고 앉은 자세로 영감은 두번 세번 고개를 주억거렸다. 그런 영감의 눈에는 안갯빛 눈물이 번지고 있었다.

"영감님, 어서 의자로 올라앉으세요."

이렇게 사정을 하지 않고 문 앞에 버리고 가버렸으면 어차피 맡아야 될 아이가 아닌가 하고 원장은 생각했다.

어려운 몸짓으로 의자에 다시 앉은 영감은 연상 콧물을 들이마시며 속주머니를 더듬어댔다.

"선상님, 요거 지가 가진 전재산인디 받아주시씨요. 삥아리 오줌 같은 것인디…… 지 맴 표시니께……."

영감은 투박한 손에는 접었던 자리가 선명한 일만원권 지폐 두 장이 들려 있었다.

"아닙니다. 영감님 약값에나 보태십시오. 애는 우리가 다 알아서 할 겁니다."

"지발 받아주시씨요. 못난 애비의 마지막 맴이니께요. 요걸 안 받으시면 지가 워찌 발길을 돌릴 수 있겠는가요. 선상님, 받아주시씨요."

눈물이 그렁거리는 영감의 눈은 입보다 몇 곱절 더 애타게 말하고 있었다.

"정 그러시다면……."

원장은 떨리는 영감의 손에서 돈을 옮겨받았다.

"요건 내복 한 벌썩 장만헌 것이구만이라."

영감은 손등으로 눈을 씩 문지르고는 조그만 보퉁이 하나를 내밀었다.

"예에……."

원장은 보퉁이를 받아들며 부정(父情)의 신음을 듣고 있었다.

"겉옷도 한 벌썩 장만혔어야 허는디, 속옷을 새로 사입히고 봉께로 돈이 모지래서……."

영감은 입언저리에 울음을 가득 물고는 변명처럼 말했다.

"너무 걱정 안 하셔도 됩니다."

"그라고 요것 잘 간수혀주시씨요."

영감은 낡아빠진 종이쪽을 조심스럽게 내밀었다. 원장은 종이 쪽지에 그리다시피 쓴 '아부지 천 만석'이란 여섯 글자를 한눈에 읽었다.

"고것이 지 이름 석 자구만이라. 지 할아부지가 상것으로 가난허게 산 것이 원이 되고 한이 되야, 니만은 꼭 만석꾼 부자가 되야 쓴다 허고 붙여준 이름인 모양인디 요 꼬라지가 되야뿌렀소."

영감은 절망의 덩어리 같은 한숨을 내쉬었다.

"새끼 하나 수발 못 허는 빙신 같은 애비지만 이름 석 자만은 알게 혀야 되잖을까 혀서……."

"그러믄요. 아버지 없는 자식이 어디서 생겨날 수 있겠습니까. 당연히 알아야 될 일이지요."

원장은 이렇게 말하며 다시 영감을 뜯어보았다. 삶에 지칠 대로 지친, 가랑잎처럼 그 목숨이 사그라들고 있는 한 사내의 운명이 비참하게 놓여 있었다.

영감은 복도에 나가있는 아들을 불러들였다. 여섯 살이라고는 했지만 제대로 먹이지를 못 해서 그런지 가뭄철의 개똥참외처럼 말라비틀어져 있었다. 그런 아이놈의 몰골을 보자 새로운 서러움이 영감의 가슴을 찢었다.

죽으나 사나 끝까지 옆에 끼고 있을 걸 잘못한 짓이 아닐까 하는 생각이 불현듯 들었다. 이곳을 찾아오기 전까지 무수히 되풀이했던 애비로서의 죄책감이었다.

"아무리 살기가 어려웠다 해도 몸이 이렇게 되도록 내버려두면 어떡합니까. 앞으로 아주 조심하셔야 해요. 자칫 잘못하다간 큰일납니다."

의사의 이 말이 아들을 끝까지 데리고 있어야 되겠다는 물기 젖은 생각을 동강내고는 했다. 뼈만 얼기설기 드러나는 그 엑스레이라는 흉칙한 사진은 자신의 목숨이 기름 바닥난 등잔불 같다고 의사에게 가르쳐 준 모양이었다.

굳이 병원을 찾아가기 전에도 영감은 자신의 병이 얼마나 깊어지고 있나를 대체로 알고 있었다. 입에서 피가 넘어오기 전에 벌써 그 징조는 나타났던 것이다. 이상하다 싶게 몸이 술에 휘둘렸고, 하루가 다르게 기운쓰기가 어려워졌던 것이다. 기운을 써서 세 끼 밥을 먹고 살아가는 축들은 건강의 변화를 의사보다 더 빨리 눈치채는 재주들을 가지고 있었다.

어느 노동판, 어느 길목에서 숨길이 끊길지 모를 일이었다. 그때 가서 고아로 버려지기는 마찬가지였다. 앞으로 일년을 더 살게 될지, 이년을 더 살게 될지 알 수가 없는 일이다. 자신의 손으로 미리 고아원에 맡기는 것이 그나마 한 가닥 핏줄을 지킬 수 있는 유일한 방법이라고 생각했던 것이다.

"철수야, 오늘부텀은 이 원장선상님허고 여그서 사는 것잉께, 원장선 상님 말씸 잘 들어야 써, 알겠어?"

영감은 아들의 조그만 얼굴을 허리 굽혀 깊이 들여다보며 말했다.

"아부지는?……."

아이는 늙은 아버지의 눈을 쳐다보며 짧게 물었다.

"어허, 또 그 소리. 느그 엄니 찾아갖고 온다고 쌔빠지게 헌말 잊어뿌 렀냐?"

영감은 일부러 사나운 목소리로 말했다.

"언제 와?"

아이는 시무룩해져서, 그러나 아버지의 눈을 똑바로 쳐다본 채로 물 었다.

"엄니 찾으면 금시 올 것잉께……."

"못 찾으면?"

아이는 아버지의 말을 자르며 다부지게 물었다.

영감은 잠시 말문이 막혔다. 가슴 저 깊이로 서러움 한 줄기가 써늘하 게 뻗쳐나갔다.

"올 것이여, 엄니 찾아갖고 꼭 와."

영감은 자신있게 말했다.

"아부지, 약속 걸어."

아이는 새끼손가락을 내밀었다. 영감은 손가락을 내밀 생각도 않고 아들을 물끄러미 바라보고 있었다.

불쌍한 내 새끼. 어쩌다 나 같은 인종한테 태어나 요런 꼴이 된단 말 이냐. 건강허게 커야 써. 아푸지 말고, 밥 잘 묵고…… 불쌍한 내 새끼 …….

"빨리 약속 걸어."

"그려, 그려."

영감은 주체할 수 없이 솟구치는 울음의 덩이를 목이 찢어지도록 아 프게 삼키며 손가락을 내밀었다.

작고 가느다란 손가락과 굵고 투박한 손가락이 허공에서 얽혀졌다.

"아부지, 엄니 찾아서 꼭 와야 해."

아이가 손가락에 힘을 주고 손을 흔들며 말했다.

"그려, 그려."

"엄니 빨랑 찾아달라고 밤마다 기도할 거야."

"그려, 그려."

영감은 이제 울음을 질겅질겅 씹고 있었다.

똑똑헌 내 새끼야. 니 혼자 앞으로 어떠크름 살 것이냐. 요런 생이별을 알았으면 낳지를 말았어야 혔는디. 이 못난 애비가…… 불쌍한 내 새끼야…….

"철수야, 원장선상님 말씸 잘 들어야 혀. 여그서는 밥 굶는 일도 없고, 가마니 깔고 자는 일도 없어. 아부지허고 살 때보담 훨씬 좋으니께 원장선상님 말씸 잘 들어야 혀. 알겄어?"

아이는 이별이 가까워진 것을 느끼는지 시무룩한 표정으로 고개만 끄덕였다.

"자아, 철수야, 이리 오너라."

원장이 이별을 알렸다.

영감은 아이와 얽었던 손가락을 풀고 일어섰다. 그리고 아이의 등을 밀어 원장에게로 보냈다. 아이의 여윈 등은 밀리지 않으려고 저항하고 있었고, 그 기운은 영감의 손바닥을 타고들어 뜨겁게 전신으로 퍼져나가고 있었다.

"너무 걱정 마십시오."

원장이 이별을 재촉하고 있었다.

"그저 잘, 잘……."

영감은 두번 세번 머리를 조아렸고, 끝내 말끝을 맺지 못했다. 영감은 다 헐어빠진 가방을 드는가 싶더니 급하게 돌아서서 사무실을 나섰다.

"아부지!"

영감은 뒤돌아보지 않았다.

복도를 지나 운동장으로 나섰다. 영감은 후적후적 걸으며 비로소 눈물을 쏟고 있었다.

"아부지이이, 엄니 찾아서 꼭 와야 해에!"

운동장을 지나 정문께에 이르렀을 때 아들놈의 외침이 뒤에서 쟁쟁하게 들려왔다. 영감은 뒤돌아보지 않으려 했지만 도저히 되지 않는 일이었다.

돌아섰다. 아들은 원장에게 어깨를 잡힌 채 현관에 서서 손을 흔들고 있었다.

"꼭 와야 해에, 아부지이이!"

영감은 다시 솟구치는 울음을 울며 돌아섰다.

"오살을 헐 년, 저 불쌍한 새끼를 내뿔고 도망질을 치다니……."

영감은 부르르 몸서리를 치며 이빨을 앙다물었다.

여편네의 헤실헤실 웃는 얼굴이 눈물로 흐려진 눈앞에 떠올랐다.

"나쁜년 같으니라고!"

바로 눈앞에 상대가 있기라도 한 듯 욕을 쏴대며 손등으로 눈을 씩 문질렀다. 여편네의 모습은 간 곳이 없었다.

영감의 가슴에서는 다시 불길 같은 증오가 타올랐다. 잡기만 하면 정말 두 연놈을 그대로 살려두지 않을 결심으로 네 살짜리 어린것을 들춰업고 방방곡곡을 헤매며 이년을 보낸 것이다.

"내가 넋빠진 잡놈이었어."

영감은 절망적인 한숨을 내쉬었다. 여편네에 대한 식을 줄 모르는 증오심과 똑같은 비중으로 후회의 자책감도 함께 마음을 괴롭히는 것이었다.

집도 절도 없는 막노동꾼 신세에 무슨 영화를 보자고 꽃을 볼 작정을 했었는지 몰랐다. 자신의 일이었으면서도 도무지 이해가 되지 않았다. 그만큼 그 일은 후회스러운 것이었고, 그때 일만 저지르지 않았더라면 이제와서 핏줄을 남의 손에 맡기는 일은 하지 않아도 되었을 것이라는 안타까움이 영감을 못 견디게 하고 있었다.

"천씨는 이 나이가 되도록 왜 혼자 살아요? 외롭지 않아요?"

여자가 이런 식으로 꼬리를 치기 시작했을 때 모질게 잘랐어야 했다.

그런데 비린내 맡은 고양이처럼 회가 동해가고 있었다.

"고렇게 말허는 임자는 왜 혼자 산당가? 그라고, 외롭지 않다는 거싱
가?"

이렇게 대꾸하며 색다르게 느껴지는 여자 냄새에 코를 벌름거리지 않
았던가.

"데려갈 사람이 없으니 이런 모진 고생 해가며 혼자 사는 거지요. 나
같은 박복한 신세, 외로워도 어쩔 수 있나요."

여자는 갑자기 기가 팍 꺾이며 말했고, 그는 불현듯 여자가 불쌍하다
는 생각을 하면서 가슴이 울렁거리는 것을 느꼈다.

이 무신 느자구읎는 짓거리여. 반평생을 하루같이 쫓기고 숨어 살아
온 체신에 무신놈에 암내는 맡고 지랄이여.

그는 자신의 꿈틀거리고 흔들리려는 마음을 황급하게 다잡고는 했다.
끝까지 그렇게 했어야 했다. 그렇지 못 할 것 같았으면 그 공사판을 일
찍이 등졌어야 했다.

공사판은 기름기가 자르르 돌고 있었다. 겨울철같지 않게 일거리는
지천으로 널려 있었다. 공단(工團)은 내년 봄에 가동하도록 되어 있었
고, 직원들이 입주할 아파트도 그때까지 짓지 않으면 안 될 형편이었다.
그래서 일거리는 남아도는 판이었고, 일당도 후한 데다가 지불도 시간
을 어기는 일조차 없을 지경이었다.

삼십 년이 다 차가도록 오만가지 공사판을 찾아 떠돌아다녔지만 이처
럼 걸직한 판은 만난 적이 없었다. 그것도 겨울철에 말이다. 공사판이
이렇게 기름진 것이 또 하나 탈이라면 탈이었다.

"사람 한평생 잠깐인데 천씨는 무슨 재미로 살아요?"

"거 무신 씨나락 까묵는 소리랑가?"

"이렇게 밤마다 쏘주 마시는 재미?"

여자는 술을 따라주며 빠끔하게 쳐다보았다.

"재미로 술 마시는 사람도 있능가? 재미가 읎으니게 술이나 푸제."

"그럼 기막힌 재미를 만들면 되잖아요."

"무신 기맥힌 재미는…… 하루 벌어 하루 묵는 신세에."

가당찮다는 듯 그는 술을 입에 털어넣고는 깍두기를 으석으석 씹었다.

"하루 벌어 하루 먹는 신세라고 누가 색시 재미, 자식 재미 못 보게 막던가요? 사람 사는 게 뭔데 천씨는 이 나이가 되도록 마누라 하나, 자식 하나 없어요? 천년 살 줄 알지만 이러다 더 나이 먹고, 덜컥 병이나 나봐요. 아니, 죽으면 송장은 누가 거둬주고, 찬물 한 사발이라도 제사는 누가 지내준답디까. 이 세상에서 공사판 찾아 떠돌이 인생 살았으니 저 세상에 가서도 떠돌이 귀신 돼야겠단 말인가요?"

"머시여? 무신 놈에 주둥아리를 고러크름 싸가지읍이 나불대?"

그는 섬찍함을 느끼며 소리를 버럭 질렀다.

"어머, 무서워라. 화내지 말고 생각해봐요. 지금 천씨 나이에 홀몸인데 내 말이 틀렀니를요."

"듣기싫여. 문딩이보고 문딩이라고 놀리니께 화가 나는 거시여."

"그럼 지금이라도 늦지 않았으니 문딩이 신세를 면하면 될 거 아녜요."

"머시라고?……."

그는 바로 코앞에서 헤시시 웃고 있는 여자의 발그레한 눈자위를 보면서 불두덩에 찌르르 전기가 통하는 것을 느꼈다.

순임이는 국밥집에서 일을 하고 있었다. 그래서 하루에 한 번씩은 꼭 대하곤 했다. 그저 흩어져 있는 소문으로는 시집을 갔다가 내쫓겼고, 국밥집은 먼 친척이 된다는 정도였다. 한 가지 분명한 것은, 어느 공사판에든 걸레처럼 널려있는 작부는 아니었다.

만석은 순임의 말을 듣고 새삼스럽게 자신의 신세를 돌이켜보지 않을 수 없었다. 순임이는 자신의 아픈데를 쪽집게처럼 집어낸 것이었다. 순임이가 아니더라도 전에 언뜻언뜻 생각하지 않은 건 아니었다. 그러나 애써 잊어버리려고, 생각하지 않으려고 해왔었다. 그런 생각이 스친 날이면 다른 날과는 달리 곤죽이 되도록 술을 마셨다.

삼십 년으로 기울기 시작한 세월에 이르는 동안 공사판을 찾아 정처 없이 떠돌면서 겪은 여자는 무수하게 많았다. 정이 있어 엮어진 사이가 아니라 돈을 주고받고 얽힌 사이였다. 막노동꾼이 인간쓰레기라면 그 쓰레기들의 돈을 뜯어 목구멍을 채우겠다고 아랫도리를 내놓는 여자들은 더 말할 것이 없었다. 그런 여자들과 아무리 많이 몸을 섞는다 해도 그 누구 하나 순임이 같은 말을 할 리가 없었다.

실로 너무나 오랜만에 만석은 자신의 장래를 생각해주는 정이 담긴 말을 들은 것이었다. 그것도 술집작부나 창녀가 아닌 여자한테서 말이다. 만석은 무일푼이라는 것도 잊어버렸다. 마흔아홉이라는 나이도 잊어버렸다. 그저 벅차고 두근거리는 마음의 갈피를 잡을 수가 없는 채로 전과는 달리 일이 힘드는 줄을 몰랐다.

"나도 잘 모르겠어요. 그냥 마음이……."

국밥집에 드나드는 공사판 사람들 중에 다른 젊은것들도 많은데 왜 하필이면 나이 많은 자기냐고 묻는 말에 순임은 얼굴을 붉히며 이렇게 말꼬리를 흐리고 말았다.

"내 나이 마흔아홉, 임자 나이 서른셋이면 몇 살 간격인지나 아는가?"

"진시황은 하룻밤을 자려고 만리성을 쌓았대요."

순임은 아주 유식하게 대답했다.

"허, 참……."

만석은 더 할 말이 없었다.

만석은 순임의 말을 듣고 욕심껏 계산을 해나가기 시작했다. 자기를 닮은 자식을 키워보고 싶었다. 술을 바짝 줄이고 사먹는 밥값만 모으면 너끈히 살림을 꾸려갈 수 있을 것이었다. 허리끈 조이고 알뜰살뜰 살면 한곳에 뿌리내리고 떠돌이 신세도 면하게 될 것이다. 사람답게 한 번 살아보라고 하늘이 점지해준 짝이라 싶었다.

막노동으로 시달린 마흔아홉 살의 육신이 갑자기 새순 돋는 봄나무처럼 싱싱해지는 것을 느꼈다. 항시 희뿌연 구름으로 덮여있던 마음도 가을하늘처럼 활짝 개어 있었다. 매일이다시피 마시던 술을 거의 입에 대지 않았다. 굳이 마다했던 야간작업에도 나섰다. 그래도 노곤한 줄을 몰랐다. 점례를 색시로 맞아들이기 위해 뼈 휘는 줄 모르고 일을 했던 스무 살 적 근력이 되살아난 것 같았다.

석 달을 그렇게 악다구니로 보내고 나니 수중에는 제법 목돈이 잡혔다.

"인자 사글세방 하나 장만헐 액수는 모아졌는갑구만."

만석은 순임이 앞에서 고개도 제대로 못 들고 이렇게 말했다.

"어머, 벌써요? 내가 사람 한 번 틀림없이 봤군요. 젊은것들로는 어림도 없는 일예요. 이런 날을 얼마나 기다렸다구요."

순임은 생각했던 것보다 훨씬 더 반가워하고 기뻐했다.

혼례식이고 뭐고 필요한 게 아니었다. 방 하나를 얻어 살림을 차렸다.

"서른 계집 암내에 쉰 사내 기둥 뿌리 빠질 테니 조심해."

"암, 암, 스물 계집 고게 비지살 조개라면 서른 계집 고건 찰고무 조개야. 섣불리 꺼떡대다간 허벅지까지 내려앉는다구."

노동판 험한 입들은 만석의 느닷없는 색시맞이를 그대로 보고 넘기지 않았다.

"요런 버르장머리 읎는 삭신들아, 염려들 말어. 안즉 아들로만 열은 뽑을 기운이 남았응게."

만석은 주책없다 싶게 벙글거리며 맞받아 넘겼다.

사실 만석은 더없는 행복감에 취해 있었다. 길고긴 떠돌이 생활이 일단은 끝을 맺은 것이다. 그리고 암울하고 한심스럽던 앞날에 어렴풋이 희망이 보이기 시작한 것이다. 맨주먹으로 왔다가 맨주먹으로 가는 것이 사람의 한평생이라고 체념하고 살았었다. 그러나 그건 어디까지나 답답했던 때의 생각이었다. 한 번쯤은 사람답게 살아보고 싶은 욕심은 언제나 마음 깊은 곳에 도사리고 있었던 것이다.

신방 아닌 신방을 차렸던 날 밤, 만석의 가슴에는 지나간 세월의 기억들이 슬픔과 아픔으로 되살아나고 있었다.

"말씨로 고향이 전라도라는 건 아는데 장가는 첨 드는 건가요?"

신방치레를 한차례 치르고 나서 순임이가 물은 말이었다.

"첨이면 어떠코 열 번, 스무 번째면 워쩔 것잉가?"

만석은 퉁명스럽게 되물었다. 그러면서 딴 생각에 깊이 빠져들고 있

82

었다.

"어쩌긴요? 이제 부부가 됐으니 이런저런 것들이 궁금해서 그러지요."

"굼벵이를 삶아묵었능가, 궁금허게. 따로 챙개논 처자석 읎응께 임자는 쓰잘데읎는 생각 말고 앞으로 살 일이나 궁리허드라고."

"그래도 고향이 어딘지, 왜 떠돌며 살게 됐는지, 부모님 형제간은 어디 사는지, 알아야 될 게 있잖아요."

"아, 시끄러!"

만석은 눈을 부릅뜨며 벌떡 일어나 앉았다. 그런 그의 눈은 섬뜩한 살기를 품고 있었다.

"니가 면서기여, 지서 순사여. 워디다 써묵자고 쓰잘데읎는 과거 지사를 꼬치꼬치 캐고 야단이여. 니나 나나 오다가다 눈맞고 배맞어 어디 한번 살아보자는 것 뿐인디 뭣헌다고 과거지사는 캐고 지랄이여. 오지기 내놀 것 읎고, 보잘 것 읎으면 뜬구름맹키로 떠돌이 신세가 됐을 것잉가. 나는 족보도 읎고 고향도 읎는 진짜배기 상것이니께 고런 것 따지고 살라면 당장 짐싸갖고 나가뿌러. 아, 싸게 나가랑께!"

만석은 곧 후려칠 것처럼 벌겋게 흥분되어 있었다.

"아녜요, 그게 아녜요. 난 관심을 써준다고 생각하고 한 말인데……잘못했어요. 다시는 안 물을게요."

한바탕 날벼락을 맞고난 마누라 순임이는 돌아누워 깊은 잠에 빠져있었다. 만석은 그녀의 가난한 어깨를 물끄러미 바라보며 미안하다고 생각했다. 그녀의 말마따나 새로 맞은 남편에 대한 예의로 물었을 뿐인 말을 가지고 자신이 너무 지나치게 흥분한 것이었다. 그러나 그건 어쩔 수 없는 일이었다. 그 과거라는 것 때문에 삼십 년 가까이나 죄인으로 숨어 다니고 쫓기며 살아온 것이었다. 그 동안 살아 있었다고는 하지만 죽은 것이나 뭐가 달랐던가. 세월이 많이 달라졌다고는 하지만 지금까지도 고향엘 갈 수가 없는 것은 자신의 죄가 그대로 남아있는 증거였다. 최씨 문중이 그대로 자리잡고 있는 고향에 내려가면 그들은 당장 자신을 생매장하고 말 것이었다. 어제까지 한편이었던 인민군의 총질에 쫓겨 초저녁 어스름을 타고 고향을 도망쳐나온 후로 그 누구에게도 입을 열지 않았던 과거였다.

"개잡년!"

만석은 부르르 치를 떨었다. 그 생각만 하면 전신이 싸늘하게 굳어지며 피가 머리로 뻗쳤다. 그리고 그때의 장면들이 세월의 흐름과는 상관없이 한 치도 틀리지 않고 되살아나는 것이었다. 원래 기억력이 좋은편이 못 되었고, 마흔 고개를 넘기면서부터는 며칠 전 일도 까맣게 잊어먹고 하는데, 그때의 기억만큼은 어쩌면 그리도 생생하게 박혀있는지 모를 일이었다. 사진도 삼십 년 세월이면 누렇게 변색하게 마련인데 그 기억만은 전혀 변색할 줄을 몰랐다. 모습이 변색을 하지 않은 것만 아니라 장면장면에 따라 그때의 냄새까지 역력하게 맡아지는 것은 또 어찌 된 일인가.

"육시헐년!"

만석은 눈을 질끈 감으며 뜨거운 숨을 토해냈다.

점례 그년이 옷만 홀랑 벗고 있지 않았더라도 그년까지 죽이지는 않았을 것이다. 아랫도리만 벗겨져 있었더라면 그놈한테 당한 일이라고 덮어버릴 수도 있었다. 그런데 새끼까지 배고 있던 년이 옷을 홀랑 벗어던지고 그놈과 엉클어져 있었던 것이다.

인민위원회 부위원장 만석은 시(市)인민위원회에 보고사항을 가지고 이틀간 집을 비워야 했다. 부하 두 명을 대동한 행차는 만석의 기분을 더없이 들뜨게 만들었다.

"천 동무, 동무의 혁명투쟁은 혁혁한 것이요. 동무의 위원장 임명은 시간문제요. 잘 다녀오도록 하오."

길을 떠나기 직전에 했던 인민군 대장의 목소리가 귓가에 쟁쟁했다. 위원장이 되면……만석은 옆에서 걷고 있는 두 부하가 모르게 주먹을 말아쥐었다. 부위원장이라는 자리만으로도 그 동안 휘둘러 온 권한은 스스로 믿어지지 않을 정도였다. 이십오 년 세월 동안 겪어왔던 배고픔을 앙갚음하기에 부족함이 없었다. 그런데 위원장이 되면……두말 할 것도 없이 감골·학내·죽촌 마을이 다 자신의 것이 되는 것이다.

사실 위원장을 맡고 있는 수길이는 못마땅한 데가 한두 가지가 아니었다. 곧잘 나가다가도 엉거주춤 겁을 먹거나 망설일 때가 있었다. 수길이가 위원장자리에 앉혀진 것은 순전히 나이를 세 살 더 먹었다는 것뿐이었다.

최 참봉네 큰손자를 처형할 때도 수길은 병신처럼 머뭇거렸다. 서울에서 법을 공부하던 그가 마을에 잠입했다는 소문이 돌았다. 바로 최 참봉네 식구들을 끌어다가 요절을 내버릴 수도 있었지만 일단 비밀수색을 하기로 했다. 얼마 전에 읍장을 지내던 최 참봉 아들이 처형되어 집안이 쑥밭이 되었기 때문이었다. 나흘을 잠복한 끝에 최 참봉네 손자는 당숙 집의 대밭 토굴에서 체포됐던 것이다.

그는 뒷등 소나무 아래로 끌려나갔고, 갈 길은 빤히 정해져 있었다. 그는 파리한 얼굴에 입을 꼭 다문 채로 이쪽을 뚫어지게 쏘아보고 있었다.

"엄니 초상에 돼지 한 마리를 내준 거시 바로 저 형규였어."

수길이 떨리는 목소리로 나직하게 한 말이었다.

"그려서, 살려주자 고런 말이당가요?"

만석은 잠시의 틈도 주지 않고 대질렀다.

"머시냐, 꼭 그러잔 것이 아니라……."

"위원장동무, 혁명완수를 위해서는 과감허게……."

일부러 목청을 돋구어 인민군 대장의 말을 흉내내는데, 이상한 낌새를 챘는지 뒤에 서 있던 대장이 다가서며 물었다.

"뭣들 하는 게요?"

순간 수길의 얼굴이 굳어지며 만석을 애원하듯 바라보았다.

"저 반동을 얼렁 처단해뿔자고 헌 말이구만이라."

만석은 재빨리 대꾸했다. 그러면서, 살았다 싶게 어깨를 늘어뜨리는 수길의 모습을 지켜보았다.

"좋소, 빨리 처단하시오!"

대장의 명령이 떨어지자 만석은 대창을 들고 서있는 부하들에게 눈짓했다. 세 명은 대창을 꼬나잡고 소나무에 묶여있는 최 참봉네 손자를 향하여 돌진했다. 그리고 온 산을 찢고, 하늘을 찢고, 땅까지 찢어발기는 것 같은 비명 소리가 길게길게 퍼져나가고 있었다. 그때 수길은 눈을 꼭 감은 채 나무토막처럼 뻣뻣이 굳어져 서있었다. 그런 수길을 비웃음으로 바라보고 서있는 만석은, 네놈은 위원장 자격이 없어, 생각하고 있었다.

만석은 수길이와는 반대로 그 길게 퍼져나가는 비명 소리를 들으며 전신 마디마디가 짜릿짜릿해지는 쾌감을 느끼고 있었다. 그 쾌감은 곧 복수심이었다. 대대로 종놈으로 살아왔고, 태어나서 지금까지 스물다섯 해 동안 겪어온 모든 서러움과 고통과 억울함이 그 짜릿짜릿한 쾌감 속에서 천천히 씻겨나가고 있었다. 만석은 그 쾌감이 마누라 점례 위에서 느끼는 쾌감보다 더 뜨겁고 진하고 아찔아찔하다고 느끼고 있었다. 마누라 배 위에서 느끼는 쾌감도 환장할 만한 것이긴 했지만 그건 너무나 짧았고, 그리고 금방 낭떠러지로 떨어지는 것같은 허망함이 찬기운으로 몰려드는 것이었다. 그러나 비명 소리에서 느끼는 쾌감은 잊을 수 없는 기억들이 줄지어 떠오르다 사라지는 시간만큼 길었고, 아쉬움은 있을망정 낭떠러지로 떨어지는 것 같은 허망함은 없었다.

머잖아 위원장이 되리라는 기대에 부풀어 시위원회에 도착했고, 거기서 내리는 급한 지시사항을 가지고 당일로 오십리 길을 되돌아와야 했다.

위원회 사무실에 당도했을 때는 해가 뉘엿뉘엿했다. 긴 여름 하루종일 백리 길을 걷느라고 만석은 지칠 대로 지쳐 있었다. 사무실에는 아무도 없었다. 우선 두 부하를 돌려보냈다. 지시사항을 전달하기 위해서 자신은 대장을 만나야 했다. 다리를 책상 위에 올려놓고 한동안 앉아있던 만석은 언뜻 이상하다는 생각을 했다. 사무실이 이렇게 텅 비어있을 리가 없었다. 무슨 큰 일이 일어나지 않고서는 있을 수 없는 일이었다. 이대로 앉아만 있을 게 아니라 찾아봐야겠다는 생각을 했다.

사무실을 나온 만석은 뒤로 붙어있는 숙소에 돌아갔다. 숙소에 누가 있나 싶어서였다.

숙소로 가까이 다가가던 만석은 무의식적으로 걸음을 멈추었다. 이상한 느낌의 인기척이 새어나왔던 것이다. 다시 귀를 기울였다. 그건 분명

밤일을 할 때나 내는 남녀의 소리였다. 순간 만석은 속이 꿈틀 꼬이는 것 같은 야릇한 기분으로 긴장했다. 그리고 자신도 모르게 좌우를 빠르게 살폈다. 어떤 황소 뱃가죽 가진 놈이 벌건 대낮에 위원회 숙소에서…… 이런 생각과 함께 몸은 벌써 창가로 찰싹 달라붙어 있었다.

"어, 어…….."

만석은 그만 소리를 지를 뻔했다. 엎어져 있는 사내놈의 얼굴은 저쪽으로 돌려져 파묻혀 있었기 때문에 알 수가 없었지만, 눈을 꼬옥 감은 채 입을 반쯤 벌리고 끙끙대고 누워있는 건 바로 자신의 마누라 점례였던 것이다.

만석은 머리가 핑그르 돌며 캄캄해지는 걸 느꼈다. 그리고 다음 순간 전신에 불이 붙는 것같은 뜨거움이 뱃속에서 터져올랐다.

눈에 보이는 대로 커다란 돌을 집어들었다. 그리고 문을 박차고 들어가며 소리질렀다.

"요런 개잡녀러 것들아!"

엎어져 있던 사내가 딱 굳어지는 것 같더니 벌떡 일어섰다. 그 순간 커다란 돌덩이가 사내의 뒤통수에 퍽 소리를 내며 떨어졌다. 벌거벗은 사내의 몸뚱어리는 괴상하게 짧은 비명을 토하며 그대로 방바닥에 딩굴어졌다. 거의 동시에 알몸의 여자는 발딱 일어나 두 팔로 가슴을 가린 채 파랗게 질려 앉은 걸음으로 방구석을 향해 쫓기고 있었다. 눈에 불을 켜고 이빨을 앙다물은 만석이가 다가서고 있었던 것이다. 여자는 마침내 방구석에 막혀 더는 뒤로 물러날 수 없게 되었고, 발가벗은 몸은 방구석에서 와들와들 떨며 점점 조그맣게 오그라들고 있었다. 만석은 짐승처럼 다가서고 있었다. 한발짝 앞까지 만석이 다가섰을 때였다.

"살려주씨요오."

소리를 지르며 여자가 몸을 퉁겨 앞으로 내달았다. 그때 만석의 발길이 여자의 배를 걷어찼다. 여자는 돌로 뒤통수를 맞은 사내처럼 짧은 비명을 토하며 방바닥에 나뒹굴었다.

만석은 이빨을 뿌드득 갈아붙이며 사내쪽으로 돌아섰다. 사내는 머리에서 피를 철철 쏟으며 꿈지럭거리고 있었다. 허공에 뻗쳐진 사내의 팔

은 푸들푸들 경련을 일으키고 있었다. 한사코 무언가를 잡으려는 몸짓
이었다. 만석은 엎어진 사내의 얼굴을 발로 차서 돌렸다.

"아니! 니놈이……."

만석은 섬짓 물러섰다. 그 사내는 인민군 대장이었다. 인민군인 것은
알았지만 설마 대장이리라곤 상상조차 못 했던 것이다. 그렇게 하늘처
럼 믿었던 대장이…… 속았다는 분노가 창밖에서 마누라의 얼굴을 확인
했을 때보다 더 뜨겁게 전신을 터져나왔다.

거의 흰창뿐인 눈을 흡뜬 대장은 여전히 허공으로 팔을 뻗친 채 몸을
꿈틀대고 있었다. 그 팔을 뻗친 방향에 따발총이 놓여 있었다. 만석은
따발총을 집어들었다. 그리고 사내의 하복부를 향해 방아쇠를 당겼다.

따따따따…….

만석은 마누라 쪽으로 돌아섰다. 마누라는 그 사이 몸을 가누어 일어
나선 문 쪽으로 엉금엉금 기어가고 있었다. 만석의 눈앞에 커다란 마누
라의 둔부가 확대되어왔다. 두 엉덩이 사이에 그대로 노출된 그것은 돼
지의 그것처럼 더럽고 추악했다. 만석은 그 곳을 향해 다시 방아쇠를 당
겼다.

따따따따……

탄환이 더 나가지 않게 되었을 때 만석은 총을 내던졌다. 방 안은 피
바다가 되었고, 그 속에 내장이 터져나온 두 시체는 나자빠져 있었다.

만석은 도망가야 된다고 생각하며 황급히 숙소를 뛰쳐나왔다. 그리고
산길쪽을 향해 내닫기 시작했다.

"시상은 순리로 살아야 허는 거시여. 니놈이 먼디, 니놈이 머가 잘났
다고 사람을 개잡듯 허는 거여. 안돼야, 안돼야. 천벌을 받을 거싱께, 천
벌을."

아버지의 음성이 줄곧 따라오고 있었다. 어머니의 찌들은 얼굴이 어
른거렸다. 세 살 먹은 아들이 방싯거리며 "아부지, 아부지." 부르고 있
었다.

새마누라 순임이는 다시는 지난 이야기를 묻는 일 없이 그런대로 살

림을 꾸려나갔다. 만석은 사는 재미가 이런 것인가, 새삼스럽게 느끼며 아직도 젊은 마누라를 품고 전과는 다른 온기서린 잠을 깊이 잘 수 있었다.

공사판 저쪽 멀리로 아지랑이가 간지럼을 타듯 아롱거리고, 아파트도 예정대로 다 되어가고 있을 무렵이었다.

"몸이 영 이상해요."

마누라가 눈을 내리깔고 한 말이었다.

"멋을 잘못 묵었간디?

만석은, 물약이나 한 병 사다 묵어, 하는 식으로 말하고 말았다.

"그게 아니구요, 꽃이 두 달째나 안 비쳐요."

"꽃?……."

되물어놓고는 만석은 머릿속에 전등불이 환하게 켜지는 걸 느꼈다.

"워메, 소식이 있단 말이당가?"

만석은 들뜬 목소리로 물었고,

"그렇당께요."

마누라는 만석의 말을 흉내내며 부끄러운 듯 눈을 흘겼다.

"아들 하나만 쑥 빼내뿔소. 내가 갑절로 일을 혀서 호강시킬팅께."

만석은 마누라의 손을 덥석 잡으며 말했고,

"징그러워요. 낳지 어떻게 빼내요."

마누라는 수줍게 웃었다.

"평생을 있는놈덜 발 밑에 밟히고 사는 쌍놈 신셀 줄 알았으면 자식새끼는 애시당초 낳지를 말았어야제라. 요런 세상 불거지지 않았으면 머땀새 요런 드러운 꼴 당했을랍디여."

"지멋대로 뚫어진 구멍이라고 저놈 말허는 것 좀 보소. 니놈이 그 나이에 멀 알 것이냐. 이담에 나이들면 다 지절로 알게 될팅께."

아버지는 열여덟 살의 만석이를 더는 탓하지 않았었다.

스물한 살에 장가를 든 것도 꼭 마음이 내켰던 것이 아니었다. 부모들의 성화에는 아예 관심도 없었고, 장난삼아 색시감을 얼핏 보았는데 그 인물이 아주 잘생겼던 것이다. 상것 취급을 받기엔 너무 아깝게 잘생긴 얼굴이었다. 그래서 마지못한 것처럼 장가를 들었고, 잠자리를 함께 하다보니 애아버지가 된 것이었다. 그때도 아버지의 말뜻이 무엇이었는지 깨닫지를 못했다. 아니, 아버지의 말은 아예 생각키지도 않았다.

그런데 쉰의 나이에 마누라의 임신 소식을 들으며 삼십이 년 전의 아버지 말이 떠오르는 것은 무슨 까닭인가. 아버지의 말대로 나이가 들어서 저절로 알게 된 것인가. 이 세상에서 한평생을 살다 가며 제 핏줄을 남긴다는 것은 말로 다 헤아릴 수 없는 어떤 깊은 뜻이 있다는 것을 만석은 어렴풋이 느끼고 있었다.

마누라의 배가 차츰 불러오기 시작하면서 공사판의 일도 다 끝나가고 있었다. 마누라는 공사판을 찾아 떠돌아야 한다는 사실을 무서워했다. 그래서 취직자리를 알아보겠다고 나섰다.

"아, 시장시런 소리 하덜 말어. 배워 묵은 것이라곤 농새짓는 것허고 노동판 품팔이뿐인디 취직은 무신 놈에 취직이여."

만석은 처음부터 만류했지만 마누라는 듣지 않았다. 마누라가 며칠만에 알아온 것이 공단의 경비직이었다. 밤에만 일을 해야 하는 그 자리마저도 만석의 처음 예상대로 자격 미달이었다. 중졸 이상으로 제한한 학벌이 그랬고, 서른다섯 이하로 못박은 나이가 그랬고, 재정 보증인, 신원조회, 자격 미달은 한두 가지가 아니었다. 마누라는 두어 군데 더 알아보고 나서는 포기했다.

"내가 다시 국밥집에 나가 일을 했으면 했지 떠돌이 신세로는 못 살아요."

"머시 워쩌고 워째? 나허고 배맞춤시롱 여기서 죽을 대꺼정 살라고 작정혔더란 거시여?"

다시 국밥집에 나간다는 말에 만석은 그만 화가 머리꼭대기로 치솟았다.

"귀때기 활짝 열고 내 말 똑똑허니 들어. 다리몽댕이 분질러뿔기 전에 방구석에 달싹 말고 처백혀 있어. 멕이든 굶기든 내 알아서 헐팅께."

만석은 문을 박차고 나왔다.

생각해보면 마누라의 심정도 충분히 이해가 갔다. 뱃속에 애까지 넣고 일거리를 찾아 어딘지도 모를 곳으로 정처없이 떠돌아야 한다는 것이 무서운 일일 것이었다. 그러나 어쩌랴. 자신은 한글도 완전히 깨치지 못한 무학(無學)에, 나이는 쉰이나 먹은 영감인 것이다. 나이를 생각하면 앞날이 캄캄해지기도 했다. 노동도 하루이틀이지 언제까지 계속할 수 있을지 의문이었다. 벌써 공사판의 일당도 젊은축들과는 차이가 나게 매겨졌다.

찾아가볼 사람이 한 사람 있긴 했다. 아파트공사 현장책임자인 박 기사였다. 젊은 사람이 많이 배우고 높은 자리에 있으면서도 전혀 뻐기거나 도도하지 않았다. 기술자도 아닌 막일꾼에게까지 인정스럽게 대했다. 만석은 그 박 기사와 유독 가깝게 지낸 사이였다.

만석은 몇 번을 망설인 끝에 박 기사를 찾아가기로 했다. 그에게 숨김없이 사정을 다 털어놓았다.

"딱한 사정이군요. 제가 알아볼테니 내일 다시 만나십시다."

박 기사는 언제나처럼 정겨웁게 말했다.

다음날, 박 기사는 취직자리를 만들어놓고 기다리고 있었다.

"뭐 취직이랄 게 없군요. 아파트 관리실 소속으로 허드렛일을 해야거든요. 월급도 너무 적고, 마음에 드실지 모르겠군요."

"고맙구만이라, 박 기사님. 지까징 거시 맘에 들고 안 들고가 워디 있간디요. 고맙구만이라."

만석은 먹구름이 가득 끼었던 가슴에 햇볕이 환히 비치는 기분으로 수없이 머리를 조아렸다.

만석은 잡역부였다. 월급은 겨우 먹고살 정도였다. 이것만으로도 만석은 하늘의 별을 딴 기분이었다. 마누라의 소원을 풀었고, 생전 처음 월급이라는 것도 타보게 된 것이었다. 공사판일에 비하면 아무것도 아닌 일이라서 만석은 그저 부지런히 몸을 놀렸다.

마누라는 아들을 낳았다. 왜 그렇게 기분이 좋은지 모를 일이었다. 그러나 저놈이 장가를 들려면, 생각하다가 만석은 얼굴이 굳어졌다. 스무 살에 장가를 들인다 해도 자기의 나이가 칠십이었던 것이다. 그때까지 살 수 있을까 하는 생각이 마음을 써늘하게 만들었다.

아이 하나가 더 생기자 돈이 어른 한 몫이 넘게 들어갔다. 마누라는 월급이 적다고 불평을 하기 시작했다. 애가 자라나는 것에 정을 쏟으며 마누라의 투정에는 귀도 기울이지 않았다. 해가 바뀌어도 월급은 오르지 않았다. 마누라의 불평은 더 심해갔다. 그렇다고 월급이 오를 리는 없었다. 잡역부는 임시직이었다.

산다는 것은 무엇일까. 그건 어쩌면 시나브로 세월이라는 것을 한 술씩 떠마시며 죽어가는 것인지도 모를 일이었다. 세월을 마디마디 묶어 표시해놓은 나이라는 것은 참 무서운 것이었다. 마흔여덟이 다르고, 마흔아홉이 다르고, 더군다나 쉰은 더 다른 얼굴이었다. 서리 내린 다음의 나뭇잎이 하루 사이로 달라지듯 늙음으로 치닫는 나이도 마찬가지였다. 한 해가 다르게 몸에서 진기가 말라가는 것이었다.

아이놈 철수는 가난한 집 자식으로 태어날 것을 알고 미리 제 복을 타고 났는지 무병하게 자랐다. 커서 부디 훌륭하게 되라고 이름도 국민학교 책에 나오는 것으로 철수라고 지었다. 날이 갈수록 생활은 쪼들려가고 그럴수록 마누라의 찡찡거리는 소리는 심해갔다. 그러나 만석은 아이놈에게 쏟는 정으로 이런저런 괴로움을 잊으려 했다.

아이놈이 네 살을 서너 달 앞두고였다. 관리비 절감 계획에 따라 만석은 잡역부 임시직마저 그만두지 않을 수 없게 되었다. 그건 밤길에서 만난 절벽이었다. 그렇게 길이 캄캄한 절망을 느낀 것은 처음이었다. 그건 처자를 거느린 남자로서 겪어야 하는 절박한 고통이었다. 당장 다음달부터의 생계가 문제였다. 만석은 마음을 가다듬고 공사판 소식을 수소문하러 나섰다. 그래도 믿을 건 막일밖에 없었다. 며칠을 헤맨 끝에 이백리 밖에서 벌이가 될 만한 공사가 벌어지고 있다는 걸 알아냈다.

"산 입에 거무줄 치란 법 읎다. 집 비우는 동안 철수 수발이나 잘허고 있드라고. 돈은 메칠씩 묶어 부칠팅께."

만석은 지체하지 않고 공사판으로 떠났다.

열흘 치씩 일당을 모아 집으로 부쳤다. 쉰세 살의 몸에 남은 기운은 스스로 생각해도 믿어지지 않을 만큼 바닥이 나 있었지만 만석은 이를 갈아붙였다. 그 초롱초롱한 눈을 가진 자식을 굶길 수는 없다는 마음에서였다. 막일꾼에게 밥만큼 요긴한 게 술이었다. 그러나 만석은 한 홉 이상은 절대 입에 대지 않았다. 안주는 김치깍두기로 족했다. 일당은 모아 부치는 것을 유일한 보람이요 즐거움으로 삼고 하루하루의 고달픔을 견뎌내다보니 두 달이 넘어가고 있었다.

그런 어느날 만석은 편지를 받았다. 편지를 읽다 말고 만석은 벌떡 일어나며 뭐라고 소리쳤고, 비척비척하며 다시 주저앉았다.

그 길로 집에 돌아와보니 편지에 적힌 대로 방은 썰렁하게 비어 있었고, 아무것도 모르는 아이놈은 국밥집에 맡겨져 있었다. 마누라가 젊은 놈과 도망을 가버린 것이었다.

"개잡년, 워디 두고보자. 내 눈에 흙 들어가기 전까지는 니년을 찾아 땅끝까정 갈 것잉게. 잽히기만 혀봐, 연놈 가쟁이럴 열두 갈래로 찢어놓고 말 것잉게."

만석은 아이놈을 안아올리며 뿌드득 이빨을 갈아붙였다. 그런 그의 눈앞에는 피바다가 된 방바닥에 내장을 다 드러내고 나자빠진 벌거벗은 두 남녀의 시체가 역력하게 떠오르고 있었다.

"애시당초 글러묵은 기집복이 두 번째라고 있을 턱이 없제. 잡아 쥐이는 일만 남았응게, 워디 올매나 멀리 내빼는가 보자, 개잡년 같으니라고."

이렇게 중얼거리고 있는 만석의 입가에는 서늘한 웃음이 번지고 있었고, 눈에는 파란 살기가 서려 있었다.

사글세방의 얼마 안 되는 보증금까지 알뜰하게 챙겨 달아난 사실을 뒤늦게 알고 만석은 더욱 분노에 떨었다. 세간살이를 정리해서 몇 푼의 돈을 마련한 만석은 아이놈을 들쳐업고 정처없는 길을 떠났다.

누구는 서울로 갔을 거라고 했고, 어느 사람은 부산일 거라고도 했다. 다 추측에 지나지 않았다. 우선 가까운 부산부터 뒤지자고 작정하고 길을 잡았다.

때로는 굶기도 하고, 다급해지면 거렁뱅이짓도 해가며 도시에서 도시로 발길을 옮겼다. 젊은 나이에 일판을 따라 떠돌 때와는 달리 세상은 너무나 넓었고 또 적막했다. 비라도 추적추적 내리는 날이거나, 눈이라도 한정없이 쏟아지는 날 같은 때는 아이놈을 품에 싸안고 만석은 소리 없는 울음을 끝없이 울었다.

한평생 산다는 것이 무언가. 나는 지금 어디로 가고 있는가. 나는 왜 이 낯선 땅에서 이러고 있는가. 사람이라는 것이 한 번 잘못 태어나면 이렇게 되고 마는 것인가. 누구는 양반으로 태어나고 누구는 상것으로 태어나는가. 왜 이 세상에는 양반이고 상놈이고 하는 법이 생겨난 것일까. 다 똑같은 사람인데, 생김도 같고, 생각도 같고…… 그런데 어디서부터 그런 차등이 생긴 것일까. 내가 잘못한 것이었을까. 상놈의 피를 타고났으면 상놈답게 살아야하는 게 순리였을까. 내 핏속에는 정말 남다른 열이 섞여 있어서 그랬을까. 서너 달 사이에 그 많은 사람을 개잡 듯 한 죄로 이꼴이 된 것은 당연한 것이리라. 아니, 이렇게 목숨이 붙어 있다는 짓이 오히려 잘못된 것인지도 모른다. 아버지처럼 그렇게, 상것으로 취급받으며 살고 싶지는 않았다. 그것이 욕심이었을까. 상것의 턱없는 욕심이었을까. 이렇게 떠돌다가 오래지 않아 죽게 될지도 모른다. 그럼 내 새끼는 어찌 되는 것인가. 이 어린것의 일생은 어찌 되는 것인가. 이 세상 한평생을 살고 남은 건 이 새끼 하나뿐이다. 이거나마 끼고 있으니 그래도 살아갈 맘이 생기는 것인가. 내일은 또 어디로 가야 할 것인가.

만석은 괴로움을 주체할 수가 없었다.

떠돌다보니 고향 가까이까지 이르렀다. 만석은 예나 마찬가지로 가슴이 방망이질하고 자꾸만 오금이 조여왔다. 야음을 타고라도 한 번 들러갈까 하는 생각을 했지만 그건 순간이었다. 도저히 그럴만한 용기가 나지 않았다.

늙은 탓일까. 전에 없이 마음이 끌리고 안타까웠다. 그 동안 굳이 피했으면서도 두 번을 고향 언저리까지 접근했었다. 그때마다 밤을 이용해서였다. 그러나 서둘러 몸을 피하곤 했다. 자신의 죄는 퍼렇게 살아 있었던 것이다.

떠돌기를 일년 반을 했을 즈음 만석은 피를 토했다. 몸이 파삭파삭 마른 것처럼 느껴졌다. 이제 머지않았다는 걸 느끼면서도 어린 자식이 마음에 걸려 행여 하는 생각과 함께 병원을 찾아갔다. 엑스레이라는 사진은 그만 살라고 말하는 모양이었다. 마누라를 찾아내는 마지막 길이라 작정하고 발길을 들여놓은 서울이었다. 그래서 이 세상을 사는 마지막 일로 생각하고 마누라와 고아원을 함께 찾으며 육 개월 동안 서울을 헤맸다. 그리고 더는 몸을 지탱할 수가 없어 아들을 고아원에 맡기기로 한 것이었다. 차츰 자주 피를 토하게 된 것이다. 아이를 더 끼고 있다가는 같은 병으로 죽이게 될지도 모른다는 두려움도 컸었다.

"내 새끼덜언 요러타께 한 번 키워볼라 혔는데…… 깽가리 소리 맨치로 씨원허게 한바탕 삼시로 내 새끼덜언 쌍놈 안 맨들라고 혔는디……."

고아원을 등지고 비척비척 걸으며 영감은 중얼거리고 있었다. 꼭 실성한 것같은 영감의 움푹 패인 볼에는 눈물이 흐르고 있었다.

영감의 흐린 시야에는 두 아들의 얼굴이 겹쳐서 어른거리고 있었다. 하나는 세 살 때 인민군 손에 죽은 첫 아들 칠봉이었고, 다른 하나는 지금 고아원에 떼놓고가는 두 번째 아들 철수였다.

영감은 예정했던 대로 고향으로 갈 작정이었다. 이번으로 세 번째 발길이 되는 것이다. 맞아죽는 한이 있더라도 이번에는 고향땅을 밟을 결심이었다.

아버지, 어머니, 그리고 아들 칠봉이가 인민군 손에 몰살을 당한 사실을 안 것은 전쟁이 끝나서였다.

"요게 누구당가. 자네 만석이 아니라고?"

난리가 끝나고 삼년 만에 야음을 틈타 나루터의 주막에 나타났을 때 황 서방은 귀신이라도 본 것처럼 놀랐다.

"자네, 워쩔라고 요러크름 왔능가? 지끔이 워쩐 세상인디?"

황 서방은 어둠으로 앞을 분간할 수 없는데도 사방을 두리번거리며 다급하게 말했다.

만석은 등을 떠밀려 방으로 들어갔다. 그러면서, 역시 못 올 곳을 왔다는 생각에 전신이 싸늘하게 굳어지는 것을 느꼈다.

"말도 마소. 자네가 내빼뿐 바로 그날밤으로 그 징헌놈덜이 자네집

세 식구를 몰살시켜뿌렸단 마시. 누가 고 세 살묵은 어린것꺼정 해꼬지 헐줄 알았드랑가?……."

"……."

만석은 말을 잃어버렸다. 삼년 동안 한시도 마음놓지 못했던 염려의 결과가 그대로 실현되고 만 것이었다.

"기왕 온 걸음잉께 여그서 하룻밤 보내고 낼아침 밝기 전에 뜨소."

만약 잡히는 날에는 생매장 당할 것이라고 황 서방은 괴로운 얼굴로 말했다.

"나도 내가 진 죄가 을매나 큰 것인지 알았기 땀새 그 죄 씻을라고 여그서 내뺀 그 질로 군대에 자원허지 않았습디여. 삼년 꼬빡 전쟁터를 갈고 댕김서 죽을 고비도 수십 번씩 냉김스로 보돗이 살아난 거신디……."

만석은 변명이라도 하듯 안타까운 표정으로 말하고 있었다.

"고거 참말이여?"

황 서방이 너무 의외라는 듯 만석의 눈을 쏘아보았다.

"황샌 앞에서 무신 상 받자고 고런 거짓말을 허겄소?"

"그랬음사 참말로 큰일 혔구만 그랴. 허나…… 고것으로 최씨문중 사람덜 원한을 풀 수 있는 거슨 아니란 말이시. 그 사람덜 원한은 시퍼렇게 남았응께. 영영 풀리기는 틀린 것일 꺼구만. 가소, 먼 디로 가서 살도록 허소."

"그래야제라. 내가 진 죄가 있는디……."

이렇게 말을 하면서도 만석은 새롭게 솟는 후회와 서러움으로 마음을 추스릴 수가 없었다. 어둠에 몸을 숨기고 고향에 발을 들여놓으면서도 여기서 살게 되리라고 기대하지는 않았었다. 식구들의 안부를 알아보는 것이 목적이었다. 그런데 막상 멀리 떠나라는 말을 직접 듣고보니 묘한 서러움이 응어리졌다.

"지끔 시상이 꼭 자네들이 미쳐돌아가던 그때허고 진배읎네. 달라졌다먼 쿤이 바뀐 것이제. 참말로 험헌 시상이 엎치락뒤치락이네."

"다·지가 미친 지랄 헌 것이제라. 죄읎는 엄니 아부지꺼정 잡아묵고······."

"따지고보먼 다 자네 죄만은 아니네. 나맹키로 무식헌 것이 멀 알까마는, 시국이 죄여, 시국이. 자네헌티 죄가 있다먼 성깔이 꼬치맹키로 맵고, 거그다가 젊었다는 거시제."

"우리 시상이 온다는 바람에······ 개돼지맹키로 산 거시 분허고 원통혀서······, 다 미친 지랄이었지만."

만석은 산골짜기를 휘돌아 빠지는 거센 바람처럼 느껴지는 한숨을 길게 내쉬었다.

"난 지금꺼정 잊어뿔지도 않네. 자네 열두 살 적이었등가? 최 참봉네 재종손을 강물에 처박아뿐 것이 말이네. 그때부텀 자네 성깔은 탱자나무 까시였응께. 그 일로 자네 아부지가 을매나 고초를 당혔등가마시."

황 서방은 안타까운 표정으로 연신 혀를 찼다.

"아부지가 나대신 끌려가 쌔가 빠지게 당허고, 동네서 내쫓기기꺼정 혔지라우. 그때부텀 내 가슴에는 독사 대가리맹키로 원한이 맺히기 시작헌 거지요."

만석의 한숨섞인 목소리가 잠겨들었다. 자신의 생일날을 잊어버리는 일은 있어도 그때의 일만큼은 잊을 수가 없었다. 그러면서도 되짚어 생각하고 싶지 않은 기억이기도 했다.

강변의 갈대숲에서 서늘한 바람기가 스치는 구월이었다. 이때쯤이면 으레 짙푸르던 갈잎들이 옷갈이를 시작하는 낌새를 보이고, 털북숭이 참게는 탄탄하게 속살이 찌기 시작했다.

만석은 최 참봉네 재종손 둘과 참게를 잡고 있었다. 참게는 갈밭 바위 틈 같은 데 굴을 파고 살았다, 그놈들은 미련하게도 갈대 꽃줄기를 살금살금 굴 속에 디밀며 놀려대면 서너 번 멈칫거리다가 그 무작스럽게 큰 집게발로 덥썩 무는 것이다. 그러면 참게는 잡은 것이나 마찬가지였다. 그놈은 어찌나 미련한지 한 번 집게발로 문 것은 절대로 놓는 일이 없었다. 그 집게발은 몸에서 떨어져서도 한 번 문 것은 그대로 물고 있을 지경이었다. 그래서 아이들 사이에서는, 손가락을 물리면 그대로 댕겅 잘린다는 소문이 나 있었다. 참게를 불에 구워 간장에 찍어 먹으면 그렇게 맛이 고소한데도 아이들이 선뜻 참게를 잡으려 들지 않는 것은 손가락을 잘리게 될 무서움 때문이었다.

만석은 아이들 사이에서 참게를 잘 잡기로 이름나 있었다. 그건 사실이었다. 참게 굴을 눈빠르게 잘 찾아냈고, 참게를 신기하게도 잘 얼렀으며, 갈대 꽃줄기를 물고 늘어진 털투성이 참게를 용케도 잘 다루는 것이었다. 만석의 이런 솜씨를 보며 아이들은 그저 감탄했다.

만석이 이렇게 되기까지에는 아이들이 모르는 고통을 혼자 겪어냈던 것이다. 만석이 강변을 따라 질펀하게 펼쳐진 갈대숲을 뒤지기 시작한 것은 여섯 살 때부터였다. 갈숲에는 남모르게 배를 채울 것이 심심찮게 있었던 것이다. 봄에는 물새알, 여름에는 물새 새끼, 가을에는 참게, 만석은 그런 것들로 허기진 배를 채웠다. 꽁보리밥도 제대로 먹지 못하는 속은 언세나 헛헛하고 쓰렸다. 배를 채우기 위해서는 참게의 집게발 따위는 그렇게 무서울 게 없었다. 처음 얼마동안은 안 물린 손가락이 없었다. 일단 손가락을 물리면 재빨리 참게를 땅바닥에 패대기를 쳐야 한다. 그러면 집게발이 몸에서 떨어지고, 그 다음 아픔을 참아내며 살을 파고드는 집게발을 떼내야 하는 것이다. 그런데 참게 몸뚱어리를 집게발에서 떼내지 않은 채 손가락을 빼내려고 덤비면 또 하나 남아있던 집게발에 다른 손을 물리기 십상이었다. 두 집게발에 양쪽손의 손가락을 하나씩 물리는 신세가 되면 어찌될 것인가.

거의 안 물린 손가락이 없을 정도로 혼자 고통을 당하는 사이에 만석은 능숙한 솜씨로 참게를 다룰 수 있게 된 것이었다. 참게한테 물릴 때의 아픔은 대단한 것이었다. 눈에는 불꽃이 번쩍하는 것 같기도 하고, 자지 끝이 맵게 쏘이는 것 같기도 했다. 그리고는 손가락이 빠져나가는 것처럼 아파지는 것이다. 그러나 손가락이 잘려나가지는 않았다. 눈앞이 노래지며 무릎이 자꾸 꺾이는 배고픔을 없앨 수 있다면 그까짓 아픔쯤 아무것도 아니라고 만석은 생각했다.

그런데 다른 애들은 그 아픔이 무서워 참게를 잡을 엄두를 못 냈고, 특히 최씨네 문중 아이들은 참게가 털투성이의 다리 열 개를 마구 내두르는 모습만 보고도 뒷걸음질을 쳤다. 만석은 그런 그들을 마음속으로 비웃고 무시했다. '느그덜이 양반 부잣집 자석들이라 내가 지는 거시여. 고런것 싹 읎애뿔고 혀본다면 다 한주먹밥잉께.' 이런 속말을 하고 있었다.

그날 최 참봉네 재종손이 고구마 세 개를 내밀며 참게 다섯 마리를 잡아달라고 했던 것이다. 별로 밑지는 장사는 아니어서 만석은 그러기로 했다. 잘 삶아진 밤고구마를 우물거리며 만석은 참게잡기에 열중했다. 네 마리째를 잡느라고 갈대 꽃줄기를 까딱까딱 놀리고 있는데 느닷없는 비명 소리가 울렸다. 만석은 벌떡 몸을 일으켰다.

참게를 담은 조그만 항아리 옆에 쪼그리고 앉았던 최 참봉네 재종손 둘 중에 동생이 숨이 넘어가고 있었다. 아홉 살 먹은 그놈은 자지러지게 비명을 지르며 팔딱팔딱 뛰고 있었는데, 허공을 내젓고 있는 팔, 그 손가락에는 참게가 매달려 있었다. 그리고 만석이와 동갑인 그의 형은 '엄니, 엄니' 외치며 어쩔 줄을 모르고 있었다. 보나마나 항아리를 기어오르려고 버둥대는 참게를 보며 장난질을 치다가 손가락을 덥썩 물린 것이었다.

만석은 재빨리 달려가서 날뛰고 있는 녀석의 팔을 붙들고는 아래로 힘껏 뿌렸다. 그래도 참게는 손가락에 매달려 있었다. 손바닥을 땅에 대게 했다. 그리고 뒤꿈치로 참게를 짓밟았다. 몸통이 으깨지며 집게발이 떨어졌다. 언제나 마찬가지로 집게발은 그대로 손가락을 물고 있었다. 녀석은 계속 숨넘어가는 비명을 지르고 있었고, 만석은 빠른 솜씨로 집게발을 벌려 손가락에서 떼냈다. 그때였다.

"요런 개자석!"

이런 욕과 함께 만석의 눈에는 불이 번쩍 했다. 참게에 물린 녀석의 형이 주먹으로 만석의 볼을 갈긴 것이었다.

"워째 이려?"

너무 느닷없는 일이라서 만석은 어리둥절해서 물었다.

"몰라서 물어?"

다시 주먹이 날아왔다. 피할 겨를도 없이 맞으며 만석은 자기가 잘못을 뒤집어쓰고 있다는 것을 직감했다. 만석은 기막힌 기분이 되면서 서너 발짝 뒤로 물러섰다.

"니 심뽀 내가 다 앙께로 더 지랄허지 말어."

만석은 맞서 싸울 태세를 갖추며 소리쳤다. 그런 만석의 입은 앙다물어졌고, 눈빛은 험악하게 변해 있었다. 그런 기세에 놀랐는지 큰녀석이 주춤했다.

"우리 동상이 물린 거슨 니 땀새 그런 거싱께, 존 말로 헐찌게 니 두 손 다 저그다 쑤셔박어!"

큰녀석이 참게가 든 항아리를 가리켰고, 작은 녀석은 손가락을 들여다보며 서럽게 울고 있었다.

"머시여?"

만석은 속이 뒤집히는 걸 느꼈다. 또 상것이기 때문에 당해야 하는 억울함에 부딪치고 있는 것이었다. 그 억울함은 말로 되는 것이 아니었다. 억지였기 때문에 언제나 말이 필요없었다. 말은 아무 소용이 없었다. 시키는 대로 하는 것만 남아 있었다.

그러나 지금 참게가 든 항아리 속에 손을 넣을 수는 없었다. 잘못이 있고 없고가 문제가 아니었다. 저놈은 어른도 어니고 자기와 동갑인 것이다. 그런 놈이 시키는 대로 할 수는 없었다. 그러느니 차라리 콱 죽어버리는 것이 나을 것이었다.

"아, 얼렁 못 넣겄어!"

큰녀석이 소리쳤고,

"죽었으면 죽었제 고러케는 못 허겄구만!"

만석은 입가에 비웃음을 물며 맞섰다.

"워쩌? 니까징 거시 대들어? 참말로 죽어야 니가 맛을 알것다 그거시제. 야, 동진아, 저놈새끼럴 오늘 절반쯤 쥑여뿔자!"

큰녀석이 동생에게 말했고, 둘이는 주먹을 말아쥐고 다가들었다.

"이눔아, 존일 헌다고 말썽 피우지 마라. 사람은 지 태생을 알아야 쓰는 법이여. 그저 죽어지내는 기 상수여."

크고 작은 말썽이 일어날 때마다 순하디순한 아버지는 이렇게 되풀이하곤 했다. 두 녀석이 합세해서 달려들고 있는 다급함 속에서도 아버지의 그 말이 번뜩 떠올랐다. 그러나 이대로 몰매를 맞을 수는 없었다.

만석을 획 날아드는 주먹을 피했다. 아무리 못 먹고 살긴 했지만 열 살이 못 되어 나뭇짐을 지기 시작했고, 열 살이 넘으면서부터는 지게질을 한 몸이었다. 싸움하는 기술만큼은 기름지게 먹고 큰 최씨네 문중의 아이들 둘쯤은 식은죽 먹기였다.

만석은 한 방으로 싸움에 이기는 법을 알고 있었다. 헛손질을 한 큰 녀석이 숨을 씩씩대며 다시 달겨들고 있었다. 만석은 녀석의 사타구니를 겨냥해서 그대로 발을 날렸다. 달겨들던 녀석은 소리도 제대로 못 지르며 나가떨어져 버르적거렸다. 불알을 채인 것이었다.

"성, 성, 일어나. 일어나랑께!"

작은 녀석이 파랗게 질려 뒹굴고 있는 제 형을 흔들어대고 있었다.

"니놈도 내 주먹맛 잠 봐야 써!"

만석은 작은 녀석의 멱살을 잡아 일으켜 사정없이 후려갈겼다. 만석은 이미 제정신이 아니었다. 성질이 칼칼하고 불 같은 그는 한 번 흥분하면 걷잡지를 못했다. 그래서 그의 어머니는 '지리산 호랭이가 칵 씹어갈 성깔머리'라고 욕하곤 했다.

만석은, 이놈들을 아무도 모르게 죽여버려야 되겠다는 무서운 생각을 하고 있었다. 더 두들겨패서 강물에 처박아버리자는 생각이 머리를 스쳤다. 그래서 두 녀석을 정신을 잃을 때까지 팼고, 하나씩 질질끌어 강가로 옮기다가 동네 어른들에게 들킨 것이었다.

아버지는 최씨문중에 끌려가 반죽음이 되도록 얻어맞고 업혀왔고, 겨우 기동을 하게 되었을 때 내쫓기는 신세가 되었다. 아버지는 한 번만 살려달라고 땅에 엎드려 울며 빌었고, 최씨문중 사람들은 달구지에 세간살이를 실어내서 강가에다 부려버렸다. 아버지는 강건너 산비탈에다 움막을 지어야 했고, 최씨문중의 소작을 잃어버린 생활은 굶는 것이 곧 먹는 것이 되고 말았다. 그러나 아버지는 만석을 때리거나 나무라지 않았다.

"니는 천상 느그 할아부지럴 빼박은 거시여. 쌍놈으로 살기는 피가 너무 뜨건 거시제."

몸을 가누지 못하고 앓아누운 아버지는 혼잣말처럼 중얼거리며 주르륵 눈물을 흘렸던 것이다.

아버지가 최씨문중의 용서를 받고 다시 옛집으로 이사를 한 것은 사년이 지나서였다.

"행여 아부지 엄니 산소는 워처케……."

만석은 망설이고 망설였던 말을 힘겨웁게 하고는 고개를 떨구었다.

"자네 볼 면목이 읎네. 살기등등헌 그 등쌀에 누가 묘 쓰겄다고 나섰겄는가. 무담시 화 당헐가벼 나부텀 꽁지를 사린 인심 아니었등가."

황 서방이 솔직하게 말했고, 만석은 고개를 떨군 채 아무 반응도 없었다.

만석이 이 말을 입에 올렸던 것은 혹시라도 부모님 묘가 있으리라는 기대감을 기저서가 아니었다. 마지막으로 마음을 거두는 땅인데, 그 사실을 확인하고 싶었던 것이다.

반동치고 그보다 더한 반동이 있었을까. 어머니 아버지, 그리고 세 살짜리 자식은 그 누구보다 험하게 죽음을 당했을 것이다. 그 누가 감히 시체를 거둬주려 나섰을 것인가. 어느 구덩이에 한꺼번에 묻히고 말았을 것이다.

"황샌, 고맙구만이라. 인자 가봐야 쓰겄소."

만석은 일어섰다.

"아니, 무신 소리여. 눈 한숨 붙이고 닭 울기 전에 떠나랑께."

"아니어라우. 고연시리 새복에 움직거리다가 넘덜 눈에 띄면 황샌 입장만 바늘방석잉께요. 지끔이 숨어가기는 질 좋겄구만이라."

"요러케 가뿔 줄 알았으면 주먹밥이라도 얼렁 한댕이 맨들었을 것인디."

"황샌, 그때 나 살려준 은혜 평생 잊지 않을 것이구만이라."

"아니여, 아니여, 자네나 나나 피 잘못 받고 태어난 죄밖에 없는 목심들이여. 자네 속 내 다 알어. 실로 따지고보면 나같은 남자가 보잘것읎는 쫌팽이여. 한목심 편차고 이래도 웃고, 저래도 웃고 사는 나같은 거슨 속창아리도 읎는 빙신잉께. 나같은 것에 비길라치먼 자네는 을매나 남자다운가. 정작 남자는 자넨 거시여. 그렇께 나헌테 은혜 입었다는 소리는 날 욕허는 소리여. 자네 숨은 디를 안 갤차준 거슨 자네맹키로 힘지게 못 산 나같은 짜잔헌 사내가 마땅히 혀야 헐 일이었응께.”

황 서방의 눈에는 물기가 어리고 있었다.

“황샌, 오래오래 사시씨요.”

만석은 목이 메어 깊이 고개를 숙였다.

“다 잊어뿔고, 다 잊어뿔고, 크게 한바탕 살아보소, 그거시 이기는 질잉께.”

만석은 어둠 속에서 황 서방과 헤어졌다.

어둠 속에서 눈이 차츰 익자 강줄기가 희뿌연하게 드러났다. 그 강줄기를 바라보며 만석은 움직일 줄을 몰랐다. 나룻배로 강을 건너면 고향 마을이었다.

등 뒤에서 총소리가 콩볶듯 하기 시작한 것은 만석이가 서낭당을 지났을 무렵이었다. 총소리 사이사이로 왁자한 사람들의 외침이 들리기도 했다. 불이 붙도록 다급한 마음과는 달리 만석은 빨리 뛸 수가 없었다. 하루종일 왕복 백리길을 걸은 다음이라 지칠만큼 지쳐 있었던 것이다. 총소리는 차츰 가깝게 들리고 있었다. 만석이 강변 나루터에 도착했을 때 황 서방은 배를 대놓고 있던 참이었다.

“화, 황샌, 나 좀 살려주씨요.”

“자네, 워찐 일여?”

“인민군 대장을 쥑여뿔렀소. 얼렁 배를 좀 띄우씨요.”

“자네 미쳤능가? 배 띄웠다가는 둘 다 강 복판에서 죽게 돼야. 싸게 갈밭으로 내빼, 갈밭으로. 지끔 안개가 피기 시작혔고, 금방 어두워질 거싱께. 아, 싸게 내빼란마시.”

황 서방은 발을 굴렀다. 만석은 갈대밭으로 뛰어들었다.

소쩍새 울음빛 같은 노을이 강물을 태우고 있었고 강변으로는 서서히 저녁 물안개가 피어오르고 있었다. 갈대밭에는 애기울음 같은 소리를 내며 바람이 지나가고 있었고, 갈숲은 바람타는 물결처럼 쏴아쏴아 흔들리고 있었다. 만석은 안심하고 있는 힘을 다해 갈밭을 기고 있었다. 이 정도로 갈숲이 바람을 타면 사람 하나쯤이 흔들어내는 것은 표도 안 나는 것이었다. 어렸을 때부터 갈대밭에 드나들어 체득한 사실이었다.

강변에서 서너 발의 총성이 울린 것은 만석이 질펀한 갈대밭 중간쯤에 이르렀을 때였다. 만석은 어둠이 짙어지기를 기다렸다가 강물로 뛰어들었다. 큰길을 피해서 산을 탔다.

그때 자신의 목숨은 황 서방의 손가락 끝에 매달려 있었던 것이다.

칠월 초순에서부터 구월 초순까지, 만석이 자신이 누린 그 꿈만 같은 세월은 고작해야 두 달이었다. 그 동안 만석은 정말이지 세상이 다 자기 것인 줄 알았었다.

노동자 농민을 해방시킨다고 했다. 부자나 지주들을 처없애고 상것들이 모든 행세를 하는 것이라 했다. 만석은 생각하고 자시고 할 필요가 없었다. 만석은 물 만난 고기였다. 낫을 숫돌에 새로 갈아 꼬나잡았고, 눈에서는 푸른 살기가 뻗쳤다.

만석이 제일 먼저 해치운 일이 최씨문중의 사당을 불지른 것이었다. 불길에 휩싸이는 사당을 바라보며 만석은 소리치고 있었다.

"지끔부텀 최씨놈덜 씨를 말려뿔 거시여. 좆달린 거시라먼 한 마리도 안 냉기고 싹 쓸어뿔 것이라고."

시퍼런 낫을 휘두르며 소리치는 만석의 앞에 그 누구도 얼씬거리지 못했다. 만약 누가 대들었다면 휘둘러대는 낫에 댕겅 목이 달아나고 말았을 것이다.

발이 빠른 사람들은 더러 피신을 하기도 했지만 그렇지 못한 최씨문중 남자들은 다 잡혀서 끌려갔다. 그리고 반죽음이 되도록 두들겨 맞고는 날마다 한 사람씩 뒷등 소나무에 묶여서 죽어갔다.

최씨문중은 줄초상을 당하고 있으면서도 상여는 한 번도 나가지 않았다. 시체를 찾아가지 못했기 때문이다.

최씨네 사람들은 어느 집이나 밥을 굶었다. 곡식이란 곡식을 모조리 빼앗겼기 때문에 죽도 끓일 것이 없었다.

"안돼야, 안돼야. 짐생도 고러크름 야박하게 다루는 거시 아닌디, 워째 사람을 그럴 수가 있드라냐. 어린새끼덜이 있는디 죽이라도 쑤게는 허야혀. 만석아, 이눔아, 맴 돌려서낭은 죽이라도 쑤게 맹길어. 애비 쥑인 웬수라도 고러케 허는 벱이 아닌 거시여."

아버지는 만석에게 매달리며 애원했다.

"고런 반동적 발언 치우씨요. 아부지는 평생 당허고만 산 일이 치가 떨리지도 안혀서 그런다요?"

만석은 아버지를 뿌리치며 눈을 치떴다.

"고런 못된 소갈머리 버려야 써. 미우나 고우나 그 사람덜이 우리럴 믹여살린 거시여."

"아부지, 참말로 고런 말만 골라서 하실라요? 아부지, 고런 맘얼렁 안 고쳐묵으면 워치께 되는지 아시겠소? 최가놈덜허고 똑같은 꼴당헌단 말이요."

만석은 싸늘한 표정으로 말했고,

"하면이라. 아부님 말씸은 쪼깨 과헌 성싶구만이라. 원제 그 사람덜이 우리 먹여살렸습디여. 우리가 쌔빠지게 일혀서 고것들 팅팅 살찌게 혔고, 우리사 쑥징이만 묵고 포돗이포돗이 살았제라."

며느리가 눈을 희게 뜨며 남편을 거들고 나섰다.

천씨는 그만 입을 다물고 말았다. 며느리까지 생판 딴사람으로 변한 지가 오래였다. 사람이 맘이 변하면 죽는 일을 당한다고 했다. 아들도 며느리도 제정신이 아닌 것이다. 아들은 사람백정 노릇을 눈 하나 깜짝 안 하고 해내고 있고, 며느리는 그 얌전하던 옛모습을 하루아침에 벗어버리고 꼭 화냥년처럼 변했다. 아들놈하고 똑같이 며느리도 여맹부위원장이 되어 날쳐대고 있는 것이다. 그 예쁜 얼굴에 눈 한 번 제대로 뜨지 않던 며느리가 그렇게 변한 것이 못내 서운했다. 아니, 사람을 그렇게 돌변시켜버리는 그 공산당이란 것이 생각할수록 겁나고 무서워졌다.

만석은 날개를 있는 대로 편 독수리가 되어 제멋대로 날아다니느라고 제 발밑에서 불이 붙고 있는 것은 까맣게 모르고 있었다. 마누라가 말한 마디로 모든 것을 척척 해내는 권총 찬 인민군 대장에게 정신이 팔려 있다는 사실을 김새도 채지 못했다. 피곤하다는 이유로 잠자리의 요구를 물리치곤 했을 때도 의심은커녕 혁명 과업을 완수하느라고 낮에 고생한 아내를 괴롭히는 것 같아 오히려 미안하게 생각했던 것이다.

만석은 인민의용군에 붙들려가지 않으려고 벽촌으로만 피해다녔다. 그러면서 밤마다 그 험악한 꿈에 시달렸다. 두 연놈이 알몸뚱이로 뒹굴고 있었고, 피바다가 된 방바닥에 배창자가 터져나온 두 연놈이 나자빠져 있는 광경이었다.

밥을 먹다가 언뜻 그 생각이 떠오르면 구역질이 치밀어 더는 먹을 수가 없었다. 한 달 가까이 피해다니다가 인민군이 싸움에 져서 거의가 산속으로 도망을 치고 있다는 소식을 들었다. 그런 사고가 없이 그대로 고향에 있었더라면 자신은 어떻게 됐을까를 만석은 곰곰이 생각해 보았다. 세상은 다시 뒤바뀐 것이다. 틀림없이 몸을 피한 최씨문중 사람들이 들이다칠 것이었다. 인민군을 따라 도망칠 수밖에 다른 도리가 없었을 것 같았다.

이제 전쟁은 다 끝났다. 그러나 뒷정리까지 다 끝난 것은 아니었다. 타작을 끝내고 나면 청소를 할 뒷일이 남는거나 마찬가지였다. 산으로 도망갔던 공비가 밤이면 여기저기 출몰했고, 전에 부역했던 사람들이 색출되고 있는 참이었다.

"보나마나 뻔헌 일 아니겠능가. 더러 산사람이 되기도 혔고, 눈치 못 채고 뒤처진 축들은 잽혀서 또 그 징헌 꼴 안 당했드랑가."

황 서방은 더 길게 얘기하고 싶지 않다는 듯 고개를 설레설레 저었다.

만석은 강줄기처럼 긴 한숨을 내쉬었다. 그리고 천천히 어둠 속을 걸었다. 황 서방의 말대로 멀리 떠나서 사는 길밖에 없었다. 이제 얻은 것도, 남은 것도 아무것도 없는 것이다. 허망하기도 했고 어이가 없기도 했다.

그렇게 학교라는 것이 다녀보고 싶었다. 그러나 아무나 배우는 것이 아니라고 했다. 상것은 상것대로 할 일이 따로 있다고 했다. 그것이 나무하는 일이었고, 지게질이었고, 소 꼴뜯기는 일이었다. 최씨네 아이들이 나무 그늘에서 수박이나 참외를 배터지게 먹으며 히히덕거리고 있을 때 자기는 땡볕 속의 논길을 이리 뛰고 저리 뛰며 새를 쫓느라 목이 터지게 소리를 질러야 했다. 겨울이면 으레 아이들의 책보를 모아들고 학교까지 가야 했다. 그 아이들은 자기보다 몇 배 두꺼운 솜옷에 장갑까지 끼고는 손이 시려서 책보를 못 들고 간다는 것이었다.

인절미 두 개를 얻어먹기 위해 아픈 것을 참고 자지를 까보였다. 감한 개를 얻어먹으려고 말타기놀이의 말노릇을 한나절 했다. 끝없는 배고픔 속에서 배를 채울 수 있다면 무슨 일이든 하려 들었다. 그러나 그것도 열 서너 살까지였다. 열 다섯이 넘으면서부터는 잇뿌리가 아플 지경으로 이빨을 앙다물기 시작한 것이다.

"만석이, 만석이, 나 잠 살려주소. 내 논밭 다 줄팅께 나 잠 살려주소."

누군가는 손바닥에 불이 나도록 비벼대며 숨이 넘어갔다.

"만석이, 아녀, 아녀, 부위원장님, 나허고 춘부장 어르신네허고는 삼십 년 친구였지라우. 나 잠 살려주씨요, 나 잠…….."

누군가는 펑펑 눈물을 쏟으며 마룻바닥을 뺑뺑이를 돌았다.

"부위원장 동무, 부위원장 동무, 부위원장 동무, 부위원장 동무…….."

누군가는 입술을 푸들푸들 떨며 더는 말을 못 했다.

누군가는 생똥을 쌌고, 누군가는 질퍽하게 오줌을 쌌고, 누군가는 팔다리가 떨리다 못해 뻣뻣이 굳어져버렸다.

그 누구 하나 며칠 전까지 가졌던 그 당당함, 그 거만함, 그 거드름, 그 위세를 그대로 지니고 있는 사람이 없었다. "요 개만도 못헌 쌍놈아, 니놈이 감히 누구헌테 요런 못된 짓을 혀." 이렇게 호령을 하는 사람이 하나라도 있었더라면, 그 사람은 차라리 살려줬을지도 모른다.

그들의 망령이 막아서라도 다시는 올 수 없는 땅이 된 것이라고 생각하며 만석은 강을 등지고 어둠 속을 빨리 걷기 시작했다.

만석 영감은 연상 눈물을 훔치며 변두리 고아원에서부터 번화가까지 걸어나오느라고 서너 시간이 걸렸다. 수중에 동전 한닢 남아있지 않아 걸을 수밖에 없었다.

눈여겨 보아두었던 육교를 찾아냈다. 난간을 붙들고 힘겨웁게 육교를 오른 영감은 검정 고무신 한 짝을 벗었다. 그리고 양쪽 계단이 갈라지는 육교바닥에 쪼그리고 앉았다. 검정 고무신 한 짝은 그 앞에 놓여졌다.

당장 하루 한 끼는 입에 풀칠을 해야 했고, 고향으로 갈 차비는 마련해야 했다.

이제 노동은 할 수가 없었다. 어느 노동판에서고 일거리를 주지 않았다. 주름투성이가 된 파삭 쭈그러진 얼굴도 얼굴이었지만, 이미 어깨가 축 늘어져 한 눈에 노동판꾼의 몸이 아닌 게 표가 났다. 혹시 인정이 많거나 아니면 풋내기 현장감독이 일거리를 떼준다해도 감당할 능력이 없었다. 전신이 풀려버린 데다가 억지로 힘을 쓰고 나면 으레 피가 넘어오는 것이었다.

영감은 고개를 푹 수그린 채 눈을 감고 있었다. 그런 영감의 몰골은 영락없이 거지였다.

고무신에 동전이 얼마나 모아지는가에 대해서는 영감은 아예 관심이 없었다. 영감의 마음은 어느덧 고향으로 가 있었다. 영감은, 죽을날이 가까워져서 그러는 것이려니 했다. 언젠부턴가 부쩍 그곳으로 마음이 쏠리는 것이었다.

아무것도 남은 것이 없는 땅이었다. 반겨줄 얼굴 하나 없는 땅이었다. 있다면 험악한 과거만이 있을 뿐이었다. 그런데도 한사코 마음이 쏠리는 것은 무슨 까닭일까. 아무리 생각해도 그런 자기의 속을 알 수가 없는 일이었다.

공사판을 따라 이년인가 떠돌았다. 새로 벌어진 간척지 공사장을 찾아가보니 고향땅이 백리 조금 넘은 거리에 있었다. 처음엔 혹시 아는 얼굴이라도 만나게 될까봐 다른 일터를 찾아설까도 했다. 그러나 공사장 여건이 선뜻 딴 데로 발길을 돌리지 못하게 했다. 간척지 공사는 우선 그 기간이 길어서 좋고, 대개 관에서 하는 일이라 일당이 제때제때 나오는 이점이 있었다. 몇 번을 망설이다가 될대로 되라는 심정으로 주저앉고 말았다.

이 개월이 지나고 삼 개월이 지나도 아는 얼굴은 하나도 만나지 않았다. 그렇게 되니 마음이 슬그머니 동하는 것이었다. 황 서방이라도 한 번 만나보고 싶은 생각이 일어난 것이다. 그 생각이 한 번 머리를 들게 되자 마음은 자꾸만 설레발을 치기 시작했다.

노동판에서 사람은 얼마든지 있었다. 몸뚱이를 부려 하루 세 끼 목구멍을 채우는 같은 처지의 사람들이 많았다. 그러나 그들에겐 잘 구워진 고구마맛 같거나, 눈오는 날 구들장의 온기 같은 정이 없었다. 한 노동판, 같은 조(組)로 일을 할 동안은 그런대로 허물이 없는 듯 하다가 공사가 끝나고 뿔뿔이 흩어지게 되면 그 길로 까맣게 잊어버리게 마련이었다. 떠돌이 인생들이란 으레 그런 모양이었다.

여자가 없는 것도 아니었다. 그러나 그 여자들은 오히려 남자들보다 더 허망한 그림자였다. 몇 푼의 돈으로 몸을 파는 그 여자들은 그 일이 끝나버림과 동시에 아무 쓸모도 없는 살덩이로 변하고 말았다. 그 여자들과의 일은 아무리 되풀이해보아도 발목밖에 안 차는 미지근한 목욕물에 들어선 기분이었다. 목까지 푹 잠기는 뜨끈뜨끈한 목욕물이 몹시 그리웠다. 언뜻 마누라의 몸이 생각났다. 전신이 흠뻑 땀으로 젖으며 온몸의 진기가 다 빠져나간 것 같은 아련하고도 아슴하던 그 기분이 그리웠다. 그러나 그 그리움을 지체없이 박살내고 달겨드는 기억이 있었다. 벌건 대낮에 숙소에서 뒹굴던…….

황 서방을 만나보고 싶은 것은 그런 마음의 정처없음 때문인지도 몰랐다.

공사판은 일주일에 하루씩을 쉬었다. 그날은 너무 지루하고 답답했다. 술타령도, 투전판도 별로 마음이 끌리지 않았다. 정종이라도 한 병 사들고 황 서방을 찾아가고 싶은 생각만이 마음에 가득했다.

만석은 꾹꾹 참다가 결국 점심때가 지나서 버스를 타고 말았다.

고향마을을 삼십 리 앞둔 ㅂ읍에서 버스를 내렸다. 해가 지려면 얼마 남지 않은 시간이었다. 만석은 가게에서 정종 두 병을 샀다. 그리고 밥집을 찾아들었다. 국밥 곱배기에다 소주를 시켰다. 밤길 삼십 리를 걷자면 든든하게 먹어둬야 했다.

"묘 쓰는 일이 안직도 안 끝났단 말이당가?"

"아, 그렇다니께."

“참말로 요상허네이, 난리 끝나뿐 것이 원젠디, 이 년씩이나 묘를 쓴단 말이당가?”

“요사람, 영 태평헌 소리만 허쌌는구만이. 아, 죽은 사람 숫자가 을맨지 자네 몰라서 허는 소리여?”

“허긴 그때 인민군 발 밑에서 반 년만 더 끌었다먼 최씨문중 씨는 싹 말라 없어질뿐 혔응께.”

입으로 술잔을 가져가던 만석은 그대로 동작을 멈추었다. 몸이 뻿뻿이 굳어지는 것 같은 충격이 뒷머리를 때렸다. 만석은 눈만을 빠르게 굴려 두 남자의 얼굴을 살폈다. 전혀 안면이 없는 얼굴이었다. 만석은 자신도 모르게 파장이 심한 한숨을 내뿜었다.

“그러게 말이시. 국군이 그맘때만 혀서 싸움에 이긴 거슨 최씨네 헌데 큰 부조 헌 거여.”

“하먼, 하먼, 그란디 묘는 지대로 써지고 있는 거싱가?”

“워디가. 그 많은 사람덜이 굴비 엮듯 혀서 이 구뎅이 저 구뎅이 묻혀뿐 것잉게 누구 뼈다구가 누구 뼈다군지 워찌 알 것잉가.”

“참말로 환장헐 일이구만 그랴. 누구 뼈다군지도 모름시로 즈그덜 부모 것이라고 생각허고 이장을 허는 자손들 속이 워쩔 것잉가.”

“금매 말이시. 그 효심들이 상받을만 허다니께.”

“근디, 최씨문중은 그렇게라도 혼을 건진다 허고, 부역혔던 사람덜이나 그 일가 뿌시레기덜 망령은 워쩐디야?”

“아, 걱정도 팔짜여. 지금 최씨네 서슬이 시퍼런 이 마당에 부역허다 죽어뿐 망령 걱정허게 되았능가?

연거푸 술잔을 비우고 있는 만석의 마음은 싸늘하게 긴장하고 있었다. 그만 자리를 뜨고 싶은 마음과는 달리 몸은 점점 더 무거운 무게로 아래로 내려앉고 있었다.

“내 말은 고런 말이 아니란 마시. 워쩌케 되았거나간에 한 품은 망령이 떠돌아댕겨서는 그 동네가 안 되어 묵는다 고런 말이네.”

“그렇다고 최씨문중에서 그 원수녀러 상것들의 묘를 써줄 것잉가?”

“가당찮은 일이제. 무신 감투를 쓴 것도 아닌 그 멍청한 점바구를 생매장헌 걸 보면 최씨네도 보통은 넘는 사람들이여.”

……점바구. 왼쪽 이마에 동전만한 점이 박혀있던, 약간쯤 모자라는 것 같은 사내. 그는 제 세상이 왔다고 덩실거리며 대창을 꼬나잡고는 시키는 일이면 무엇이나 해치웠다. 대창으로 가슴팍을 푹 찔러놓고는 누런 이빨을 드러내고 헤벌쭉 웃는 것이었는데, 그런 그의 얼굴은 웃는 것이 아니라 성난 개가 으르렁거리는 얼굴 모양과 너무나 흡사했다. 그 섬뜩한 느낌의 표정을 사람들은 ‘개웃음’이라고 불렀다. 그 점바구가 생매장을 당했다는 것이다. 약간쯤 모자라는 탓으로 사태가 불리해진 낌새를 눈치채지 못했을 게 뻔했다. 점바구는 생매장을 당하면서도 개웃음을 웃었을까…… 술잔을 들어올리고 있는 만석의 팔이 부들부들 떨렸다.

“워쨌거나 인자 공비가 안 내려옹께 살겠구만. 작년꺼정만 혀도 어디 발뻗고 편헌 잠 잘 수 있었더라고.”

“인자 에지간히 잽힌 모냥이여. 위원장 지냈던 수길이가 죽어뿐 작년 시월 후로는 그 동네에도 이적지 한 번도 안 내려왔드랑만.”

“그라먼 그때 수길이허고 함께 죽은 그 얼굴이 몰라보게 잉끄레져뿐 거시 소문대로 부위원장 지낸 만석이가 영락없는 것 아니었쓰까?”

“모르면 몰라도 그럴껴. 그때 싹 죽어뿌러서 발이 끊긴 것 아니겄어. 그때 수길이만 죽고 만석이가 살아 달아났드라먼 최씨문중이 무신 험헌 꼴 또 당혔을지 아능가? 고 만석이란 물건이 예사 물건은 아니였등갑는디. 독허기가 독사대가리 열 합친 것만 하다드만 그랴.”

“글씨 말이시, 열 살 안짝에 비얌을 꾸어묵은 징헌 자석이람시로?”

“그러타느만.”

“근디 마시, 만석이 그 사람이 인민군 대장허고 즈그 마누래 쥑여 뿔고 내빼뿐 것허고 인민군이 봇짐을 싼 것허곤 보름이나 더 차이가 지는디…… 그라고 인민군헌티는 만석이가 총살감 죄인이 아니겄드라고? 그란디 워치케 또 한 패가 되얐으까?”

“요사람 참말로 답답허네잉. 속사정이 워쩨튼, 넘 마누라 붙어묵은 놈이 잘못인가, 그런 놈 쥑인 남편이 잘못인가. 즈그덜도 속이 있응께

옛일 덮어뿔고 다시 합친 것 아니겠어? 그라고 심이 달려 쫓기는 판에 한 사람 더 보태는 거시 워딘디. 만석이 같은 독헌 인종 하나 보태는 거슨 예삿사람 열 보태는 폭이었을 것 아니라고?"

"그러컸구만, 그러컸어."

만석은 창백한 얼굴로 식당을 다급하게 나왔다. 그리고 황 서방 집과는 반대쪽으로 걷기 시작했다. 공사판 쪽으로 가는 차가 있어야 할텐데 생각하면서.

공사판으로 돌아온 만석은 황 서방에게 주려고 샀던 정종 두 병을 다 마셔버렸다. 그리고 나흘 동안 꼼짝을 못 하고 앓아누웠다.

열 살 안쪽 나이에 뱀을 잡아 구워먹은 일은 없었다. 구워먹으면 어떨까 하는 생각은 많이 했었다. 소·돼지·개·닭은 다 먹는다. 메뚜기나 개구리도 먹는다. 그러면 뱀이라고 못 먹을 게 뭐 있을까 싶었다. 여름이 되면 뱀은 강변 갈밭이고 논이고 야산 풀섶에 흔했다. 아이들은 뱀을 보면 질겁을 하고 뺑소니를 쳤다. 그러다가도 누군가가 한 마리 잡기만 하면 너도나도 돌멩이를 들고 대드는 것이었다. 으레 뱀은 온몸에 상처 투성이가 되어 죽어야했다. 그러나 아이들은 물러나지 않았다. 뱀을 토막쳐 죽이지 않으면 밤이슬을 먹고 되살아나 새벽에 꼭 복수를 하러 온다는 것이었다. 되살아난 뱀은 자기를 죽이려 했던 아이들 집을 하나하나 찾아다니며 꼭 자지를 물어 죽인다는 것이었다. 그래서 아이들은 사생결단 돌을 던져 다 죽어버린 뱀을 토막토막 끊어야 직성이 풀려 했다. 어떤 아이는 한 손으로 사타구니를 거머잡고 기를 쓰며 돌을 던지기도 했다. 그러나 만석은 돌을 던지지 않았다. 배가 고파 기운이 없는데 뱀을 죽이는 일에 기운을 쓸 필요가 없었고, 저것을 어떻게 하면 구워먹을 수 있을까를 열심히 궁리하고 있었던 것이다. 강에서 잡히는 뱀장어라는 것의 맛은 기막혔다. 기름이 지글지글 끓는 뱀장어 한 쪽을 입에 넣었을 때의 그 고소하고 달큰한 맛, 이름이 비슷하니까 하는 생각에 몰두해있곤 했었다.

수길이는 빨치산이 되어 동네를 습격했다가 죽은 모양이었다. 그놈도 억세게 불쌍한 놈이었다. 홀어머니 밑에서 어쩌면 만석이 자신보다 더

배를 곯으며 살았을지 모른다.

"니기미, 요런 팔짜로 한평생 살아보먼 멀 헐꺼, 엄니 땀새 사는 거시지, 엄니만 죽어뿔먼 나도 요런 염병헐 시상 고만 살란다."

기운 쓰기에는 안 어울리는 뼈대를 갖춘 수길은 곧잘 이런 말을 하곤 했었다.

그는 인민위원장이 되면서 그래도 생기가 나는 것 같았다. 그러나 마구잡이로 사람을 죽이는 것을 꽤는 괴로워했었다. 그런 그가 결국 고향 땅에서 죽어간 것이다.

고향사람들, 특히 최씨문중 사람들에게는 자신은 이미 죽은 것으로 되어 있는 모양이었다. 그러면 자신의 생존을 알고 있는 것은 황 서방 내외뿐이다. 입 무거운 황 서방이 자신의 생존을 입 밖에 낼 리가 없었다. 자신은 이미 죽은 목숨인 것이다. 이제 고향에 남은 자신의 흔적은 아무것도 없다.

만석은 나흘 동안 앓아누워서 자신의 신세를 골똘히 생각해 보았다. 참 허망하고 어처구니가 없었다. 달라진 것이라곤 소작농사꾼에서 떠돌이 막노동꾼으로 바뀐 것이었다.

만석은 다시는 고향땅 가까이 가지 않기로 마음먹었다. 그 결심은 삼십 년이 가깝도록 지켜져왔던 것이다. 아무리 좋은 일판이 벌어져도 고향 쪽이면 아예 외면을 해버렸다.

강변에는 저녁 안개가 어떤 슬픔의 흔적처럼 자욱하게 번져나가고 있었다. 무거운 듯 어깨를 늘어뜨리고 선 영감은 오래 전부터 갈대숲으로 번지는 안개의 꿈틀거림을 하염없이 바라보고 있었다.

지금도 저 갈숲에는 참게가 그리도 많을까. 어렸을 적에는 구워먹었고 나이가 들어서는 술안주로 그만이었지. 소주 한 잔을 꺾고 진간장에 담근 그 털북숭이 참게 다리를 씹는 맛이란…….

영감은 군침을 삼키며 손바닥으로 입을 훔쳤다. 손바닥의 꺼칠한 느낌만 입언저리에 무슨 흉터처럼 선명하게 새겨지는 기분이었다. 영감은 허전한 기분으로 손바닥을 내려다보았다. 못이 박히다못해 자디잔 금을 그으며 터진 손바닥. 굳어진 군살이라고 그런지 어지간한 것에 찔려서는 아픔을 느낄 수가 없었다.

영감은 가늘고 길게 한숨을 쉬었다. 손바닥을 내려다보고 있는 눈에 안개빛을 닮은 우수가 서렸다.

긴 세월이야. 빠르게 달아난 세월이야. 허망한 세월이고…….

영감은 입꼬리가 처지도록 입을 꾹 다물며 눈길을 다시 강변으로 옮겼다. 안개는 흡사 살아있는 것처럼 질펀한 갈대밭과 넓은 강폭을 먹어가고 있었다.

저 갈대밭이 없었더라면…….

영감은 몸을 으스스 떨었다. 막상 강을 앞에 하고 서니 그 일은 꼭 어제 일어난 것처럼 그 동안의 세월의 간격을 허물어뜨리고 다가섰다.

안개는 그냥 퍼지고 있는 게 아니었다. 엷은 어둠을 한자락 한자락 깔아나가고 있었다. 영감은 등줄기가 서늘한 한기를 느끼며 주위를 둘러보았다. 산등성이의 윤곽이 흐려보일 만큼 어두워져 있었다. 영감은 눕고 싶은 무거운 피곤과 함께 시장기를 느꼈다. 이제 그만 주막으로 들어가고 싶었다.

옛자리에 그대로 있는, 지붕만 슬레이트로 변한 왼쪽편의 주막을 향해 영감은 더디게 걸음을 옮겼다. 이 꼴이 되어버렸는데 어쩌랴 싶으면서도 어느 만큼 어두워지기를 기다렸다. 어찌할 수 없이 뼛속 깊이까지 스며 있는 죄의식이었다.

황 서방은 살아있을까. 살아있다면 칠십이 넘었을 것이다. 마누라한테 주막일을 맡기고 자기는 나룻배를 저었었다. 추우나 더우나, 한밤이나 새벽이나를 가리지 않고 한 사람을 위해서도 나룻배를 띄우던 황 서방이었다. 항시 웃는 얼굴인 그는 이 세상에 싫은 사람도, 미운 사람도 없는 것 같았고, 그래서 감골 학내 죽촌 마을의 그 어떤 사람이든 황 서방 내외를 아끼고 감쌌다. 그런 황 서방이 처음으로 자신에게 눈을 치뜨며 소리를 높였었다.

"자네 워째 이러능가. 자네 미쳤능가? 시상이 워찌 변혔거나, 시국이 워처케 달라졌거나간에 사람이 변허먼 못쓰는 법이여!"

"황샌, 말조심 허씨요! 황샌도 앞장서야 헐 사람임스롱 무신 말을 고 렇게 허씨요!"

"어이, 내 말 잠 들어보소. 일정(日政)때 앞잽이놀이허던 사람덜 꼴 못 봐서 그러능가?"

"머시 워쩌고 워쩨라? 아, 지끔이 일정때허고 똑같은 줄 아시요? 나 마지막으로 한 마디만 허니께 귀때기 활짝 열고 똑똑하게 들어두씨요 잉. 지금 헌 말 황샌이니께 안 들은 거스로 허겄소. 한 번만 더 고런 소 리 허먼 싹 보고허고 말팅께 그리 아씨요."

황 서방은 입을 헤벌린 채 아무 대꾸도 하지 못했었다.

황 서방이나 아버지는 그때 이미 세상살이가 어떤 것인지를, 한목숨 살아가는 뜻이 어디 있는지를 환히 알고 있었는지도 몰랐다. 둘이 다 순 리로 살아야 한다고 했다. 그 순리라는 것이 무엇인지 알다가도 모를 일 이었다.

이제는 황 서방도 어느 길목에서 마주친다 해도 서로 알아볼 수 없을 정도로 늙었을 것이다. 긴 물굽이를 이루며 흘러간 세월이었다.

영감은 징검다리라도 건너는 것처럼 약간 더듬거리는 듯한 걸음을 땅 거미 속으로 내딛기 시작했다. 구부정한 어깨에 다 헐어빠진 가방이 매 달려 있었다. 주막을 몇 발짝 남겨놓고 영감은 걸음을 멈추었다. 그리고 기침을 하기 시작했다. 한 손은 입을 가렸고, 다른 한 손은 가슴께의 옷 을 움켜잡고 있었다. 기침 소리는 전혀 생기가 없이 목구멍에서 맴도는 밭은 것이었다. 기침은 끊길 줄을 몰랐고, 영감의 몸은 점점 작게 오그 라들고 있었다.

영감의 몸이 거의 주저앉다시피 하였을 때 기침이 멎었다. 영감은 숨 을 헉헉대고 있었다. 이렇게 한바탕 기침이 휘몰아치고 지나가면 가슴 은 다 찢어진 창호지 문처럼 너덜거리는 느낌으로 견디기 어려운 열에 들끓었다. 전신에 땀이 죽 흐르고, 오한이 일어나는 것은 그 다음 증상 이었다.

틀린 거야. 다 끝났어.

영감은 고개를 저으며 또 같은 생각을 했다. 기침이 한바탕 가슴을 들쑤시고 지나가면 영감은 또 한 걸음 다가선 죽음을 느끼는 것이었다.

영감은 다리가 후들거려 무릎을 손바닥으로 짚고 더디게 일어섰다. 비릿한 냄새가 나는 것 같은 현기증이 강변에 퍼지는 안개처럼 아득하게 일어났다.

영감은 주막 문 앞에서 일단 멈춰섰다. 뭐라고 인기척을 할까를 생각했다. 그러나 할 말은 떠오르지 않고, 젊은 황 서방의 순하디순한 얼굴만 어른거렸다.

"기시요? 누구 있소?"

영감은 있는 힘껏 소리쳤다. 그러나 소리는 자신이 들어도 너무 힘이 없이 떨리고 있었다.

"누가 왔능가?"

한 남자가 헛간에서 나오며 두리번거렸다.

"……."

영감은 눈에 힘을 모았다. 저녁 어스름이 끼고 있긴 했지만 저쪽의 남자가 늙은이가 아니라는 건 직감할 수 있었다.

황 서방 아들일까?

영감은 불현듯 생각했다. 그 뚝심이 세던 녀석, 제 애비 대신 해서 서툴게나마 노질을 하기도 했었다.

"큰 부조 헌기여. 저눔이 삼 년만 일찍 시상에 나왔어 보드라고. 이쪽으로든 저쪽으로든 끌려가고 말았을 것잉께. 그랬으면 내 애간장이 워찌 됐을 것잉가 말이시."

황 서방의 말이 생생하게 들리고 있었다.

"뉘시요?"

사십대의 건장한 남자가 나직한 목소리로 묻고 있었다.

"저어…… 요새도 주막을 허능가요?"

영감은 뒤엉킨 여러 가지 물음을 밀쳐놓고 이 말부터 물었다.

"워디요. 다리가 생기고 나니께 나룻배가 소양읎어지고 자연 주막도 시들해졌구만이라."

남자는 심드렁하게 대꾸하며 영감의 몰골을 달갑잖은 눈길로 훑어 보왔다.

"요 강 우로 다리가 놓였어라우?"

영감은 놀라움을 감추지 못하고 물었다.

"그거시 원제 일인디요. 이 고장을 떠난 지 영 오래 되야뿐 모양이지라우?"

남자는 새삼스러운 눈길로 영감을 찬찬히 훑어보았다. 영감은 반사적으로 방어태세가 되었다. 그날 이후 삼십여 년 동안 겪어온 감정의 어두운 굴절이었다. 그러나 영감은 그런 감정의 응고를 습관대로 겉으로는 전혀 드러내지 않고 입을 열었다.

"농샛일이 싫어 젊은 나이에 봇짐을 싸분 거시요."

"그러요? 헌디, 돈을 잠 벌었능가요?"

남자는 비웃는 투로 물었다. 영감의 몰골은 돈과는 너무나 거리가 멀었던 것이다.

"혹시 지끔도 황 서방이 이 집에 사십디여?"

영감은 마음의 동요를 누르며 넌지시 물었다.

"황 서방이 누군디라?"

남자는 고개까지 흔들며 전혀 모르는 표정을 지었다. 순간 영감은 암담한 기분이 되었다. 이 남자는 집주인이 분명한데 황 서방을 모른다. 황 서방은 세상을 떠난 것일까, 아니면 어디로 이사를 간 것일까.

"머시냐, 황 순돌이라고…… 나룻배를 젓던…….”

"아아, 전 주인 말이구만이라. 십 년도 전에 시상을 버렸구만요. 아들은 이 집을 우리헌테 넹기고 도회지로 떠나가뿔고요.”

영감의 귀에는 아무 소리도 들리지 않았다. 고향땅을 찾아온 것이 아니었다. 황 서방을 만나러 온 것이었다. 정처없이 떠돌면서도 마음이 고향땅으로 쏠렸던 것은, 부모님 원혼이 떠돌고 있다는 가슴아픔 말고도 황 서방이 있었기 때문이었다. 그런데 황 서방은 이미 십 년도 전에 세상을 떠났다는 것이다. 거렁뱅이짓을 해서 근근이 모은 돈이긴 했지만, 정종 한 병을 가방 속에 사넣었던 것도 황 서방을 위해서였다.

"영감님은 워디로 가는디요?"

집주인의 말에 영감은 정신을 차렸다.

"행여, 죽어뿐 황샌 묏등이 워딘지 모르시겄소?"

영감은 물기가 번진 눈을 아슴하게 뜨며 물었다.

"글씨요. 잘 모르겄는디요."

남자는 무뚝뚝하게 대답했고, 영감은 연상 고개만 잘게 끄덕이고 있었다.

"그라면 살펴가시씨요."

집주인이 돌아섰다.

"나 시장혀서 그란디, 밥 잠 묵을 수 있겄소?"

영감은 집주인의 등 뒤에다 대고 힘없이 물었다.

"글씨요……."

"공짜밥 묵자는 긴 아니니께 엄려는 놓으씨요."

"머 그거시 아니라, 찬이 벨로 읎어서…… 우선 듭시다."

집주인이 되돌아섰다.

사방은 어둠이 완연해져 있었다. 영감은 강변을 내려다보았다. 흡사 살아있는 것처럼 뭉클뭉클 피던 안개의 자취는 암회색 어둠 속에서 찾을 수가 없었다. 황 서방만 있었더라면…… 영감의 가슴에는 허전한 슬픔이 강변을 덮던 안개처럼 퍼져나가고 있었다.

"머 허시요, 영감니임. 얼렁 들오씨요."

집주인이 불렀고,

"소피가 급혀서……."

영감은 얼버무리며 사립을 들어섰다.

마침 밥때여서 그런지 밥상은 금방 들어왔다.

"술 한 잔 헐 수 있겄소?"

영감은 숟가락을 들 생각도 안 하고 술부터 찾았다. 그러면서 가방에 고이 간직해온 정종을 생각했다. 황 서방과 마주앉아 마시려고 했었다. 지칠 만큼 지치고 시들 만큼 시들어버린 감정과 육신을 달래며 한 잔씩 하려고 산 술이었다. 자신의 평생을 통해서 정종이란 값비싼 술을 산 것은 이번으로 세 병째였다. 처음 두 병도 황 서방에게 권하지 못했고, 이번에도 마찬가지가 된 것이었다.

영감은 술을 잔에 넘치도록 부어 단숨에 마셨다. 싸아 하고 짜릿한 술 기운이 목줄기를 타고 내리는 느낌에 영감은 눈을 지그시 감았다. 바람에 떠밀려 정처없이 떠돌고, 구름을 이고 덧없이 보낸 세월 속에서 그래도 변함없이 곁을 지켜준 건 이 술맛뿐이었다.

"자아, 한 잔 받으씨요."

주인에게 잔을 내밀었다.

"워디요. 묵고 싶음사 내가 따로 묵제 워째 손님 술을 받아묵겠소."

주인은 팔을 내저으며 사양했다.

"보씨요. 술 한 잔 주고받는 인정꺼정 고러크름 야박허게 토막치지 마씨요. 내 꼴 보먼 다 알겄지만 술 두 잔 낼 돈도 읎는 신세요. 얼렁 받으씨요."

영감은 쓸쓸한 표정으로, 그러나 힘찬 어조로 말했다.

"그라먼……."

주인은 잔을 받았다.

술을 따르는 영감의 손이 잘게 떨렸다. 그러나 술이 잔에 다 찼을 때 손은 정확하게 술병을 거둬올렸다.

"영감님, 나룻배럴 찾는 걸 보니께 죽골께로 가는 참이었능가요?"

주인이 잔을 내밀며 물었다.

"……."

영감은 많은 생각을 모으는 듯 눈을 가늘게 뜨며 고개만 끄덕였다.

"여그 와 알았는디, 죽골서부텀은 왼통 최씨문중 판입디다요."

"……."

영감은 여전히 고개만 끄덕였다.

"다리도 최씨문중서 나서서 맨들었고, 얼매 안 있으면 중핵교 고등핵교도 맨든다고 허드만이라."

"……."

영감은 고개를 끄덕이며 담배를 빼들었다.

"허기사 국회의원이 나오는 판이니께 무신 일인들 못 헐랍디요. 다른 성씨도 있긴 헌디 다 최씨네 그늘 덕에 사는 쪽박 신세들이지라우.”

“헌디…….”

영감은 무슨 말인가를 하려다 말고 술잔을 입에 털어넣듯이 했다.

“무신 말씀인디요?”

주인이 영감을 물끄러미 바라보았다.

“헌디…… 최씨문중 체(중심)를 잡아가는 사람들은 누굽디여?”

“그야 배웠다는 내 나이또래 사람덜이지라우. 노인네덜이 읎는 건 아니지만 다 뒷전에 나앉은 모양입디다. 그란디, 소문으로 들응께 그 노인네덜이 벨로 대접을 못 받는다는 말이 있드만이라.”

“워째서?”

“덜 똑똑혀서 그런다는디, 진짜배기 똑똑한 사람덜언 난리통에 다 죽어뿌렸답디다.”

“…….”

영감은 굳어진 표정으로 벽을 응시하고 있었다.

“최씨네가 난리통에 죽긴 억수로 죽은 모양이드만요. 추석, 설 빼놓고 최씨문중에서 젤 큰 행사가 칠월 하순에 드는 합동제산디, 그 구경거리가 참말로 볼만허드랑께요.”

“…….”

영감은 눈을 꼭 감은 채 담배만 깊이깊이 빨아들이고 있었다.

“세도깨나 부리던 최씨네가 난리가 나는 바람에 하루 아침에 상것들 손에 잽혀 파리목숨이 되얐으니, 그 한이 풀릴 리가 읎잖겠소? 그 난리통에 상것들 안 날친 디가 읎었는 모양이제만, 여그 최씨문중 동네서는 유별났드람서요? 영감님은 그때 그 징헌굿을 보셨습디여?”

“아니, 아니여…….”

영감은 담배를 부벼끄며 고개를 세차게 내저었다.

“그때 워디서 살았습디여?”

주인이 영감의 얼굴을 지그시 들여다보듯 하며 물었다.

“난리 전에 일찌감치 여그럴 떠나부렸소. 그렁께 난리통에 일어난 일은 암것도 모르겠소.”

영감은 잘라 말했다.

"참 볼만헌 굿이었능갑든디. 영감님은 존 귀경거리 놓쳤구만이라."

주인은 그때의 이야기를 듣게 될지도 모른다고 은근히 기대를 했던 모양이고, 그 기대가 깨져서 그러는지 실망하는 눈치였다.

"존 귀경거리는 무신 존 귀경거리였겠소. 사람 쥑이고 죽는 꼴 잘못 봤다 허면 평생 병 되는 법인디."

"그려도 그거시 워디 예사 귀경거리간디요? 상것덜 날치는 꼬라지가 을매나 가관이었겠소. 참 볼만혔을 것이요."

영감은 더이상 대꾸를 하고 싶지 않았다. 말끝마다 상것들, 상것들하는 말이 몹시 신경에 거슬렸지만 탓하지 말자고 했다. 이 사람이 무엇을 알랴 싶었던 것이다. 마흔으로 잡아도 열 살 적 일이고, 서른 다섯으로 잡으면 다섯 살 적 일인 것이다. 이 사람은 그 때의 죽이고 죽던 참혹한 일을 멀고먼 옛날 이야기로 재미있어하고 있을 뿐이었다. 삼십 년의 세월은 그런 것이었다.

"잘 묵었소. 나 이만 가봐야 쓰겄소."

영감은 힘겨웁게 일어섰다.

"날이 까빡 어두어져뿌렸는디 괜찮을깨라?"

"다 아는 길잉께로……."

영감은 술기운 탓인지, 기운이 없어서 그런지 휘청거리며 마당을 가로질러 갔다.

"어둔디 조심허씨요이."

다 헐어빠진 가방을 옆구리에 꼭 긴 채 휘청휘청 어둠 속으로 사라지고 있는 영감을 향해 주인은 소리쳤다.

영감의 시체가 다리 아래쯤에서 발견된 것은 다음날 오전이었다. 다 헐어빠진 가방을 앞가슴에 꼭 껴안은 채로 굳어진 영감의 얼굴을 알아보는 사람은 아무도 없었다. 경찰이 신원을 파악하기 위해 소지품을 다 뒤졌다. 그러나 가방에서 나온 것은 몇 푼의 돈과 정종병 하나였다. 그 정종병에는 술이 반쯤 남아 있었다.

그대로 시체를 처리할 수 없게 된 경찰에서는 꼬박 하룻동안 시체를 길가에 놓아두었다. 그리고 오가는 사람들에게 보게 했다. 그러나 영감을 아는 사람은 하나도 나타나지 않았다.

강에 사람이 빠져죽었다는 소문을 듣고 많은 사람들이 모여들었다. 그 속에 주막집 주인도 끼어 있었다. 그는 소스라치게 놀랐지만, 다음 순간 침착해졌다. 괜히 아는 체했다가 경찰서로 불려다니는 귀찮은 일 할 필요가 없다고 판단한 것이었다.

"어젯밤에 투신했다고 가정한다면 아마 저 위쪽의 옛날 나루터쯤이 투신 장소가 될 거야. 그래서 밤 사이에 여기까지 떠내려온 거고. 그렇게 사건조서를 꾸며서 처리하도록."

사복한 남자가 지시했고,

"알겠습니다, 반장님."

정복을 입은 경찰이 거수경례를 붙였다. 그리고 둘둘 말려있던 거적을 쫙 펴더니 시체 머리에서부터 아래로 덮어버렸다.

청산댁(靑山宅)

비구름을 가득 안은 하늘이 낮게 드리웠다. 스산한 바람결이 흙먼지를 일구며 땅바닥을 훑고 지나간다.

"한줄금 퍼부슬랑갑다. 싸게 가자."

청산댁은 하늘을 힐끔 올려다보고 몸을 으시시 떨었다.

"아이고 내 새끼 꼬치 얼겄네웨."

삼베 치맛자락을 걷어 올려 아래는 발가숭이인 손자를 감쌌다. 그리고 바짝 추슬려 업고는 잰걸음을 쳤다.

웃마을 입구의 당산나무에 이르렀다. 청산댁은 빠르게 저고리섶을 여미었다. 습관이었다. 승천하기 전날 밤 몸을 정히 가누지 못한 용이 벼락을 맞아 떨어진 자리에 솟아났다는 당산나무. 이 앞을 지나칠 때면 청산댁은 으레 몸매무새를 바로잡곤 했다. 그리고 가다듬어진 마음으로 간곡하게 바램을 빌어올리는 것이다.

"비나이다 비나이다 용왕님전 비나이다. 우리 만득이 전쟁터에 나갔습네다. 용왕님이 굽어 살피사 총알이 우리 만득이 피해 가게, 총알이 우리 만득이 피해 가게 용왕님전 비나이다. 딴 집 자석 다 몰라도 우리 자석 만득이만 살아서 돌아오게 용왕님 굽어 살펴줍시사."

빌기를 마치고 눈을 뜬 청산댁은 그만 까무라치게 놀랐다.

당산나무 가지에 몸을 칭칭 감아 대가리를 늘어뜨린 구렁이가 빨간 혀를 낼름거리고 있지 않은가. 실히 팔뚝 굵기는 될 구렁이의 몸에서는 푸른 빛이 돋아나고 있었다.

청산댁은 입을 딱 벌린 채 움직일 줄을 몰랐다. 등에 업힌 손자가 머리칼을 잡아늘이는 바람에 흠칫 정신을 바로잡았다. 청산댁은 휘돌아서며 퉤퉤 침을 세 번 뱉았다. 그리고는 쫓기듯 걸음을 빨리 했다.

"얄궂어라, 워쩐 놈에 구렁이가 금메……, 얄궂어라."

청산댁은 고개를 설레설레 저었다. 어쩌면 하필 당산나무에 그리 징상스런 구렁이가 몸을 사렸을까 싶어서였다. 그런 생각을 떼치기라도 하듯 손자를 업은 팔에 힘을 더 주고 걸음을 서둘렀다.

그리고 치마말기 속에 접어넣은 아들의 편지를 생각했다. 금시 눈앞에 만득이의 대장부다운 모습이 어른거린다. 그리고 곧 흐려졌다. 눈물이 솟긴 것이다. 아들 생각만 하면 솟는 눈물이었다.

"늙은 것이 요망하게……."

청산댁은 손등으로 얼른 눈언저리를 훔치며 콧물을 들이마셨다.

우물을 지나는데 후두둑 빗발이 듣기 시작했다.

"기엉코 퍼붓는구만. 선상님이 기실지 모르겄네."

청산댁은 뛰다시피 했다.

아들의 편지를 읽어달라고 가는 길이었다. 월남이라든가 베트남이라든가 하는, 사시장철 복더위보다 더한 여름뿐이라는 나라에 베트공들과 싸우러간 아들 만득이한테서는 한 달에 한 번쯤 편지가 왔다. 에미 애간장 썩어 내려앉는 줄도 모르고 자주 편지 안 하는 것이 야속하고 원망스러웠지만 무소식이 희소식이거니 생각하며 기다리고, 그럴수록 새벽마다 정한수를 떠 올리고 비는 일을 게을리하지 않았다. 읍내 중학교를 나온 며느리를 시켜 아들의 편지내용을 들을 수 있었지만 고 방정맞고 버르장머리 없는 것이 편지만 들었다 하면 훌쩍거리고 짜는 꼴이란. 객지에 나가 돈을 잘 벌고 있는 낭군 소식이라도 그래서는 못쓰는디, 싸움터에서 시시각각 운수를 하늘에 맡긴 낭군의 소식을 상면하고 계집이 눈물을 찔끔거리다니. 고런 싸가지 없고 보배운 데 없는 요망한 것 같으니라고. 그리고 며느리에게 대필을 시켜도 될 일이었다. 허나 계집이 배웠으면 뭘 얼마나 배웠고 네까짓게 알면 오죽 어줍잖을라고. 도시 시답잖고 미덥지가 않아 편지만 오면 그 길로 웃마을 선생님을 찾아가야 마음이 든든한 것이다. 국민학교 때 만득이를 가르쳤던 박 선생이 그 굵은 목소리로 또박또박 읽어야 아들 모습이 선히 떠오르고, 그분이 받아 써 주어야 속이 후련해지는 것이다.

"선상님 기신기라우?"

"누구다요?"

"만득이 에미요."

"비가 요리 퍼붓는디 워쩐 일이요?"

"만득이 핀지를 갖고 왔는디…… 선상님은 안 기시요?"

"여기 있습니다. 어서 들어오십시오."

굵은 남자의 목소리. 비에 흠뻑 젖은 청산댁의 얼굴이 환하게 밝아졌다.

손자를 내려놓고 앉자마자 청산댁은 앞가슴을 더듬어 편지를 내밀었다.

"낯이나 좀 훔치시오."

선생 부인이 건네주는 수건을 받아들어 무릎에 앉힌 손자의 머리와 얼굴을 아무렇게나 두어 번 문지르고는 자신의 얼굴은 한 번 닦는 시늉만 하고 수건을 옆으로 밀쳐놓았다. 그러는 동안에도 청산댁의 눈길은 편지봉투를 뜯는 선생의 손에 박혀 있었다.

봉투 속에서 편지가 나오자 청산댁은 앉은 걸음으로 앞으로 다가들었다.

선생은 편지지의 끝과 끝을 양손가락으로 잡아서는 호기있게 쫙 펼쳤다. 그 순간 청산댁은 침을 꿀꺽 삼켰다. 그런데 방바닥에 톡 소리를 내며 떨어지는 것이 있었다.

"요게 뭐라여?"

그걸 선생보다 먼저 집어든 건 청산댁이었다.

"아이고메 이 일이 워째야 쓸꼬."

청산댁은 그만 울음섞인 소리를 질렀다.

"뭔데요? 어디 봅시다."

선생이 손을 내밀자 청산댁은 피하면서,

"시상에 이랄 수도 있답디여? 이 늙은 것이 환장을 했잖음사 이랄 수가 있당가? 늙으면 죽어서 싸. 요렇그름 귀한 것을 금메……."

청산댁이 한참을 손바닥으로 쓸다가 내민 것은 반으로 꺾인 아들의 사진이었다. 편지를 옷 속에 넣는 바람에 사진이 반으로 꺾여져버린 것이다.

열대의 무성한 숲을 배경으로 정글 전투의 완전무장을 갖추고 선 사내. 얼룩무늬가 덮인 철모를 쓰고 방탄조끼를 입었다. 한 팔에는 총구가 하늘로 치솟게 M16을 곤두세워 들고 다른 팔은 허리에 꺾어 올렸다. 그런 맨살로 드러난 윤기 흐르는 팔은 질기고 굳센 힘이 묻어나고 있었다. 두 다리를 떡 버티고 서서 하늘을 우러러보고 있는, 검게 탄 얼굴. 그 얼굴에는 웃음기라곤 없다. 양쪽 입꼬리가 아래로 처질 정도로 굳게 다물린 입, 치뜬 두 눈이 사뭇 위압적이고 엄숙하다. 작달막한 키에 다부진 몸집의 사내. 그가 만득이었다.

벌써 이렇게 어른이 다 됐군. 선생은 만득이의 얼굴을 들여다보며 빙그레 웃고 있었다.

"실성헌 사람맹키로 왜 그리 웃어쌌소. 이리 좀 줏씨요, 나도 좀 보게."

아내가 옆구리를 쿡 찔러서야 선생은 사진을 건네며 그 생각에서 깨어났다.

국민학교 4학년 때이던가. 녀석은 여선생이 변소로 들어가는 것을 보고 고무신에 물을 담아다가 뒷창문으로 끼얹었다. 동시에 변소 안에서는 여자의 비명 소리가 찢어지고, 신이 나서 깡충거리며 돌아서던 녀석은 지나가던 선생에게 덜미를 잡히고 말았다. 또 한번은 계집아이들이 땅뺏기놀이를 하는 뒤에다 대고 오줌을 깔겨대서 직원실에 끌려온 일이 있었다. 어느 선생이 면도칼을 들고 그걸 잘라버린다고 으르자 녀석은 얼굴이 파랗게 질려가지고 뒷걸음질을 치면서 '워메 선생님 안 된다니께요. 오줌은 워디로 누라고 그러요.' 직원실은 웃음바다가 되어버리고 녀석은 엉덩이를 채고 뺑소니를 쳤던 것이다. 이 일은 녀석이 사모관대를 입고 장가를 가던 날 선생의 머리에 떠올랐고 그때도 지금처럼 선생은 빙그레 웃었던 것이다.

"와따메 영 몰라보겠소이? 서양물을 묵어붕께 그렁가 하이칼라 냄새를 풍기네웨."

"월남이 서양은 무슨 서양."

선생의 말에 부인은 아랑곳없이,

"근디 얼굴이 워쩨 요리 시커멀께라우? 흡사 깜둥이구만이라."

"금메 사시장철 삼복 여름이라 안 그럽디요."

청산댁의 예사스런 응답이었다.

"그런 디서 워찌 사는고. 오랴 그래서 요렇그름 팔뚝을 까 내놓고 사느만그랴. 근디 이 총은 예비군이 쓰는 것이랑은 영 달븐디?"

"하면이라. 베트꽁을 잡아야는디 같아서 될랍디여."

두말해서 뭘 하겠는냐는 식의 청산댁의 대꾸다.

"얼굴은 영축없이 애빌 빼박아서 훤헌 게 미남이여."

"금메 말이요. 한 번 죽어분 게 무신 소양이 있소."

청산댁의 얼굴은 금새 서러워지고 눈에는 물기가 밴다.

"그려도 청산댁이사 고상헌 보람 있지라우. 자석이 요렇그름 장성혔것다. 명난 효자것다, 그라고 아들손자 얻었것다. 기룬 것이 뭣이요. 아갈산댁 좀 봇씨요. 말년에 영감이란 것이 느자구 없이 술이다 계집이다 속을 에지간히 썩이요? 고런 잡것은 영감이 아니라 철천지 웬수요, 웬수."

선생은 대강 훑어본 편지를 방바닥에 놓고는 담배에 불을 붙였다.

"워메 내 정신 좀 보소. 뭐라고 썼는지 싸게 좀 읽어줏씨요."

청산댁은 무릎 위의 손자를 바로앉히고 몸을 사렸다.

"예 읽어봅시다. 에헴 잘 들으십시오."

선생은 담배 연기를 푸우 내뿜고는 목청을 다듬었다. 청산댁은 침을 꿀꺽 삼켰다.

"모친 전 상서. 지독스런 더위에 고생이 얼마나 많습니까. 그 동안 옥체만강하여 건강하시고 밥은 잘 잡수시고 있습니까. 지난번 편지는 받았습니다. 수복이가 배탈 설사가 났다니 큰일입니다. 이질배가 안 되게

의원선생님한테 얼렁 가십시오. 꼬치장도 받았는디 꼬약꼬약 넘어서 야단 난리입니다. 그라고 어떻게나 매운지 똥눌 때 똥구멍이 매워서 며칠은 죽을 욕을 봤습니다. (청산댁은 연이어 혀를 찼다.) 아마도 비푸스텍끼나 함바그스텍끼 같은 싱거운, 서양 코쟁이 음식을 먹고, 싸울 때도 씨레이숑 깡통이나 까먹는 버릇이 들어서 그런 모양입니다.”

“선상님 무신 말인지 통 모르겄소. 꼬부랑 말이 나오제라우?”

“예, 비푸스텍은 쇠고기로 된 음식이고 햄버그란 돼지고기로 만든 서양사람들 음식이거든요. 그런데 그게 모두 싱거워서 그것만 먹던 속에 갑자기 고추장을 먹었더니 대변 볼 때 맵더라는 겁니다.”

“낫놓고 기억자도 모르는 에미헌테 핀지를 씀스롱 워째 꼬부랑 말을 쓰는지 몰라. 선상님 심이 곱으로 드는질 모르고. 담은 뭐라고 썼지라우?”

청산댁은 말은 이렇게 하면서도 결코 기분이 나쁘질 않았다. 꼬부랑 말을 거침없이 쓰는 아들. 그저 대견스럽기만 했다. 그리고 중학교까지만이라도 가르친 게 십분 잘했다 싶었다.

“이번 여름에 우리 나라 전부에 폭우비가 쏟아져 피해가 많다는디 우리 농사는 어쩐지 애가 탑니다. 이역만리 월남땅에서 싸우는 소자는 엄니의 염려 덕분으로 건강하고 편하게 있습니다. 빳다 방맹이로 궁뎅이 볼기짝을 쌔가 빠지도록 맞던 시절은 추억의 한 페이지를 장식했습니다. 인자 소자는 병장이 되었으니께 쌔가 빠지도록 쫄병들만 조기면 됩니다. 이번 편지에는 엄니가 놀라 기절초풍할 소식을 전합니다. 귀신잡기작전에서 소자가 베트공 둘을 태권도 완 빠찌로 격파하여 생포했습니다. 그때 표창장과 훈장을 받았고 상품으로 일제 쏘니 트란지스타도 받았습니다. 그 트란지스타는 엄니 심심할 때 들으라고 선물로 푸레센트할려 합니다.”

“선상님, 기절초풍헐 소식 담부턴 무신 소리다요?”

“예, 그러니까……..”

선생의 설명을 듣고난 청산댁은 감격해 마지않는 눈물을 감추지 못했다.

 "그 라지요 말이지라우, 라지요? 참말로, 참말로…… 요망스럽게 눈물을 자꼬…….”

 "을매나 효자요 금메. 에밀 그렇그름 끔찍이 위허는 자석이 요샛 세상에 쉽간디. 청산댁만 같음사 자석 수발도 헐 만허고말고.”

 선생 부인이 맞장구를 쳤다.

 "에헴, 그럼 다음부터 또 읽습니다. 타관생활을 하다보니까 하늘 보다 높고 바다보다 깊은 엄니 사랑이 절절합니다. 제대하면 군대서 숙달한 달구지 모는 기술로(워메 군대에서 구루마 끄는 것도 가르친답디여? 청산댁의 이 말에, 자동차 운전기술이라고 선생은 설명을 붙였다.) 도시에 나가 떼돈을 벌어 엄니를 호강 시킬랍니다. 지금 고생을 쪼끔만 더 견디십시오. 무더위에 몸조리 잘 하십시오. 소자 염려 걱정은 하지 않아도 됩니다. 인자 소자도 외상 없는 어른이고 애 아부지가 아닙니까. 수복이 아프지 않게 하십시오. 오늘은 이만 아듀. 남십자성 별빛 아래서 불효자 만득 상서.”

 "끝막음은 항시 남십자성 별빛 아래구먼 그랴.”

 "그라믄, 월남이니께.”

 치마 끝으로 눈물을 찍어내고 있던 청산댁이 콧물을 들이마시며 선생 부인의 말에 당연하지 않느냐는 듯 대꾸를 했다.

 "펜촉하고 종이 내와요.”

 선생은 부인에게 일렀다.

 청산댁은 매번 폐를 끼쳐 미안하다는 말을 여느 때나 다름없이 서너 번은 되풀이했고, 선생은 담배 한 대를 태우고 나서 방바닥에 엎드렸다.

 "자, 어서 부르십시오.”

 선생은 청산댁이 부르는 대로 받아쓰기 시작했다. 사투리로 그대로 써야 한다. 처음 대필을 했을 때 멋모르고 청산댁의 말을 모두 표준어로 바꾸어 썼다. 그런데 대필을 마치고 다시 읽을 때 말썽이 생겼다. 내가 어디 그렇게 불렀느냐고 청산댁은 불만이었다. 표준말에 익숙하지 못한 청산댁은, 자기가 부른 것과는 엉뚱하게 다르며, 그래서는 아들 만득이가 알아듣지를 못한다고 우김질이었다. 선생은 어쩌는 도리가 없었다.

그래서 사투리로 고쳐 다시 편지를 써야 했다.

"내 자석 만득이 보거라.

사시사철 삼복더우가 뻗대는 땅덩어리서 금메 을매나 신간이 편찮고 사지가 늘어지겄냐. 만득이 니는 여름이면 땀깨나 흘려쌓고 소시적에 넌 땀빼기어시가 나서 고상깨나 했니라. 은제나 짬을 타서 미역을 감아사 쓴다. 니 한몸 성해사 만사태평 만사형통이니께. 사루마다 갈아입을 적마동 부적 갈아붙이는 거 일어뿔지 말아라. 항시 허는 말이다만 그 부적은 천 사람 정성이 깃들인 것이랑께. 만득이 니는 워쨌든 칠성님 자석이여. 무식헌 에미 말이라고 섣뿔리 허면 칠성님이 노허시니께 명심해야 써. 이 에미 걱정은 안 혀도 되야. 그라고 수복이 배탈도 말끔히 나앗응께 걱정은 그만 혀. 꼬치장이 매워서 똥구멍 할랑 맵다니께 워째야 쓸시 모르겄나. 나 땀을 낳이 빼서 양기가 허한 성소다. 여름 보신은 닭허고 개장국이 젤인디 워째야 쓴다냐와. 농새는 그닥잖으니께 상심허지 말어라. 만득이 니가 공을 세워 상장도 타고 라지오도 받았다니께 장허고 장헌 일이다. 허나 공을 세우는 것도 중허지만 위선 전쟁터에서는 몸을 사릴 줄 알아야 헌다. 내 한 목숨이 곧 천지니께. 그라고 도야지가 새끼를 쳤다. 일곱 마리다. 그걸 돈사서 수복이 돌잔치 장만을 해야 쓰겄다. 수복이 돌도 인자 한 달 남짓 남었다. 수복이 돌에 애비인 니가 있음사 오지기 좋겄냐와. 다 시국 탓이고 운수소관이니께 너무 섭해 생각은 말거라이. 니가 이 못난 에미를 그렇그름 알뜰살뜰허게 위해쌓니께 이 에미는 헐말이 없다. 얼렁얼렁 세월이 가 니 뜻대로 풀림사 오지기나 좋겄냐. 우리도 얼렁 옛말 이르고 살 때가 와얄 텐디. 이번 편지에 넌 워쩐 일로 박 선상님 안부를 안 여쭸드라냐. 그래사 못쓴다. 박 선상님이 나 땜시 을매나 애를 쓰시는지 아냐. 애비 없이 큰 자석이란 말을 넘한테 들어사 되겄냐. 집일 걱정 말고 몸편이 근강해라. 헐말은 태산 같지만 오늘은 이만 허겄다."

선생이 다시 읽은 동안 청산댁은 눈을 감고 있었다.

"선상님 욕보셨구만이라. 우리 만득이 오면 은혜사 톡톡히 갚을라요."

청산댁은 손자를 들쳐업고 일어섰다. 올벼쌀이라도 한 됫박 갖다드려야지 생각하고 있었다. 편지를 써줄 때마다 인사는 빠뜨리지 않은 청산댁이었다. 인사를 하는둥마는둥 서둘러 사립문을 나섰다. 비가 멎은 사이에 읍내 우체국에 나갈 생각만이 머리에 차 있는 것이다.

남들이 아들 만득이를 칭찬하거나 자기를 복인이라고 부를 때처럼 청산댁에게 만족스럽고 뿌듯한 때는 없었다. 그러나 그때마다 선하게 떠올랐다가 사라지는 얼굴이 있었다. 남편이었다. 늙어갈수록 자주 꿈자리를 어지럽히고 마음에 허전한 구석을 만들어놓은 남편이었다. 실헌 자석 만득이가 있으니게 하면서도 왠지 빈 곳이 생기는 마음은 청산댁으로서도 도시 알 수가 없는 일이었다.

허 주사댁 머슴살이를 하던 남편에게 시집을 온 것이 열아홉 살 나던 해 겨울이었다. 남편은 열 살이나 손위였다. 신방이래야 전에 남편이 거처하던 행랑채에 붙은 조그만 방이었다. 벽지만 새로 바르고 세간이란 허 주사댁에서 지어준 이불 한 채와 시집올 때 가져온 고리짝 한 채뿐이었다. 그 고리짝에는 무명 옷가지가 서너 벌 들어 있었다. 다른 세간살이는 굳이 필요가 없었다. 남편이 허 주사댁에 그대로 머물러 머슴살이를 했고 그래서 그네도 부엌일을 도맡아야 했다.

소여물을 끓이는 방은 언제나 따뜻했다. 저녁 설거지를 마치고 방으로 돌아오면 남편은 담배를 피우며 기다리고 있곤 했다.

"워째 인자서 와. 싸게싸게 해뿔고 얼렁 올 것이제."

퉁명스레 한 마디 하고는 담뱃불을 끄고 그네의 손을 거머잡는 것이다.

"손이 얼음장이네. 일로 앉소. 일로."

이불을 걷고 아랫목에 앉히기가 무섭게 그 억센 팔로 허리를 감아 눕히고는 어미닭이 병아리를 품듯 해버린다. 그리고는 치마말기를 마구 쥐어뜯는 것이다. 요 대신 치마를 깔긴 했지만 남편의 거친 숨소리를 세찬 바람 소리처럼 들으며 그녀는 엉덩이가 뜨거워 못 견디겠다는 말을 끝내 못 하고 몸을 비틀어대기만 했다.

이마에 땀방울이 맺힌 남편은 배를 깔고 엎드려 담배를 피웠다.

"새경 모아는 게 세 가마닌게 인자 고상도 다헌 심이여. 쪼금만 참으면 되야. 초년 고상은 사서라도 헌다는 말 있잖은가베. 우리도 아들딸 낳고 요렇다게 살아볼 날이 낼모래여. 자네도 몸 돌바감시롱 일혀. 쎄빠지게 혀도 다 넘 존일이니께."

그네는 쑥스러워 남편을 외면하고 누워, 가난한 이모집에서 겨울에도 냉방에서 새우잠을 자던 일을 생각하고, 뼈가 휘도록 일을 해도 항상 배가 고팠던 일도 생각하고, 그러면서 백 번 생각해도 시집은 잘 왔다는 생각을 하다가 남편의 이런 말에 취해 흥건히 잠에 빠지는 것이었다. 그네는 첫닭이 울고 이내 잠자리에서 일어나야 했다. 닭이 홰를 치고 그네가 이불을 벗어나면 남편은 잠 덜 깬 소리로 역정을 냈다.

"저런 달구새끼 좀 보소. 모가질 쳐죽이든지 대갱일 잉끄레뿌러야 내 속이 풀리겠네. 쪼금이따 나가소. 다 넘 존일 시키는 것이니께."

한사코 치맛자락을 붙들고 늘어져서는 방바닥에다 눕히고 마는 것이었다.

나무도 지피기 좋은 삭정이만을 해왔고 불을 쉽게 붙이라고 관솔을 잘게 쪼개다가 살강 밑에 쌓아두기도 했다. 어떤 때 밥을 하다 말고 나무가 모자라 뒤란에서 그네가 손수 가져오다 맞부딪치면 남편은 불호령을 내렸다. 왜 남자 하는 일까지 고생을 사서 하느냐는 것이었다. 장가 들기 전에 남편은 나무를 해와도 생솔가지만 쳐왔다는 것이었다. 그네는 관솔은 고사하고 부엌에 나무를 들여다둔 일은 한 번도 없었다고 했다. 이런 말을 다른 여자들로부터 전해 들으며 그네는 귀밑이 달아올랐다.

남편은 소여물을 끓인 불 밑에 고구마를 넣었다가 그네가 일을 마치고 돌아오면 꺼내주기도 했다. 김이 무럭무럭 오르는 군고구마를 먹으며 그네는 괜히 가슴이 설레고 그래서 시집을 잘 왔다는 생각을 또 하고 그러다가 남편 몰래 귓볼이 붉어지기도 했다.

일이 고된 나날이었다. 그러나 빨리 가는 세월이었다. 신혼이라서 그런지도 몰랐다.

이월이 다 가는 무렵 입덧이 일기 시작했다. 남편은 밤마다 먹고 싶은 것이 뭐냐고 지치지도 않고 물었다. 사실 밥맛은 싹 가시고 헛구역질만 솟기며 엉뚱한 것이 먹고 싶은 때가 많았다. 참외가 먹고 싶은가 하면 시디신 것이 못 견디게 먹고 싶고 메뚜기 볶은 것이 생각키는가 하면 떫은 감을 으석으석 씹었으면 싶기도 했다. 그러나 그네는 말을 할 수가 없었다. 애기를 뺐다는 것이 창피하기도 했고 어쩐 일로 먹고 싶은 것이 이 한겨울에는 구경조차 못 할 것들뿐이었다. 괜히 말을 했다가 남편 애만 태울까봐 먹고 싶은 게 없다고만 했다.

그런데 남편은 어디서 구했는지 석류를 가져왔고 생전 처음 보는 오꼬시라는 과자도 손에 쥐어주었다. 그네는 그저 눈시울이 뜨거울 뿐이었다.

"많이 묵어라. 고라고 아들 하나만 쑥 빼라. 아들만 남사 오지기 좋겄냐."

남편은 입버릇처럼 이런 말을 했다. 그리고 이부자리 속에서도 그전처럼 우악스레 다루는 일이 없었다.

봄이 짙어지고 배가 불러지기 시작하면서 남편의 정성은 더 지극했다. 시집오기 전에는 보리가 날 때까지 나물죽이나 호박죽으로 근근이 살아온 그네였다. 그러나 시집오고 처음 맞는 봄에는 보릿고개라는 걸 모르고 지냈다. 꿈만 같은 일이었다. 허 주사네가 잘 살기도 해서였지만 남편이 어찌나 걷어다 먹이는지 시장기를 느낄 여유가 없었다.

구월 초순에 몸을 풀었다. 아들이었다.

"워메 내 사람아 고상혔네, 고상혔어. 요런 달덩이 같은 아들을, 와장허네 장허고말고. 내 큰절 한 번 받아보소."

벌렁벌렁 춤을 추던 남편은 납쭉 큰절을 하는 것이 아닌가.

"남정네가 무슨 일이다요."

그네는 남편을 나무라면서도 연신 벙글거리고 있는 남편의 눈꼬리에 잡힌 잔주름에 눈길을 주고 있었다. 가시내를 낳았다면 얼마나 서운해했을까 하는 생각을 하면서.

남편은 전보다 더 억척스레 일을 했다. 가난하고 못 배운 한을 자식에게 풀어보겠다는 것이었다. 그리고 허 주사네 집에서 나가겠다고 했다.

남의 집 살아봤자 평생 그 꼴이고 결국 남좋은 일 시키는 것이라 했다. 남편의 말을 전해들은 허 주사는 노발대발하다가 끝내는 달래기 시작했다. 그래서 새경을 배로 받기로 하고 머물러 앉게 되었다. 그날밤 술이 얼근하게 취해 돌아온 남편은 이런 말을 했다.

"우리도 인자 눈깜짝헐 새에 잘 살게 될 테니께 두고봐. 사내대장부가 요대로 죽을 수야 있간디."

그네의 눈에는 얼마나 믿음직스러운 남편인지 몰랐다.

봉구도 무병하게 자랐다. 봉황이 서린 상이라 해서 허 주사가 지어준 아들의 이름이었다.

이년이 지났다. 한 번도 다투어본 일이 없이 지나간 세월이었다. 그 동안에 장리를 놓고 새경을 받아 모은 쌀이 일곱 가마니가 되었다. 그네는 정신이 하나도 없었다. 남들은 왜놈들 등쌀에 더 못 살겠다고 잔뼈가 굵은 고향을 등지는 판이었다. 더구나 아랫마을 김 서방네가 죽 끓일 것도 없어 사흘을 굶었다는 소문이 퍼지는가 하면, 어떤 여자는 애를 낳고 묽은 죽만 넘기다 보니 젖이 안 나와 애를 죽이고 말았다는 말이 전해지기도 했다. 이런 판국에 쌀이 일곱 가마니라니. 그네는 이 소문이 퍼질까봐 쉬쉬했고 남편에게도 함구할 것을 몇 번씩이나 다짐했다. 그리고 주인집 일을 더 부지런히 했다. 뭐니뭐니해도 다 허 주사 양반이 베풀어준 은덕이 아니고서야 감히 엄두도 못 낼 일이라 믿었기 때문이었다. 더구나 왜놈 순사들까지도 굽신거릴 만큼 허 주사는 지체가 높고 세도가 큰 분이 아닌가.

봉구가 세 살 되던 해 봄이었다.

남편은 잠자리에서 며칠 후에 징용을 나가게 되었다는 말을 했다. 그 말을 듣는 순간 그네의 가슴은 덜컥 내려앉았다. 그리고는 소리없이 울기 시작했다. 왠지 모르게 서럽고 주체할 수 없이 흐르는 눈물이었다.

"울지 말랑게. 이삼 년 훗딱 댕겨오기만 허면 저수지 밑 웃때기 닷 마지기는 내꺼싱께. 쌀 일곱 가마니 고런 것은 시답잖은 것이여."

남편은 그네를 껴안고 이런 알아들을 수 없는 말을 했다. 저수지 수문 양 옆에 있는 논은 허 주사네 많은 논 중에서도 특히 손꼽히는 것이었다. 아무리 보잘 것 없는 모를 심어도 수확이 걸게 된다는 논이었다. 그만큼 물길이 좋고 기름진 논이었다. 그런 논 다섯 마지기가 징용만 갔다오면 우리 것이 된다고 하니 그네로서는 무슨 영문인지 알 수가 없었다.

남편은 이틀 후에 젊은 사람들과 읍내 역에서 기차를 타고 떠났다.

"일은 꾀지게 눈치껏 혀. 다 넘 존일 시키는 것이니께. 그라고 봉구 뒷수발도 잘 허고."

그네는 연신 눈물만 훔치고 있었다. 그저 서럽고 기가 막힐 뿐이었다.

기적이 울리고 기차가 움직이기 시작했다.

"밤이면 문단속 잘 허고 자야 혀. 알겠어?"

남편은 지난 밤부터 열 번도 더한 말을 또 하고 있었다. 그네는 고개를 끄덕이며,

"몸성히 댕겨 오씨요이."

겨우 이 말을 해놓고는 그만 울음을 터뜨려버렸다.

기차가 산굽이를 돌아갈 때까지 그네는 아랫배에 손을 얹고 그대로서 있었다. 몇 번을 망설이다가 기어이 태기가 있다는 말을 못 했고 남편은 그걸 모르고 떠나버린 것이다.

몇 날을 계속해서 울었다. 밥을 하면서도 울고 빨래를 하면서도 울었다. 일손이 잡히지 않았다. 밥이 타는가 하면 그릇을 놓쳐 깨기가 일쑤였다. 눈자위가 헐어 진물이 나고 앞이 침침하여 안 보였다.

그네는 마음을 다져먹고 밤이 늦으면 장독대에 정한수를 떠놓고 남편의 무사를 빌기 시작했다.

곧 입덧이 시작되었다. 더욱 그리워지는 남편이었다. 부엌문을 붙들고 헛구역질을 하다가 간신히 숨을 돌린 그네는 먼 하늘을 바라보며 "봉구 아부지, 은제나 오실라요." 헛소리처럼 중얼거리는 것이다. 그런 그네의 눈에는 눈물이 그렁 괴어 있었다.

그네의 얼굴은 날로 파리해갔다. 눈 밑 광대뼈 부분에 기미가 두껍게 앉고 입술은 언제나 바싹 타 있었다. 몸살이 나도록 길게 느껴지는 입덧이었다.

입덧이 걷히면서 봄도 가고 여름이 왔다. 농사는 바빠지는데 그전처

럼 일손에 신명이 붙지 않았다. 몸이 무거워지기 때문만은 아니었다.

자는 봉구에게 부채질을 해주며 은하를 바라보고 누웠다가 깜빡 잠이 들었다. 꿈결에 아래가 뻐근하고 무거웠다. 가슴까지 답답했다. 번쩍 눈을 떴다. 꿈결이 아니었다. 벌떡 일어났다. 그러나 마음뿐이었다. 소리를 질렀다. 소용없었다. 큰 손이 입을 틀어막고 있었다.

"새댁, 가만 있거라. 나다 나."

귀에 익은 목소리. 어둠 속에서도 알아볼 수 있는 허 주사의 얼굴이었다.

그네는 고개를 돌리며 흑 울음을 터뜨렸다.

'밤이면 문단속 잘 허고 자야 혀. 알겠어?'

그네는 속입술을 깨물며 남편의 역력한 목소리를 듣고 있었다.

"새댁, 없던 일로 해둬라."

주섬주섬 옷을 입고 방문을 나서는 허 주사의 말이었다.

그네는 곧 감나무에 목을 맬 작정을 했다.

벌떡 일어났다. 엎드려 자고 있는 아들이 눈에 들어왔다. 그만 그네는 아들을 감싸안고 섧게 울기 시작했다.

추석이 지나고 서리가 내려도 남편 소식은 알 길이 없었다. 더디 바뀌는 계절이었다.

십이월에 해산을 했다. 계집아이였다. 어느때 없이 남편이 그리워지는 날이기도 했다. 그러나 그네는 남편 생각이 떠오를 때마다 섬짓섬짓 놀랐다. 허 주사의 그날밤 일이 찰거머리처럼 붙어다니기 때문이었다. 그 일을 잊어버리려고 무진 애도 써보았다. 허사였다. 어떤 때는 남편이 시퍼런 도끼를 들고 쫓아오는 꿈도 꾸고, 목을 졸리우는 꿈에 시달리기도 한두 번이 아니었다. 남편이 당장이라도 돌아오면 어떻게 대하나 하는 생각에 빠지기 시작하면 그네는 곧 미쳐버릴 것만 같았다.

딸아이 이름은 눈오는 겨울에 낳았다고 하여 설자라 했다. 허 주사가 지어준 이름이라 싫었지만 막상 그네로선 다른 이름으로 고칠 수도 없었다.

다음해 여름, 마을에 홍역이 퍼졌다. 그네의 두 아이도 홍역을 앓기 시작했다. 아들은 눈을 딱 감고 아무것도 먹지 않았다. 몸이 불덩이같이 펄펄 끓었다. 눈에는 눈곱이 쇠똥이처럼 덮였다. 물수건으로 닦아 떼어내도 눈을 뜨지 못했고 눈곱은 다시 끼었다. 딸도 젖을 물리기만 하면 토해냈다. 그리고 숨이 자지러지도록 울기만 했다. 몸은 역시 불덩어리였다. 산토끼 다리를 과서 먹여도 소용이 없었다. 석류를 달여서 먹여도 더하기만 했다. 그네는 약을 구하러 쏘다녔다. 한약방에도 가보았다. "홍역은 죽어서도 한 번은 앓는 것잉께 그리 상심마씨요." 이런 태평스런 말뿐 속이 확 틔는 약은 구할 수가 없었다. 곧 울음이 터질 것 같은 얼굴을 한 그네는 "봉구 아부지, 자석덜이 다 죽어가는디 금메 얼렁 좀 오씨요." 이런 말을 중얼거리며 이리저리 쏘다녔다.

나흘째 되던 날 밤, 딸이 있는 힘을 다해 울더니 팔다리를 쭉 뻗치며 그 길로 숨이 넘어가버렸다. 그네는 미친 사람이었다. 애기를 들쳐업고 한약방으로 양의에게로 내달았다. 헛일이었다.

다음날 점심때쯤에는 아들이 몸을 비비꼬면서 괴상한 소리를 질렀다. 입이 비틀려 돌아가고 팔다리가 걷잡을 수 없이 떨렸다. 그네는 아들을 안고 병원으로 줄달음질을 쳤다. 그네의 낭자머리는 헤풀어지고 한쪽은 맨발이었다.

풍기라 했다. 허 주사가 돈을 대서 입원을 시킬 수 있었다. 한 달이 가까워 퇴원을 했다. 예전의 아들이 아니었다. 왼쪽 팔다리가 표나게 굳어져 제대로 걷지를 못했다. 입도 왼쪽으로 돌아갔다. 그 입에서는 침이 질질 흐르고 있었다. 더욱이 기막힌 것은 왼쪽 눈이 완전히 감겨져버린 것이다. 열 때문에 눈동자가 곯아버렸다고 했다. 말도 제대로 못 하고 혀 말려 들어가는 소리를 낼 뿐이었다. 마을에서 다른 두 아이도 죽어갔다. 시국이 험해서 여름 홍역이 퍼지고 애들까지 잡아간 것이라고 동네 사람들은 입을 모았다.

그네는 시름시름 앓다가 몸져눕고 말았다. 눈만 붙이면 사나운 꿈에 시달렸다. 꿈에 나타나는 남편은 언제나 눈을 부릅뜬 무서운 얼굴이었다. 어느때는 아래를 찢기는 꿈을 꾸다 가까스로 깨어나기도 했다. "이년 내 자석 내라, 내 자석 내." 머리채를 끌려 담벼락에 짓찧어 피투성이가 되기도 했다. 그런 꿈에 시달리고 나면 머리는 방구석에 처박혀 있고 온몸은 식은땀이 쭉 흘러 있곤 했다.

보름이 지나서 겨우 기동을 할 수 있었다. 몸이 반쪽이 되어버린 그네는 흡사 얼빠진 사람이었다. 전보다 기운도 줄어들었다. 전에는 한나절에 해치울 일을 하루해가 다 가도록 해야 했다. 그래도 힘은 더 들었다. 이런 날이 계속되자 주인아주머니의 간섭과 꾸중이 시작되었다. 그네는 안간힘을 다했다. 마음과 달리 몸은 말을 듣지 않았다. 주인의 꾸중은 폭언으로 변해갔다. 밥을 제대로 넘기지 못하는, 회복되지 않은 몸은 휘청이는 나뭇가지였다. 잎이 지기 시작하는 시월 중순, 그네는 쫓겨나야 했다. 그네는 손바닥이 닳도록 빌었다. 허 주사 부인은 독살스럽고 차가웠다.

"일도 못 허먼서 두 입을 살리라고? 가당찮은 소리 허지도 마라. 나가그라, 썩 나가."

"애 아부지 올 때꺼지만 살게 해줏씨요. 삼동인디 워디서 살 것이요."

"시끄럽다. 살았는지 죽었는지 누가 알 것이냐."

"그게 무신 소리다요?"

"아 얼렁 나가뿌려."

그네는 등을 밀려 허 주사 집에서 쫓겨났다.

남편이 떠날 때만큼이나 서럽고 기가 막혔다. 당장 저녁부터 잠잘 곳이 없었다. 이모집. 말도 안 된다. 자식까지 데리고 무슨 면목으로 거길 갈 수가 있을까. 아무리 생각해도 갈 만한 곳이 없었다. 남의 집살이. 그러나 홀몸이 아니고 자식까지 딸려 있다. 그것도 성하지도 못한 자식이 아닌가.

그네는 무작정 읍내 쪽으로 걸었다. 그러면서 주인아주머니의 말을 생각하고 있었다. 정말 남편이 죽어버렸다면. 죽어서 영영 안 돌아온다면. 남편을 따라 죽으리라 생각했다. 오히려 마음이 편안해지는 것 같았다. 그러나 남편의 소식을 알 때까지 살아야 될 일이 꿈만 같았다. 언뜻 쌀 일곱 가마니가 떠올랐다. 그러나 주인아주머니의 시퍼런 서슬 앞에서 그네는 말도 꺼내보지 못하고 쫓겨난 것이다.

그네는 땅거미가 짙어오는 속에 남편이 떠난 산굽이를 바라보며 넋빠진 사람처럼 언제까지나 서 있었다.

역 대합실에서 밤을 새웠다. 어제 점심때부터 곡기라곤 입에 대지 못한 아들은 밤새도록 보채다가 날이 밝자 기진해서 울지도 못했다. 아들을 서둘러 업고 대합실을 나섰다. 밥을 얻어 먹여야 된다는 생각이었다.

이집 대문 앞에서 서성이다 발길을 옮기고 저집 대문 고리를 잡고 망설이다가 그네는 돌아서곤 했다. 도무지 말이 나오질 않았다. "밥 한 술 보태줏씨요." 이 말은 목구멍에서 맴돌이질만 할 뿐 죽어라고 말이 되어지질 않았다. 그네가 읍내를 한 바퀴 다 돌고 났을 때는 해가 중천에 걸려 있었다.

"지랄허고 자석새끼 굶겨 죽이고 말랑갑다."

자신에게 욕을 하며 다음 집으로 발길을 돌리면서 마음을 다지는 것이었지만 막상 대문 앞에 서고 나면 허사였다.

저녁때 퀭한 눈으로 그네는 어느 식당 앞에 섰다. 고기 굽는 냄새가 이틀을 굶은 속을 뒤집고 있었다.

"여보시요, 밥 한 술 줏씨요."

안에서는 아무 기척이 없었다. 그네의 목소리가 너무 작았던 것이다.

"아 저리 비켜나그라."

서너 사람이 식당으로 들어서며 그네를 밀쳤다. 그네는 비척비척 물러섰다. 안에서 무슨 거지가 어쩌고 하는 소리가 나더니 한 사내가 불쑥 얼굴을 내밀었다.

"밥 한 술 보태줏씨요. 내 새끼가 다 죽어가요."

한달음에 쏟아 놓은 그네의 또렷한 말이었다.

"워쩨? 재수대가리가 없이, 저리 안 가?"

사내가 획 밀쳐버렸다. 그네는 그대로 나동그라졌다. 정신이 아찔했다. 그네는 울컥 솟는 울음을 씹었다.

밤이 어둡기를 기다려 그네는 논으로 들어섰다. 잡히는 대로 벼이삭을 뜯어 보자기에 넣었다. 그네의 머릿속에는 자식을 이대로 굶겨 죽일 수는 없다는 생각뿐이었다. 얼마를 그렇게 했는지 모른다. '누구냐' 하는 고함 소리와 함께 누가 그네의 뒷덜미를 거칠게 휘어 잡았다.

그네는 허 주사네 아들과 머슴에게 끌려가면서 얼마를 빌었는지 모른다. 제발 살려달라고, 죽지 못해 한 짓이었다고. 그러나 소용이 없었다.

"우리 조상 앞에도 안 올린 농새를 니년이 먼첨 처묵어? 요런 잡것이
……."

허 주사 부인이 그네의 머리채를 잡아 흔들었다. 그네는 연신 잘못했다고, 한 번만 살려달라고 빌었다. 그러다가 아들을 업은 채 까무라치고 말았다.

눈을 떴을 때는 이틀전까지 그네가 거처하던 방에 누워 있었다. 그네는 일어나려고 했다. 꼼짝할 수가 없었다.

"뉘 계시씨요. 참말로 면목 없구만이라. 내 맘 같았음사 워디 집에꺼정 끌고 왔을랍디여. 잘사는 사람들이 워찌 배고픈 사람 속 알깃이요. 상심 마씨요. 봉구 아부지만 옴사 요런 설움받고 살랍디여. 즈그덜 잘사는 것도 다 우리 같은 사람 피 뽑아 묵어서 그런 것 아니겄소. 허나 십년 세도 없고 삼대 부자 없다는 말도 있으니께, 즈그덜이 가면 을매나 가겄소. 내 봉구 아부지 올 때꺼정 목구녕에 풀칠이라도 헐 자리를 구해볼팅께 너문 상심 마씨요."

머슴이 나간 다음에 그네는 흐느껴 울기만 했다.

다음날 늦어서 그네는 머슴의 눈치에 따라 허 주사집을 빠져나왔다. 그래서 머슴의 먼 친척이 하는 읍내 어느 식당의 부엌 물일을 맡게 되었다.

진종일 손을 물 속에 담그고 있어야 하는 일이었다. 그러나 두 입이 배가 고픈 걸 모르고 살게 된 것이 그네로선 더없는 다행이었다. 새벽같이 일어나서 온 하루를 잠시 앉을 짬도 없이 종종걸음을 치다가 자정이 가까워서야 잠자리에 들면 몸은 삶은 파나물이었다.

해가 바뀌고 팔월이 되었다. 세상은 벌집을 쑤셔놓은 듯 난장판이 되었다. 해방이라 했다. 자유라고 했다. 식당에서도 싸움이 잦았다. 밥을 먹고 돈을 안 내고 갔다. 돈을 내라면 자유라고 했다. 그래서 싸움이 터지고 그릇이 깨졌다. 그네는 자유라는 것이 밥을 먹고도 돈을 안 내는

것이려니 했다.

　누구는 일본사람이 하던 정미소를 물려받아 떼부자가 됐고, 술배달
꾼 누구는 양조장을 뺏아 벼락부자가 되고, 망치잡이 아무개는 철공소
를 다른 사람에게 팔아 넘기려 하자 일본 주인에게 칼부림을 해선 제것
으로 만들었다는 갖가지 풍문이 나돌았다. 그러나 그네의 귀를 번쩍 띄
게 한 것은 군인이나 노무자로 끌려간 사람들이 돌아오고 있다는 소문
이었다. 그네는 잠을 이루지 못했다. 얼핏 잠이 들면 으레 남편이 보이
곤 했다.

　구월 중순이 넘어도 남편은 소식이 없었다. 여태까지 못 온 사람은 다
죽은 것이라는 풍문이 일기 시작했다. 그네는 애가 타서 견딜 수가 없었
다. 일을 하면서도 식당의 손님들 말에 귀를 기울이는 버릇이 붙었다.
허 주사가 친일파로 몰려 학생들에게 두들겨 맞았다는 말도 있었다. 논
을 빼앗겼다는 이야기가 들리기도 했다. 우리 쌀 일곱 가마니는? 그네는
그만 왈칵 울어버리고 싶도록 조바심이 나고 가슴에는 숯이 탔다. 그러
던 시월 초순 어느날이었다.

　"봉구야, 봉구야."

　그릇을 닦던 손을 멈춘 그네는 설마 했다.

　"봉구야, 어딨냐. 나다 나."

　틀림없었다. 남편이었다.

　"워메!"

　그네는 그릇을 내동댕이치며 부엌문을 박차고 나섰다.

　식당 가운데 떡 버티고 선 사내. 틀림없는 남편이었다. 그네는 그 자
리에 선 채 움직이질 못했다.

　"을매나 고상을 했냐."

　와락 쓸어안는 남편의 품에 안기며 그네는 정신을 잃어버렸다.

　그네는 눈을 떴다. 남편의 얼굴이 바로 눈앞에 있었다. 그때서야 그네
는 울음을 터뜨렸다.

　"그만 울어라. 그만. 을매나 고상을 했냐."

　남편은 그네의 등을 쓸고 쓸었다.

"금메 봉구가 말이요."

그네는 말끝을 맺지 못하고 겨우 잡은 울음을 다시 터뜨렸다.

"다 들어서 알았네. 다 지 팔자소관이제 워디 자네 잘못인가. 자석이사 또 나먼 되는 거니께 너무 걱정 마소."

이게 무슨 말인가. 그네는 자신의 귀를 의심했다.

"그 말 참말이요?"

"금메 자석이사 또 나면 된다니께. 인자 눈물 거두소."

남편은 웃고 있었다. 다시 울음이 복받쳐 올랐다. 병신이 된 자식을 대할 때마다 가슴을 저미던 아픔이었다. 남편에 대한 그리움이 클수록 마음을 짓누르던, 견딜 수 없는 죄책감이었다.

"그란디 허 주사놈이 자넬 쫓아냈담서? 그놈 여펜네가 머리끄댕일 끌고 댕김서 뚜들겨 팼담서? 가세, 연놈을 당장 패죽이고 말팅께."

남편의 얼굴은 무섭게 일그러져 있었다.

"그런 걸 워찌 다 아시요?"

"역전 앞에서 다 듣고 왔네. 싸게 채비혀."

그네가 데려온 아들을 남편은 물끄러미 내려다보고 있더니 번쩍 안아올렸다.

"다 지 팔자소관이니께."

병신인 아들을 안고 식당을 나서며 흘리듯 하는 남편의 말이었다.

허 주사 집으로 가면서 남편은 허 주사 내외를 죽이고 말겠다는 말을 되풀이했다.

"존말로 헛씨요. 욱대기다가 무담씨 욕이나 보면 워쩔 것이요."

그네는 종종걸음을 치고 따라가며 이런 말을 했다.

"허 주사 지놈이 뭔디 날 욕보여? 가당찮다. 왜놈이 있을 때나 허 주사제 지금도 허 주사여? 고 후레아들놈이 내가 죽어뿔기를 바랬겠지만 요렇게 뻐젓이 살아왔다. 지놈이 내가 온단말을 들었으면 역전앞까징언 마중을 나와야제, 요자석 워디 보자."

예전에 한 번도 들여본 일이 없던 남편의 거친 말투였다. 그네는 불안하면서도 밥값을 내지 않고 나가버리는 그 자유라는 것이 남편에게도 있는 모양이구나 생각하며 마음을 달랬다.

남편은 허 주사네 대문을 발길로 걷어차고 들어갔다.

그네는 그만 가슴이 덜컥했다.

"어떤 놈이냐."

마루에 앉아 있던 허 주사가 소리를 질렀다.

"나다."

남편이 맞대고 소리를 질렀다. 그리고 남편은 아들을 그네에게 넘겨주고 나서 마당을 가로질러 뚜벅뚜벅 걸어갔다.

"이게 뉘기여? 복길이 아니라고?"

"워쩌? 복길이? 내가 니놈 새긴 줄 알어? 아가리 찢어놓기 전에 조심혀."

허 주사 앞에 버티고 선 남편의 호령이었다.

"워메 놈꺼정, 니놈꺼정……."

허 주사는 눈을 휘둥그래 뜨고 말을 잇지 못했다.

"니놈이라니, 요 쌔를 빼놀 자석아. 내가 지끔도 느그 머슴인 줄 아냐? 지끔이 워쩐 세상인지 알기나 혀?"

남편은 허 주사의 멱살을 틀어잡고 있는 것이 아닌가. 그네는 발을 동동 굴렀다. 무슨 날벼락을 맞으려고 허 주사에게 저런 짓을 하는지 정신이 하나도 없었다. 아무리 자유도 좋지만 너무나 무섭게 변해버린 남편이었다.

"내 마누래가 무슨 죄가 있드냐. 뼈빠지게 부려묵고, 그려 앓고 일어나 예전맹키로 기운을 못 쓴다고 쫓아내뿌러? 요런 개자석같으니, 고런 심뽀로 내가 콱 꼬드라져 죽길 바랬지야? 요렇그름 두 눈 뻔히게 뜨고 살아왔다. 워떡헐래, 워떡혀?"

남편은 멱살을 잡아 추켜올리고 있던 허 주사를 사정없이 떠다밀어버렸다.

"워메 사람잡네."

대문쪽에서 울린 여자의 목소리였다. 허 주사 부인이 질린 얼굴로 엉거주춤 서 있었다.

"오냐, 니 잘 만냈다."

남편은 눈을 부릅뜨고 마당으로 뛰어내렸다. 허 주사 부인이 외마디 소리를 지르며 마당에 나동그라진 것은 눈깜박할 사이였다.

"내가 요렇그름 살아왔다. 워디 또 내 마누래 머리끄댕일 끌고 댕김서 패봐라. 내 눈앞에서 워디 또 해보랑께."

머리채를 이리 끌고 저리 끌고, 발길로 마구 걷어차며 소리소리 지르는 남편은 흡사 성난 황소였다. 그네는 손바닥을 자꾸 말아쥐며 바들바들 떨기만 했다. 이런 모든 일을 입바르게 알려준 사람이 원망스럽기도 했다.

허 주사 부인이 제거품을 물고 네 활개를 뻗어버려서야 남편은 머리채를 놓았다.

"순사헌테 끌려가빈 워쩔라고 이러요 남메."

"순사? 하, 날 끌어갈 놈이 워딨어. 내 자유고 내 궐리여 궐리."

궐리(권리)? 그네로선 모를 말이었다. 그네는 앙갚음하는 것이 신식 말로 궐리라고 하는 것이려니 했다.

"찬물 한 바가지 뒤집어 씨워."

남편은 허 주사 부인을 턱으로 가리켰다. 그네는 부엌으로 내달았다.

"얼렁 논문서 내놔. 인자 닷 마지는 내꺼싱께."

그네는 허 주사 부인의 얼굴에 냉수를 뿌리면서도 남편의 말에 귀를 기울이고 있었다.

"아 얼렁 못 내놓겄어?"

남편은 마루청을 치며 소리를 질렀다.

"미안허네만 논이 다 날아가뿌렀네."

"뭐여? 요런 개자석이 인자 와서……, 에라 잡것."

남편은 웃저고리를 벗어젖혔다. 얼굴은 싯뻘겋게 핏발이 돋아 있었다. 남편은 사방을 두리번거리더니 곧 뒤란으로 달려갔다.

정신을 돌린 허 주사 부인을 부축해서 막 마루에 앉힐 때였다. 시퍼렇게 날이 선 낫을 든 남편이 나타났다.

"요런 개자석, 니 죽고 나 죽자."

남편은 허 주사의 멱살을 잡고 낫을 치켜들었다.

그네는 남편을 막아섰다.

"워째 이러시요 정신채리씨요."

"기집년이 방정 떨지 말어."

그네를 사정없이 밀쳐버렸다. 남편은 눈이 뒤집혀 있었다.

"느그 동생 모가지만 귀허고 내 목숨은 똥친 작대기드냐? 느그 동생 대신 전쟁터에 나가 죽을 고비를 골백 번 넘김스롱 살아왔다. 근디 인자 와서 워쩌? 논을 못 주겠다고?"

"줌세, 준다니께."

허 주사는 손바닥을 삭삭 부벼댔다.

청산댁은 손자를 추슬러 업으며 몸을 으시시 떨었다. 그때 남편이 허 주사를 낫으로 죽여 버렸다면. 지금 생각해도 아슬아슬한 일이었다.

저수지 수문 밑 다섯 마지기 대신 철길 옆 세 마지기 논과 미륵골 밭 세 마지기를 받았다.

그리고 그 동안 아홉 가마니로 불어난 새경쌀로는 지금의 집을 장만했다.

"허 주사놈 모가질 비틀어뿌렸어야 허는디. 워쩔건가? 젊은 내가 참아야제. 허 주사는 그믐달이고 우린 초승달 아닌가. 안 그런가?"

"하면이라. 우리도 인자 부자 아니요."

넓은 마당에 헛간이며 돼지우리까지 딸린 집으로 이사를 하던 날, 저녁 밥상머리에서 그네는 마냥 행복하기만 했다.

"한 사발 더 헛씨요."

막걸리를 남편에겐 건네며 그네는 또 가슴이 섬찍해졌다. 그 생각을 안 하려고 해도 이처럼 상상도 못했던 부자가 된 사실을 의식할 때마다 등골이 서늘해지는 것이다. 허 주사 동생 대신 징용을 나가다니. 살아 돌아왔으니 망정이지 죽어버리기라도 했으면. 논은 고사하고 뼈가 휘게 일을 해서 모은 새결쌀도 찾지 못하고……, 그리고 병신자식을 데리고 식당부엌에서…… 생각이 여기에 이르면 정신이 아찔해지고 자신을 속인 남편이 더없이 원망스럽기도 했다.

그래서 남편이 돌아온 그날밤 그네는 따지고 들었다.

"워째서 간다고 말이나 했어얄 것 아니요."

"뭣할라고. 그랬음사 갈 수나 있었간디?"

맞는 말이었다. 그네는 결코 보내지 않았을 것이다.

"금메 죽어뿌렀으먼 워쩔 뻔했습디여?"

"아무나 다 죽간디? 죽고 사는 건 다 운수소관이여."

너무 당당한 남편의 말이었다.

어찌됐건 믿음직스럽고 장한 남편이었다. 잘 살아보려고 그렇게까지 한 남편의 넓은 뜻이 고맙고, 싸움터에서 또 고생은 얼마나 했을까 생각하면 자신이 겪은 고생은 하찮은 것이 되고 남편이 하늘처럼 높아보이기만 했다.

"어딜 그리 부산나케 가시요, 청산댁."

"순돌이 아범 아니라고? 나 읍내 가요."

"또 만득이 핀지가 왔습디여?"

"라지요를 보낸다고 안 했소, 라지요."

"라지요는 무신 라지요?"

"상을 받은 건디 이 에미헌테 선사헌답디다."

"허, 상은 워쩐 상인디요?"

"금메 베뜨꽁을 두 마리나 산 채로 잡아부렀다요. 긍게 상을 안 받을 수가 있었소?"

"만득이가 장사여. 그라고 그 효심이 또 상받겄소."

"그까진 건 시답잖소. 제대를 허먼 서울로 이 에밀 모신답디다. 그때넌 이 지긋지긋헌 농새일 안 해도 쌀밥 묵고 신간편케 살 거요."

"아니 만득이 지가 무슨 수로 서울서 살아?"

"워메 우리 만득이가 집 아들 순돌이 같을랍디여. 자동차 모는 기술이 있는디도 안 된답디여?"

청산댁은 그만 눈을 부라렸다.

"그라먼 또 몰라도. 하여튼지 청산댁은 아들 농새는 잘 지었응게……."

순돌이 아범은 허리춤에서 짧은 담뱃대를 꺼내며 풀이 죽은 목소리였다.

"워쨌거나 청산댁이 원망스런 사람이여."

"그게 무신 소리다요?"

"아 그때 눈 딱 감곤 나랑 살아뿌렀으면 그간 청산댁도 고상 안 허고 나도 요꼴이 안 됐을 것인디, 안 그러요?"

순간 청산댁의 입술이 푸르르 떨렸다.

"고 베락맞을 주둥아리 그만 나불댔씨요. 팍 잉끄레뿔기 전에."

청산댁은 이렇게 쏟아놓고 부리나케 돌아섰다. 가스에서 불화로가 이글거렸다.

읍내로 들어서면서도 청산댁의 가슴은 좀체로 가라앉질 않았다.

한사코 잊어버리려고 애쓰던 기억이었다. 한때는 순돌이 아범을 대할 때마다 가슴이 울렁이고 아랫다리가 후들거리기 일쑤였다. 반면에 죽은 남편에게는 죄를 지었다는 생각에 속입술을 깨물었다. 그러면서 세월이 가고, 어느때부턴가 까맣게 잊어버렸던 일을 순돌이 아범이 들춰낸 것이다.

만득이가 두 살 나던 해 구월 남편은 논에서 일을 하다 말고 전쟁터로 끌려나갔다. 남편은 흙이 묻은 손으로 화물열차에 떠밀며 들어가며 소리지르고 있었다.

"소 잘 간수허고, 만득이 병 안 들게 혀."

남편은 문단속 잘하고 자라는 말은 하지 않았지만 징용을 끌려갈 때처럼 기차는 산굽이를 돌아갔고 그네는 그때와 마찬가지로 넋잃은 사람처럼 언제까지나 그 자리에 서 있었다.

해질 무렵에야 논둑에서 눈만 껌벅이고 섰는 소를 끌고 오면서 그네는 중얼거리고 있었다.

"아무나 다 죽간디? 죽고 사는 건 다 운수소관이여."

이장어른의 말은 남편이 노무자로 나갔다고 했다. 이북사람들이 쳐내려와 싸움이 한창이라는 것이었다.

찬바람이 일기 시작하자 낯모를 객지사람들이 몰려들기 시작했다. 피난민이라고 했다. 동네사람들은, 싸움터에서 멀리 떨어져서 피난을 가지 않는 것만도 다행이라고들 했다.

어수선한 인심, 힘쓸 남자들이 없는 농촌. 궁색한 속에 해가 바뀌고, 그네가 남편을 한 줌의 재로 맞은 것은 그해 겨울이었다. 남편은 집을 떠난 지 일년 반이 가까워 재로 변해온 것이었다. 그네 나이 스물일곱이었다.

전쟁은 다음해에 끝났고, 남편의 삼년상이 지나기 전에 누구의 입에선지 모르게 동네사람들은 그네를 청산댁이라고 부르기 시작했다.

청산댁은 이를 앙다물었다. 울어서 돌아올 남편이 아니었고 전답을 두고 두 자식을 굶겨죽일 수는 없었다.

남편이 남겨놓고 간 전답을 더 늘리지는 못할망정 묵혀둘 수는 없었다. 그렇다면 남편이 저승에서도 눈을 고이 감지 못하리라는 생각이 들었다.

청산댁은 등짐부터 익혔다. 키에 맞게 지겟다리를 잘라내고 작은 물건부터 지기 시작했다. 등받이가 등에서 겉돌고 누가 뒤에서 잡아 당기기라도 하듯 한사코 뒤로만 넘어가려고 했다. 그래서 뒤뚱뒤뚱 오리걸음이 될 수밖에 없었다. 무슨 짐이든 머리에 올려놓기만 하면 그걸 이고 진흙길이든 자갈길이든 활개를 칠 수 있었던 때와는 너무 달랐다. 그러나 더 많은 짐을 옮기려면 천상 지게를 당해낼 게 없었다. 가을걷이 때 나락을 옮기는데도 그렇고, 더구나 똥장군을 머리에 이고 거름을 낼 수 없는 노릇이었다. 걸음걸이가 어지간히 잡히자 많은 짐을 지고 일어서는 연습을 해야 했다. 우선 많은 짐을 올려 새끼로 틀어맨 다음 지게를 버티고 있는 지게작대기를 얼른 빼면서 오른쪽 어깨로 받친다. 그리고 등을 등받이에 붙이면서 오른쪽 팔과 왼쪽 팔을 번갈아 빨리 꿰야 한다. 이때 지겟작대기도 따라서 양손으로 옮겨져야 하고 두 다리는 무릎이 반으로 꺾이면서 앞으로 밀리는 지게의 무게를 지탱해야 한다. 양쪽 어깨에 멜끈이 얹히기 무섭게 오른쪽 무릎은 땅에 닿아야 하고 왼쪽 다리는 ㄱ자로 꺾여 있어야 되며 동시에 왼쪽 손은 지게막대기 윗부분을, 오른손은 그 아랫부분을 잡고 버텨야 한다. 그런 다음에 앞으로 밀리는 힘을 두 팔로 지게막대기에 의지하며 일어서야 하는 것이다. 어느 정도 몸에 익을 때까지 몇 번을 뒤로 벌렁 나가넘어졌는지 모르며 얼마나 지게 밑에 깔려서 버둥댔는지 모른다. 어쩌면 일어서기보다 더 힘들고 어려운 게 지게를 받칠 때인지도 모른다. 자칫하다가는 지게다리가 땅에 닿기도 전에 벌렁 뒤로 넘어가거나 앞으로 쑤셔박히기가 일쑤였다.

어느날 청산댁은 똥을 가득 채운 장군에다 비료푸대까지 얹고 좁은 논길을 뒤뚱이고 있었다. 아직 다 자라지 않은 풀포기가 연초록 윤기를 햇빛에 반짝이고 있었다. 그 풀색도 참 곱다 생각하는 순간 발이 미끄러지며 몸이 공중에 붕 떴다. 걷잡을 새 없이 물이 괸 아랫논으로 곤두박히고 말았다. 정신을 가다듬은 청산댁은 일어서려고 버둥거렸다. 그러나 꼼짝도 할 수가 없었다. 그도 그럴 것이 장군을 남자들처럼 그냥 올렸다면 아무데로나 굴러가버렸겠지만 청산댁은 짐이 무거울 때면 아직도 걸음이 서툴러 뒤뚱거리다보면 장군 속의 똥이 따라서 출렁이고 그러면 걸음은 더 뒤뚱거려 넘어지기가 십상이어서 아예 새끼로 칭칭 동여매버린 것이다.

한참을 버둥대던 청산댁은 그만 몸을 부려버렸다. 사월 초순의 화창한 날씨, 시린 기운이 아직도 남아 있는 물 속에 온몸을 빠뜨린 채, 전신은 젖어드는 찬 기운 속에서 그네는 차라리 시원하고 느긋하고 푸근한 기분을 느끼고 있었다. 눈이 부시도록 맑고 푸르른 하늘이었다. 오랜만에, 참으로 오랜만에 대하는 하늘이었다. 불현듯 떠오르는 얼굴이 있었다. 남편이었다. 그리고 시집가던 해 겨울, 엉덩이가 뜨거워도 말을 못하고 하체만 뒤틀던 일과 그럴수록 거칠어지던 남편의 세찬 숨소리와 남편의 억센 품안과…… 그네는 눈을 지그시 감고 일어날 염은 내지도 않고 있었다. 그러고 보니 남편이 죽은 지도 이년이 넘었다. 그 동안 한 번도 해보지 않은 엉뚱한 생각이었다.

"이게 뉘란가? 청산댁 아닌가벼."

때아닌 남자 목소리에 눈을 번쩍 떴다. 이장집 머슴 성칠이었다.

청산댁은 다시 몸을 버둥대기 시작했다.

"허어 참, 고래 갖고 일어나질 성싶으요? 워디봅시다."

성칠이는 텀벙 물 속으로 뛰어들었다.

"내빌라둣씨요. 나 혼자 헐랑께."

청산댁은 연신 버둥대며 다급하게 소리질렀다.

"와따 참말로……, 이 팔을 요리 허씨요, 요리 쪼끔만 꼬부리씨요."

성칠은 어느새 청산댁 어깨를 잡고, 한 손으로는 지게를 빼내고 있었다. 한쪽 팔이 지게에서 마저 빠지자 성칠은 청산댁의 가슴께를 안아 번쩍 일으켜 세웠다. 청산댁은 빠져나오려 했다. 그러나 성칠의 자라등 같은 두 손이 젖가슴을 억세게 누르고 있었다.

"웨메 잡것, 팅팅 불었네."

성칠의 이런 말을 들으며 청산댁은 그의 손등을 죽어라고 물어뜯었다. 성칠은 비명을 지르며 서너 걸음 물러났고 청산댁은 물 위에 떠 있는 지겟작대기를 재빨리 집어들었다.

"장개도 안 간 놈이 싸가지없이."

청산댁은 입술을 깨물며 부르르 떨었다. 물에 흠뻑 젖은 그네의 옷은 몸에 찰싹 달라붙어 아직도 젊은 몸매를 드러내고 있었다.

"장개만 가면 상수여? 참새가 작아도 알을 낳고 제비가 작아도 강남을 가는디. 남정네 나이 스물여덟이면 모지런 건 뭐여. 고 팅팅 불은 젖통을 내빌라뒀다가 큰 병 날 것잉게, 풀어야 써, 풀어야."

성칠은 지게를 들어 논둑에 올려놓으며 능청을 떨고 있었다.

"아 얼렁 가뿌러, 오살허고."

청산댁은 지게막대기를 휘둘렀다.

"피차 존일인디. 워디 보드라고, 서른 과부가 혼자 살아지나. 청산댁 오늘만 날이 아니니께 두고보드라고."

무엇보다 어려운 게 쟁기질이었다. 종일 하고 나면 얼굴이 부어오르는 논갈이보다도, 삼베속곳을 헤집고 드는 후끈후끈한 땅김과 줄기차게 퍼붓는 불볕 속에서 무명밭을 매는 것도 쟁기질에 비하면 시장스러운 일이었다. 쟁기질도 물기가 약간 도는 논에서는 그렇게 어려운 일만이 일이었다. 그러나 무논을 갈거나 돌덩이 같은 밭을 갈 때는 농사 중에서 이보다 어려운 일이 또 있을까 싶었다. 더욱이 소를 제대로 부릴 줄을 모르던 처음에는 그렇게도 애가 타고 힘이 들었다. 특히 기운이 센 숫놈은 미처 쟁기에 힘을 주기도 전에 걷기를 시작해버리는 것이다. 그러면 돌덩이 같은 밭에는 쟁기 지나간 자국만 날뿐 파이지를 않는 것이다.

숫놈이 암놈보다 기운이 센 것은 당연한 일이겠지만 묘하게도 잔꾀를 부렸고 말도 잘 듣지를 않았다. 쟁기가 땅에 먹히지 않을 때면 고삐줄을 세차게 나꿔채며 '와아, 와아' 외쳐대지만 소는 아랑곳하지 않고 뚜벅뚜벅 걷기만 했다. 그래서는 건너편 밭둑에 다다라 풀을 뜯는 것이다. 그만 청산댁은 쟁기를 팽개치고 쫓아가며 소리를 질렀다.

"저 잡놈에 소새끼가 워째 요리 애간장을 태운당가."

소는 여전히 풀만 뜯고 있었다. 청산댁은 약이 받쳐 고삐를 사정없이 나꿔챘다.

"아 요 잡것아, 느그 쥔 아니라고 이러기여?"

소는 그 큰 눈만 껌벅이며 뜯은 풀만 우물거리고 있었다.

"정녕 요것도 숫놈이라고 날 시퍼보는갑구만? 환장허겠네웨."

청산댁은 그만 밭둑에 털석 주저앉아 버렸다.

장딴지까지 푹푹 빠지는 무논을 한 마지기 갈고 나면 다리는 솜뭉치였다. 더욱이 무논에서 한 골을 갈고 나서 줄을 바꾸는 일이 수월해지기까지는 상당한 시일이 걸려야 했다.

모내기에도 밭갈이에도 가을걷이에도 따로 놉을 사는 일이 없었다. 청산댁의 모내기에 사람들이 왔다면 그네가 그들의 모내기를 해줬거나 앞으로 해주기로 한 사람들이었다.

청산댁이 처음 지게를 졌을 때 동네사람들은 혹시 미친 게 아니냐고 뒷소리를 했고, 쟁기를 무논에 넣었을 때 이 세상 남자 다 죽어야 되겠다고 입을 모았고, 옥수수목을 꺾던 아이를 잡아서 때려 큰 싸움이 벌어진 뒤로는 앉은 자리에 풀도 안 날 땅벌 같은 여자라고 혀를 내둘렀다. 그러나 청산댁만은 보릿고개를 모르고 지낸다는 소문이 퍼지면서 그네가 어느때 한 번 귀 기울인 적이 없는 말들은 꼬리를 감추기 시작했다.

남편은 삼년상을 치르고 난 다음해 여름에는 그네의 생전에 당해본 기억이 없는 가뭄이 밀어닥쳤다. 구름 한 조각 없는 하늘에 해가 이글거리는 나날이었다. 논에 물이 말랐다. 저수지 수문이 열렸다. 시루에 물 붓기였다. 밤마다 새벽마다 물싸움이 벌어졌다. 기우제를 지냈다. 애꿎은 돼지만 죽어갔다. 논바닥이 갈라지기 시작했다. 청산댁은 보고만 있을 수는 없었다. 옆 논 주인과 합해 펌프 우물을 파기로 했다. 읍내에서 기술자가 들어왔다. 외상이면 소도 잡는 세상에 일년 농사를 눈뜨고 망칠 수는 없었다. 돈은 가을걷이하고 주기로 했다. 이틀 만에 펌프가 완성되고 흙탕물이 솟구쳤다. 그네는 벌렁벌렁 춤을 췄다. 하룻밤 하루낮씩 번갈아가며 물을 대기로 했다.

물 담은 대야 위에 판자쪽을 걸치고 그 위에 호롱불을 밝혔다. 무서워서라기보다는 모기를 쫓기 위함이었다. 갖가지 하루살이가 호롱불빛이 흐릴 지경으로 모여들어 뺑뺑이를 돌았다. 그리고 쉴 사이 없이 대야물에 떨어졌다.

청산댁은 벌써 몇 시간째 펌프질을 쉬지 않고 있었다.

"들어가네 들어가네 우리 논에 물 들어가네. 많이 묵고 많이 묵고 얼렁얼렁 커야 쓴다. 우리 봉구 우리 만득이 배곯으면 워쩔거냐."

그네는 언제부턴가 이런 말을 펌프질에 맞춰 흥얼거리고 있었다.

"워어메——."

그네는 질겁을 하며 소릴 질렀다. 억센 팔이 허리를 끌어안았던 것이다.

"놀라지 말어, 청산댁. 나요 나."

"누구다요, 누구?"

그네의 다급한 목소리는 떨리고 있었다.

"나요 나. 성칠이랑게요."

"워메 잡것, 왜 이려?"

그네는 힘껏 몸을 내둘렀다. 그러나 꼼짝할 수가 없었다.

두어 번 버둥대다가 그네는 땅바닥에 쓰러지고, 소리 지르려 했지만 입이 틀어막혀 있었다. 사생결단 다리를 내뻗고 팔을 휘저었다. 그러나 마음속에서 뿐이었다. 그네의 허벅지 위에 올라탄 성칠은 한 손으론 입을 틀어막고 다른 손으로 두 손목을 몰아잡고는 숨가쁜 소리를 토했다.

"청산댁 내 말 딱 한 번만 들어줏씨요. 한 번만. 사는 것이 뭔디 이래 쌓소."

성칠은 그네 손목을 잡았던 손을 풀었다. 그리고 그네의 아래를 더듬기 시작했다. 그네는 성칠의 더벅머리를 거머쥐었다. 그리고는 마구 잡아흔들며 울먹이고 있었다.

"혼자 산다고 시퍼보고……, 니까징것까지 날 시퍼보고…….'

성칠의 손이 치마를 헤집고 불두덩에 닿자 그네는 이를 악물고 하체를 내뻗었다. 성칠은 장사였다. 어쩌면 펌프질에 그네가 너무 지쳐버린지도 몰랐다. 그네는 남편을, 허 주사를 한 주먹에 해치우던 남편을 떠올리며, 그때 그 낫으로 성칠이 이놈 등줄기를 찍어야 된다고 생각했고, 다음 순간 혼자라는 생각에 그네는 성칠의 머리칼을 다시 나꿔채며 부르르 떨었다.

"와따 자그만치 뻗대랑게."

성칠의 거친 이 말과 동시에 그네의 낡은 삼베속곳이 북 찢겼다. 그네는 사지에 맥이 탁 풀렸다.

흐린 호롱불빛이 머무는 그 언저리의 어둠 속에서 두 몸이 뒤치락거렸다. 그리고 그네의 몸이 크게 꿈틀했다. 눈에서는 번갯불이 번쩍했고 성칠의 머리칼을 틀어잡았던 손은 풀어져 있었다.

"아들이고 딸이고 하나만 낳는 거여. 그라면 청산댁은 내꺼싱게."

성칠은 그네의 귓가에 뜨거운 바람을 일으키며 연신 이런 말을 쏟아놓고 있었다. 가뭄 머금은 하늘에 빈틈없이 박힌 수천만 개의 별이 한꺼번에 그네에게로 쏟아져 내리고 있었다.

성칠은 담배에 불을 붙였다.

"청산댁, 생각해봇씨요. 한 번 죽어뿐 사람이 살아 온답디여. 요렇그름 쌔빠지게 고상허고 살아봤자 무신 소양이 있소. 이래도 한세상 저래도 한세상인디."

그네는 풀을 잡히는 대로 뜯으며 저편 어둠을 응시하고 있었다. 거기에 흙묻은 손으로 노무자로 떠나던 남편의 모습이 있었다.

"청산댁도 항시 젊은 것이 아니고, 더 늙어불면 그만이니께……."

성칠은 펌프질을 두어 번 해보고는 돌아섰다.

그 후로도 성칠은 틈만 있으면 징그러운 웃음을 지으며 달겨들 기세였다. 그럴 때마다 그네는 잽싸게 낫을 빼들었다. 그 일이 있던 다음부터 그네는 들에 나오거나 밭에 갈 때는 항시 낫을 가지고 다녔다. 밤에도 머리맡에 낫을 놓고서야 잠이 들었다.

"호강시켜준다니께로. 청산대액, 깊이 생각해보드라고."

성칠은 뒷걸음질을 치며 능글맞게 웃었고, 그네는 아무 대꾸도 없이 낫자루에 힘만 주었다.

성칠의 말대로 이래도 한세상 저래도 한세상이라면 남편이 물려준 전답을 일구고 남편이 남겨놓고 간 두 자식을 뒷바라지하며 살리라 했다. 그것이 더, 이래도 한세상 저래도 한세상을 살다가는 보람이 있으리라 싶었다.

지붕에 새옷을 입힐 때나 고구마를 캘 때나 기회만 있으면 성칠은 선심을 쓰려들었다. 장터에서 만나면 순대국밥을 먹고 가라며 소매를 잡고 늘어지기도 했다. 그때마다 그네는 독오른 뱀 눈을 하며 몸을 사렸다. 그러던 성칠은 지쳤는지 이듬해 초겨울 장가를 들었다. 그날 뒷집 갈산댁이 서너 번 부르러 왔지만 그네는 몸이 아프다는 핑계로 끝내 가지 않고 말았다. 동네 대소잔치에 빠진 일이 없는 그네였다. 그런데 거기는 갈 수가 없었다. 마음이 허전한 것도 서운한 것도 아니었다. 그렇다고 시원한 것은 더구나 아니었다. 종잡을 수 없는 마음으로 종일 서성이며 보냈다. 밤에는 베갯머리가 젖도록 남편 생각을 했다.

장가를 든 성칠은 점잔을 부렸고, 순돌이 아범이 된 그 후 언제부턴가 청산댁은 그와의 일을 까맣게 잊어버리고 있었던 것이다.

청산댁은 우체국으로 들어섰다.

"월남 갈 핀지 우표 한 장 줏씨요."

청산댁은 기세 좋게 돈을 내밀었다.

"아 안녕하세요? 또 편지가 왔던가요?"

"하먼이라. 근디 말이요, 라지요가 월남서 올라먼 을매나 걸린다요?"

"라디오 말이지요? 비행기로 오면 아마 대엿새 걸리고 배로 오면 한 보름 걸릴 겁니다."

"비향기로 띄웠으먼 하매 당도헐 때가 되았는디. 근디, 그런 귀한 물건을 중도에서 도둑맞어불먼 워쩔께라우?"

"그럴 리가 있나요, 라디오를 보낸다던가요?"

"금메 만득이가, 우리 만득이가 베뜨꽁을 둘이나 산 채로 잡아부러서 상을 탔드라요. 고 라지요를 이 에미 들으라고 보낸다잖컸소."

"그래요? 참 효자군요."

"금메 잘 키우지도 못헌 에미한테 고렇그름 알뜰살뜰허게 해싼다요."

청산댁은 금세 콧날이 시큰해지는 것을 감추기라도 하듯 혀를 있는대로 빼 우표에 침을 발라 봉투에 몇 번이고 눌러붙였다.

"라지요 오먼 잘 간수혔다 보내줏씨요이?"

당부를 하고 우체국을 나섰다.

청산댁은 극장으로 발길을 서둘렀다. 큰아들 봉구를 만나기 위해서였다.

봉구는 왼쪽 팔다리가 부자연스럽고 한쪽 눈마저 감겨버린 불구로 나이가 들자부터 한사코 밖으로 나가려고만 들었다. 나가서는 며칠씩 소식이 없어 애를 태운 때도 한두 번이 아니었다. 자꾸 왼쪽으로 돌아가기만 하는 입에서는 항시 침이 질질 흐르고, 말도 제대로 못 하는 병신이기에 청산댁의 가슴은 더 아프고 마음은 안쓰러운 것인지도 몰랐다. 그래서 안 될 줄 번연히 알면서도 행여 하는 마음으로 학교를 넣었고 일주일이 못 되어 그만 보내라고 통고를 받고 얼마나 섧게 울었던가. 그리고 봉구를 놀려대는 아이들만 있으면 청산댁 눈에는 불이 켜졌고 잡히기만 하면 요절이 났다. 그러나 봉구를 데리고 사이좋게 노는 아이들은 감자나 고구마 옥수수 등을 심심찮게 얻어먹었고 때로는 그 달고 맛있는 왕눈깔사탕도 입에서 굴릴 수가 있었다.

봉구가 읍내 역전극장 선전원이 된 지도 육년이 넘었다. 선전원이래야 보수가 있는 것도 아니었다. 제 입을 먹고 철따라 옷을 받아입는 것이 고작이었다. 청산댁이 힘겨워 내보낸 게 아니었다. 봉구가 그렇게 영화를 좋아한다고 했다. 극장 주인의 말로는 천연색영화를 좋아하고 특이 엄 앵란인가 누군가가 나오는 영화는 사죽을 못 쓴다고 했다. 한 번은 제가 좋아하는 배우가 두들겨맞는 장면이 나오자 소리를 지르며 무대로 뛰어올라가는 소동을 피우기도 했다는 것이다.

홀몸으로도 제대로 걷지를 못하는 불구에 앞뒤로 광고판을 메고, 한쪽으로 비틀려 돌아가는, 침 흐르는 입과 눈마저 하나가 감겨진 그 얼굴로 머리에는 색색으로 된 고깔모자를 쓰고 꽹과리를 치며 비척비척 걸어가는 아들의 모습을 청산댁은 기를 쓰며 막으려 했다. 그러나 아들은 막무가내였다. 생각이 부족하기에 제가 좋아하는 일을 막으려면 목숨을 내거는지도 모를 일이었다.

새 영화가 들어올 때마다 봉구는 동네까지 왔다갔고 그때마다 집에 들러 청산댁에게 입장권 하나를 내밀곤 했다. 그때 봉구의 얼굴은 헤벌레 웃고 있었고 집을 나설 때는 더욱 기세 좋게 꽹과리를 두들겼다. 처음 얼마 동안은 멀어지는 꽹과리 소리를 들으며 청산댁의 가슴에는 비가 쏟아져 내렸다. 동생 만득이가 장가를 들고부터는 입장권을 두 장씩 가지고 오는 것이었다.

청산댁은 오늘도 버릇처럼 극장엘 들렀다. 봉구는 매표구 앞에 기대서서 담배를 빨고 있다가 청산댁을 보자 헤벌레 웃었다.

"별일 읎냐?"

"어엄니넌 무딘 일로……."

봉구는 혀 굳은 소리로 어떻게 왔느냐고 묻고 있었다. 청산댁은 지치지도 않고 만득이 애길, 라디오가 뭔지 아느냐고 반문까지 해가며 자세히 들려주었다. 봉구는 애길 들으며 헤벌레 웃고 있다가 어떤 대목에서는 손뼉을 치기도 했다.

봉구가 생각난 듯이 서둘러 들어갔다가 나와서 내미는 입장권 두 장을 받아쥐고 청산댁은 돌아섰다.

"어엄니 공보랑게. 대대미 조게로."

재미가 좋으니 꼭 보라는 당부를 귓가로 흘리며, 저것도 짝을 맞춰줘야 할 텐데……, 생각하는 청산댁의 마음엔 그만 먹구름이 끼고 마는 것이다.

만득이가 국민학교를 들어가던 날 청산댁은 운동화를 사 신겼다. 운동화를 신은 건 동네에서 만득이뿐이었다. 큰아들 봉구에게서 못 다한 서러움을 만득이에게 풀리라 했다. 소풍 때도 계란이고 사탕이고 푸지게 싸서 보냈다. 그리고 선생에겐 담배 한 갑이라도 보내고서야 마음이 풀렸다. 운동회날은 청산댁이 더없이 기쁜 날이기도 했다. 흰줄을 넣은 검정팬츠에 흰셔츠를 입은 만득이가 운동모자를 챙이 뒤로 가게 돌려쓰고 내달리는 것을 보노라면 청산댁은 정신이 하나도 없었다. 그렇게 야무지게 달리던 만득이가 두 팔을 번쩍 들고 1등이 되면 청산댁은 벌렁벌렁 춤을 췄다. 삼학년 땐가는 1등으로 달리던 만득이가 그만 넘어지면서 또르르 굴러버리는 게 아닌가. 외마디 소리를 지른 청산댁은 운동장으로 뛰어나가고 있었다. 그런데 이게 웬일인가. 만득이는 어느새 일어나서 뛰고 있었다. 청산댁은 그 자리에 굳어진 채 손을 모아잡고, 워메 워메 내 새끼야, 워메 내 새끼야, 조바심을 치다가 맨 앞에서 두 팔을 번쩍 드는 게 만득인 것을 알자 땅에 털퍽 주저앉고 말았다. 청산댁이 밑이 촉촉히 젖은 것을 알기는 무릎이 깨진 만득이가 공책 세 권을 타가지고 온 다음이었다.

만득이 공부는 중간 정도였다. 등수가 어찌됐건 글씨를 쓰고 간판도 거침없이 읽어내는 것이 청산댁으로서는 그저 흐뭇하고 뿌듯했다.

만득이가 학년이 높아감에 따라 돈 쓰임새도 많아졌다. 청산댁은 더 부지런히 논밭을 뒤졌고 무엇이든 악착스레 아꼈다. 짚 한 올이라도, 조 한 톨이라도 소홀히 하지 않았다.

만득이가 오학년이던 겨울, 갈산댁네에 모여 길쌈을 하고 있었다. 청산댁은 오래전부터 참고 있던 오줌이 못 견딜 지경이 되어 일어섰다.

"워디 가시오."

"칙간에."

청산댁은 문을 박차고 나섰다. 마루를 내려서는데 곧 쏟아질 것 같았다. 신발을 찾아 신을 여유가 없었다. 아무거나 발에 걸리는 대로 신고 내달았다.

"존일 헌다고 문이나 닫고 갈 것이제. 엥간히 급했구먼 그랴."

이런 말이 청산댁에겐 들리지 않았다. 한달음에 갈산댁 사립을 나섰다. 오줌이 찔끔하며 눈앞이 아찔했다. 청산댁은 멈칫 서며 아랫배를 움켜 잡고 이빨을 뿌드득 갈았다. 그리고 내쳐 달렸다. 그러나 서너 걸음을 못가 청산댁은 자기집 담벼락을 붙든 채 몸을 부르르 떨었다.

오줌은 걷잡을 수 없이 쏟아지고 있었다. 오줌은 속옷을 적시며 다리를 타고 내려 버선에 번져서는 고무신을 넘치고 있었다. 찬바람이 몰아치는 속에서 청산댁은 알아들을 수 없는 신음을 하고 있었다.

만득이에게도 단단히 이르고 있었다. 오줌은 몰라도 똥만은 꼭 집에서 누도록 했다. 아까운 거름을 아무데나 버릴 수 없는 일이었다. 밭이나 논귀퉁이에 귀 떨어져나간 항아리를 주워다가 묻어둔 것도 이 때문이었다. 일을 하다 오줌이 마려우면 집에까지 올 수가 없었다. 그렇다고 밭고랑에 눌 수도 없었다. 오줌이 삭지를 않아서 거름이 안 될 뿐만 아니라 생오줌이 닿고 나면 오히려 곡식이 타들어갔다. 청산댁집에 와서 누구나 마음대로 할 수 있는 일은 대소변을 보는 일뿐이었다.

만득이가 중학교에 당당히 합격하고, 그리도 멋지고 멋진 교복을 찾아입던 날 청산댁은 생전 처음으로 사진이란 것을 찍었다. 사진을 찾던 날까지 청산댁은 마음을 졸였다. 필경 장님이 되었으리라는 걱정 때문이었다. 사진을 찍을 때 사진사가 하나, 두울, 셋, 하는 순간 펑소리와 함께 불이 번쩍 했고 청산댁은 깜짝 놀라 눈을 껌뻑해버렸고 입까지 벌려버린 것이다. 사진사는 의사 사촌인지 말을 들어보지도 않고 무작정 괜찮다고만 했다. 끝에 '사'자가 붙은 직업을 가진 사람들은 모두 제멋대로 하는 성싶었다. 그러고보니 틀림없는 일이었다. 말도 함께 나오는 신식영화가 있기 전에 꼭 한 번 본 일이 있는 활동사진을 설명하던 변사인가 변호사인가도 제멋대로였다. 배가 멀리 떠가는 장면인데, 옥희야 원수를 갚아주마, 고이 잠들어라. 엉뚱한 말을 주워 섬기고 있었던 것이다. 그러나 청산댁이 받아든 사진은 눈이 감겨 있지도 않았고 입이 벌어져 있지도 않았다. 알다가도 모를 일이었다.

끝에 '사'자가 붙은 직업을 가진 사람들은 예삿사람들은 아니로구나. 처음에 몇 마디 묻고 더는 말을 걸지도 못하게 원망스레 굴던 의사도 머리가 펄펄 끓던 아이를 밤새 낫게 했고, 실성한 것 같던 변사였지만 활동사진은, 오지게 재미가 있었고, 콧방귀를 뀌며 시건방지게 나대던 사진사도 사진을 이렇게 말끔하게 빼놓지 않았느냐. 청산댁은 사진이 든 봉투를 가슴께에 받쳐들고 걸으면서 우리 만득이도 '사'자가 붙은 직업을 가졌으면 하는 생각을 하며 가슴이 울렁이는 것이다.

그런데, 그런데 오늘 온 편지에 우리 만득이가 운전사가 되어 이 에미를 서울로 모셔 호강시킨다 하지 않았던가. 우리 만득이도 예사인물은 아니지. 아니고 말고. 칠성님이 점지한 자식인데 어련할려고. 우리 만득이가 운전사가 되어 뻐스고 도라꾸고 달구치고 닥치는 대로 몰며 사방팔방 서울길을 제멋대로 휘젓고 다닐 텐데. 그때 만득이 옆자리에 앉아 있으면 호시가 얼마나 좋을까. 청산댁은 신바람이 나서 손자를 덩기덩기 어르며 동구로 들어서고 있었다.

만득이는 고등학교 진학을 그만두기로 했다. 형편의 탓도 있었지만 해가 바뀔 때마다 청산댁 혼자서 농사짓기가 힘에 부쳤고 더욱이 이만큼 가르쳤으면 못 배운 남편의 한도 풀렸겠지 싶었던 것이다. 만득이도 굳이 고등학교를 가려고 하지는 않았다. 어느집 자식보다 착하게 농사에 마음을 쏟았다. 배냇송아지를 길러 삼년 만에 소를 장만하기도 했다. 남편이 노무자로 나가며 간수 잘하라던 소를 난리통에 잃어버리고 여지껏 마련하지 못한 청산댁이었다. 그저 그런 아들이 믿음직스럽고 대견하기만 했다.

만득이 스무 살 차던 해 장가를 서둘렀다. 아들은 너무 이르다고 반대였지만 청산댁의 마음은 그런게 아니었다. 어서 손자를 보고 싶었다. 그래야 고생하며 살아온 보람이 있을 것 같았다.

만득이 장가가던 날 청산댁은 술을 마셨고 아리 아리랑 쓰리 쓰리랑 노래를 부르고 거기에 맞춰 춤이라는 것도 추었다. 그러다가 울었다. 남편 생각에 서러워 울었다. 혼자 살아온 게 기가 막혀 울었다. 자식을 장가 보내는 행복에 울었다. 미리 작정하고 키웠던 돼지를 세 마리나 잡았다. 술도 음식도 모자람이 없이 마련했다.

만득이가 군대에 나가고 팔 개월이 지나 며느리는 몸을 풀었다. 아들 손자였다. 청산댁은 며느리를 한 달이나 누워 있게 했다. 만득이가 휴가를 나오기는 두 달 후였다. 휴가를 마치고 부대로 들어가서 이내 월남으로 떠난 것이다.

청산댁은 사립을 들어섰다.

"엄니, 워디 갔다 인자 오시요."

며느리가 부엌에서 나오며 맞았다.

"핀지 부치고 안 오냐."

"핀지 왔습디요?"

며느리는 애기를 받아 안으며 반색을 했다.

"아까 왔드라. 여깄다."

며느리는 편지를 받으며 금새 눈자위가 붉어졌다.

"엄니, 시장허실 텐데 진지 잡숫시요."

시어머니 저녁 밥상을 봐드리고 며느리는 아들에게 젖꼭지부터 물렸다. 그런 다음 시어머니 앞으로 온 남편의 편지를 꺼내들었다.

연신 저고리 끝을 눈으로 가져가는 며느리를 건너다보며 청산댁은 쯧쯧 혀를 찼다. 나이도 어린것이 시집이라고 와서 남편도 없이 고생을 한다 생각하면서.

닷새가 지나 라디오가 도착했다. 목침만한 그것을 얼싸안고 청산댁은 웃마을 박 선생에게로 달려갔다. 며느리가 틀 줄 안다고 했지만 청산댁은 도시 미덥지가 않았다.

"아서라 아서, 고장내킬라."

손자도 업지 않고 집을 나섰다. 며느리가 입을 삐죽이며 눈을 흘기는 것을 알 리 없는 청산댁이었다.

박 선생은 집에 없었다. 학교에서 아직 안 왔다고 했다.

"금방 올꺼싱께 여기서 기둘리씨요."

"와따 태평시럽기도 허요. 나 핵교로 가볼라요."

청산댁은 학교로 줄달음질을 쳤다.

박 선생이 나사(청산댁은 다이얼을 이렇게 불렀다.)를 이리저리 틀자 삐삐 소리가 나더니 이어 노래가 흘러나왔다.

"참말로 용허요이. 요런 목침댕이만헌디서 워찌 사람 소리가 날께라 우."

"세상이 좋아서 그렇지요."

박 선생이 대꾸였다. 오른쪽 나사를 틀면 다른 소리가 나오고, 왼쪽 나사를 틀면 소리가 크고 작아지고, 왼쪽 나사 밑에 있는 구멍은 혼자 들을 때 쓰는 것이고, 왼쪽 나사를 앞으로 돌려서 딱 소리가 나면 라디 오가 꺼지고. 청산댁은 박 선생이 가르쳐준 대로 조심스럽게 해보고 나 서도 집으로 돌아오며 몇 번이고 외었다.

동네사람들에게 라디오 구경을 시키는 데만 꼬박 사흘이 걸렸다. 보 는 사람마다 부러워했고 하나같이 입을 모아 만득이의 효성을 칭찬하며 청산댁을 복인이라 받들었다. 그러면 청산댁은 왼쪽 나사를 돌리며 소 리를 크고 작게 만드는가 하면, 의사 청진기 꼭지(레시버)를 둘러 앉은 사람들의 귀에 잠깐씩 꽂아주기도 했다.

물론 며느리가 그 트랜지스터를 맘대로 만질 수는 없었다.

청산댁은 며느리를 데리고 올벼 논으로 나갔다. 얼마 남지 않은 손자 돌떡 할 쌀을 마련하기 위해서였다. 쌀이 있긴 했지만 손자 돌잔치를 묵 은 쌀로 차리고 싶지는 않았다.

서너 군데의 볏모가지를 훑어 깨물어보고 잘 여문 데를 골라 먼저 며 느리에게 낫을 건넸다. 그리고 청산댁도 며느리 맞은편으로 들어섰다. 떡은 적어도 두 말을 해야 할거다. 술은 소주보다 막걸리가 낫고. 술을 집에서 담그면 더 당할 게 없는데 밀주단속이 심해서 틀렸지. 콩나물이 야 한 항아리 집에서 길러서 쓰고. 스무 날 남았으니 자주 물을 주면 쓰 기에 마침 좋을 테고. 아범이 있었으면 좀 좋으랴. 이런 생각을 하며 청 산댁은 능숙한 솜씨로 벼포기를 쳐나갔다.

청산댁은 며칠 남지 않은 손자 돌 차비에 일손이 바빴다. 콩나물도 통 통하게 살이 오른게 손가락 두 마디 정도 자라 있었다. 고사리며 취나물 등 산나물도 물에 담가 두었고 삶아서 두 번 물을 갈았다. 돌떡은 종류

가 많을수록 좋다니까 인절미며 백설기 절편은 물론 수수떡도 하고 약
과도 만들 작정이었다.

청산댁은 마루에 수수를 고르고 있었다. 옆에 놓인 트랜지스터에서는
재방송 연속극이 흘러 나오고 있었다.

"청산댁 기시요?"

"누구다요?"

청산댁은 연속극에 귀를 기울인 채 고개를 돌렸다. 반장이 낯모를 사
내를 데리고 마당을 가로질러 오고 있었다.

"마침 기셨구만이라."

"워쩐 일이요. 일로 앉으씨요."

청산댁은 마루를 대충 치웠다.

"괜찮으요. 근디, 읍사무소서 나온 양반이요."

반장은 낯선 사내를 가리켰다.

"저 실례합니다. 읍사무소에서 나왔습니다."

"세금 다 냈는디 읍사무소는 무신……."

"그게 아니고요, 저 천 만득이 모친이 틀림없지요?"

"야, 그런디요?"

"저 다름이 아니라……."

사내는 서류를 넘기며 말을 주저하고 있었다.

"무신 일이다요? 아 앉기나 허씨요."

"저 다름이 아니라……, 이걸 전하려고……."

사내는 한 발짝 다가서며 종이를 내밀었고 반장은 굳은 얼굴로 외면
을 하고 있었다.

"까막눈인디 뭔지 알겄소?"

"저 다름이 아니라……, 천 만득이 전사통지섭니다."

"……."

남편의 얼굴이 확 다가들었다. 만득이 얼굴이 뒤범벅이 되었다. 남편
을 한 줌의 재로 맞던 날, 싸우다 죽은 소식을 알리는 것이라는 설명을
듣고서야 정신을 잃었던 그 무시무시한 말, 전사통지서.

“워쩌? 전사통지서?”

청산댁은 벌떡 일어서는가 했더니 나무둥치처럼 그대로 나가넘어졌다. 눈알이 허옇게 뒤집혀 있었다.

반장과 읍사무소 직원이 찬물을 끼얹고 수족을 주무르고 해서 한참만에 정신이 들었다. 청산댁은 소스라치게 놀라며 눈을 떴다. 그리고 벌떡 일어났다. 잠시 주춤하더니 곧 읍사무소 직원에게로 달려들었다.

“내 자석으을, 내 자석으을, 안 된다니께 안 되여. 워째 내 자석을…….”

청산댁은 소리소리 지르며 읍사무소 직원에게 매달렸다. 그런 청산댁의 눈에는 파란 불이 켜져 있었다.

청산댁은 이빨을 뿌드득 갈더니 직원의 양복깃을 틀어잡은 채 또 까무러쳤다.

청산댁 손에서 풀려나온 직원은 뺑소니를 쳤다.

다시 정신을 차린 청산댁은 소리를 지르며 읍내로 뻗은 길을 내달리고 있었다. 맨발인 채 뛰고 있는 청산댁의 낭자머리는 헤풀어졌고 손에는 낫이 들려 있었다.

청산댁은 그 길로 실성을 해버렸다는 말이 삽시간에 동네에 퍼졌다.

청산댁은 돌아오지 않았고 밤새도록 며느리의 곡소리만 어둠에 번지고 있었다.

청산댁은 사흘 후에 차에 실려 돌아왔다. 그날 청산댁은 읍사무소에서 또 까무러쳤고 그 길로 병원으로 옮겨졌던 것이다.

청산댁은 사색이 깃들여 있었다. 눈은 멍하니 허공을 더듬고 있었다.

청산댁을 보자 며느리는 다시 울음을 터뜨렸다. 청산댁은 표정 없는 얼굴로 며느리 품에서 손자를 옮겨 안았다.

“울지 말아라. 무신 소양이 있냐. 자석 땀새 이빨 앙물고 살어사 쓴다. 방앳갓에 가서 쌀 찧어오니라. 나는 솔잎 뜯으로 갈란다. 니 남편은 송편을 억시게 좋아했니라.”

청산댁의 목소리는 착 가라앉아 있었다.

그날 밤 늦도록 청산댁은 송편을 빚었다. 손자 돌잔치에 쓰려고 장만

했던 쌀로 아들 장례에 쓸 송편을 온 정성을 다해 빚고 있었다. 모레 국군묘지에서 장례식을 올리기 때문에 내일 떠나야 된다고 읍사무소에서 병원으로 알려왔던 것이다.

"전생에 무신 악헌 죄를 짓고 나서 요리 복쪼가리도 없는고. 한평생 살기가 요리도 험하고 기구헐 수가 있당가. 이 새끼 땀새 죽어뿔지도 못허고……."

잠이 든 손자의 볼을 쓰다듬는 청산댁의 두 볼에 눈물이 골을 파고 흘러내리고 있었다.

동맥(動脈)

길순이는 다시 두 손을 부챗살처럼 쫙 펴고 손가락을 꼽아 나갔다. 계산은 틀림이 없었다. 매달 하루도 거르는 일 없이 이십팔 일만에 있었으니까, 오늘로 나흘이 지난 것이다. 두 달째의 일이다. 그럼……? 길순이는 그만 볼을 감쌌다. 비릿한 피냄새가 엉킨 듯한 흐려진 의식을 헤집고 드러나는 두 개의 영상. 나흘밤 겪었던 일과 어머니의 모습과…… 길순이는 무릎을 세워 얼굴을 묻었다. 왁 울음이 솟구쳤다. 두팔로 꺾어세운 다리를 감아잡은 길순이는 몸을 바싹 조여뜨렸다. 머리를 풀어헤친 여자의 낄낄거리는 웃음소리……, 비가 추적거리는 어둠을 가르며 가까워오는 발자국 소리……, 갑자기 덮쳐오는 가위눌림을 헤어나려고 입술을 깨물며 파르르 떨었다. 아버지가 피를 토하고 쓰러진 날 밤, 건넛마을의 삼촌을 부르러 여우고개를 넘다가 들은 부엉이 울음소리. 그런 무서움이 아니었다. 비가 부슬부슬 내리는 날 이모집 심부름을 가느라 도깨비 배밭의 탱자나무 울타리를 돌 때 목덜미를 감던 으스스한 찬바람. 그런 두려움도 아니었다. 아버지가 돌아가신 다음부터 대낮인데도 상여움막을 지나칠 때면 전신에 끼쳐오던 차가운 소름. 그런 공포도 아니었다. 그런 것들이, 임종을 못 지킨 어머니 산소의 황토에 뒹굴며 몸부림쳤던 서러움과 뒤범벅이 되어 울음으로 솟구치고 있었다. 임신……, 아무리 정신을 가다듬으려 해도 가위는 덮쳐왔고 발은 어두운 구렁텅이로 한정도 없이 빠져들어갔다.

"아유 가려, 으응, 응……."

어깨를 들먹이며 울던 길순이는 언뜻 손으로 입을 가렸다. 봉자가 장딴지를 벅벅 긁어대며 잠꼬대를 한 것이다. 가지가지 염색물감에 절어 만성습진을 잃는 다리가 잠결에도 가려운 모양이었다. 길순이는 울음을 추스르며 숨을 죽였다. 봉자가 돌아누우며 긁어대던 다리를 분옥이의 허리에다 걸쳤다. 순간 길순이의 가슴은 유리그릇을 놓쳐버린 때처럼 찡 얼어붙었다. 저 지경이 되면 유독 잠귀가 빠른 분옥이가 가만히 있을 리가 없다. 운 것을 들켜서는 안 된다. 길순이는 서둘러 누울 자리를 찾았다. 그러나 몸을 바로 하고서야 셋이 겨우 누울 수 있는 비좁은 방, 봉자가 이미 멋대로 팔다리를 내뻗어버린 다음이라 쭈그리고라도 누울 자리는 없었다. 그런데 아니나 다를까.

"참 사람 미치겠네."

분옥이기 봉지의 다리를 띠다밀며 빌떡 일어나 앉았다.

"……거, 누구니? 길순이구나."

분옥이의 쏘아붙이는 목소리에는 너 또? 하는 말을 담고 있었다.

"……."

길순이는 무슨 말을 하려 했지만 목은 울음으로 채워진 채였다.

"애, 언제까지 이럴래? 그런다고 죽어버린 엄마가 살아와?"

길순이는 분옥의 곁으로 다가앉았다. 분옥이의 다구진 말이 더 나오기 전에 달래고 빌어야 할 판이었다.

"다시는 안 그럴게. 그만 자자."

"글쎄 사람 기분잡치게 하지 말란 말야. 한두 번이니, 한두 번?"

"그래, 잘못했어."

길순이는 분옥이의 어깨를 잡아 눕히려 했다. 분옥이는 팔을 뿌리치며 더 몸을 사렸다.

"진짜 언제까지 이럴거니?"

"다시는 안 그런다니까. 자, 약속하자."

길순이는 억지로 웃어보이며 새끼손가락을 내밀었다.

"필요없어, 고런 양돼지 닮은 약속은."

양돼지는 그들 직장인 염색공장 사장을 가리키는 것이다. 양돼지는

수차에 걸쳐 약속한 급료 인상을 별의별 이유를 다 붙여 한 번도 지킨
일이 없는 위인이었다.

"나도 서럽기로 친다면 너보다 곱은 돼. 아부지란 작자는 얼굴도 모
르지, 열두 살에 엄마까지 사요나라 하고 이날 이때까지 혼자 굴러 다니
며 살았어. 너처럼 울자면 진작 눈깔이 썩어버렸을거라구."

"알어, 다 알어. 다시는 안 그러기로 정말 약속할게."

길순이는 이제 몸이 달고 있었다. 분옥이의 이런 지난 얘기가 나오기
시작하면 결말은 뻔한 것이다. 이야기가 계속됨에 따라 목소리가 가라
앉아가다가는 울음이 터진다. 그럼 그 울음은 끝이 없었다.

"사람이 슬프면 당연히 울어야지. 그치만 우린 그럴 수도 없잖니. 잘
입는 건 숫제 바라지도 않지만 밀가루죽으로 근근이 살아가는 꼬라지에
일은 또 얼마나 고되니. 근데 밤마다 울고 잠 못 자면 몸이 어떻게 견디
니. 이러다가 덜컥 병이나 걸려봐. 일 못 나가 일당 깎이지, 모아둔 돈
없으니 약은 뒷전치고 당장 굶는거야. 병나고 굶고, 어떻게 되는지 알
지? 가는 거야. 그대로 가는 거야. 우리 같은 것들 가도 누구 하나 눈 한
번 깜짝 안 해. 우리도 사람인데 그런 꼬라지로 가버리기는 너무 억울하
잖니. 결국 가난하고 배고픈 우리 같은 것들은 기쁠 일이야 애당초 없는
거고 슬픈 일에도 슬퍼서는 안 되게 돼 있어. 아니, 너?"

"알어, 내가 병신이지."

길순이는 분옥이의 손을 꼭 잡았다.

"네가 병신이 아니라 돈이 개새끼고 가난이 쌍놈이야. 이 기집앤 잠
도 험하게는 자더라."

분옥이가 봉자를 벽쪽으로 몰아붙였다.

"그럴지도 몰라. 그만 자자."

길순이는 분옥이와 봉자의 사이에 누웠다. 눈을 감았지만 머릿속은
대낮이었다. 정말 임신이라면……, 떼칠 수 없는 두렵고 무서운 올가미
였다.

어머니가 돌아가신 다음 다시 서울로 올라올 마음은 털끝만큼도 없었
다. 그러나 마음과는 달리 다시 봉자와 분옥이가 기거하는 판잣집 사글

세 방으로 기어들 수밖에 없었던 것은 순전히 공장에 묶여있는 돈 때문이었다. 길순이는 갑작스럽게 어머니를 잃어버린 슬픔으로 매일밤을 울었다. 봉자와 분옥이는 위로하느라 여념이 없었다. 봉자의 신세타령도 분옥이의 기구한 지난 얘기도 몇 번씩 되풀이 되었다. 그러다가 셋이는 함께 울기도 여러 번 했다. 그런데 얼마나 지나면서부터 봉자와 분옥이가 위로하는 방법을 바꾸었다. 다 잊어버리라고 강요하듯 한 것이다. 둘이의 그런 억지가 자신을 위한 우애인 것을 길순이는 너무나 잘 알고 있었다. 그러나 어머니를 잃어버린 슬픔이나 삼촌댁에 맡겨두고 온 두 동생에 대한 안쓰러움은 조금도 가시지를 않았다. 그래도 봉자와 분옥이의 마음씀이 고맙고 미안하여 속을 삭이느라고 애도 많이 썼다. 그런데 며칠 전부터 그것이 없어 가슴을 조여오다가 오늘밤에는 기어코 약속을 깨뜨리고 만 것이다. 분옥이에게 다시는 인 그러겠다는 말을 되풀이하며 빌다시피 한 것도 빨리 재워 이 일을 눈치채지 못하게 하려는 것이었다. 만일 임신이라면 봉자와 분옥이에게는 절대 비밀로 해야하는 것이다. 임신을 알리게 되면 그 일이 전부 탄로가 나고 만다. 그럼……, 길순이로서는 봉자와 분옥이에게 버림받는다는 사실은 임신을 했다는 것만큼 무섭고 두려운 일이었다. 이 막막하고 답답한 세상에서 유일한 의지고 바람벽이 봉자고 분옥이었다. 그래서 이런 경우 마음을 털어놓으면 무섭고 두려운 생각이 한결 덜할 것 같았다. 그런데 그래서는 안 되는 것이다. 그렇기 때문에 무섭고 두려운 그림자는 더욱 짙고 끈덕지게 전신을 욱죄어 오는 것이다.

사채동결(私債凍結). 길순이는 물론 봉자나 분옥이도 이 어려운 말 뜻을 알 까닭이 없었다. 그리고 그들 외에 광명(光明) 직물염색공장의 이백여 여공들도 마찬가지였다. 이 말은 곧, 회사나 공장 등을 상대로 빚놀이하던 돈의 이자를 못 받는 것은 말할 것도 없고 원금조차 묶어버린 새로운 법이라는 풀이가 누군가의 입으로부터 터져나왔다. 그때서야 비로소 이백여 여공들은 눈이 휘둥그래지고 화들짝 놀라고 입을 딱 벌리고 얼굴이 사색이 되고 털썩 주저앉고 발을 동동 구르고 엉엉 울고 그래

서 수돗물이 탕을 넘쳐 흐르고 탕마다 헹궈내지 않은 옷감이 뒤헝클어
지고 오렌지색이 빨간색으로 둔갑을 하고 ‘시야게’감에 때가 묻어났다.
그리하여 반장이 소리지르고 관리과 직원이 아우성을 치고 관리계장이
호랑이 울음을 울고 관리과장이 납시는 소동이 벌어지게 된 것이다. 그
리고 평소에는 변소길에 휴지로나 쓰고 어쩌다 연탄불을 지필 때 숯 밑
에 놓는 불쏘시개로나 찾던 신문을 손수 사들게 되었다. 그러나 깨알보
다 작은 글씨를 아무리 읽어봐도 도무지 무슨 뜻인지 알 길은 막연했다.

책임량을 완수하지 못하면 일당을 제하고 말겠다며 반장을 제쳐놓고
관리과 직원들이 작업감독을 했다. 찍소리 한 마디 못 하고 일손들을 재
게 놀리면서도 가슴마다에는 먹구름이 끼고 비가 내렸다.

그들 셋은 약속이나 한 듯이 다리를 내뻗고 등을 벽에 기대 몸을 부린
채 말이 없었다. 피곤에 지쳐 풀려버린 눈에는 물기에 젖은 절망의 빛이
서려있었다.

분옥이는 가슴을 와득와득 쥐어 뜯고 싶었다. 오만 오천 원. 삼년에
걸쳐 모은 그 돈이 어떻게 된다는 것인가. 떼어 먹혀? 그게, 그게 어떻
게 번 돈인데. 차라리 식칼을 물고 엎어져 죽는 한이 있어도 그것만은
안 된다. 만 오천 원만 더 모으면 그 가슴조이던 꿈을 이룰 수 있는 것이
아닌가. 칠만 원으로 육 개월간 미용학원엘 다닌다. 그리고 어엿한 미용
사가 된다. ‘시다’가 아닌 흰 가운을 입고 빨간 매니큐어 칠한 미용사가
된다. 가지가지 모양의 머리를 만들어내는 기술자가 되고 단골을 잡고
고정적인 월급에 후한 팁을 받아 차곡차곡 모아 독립을 한다. 그때는 미
장원 주인, 아니 미장원 마담. 여기에 이르면 분옥이는 그만 가슴이 펄
럭이고 전신이 짜릿짜릿해지는 것이다. 정신은 아물아물해지며 몸이 붕
붕 뜨는 것이 타보지 못한 비행기 타는 맛이 이러랴 싶었다. 그런데 그
돈을……

봉자의 마음은 이년 전 새벽에 집을 도망쳐나오던 꼭 그런 허망한 기
분이었다. 순심이의 편지만 믿고 서울 돈벌이를 작정한 나머지 겨울 새
벽길을 더듬어 걸으며 왜 마음은 그리도 텅빈 들녘처럼 허망했을까. 생
전 처음 부모곁을 떠나 말만 들은 서울로 가기 때문이거니 했지만 기차

를 타고서도 그 허망한 기분은 가시어지질 않았다. 그때 되돌아 집으로 돌아가야 했다. 그 허망했던 기분은 서울역에 내려서 두 눈을 뒤집고 찾아도 보이지 않던 순심이를 원망하면서 절망으로 변했다. 그 절망은 견딜 수 없는 향수였다. 그러나 그 짙은 향수는 돈벌이를 강요했다. 돈을 벌지 않고서는 얼굴을 들고 돌아갈 수 없는 집이었다. 집을 뛰쳐나온 변명의 구실이 없었다. 그 동안 삼만 원을 모았다. 그걸 남들처럼 회사에 넣어 이자를 받고 있었다. 그런데 그 돈이 그렇고 그렇게 되었다는 것이다. 팔월 초순, 여름인데도 마음은 꼭 겨울 새벽의 텅빈 들녘처럼 허할 뿐인 것이다. 누구누구처럼 별 계획도 없었다. 오만 원만 모아지면 그걸 가지고 고향에 돌아가리라 했다.

　길순이는 자꾸 울음이 터질 것만 같았다. 홀로인 어머니 얼굴이 어른거렸다. 열일곱에 떠나온 고향. 스물한 살이니까 어느덧 사년째가 되었다. 봉자나 분옥이보다 오래 되었으면서도 그네들과 같이 지옥탕(염색한 천을 헹궈내는 첫 번째 탕을 그렇게들 불렀다.)에 발을 담그고 있는 것도 다 돈 때문이었다. 세월을 따라, 회사 규정대로 했다면 지금쯤 신선놀이(건조된 직물을 손질하는 부서)를 하고 있을 것이었다. 그러나 그럴 수는 없었다. 진종일 지옥탕에 무릎까지 담그고 서서 염색물감의 독에 살갗이 썩거나 습진으로 발가락 사이가 진물러도 우선 돈이 필요했다. 신선놀이를 하는 축들이나 분옥이 봉자보다 삼분지 일이 더 많은 수입을 떼쳐낼 수는 없었다. 그래서 분옥이나 봉자보다도 장딴지 살갗이 험하게 부르트고 습진도 고질이 되어버린 것은 어쩌지 못할 일이었다. 그러나 지옥탕에서 견디는 것도 금년 뿐, 내년부터는 별 수 없이 신선놀이를 하게 되어 있었다. 금년 초에 벌써 회사측에서는 신선놀이를 명령했었다. 인건비 낭비를 막기 위함이었을 것이다. 관리계장에게 사정사정해서 금년까지만이라는 허락을 겨우 받을 수 있었다. 어머니는 늙고 두 동생은 어리고…… 한 달에 만 사천 원. 월급에서 자취비, 사글세 방값, 이십사 개월 오만 원짜리 곗돈 등을 제하고 나면 회사에 맡긴 칠만 원에서 나오는 삼부 오리의 이자를 합해도 집에 사천 원을 송금하기에는 숨이 가빴다. 이자도 못 받고 원금도 묶이고……, 길순이는 또 목젖이 아프도록 침을 삼켰다. 곧 울음이 터질 것만 같은 것이다. 당장 다음달부터 어머니와 두 동생은…… 자꾸 눈시울이 매워져서 한사코 눈길을 천정으로 올렸다.

"그만 밥이나 한 술 끓여먹고 자자."

봉자가 선하품을 했다.

"저건 그저 처먹는 것밖에 모르지. 아, 불고기도 토해질 판인데 깡보리밥이 넘어가게 됐니?"

양철판에 콩을 쏟아붓는 것 같은 목소리로 분옥이가 대질렀다.

"좋아하네. 참 별난 속이다, 불고기가 토해지게. 내야 불고기 아니라 개고기라도 없어서 못 먹겠다."

봉자는 사람좋게 히히거리고 웃었다.

"저 기집앤 쓸개도 없어. 난 아주 미치고 환장을 하겠는데. 아이구 잡것……."

분옥이는 고쳐앉으며 가슴을 와드득 쥐어뜯는 몸짓을 했다.

"얼씨구, 고렇게 지랄한다고 일이 풀리냐? 다 운수소관이고 팔잘 타고 나야 해. 아무나 미용사 되고 미장원 차리는 줄 알아?"

"저 병신이 누굴 약올리고 지랄이지?"

분옥이가 파르르 일어섰다. 길순이는 얼른 분옥이를 붙들었다.

"둘 다 관둬라. 우리끼리 다투고 속썩이면 뭘하니. 더 두고 보기로 하고 어두워지기 전에 밥이나 끓여먹자."

길순이는 자리에서 일어섰다. 어두워지기 시작한 창밖에 마음만큼 무거운 더위가 넘실대고 있었다.

이틀째 되는 날 염색공장 안에는 갑자기 화기가 돌았다. 여공들의 얼굴에는 높은 건조대에서 펄럭이는 오렌지빛 천마냥 밝은 웃음이 피었다. 사방에서 웅성거리고 더러는 얼싸안고 몇몇은 손뼉을 치며 뛰고 누군가는 눈물을 흘리기도 했다. 오십만 원 이하의 사채를 논 사람들은 원하는 시기에 곧 되돌려 받을 수 있다는 소식이 신문에 실린 것이다. 송두리째 빼앗기는 것인 줄 알았다. 너나없이 습진으로 진무른 발가락에 연고 한번 제대로 발라보지 못하고 모은 돈이었다. 욕심 같아서는 딸라

변을 놓을 수도 있고 일수놀이를 하고도 싶었다. 그러나 그건 개 아가리에 고깃덩이를 던져넣는 것만큼이나 위험한 짓이었다. 육부나 칠부 변놀이를 할 수도 있었다. 그러나 그것도 상대가 개인인 이상 날 잡아먹어라 하고 버티는 철판 깐 심장 앞에서는 위험하기는 일수놀이나 진배 없었다. 그래서 아쉽고 억울하긴 했지만 안전하다는 이유 하나만으로 삼부 오리의 이자로 거의가 회사에 맡기고 있는 터였다. 회사에서도 자활책을 내세워 경리과장은 안전한 이자놀이를 권유하기도 했다.

"그럼 그렇지. 벼룩의 간을 내먹었음 내먹지 우리 같은 것들 돈을 설마……."

"누가 아니래. 우리 같은 것들 돈 잘못 먹었단 삼년 핏똥 싼다구."

여공들은 신이 나서 이렇게 재잘거렸고 일손도 한결 가볍고 빨랐다.

그러나 돈을 찾을 수 있다는 기쁨도 잠시. 여공들의 얼굴은 다시 파랑물감 빨강물감 노랑물감 초록물감으로 뒤섞인 지옥탕의 물만큼 탁하고 어둡고 변해버렸다. 그 절망과 낙담의 도는, 처음 이자는 말 할 것도 없고 원금까지 받을 수 없다는 소식에 접했을 때보다 몇 배나 크고 진했다.

그날 일과가 끝나기 무섭게 돈을 맡긴 대부분의 여공들은 경리과로 몰려갔다. 새 법으로 정한 사채 이자가 이부가 못 되니 다름 방법으로 이자놀이를 하겠다는 계산으로 돈을 찾으려는 여공은 거의 없었다. 우선 재산을 위험으로부터 보호하려는 본능적인 방어태세였다. 그러나 경리과에서는 태평세월이었다. 사무적으로 정리를 해야 되니까 며칠만 기다리라고 했다. 막연하게 며칠이면 언제냐고, 딱 잘라 말하라고 누군가가 소리를 지르자 한 사흘이라는 답이었다. 불안하고 걱정스러웠지만 물러서는 도리밖에 없었다. 초조하게 기다린 사흘째 되는 날 오후 날벼락은 떨어진 것이다.

"……그러니까 간단히 말해서 여러분들 각자가 회사에 맡긴 액수는 적고 사람수는 백칠십여 명에 달하여 개인당 서류를 꾸며 사장님께 결재를 맡게 되면 일이 번거롭고 금전적으로나 시간적으로나 손해가 지대할 뿐만 아니라 그렇게 되면 여러분들의 돈을 받아줄 수가 없게 됐어요.

그래에서, 항시 여러분의 편에서 여러분을 돕고 여러분이 하루속히 자활할 수 있는 방법을 강구하시기에 여념이 없으신 우리 총무부장님께서 이 일의 해결을 위해 고심하시던 중 묘안을 내셨습니다. 그 묘안이란 뭐냐. 다름 아니라 여러분 모두의 돈을 총무부장님 한 분 이름으로 결재를 맡는 방법이었습니다. 그리고 경리과에서는 여러분들의 개인 카드를 비치하고 매달 원금에 맞는 이자를 분배해왔습니다. 에에, 그런데 문제는 그 다음입니다. 여러분이 맡긴 일인당 원금이 평균 오만 원으로 잡고 백칠십 명이면 오 칠에 삼십에 오요, 오 일은 오니까 도합 팔백오십여만 원이 됐지요. 그 돈의 명의가 법적으로 총무부장님 이름으로 되어 있으니 이번 조처로 말미암아 오백만 원 이상이면 삼년 거치 오년 상환에 걸리게 되었어요. 그러니 법은 엄중하고 인정이 없는 지라 법에 따를 수밖에 없지 않습니까. 그러니까 여러분은 앞으로 삼년을 기다리며 사채 법정이자(法定利子)를 받고 사년째 되는 해부터 원금을 찾게 됩니다. 나 개인으로서는 무척 가슴아프게 생각하나 법 앞에서 어쩔 수 없는 일이고, 여러분들의 넓은 이해를 바라는 바이올씁니다.”

경리과장의 이런 유식한 연설을 듣고나서도 여공들은 아무 동요가 없었다. 처음 사채동결의 소식을 들은 때와 마찬가지였다. 결국 작업 총반장 허씨의 보충 설명을 들은 다음에 와르르와르르 무너지는 가슴을 힘겨웁게 붙안아야 했다.

다음날부터 공장 안에는 우중충한 먹구름이 끼기 시작했다. 어느때 없이 염색물감 냄새가 역하게 속을 뒤집었다. 여기저기서 심심찮게 흘러나오던 유행가 대신 긴 한숨이 꼬리를 물었다. 물 속에 담긴 종아리가 못 견디게 아리고 발가락 사이가 미치게 가려워오는 것이었다.

며칠이 지나자 사람 환장하게 만드는 말이 퍼졌다. 그 전에 사장이 내놓은 이자는 사부 오리라는 것이었다. 그런데 총무부장과 경리과장이 짜고 오리씩 해먹었다는 소식이었다. 이런 사실을 사장은 뒤늦게 알았지만 다행히 모든 돈이 총무부장 이름으로 되어 있어서 당장 돌려주지 않고 장기간 이익을 볼 수 있게 되자 두 사람을 용서했다는 것이다. 그리고 그 돈은 그날로 사채신고해 버린 것이었다.

회사에 돈이 물린 사람들 전부가 파업을 한 것이 열흘쯤 지나서였다. 모두 일손을 놓고 마당에 나앉았다. 법에 따라 사채를 돌려달라. 육 개월 전에 약속한 임금을 인상하라. 그들이 내세운 요구조건이었다. 오후 한시쯤 나타난 사장 양돼지는 이틀간의 여유를 주면 요구조건을 꼭 해결하겠노라 했다. 그때 해결이 안 되면 다시 데모를 하든 파업을 하든 하면 될 게 아니냐고 구슬렀다. 그날은 저녁도 굶고 오전에 까먹은 만큼의 시간을 야근으로 채웠다.

그런데 다음날 작업총반장 허씨와 물감조정 책임자 박씨가 파면을 당해버렸다. 그리고 총무부장이 일장 훈시를 했다. 겁없이 설치지 말고 눈치껏 알아서 하라는 내용의 찬 바람이었다. 총무부장의 얼음장 같은 말도 무섭긴 했지만 그 일의 주모자격인 허씨와 박씨가 없어지자 여공들은 한낱 모래알들에 지나지 않았다.

입이 부르틀 지경으로 온갖 상스러운 욕을 다투어 내갈겼다. 애꿎은 옷감만 쥐어뜯고 비비틀었다. 넝마 같은 신세타령들을 늘어놓았다. 그러다가 그들은 지치고 늘어져버렸다. 그들이 아무리 욕을 퍼대도 양돼지의 살은 내리지 않았고 그놈의 번쩍거리는 검은색 자가용은 잘도 굴러다녔다. 총무부장이나 경리과장의 기세도 예나 다름없이 당당했다.

"쌍놈에 신세 팍 죽어버릴까부다."

분옥이는 하루에도 서너 차례씩 이런 말을 뱉었다.

"내가 미친년이지. 못 배운 촌년이 환장을 해서……."

맥이 빠져버린 봉자의 넋두리였다.

길순이는 불볕이 쏟아지는 모래밭을 허덕이는 기분으로 나날을 넘기고 있었다. 법으로 정한 이자에서 세금까지 떼고 나면……. 당장 집에 보낼 돈이 막연해진다. 방세는 올랐으면 올랐지 내릴 가망은 없다. 그럼 국수나 풀떡으로 때우는 점심을 굶을 수밖에 없다. 그런데 모두의 형편이 이처럼 옹색해지면 계는 어떻게 되는 것일까. 혼자서 하는 것이 아니고 한 사람만 잘못해도 계는…… 계가 깨진다는 것. 생각만으로도 전신의 피가 말라드는 일이었다. 십칠 개월을 꼬박꼬박 냈고 앞으로 사개월만 있으면 타게 되어 있었다. 그 오만 원을 타면……, 이 징그럽고 신물이 나는 염색공장을 벗어나리라 했다. 분옥이와 함께 미용기술을 배워도 좋고 떳떳하게 보증금을 내걸고 화장품 판매원으로 나서 당장 돈벌이를 할 수도 있었다. 제발 계만 깨지지 말기를 빌었다.

그렇게 아흐레가 지나서 이자를 받는 날이 되었다. 전달보다 반 가깝게 줄어버린 액수를 받아들고 길순이는 눈물을 주체하지 못했다. 곤죽이 되도록 얻어맞은 아픔이 이러랴 싶었다. 옷감을 상했다는 엉뚱한 누명을 쓰고 한 달치 봉급을 몽땅 변상조치 당해버린 억울함이 이러랴 싶었다. 으레 그럴 줄 알았으면서도 막상 돈을 받아쥐고 보니 마음은 딴판이었다.

곗돈을 겨우 맞춰 냈을 뿐 집에 보낼 돈이 없었다. 천상 월급날로 미룰 수밖에 없었다. 계주인 최씨 아줌마가 평소의 극성을 몇 배로 늘려 부리는 품으로 보아 계는 깨질 염려가 없을 듯 싶었다. 계가 끝날 때까지 계주의 몫이 '두 구찌' 남아있다는 사실을 며칠 후에 알게 된 길순이는 비로소 큰 시름에서 벗어날 수 있었다.

한결 가벼워진 마음으로 보낸 나흘째 되는 날 길순이는 동생의 편지를 받았다. 동생은 어머니의 위급한 병환을 알리고 있었다. 어머니가 아파서 헛소리를 하고 사람을 알아보지 못한다. 무슨 병인지 알 수가 없다. 병원에 가려고 해도 돈이 없다. 돈만 보내지 말고 누나가 내려와야겠다. 어머니는 두 달 전부터 아프기 시작했다는 것과 누나에게 걱정을 끼친다고 어머니가 알리지 못하게 해서 그 동안 소식을 전하지 못했다는 것이 골자였다.

편지를 움켜쥔 길순이의 손이 바들바들 떨렸다. 미간이 구겨지도록 눈을 꼭 감은 길순이의 입은 반쯤 벌어져 있었는데 숨이 딱 멎어버린 것 같은 표정이었다. 노란 어지러움증이 전신을 빙글빙글 돌렸다. 돌면서 아래로 아래로 떨어져 내렸다. 쥐약을 먹은 개가 눈을 까뒤집고 몸부림치며 질러대는 비명, 목에 칼을 받은 돼지가 피를 쏟으며 발악하는 아우성. 흡사 그러했던 아버지의 마지막 피묻은 아픔의 외침. 그건 어머니의 목소리…… 돼지……, 개……, 아버지……, 어머니의…… 길순이는 귀를 틀어막으며 방바닥에 곤두박혔다.

봉자도 분옥이도 조바심치는 구경꾼에 지나지 않았다. 그저 이 일을 어쩜 좋으니, 어떡해 글쎄, 애를 태우다가 양돼지부터 훑어내려 총무부장 경리과장을 욕으로 육시(戮屍)해댔고 그러다가 제물에 지쳐 눈물을 찔찔 짜거나 한숨을 토하며 신세타령이 고작이었다.

일수변을 내기로 의견을 모았다. 집주인, 계주, 십장 김씨, 차례로 꼽아 나가던 그들은 난색이 되었다. 잡는 물건없이 돈을 줄 사람들이 아니었다. 가불을 해보도록 했다. 경리과장, 총무부장……, 그들은 또 울상이 되어 입술만 깨물었다. 밤이 깊도록 헛궁리만 하다가 분옥이와 봉자는 옷을 입은 채로 쓰러져 잠이 들었다.

예상했던 대로 일수변 얻기에 실패했다. 서너 사람에게 차거운 거절을 당해버린 길순이의 가슴은 파삭 말라버린 나뭇잎이었다. 물 속에 담근 다리가 후들거렸고 천을 헹궈 짜는 팔이 탄력 잃은 고무줄이었다. 일과가 끝나기를 기다려 경리과로 내달았다.

"돌았어? 일당 계산하는 주제에 가불은 무슨 놈에 가불야."

입술에 마른침을 발라가며 사정 이야기를 하는 길순이의 말을 꺾고선 결론부터 말하라고 화를 터뜨리던 경리과장은 기어코 이렇게 대질렀다. 새삼스러운 일이 아니었다. 그러나 물러설 수는 없었다. 마지막 길이었다. 설마 저희도 사람인데…, 한가닥 기대를 버릴 수가 없었다.

"어머니가 위급해서 그럽니다. 가불이 아니라 지금까지 일당을 미리 좀……."

"아 거참 시끄럽다니까. 그게 그 소리 아닌가."

"어떻게 특별히 좀……, 어머니가 너무 위급해서……."

"글쎄, 그건 우리 사정이 아니라니까. 더 듣기 싫으니 나가!"

길순이는 저녁을 설쳤다. 점심까지 굶은 배에 몰린 허기는 감당하기가 어려웠지만 밥을 넘길 수가 없었다. 분옥이와 봉자는 다음 월급 때까지 맞춰 팔아다 둔 쌀과 보리를 내다 돈사자고 했다. 어림도 없는 말이었다. 아직도 열 이틀이나 남은 월급날까지 흙을 파먹고 살 것인가. 설사 그런다 하더라도 그 돈으로는 내려갈 차비나 겨우 될 것이다.

쪼그리고 앉은 채 설핏 잠이 들었다가 길순이는 소스라치게 놀라 눈

을 홉뜨곤 했다. 어머니는 비명을 지르며 방바닥을 기고 있었다. 어머니
는 검붉은 피를 토하고 있었다. 어머니는 숨이 넘어가고 있었다. 어머니
는 죽어 있었다. 그때마다 두 동생은 팔딱팔딱 뛰며 엄마와 누나를 질정
없이 불러대고 있었다.

다음날도 길순이는 일수변을 얻기에 혈안이 되었다. 길순이의 사정
이야기를 듣고난 사람들은 혀까지 차가며 딱해 하는 듯하다가 돈을 빌
려달라는 말이 나오면 금시 투명한 얼음벽을 둘러치고 말았다.

오후가 되자 길순이는 제대로 몸을 가누지 못했다. 타들어가는 입술
에는 물집이 잡혔고 수척해진 얼굴은 퇴색한 창호지 색깔이었다.

변소를 다녀 나오다가 길순이는 멈칫 섰다. 저기 걸어가고 있는 여자.
'시야게'실에서 십장노릇을 하는 땅벌 강씨 아줌마가 분명했다. 길순이
의 마음은 환해지는 듯 싶었다. 그러나 이내 적을 만난 고슴도치처럼 마
음은 똬리를 틀었다. 그럴수야……, 그러면서 길순이는 어머니의 자지
러지는 비명을 들었다. 눈을 홉뜨고, 피를 토하고, 죽어버린 어머니를
보았다. 그것들은 고슴도치를 알몸뚱이로 만들었고 똬리를 힘들이지 않
고 풀어버렸다. 길순이는 뿌우연 안개가 덮쳐오는 눈을 쓸며 허청허청
작업장으로 돌아왔다.

무슨 병인지 알 수가 없다. 병원에 가려고 해도 돈이 없다. 돈만 보내
지 말고 누나가 내려와야겠다. 길순이는 끈적끈적하고 스물스물한 느낌
으로 다리를 감고 있는 푸르딩딩한 것도 불그죽죽한 것도 거무튀튀한
것도 아닌 탕 속의 물에 주저앉아 버렸으면 싶었다. 그래서 가슴이 잠기
고 목이 잠기고 끝내 머리까지 꼴깍 잠겨서 시궁창보다 더러운 물에 짓
눌려 차라리 죽고 싶었다. 편지에 담긴 동생의 목소리가 자신을 답치며
울부짖고 있었다. 병원에 가려고 해도 돈이 없다. 돈이 없다. 누나가 내
려와야겠다. 땅벌 강씨 아줌마, 그 징그러운 웃음. 다시 알몸뚱이가 되
는 고슴도치. 어머니의 신음 소리를, 동생의 다급한 목소리. 이개월 전
부터 아픈 어머니, 땅벌 강씨 아줌마…….

"애, 뭘 하고 섰니?"

길순이는 정신을 되잡고 들고 있던 옷감을 물속에 담궜다.

일과(日課) 끝을 알리는 종이 울리자 길순이는 누구보다 먼저 탕을 뛰어나와 수도로 달려갔다. 수돗물을 틀어 다리를 대충 씻어냈다. 이미 마음은 작정했으면서도 자꾸 눈시울이 뜨거워졌다. 어금니를 꼭 깨물고 눈물을 삼켰다.

"어머 길순이 아냐? 우리 이쁜이가 어쩐 일이지? 얼굴이 좀 축났구먼. 앉어, 어서 앉어."

땅벌 강씨 아줌마는 양철지붕에 소나기 쏟아지는 목소리로 호들갑을 떨었다.

"아줌마, 나 그 일 하겠어요."

길순이는 돌덩이 같은 얼굴로 대뜸 찾아온 용건을 밝혔다.

"뭐라구? 목소리가 너무 커."

강씨 아줌마는 화들짝 놀라며 빠르게 주위를 휘둘러 보았다. 그리고 길순이의 팔을 잡아끌어 가까이 오게 했다.

"그게 증말야, 길순이?"

"나 돈이 급해요. 빨리 시작할수록 좋아요."

길순이의 목소리는 쇠판에 부딪는 니켈 핀셋트 소리처럼 싸늘했다.

"급한 돈 마련이야 십상이지. 급하다니까 당장 오늘밤부터 하도록 하자구."

강씨 아줌마의 낮은 음성은 오동동타령에 젖어들고 있었다.

"얼마씩예요."

"응? 아 난 또……, 두(頭) 당 천오백 원. 길순이도 단수가 보통은 아니셔?"

땅벌 강씨 아줌마는 정말 땅벌이 날을 때 내는 것 같은 기묘한 웃음을 낄낄거렸다.

"한 시간 뒤에 그 전파사 앞에서 기다릴게."

강씨 아줌마의 다짐을 뒤로 하고 길순이는 돌아섰다.

서둘러 집에 돌아와 옷을 갈아 입었다. 돈계산을 해두는 수첩에서 종이 한 장을 찢어내 간단히 적었다. 돈을 구해 내려간다. 공장에 말해달라. 못 보고 떠나 미안하다. 곧 올라오겠다. 팔이 후들거려 글씨가 제대로 되지 않았다. 봉자나 분옥이를 만나게 되면 일은 낭패가 된다. 선반에서 가방을 내려가지고 방을 뛰쳐나왔다.

공장의 아는 얼굴들을 만날까봐 조바심하며 전파사가 건너다보이는 골목에서 강씨 아줌마를 기다렸다. 헤아릴 수 없는 슬픔이 밭매기를 하면서 보았던 소나기 구름처럼 그렇게 몰려오고 있었다. 뭉클뭉클 피어오르고 뒤엉켜 감기던 그 검은 구름. 그건 어쩌면 슬픔이 아니라 앞으로 치루어야 될 일에 대한 간추릴 수 없는 공포인지도 몰랐다. 산수시험을 잘못 치르고 불려나가 매를 맞던 때. 다른 애들이 맞는 것을 보며 차례를 기다리는 동안 얼마나 견디기 어려운 몸살이 났던가. 몸이 비비꼬이고 연신 오줌이 찔끔거려 발을 동동 구르다가 막상 맞고보면 별것이 아니었다. 이 일도 그러리라고, 별것이 아닐 거라고 길순이는 스스로를 애써 어루만졌다.

"목욕부터 해둬."

낯설은 집의 마루에 앉자마자 강씨 아줌마가 일렀다.

목욕을 하면서 길순이는 새삼스럽게, 정말 새삼스럽게 자신의 살결이 희다는 것을 깨달았고 유방이 손아귀에 다 잡히지 않도록 크다는 사실을 알았다. 그리고 자신이 처녀라는 너무 당연한 사실을 떠올리며 불두덩을 씻다가 그만 흑 울음을 터뜨렸다.

자신들이 먹는 밥에 비하면 걸직한 저녁이었다. 그러나 길순이는 두어 숟갈 뜨다가 말았다. 그런 자신을 강씨 아줌마가 곁눈질하며 묘한 웃음을 흘리는 것을 길순이는 모르고 있었다.

"먼저 청한 일이니까 그럴 리는 없지만, 괜히 촌스럽게 굴지 말어."

강씨 아줌마의 태도는 공장에서와는 달리 돌변해 있었다. 당당하고 위압적이었다.

몇 달 전 강씨 아줌마는 점심을 먹고 오는 길순이를 불러 세웠다. 갈수록 함박꽃처럼 핀다느니 일이 힘들지 않느냐는 둥 한바탕 호들갑을 떨고나서, 이렇게 힘들이지 않고 돈을 벌어보지 않겠느냐고 넌지시 미끼를 던졌다. 이 공장 여공이면 누구나 마찬가지로 길순이도 이런 말에 귀가 솔깃하지 않을 수 없었다. 아무나 소개를 하는 게 아니고 길순이처

럼 얼굴이 예쁘고 마음씨가 착해야 사람이 정이 가는 게 아니냐고, 아무
리 뜯어봐도 이런 험한 일로 썩어가기는 아까워서 그런다며 수다를 피
웠다. 길순이는 난데없는 소쿠리비행기까지 타며 이빨 사이에서 침이
스물거릴 지경으로 구미가 동하고 있었다. 그래서 어느 직장 어떤 일인
가고 대답을 답쳤고, 돈벌이만 좋다면 무슨 일인들 못 하겠느냐고 결의
를 표했던 것이다. 강씨 아줌마는 정색을 하고 몇 번인가 다짐을 하고
길순이는 그때마다 다구진 대답을 해주었다. 그리하여 강씨 아줌마는
길순이의 귀에다 속삭이기 시작했다.
　"어머머, 사람을 뭘로……, 아줌마 미치지 않았수?"
　길순이는 불화로라도 잘못 앉았던 것처럼 서너 걸음 튕겨 물러서며
소리를 질렀다. 그런 길순이의 약간 질린 듯한 얼굴에는 싸늘한 독기가
서렸다.
　"떠들지 말어!"
　강씨 아줌마는 길순이를 노려보며 짧게 소리쳤다.
　"평양감사두 제 싫으면 그만이지. 허나 아가리 함부로 나불대지 말
어. 이 땅벌한테 쏘이고 나서 후회 말고."
　강씨 아줌마는 이빨을 뿌드득 갈아붙이고는 돌아섰다. 무슨 일에든
억척스럽다고 막연하게 알고 있는 땅벌이라는 여자. 이 여자는 별명에
걸맞는 무서운 독침을 숨기고 다녔다. 무슨 이유에서든 길순이는 그 일
을 입 밖에 내지 않았다.
　어스름을 타고 강씨 아줌마를 따라 나섰다. 몇 개의 골목을 돌아 어느
집에 이르렀다.
　"생김은 삼삼하구먼."
　담배연기를 뿜어내며 여자가 심드렁하게 말했다.
　"내가 언제라고 헛말 이릅디까?"
　강씨 아줌마는 뻐기는 투로 말을 받았다.
　"마침 빈 방이 있어. 애, 일어나라. 길순이랬지?"
　길순이는 여자의 쉰 듯한 목소리의 이 말을 들으며 정신이 아찔해졌
다. 그리고 다음 순간 옆구리가 뜨끔하는 아픔과 함께 정신을 가다듬었

다.

"아, 어서 일어나. 촌스럽게 굴어서 기분 잡치게 해주지 말구."

강씨 아줌마가 옆구리를 찔러 재촉을 하며 다시 주의를 주었다. 길순이는 더디게 일어섰고 목에 줄이라도 감긴 듯 주인 여자를 따라 방을 나섰다.

고개를 옆으로 돌리고 누운 길순이의 감긴 눈에서는 줄곧 눈물이 흘렀다. 정작 매를 맞을 때처럼 아래의 찢기는 아픔뿐 아무런 생각도 떠올릴 수가 없었다. 머릿속은 하얀 색깔이었다. 어쩌면 새까만 색깔인지도 몰랐다. 이대로 죽어버릴지도 모른다는 생각이 어렴풋이 스쳤을 뿐이다.

문 여닫는 소리가 나고 길순이가 가까스로 눈을 떴을 때 술냄새 뿜던 사내는 없어진 뒤였다. 길순이는 후다닥 일어났다. 그리고 소스라치게 놀라며 다후다이불을 끌어다가 뒤집어썼다. 옷을 하나도 걸치지 않은 자신의 알몸뚱이가 드러났던 것이다. 이불을 뒤집어쓴 길순이는 그제서야 가늘게 느껴울기 시작했다. 그러면서 옷을 끌어다가 이불을 뒤집어쓴 채로 서둘러 입었다.

통금이 가까워서 다른 방으로 밀려 들어갔다. 네 차례나 시달리면서 뜬눈으로 밤을 새웠다. 논에 들어가면 으레 거머리에 뜯기곤 했다. 그러나 찰거머리는 손바닥으로 몇 번씩 때려도 떨어지지 않았다. 눈이 툭 불거진 사내는 영락없이 찰거머리 그대로였다. 그 짓이 끝나고도 목을 휘감아 안고는 코를 골았다. 간신히 빠져나오면 언제 코를 골았느냐 싶게 잠이 깨서는 전신을 더듬어 내리다가 그 짓을 시작하곤 했다. 꼭 구렁이에 감긴 것 같은 욱죄어드는 징그러움이었다. 꼭 털투성이의 왕송충이가 기어가는 것 같은 소름끼치는 진저리를 치게했다.

낮에는 강씨 아줌마 집에서 보냈다. 하는 일 없이 보내야 하는 하루는 너무 길었다. 마음은 이미 고향으로 가 있어서 진종일 초조와 조바심으로 애를 끓였다. 이럴 줄 알았더라면 공장은 그대로 나가는 건데. 그러나 안 될 말이었다. 이런 일을 봉자나 분옥이가 알게 되면…… 기왕 시작해버린 짓. 낮에도 계속해서 하루라도 빨리 내려갔으면 싶었다. 그러나 차마 입 밖에 낼 수 없는 말이었다.

나흘밤을 보낸 길순이는 만 사천 오백 원을 계산했다. 날이 밝자 주인 여자에게 오늘로 고향에 내려갈 뜻을 비쳤다. 곧 강씨 아줌마가 왔다.

아침을 먹은 다음 길순이는 돈을 받아들었다. 돈을 받아든 순간 울컥 울음이 솟구쳤다. 그대로 집어넣을까 하다가 혹시 모른다 싶어 돈을 세기 시작했다. 이게 어찌된 일인가. 만이백 원밖에 안 되는 것이다. 그럴 리가 없는데……, 오백 원짜리를 한 장씩 넘길 때마다 침을 발라가며 세었지만 역시 만 이백 원이었다.

"아줌마, 이게…….."

"전부 만 사천 오백 원이란 말이지? 거기서 열 한 끼 밥값을 뗐다구. 계산이야 틀림없지."

"예에……?"

길순이는 땅벌 강씨 아줌마를 멍청하게 바라보았다.

"왜 그렇게 놀래? 한 끼에 삼백 원씩, 일 삼은 삼, 일 삼은 삼, 밥값은 삼천삼백 원야."

길순이는 이빨을 앙다물었다. 저년, 저 땅벌을 와드득 쥐어뜯어주고 싶었다. 누가 제년더러 삼백 원짜리 밥을 먹여 달랬던가. 미리 말만 했더라면 오십 원짜리 국수로 거뜬히 해결할 일이었다. 어떻게 번 돈인데 저년이, 저 땅벌 같은 년이…… 돈을 꽉 움켜쥐고 일어서는 길순이의 손 등에 눈물 방울이 뚝 떨어졌다.

집에 도착한 길순이는 마당이 붕 떠오르고 집이 기우뚱 하다가 와르르 무너지는 어지러움에 떠밀려 까무러치고 말았다.

사립문을 들어서던 길순이는 이상한 냉기가 전신에 끼쳐오는 것을 느꼈다. 어머니가 병환 중이라는 선입감 때문만이 아니었다. 김이 매지지 않은 텃밭, 잡풀이 돋은 사립문 언저리 때문만도 아니었다. 두 동생은 툇마루에 멍청히 걸터앉아 있었다.

"누나, 누나, 왜 인제 왔어."

두 동생은 맨발로 쫓아와 안기며 울음을 터뜨렸다.

"울지 마라, 엄마 놀라겠다. 어서 들어가자."

두 동생은 달래며 걸음을 옮기려고 할 때였다.

"엄마 없어. 엄마 죽었단 말야."

두 동생이 치마를 잡고 매달리며 소리쳐 울었고

"뭐, 뭐……어, 어엄……."

길순이는 비틀비틀 하다가 허리가 휘청 꺾이며 쓰러졌다.

이미 장례를 치른 다음이었다. 길순이는 어머니의 묘, 황토를 박박 긁어대고 뒹굴며 몸부림쳤다.

삼촌 내외의 부축을 받으며 산을 내려오고 있는 길순이는 산 사람 같지가 않았다.

"나는 알고 내려온 줄 알았지. 그그저께 돌아가시자 곧 편지를 띄웠으니까."

삼촌의 이 말을 듣고 길순이는 또 마룻바닥을 쥐어뜯으며 통곡을 했다.

두 동생이 아니더라도 다시 서울로 올라갈 생각은 털끝만큼도 없었다. 서울은 헤어날 수 없는 시궁창이었다. 구더기가 득실거리는 똥통이었다. 거기에 목까지 빠져서 허우적거리는 꼬라지가 다시 되고 싶지 않았다. 그러나 회사에 묶인 돈을 포기할 수는 없었다. 삼촌과 상의한 끝에 집을 처분하기로 했다. 자신이 자리가 잡히게 될 때까지 동생들을 삼촌이 맡고 매달 얼마씩의 돈을 보내기로 했다.

"사람이 늙으면 병나게 마련 아니냐."

삼촌은 너무 예사롭게 말하고 말았지만 그래서 길순이의 안타까운 설움은 봇물을 이루었다. 늙어서 생긴 대단찮은 병이었다면 일찍 손을 썼을 경우 나을 수도 있었다는 얘기다. 두 달 동안 단 한 번도 병원에는 가보지 못하고 돌아가신 것이다. 걱정을 끼친다고 알리지 못하게 한 어머니가 이토록 야속할 수가 없었다. 그때만 알렸더라도 공장에 맡겼던 돈을 몽땅 찾아 치료를 했을 것이다. 그럼 어머니는 돌아가시지 않았을지도 모른다. 설혹 그 돈을 치료비로 다 쓰고 어머니가 돌아가셨다고 한들 이처럼 원통하지 않을 것 같았다.

우는 동생들의 전송을 받으며 열흘 만에 다시 서울로 올라왔다. 봉자

와 분옥이를 찾아 그 비좁은 방에 들어섰을 때 어머니의 죽음을 알리는
편지가 윗목 구석벽에 세워져 있었다.

임신의 공포에 시달리다가 새벽녘에야 잠깐 눈을 붙였다.

집을 나서면서 길순이는 분옥이나 봉자가 눈치채지 못하게 비상금으
로 두었던 오백 원을 구겨 쥐었다.

점심때가 지나면서부터 길순이는 다소 마음을 가라앉힐 수가 있었다.
임신이라면 다른 방법이 없다. 수술을 하는 것이다. 이렇게 마음을 다
잡고나자 공포증 대신 수술비 걱정이 밀어닥쳤다.

"먼저 들어가. 고향친구한테서 연락이 와서 그래."

"밥은?"

"곧 들어갈거야."

"시시하다, 얘. 고향친굴 만난다면서, 뱃창자에게 고기맛이나 좀 뵈줘
라."

이렇게 봉자와 분옥이를 따돌렸다. 큰길로 나서서 몇 개의 산부인과
를 지나쳤다. 건물도 으리으리해서 돈도 비쌀 것 같은데다 가슴이 뛰고
다리가 후들거려 도저히 들어갈 용기가 나지 않았다. 큰길을 버리고 사
람의 발길이 드문 뒷길로 접어들어 걷기 시작했다. 얼마를 헤매다가 퇴
색한 간판을 찾아냈다. 칠이 벗겨진 간판이나 낡은 건물이 우선 마음을
놓이게 했다. 그러나 선뜻 문을 열고 들어설 수는 없었다. 망설이다가
그대로 지나쳐 걸었다. 걷다보니 큰길이 나왔다. 놀라서 되돌아 걸었다.
다시 주춤거리다가 지나치고 말았다. 또 큰길이 나타났다. 돌아섰다. 그
냥 돌아가버릴까. 그럴 수는 없다. 기왕 내친 걸음이었다. 어차피 임신
이라면 언젠가 당해야 될 일이었다. 다시 병원 앞에 이르러 있었다. 한
참을 머뭇거리다가 문 앞으로 다가갔다. 눈을 꼭 감고 숨을 들이마셨다.
그리고 힘껏 문을 밀쳤다.

"벌써 두 달째라면 보나마납니다. 임신입니다. 어쩔 셈이요?"

수염투성이인 의사는 거침이 없었다. 시원시원하다고 할까 상스럽다
고 할까, 하여튼 길순이로서는 다행이었다. 자신이 주저하는 이야기를
점이라도 치듯 미리 척척 알아맞춰 나갔다. 길순이는 고개만 끄덕이면

되었다.

"왜, 애인이 싫다고 합디까? 고얀 친구로군. 허나 고민할 건 없어요. 흔해빠진 일인걸."

이 대목에서도 길순이는 고개만 주억거렸다.

"기왕 그리 된 일, 수술을 하셔야지. 수술은 빠를수록 좋아요."

길순이는 이런 의사에게 고마움을 느끼고 있었다.

"겁낼 것 없어요. 삼십 분만 누웠다 일어나면 혼자 돌아갈 수 있는 간단한 거니까."

들어올 때에 비하면 아주 홀가분해진 마음으로 길순이는 병원을 나섰다.

길목이나 건물 등을 눈에 익히면서 길순이는 집으로 잰걸음을 쳤다.

삼천여 원의 수술비 마련이 당장 문제였다. 길순이는 자칫 쏟아지려는 마음을 받쳐 잡느라고 급급했다. 자신이 이런 궁지에 빠지게 된 것을 되씹지 않으려고 의식적으로 딴 생각에 매달리려 했다. 한 번 그 수렁에 빠져들기 시작하면 살을 물어뜯어도 풀리지 않을 안타까움과 서러움에 시달리다가 끝내는 뼈만 앙상하게 남은 처량한 자신을 다시 주체하게 될 뿐이었다. 어서 빨리 다 잊어버리고 싶었다. 수술과 함께 아무 일도 없었다고 거짓말을 해가며 다 잊어버리고 싶었다. 남은 문제는 수술비를 구하는 일이었다. 몸서리쳐지고 끔찍한 일이었지만 그 방법밖에 없었다.

다음날 점심 시간에 길순이는 땅벌 강씨 아줌마를 찾아갔다.

"그래? 길순이라면 언제든지 환영이지. 길순이도 이제 맛들렸나부지?"

강씨 아줌마가 여전한 호들갑을 떨며 손을 잡자 길순이는 홱 뿌리치고 돌아섰다.

"끝나는 대로 우리 집으로 오라구."

이런 말을 등뒤로 들으며 길순이는 콧등이 매워졌다.

분옥이와 봉자에게는 친구 어머니가 중태라서 같이 돌봐드려야 되겠다고 때워 넘겼다.

공장에는 나가면서 이틀밤을 거기서 보냈다. 먹지도 않은 이틀 치 밥 값을 물었다.

사흘째 되는 날 오후 길순이는 그 병원을 찾아갔다.

"난 낳기로 한 줄 알았는데 이제야 오셨군."

의사는 능청스럽게 말했다. 길순이는 의사의 물음에 고개만 끄덕였고 곧 수술실로 들어갔다.

어머니가 너울너울 춤을 추며 하늘로 올라가고, 동생들이 물에 빠져 떠내려가고, 커다란 개에게 쫓기고……, 그러다가 자신이 안개가 아니면 연기가 가득 찬 네모난 통 속에 갇혀 있음을 어렴풋이 느끼고, 얼마가 지나 다시 눈을 뜬 길순이는 수술이 끝나고 자신이 살아났음을 비로소 깨달았다.

방에는 전등이 켜져 있었다. 어두워진 모양이었다. 길순이는 벌떡 일어났다. 그러나 마음뿐, 머리만 약간 들렸다가 그대로 떨어졌다.

"어머, 인제 깨나셨군요. 얼마나 걱정을 했다구요."

간호원이 서 있었다. 길순이는 다시 일어나려 했다. 소용이 없었다.

"더 뉘 계세요. 잠깐 나갔다올게요."

간호원이 나가고 나자 길순이는 곧 토해질 것처럼 속이 메슥거리고 모래라도 한 줌 털어놓은 듯한 꺼칠거리는 갈증을 느꼈다.

"깨났다고? 참 큰일날 아가씨였어. 뭘 먹고 살았기에 몸이 그처럼 약하지?"

간호원을 앞세우고 들어선 의사는 쩝쩝 입맛을 다셨다. 의사의 이 말을 듣는 순간 길순이의 눈에는 눈물이 핑 돌았다.

한 시간 이상을 더 누웠다가 겨우 일어날 수 있었다.

"다시 수술하지 않도록 몸조심 하세요."

간호원이 부축을 해주며 나직하게 말했다. 길순이는 보일 듯 말 듯 고개를 끄덕였다.

"택시 타고 가도록 하시오."

의사는 퉁명스럽게 말했다.

병원을 나섰다. 어둠이 훅 끼쳐왔다. 눈앞이 어릿어릿했다. 의사의 말이 아니었어도 택시를 타고 싶었다. 도저히 걸어갈 자신이 생기지 않았다. 그러나 수술비를 내고 남은 돈은 백 원뿐이었다. 담에 의지해서 골목을 빠져나오기까지 꽤 긴 시간이 걸렸다. 이마에 식은땀이 배었다.

버스에서 떠밀려 내린 길순이는 곧 쓰러질 것처럼 비틀거렸다. 간신히 몸을 가눈 길순이는 입을 딱 벌리며 아랫배를 눌렀다. 쇠꼬챙이로 사정없이 쑤셔버리는 것 같은 찢기는 아픔이 머리끝까지 솟더니 뭔가가 뭉클 쏟아지는 느낌이 들었다. 길순이는 그 자리에 주저앉았다.

땅이 출렁거리고 전봇대가 껑충껑충 뛰고 건물들이 제각기 비틀거리고 불빛이 히히덕거리고 사람들이 빙글빙글 돌고…… 길순이는 으깨지도록 주먹을 말아쥐고 한사코 눈을 부릅뜨며 후들거리는 다리를 옮기고 있었다. 입술이 푸들거리는 창백한 얼굴은 땀으로 범벅이 되어 있었다.

집에 당도하기까지 몇 번을 주저앉았는지 모른다.

분옥이를 불러놓고 길순이는 툇마루에 쓰러져버렸다.

"너 이게 웬일이니. 길순아, 정신차려, 정신차리라니까."

뛰어나온 분옥이와 봉자가 길순이를 일으켰다.

"괜찮아. 잠을 못 자서 그래. 간호하다가, 간호하다가……."

길순이의 목소리는 기어들어가고 있었다.

"이 맹추야, 그러니까 자면서 눈치껏 했어야지."

분옥이가 울상이 되어 쏘아붙였다.

"밥 먹었다니까. 자면 날 병이야. 나 추워, 이불, 이불……."

길순이는 전신이 오그라드는 한기에 떨며 잠인지 혼수상태인지 모를 깊은 곳으로 빠져들어갔다.

분옥이와 봉자는 두어 시간을 지켜 앉았다가 겹쳐오는 졸음에 못 이겨 자정이 가까워 잠이 들었다.

분옥이는 감감하게 느껴지는 이상한 소리를 들었다. 그러나 뭉텅이로 몰려드는 잠을 이겨낼 수 없었다. 그런데 또 이상한 소리는 이어졌다. 잠결에 잘못 들은 소리가 아니었다. 분옥이는 번뜩 정신이 들었다. 그건 길순이의 신음 소리였다. 분옥이는 전등을 켰다.

"어머!"

분옥이는 소리치며 주춤 물러섰다. 저 피. 검붉은 피는 요와 이불 그리고 길순이의 하반신에 맥질이 되어 있었다.

길순이는 거의 혼수상태였다. 분옥이는 물부터 떠다가 길순이의 이마를 축이고 입에다 떠넣었다.

"길순아, 정신차려라. 나야, 나. 이게 어찌된 일이냐, 글쎄."

길순이가 간신히 눈을 떴다.

"나 수술, 수술했어."

"무슨, 무슨……?"

"이, 임신…….."

"뭐 임신?"

"나 죽으면 안, 안…….."

"어떤 돌파리새끼가…… 야 봉자야, 쌍 일어나."

벌떡 일어선 분옥이는 봉자의 허벅지를 걷어차며 소리질렀다.

길순이를 병원에 옮긴 것은 먼동이 터오는 시간이었다.

은행이 문을 여는 시간까지만 참아 달라고, 사람부터 살려얄게 아니냐고, 제발 딱 한 번만 도와달라고, 분옥이와 봉자는 손바닥에 닭똥냄새가 나도록 빌었다.

길순이가 수술실로 실려들어가는 것을 보고 둘이는 의자에 주저앉았다. 분옥이는 속입술을 잘근잘근 씹었다. 곧 눈물이 터질 것만 같았다. 불쌍한 길순이, 딱한 길순이. 길순이가 그런 험한 꼴을 당하는 동안 그렇게 감쪽같이 몰랐다니. 알았다 한들 또 어떻게 할 수나 있었을 것인가.

"분옥아, 병원비는 어쩔거니."

봉자의 풀이 죽은 목소리였다.

"걱정말어, 내가 구해올테니까."

분옥이는 천천히 일어섰다.

"한두 푼도 아닌 돈을 무슨 수로?"

"넌 그런 걱정 말고 길순이가 나오면 옆에 꼭 붙어있어. 나 곧 갔다올게."

분옥이는 병원을 나섰다.

주저할 것이 없었다. 방법은 그 길밖에 없는 것이다. 기왕 버린 것이었고 어차피 구겨진 것이었다. 열여섯 살 때였으니까 벌써 삼년이 지났다. 그 길은 어둡기도 했지만 민가가 없어서 어쩔 도리가 없었다. 집들이 있었더라도 상대가 세 놈이었으니 또 빼지도 박지도 못할 형편이었다. 그놈들은 입부터 틀어막고 덮쳐왔었다. 길순이보다야 잘나지 못했지만 보는 남자마다 섹시하다는 인물이니까 땅벌 제년도 거절은 못 하겠지.

한 이만 원쯤 빌려야 되리라 생각하며 길을 건너던 분옥이는 질겁을 하며 뒤로 물러섰다. 차가 바로 코앞을 스치며 지나갔다.

"이 상놈에 새끼야!"

분옥이는 욕을 퍼부었다. 검정색 세단은 저만치 미끌어져가고 있었다. 분옥이는 차를 향해 침을 내뱉다가 언뜻 양돼지를 떠올렸다. 그러고 보니 그 차는 양돼지의 것과 너무나 흡사했다. 저리도 거침없이 달리는 바퀴 밑에 길순이가 깔려버린 것이라는 순간적인 착각을 일으켰다. 그리고 봉자나 영숙이나 순자나 정심이는 방금 자신이 아슬아슬하게 피한 것처럼 그렇게들 살고 있다는 생각이 꼬리를 물었다.

"이봐, 돼지고 싶어? 왜 길 가운데서 어정거려?"

젊은 택시운전수가 상반신을 내밀어 소리치며 지나쳐갔다.

"너나 돼져라, 병신아. 이런 꼴 면할 때까지 난 악착같이 살아야겠다."

멀어져가는 차 꽁무니에 대고 이렇게 소리를 질러놓고 분옥이는 쓰게 웃었다. 갑자기 자신이 처량하게 느껴졌다. 그 생각을 떼치기라도 하듯 분옥이는 빠르게 길을 건너갔다. 그러면서, 자신은 틀림없이 섹시하게 생겼다고 스스로에게 강조하고 있었다.

빙하기(冰河期)

"신 다악소, 구두 다악소."

건성으로 외치다가 또 몸을 으시시 떨었다.

길수는 배가 고프다. 그리고 춥다. 배가 고프니까 추운 것인지 추우니까 배가 고픈 것인지 모르겠다. 두 가지 다다. 꼰대 메기가 가진 트랜지스터에서 오늘의 날씨는 영하 3도라고 했었다. 갑자기 추워진 날씨다. 어제도 춥기는 했지만 영하는 아니었다. 그런데 옷은 어제 입은 그대로다. 십일월에 들어서면서 꼰대 마누라 족제비가 배급한 낡은 남방셔츠와 무릎을 때운 골덴바지였다. 그 옷들은 헤어지고 낡은 데다 몸에 맞지 않아 헐렁헐렁했다. 그러나 별수가 없다. 여름내내 입은 나일론 T셔츠와 반바지에 비하면 그것만이라도 꿀떡이었다. 그 옷으로 어제까지는 견딜 만했다. 그런데 오늘은 영 개판이다. 헌옷일 망정 몸에 맞기나 했으면 좋겠다. 통이 커서 헐렁헐렁한 셔츠소매와 앞섶, 바짓가랑이 밑으로 영하 3도의 바람이 제멋대로 들랑날랑했다. 옷을 입으나마나다. 꼭 지하도 속에 발가벗고 서있는 기분이었다.

몸을 잔뜩 웅크려 박아도 소용이 없다. 그런데다 오늘 아침에도 밥은 역시 딱 한 공기씩이었다. 그것도 그릇 높이로 싹 깍아버려 보리 한 알 위로 솟기지 않은 한 공기였다. 반찬은 김치. 그 김치는 언제나 시퍼렇게 살아올라오는 폼으로, 너희들이 날 먹겠어? 어디 먹을 테면 먹어봐, 하며 용용이를 치고 있었다. 그러나 그따위 용용이쯤 새발에 피였다. 많이만 있으면 좋겠는데 그것도 기껏 한 접시였다. 길수는 언제나 밥이 모자랐다. 모자라는 정도가 아니라 병아리 눈물이었다. 길수뿐만이 아니었다. 짱구, 똥파리, 빈대떡, 빌빌이, 모두 마찬가지였다.

언젠가는 그 한 공기의 밥을 어떻게 하면 좀더 배가 부르게 먹을 수 있을까 하는 의견이 나왔다. 그들 다섯은 하나같이 눈을 똑바로 뜨고 침을 삼켜가며 제나름대로의 생각을 털어놓았다.

"밥을 오래오래 꼭꼭 씹어먹으면 배가 불러."

똥파리 경남이 말이었다.

"웃기네. 그냥 씹지 말고 막 넘겨야 돼."

짱구 찬호가 툭 튀어나온 이마에 주름을 잡으며 맞섰다.

"그래, 씹지 말고 막 넘겨야 돼."

빌빌이 남철이였다.

"다 틀렸어! 한 공기를 더 먹으면 돼."

빈대떡 봉만이의 화가 난 음성이었다.

"저런 쪼오다, 그따위 걸 말이라고 해?"

"저 벼엉신, 빈대떡 납짝 대가리가 별 수 있니?"

"뒈져라, 뒈져."

셋은 한꺼번에 욕을 퍼댔다.

"요런 병신새끼들아! 꼭꼭 씹어먹으나 그냥 처넣으나 한 공기는 똑같은 한 공긴데 뭐가 더 배가 부르고 안 부르고가 있니? 밤새도록 우김질 해봐라, 이 그지 새끼들아!"

빈대떡은 이렇게 대질러놓고는 때절은 이불을 뒤집어 써버렸던 것이다. 그래서 모두는 시들해져버렸다.

빈대떡의 말은 맞는 말이었다. 그러나 길수는 똥파리 경남이의 편이었다. 배가 부르고 안 부르고가 문제가 아니었다. 어떻게 먹으나 배는 차지 않을 양이었다. 밥이 공기에서 줄어드는 게 아까웠다. 그래서 입안에서 풀이 되도록 꼭꼭 씹어서 넘겼다. 꼭꼭 씹다보면 달치근한 맛이 입에 가득 고이는 게 넘기기가 아쉬웠다.

이렇게 춥고 배가 고플 때 고구마라도 한 개 먹었으면…… 길수의 이빨 사이사이에서는 금방 군침이 스며나왔다. 동시에 눈앞에는 김이 무럭무럭 오르는 주먹만한 고구마가 어른거리고 콧속에는 그 회가 동하는 고구마냄새가 물씬거렸다.

그 뜨끈뜨끈한 밤고구마를 한 입 가득 베물어 입을 딱 벌린 채 김을 훅훅 뿜어내가며 식혀 먹는 맛이란…… 그런 때 뜨거움을 못 견뎌 턱은 턱대로 떨리고 혀는 혀대로 춤을 추었지.

엄마는 고구마 삶는 솜씨가 그만이었다. 학교에서 돌아오기 전에 고구마를 삶았을 때는 놋그릇에 담아 아랫목 이불 속에 묻었다가 내주곤 했다. 고구마는 뜨거워야 제맛이 난다는 것이었다. 엄마의 말은 사실이었다. 식어버린 군고구마맛은 뜸이 안 든 밥맛이나 다를 게 없었다.

그러나 그 꿀맛이던 뜨끈뜨끈한 밤고구마를 먹지 못하게 된 것은 아버지가 돌아가시고나서부터였다. 그리고 학교도 사학년에서 그만 두었다. 그뿐만 아니라 어머니와 헤어져야 했다.

아버지는 시멘트 일을 하는 미장이였다, 두 동생들과 길수는 추석이나 설에는 새옷을 얻어 입을 수 있을 만큼 아버지의 벌이는 괜찮았다. 길수가 사학년이던 오월 아버지는 뜻밖의 사고를 당했다. 새로 짓는 건물의 사층에서 떨어진 것이다. 아버지는 병원에서 보름 가까이 앓다가 돌아가셨다. 회사에서 치료비를 대주긴 했지만 아버지가 돌아가신 다음에 집이 남의 손에 넘어갔다. 어머니는 회사에 몇 차례 찾아갔지만 더 돈을 받아오지는 못했다. 돈있는 놈들이 더 지독하게 구는 세상이라고 통곡을 하고난 다음부터 엄마는 더 회사에 찾아가지 않았다. 엄마는 남의 집 품팔이를 했다. 그러나 점심을 굶기 시작했다. 길수는 남의 집 감나무 밑에 떨어진 풋감을 주우러 다녔다.

그해 팔월, 서울서 돈벌이를 한다는 동네 청년을 따라 엄마와 헤어졌다. 서울에 가서 기술을 배우고 한 입이라도 더 줄어야 엄마가 힘이 덜 들 것이기 때문이다.

"열한 살짜리를…… 무슨 팔자가 기구해서…… 길수야, 길수야……"

엄마는 눈물을 주체하지 못하고 울었다.

청년이 데려다준 곳이 지금의 꼰대 메기네집. 배우는 기술이라는 게 구두닦기(구두 모아들이는 일)였다.

그 동안 설이 두 번이나 지나갔다. 꼰대가 불러준대로 쓴 편지를 딱 네 번 보냈을 뿐이다.

"야 갈비! 왜 그렇게 멍청이 서있니? 어디 아퍼?"

"응? 아냐, 아냐."

길수는 황급히 벽에서 등을 뗐다.

"너 울었구나? 누구한테 터졌니?"

똥파리가 바싹 다가들며 빤히 쳐다보았다.

"아냐, 아무것두……."

길수는 검정 고무슬리퍼를 겨드랑이에 끼며 손등으로 눈을 씩씩 문질렀다.

"갈비 너 말야, 누가 뭐라든 아니꼬와 생각 말고 싹싹 빌어. 이 세상에 우리보다 힘 약한 놈이 어디 있니? 참는 거야, 아무리 아더메치라도 참는 거야. 너 많이 닦았니? 빨리 뛰어, 이러고 섰으면 더 춥다."

똥파리가 어깨를 두들겨주고 휭하니 찬바람 속을 달려갔다. 똥파리의 또다른 별명은 살살이다. 길수 자기보다는 두 살이 많은 열다섯이다. 그는 고아라고 했다. 열 살 때부터 이 구두닦기를 했다는 것이다. 그래서 그런지 그는 퍽 어른스러웠다. 별명대로 누구에게나 살살 비위를 잘 맞췄고 무슨 일에든 빌기부터 먼저 했다.

똥파리가 맘보빌딩으로 뛰어들어가는 것을 보고 길수는 마음이 급해졌다. 이러고 있을 때가 아니다. 점심때가 가까워 오는데 겨우 열아홉 켤레밖에 닦지를 못했다. 사십 켤레는 못 되더라도 점심때까지는 적어도 서른다섯 켤레는 닦아야 한다. 지금쯤 두 운전수(닦아온 구두를 닦기만 하는 사람) 사이에 놓인 종이에는 '正'자가 여섯 개는 만들어져 있어야 한다. 그래야 얼마 안 남은 점심때까지 마저 다섯 켤레를 채우면 하루의 책임량인 칠십 켤레의 반 서른다섯 켤레가 되는 것이다. 그런데 이제 겨우 열아홉 켤레, '正'자는 네 개가 채 못 되는 것이다.

길수는 맘보빌딩을 지나 장안빌딩으로 들어섰다. 맘보빌딩은 지금 똥파리가 설치고 있을 것이기 때문이다.

"어서 오세…… 얘, 나가! 재수없게."

손님인 줄 알고 얼씨구나 돌아서던 마담이 눈꼬리를 치세우며 쏘아댔다. 난로를 피워 훈훈한 기운과는 반대로 싸늘한 목소리다.

'재수없는 것 좋아하시네.'

길수는 못 들은 체 마담을 피해 의자 사이로 들어섰다.

"얘, 내 말 안 들려? 썩 못 나가니?"

어깨를 획 나꿔챘다. 길수는 비틀하다가 돌아섰다. 마담의 독오른 눈이 잔뜩 노려보고 있다. 길수는 그만 고개를 떨구었다. 이런 때 똥파리는 살살거리며 웃거나 대뜸 손바닥을 싹싹 부벼대며 한 번만 봐달라고 할 것이다. 그러나 길수는 그게 싫었다. 그렇게 해야 된다고 생각하면서도 막상 되지가 않았다. 이 강 마담 앞에서는 더욱 그랬다. 이 여자는 다른 나방 마담들보다 유별난 데가 있었다. 이상하게도 그들을 못 잡아먹어 앙탈이었다. 그래서 그들에게 강 마담은 독사로 불리었다. 꼰대 메기조차도 이 강 마담만큼은 어쩌지 못하는 모양이었다. 그들이 비너스 다방 출입을 좀 수월하게 만들어달라고 하면 꼰대는 금방 오만상을 찌푸렸다.

"그 쌍년! 제년도 낯짝 팔아먹는 주제에…… 정말 그년 낯짝을 싹 후벼놓고 말까부다."

꼰대는 그 큰 메기아가리를 씰룩이는 것이다. 그러나 강 마담의 낯짝은 언제나 반반한 채 윤 정희 닮은 웃음을 손님들 앞에서 뿌리다가는 그들만 보면 금새 독오른 뱀대가리가 되는 것이다. 그래서 그들은 꼰대의 당수 이단도 말짱 헛것이라고 히히덕거렸다. 빈대떡의 말로는 강 마담 앞에서 꼰대는 영 헬렐레더라는 것이다. 언젠가 꼰대가 비너스에 들어가는 걸 보고 뒤를 따랐다는 것이다. 오늘이야말로 강 마담의 반반한 쌍판이 당수 이단의 주먹에 으스러지는구나 생각하며. 그런데 다방에 들어간 꼰대는 마담을 후려까기는커녕 꾸벅꾸벅 절을 하는게 아닌가. 빈대떡이 더 놀란 것은 그런 꼰대를 마담은 본 체도 안 한 것이었다. 그래서 그들은 누구나 비너스 다방에 가기를 꺼려했다. 그러면서 그들이 하는 불평은, 다른 다방이라고 마담이 그리 자주 바뀌는데 강 마담 저년은 비너스 귀신이 될 작정인 모양이라는 것이 고작이었다.

"어서 나가!"

마담은 등을 밀어댔다. 그때였다.

"야 구두, 이리와."

길수는 고개를 번쩍 들었다. 저쪽 구석에서 손짓을 하고 있었다.

길수는 후딱 고개를 돌려 마담을 치켜보았다. 마담은 여전히 독오른 눈이었다.

'약오르지, 요년아. 요건 몰랐지?'

마음 같아서는 있는 대로 혓바닥을 빼서 용용이를 쳐주고 싶었지만 차마 그럴 수는 없었다.

"닦아오너라. 빨리 닦지?"

"예예, 그럼요."

"잘 닦아야 해."

"염려 마세요. 때 빼고 멕기까지 올려요."

길수는 신바람나게 대꾸하며 손을 빠르게 놀려 벗은 구두를 꺼내고 발밑에 슬리퍼를 놓았다.

"잘못 닦으면 돈 안 준다!"

"염려마시라니까요."

'지지한 공갈 치시네. 삼십 원짜리 구두 한 번 닦으면서.'

"자, 내것도 닦아라."

맞은편 사람이 발을 내밀었다. 길수의 손은 거침없이 그 남자의 구두에 닿았다. 그건 흡사 강한 자석에 쇠붙이가 끌리는 것과 같았다. 길수는 이미 배고픈 것을 까맣게 잊고 있었다. 곧 날아갈 것 같은 기분이었다. 한 켤레도 아니고 두 켤레다. 땡을 잡은 것이다.

신이 나서 의자 사이를 빠져나오는데

"왔니? 두 켤레나 맡았구나."

미스 김 누나가 조용히 웃고 섰다.

"안녕하세요?"

길수는 고개를 끄떡해 보였다. 미스 김 누나가 옆으로 비켜섰다.

"춥겠다."

길수는 이 말을 뒤로 들으며 문을 밀치고 밖으로 나섰다.

미스 김 누나는 슬픈 얼굴이었다. 길수가 뱀대가리 강 마담이 싫으면서도 그래도 비너스 다방에 들르는 것은 이 미스 김 누나가 있어서다. 막상 미스 김 누나가 없어져버려도 일거리를 낚기 위해서는 강 마담의 눈총을 받으며 드나들 수밖에 없기도 했다. 그런데 미스 김 누나가 있기에 한결 발길이 수월해지고 어딘지 든든한 기분이 들었다. 다른 아이들 말하는 걸 들으면 그렇지도 않은 모양인데 자신에게 싫은 소리 한 번 한 일이 없었다. 강 마담이 설칠 때를 빼놓고는 다른 레지들이 쫓아내려들면

"애, 내버려둬라. 좀 힘들겠니?"

이런 말로 자신의 편을 들어주었다. 그 말이 얼마나 고마운지 길수는 미스 김 누나의 치마를 붙들고 왈칵 울어버리고 싶었다. 그러나 미니 스커트를 입은 미스 김 누나의 다리는 너무 깨끗했고 자신의 옷이며 손은 너무 더러웠다.

길수는 그 누구에게도 미스 김 누나가 자기에게 잘 해준다는 내색을 하지 않았다. 그리고 어느때라고 한 번 미스 김을 '누나'라고 불러본 일은 물론 없었다.

언제라도 미스 김 누나의 구두를 반짝반짝 광이 나게 닦아주었으면 싶었다. 그러나 그건 마음뿐이었다. 구두를 한 번 공짜로 닦아주고나면 ……, 계산부터 앞서기 때문이다.

"여기 두 마리요."

길수는 구두를 내밀며 외쳤다.

"갈비냐? 아니, 이 새긴 왜 이모양이야? 너 지금 몇 신 줄이나 알아? 점심시간이 한 시간밖에 안 남았어, 요런 쪼다야. 너 날도 추운데 밥까지 굶을 작정이냐? 야 임마, ×나게 비벼, ×나게."

고고인가 꽈배기 양춤인가를 기차게 잘 춘다는 운전수 알랭 들롱이 연필과 종이를 들고 앉아 소리를 질렀다. 그는 유명한 배우가 되겠다고 떠들며 말끝마다 '이 코래아의 알랭 들롱이…….' 어쩌고 씨부려대는 허

풍쟁이다. 그러나 구두 하나만은 정말 놀랍게 잘 닦았다. 멕기를 올리느라 한참 열이 오를 때는 입에서는 연상 푸푸 소리가 나고, 그때마다 구두코에는 침이 이슬방울처럼 떨어져내리고, 헝겊을 질끈 감아돌린 손가락은 어찌나 빨리 움직이는지 제대로 보이지 않았다. 아무리 더러운 구두도 그의 손만 닿으면 번들번들 윤이 올랐다. 그리고 어떤 구두고 한 켤레를 닦는데 오분이 넘지 않았다. 그는 열 살때부턴가 구두를 닦았다고 했다. 그는 지금 열아홉 살이다.

"야, 갈비! 빨리 쑤셔. 똥파리와 빈대떡은 벌써 사십고개를 넘었어."

알랭 들롱이 눈을 부라렸다. 길수는 연탄불 옆으로 더 바싹 다가앉았다. 그러면서 이 불에 오징어 다리나 하나 구워먹었으면 싶었다.

"너 정말 밥 굶을래? 이게 쥐약을 처먹었나, 빨리 안 일어서?"

길수는 마지못해 일어섰다.

'씨이파알놈 지랄하네. 밥을 굶어도 내가 굶지 누가 제놈더러 달랬나? 제놈 손에 들어갈 쇳가루가 적어지니까 저 지랄이지.'

길수는 이렇게 욕을 퍼대며 장안빌딩 사무실을 쑤셔보기로 했다.

자꾸만 으실으실 추운 게 영 발동이 걸리질 않는다. 이제 겨우 스물한 켤레. 칠십 켤레의 반이면 서른다섯 켤레. 앞으로 한 시간 동안에 열네 켤레를 닦아야 한다. 그것도 방금처럼 재수좋게 땡을 너댓탕만 잡으면 어려운 일도 아니었다. 땡을 잡으려면 사무실보다는 아무래도 다방이 나았다. 더욱이 오늘처럼 갑자기 추워진 날은 다방에 손님이 끓게 마련이고 몸을 녹이기에도 안성맞춤이었다. 그러나 길수는 우선 장안빌딩부터 쑤셔볼 작정이었다. 다른 네 놈도 이런 생각에 다방을 들쑤시고 다닐지 모른다. 그럼 사무실은 비게 마련이다.

그런데 똥파리와 빈대떡은 어찌된 일인가. 벌써 사십 마리를 넘어 닦았다니. 길수는 어깨가 자꾸 무거워왔다.

그들 다섯 명이 구두를 거둬들일 수 있는 땅(범위)은 맘보빌딩과 장안빌딩 두 개였다. 그 두 개의 빌딩에는 각기 두 개씩의 다방이 지하와 1층에 자리잡고 있다. 그리고 맘보빌딩 1층에는 화식(和食)집과 경양식집이 하나씩이다. 장안빌딩 1층 다방 옆에는 제과점과 분식센터가 있다.

그리고 두 빌딩이 똑같이 2층에서부터는 사무실이다. 그런데 맘보빌딩의 화식집과 경양식집은 있으나마나다. 지배인도 지배인이었지만 꼰대가 그 두 곳의 출입을 못 하게 했다. 꼰대가 그러는 것은 그 두 곳의 주인이 바로 맘보빌딩의 주인이었던 것이다. 그들이 재미를 보는 낚시터는 주로 네 개의 다방과 맘보빌딩이었다. 맘보빌딩은 10층인데다가 둘레도 어찌나 큰 지 한 층에 수십 개의 방이 있는 건물이었다. 그래서 장안빌딩에 비해 다섯 배 이상 일거리가 많았다. 그 대신 10층까지 오르내리기란 보통 힘드는 일이 아니었다. 물론 엘리베이터가 있다. 그것도 자그마치 열다섯 명씩이나 타는 넓고 좋은 것이다. 그러나 그걸 탈 수는 없었다. 꼰대의 엄명이었다. 아침에 한 차례 10층까지 오르내리고나면 배가 푹 꺼지고 만다. 그러나 하루에 칠십 켤레를 거두어들이려면 못 해도 네댓 번은 맘보빌딩 꼭대기까지 오르지 않을 수가 없었다. 그들 다섯 명은 매일 이 두 개의 빌딩을 상대로 칠십 켤레씩의 구두를 닦기 위해 헐떡이며 계단을 오르고 조심스레 사무실 문을 밀치고 하는 것이다. 물론 그들 다섯 명 외에 다른 녀석들이 이 두 개의 빌딩에 얼씬거릴 수는 없다. 그리고 그들도 장안빌딩 옆의 승리빌딩이나 맘보빌딩 왼쪽으로선 반도빌딩에 아예 발길을 할 생각도 하지 않았다. 그건 엘리베이터를 타지 못하게 하는 것보다 몇 갑절 무서운 꼰대 메기의 명령이었다.

장안빌딩 1층의 제과점과 분식센터는 현관에 다다르기 전에 있었다. 길수는 그 앞에서 잠시 망설이다가 그대로 지나치고 말았다. 제과점이나 분식센터에는 별 일거리도 없는데다 항시 뱃속을 뒤집어놓는 것이다. 제과점의 곰보빵, 핫도그가 그랬고 분식센터의 냄비국수, 고기만두가 환장을 하게 만들었다. 그리고 눈에 거슬리는 것은 그 두 곳 손님 중의 상당수를 차지하는 학생들이었다. 길수는 그런 곳에서 제 나이또래의 학생들을 대하는 것이 무엇보다도 싫었다. 슬퍼지고 외로워지고 창피하고 화나고……, 순식간에 몰려드는 그 기분은 날이 가고 해가 바뀌어도 조금도 덜해지지가 않았다. 그런 기분은 언제부턴가 길수의 마음에 자리잡기 시작한 그 결심을 더 굳혀 줄 뿐이었다. 다음에 어른이 되어서 누가 더 잘사는가 보자. 너희들이 핫도그고 고기만두를 사먹을 때

나는 그 돈을 모은다. 너희들이 쓰는 돈은 부모가 준 돈이지만 나는 내가 벌어서 모은 돈이다. 두고보자, 누가 더 잘 사는가. 이렇게 마음을 다지고나면 슬픔도 창피스러움도 배고픔도 어디론지 사라지고 손바닥은 으레 왼편 가슴께를 누르고 있었다. 손바닥에는 녹두색 저금통장의 빳빳한 감촉이 뿌듯하게 전해지는 것이었다.

장안빌딩으로 들어선 길수는 곧장 2층을 뛰어올랐다. 조심스럽게 사무실 문을 하나씩 밀쳤다. 계속 허탕이었다. 다방에서도 그렇지만 사무실 출입을 할 때는 눈치빠르게 설쳐야 한다. 손님과 이야기 중인가 아닌가. 그것도 기분좋은 이야기인가 힘든 이야기인가. 높은 사람이 호통을 친 다음인가 아닌가. 이런 것들을 재빨리 알아차리고 덤벼야지 멋모르고 설치다가는 재수없게 엉덩이를 채이거나 머리를 쥐어박히기가 십상이었다. 사무실에서는 목소리도 한층 낮춰야 한다. 그리고 '신 다악소, 구두 다악소'가 아니라 '안녕하세요, 아저씨 ? 구두 닦으세요'로 바꾸어야 된다. 그러고 보면 다방에서도 눈치가 빨라야 되는 건 마찬가지다. 남자 둘이서 오만상을 찌푸려가며 이야기하거나, 손짓을 해가며 열을 올리고 있는 경우에는 보나마나다. 젊은 남녀가 나란히 붙어앉았을 때는 찰거머리전법을 쓰면 대개 성공이다. 그 다음으로 좋은 것이 혼자 앉아있는 사람. 그때도 눈치없이 덤비다가 재수 옴 붙는다. 상대방을 너무 기다리다 기분이 나빠진것 같으면 가까이 안 가는 것이 상책이었다.

3층으로 올라갔다. 세 번째 사무실 문을 가만히 밀었다.

"야!"

길수는 들은 척도 안 했다. 여자 목소리기 때문이다. 재수없게 또 쫓아내려는 개수작이다.

"얘, 구두! 이것좀 보라니까."

"……?"

길수는 얼른 돌아섰다. 낯익은 여사무원의 표정은 다른 날과는 달랐다.

"구두 닦으시게요?"

어느새 길수는 여사무원 옆으로 다가서 있었다.

"그래. 이건 얼마니?"

여사무원이 책상 밑에서 발을 빼내며 물었다. 무릎까지 차오르는 부츠였다. 이게 웬 떡이냐.

"육십 원인데요."

"육십 원? 너무 비싸다. 애. 오십 원만 하자."

'요런 얌생이, 만 원짜리 구두는 해 신으면서 십 원 깎아 뽀빠이 사처 먹을래나.'

"딴데서는 팔십 원씩 받아요. 우린 단골이니까 그렇죠."

아쭈 공갈이다. 이런 메뉴쯤은 얼마든지 상비하고 있다.

"알았어. 잘 닦아오기나 해."

대개 여기서 끝나기 마련이다. 그렇지 않고 굳이 깎으려 들면 그때 부터는 창피주기작전으로 바뀐다 "그까짓 십 원 아껴 뭐 하시게요." "그까짓 십 원 거저라도 주겠네요." 이런 식으로 시작하면 안 넘어가는 경우는 없었다. 역시 메기의 가르침은 효과가 좋았다.

사무실을 나온 길수는 부츠를 양쪽 손에 하나씩 들고 벌렁벌렁 춤을 추듯 했다. 이것 한 켤레로 남자구두 두 켤레를 닦은 벌이를 한 것이다. 추워진 날씨 덕을 본 셈이다.

길수는 4층은 올라갈 생각도 하지 않고 계단을 다람쥐처럼 뛰어내렸다.

"아쭈, 갈비 끗발 오르는데?"

알랭 들롱이 부츠를 받아들며 헤벌레 웃었다.

길수는 손등으로 코를 씩 문지르며 제 이름 밑에 작대기 두 개가 그어지는 것을 확인하고 이미 닦아진 비너스에서 닦아온 구두를 집어 들었다.

닦은 구두를 가지고 다방에 들어설 때처럼 당당할 때도 없다. 그러나 그 당당한 기분 한구석에는 이 길로 일거리가 또하나 생겼으면 하는 바램이 간절하게 도사리고 있었다.

"아저씨, 구두 가져왔어요."

구두를 각기 발밑에 놓아준다. 아까 가져갈 때 한 사람 것만은 유심히

보아둔 것이다. 구두를 뒤바꿔 놓았다가 괜히 기분을 상해줘서 좋을 것
은 아무것도 없는 것이다.

"자, 수고했다."

"······?"

손바닥에는 동전이 하나 덜렁 놓였다. 다시 확인을 했다. 분명히 오십
원짜리였다.

"아저씨, 이거 오십 원인데요?"

길수는 조심스럽게 말했다. 십 원을 더 받아야 하는 것이다.

"뭐? 그러면 됐잖아."

"아녜요. 십 원 더 주셔야죠. 한 켤레에 삼십 원씩, 육십 원이예요."

"아 시끄러, 시끄러."

남자는 팔을 뻗쳐 밀쳐냈다. 길수는 두어 걸음 비척비척 뒤로 떠밀렸
다. 나무토막 같은 팔이었다.

그러나 이대로 물러갈 수는 없다. 십 원을 받아야 하는 것이다. 길수
는 다가섰다.

"아저씨, 십 원 더 주셔야죠."

길수의 목소리는 약간 뜨거웠다.

"아 구찮게시리. 잔돈이 그것밖에 없다니까 짜식이."

남자는 거들떠보지도 않고 팔을 뒤로 휘저었다. 길수는 얼른 옆으로
피해섰다. 이건 순 도독놈 심뽀다. 잔돈이 없다고 맘대로 십 원을 떼먹
을 작정인 것이다. 십 원을 떼일 수는 없는 일이다. 이 추운 날 헛일을
한 셈이다. 아니 십 원이면 헛일을 한 손해뿐만이 아니라 이 원의 생돈
을 물어야 될 판이다. 안 된다. 십 원은 꼭 받아야 된다.

"근데 백만 원밖에 못 벌었단 말씀야. 조금만 기다렸으면 오십만 원
한 장은 거뜬히 더 남는 건데······."

그 남자는 상대편에게 열심히 떠들고 있었다.

"아저씨, 잔돈 바꿔다드릴게요."

"아 짜식이 정말! 너 꼭 구찮게 굴래?"

남자는 눈을 부라리며 버럭 소리를 질렀다. 길수는 마음을 다잡았다.

이젠 공격밖에 없는 것이다. 더이상 얌전해서는 안 된다. 창피를 주는 것이다.

"그럼 뭐예요. 왜 십 원을 떼먹을려고 그래요."

맞대고 소리를 질렀다. 그때다.

"이새끼 건방지게, 어디서 그따위 말버릇이야!"

눈에서 불이 번쩍했다. 정신이 아찔했다. 뺨을 얻어맞은 것이다. 더 덤빌 필요가 없다. 겁을 주는 것이다. 길수는 얼굴을 감싼 채 바닥에 나동그라지며 비명을 질렀다.

"아이고 아이고, 아이고 귀야, 아이고 나 죽네……."

다방은 수라장이 되었다.

"아니 애가 왜 이래. 애, 애……."

강 마담의 겁이 나면서도 앙칼진 목소리였다.

"마담은 뭘 하는 거야. 이거 빨리 끌어내라구, 재수없게."

그 남자의 거칠은 목소리였다.

레지 두 명이 달겨들어 일으켜 세우려 했다. 길수는 버둥거리며 혹시나 해서 눈을 빠끔 떠보았다. 그런데 이게 어찌된 일인가. 길수는 벌떡 일어났다. 그 남자가 자리에 없었다. 문쪽으로 몸을 돌렸다. 카운터에 돈을 치르고 나가는 참이었다. 길수의 눈에는 불이 켜졌다.

"내 돈 십 원 내, 이 도둑놈아, 내 돈 십 원 내."

길수는 울부짖으며 의자에 부딪치고 비틀거리며 문 쪽으로 뛰었다. 십 원을 떼이는 것이다. 얻어맞기까지 했다. 그 억울함과 분함이 주체할 수 없는 설움으로 바뀌면서 울음이 터졌다.

문을 박차고 나섰다. 그때 누가 어깨를 나꿔챘다.

"얘!"

길수는 멈칫 섰다. 미스 김 누나였다.

"가지마. 또 얻어맞는다. 자, 이거……."

미스 김 누나의 두 손가락 끝에는 십 원짜리 동전이 매달려 있었다. 길수는 그만 울컥 울음이 터져올랐다.

"싫어요. 꼭 받고 말겠어요."

길수는 미친 듯이 계단을 뛰어올랐다.

찬바람이 가득찬 냉랭한 거리에 그 남자의 모습은 찾을 수가 없었다.

자꾸만 흐르는 눈물을 소매끝으로 닦아내는 길수의 흐린 시야에는 엄마와 두 동생들의 얼굴이 겹치고 있었다. 그리고 오십 원을 내놓았을 때 운전수 알랭 들롱이 퍼댈 욕설이 두려웠다.

길수는 건물의 벽에 등을 대고 무너지듯 주저앉아 버렸다. 귀찮았다. 모든 것이 귀찮았다. 주먹을 폈다. 오십 원짜리 동전이 뎅그랗게 놓였다. 돈, 돈, 돈…… 돈을 벌어야 한다. 이렇게 춥고 배가 고픈 것을 면하려면 돈을 벌여야 한다. 엄마와 두 동생과 함께 살려면 어서 돈을 벌어야 한다. 돈이 없어서 엄마와 헤어졌고 돈을 벌려고 이 고생이다. 돈이 최고다. 꼰대의 입버릇처럼 돈은 뛰는 호랑이 눈썹도 뽑고, 아무리 죄많이 진 놈이라도 천당엘 보내주는 것임에 틀림없다. 돈이면 안 되는 것이 없으니 말이다. 그러나 어쩔 수가 없다. 돈이 없으니까 당하는 일이다. 그래서 더 서럽고 슬프다.

동전이 놓인 손바닥을 물끄러미 내려다보고 있는 길수의 눈에는 뚝뚝 눈물이 떨어져내렸다.

구두 한 켤레를 닦으면 사 원을 먹는다. 나머지 이십육 원에서 운전수들이 십 원을 먹고 십육 원은 꼰대의 차지다. 그런데 하루의 책임량이 칠십 켤레다. 일요일도 없이 뛰니까 한 달이면 대략 이천 백 켤레 정도가 된다. 그럼 줄잡아 한 달 수입이 팔천 사백 원이 되는 셈이다. 그러나 그것이 그대로 수중에 들어오는 것이 아니다. 하숙비와 밥값을 떼야 한다. 사천 원이다. 그럼 수입은 사천사백 원이 된다. 이것은 매일 칠십 켤레씩을 닦았을 경우의 계산이다. ‘正’자 열네 개에서 단 한 획만 빠지는 날에는 십육 원씩이 날아간다. 매일 한 획씩을 채우지 못하면 한 달에 사백팔십 원이 없어진다. 매일 ‘正’자를 열두 개밖에 못 올리면 도로아미타불, 한 달 내내 뛴 것이 말짱 헛것이 되고 만다. ‘正’자가 열두 개에서 한 획만 빠지면……, 생각만으로도 소름이 끼치는 일이다. 그때부터는 한 끼의 밥을 굶어야 한다. 싹 깎아버린 한 공기의 밥. 그것마저 굶는다는 것은 곧 죽는 것이다. 그러나 그 굶는 것도 마음대로 하는 일이 아니다. 이천 원이 될 때까지만인 것이다. 사천 원 중 나머지 이천 원은 방값이기 때문이다. 그러니까 낚시꾼인 자신들이 책임량 칠십 마리씩을 낚지 못해도 꼰대는 아무런 손해가 없었다. 그런데 책임량 이상을 낚았을 때는 한 마리당 사원씩의 이익이 사천사백 원에 더해질 뿐이다. 물론 뜨내기 손님은 아무리 많아도 소용이 없다. 두 운전수, 알랭 들롱과 개똥이 사원까지 합쳐서 개구리 파리 감추듯 해버리는 것이다.

그러니 방금 낚은 두 켤레는 이만저만 손해가 아니다. 십 원을 떼어버렸으니 낚으나마나가 아니라 부츠를 낚아 벌게 된 팔 원에서 오히려 이 원을 까먹고 들어가게 돈 것이다. 거기다가 얻어맞기까지 했다.

'쌍놈에 새끼, 가다 차에 깔려 뒈져라. 염병을 앓다가 피똥을 싸고 뒈져라.'

무슨 욕을 해도 억울함과 분함은 가시질 않는다. 길수는 일어섰다. 언제까지나 이러고 앉아있을 수는 없었다.

"가지 마. 또 얻어맞는다. 자, 이거……."

미스 김 누나의 두 손가락 끝에 매달린 동전이 떠오른다. 안 받기 잘한 것이다. 구두도 한 번 공짜로 닦아주지 못하고 있는 터였다. 한번 공짜로 닦아주려면 이십육 원이 없어진다. 그럼 여섯 켤레 반을 닦아야 한다. 밥으로 치면 한 공기 반이 넘는 액수다. 그래서 마음뿐이었다. 미스 김 누나가 고맙고 오늘따라 헤어지던 날의 엄마 같은 생각이 얼핏 들기도 했다.

길수는 걸음을 멈추고 눈물을 닦아냈다. 병신 취급을 당하고 싶지는 않았다.

"이게 뭐야, 갈비!"

돈을 받자마자 알랭 들롱이 외쳤다.

"놓쳐버렸는데 아무리 찾아도 있어야지."

닦아놓은 부츠를 집어드는 체하며 고개를 숙이고 어물거렸다.

"요런 퍼엉신 헬렐레 같은 새끼야! 너 같은 새낀 일찌감치 나가 뻗어야 해. 사람새끼 되긴 어차피 조졌단 말야. 쪼다 같은 새끼, 십 원이랬지?"

길수는 알랭 들롱이 연필과 종이를 집어드는 걸 곁눈질로 보며 부츠를 들고 일어섰다.

"요런 쪼다야, 요번엔 아주 다 잃어버리고 와라 응?"

알랭 들롱은 뒤에서 꽈배기를 틀어댔다.

"개새끼, 사람되긴 틀린 것 좋아하시네. 그래도 제까짓 새끼처럼 되지도 않을 딴따라가 될려고 미친 지랄은 안 해."

길수는 화가 난 목소리로 중얼거리며 걷고 있었다. 그런 길수의 오른쪽 손바닥은 왼쪽 가슴께를 꼭 누르고 있었다.

길수는 나폴레옹 같은 용감한 장군이 되고 싶었다. 이학년 때까지 그랬다. 삼학년이 되어서 달걀을 품은 에디슨의 이야기를 읽고는 에디슨 같은 훌륭한 과학자가 되리라 했다. 사학년에 올라가서는 슈바이처 박사처럼 남들을 돕는 사람이 되기로 결심했다. 그러나 낚시꾼 노릇을 시작하면서부터 길수는 나폴레옹도 에디슨도 슈바이처도 까맣게 잊어버렸다. 처음에 이 일을 시작하고는 하루에 두 끼까지 굶은 날이 있었다. 두 끼를 굶고나니 창피할 것이 없었다. 구두가, 구두가 모두 한 공기의 밥으로 보였다. 눈앞이 흐릿해지고 어질어질한 머리를 감싸잡으며 휘청거리는 다리로 미친 것처럼 뛰었다. 기운이 없어 자꾸 기어들어가는 목소리를 애써 크게 내어 '아저씨, 구두 닦아요'를 외치듯 하며. 그래서 밥을 굶게 되는 것은 면했지만 돈을 모을 수는 없었다. 넉 달째 되는 십일월에 처음으로 칠백원을 벌었다. 그렇게 기쁠 수가 없었다. 그 칠백 원을 꼭꼭 접어 속주머니에 넣고는 하루에도 몇 번씩 만져보았다. 변소에 가서 남몰래 세어보기도 수십 번을 했다. 잠을 잘 때는 주머니가 방바닥에 닿도록 옆으로 누워 잤다. 십이월에는 천이십 원을 벌었다. 곧이어 설이 다가왔다. 꼰대는 편지를 받아쓰게 했다. 몸 편안히 잘 있다는 내용이었다. 그리고 그 동안 모은 돈으로 집에 보내고 싶은 것이 있으면 사라고 했다. 그래서 고아인 똥파리와 빈대떡을 뺀 그들 셋은 꼰대 마누라를 따라 남대문 시장엘 갔다. 길수는 노점 싸구려판에서 엄마 고무신과 두 동생 양말 한 켤레씩을 샀다. 그것을 꽁꽁 묶어 꼰대가 주소를 썼다. 그리고 다음날 꼰대를 따라 우체국에 가서 부쳤다. 모두 육백사십 원이 들었다. 설이 지나고 열흘쯤 되어 앓아눕고 말았다. 머리가 쫙쫙 갈라지는 것처럼 아프고 온몸이 바늘로 쑤시는 것처럼 비비틀렸다. 그리도 맛있던 밥도 단 한 숟가락을 떠넣을 수가 없었다. 그러나 길수는 이빨을 앙다물었다. 이틀을 앓았다. 더 심해지기만 했다. 꼰대는 눈을 부라리며 소리를 질렀다. 정 약을 안 사다먹겠다면 내다버리고 말겠다고 얼렀다. 길수는 하는 수없이 속주머니에서 돈을 꺼내주었다. 이틀을 더 앓고 일어났을 때는 그 아꼈던 돈은 약값으로 다 날아가고 한 푼도 없었다. 그렇게 애석하고 아까울 수가 없었다. 그래도 천만다행한 것은 일을 못 한 나흘 동안을 계산에 넣지 않은 것이다. 그때처럼 꼰대가 감사하고 고마운 때는 없었다. 길수는 매달 버는 돈을 꼬박꼬박 저금했다. 그러나 그 돈도 계산처럼 그렇게 불어나지를 않았다. 이발도 해야 했고 신발도 사 신어야 했다. 더구나 겨울이 닥치면 아무리 싸구려 내의일 망정 껴입어야 했고 면장갑이라도 끼지 않고서는 배겨낼 도리가 없었다. 길수는 겨울이 싫었다. 그 동안 모은 돈이 삼만 사천칠백이십 원. 길수는 기술자가 될 결심이었다. 아버지처럼 떨어져 죽어야 하는 기술이 아니라 안전하면서도 돈벌이가 잘 되는 고급기술을 배울 작정이었다. 그럴려면 기술학교나 기술학원을 다녀야 된다고 했다. 그때까지 돈을 벌 생각이었다. 고급기술자가 되어 돈을 벌고 그 돈으로 배가 터지게 먹고, 겨울에도 땀이 나도록 두껍게 옷을 입고, 엄마와 동생들과 함께 살고, 텔레비전도 사고, 집도 사고, 구두도 닦이고, 그때는 정해진 값의 몇 곱절씩 주고…… 이런 꿈을 꾸다보면 한 공기의 밥이 양에 차지 않는다고 똥파리처럼 이십 원을 내고 한 공기를 더 먹을 생각은 아예 나지 않았다. 춥고 배가 고프고 일이 힘들 때면 길수는 맘보 빌딩을 우러러보았다. 고개를 한참 뒤로 젖혀서야 꼭대기가 보이는 맘보빌딩. 그 주인은 자가용을 두 대나 가진 무지무지한 부자였다. 그런데 그 주인도 젊었을 때는 많은 고생을 했다고 들었다. 길수는 자기도 고생을 견디며 열심히 일하고 착실하게 돈을 모으면 그렇게 될 수 있다는 생각이 언제부턴가 마음깊이 자리잡기 시작했다. 맘보빌딩을 우러르고 서있는 길수의 손은 으레 왼쪽 가슴께를 누르고 있었다. 그러면서 길수는 생각했다. 나는 지금 저 높은 맘보빌딩의 벽에 매달려 있다. 어떻게 해서라도 저 벽을 기어올라야 한다. 손톱이 다 닳아지고 피가 흐르고 미끄러지고 그래서 무릎을 깨고 또 피를 흘려도 기어이 꼭대기까지 기어올라가야 한다. 그때는 나도 저런 빌딩을 가진 돈많은 주인이 될 것이다. 통장에 돈이 조금씩 늘어날 때마다 그만큼 빌딩의 벽을 기어오르는 것이라고 생각하는 길수였다.

그래서 길수가 우선 바라는 것은 운전수가 되는 일이었다. 그럼 구두 닦느라고 애를 쓰지 않아도 된다. 더구나 벌이는 배 이상이 아닌가. 그러나 그걸 바라는 것은 당장 자가용을 타는 부자가 되기를 바라는 것만큼이나 허황된 꿈이었다. 지금의 알랭 들롱이나 개똥이 언제 그만둘 지 막연한 것이다. 그럴 리도 없겠지만 만약 둘이 한꺼번에 그만둔다 하더라도 자신의 차례는 멀기만 했다. 짱구, 똥파리, 빈대떡의 순서로 자신의 뒤에는 빌빌이가 있을 뿐이다. 짱구의 말마따나 '하느님 아버지시여 벼락을 치실려거든 돈벼락이나 쳐주십시오' 하는 기도나 드리는 것이 더 그럴 듯한 일인지도 몰랐다.

"구두 가져왔어요."

여사무원은 부츠를 받아들어 여기저기 살폈다. 길수의 눈길은 이미 남자들의 구두에서 구두로 옮아가고 있었다.

"이것도 닦은 거라고 닦았니?"

길수는 못 들은 체 했다. 대꾸할 필요조차 없는, 여자들이 으레 하는 시큰둥한 시비였다. 지금 길수로서는 남자들의 구두가 전부 콜드 맛사지를 해버린 것이 아쉬울 뿐이었다.

"자, 돈!"

동전이 책상 위에 부딪는 소리를 듣고 눈길을 돌렸다. 내려오는 길에 사무실과 다방을 뒤져 닦은 두 마리와 부츠 닦은 돈 육십 원을 내밀었다.

"어디보자아, 오늘 갈비가 열아홉 마리에서 두 마리를 더 닦았는데 십 원을 잃어잡수셨으니까 두 마리는 죽어서 도로 열아홉 마리고, 그 다음에 대구 한 마리를 닦았으니 두 마리 폭인데 빚 이 원을 빼니까 한 마리 반에 가설랑은에, 또 두 마리를 닦아왔으니 한 마리 반에 두 마리면

세 마리 반이 되고, 열아홉 마리에 세 마리 반을 보태니깐두루 스물두 마리 반이로구나. 어때 맞지?"

알랭 들롱의 말에 길수는 고개만 끄덕였다.

"이걸로 오전 시마이다. 가서 점심 진지 잡수시자, 갈비씨."

알랭 들롱이 몸을 털고 일어섰다.

스물두 마리 반. 서른 마리까지는 아직도 일곱 마리 반을 낚아야 된다.

"난 그만둘래. 아줌마한테 말해줘."

길수는 목소리에는 힘이 하나도 없었다.

"굶겠단 말이냐?"

길수는 고개만 끄덕이고 돌아섰다.

"살 생각했어. ×나게 뛰어, ×나게."

알랭 들롱은 또 꽈배기를 꼬고 있었다. 길수는 맘보빌딩 쪽으로 걸음을 옮겼다. 점심을 굶는 것으로 수입금이 줄어드는 것을 때우려는 생각이었지만 남들이 점심을 먹으러 간 사이에 나머지 일곱 마리 반을 낚을 심산이었다.

"야, 구두!"

길수는 얼른 돌아섰다.

"혹시 여기 어디서 짐꾼 좀 빨리 불러올 수 있니?"

길수는 그만 맥이 풀렸다. 그 남자의 옆에는 책뭉치가 쌓여있었다. 길수는 혹시나 해서 물었다.

"이걸 옮기시게요? 어디로 옮기는데요?"

"저 6층으로."

남자는 고개를 뒤로 젖혀 높은 현관 천장을 가리켰다. 길수의 마음은 금방 환하게 밝아졌다.

"아저씨, 이걸 내가 옮겨도 되죠? 그렇죠?"

"네가?……."

남자는 길수의 위 아래를 훑어보았다. 길수는 그만 몸이 달았다.

"아저씨, 문제없어요. 이래뵈도 통갈비란 말여요."

“통갈비? 너 정말 자신있니?”

“염려 마시라니까요. 돈만 많이 주세요.”

“그래, 그럼 옮겨봐라. 운임은 얼마나 주랴. 오백원이면 되지?”

“예에?”

순간 길수는 머리가 띵했다.

“왜, 적단 말이냐?”

“아녜요, 아저씨. 이걸 6층 어디로 옮겨요?”

길수는 서둘러 책뭉치를 집어들며 물었다.

“만세개발 알지? 그래, 거기로 옮기면 돼.”

길수는 펄떡펄떡 뛰고 싶었다. 이런 노다지가 또 어디 있으랴. 백 원만 받아도 어디냐 싶었던 것이다. 점심 굶기를 잘했다고, 이런 횡재를 하려고 오전 일거리가 그 모양이었던 것이라고 생각하는 길수의 전신에선 불끈불끈 힘이 솟았다.

책은 삼십 권씩이 한 뭉치로 되어 있었는데 모두 열여섯 뭉치였다. 네 뭉치로 포개어 등에 업어보니 힘에 부쳤다. 세 뭉치씩 나르면 많아야 여섯 번만 오르내리면 된다.

오백 원이 몽땅 내것이 된다. 구두 한 켤레에 사 원씩인데 몇 켤레를 닦아야 될 돈인가. 책 세 뭉치를 업고 숨을 씩씩거리며 계단을 오르고 있는 길수는 도무지 계산을 해낼 수가 없었다.

책은 계단을 오를수록 무거워졌다. 곧 뛸 것만 같은 마음과는 달랐다. 오층에서 주저앉아 버리고 싶은 것을 이를 악물며 참아 가까스로 6층까지 올라갔다. 책을 내려놓고나니 다리가 휘청거리고 헛디뎌졌다. 두 뭉치씩만 나르기로 했다. 그럼 여덟 번을 오르내려야 한다. 애들이 점심을 먹고 나오기 전에 다 끝내야 하는데…… 마음이 조급해진 길수는 곧 넘어질듯이 급히 계단을 뛰어내렸다.

세 번째, 네 번째…… 허벅지가 팍팍한 솜뭉치였다. 눈앞에서 자꾸 빨강 파랑 불똥들이 엇갈렸다. 가슴에서 불덩이가 이글거렸다.

여섯 번째로 계단을 오르다가 똥파리를 만났다. 길수는 가슴이 섬찟했다.

"너 돈벌이 한 번 삼삼하게 잘 하는구나. 야, 혼자만 재미보지 말고 나도 좀 끼어보자."

대뜸 똥파리가 내뱉은 말이었다. 길수는 잠시 망설였다. 그러나 그럴 수는 없는 노릇이었다. 언제 또 걸릴지 모르는 이런 횡재의 기회를 나눠 먹어야 할 하등의 이유가 없었다. 똥파리 제놈도 밥을 한 공기씩 더 사 먹을 때도 빈말이라도 먹어보라는 한 마디 하지 않았다.

"남이 찍은 일에 간섭하지 말어."

길수는 싸늘하게 말했다.

"그래? 알았어, 잘 해봐."

똥파리는 휭 계단을 뛰어올라갔다.

일곱 번째로 4층의 계단을 오르고 있는 길수의 다리는 바들바들 떨리고 있었다.

"요런 덜 떨어진 새끼야!"

이런 고함 소리와 함께 길수는 책 뭉치를 떨어뜨리며 픽 쓰러졌다. 책 뭉치는 두어 번 계단을 굴러내리다가 와르르 쏟아져 사방으로 흩어졌다. 계단 모서리에 정갱이를 사정없이 박은 길수는 꼼짝을 못 하고 있었다.

"빨리 일어나지 못해!"

길수는 뒷덜미를 틀어잡혀 일으켜졌다. 길수는 그때서야 그 사람이 꼰대라는 것을 알았다. 순간 등골이 오싹해지며 똥파리의 얼굴이 획 지나갔다.

"요런 쥐새끼 같은 놈아, 누구 허락 받고 이따위 짓 해, 엉? 왜 딴짓 해, 왜!"

"아저씨, 잘못……."

길수는 말을 맺지 못하고 나뒹그러졌다. 꼰대가 후려친 것이다.

"아저씨, 아저씨, 잘못했어요."

길수는 후다닥 일어나서 손바닥을 맞부볐다.

"아가리 나불대지 말어. 요런 쥐새끼 같은 놈아!"

길수는 또 핑 돌듯 하다가 폭 고꾸라졌다. 그리고 목덜미를 잡혀 계단을 끌려내려갔다. 길수는 끌려가면서 '아저씨 잘못했어요'를 숨이 닿도록 되풀이하고 있었다.

"일할 시간에 딴짓 하는 못된 버르장머리를 단단히 뜯어고쳐. 딴놈들 물들지 않게 시범쪼로 손 좀 봐주란 말야."

꼰대는 길수를 알랭 들롱에게 떠다밀었다.

"네놈 이익만 위해 그따위 얌체짓하는 버르장머리를 싹 뜯어고쳐주지."

알랭 들롱이 벌떡 일어섰다. 길수는 정신없이 빌기만 했다.

"자, 가보실까."

알랭 들롱이 길수의 팔을 나꿔챘다. 길수는 끌려가서는 안 된다는 생각밖에 없었다. 그대로 주저앉으며 두 다리를 내뻗었다.

"이게, 이게, 요런 쌍……."

길수는 숨이 컥 막혔다. 허벅지를 짓밟힌 것이다.

길수는 끌려가지 않으려고 발버둥을 쳤다. 그러나 알랭 들롱의 기운을 당할 수가 없었다. 질질 끌려가던 길수의 눈에 잡히는 것이 있었다. 세워둔 자가용차였다. 벌떡 일어난 길수는 그 꽁무니를 붙들고 매달렸다. 그러나 손잡이라곤 아무데도 없는 트렁크 뚜껑에 제아무리 손바닥을 찰싹 붙였지만 끌어당기는 알랭 들롱의 힘을 이겨낼 도리는 없었다. 거미다리처럼 꺾어세워진 열 개의 손가락은 바들바들 떨리며 뒤로 밀려나고 있었다.

"요런 망할 새끼, 죽어라고 닦아논 차를……."

어디선가 달려온 자가용 운전수가 길수의 옆구리를 내질렀다. 길수의 몸이 축 늘어졌다. 따라서 열 개의 손가락이 주르르 미끄러지듯 하며 검은 윤기가 번들거리는 차체에는 꾸불꾸불한 열 개의 줄이 그어져내렸다.

"야, 알랭 들롱! 그 자식 내버려둬. 오늘부터 아주 잘라버려야겠다!"

옆구리를 감싸잡고 나둥그러진 길수는 이런 말을 바람결처럼 들었다. 뭐, 뭐라고……, 길수는 그 높은 맘보빌딩의 벽에서 굴러 떨어지는 착각에 휘몰리며 가물가물 정신을 잃어가고 있었다.

운전수의 서너 차례 걸레질로 손자국이 말끔히 가셔버린 검은 윤기나
는 차체에는 맘보빌딩의 우람한 모습이 담겨져 있었다.

비탈진 음지

"카알 가아씨요. 카알 가아씨요."

복천(福千) 영감은 있는 대로 목청을 뽑았다. 어느새 해가 반뼘 정도 밖에 남지 않았다. 왈칵 시장기가 몰려들었다. 당연한 일이었다. 긴 여름해가 반뼘 남짓밖에 안남은 지금까지 점심을 먹지 않은 것이다. 하루 이틀의 일은 아니었다. 그런데 오늘따라 이 무슨 엉뚱한 변인가. 오늘 수입은 다른 날의 반도 안되는 판에 말이다.

"잡놈에 배창새기가 노망이 들었는갑구만."

복천영감은 중얼거리고 나서 몰려드는 시장기를 떼치기라도 하듯 다시 목청을 뽑는 것이다.

"카알 가아씨이……."

복천영감의 목소리는 끄윽 막혀버렸다. 그 목소리는 흡사 신나게 돌아가던 축음기판이 갑작스런 정전으로 괴상한 소리를 내며 풀려버리는 것과도 같았다. 복천영감은 한참이나 마른기침을 했다. 목이 칼칼했다. 서너 번 헛기침을 해보았다. 목은 다듬어지지 않았다. 목구멍이 파삭 타버렸거나 팅팅 부어오른 것 같은 느낌이었다. 혓바닥으로 입 속을 샅샅이 쓸었다. 침은 한 방울도 나오지 않았다. 잇몸도 입천장도 속볼도 하나같이 깔깔하기만 했다. 입안 가득 먼지가 끼어 있거나 모래가 차 있는 것 같았다. 언뜻 복천영감의 눈에는 논배미가 보였다. 쩍쩍 갈라진 논바닥. 거기에 누렇게 말라 비틀어진 벼포기가 꽂혀 있었다. 그런 논을 내려다보고 있을 때는 가슴이 논바닥처럼 갈라지는 것 같고 애간장이 벼포기처럼 타들어가긴 했어도 이렇게 입속이 바싹 말라버린 일은 없었다. 허긴 그때는 지금처럼 소리를 지른 일은 없었다. 그저 시뻘겋게 타는 하늘을 바라고, 인자라도 늦지 않았응께 비를 내려줏씨요, 존 일 헌다고 비 한 줄금만 내려줏씨요, 간절하게 빌었을 뿐이다. 그런데 지금은 집을 나서면서부터 들어갈 때까지 하루 진종일 소리를 질러대야 하는 것이다. 그것도 일거리가 많은 날은 한결 수월했다. 일을 하는 동안에는 소리를 지를 필요가 없기 때문이다. 그런데 오늘처럼 일거리가 잡히지 않는 날은 소리는 소리대로 질러대고 돈은 돈대로 안 벌리고, 무신 육시럴 팔짜가 요런 팔짜도 있는지 모르겄다, 복천영감은 마른 입맛을 다셨다.

복천영감은 사방을 두리번거렸다. 골목 어귀에 구멍가게가 있다는 생각이 떠올랐다. 걸음을 빨리했다. 얼음에 채운 그 시원하다는 콜라를 한 병 들이키면 목이 확 뚫리고 목소리가 카랑카랑하게 나오리라 싶었다. 그러나 복천영감의 걸음은 곧 주춤해졌다.

"허, 무신 쓸개빠진 생각이여, 잡것."

자신을 나무랐다. 시원한 콜라를 한 병 들이키자는 생각이 떠오르긴 했지만 다음 순간 콜라값이 복천영감의 머리를 치고 지나갔던 것이다. 병값을 제하고 물만 마시면 사십 원이고 그렇지 않으면 사십오 원이라고 했다. 어느 가게에서는 오십 원을 받기도 한다는 것이다. 가당찮은 돈이다. 물 한 모금에 오십 원, 아니 사십 원이라 해도 그렇지. 돈이 많아 몸살이 나는 서울것들이나, 돈은 없어도 당장 기죽기가 싫어 뻐기는 허세 좋은 서울놈들이 할 짓이지 나같은 촌것이, 가당찮다. 오십 원이면 한 번 일거리 품삯이다. 한 번의 일거리를 얻기 위해서는 몇 십 번의 소리를 질러야 하고 또 몇 골목을 헤매야 하는지 모른다. 재수가 좋은 날은 그렇지도 않지만 오늘처럼 재수가 옴 붙은 날은 몇 십 번이 아니라 몇 백 번은 소리를 질러야 하고 골목도 수십 골목을 허덕여도 한 건이 걸릴까 말까다. 그런데 물 한 모금을 꼴깍하고 오십 원을 버려? 쓸개가 빠져도 열두 번은 빠졌고 환장을 혔어도 예사로 헌 것이 아니랑게. 시장 도매집에 가면 라면 하나에 십팔 원인디, 오십 원에 사 원만 더 보태면

세 개를 요롷타께 살 것이고, 고것이 먼 영수 영자 두 자석허고 한 끼니 럴 때울 것 아니라고. 영수는 라면을 고롷크름 좋아헐 수가 없는디. 자석이 죽어뿐 지에미가 살아 돌아옴사 고렇게 좋아헐 수가 있을랑가. 다 배불리 못 묵고 큰 징조닝께. 그만 복천영감의 코허리가 매캐해진다. 라면도 라면이지만 납작보리쌀을 사먼 또 어떻고. 오십 원이면 큰 되로 한 되는 사고, 쌀을 사도 반 되가 아닌가벼. 그런 것 저런 것 다 집어치고라도 아, 영수 연필을 사더라도 다섯 자루를 살 것인디. 그라면 고 알뜰살뜰한 영수가 반년은 실히 쓸 것이고, 공책을 사도 두 권은 살 것인디, 넋 빠지게 콜라는 무신놈에 콜라여.

이런 생각을 하며 복천영감은 골목 어귀의 구멍가게에 다다랐다. 몇 번인가 일거리를 맡은 얼굴이 익은 가게였다. 복천영감은 안을 기웃거렸다. 낯익은 여자 주인은 없고 열서너 살 먹어뵈는 계집애가 얄팍한 책을 들여다보며 껌을 질겅이고 있었다. 보아하니 만화책인 모양이었다. 복천영감은 안으로 발을 들여놓았다. 그래도 계집애는 인기척을 느끼지 못하고 있었다. 복천영감은 등골에 오싹 찬바람을 느꼈다. 이 과자를… 번개처럼 스치고 지나간 생각이었다. 과자봉지는 손만 뻗치면 집을 수 있는 자리에 있었다. 아들 영수의 얼굴이 떠올랐다가 사라졌다. 가슴의 고동소리가 크게 들렸다. 복천영감은 어금니를 꽈악 맞물었다. 도둑물 건을 아들에게 먹여서는 안 된다고 마음을 다잡았다.

"시악씨, 나 잠 보드라고."

복천영감은 자신의 목소리가 떨려나옴을 느꼈다.

"어머, 깜짝이야."

계집애는 정말 소스라치게 놀랐다. 이랬을 바에야……, 복천영감은 언뜻 후회를 했다. 도둑물건을 아들에게 먹여서는 안 된다는 생각도 있었지만 과자를 훔쳐 돌아설 때 그만 계집애가 소리를 질러 사람들이 우루루 몰려나와 서너 발짝도 못 가 덜미를 나꿔채일 것 같은 두려움도 없지 않았었다.

"뭐예요, 신경질나게. 뭐 드려요?"

계집애는 예쁘장한 생김새와는 달리 여간 표독스럽지가 않다. 복천영감은 머뭇거렸다.

"뭘 살꺼냔 말예요."

계집애는 눈꼬리를 치세우고 뭘 사겠느냐고 화를 냈다. 손님헌테 고래 갖고 에지간히 장사 잘 해묵겄다. 복천영감은 그만 돌아서버릴까 했다. 그러나 기왕 내친 걸음이었다.

"시악씨, 멀 살라는 것이 아니고 말이여……."

"뭐예요, 기분 잡치게."

계집애는 들고 있던 만화책으로 마룻바닥을 탁 내리치며 신경질을 부렸다. 그리고는 쏘아붙였다.

"나가요. 우리 집 칼 갈 것 없어요."

복천영감은 자신의 옆구리에 매달린 로울러가 붙은 연장통을 새삼스럽게 물끄러미 내려다보았다.

"시악씨, 나 찬물 한 그럭 얻어묵었으면 쓰겠는디?"

힘들게 이 말을 했다. 그러나 복천영감의 목소리는 빨랐다.

"물요? 목 마르면 콜라 사잡수세요."

계집애는 흥, 코방귀를 뀌고 잠시 들었던 눈길을 다시 만화책으로 옮겨버렸다. 저것 참말로 똑똑허네웨. 누가 콜라 묵을지 몰라서 그러간디, 저 쥐방울만헌 것이. 복천영감은 또 역겨운 냄새를 진하게 맡고 있었다. 그 냄새는 언제나 진하고 독하게 속을 뒤집는 것이다. 서울 냄새였다. 그만 돌아서버릴까 하다가 어린것을 탓해서 무엇하랴 싶었다. 그만큼 목이 타고 있었다.

"시악씨, 나겉은 사람이 돈이 워디 있어야제. 얼렁 찬물 한 그럭 얻어묵게 혀주드라고."

"아, 빨랑 나가요. 냉수는 뭐 공짠 줄 아세요? 우리도 돈 내고 먹는 수돗물을 언제 봤다고 공짜로 달래는 거예요?"

"그려……?"

복천영감은 돌아섰다. 역한 냄새에 내장이 뒤집히고 있었다. 이제 냉수 아니라 콜라 할애비를 준대도 받아 마실 리가 없었다. 목이 말라 이대로 거꾸러져도 그런 역한 냄새를 맡고서는 어림도 없는 일이었다. 칼갈이를 생업으로 삼아 서울의 이 골목 저 골목을 뒤지며 살아온 것이 어느덧 육 년 가까이. 그 동안 겪은 고생, 당한 서러움도 많았지만 타향이니까, 가난하니까 하는 식으로 그래도 자위할 수는 있었다. 그런데 복천 영감을 못 견디게 하는 것은 모든 서울 사람들이 하나같이 지니고 있는 그 몰인정이요, 매정함이었다. 언제나 차갑고 싸늘하고 냉정해서 삭막하기 엄동 같은 인심에 맞부딪칠 때마다 속이 뒤집히는 울분 같은 것을 억누를 길이 없었다. 그뿐 아니라 약삭빠르기 다람쥐 같고, 뻔뻔스럽기 쇠가죽 같은 낯짝인가 하면, 능글맞기는 백여우요 억척스럽기는 땅벌 같은 종자들을 대하면서 자기는 어쩔 수 없는 촌놈이라는 탄식밖에 나오는 게 없었다. 없어도 항시 푸짐하고, 배가 고픈 대로 따뜻하고, 별달리 도와주는 것이 없어도 믿음직하던 고향의 인심은 옛날옛적 이야기였다. 서울 사람이라고 별난 종자만 뽑아다 둔 것도 아니고, 여섯 해가 넘도록 갈지자로 서울길을 헤매다보니까 조선 팔도 오만 잡동사니는 다 모여 사는데 어찌 그리 야박하고 차돌멩이 같은지 알다가도 모를 일이었다. 본래 서울 인심은 그렇다 치더라도 각 지방 사람들은 또 웬일인 것일까. 서울이란 땅이 본시 그런 것인지, 인종이 많다보니까 서울이 그리 된 것인지 도무지 알 길이 없었다. 꿈에도 본 일이 없는 사람이라도 물을 청하면 물 긷던 두레박을 멈추고 아무것도 안 묻은 바가지를 굳이 다시 헹궈 물을 떠서 바가지 밑에 듣는 물방울을 뿌려내고서야 건네는 인심이었다. 감자를 삶아 함지박으로 앞뒷집에 권하고, 귀한 손이라도 갑자기 오는 때면 옆집 씨암탉이라도 잡아다가 쓰는 그런 인정을 바라는 건 아니었다. 눈 감으면 코 떼어갈 세상이라는 것쯤 그 동안의 쓰린 기억들을 굳이 되살리지 않아도 저리도록 느끼고 있었다.

기실 그 계집애의 말이야 옳은 말이고 사리야 맞는 사리다. 꼬박 꼬박 돈 내고 먹는 수돗물을 생판 모르는 사람에게 단 한 그릇이라도 어찌 줄 수 있을까보냐. 문제는 그런 꼴을 당할 때마다 그 지독한 서울 냄새를 맡는다는 데 있었다. 서울 냄새가 지독할수록 마누라가 못 견디게 그리워지고 고향이 불현듯 코 앞에 다가드는 것이다. 그건 괴로움이었다. 이기기 어려운 괴로움이었다. 돌아가고픈 간절함과는 반대로 돌아갈 수 없는 처지에서 눈 앞에 어른거리는 고향을 떼쳐내려고 애쓰는 것은 배고픔을 이기는 것만큼이나 괴로운 일이었다. 세월이 가는데도 서울 사람이 되지 못하고 그런 괴로움을 어김없이 몰아오고 하는 서울 냄새를 언제까지나 맡고 있는 자신이 미웠다. 물지게로 길어다 먹는 수돗물이지만 한 지게에 사 원을 주고, 그것도 빈틈없이 현찰을 지불하는 것이었고, 처음 서울에 올라와서는 한 지게에 일 원이던 것이 수도요금이 오를 때마다 일 원씩 따라 올라 사 원이 된 수돗물을 먹는 어엿한 서울 사람이었다. 그뿐인가. 쌀도 가게에서 팔아다 먹고 무우 배추는 고사하고 어줍잖은 푸성귀까지 사다 먹는 분명한 서울 사람이었다. 그러면서도 막상 억척스럽고 능글맞고 뻔뻔스럽고 약삭빠르지 못했고 몰인정하고 매정해질 수가 없었다. 그런 자신에게서 그래도 다시 고향에 돌아가 살 수 있는 자격이 있다고 느끼며 흐뭇하기도 했지만 정작 서울 냄새를 맡고는 도저히 돌아갈 형편이 못되는 처지를 새삼스레 느끼면서 어서 빨리 서울 놈이 못 돼버리는 스스로가 야속하기만 했다.

크든 작든 어느 가게 앞이고 산더미로 쌓여 있는 그 콜라라는 것의 맛을 복천영감은 모르고 있었다. 언젠가 두 병을 산 일이 있긴 했다. 중학교 이학년인 영수놈이 엉뚱하게 콜라병 두 개를 내놓으라고 했다. 이유인즉 학교에서 폐품인가 뭔가를 수집해서 그걸 팔아 일선장병 위문품을 마련한다는 것이었다. 집안에 콜라병이 있을 턱이 없었다. 제 누나는 간장병을 가져가라고 했다. 영수놈은 안 된다고 했다. 간장병도 폐품이 아니냐고 제 누나가 따졌다. 글쎄 간장병은 팔아봤자 이 원밖에 못 받으니까 맥주병이나 콜라병이 아니면 안 된다고 선생님이 말하더라며 영수놈은 제법 그럴듯한 제 생각을 털어놓았던 것이다. 콜라를 두 병 사다 먹고 병을 가져가면 돈이 백 원이나 드니까 가게에 가서 빈병을 사면 십오 원이면 된다는 것이었다. 그럼 학교에서는 병 하나에 얼마씩 받고 팔 것이냐고 제 누나가 대뜸 물었다. 아마 오 원씩 받을 거라는 영수놈의 대답이었다. 요런 맹추야 그럼 오 원이 손해잖니, 그냥 십 원을 내면 될 걸 가지고. 제 누나의 핀잔이었다. 누나는 알지도 못하면서 괜히 잘난 체하지마, 현금을 내면 잡부금 징수란 말야. 영수놈이 쏘다붙였다. 별꼴,

일선장병 위문품을 사는 건데 잡부금이고 뭐고가 있니. 제 누나의 한풀 꺾인 말이었다.

"영자야, 니 얼렁 가서 콜라 두 병 사오니라."

복천영감은 딸 앞에 백 원을 불쑥 내밀었다.

"아부지……?"

딸애는 사뭇 놀란 눈이었고

"아부지, 나 빈 병 사갈 거예요."

영수놈의 걱정어린 목소리였다.

"얼렁 사오니라. 느그덜이라고 콜라 한 병 못 묵고 살란 법 워디 있다냐. 아, 싸게 일어나."

딸애가 마지못해 돈을 받아들고 일어섰다. 영수놈은 제 누나를 곁눈질 했고, 딸애는 제 동생에게 빈 주먹질을 해보였다. 저것들이 벌써…… 복천영감의 가슴에는 물이 흐르고 있었다.

딸애가 나가자 영수놈은 사과궤짝에 신문지를 바른, 책상도 아닌 책상 앞으로 다가 앉았다.

"누님 어두운디 니도 함께 갔다오니라."

말이 떨어지기가 무섭게 영수놈은 자리를 차고 일어섰다. 복천영감은 빙그레 웃었다. 그러면서도 가슴에서는 물이 더 세차게 흐르고 있었다. 저 어린것들이 돈 오 원을 저리도 끔찍이 알다니. 이리 가난해도 에미만 살았더라면 덜 불쌍할 걸. 복천영감의 눈꼬리에는 그만 물기가 배었다. 고생만 고생만 진절머리나게 하고 죽은 마누라였다. 가엾고 딱했다. 그해 따라 어찌 그리 날도 가물었던고. 큰아들놈 영기만 있어도 동기간에 의지가 훨씬 나을 것을. 그놈은 살았는지 죽었는지. 그놈 일만 생각하면 허망하고 기가 막히는 게 자식 키웠다 할 것이 없었다.

"누나, 이걸 마시면 정말 카아 소리가 저절로 나올까?"

"인제 마셔보면 알꺼 아니니."

아이들이 돌아오는 소리에 복천영감은 눈 가장자리를 손등으로 문지르고는 자리를 고쳐앉아 꽁초에 불을 붙였다.

딸애는 소반에 콜라 두 병을 받쳐들고 들어왔다. 콜라병 옆으로는 스텐그릇이 세 개 놓여 있었다. 국그릇이었다. 딸애는 그릇 하나를 밀쳐놓더니 콜라병을 집어들었다. 복천영감은 손을 저었다.

"아서라 아서. 따르지 말고 느그덜 둘이서 한 병씩 묵어라."

"우리 둘이는 이걸 나눠 마실래요. 아부지, 한 병 드세요."

"무신 소리다냐. 나 묵을라고 사오란 것 아니다. 나는 종종 묵어쌌니라."

몇 차례 실랑이를 했다. 복천영감은 눈을 부라렸다.

"아, 다 식어뿌는디 싸게싸게 묵어뿔랑께, 말 안 들을 것이다냐?"

그래서 영수놈과 딸애는 한 병씩을 어렵게 집어들었다. 영수놈은 마시는 것이 아니라 혀로 핥고 있었다. 사내가 먹는 버릇을 그렇게 하면 못쓴다고 나무래주려다가 그만 두었다. 영수놈은 다른 날과 마찬가지로 늦도록 공부를 하고 잔 모양인데 아침에 일어나보니 사과궤짝 책상 위에는 반이나 남은 콜라병이 놓여 있었다.

복천영감은 골목을 벗어나며 버릇처럼 목청을 뽑았다.

"카알 가아씨요. 카알 가아……."

목젖께가 뜨끔하며 목이 막혔다. 목을 늘이며 마름침을 힘들게 삼켰다. 비릿한 피냄새가 솟겼다. 오늘 날씨가 무덥기도 했지만 이렇게 목이 막히고 입 속이 타기는 예전에 없던 일이었다. 그전에도 아침보다는 저녁 때가 되면서부터 목소리가 탁해지긴 했지만 이다지 심하지는 않았다. 복천영감에게 칼 가는 것만큼 자신있는 것이 있다면 목소리였다. 설날이나 추석날 술자리에서 복천영감의 육자배기는 빼놓을 수 없는 일품이었다. 한참 나이 때는 '복천이 육자배기'는 읍내에까지 소문이 파다할 정도로 크고 맑고 매끈하면서도 그 맛이 깊었던 것이다. '카알 가아씨요' 하루에도 몇 수십 번씩 외쳐대는 이 소리도 복천영감 멋대로 지어낸 곡조이긴 했지만 그 어느 칼갈이 장수가 따를 수 없이 독특하고 알아듣기 쉬웠다. '칼'을 '카알'로 한 것은 큰소리를 지르는데 바로 '칼'하면 힘이 배로 들 뿐만 아니라 뒷말이 곧 이어지지가 않았다. 그래서 '카알'로 바꾼 것인데 이때 '카'에다 힘을 주고 잇달아 '알'을 붙이고는 다음 '가'는 '칼'의 반 높이 소리를 내며 이어 '아'를 확 트인 소리로 길게 뽑다가 힘을 모아 ‘씨요’는 강하고 짧은 소리로 끊는 것이었다. 어떤 사람은 ‘칼 가러’했고 누구는 ‘칼 왔어’하기도 했다. 복천영감으로서는 둘 다 못마땅했다. 아무리 칼갈이를 업으로 삼기로소니 그 불손한 말버릇이 틀려먹었다는 생각이었다. 혀가 반쪽이 아닌 바에야 ‘칼 가러’는 뭐고 ‘칼 왔어’는 또 무슨 덜된 수작이냐 싶었던 것이다. 칼을 갈려다가도 그만 두리라 싶었다. 그리고 또 마땅찮은 것은 그 반말지거릴망정 똑똑했으면 좋으련만 이건 원 염불을 외는지 타령을 하는지 통히 알아들을 수 없을 지경으로 어물거리는 데는 딱 질색이었다. 목구멍 풀칠하기에 쉬운 일은 하나도 없는 세상에 기왕 목구멍에 거미줄 서리지 않게 하려고 나섰으면 딱 부러지게 해야 될 일이었다. 그래서 복천영감은 존칭을 써서 옛날 육자배기를 뽑던 기분으로 ‘카알 가아씨요’를 한껏 외치는 것이었다. 물론 서울말 존칭을 써서 ‘카알 가아세요’나 ‘카알 가십시오’를 써야 될 일이라는 생각이 들기도 했다. 그러나 그것까지는 그렇게 되지도 않았을 뿐만 아니라 그렇게 하고 싶지도 않았다. 처음 서울에 올라오고 보니 제일 먼저 귀에 박히는 말이 계집애들의 말끝마다에 따라다니는 ‘니’였던 것이다. 도무지 생소한 그 ‘니’라는 말은 어찌 들으면 부드러운 것 같으면서도 간사하기 이를데 없었고, 싸움이라도 하는 경우에 ‘니’에 뭉쳐지는 독살맞은 기운은 독사 혓바닥이 시장스러울 지경이었다. 그래서 한때는 ‘니’라는 소리만 들으면 울컥 화가 치밀곤 했었다. 그때가 아마 땅콩장사를 시작해서 며칠 만에 리어커째 잊어먹고 빈털터리가 되었던, 서울이라면 이가 갈리던 시기였는지도 모른다. ‘니’에 비하여 ‘세요’나 ‘십시오’는 말할 것도 없이 양반이었지만 반평생이 넘도록 뼈에 익은 말을 하루 아침에 바꾸기란 여간 어려운 게 아니었다. 또 그게 수월했다 하더라도 굳이 고치지 않았을 것이다. 말마저 서울말이 되고보면 영영 고향을 빼앗겨버린 것 같은 서운함과 헛헛함을 감당할 도리가 없을 듯싶었다. 두 애들이야 어리니까 빨리 고칠 수도 있을 것이고, 고향에 대한 별다른 애착도 없고보면 굳이 사투리를 써가며 아이들로부터 촌놈이라고 손가락질 당할 필요가 없잖을까 싶어 내버려두었다.

칼갈이로 나선 둘째 날이었다. 그저 두 눈 꼭 감고 ‘카알 가아씨요’를 외치며 골목을 찾아 무작정 걸었다. 그러기를 반나절 가까이 했다. 그때까지 칼은 하나도 갈지 못했다.

"카알 가아씨요."

목청을 뽑아대며 골목을 돌아서던 복천영감은 걸음을 멈칫했다.

"예 말이요, 아자씨. 칼 갈랑께 나 잠 봇씨요오."

복천영감은 후딱 돌아섰다. 가슴이 확 트이는 것 같았다. 첫 손님이 아닌가. 저쪽, 골목 중간쯤에서 한 아가씨가 뛰어오고 있었다. 복천영감도 잰걸음 쳤다.

"워메 호랭이가 쫓습디여? 워찌 그리 부산나다요?"

마주 선 아가씨는 숨을 헐떡거렸다. 손에는 칼이 들려 있었다.

"근디, 시악씨 고향은 워디랑가?"

"아자씨, 워메 할아부지라고 혀야 쓰겄구만이라. 할아부지 고향은 어디라요?"

"피차 한땅 아니라고 나 예당이구만."

"그려라? 워메 나넌 보성인디, 이웃사촌이구만이라. 그래분개로 맘이 고렇크름 설레발을 치제라."

"무슨 일이 있었간디?"

"하먼이라. 그 통 무거운디 요리 줏씨요."

아가씨는 복천영감이 멘 칼 가는 연장통을 거머잡았다.

"워디럴, 암시랑 않네."

복천영감은 사양을 했다.

"와따 얼렁 벗으씨요. 늙은 것도 원퉁헌디 요 무슨 고상이다요. 얼렁 저 그늘로 드시씨요."

아가씨는 굳이 연장통을 빼앗듯 해서는 담 밑 서너 자 폭의 그늘로 들어섰다.

아가씨는 식모살이를 온 지 한 달 남짓 된다고 했고, 집생각으로 몸살이 나던 판에 복천영감의 목소리를 들었다는 것이다. 금방 미칠 것 같아서 칼을 갈겠다고 서둘렀더니 며칠 전에 간 칼을 왜 또 갈겠다고 수선이냐며 주인아주머니가 면박을 했다. 잘못 갈아서 통 들지를 않는다고 한 마디 하고는 그대로 대문을 뛰쳐나온 것이라 했다.

많은 이야기를 했다. 거의가 아가씨의 신세한탄이었고 복천영감은 딸의 이야기거니 여기고 들었다. 아가씨는 될 수 있는 대로 천천히 걸어다니라고 일깨워주었고, 어서 돈을 모아 칼 가는 쇠바퀴(나중에 알고보니 로울러였다.)를 준비하라고도 했다. 목돈이 들긴 하겠지만 서울 깍쟁이들은 칼도 날이 신작로가 돼서야 겨우 갈기 때문에 그런 칼을 숫돌에만 문질러 날을 세우다가는 힘만 수십배 든다는 것이었다. 물론 쇠연장은 숫돌에 문질러 날을 세워야만 날이 오래 살아 있는 것이지만 서울것들은 그런 것을 몰라준다고 했다. 그러니 쇠바퀴를 돌려 우선 날을 세우고 나서 숫돌에 서너 번 문질러주라는 것이었다. 그러면 일도 몇 곱절 수월해지고 속도도 빠르다는 것이었다.

삼십 원만 내라는데도 아가씨는 굳이 오십 원을 내고 일어섰다. 남들이라고 다 오십 원을 받는데 혼자만 적게 받지 말라며 아가씨는 갑갑해했다. 그리고 이 칼이 누구 것인데 고향사람에게 손해를 입히겠냐는 것이었다.

"시악씨, 잡생각 허지 말고 맘붙이고 잘 있어야 혀."

"할아부지, 잊어뿔지 말고 종종 들리씨요이."

그런 말로 헤어졌다. 그 일이 있고부터 복천영감은 한사코 고향말을 지켰다.

복천영감은 연신 헛기침을 해가며 큰길로 나섰다. 갈증은 점점 심해지고 있었다. 해를 찾았다. 해는 서산마루에 맞닿아 있었다. 집으로 돌아갈 시간이었다. 해가 지고나면 어느 얼빠진 사람이 칼을 갈 리도 만무했지만 설령 맡긴다 해도 갈아줄 복천영감이 아니었다. 칼이든 낫이든 간에 쇠로 만든 물건은 낮에는 요긴한 연장이었지만 밤이 되면 흉기로 변하는 것이었다. 밤에 칼을 가는 것. 그건 생각만 해도 흉칙한 일이었다. 그래서 해만 지면 발길을 총총히 집으로 돌렸다.

복천영감은 사방을 두리번거렸다. 가게는 즐비했지만 목을 축일 곳은 없었다. 뒤에 산동네라도 업고 있어야 공중수도가 있을 터인데 이 동네는 평지였다. 거기다가 썩 잘사는 동네였다. 고향에서도 읍내의 좀 산다는 집들은 인심이 사나웠다. 우선 높은 담이 사람을 멀리하는 징조였고, 빈틈없는 대문 단속이 그랬는가 하면, 사람을 경계하는 눈초리가 막가는 인심이었다. 좀 산다는 놈들은 저희들보다 못한 사람은 무조건 눈 아래로 깔아보거나 도둑놈으로 취급하는 게 분명했다. 필경 저희놈들이 도둑질로 치부를 했으니 지레 그 꼬라지지, 떳떳하게 벌고 바로 모았으면야 뭘 그리 무서워하고 쉬쉬 할 이유가 있을까 싶었다. 개 눈엔 똥밖에 안 보인다는 옛말이 그른 데가 없는 말이다. 다 아는 일이지만 박 진사네만 해도 그 재산이 올바로 모은 것이었던가. 못 사는 사람 피 빨고 못되게 굴어서 배 채운 것이었지. 그렇게 눈 부릅뜨고 억지 춘향이로 배를 채웠으니 제대로 소화가 될 리 만무했지. 십년 세도 없더라고 당대에 폭삭했지. 암, 싸고말고. 복천영감은 주먹을 말아쥐며 부르르 떨었다. 박 진사, 생각만 해도 치가 띨렸다. 몇 십년이 지난 일이건만 무시로 생각이 났고, 그럴 때마다 피가 솟구쳤다. 생각해보았자 흘러가버린 일이요 돌이킬 수 없는 일이었다. 어서 집으로 돌아가 물지게를 지기 전에 공중수도에서 물을 서너 사발 들이켜야겠다고 생각하며 박 진사의 기억을 떼치려고 했다. 그러면서, 아무리 못 살고 가난해도 산동네 사람들은 물 한 그릇쯤 선선히 내놓으리라는 확신이 들었다. 돈으로 맥질이 된 이 서울에서 물 한 그릇이나마 얻어먹을 데라곤 결국 찢어지게 가난한 사람들이 똥통의 구더기처럼 모여사는 산동네뿐이라는 생각에 복천영감은 그만 서러워지고 마는 것이었다.

"맥없이 가난허게 살간디. 부자가 될라먼 물 한 그럭에라도 눈에 불을 켜야 허는 것이여. 근디 그래갖고 부자가 되면 워쩌자는 것이여 금메."

이렇게 중얼거리며 복천영감은 연장통을 뒤허리에 바싹 붙이고는 잰걸음을 치고 있었다.

공중수도는 산동네가 시작되는 삼거리 골목 입구에 있었다. 복천영감이 그 공중수도에 다다랐을 때는 골목의 가게마다 전등이 밝혀져 있었다.

"얼렁 물 묵을 그럭 잠 줏씨요. 목구녕이 불이 나요, 불이 나."

복천영감은 연장통 멜끈을 어깨에서 벗기며 복덕방 강 영감을 답쳤다.

"쇠주라도 한 잔 걸쳤드랑가?"

급한 대로라면 수도꼭지를 입에 틀어박고 마셔대야 속이 후련할 것 같았다.

강 영감이 내미는 플라스틱 바가지에 물이 넘치도록 받아 벌컥벌컥 들이켰다. 입을 한 번도 떼지 않고 숨이 닿도록 한 바가지의 물을 다 마셨다. 그러고나니 어깨가 처지면서 팔다리가 축 늘어졌다. 복천영감은 연장통에 무너지듯 주저앉았다.

"소금죽을 묵었든가? 무신놈에 물얼 술 퍼마시대끼 헌당가?"

대꾸하기가 싫었다. 눈앞이 아물아물해 왔다.

"많이 벌었능가?"

복천영감은 고개를 가로저었다. 올려다보는 강 영감의 얼굴이 두 개로 겹치다가 흔들리다가 했다.

"담배나 한 대 빨고 기운 채려. 자아"

복천영감은 담배를 빼들며 또 강 영감이 더없이 부러워지고 있었다.

강 영감은 서울에서 산 것이 십오 년이 넘는다고 했다. 큰아들이 동회 직원이었다. 강 영감은 세 평 남짓한 이 블록 건물에 복덕방을 내고 담배가게까지 차리고 있었다. 공중수도의 큰 꼭지는 복덕방 안쪽 구석에 있었는데 여기서 모아지는 돈은 담배가게나 복덕방 수입에 비하면 강 영감 말마따나 가당찮은 것일지 모르지만, 어림잡아도 삼백 가구가 넘는 산동네 사람들이 오로지 이 수도에 매달리고 보면 티끌 모아 태산이라고 그 돈도 결코 얕잡아 볼 것만도 아니었다. 더구나 아침저녁으로 물을 받으러 오는 사람들이 나온 걸음에 담배를 샀고, 방을 세놓아 달라거나 돈을 빼달라는 복덕방 일도 부탁하는 것이었다. 강 영감의 복덕방이나 담배가게를 지나치고나면 값진 집들이 있는 곳까지 가야 하기 때문에 산동네 사람들은 별 수 없이 강 영감에게 의지하는 도리밖에 없었다. 강 영감의 장사는 동회에 다니는 아들이 하는 거나 마찬가지라는 산동네 사람들의 뒷말이 영 틀리지 않은지도 몰랐다. 다방이나 약방만큼 많은 것이 담배가게요 복덕방인데 어찌된 일인지 값진 집들이 들어찬 아랫동네 뒤로는 담배가게나 복덕방이 강 영감네 것뿐이었다. 복덕방이든 담배가게든 하나쯤은 더 있을 법도 한데 이상한 일이었다. 뒷소문으로는 동회직원인 강 영감네 아들 때문에 아무도 엄두를 못 낸다는 것이었다. 그런 말을 듣고 복천영감은 설마 사람들이 강 영감 돈버는 게 배가 아파 헐뜯는 것이겠지 했다. 그리고 다른 복덕방이나 담배가게가 들어서지 않는 게 오히려 다행이라 싶었다. 만약 그렇게 되어서 강 영감의 수입이 줄어드는 날에는 약간 고약해 보이는 강 영감이 앙심을 먹고 복덕방 안에 있는 큰 수도꼭지를 잠가놓고 사흘거리 골탕을 먹일지도 모를 일이었다. 그렇게 되면 산동네 사람들은 영락없이 모래밭에서 헐떡이는 붕어꼴이 되고 마는 것이다. 강 영감은 자기보다 네 살이 손위인 쉰여섯이었다. 그런데도 언제나 훤한 강 영감의 신수는 나이를 뒤바꿔 보이게 했다. 복천영감은 그런 강 영감이 부러웠다. 남들이 우러러보는 장성한 아들을 둔 것이 부러웠다. 그러나 무엇보다도 부러운 것은 그 나이에 마누라가 살아 있다는 사실이었다. 열 효자보다 한 악처가 낫다는 말이 나이 들어갈수록 옳은 말로 느껴지고, 그럴수록 먼저 가버린 마누라가 야속하고 못 견디게 그리워지는 터였다.

　마누라가 죽던 해는 어쩌면 그리도 가뭄이 지독하게 들었는지 몰랐다. 여름 내내 비 한 방울 내리지 않고 하늘은 불길을 토했다. 논바닥이 타거나 개울물이 말라 붕어며 미꾸라지가 배를 까뒤집고 죽어가는 것은 예사 가뭄에도 보는 일이었다. 샘물이 바닥이 나서 저수지 물을 길어다 먹는 소동이 벌어지더니, 저수지 물마저 바닥을 드러내기 시작했던 것이다. 물싸움도 한물 간 지 오래였다. 처음 물싸움이 벌어졌을 때에도 복천영감은 강 건너 불구경하듯 했다. 한 마지기 남았던 논마저 마누라 병수발 탓에 모내기가 시작될 즈음 팔아 없앴던 것이다. 논 한 마지기도 없는 주제에 가뭄이 그만 끝나고 비가 내리기를 간절히 바랐던 것은 타고 난 농사꾼의 생리에서가 아니라 마누라 때문이었다. 급한대로 쌀 열세 가마니를 받고 논을 팔아치운 돈을 몰아쥐고 마누라를 도청소재지인 ㄱ시의 대학병원에 입원시킨 것이 유월 중순께였다. 그때 이미 마누라의 오른쪽 다리는 두 개를 합해놓은 것처럼 팅팅 부어올라 있었다. 피부 색깔도 검붉게 변해갔다. 병원에서는 다리를 절단해야 된다고 했다. 그것도 아랫배 가까이까지 바짝 잘라낸다는 것이었다. 그래서 목숨이 살아날 수 있다면야 응당 해야 할 일이었다. 다리만 잘라내면 살 수 있느냐고, 그전처럼 다시 아프지는 않겠느냐고 되짚어 물었다. 의사는 고개를 저었다. 장담할 수 없다고 했다. 장담을 하기에는 병세가 너무 심할 뿐만 아니라 이런 형편이라면 열에 여덟 아홉은 병균이 복부에 침투했을 염려가 크다고 했다. 복부에 병균이 침투한 경우에는 다리를 절단해도 또 재발한다는 것이었다. 기가 막힐 일이었다. 그럼 왜 다리를 자르라는 거냐고, 그게 무슨 심뽀냐고 따지고 들었다. 보호자나 의사는 어떻게 해서든지 환자를 살리려는 것이 목적이고 그러기 위해서는 할 수 있는 한 최선을 다 해보아야 할 게 아니냐고 했고, 만에 하나라도 불행한 일이 생겼을 경우에도 후회는 없을 게 아니냐며 젊은 의사는 타일렀던 것이다. 왜 의사가 병균이 침투했는지 안 했는지를 모르느냐고 그는 애가 탔다. 의사는 물끄러미 바라보고 있더니, 최선을 다해 조사해보자는 말을 남기고 돌아섰다. 그런 답답한 상태에서 마누라는 매일 주사를 맞고 있었다. 아프다고 곧 숨이 넘어가게 소리를 질러대던 마누라는 주사를 맞고나면 반 시간이 못 가 화색(和色)이 돌아오는 것이었다. 그런데 이상한 것은 다리가 매일 표나게 부어오르고 색깔도 차츰 붉은색이 없어지며 검게 변하는 것이었다. 그리고 주사도 날이 갈수록 자주 맞아야 했다.

열여드레 되는 날이었다. 간호원이 안내한 방에는 그 젊은 의사와 머리가 희끗희끗한 의사, 두 사람이 앉아 있었다.

"그 동안 조사를 해본 결과 절단수술을 해도 가망이 없습니다. 이미 복부에 균이 침투했어요."

늙은 의사의 말이었다.

"그라면, 그라면……."

복천영감은 말을 잇지 못했다.

"오늘 중으로 퇴원하십시오."

늙은 의사는 일어섰다.

"의사선상님, 그라면 우리 마누래넌……선상님……."

복천영감은 마룻바닥에 무릎을 끓고 손바닥을 모았다.

늙은 의사는 나가버렸다.

"선상님, 마누래가 저리도 아퍼허는디 퇴원을 하먼 워쩔깨라우, 선상 님……."

복천영감은 젊은 의사의 다리를 붙들었다.

"어차피 가망이 없는 병입니다. 돌아가실 날까지 병원에 있다간 아마 치료비 감당을 못 할 겁니다. 어차피 가망이 없는 병이에요."

젊은 의사는 또 복천영감을 물끄러미 내려다보고 있었다. 복천영감은 벌떡 일어섰다.

"그라먼 을매나 살 수 있다요?"

"길먼 두 달 정돌 겁니다."

"워메!……."

복천영감은 비틀거렸다.

"금메……무신, 무신 잡놈에 병이 고런 병이 있다요?"

"암의 일종입니다, 암. 퇴원준비 하십시오."

젊은 의사는 나가려고 했다. 금메 요런 야박헌 사람덜아, 복천영감은 의사를 붙들었다.

"고 암이 무신 병인디요? 무식혀서 알 수가 있어야제라우."

"예, 그런 병이 있어요. 빨리 준비하세요."

하늘이 뻔히 내려다보는디 너무들 허는구먼, 너무들 혀, 복천영감은 의사를 쫓아서 방을 뛰어나왔다.

"선상님, 퇴원헐팅께 말이요, 우리 마누래 주사 한 방만 더 놔줏씨요, 돈이야 드릴팅게. 을매나 아픔사 고렇크름 소리럴 질러쌀 것이요. 한 방 놔주제라우? 선상님……."

"그렇게 하지요. 처음에 손을 빨리 썼으면 되는 건데……, 너무 상심 마세요."

젊은 의사는 빠른 걸음으로 걸어갔다.

"감사헙니다. 감사헙니다."

복천영감은 멀어지는 의사의 등에다 대고 꾸벅꾸벅 절을 하고 있었 다. 두 달, 기가 막힐 일이었다. 마누라는 첫아이를 낳고는 몹시도 젖몸살을 앓은 일이 있었다. 반년을 넘게 온갖 좋다는 약은 다 해붙였지만 효험을 못 보고 결국 한쪽 젖이 큰 바가지 엎어놓은 것처럼 되어서야 한 약방 침으로 찢고나서 겨우 나았다. 누런 고름이 실히 두 사발은 나왔던 것이다. 그런 젖몸살을 앓을 때의 아픔은 토사곽란이나 잇몸살 때의 아픔에는 댈 것도 아니라고 나이든 여자면 하나같이 입을 모았다. 어쩌면 애를 낳을 때의 아픔보다 더했으면 더했지 덜하지 않다고도 했다. 그때나 지금이나 남자인 복천영감으로서는 애를 낳을 때 얼마나 아픈 것인지 알 도리가 없었지만, 토사곽란이나 잇몸살의 아픔이 얼마나 지독한 것인지를 잘 알고 있었다. 잇몸살은 기둥뿌리를 뽑을 수 있을 만큼 아팠고, 토사곽란은 벽을 들이받아 구멍을 낼 수 있을 지경으로 몸서리가 쳐지던 아픔이었다. 그런데 마누라는 반년이 넘도록 큰소리 한 번 치지 않았던 것이다.

십여 년 전, 도내(道內) 물산공진회를 열었을 때 그리도 구경을 가고 싶어했던 것을 보내주지 못했었다. 그런데 다리가 팅팅 부어오른 병자가 되어 그때 물산공진회가 열렸던 ㄱ시를 찾아왔다가 낫지도 못하고 두 달만 살면 그만이라는 사형선고를 받고 병원을 쫓겨나다시피 하는 신세가 된 마누라가……, 기가 찰 일이었다. 그때 물산공진회에 왜 보내지 않았는지 분명히 기억은 없지만, 보나마나 뻔한 일이었다. 어느때 한 번 마누라 행실을 의심해본 적이 없는 터였으니까 여편네들이 떼로 몰려 타관에 가는 것이 못마땅해서 그랬을 리는 없고, 아마 넉넉지 못한 살림 때문이었을 것이다. 돌로 발등을 찍어도 시원찮을 이다지 허망한 일을 당할 줄 알았더라면 물산공진회는 말할 것도 없고 오동도 동백 구경이며, 초파일 선암사 관등놀이 구경도 시켰을 것이 아닌가. 지금은 논을 한 마지기 팔아 찾아와서도 울고 떠나야 하는 신세지만 그때 눈 딱 감고 돼지만 한 마리 팔았더라면 노자는 물론 읍내 부잣집 마누라들이 입고 뻐기던 그 파란색 나이롱 치마도 한 벌 해 입혀서 웃고 돌아오게 해 줄 수 있었을 것이다. 그렇게 따지자면 후회스럽지 않고 안쓰럽지 않은 일이 없었다. 그렇게 고생만 하고 살아온 불쌍한 마누라였다.

복천영감은 병실 앞에서 소매를 끌어내려 눈을 씻었다.

열여드레 동안의 입원비는 자그만치 쌀 열 가마니 값이었다.

집에 돌아와서 보니 겨우 쌀 한 가마니 정도의 돈이 남아 있을 뿐이었다. 그때가 칠월 초순이었고, 가뭄으로 물싸움이 한창이었다. 마누라는 뼈만 남은 얼굴로 고통을 못 이겨 밤낮없이 소리를 질렀다. 복천영감은 불볕 속을 헉헉거리며 쏘다녔다. 돈을 구해야 했다. 죽는 날 죽더라도 그렇게 아파서 눈 한 번 못 붙이고 몸부림치는 모습을 보고만 있을 수는 없었다. 아무리 쏘다녀도 돈 구경하기는 어려웠다. 농사철인 농가에 돈이 있을 턱이 없었고 계속되는 가뭄으로 인심은 거칠 대로 거칠어져 있었다. 돈을 구하는 길은 집을 잡히는 수밖에 없었다. 마지막 수단이었다. 그것도 논이 아니면 안 잡는다는 것을 애걸하다시피 했던 것이다. 그러고보니 돌릴 수 있는 액수는 점점 내려갔다. 쌀 다섯 가마니 값에 집문서를 넘겨주고 두 달치 오부 이자를 미리 떼주고나니 정작 손에 진 돈은 쌀 네 가마니 값이 조금 넘었다. 그 돈도 보름이 못 가 바닥이 났다. 그런데 미칠 일은 마누라의 얼굴에 사색이 완연해지면서 썩는 냄새가 퍼지기 시작한 것이다. 팅팅 부어오른 다리는 이젠 검은색에 가까웠다. 복천영감이 제발 가뭄이 끝나주기를 간절히 비는 것은 마누라의 다리 때문이었다. 날이 이다지 푹푹 삶지만 않아도 마누라의 다리는 그처럼 급히 썩어가지는 않으리라 싶었던 것이다. 손이 닿는 데까지 몇 백 원씩 구해 모아 하루에 한 차례밖에 주사를 못 놔주고 애만 태우며 나흘째 보낸 날이었다. 아침에 일어나니 하늘에 먹구름이 가득 끼어 있었다. 살 것 같은 기분이었다. 반나절 동안 읍내를 쏘다녀서 주사 한 대 값을 마련하여 의사를 데리고 집에 돌아왔을 때 마누라는 혼수상태에 빠져 있었다. 두 자식은 숨이 턱에 닿아 있는 어머니 옆에서 겁에 질려 있었다.

"밤을 넘기기가 어렵겠는데요."

의사는 주사를 놔도 소용이 없다며 그냥 돌아섰다.

어두워지면서부터 번갯불이 번쩍이며 천둥이 치고 하더니만 비가 퍼붓기 시작했다. 숨이 턱에 닿은 대로 혼수상태에서 허덕이던 마누라는 자정이 가까워 숨을 거두고 말았다. 두 살이 손 아래인 마누라의 나이는 마흔셋이었다.

마누라를 묻고 돌아온 날 밤 새삼스럽게 떠오르는 말이 있었다. 처음에 손을 빨리 썼으면 되는 건데……, 퇴원을 하던 날 젊은 의사가 한 말이었다. 맞는 말이었다. 삼년 전에 그 대학병원으로 갔어야 했다. 삼년 만에 그렇게 모질게 죽을 병이었던 것을 읍내 병원에선 뭐라고 했던가. 그리고 ㅅ시의 도립병원놈들은 또 뭘 하는 물건들이었던가. 읍내 그 의사는 뭐 염려할 것 없다고, 수술만 하면 된다고 하지 않았던가. 그래서 장딴지를 한 뼘이나 찢어선 두 달이나 병원에 처박아두더니 논 한 마지기를 게눈 감추듯 해버리지 않았던가. 일년 후에 다시 장딴지 살이 굳어지기 시작해서 찾아갔더니 도립병원으로 가라며 발뺌을 해버린 놈이었다. 도립병원 놈들은 뭐 종기 일종이라고 해놓고는 병원에서 활동사진은 만들지 않을 텐데 무슨 놈의 사진은 그리도 찍어대는지 알 수가 없었다. 결국 수술을 해야 된다는 말이었고, 재발하지 않겠느냐고 물었더니 그런 염려는 아예 하지도 말라며 떵떵 장담을 하지 않았던가. 한 달 만에 퇴원을 하고보니 또 논 한 마지기가 없어졌다. 그런데 이번에는 반년도 못가 그것도 급작스럽게 부어오르기 시작했던 것이다. 모두 생사람 잡을 호랭이가 콱 씹어갈 놈들이었다. 기왕 논 한 마지기씩을 날려 보냈을 바에야 처음부터 대학병원으로 갔더라면 썰어내든 절단을 하든 이렇게 허망하게 죽지는 않았을지도 모를 일이었다. 돌이킬 수 없는 후회요 너무 시퍼런 나이에 죽어간 마누라였다.

마누라가 남겨놓고 간 회한은 마을 뒤의 저수지보다 넓고 깊었다. 끝도 없이 깊게 빠져드는 회한의 수렁에서 벗어날 수가 없었다. 마누라에 대한 죄스러움이 사무치고, 남달리 많은 고생을 하고서도 뒤끝을 보지 못하고 떠나버린 마누라가 그리도 안타까울 수가 없었던 것이다. 가진 것이라곤 없는 자신에게 시집을 와서 마누라는 집안을 남부럽지 않게 일으켜 보겠다고 몸 부서지게 온갖 험한 일들을 다 해냈던 것이다. 농삿일만이 아니라 길쌈까지도 어찌나 열성으로 해댔던지 손톱이 자라날 새가 없었다. 소작을 부치는 형편에 논 서너 마지기를 장만하게 된 것도 마누라의 길쌈 벌이가 큰 힘이 되었던 것이다. 그러나, 마누라의 고생이

극심했던 것은 자신이 오년의 징역살이를 치르었던 때라는 것을 모를 리 없었다. 그 전에 했던 고생이 몸고생일 뿐이었다면, 그 기간에 마누라는 몸고생 마음 고생을 겹치기로 치른 것이었다. 전쟁이 일어나고, 세상이 달라짐에 따라 움직였던 것이 고스란히 죄로 변해버렸던 것이다. 머슴질에서 소작인으로 바뀐 생활을 겪으며 살아온 입장에서 그 세월을 환영하고 나섰던 것은 너무 당연한 것이었고, 옳은 일이었다. 그러나, 마누라의 허망한 죽음이 그런저런 고생들이 겹쳐진 것이고, 그것은 결국 자신 때문이었다는 죄책감은 갈수록 커질 뿐이었다.

"이 사람, 자는가?"

강 영감이 소리를 질렀다. 복천영감은 천천히 일어섰다.

"요새도 점심은 안 묵고 댕기는가?"

"하면 워쩔 것이요."

복천영감은 길게 한숨을 쉬었다.

"안 되는 것이여, 안 돼야. 나이 듬스로 묵는 것이 실해야 써. 을매나 사는 목숨인디 이 나이에 끼니럴 굶고 살 것이랑가."

태평스러운 소리요 배부른 말이었다. 복천영감은 다시 바가지에 물을 받아 들이켰다. 시원한 기분이라곤 조금도 없는 수돗물이 쉽사리 갈증을 걷어갈 리가 없었다. 세상에 수돗물처럼 맛이 없는 물도 있을까 싶었다. 우선 샘물이야 맛을 따지기 전에 여름이면 시원하고 겨울이면 따듯한 게 제대로 격에 어울렸다. 그런데 덤덤하고 게심심하다가 어떤 때는 구역질이 솟기는 약냄새를 뿜어내는 수돗물은 여름이면 뜨뜻하고 겨울이면 손도 못 넣게 차가워지는 것이다. 밥보다 더 자주 찾는 물이 이모양이고 보면 서울에서 여름에는 콜라가 판을 치고, 겨울이면 다방이 커피를 팔아 한밑천씩 잡는다는 것은 예삿일이 아닐 터였다. 콜라라는 것이 제 아무리 시원하단들 갈증을 씻어내는 데야 샘물에 담갔다가 꺼낸 찹쌀막걸리를 당할 수가 있을까. 한여름 논매기를 한 마지기쯤 하고나면 허리도 아프고 갈증도 심했다. 그때 샘물에 담궜던 찹쌀막걸리를 한 사발 쭉 마시고나면 갈증이나 허리 아픈 것은 물론 온갖 시름이 걷히는 기분이었다. 마누라의 찹쌀막걸리 담그는 솜씨는 별난 데가 있었다. 자

232

주는 못 했지만 농사가 한창일 때면 마누라는 잊지 않고 찹쌀막걸리를 담궜다.

복천영감은 물지게를 지고 일어섰다.

"어두운디 조심혀서 올라가드라고."

"낼 아칙에 뵙씨다."

강 영감과 매일 저녁 나누는 인사였다. 물통과 물지게를 하루종일 맡아주는 강 영감이 고마웠다. 물은 하루에 한 지게, 두 통이면 족했다. 아침에 집을 나서면서 지게와 물통을 가지고 내려와 강 영감에게 맡겨두었다가 저녁 때 한 지게를 지고 가는 것이다. 만약 강 영감이 그걸 맡아주지 않는다면 그 산비탈을 올라갔다 내려와서 다시 올라가야 하는 수고를 치러야 했다. 아무려나 강 영감이 그런 호의를 베푸는 것은 같은 나이 또래이기 때문이었다. 엄동같이 차갑기만한 서울 인심 속에서 그래도 살아 갈 맛을 영 잃지 않는 것은 그런 일이라도 있기 때문인지도 몰랐다.

물지게를 질 때는 연장통을 그대로 어깨에 멜 수가 없었다. 지게 때문에 옆구리에 붙어 있는 것이 아니라 앞으로 쏠려 늘어져서는 걸음을 옮길 때마다 무릎에 부딪쳤다. 그리고 그 무게 때문에 어깨가 한쪽으로 기울어져 여간 힘들지 않았다. 그래서 멜끈을 목에다 걸어보았다. 무릎에 부딪치거나 어깨가 기울지는 않았지만 연장통은 배꼽쯤에 축 늘어져 흔들렸고, 한참을 걷다보면 목줄기가 뻣뻣해지며 숨이 차서 견딜 수가 없었다. 생각다못해 연장통을 가슴께에 받쳐 안았더니 좁은 비탈길을 오르는 동안 양쪽에 매달린 물통이 제멋대로 요동을 해서 물이 엎질러지는 난처한 일이 벌어졌다. 물이 엎질러지지 않게 하려면 두 팔을 벌려 물통을 걸고 있는 양쪽 쇠갈고랑이를 잡는 수밖에 없었다. 그럼 연장통은 어쩐단 말인가. 손쉬운 대로 연장통 멜끈을 다시 목에 거는 방법밖에 없었다. 그런 꼴로 숨을 씩씩거리며 판자문을 밀치고 들어서는데 영수놈이 달려나왔다. 영수놈은 늘어진 연장통부터 받쳐들어 멜끈을 벗겼다.

"아부지, 힘들게 왜 이렇게 했어요. 지게 뒤에다 매달면 훨씬 힘이 덜

들잖아요."

후유, 한숨을 몰아쉬던 복천영감은 아들의 말에 귀를 모았다.

"워쨌게 헌다고?"

"지게 뒤에다 매다는 거예요. 내가 해볼게요."

영수놈은 지게를 가져다가 등받이 판자의 양쪽 끝에서 뼈대 노릇을 하는 네모진 통나무가 등받이 판자보다 반 뼘쯤 솟겨 있는데, 거기다가 연장통 멜끈을 두 번 감아돌려 그럴 듯하게 매달았다. 하아, 그걸 몰랐었구나. 평생 지게를 다루며 살아온 이 애비보다 낫구나. 암, 이 애비보다 나아야 되고말고. 열 곱 나아야지. 그 영리한 머리는 영축없이 에미를 닮은 거지. 그래서 다음날부터 연장통은 지게 뒤에다 매달기 시작했던 것이다.

"아부지, 이제 오세요."

귀가 안 맞아 비틀어져 돌아가는 부엌문을 밀치고 영수놈이 쫓아나왔다.

"오냐, 느그 누님은 안직 안 왔나?"

"예, 마중 나가 볼 거예요."

영수놈이 물지게를 받아들었다. 복천영감은 손바닥만한 마루에 털썩 주저앉았다.

"아부지, 빨리 세수하세요. 밥은 다 됐으니까 누나만 오면 돼요. 갔다 올게요."

영수놈은 대야에 물을 떠다놓고 제 누나를 마중하러 대문을 뛰어나갔다. 복천영감은 아들이 사라져버린 대문 쪽을 넋놓고 바라보고 있었다. 저것이 어느덧 중학교 이학년이 되었다. 덧없이 흘러간 세월이었다. 국민학교 이학년이던 아홉 살 때 에미를 잃어버린 후, 어느 명절이라고 새 옷은 고사하고 푸지게 배를 채워보지도 못하고 커온 녀석이었다. 그러면서도 크게 아픈 일이 없었고, 에미 없는 자식이라고 기가 꺾이는 일도 없었다. 그저 대견하고 고마운 일이었다. 큰아들놈의 소식이 십 년이 다 되도록 캄캄해진 지금으로서는 저놈이 막내이자 장남이고 자신의 대를 이을 유일한 핏줄인 독자이기도 했다. 제 누나가 스물하나고 영수놈이 열다섯이니까 육 년 터울로 나이 차이가 많기는 했지만 서로 다투는 일이 없었다. 궁한 살림 속에서 살다보니까 영수놈이 나이에 걸맞지 않게 철이 들어 있기도 했지만, 생김새는 말할 것도 없고 성미까지 천상 에미를 빼박은 딸 영자가 그저 감싸고 다독거리고 하니 싸움이 될 리 만무였다. 영수놈은 밤마다 제 누나를 큰길까지 마중을 나가는 것이다. 외등도 없는 비탈길이 험한 탓도 있었지만 영수놈은 그렇게 제 누나를 좋아했다. 영자가 제본소라던가 책 만드는 공장에서 종이 접는 일을 한지도 다섯 해가 되나보다. 지난해부턴가는 일급 기술자로 인정되어 일당 백이십 원에서 삼십 원을 올려받고 있었다. 딸애는 처음 서울에 올라오자마자 돈벌이를 하겠다고 나섰다. 어림없는 일이었다. 이 삭막하기 이를데 없는 땅에서 계집애가 무슨 수로 돈벌이를 할 것인가. 고등학교, 대학을 나와서도 빈둥거리는 실업자가 대추나무에 연 걸리듯한 판에 중학교는 문턱도 밟아보지 못한 주제에, 그것도 촌구석 국민학교를 나와 무슨 돈벌이를 할 수 있을 것인가. 눈 씻고 찾아도 아는 얼굴이라곤 없는데다 돈까지 없는 타향에서 애비 혼자 설치고 다니는 꼴이 안되어서 하는 말인 줄은 알지만, 그때 나이 열다섯 살짜리 계집애가 할 수 있는 돈벌이라곤 백 번 생각해봐도 없었다. 설령 있다고 하더라도 애비의 마음이 또 그런 게 아니었다. 그런데 산동네 판잣집 셋방을 얻고나서 남은 돈을 몽땅 털어 땅콩장사를 시작한 지 보름 만에 리어커까지 통째로 잃어먹고 강도질을 하지 않고서는 당장 끼니를 굶게 되었을 때 딸애는 또 돈벌이를 하겠다고 나섰다.

"금메 니가 무신 수로 돈벌이럴 헌다냐와"

"끔이라도 폴든지 식모살이라도 헐라요. 예, 아부지."

"워쩌? 식모살이럴 혀? 가당찮은 소리 허지도 말어라."

식모살이? 안 될 말이었다. 그게 종놈이지 뭔가. 머슴살이와 뭐가 다를 것이 있는가. 식모, 여자머슴이라는 말이다. 머슴살이, 치가 떨린다. 잔뼈가 굵기도 전부터 시작한 머슴살이였다. 그렇게 뼈가 휘도록 짐승처럼 일을 했지만 남은 게 무엇이었던가. 철이 없던 시절에 그저 일을 해야만 사는 줄 알고 멋모르고 한 번 당할 일이지 두 번 다시 못 할 짓이

었다. 정 못 살 판에는 두 자식을 양쪽에 끼고 강으로 뛰어들든지, 목을
매달았으면 달았지 딸애를 식모살이로 보낼 수는 없었다.
 "아부지, 아수운 대로 이 돈 쓰싯씨요."
 딸애는 꼬깃꼬깃 접은 백 원짜리 몇 장을 내놓았다.
 "워쩐 돈이라냐? 워디서 났어?"
 복천영감은 눈부터 부라렸다.
 "일 혀서 번 것인디 아부지는 맥엄씨 역정부텀 내시고 그요."
 딸애는 그만 시무룩해졌다.
 "니까징 것이 무신 일을 혔다는 것이여. 아, 싸게 말혀보랑께."
 딸애는 손이 심심해서 주인집 아주머니가 맡아다가 하는 상자만들기
를 거들었다는 것이다. 하루 이틀 하다보니까 일이 손에 익으면서 아주
머니가 두 개를 만들 때 하나는 만들 수 있게 되어갔다. 아주머니는 차
츰 일거리를 많이 가져왔다. 일을 해주다보니까 슬그머니 화가 났다. 남
좋은 일만 시키는 짓이었다. 아주머니의 눈치를 살펴도 다소나마 돈을
줄 것 같은 기미는 보이지 않았다. 그렇다고 돈을 달라는 말을 꺼낼 수
가 없었다. 그래서 하루는 몸이 아프다는 핑계로 일을 거들지 않았다.
다음날도 마찬가지였다. 그러자 아주머니가 부르더니, 한 개 만드는데
오십 전씩 쳐줄 테니까 일을 같이 하자고 했다.
 딸애의 말을 들으며 복천영감은 고개를 젖혀 벽에 기댄 채 눈을 꼭 감
고 있었다. 목젖에 큰 멍울이 걸려 올라가지도 않고 내려가지도 않았다.
한 개에 오십 전……삼백원이면 몇 개를 만들어야 되는고. 복천영감으
로서는 도무지 계산이 나오지 않았다. 취직을 해서 돈벌이를 하겠다고
졸라대는 딸애의 목소리 때문만은 아니었다.
 "아, 지금도 취직얼 헌 것이나 진배없는 돈벌인디 취직은 또 무슨 취
직을 헌다고 그래싼다냐."
 "아부지는 참말로……, 아짐씨(아주머니)는 한 개에 이 원씩 받는다
안그러요. 일거리 맡아왔다 으시허고 내 돈 일원 오십 전씩 손꾸락 하나
까딱 안 허고 묵어분단 말이요."
 듣고보니 그도 억울한 일이었다. 그래서 옆집 처녀가 소개한 대로 그

제본소라든가 책 만드는 공장을 하루에 오십 원씩 받기로 하고 나가게 된 것이었다. 일이 숙련이 되면 돈을 올려 받을 수 있다는 조건이 붙어 있었다. 딸애는 반년이 못 가 칠십 원을 받았고, 일년이 넘고부터는 백 원을 받더니 다시 반년 만에 보통 기술자가 받는다는 백이십 원을 받기 시작했고, 작년부터는 여자로서는 어렵다는 1급 기술자가 되어 백오십 원씩을 받고 있었다. 부지런하고 깔끔한 에미의 성미에다 찹쌀막거리를 담그던 그 솜씨를 닮아서 그러려니 했다. 딸애는 거기를 나가고 얼마 안 되어서 밤일을 하겠다고 했다. 찬바람이 나면 일거리가 많아져서 밤일 을 해야 하는데, 밤일은 한 시간마다 일당만큼씩의 돈을 받는다고 했다. 어림 반푼어치도 없는 소리였다. 사기그릇과 계집은 내돌리면 금이 가 는 법이었다. 시대가 시대니만큼 여자라고 옛날처럼 집안에 처박아둘 수는 없는 일이고 또 형편이라서 내보내고 있긴 하지만 밤일은 무슨놈 에 밤일인가. 일당의 열 곱을 줘도 안 될 일이었다. 예나 지금이나 여자 는 오로지 행실이 발라야 하는 것인데 어딜 밤늦게 쏘다닌다는 말인가. 다음날 옆집처녀가 와서 또 사정을 했다. 복천영감의 생각은 변함이 없 었다. 처녀는 자기가 영자를 책임지겠노라고 했다. 말 같지 않은 소리였 다. 그 처녀를 못 믿는 판에 백 번 책임지면 무슨 소용이 있을 것인가. 곧 그 말이 나오려 했지만 겨우 참고나서는 정 밤일을 해야 될 형편이라 면 내 딸은 거길 그만두게 하겠다고 잘랐다. 그래서 딸애는 언제나 같은 시간에 집을 나가고 돌아오고 있는 것이었다. 딸애는 아침에 나가면서 저녁거리 쌀을 씻어놓고 갔고, 영수놈은 학교에서 돌아오기가 바쁘게 밥을 안쳤다. 애비가 배고파할까봐 두 어린것들이 그렇게까지 마음을 쓰는 것이 복천영감으로서는 그저 눈물겨웠다.

"아이, 누나는 얌체야."

"내 말이 틀렸니? 1등은 하지도 못하면서 선물을 바라는 네가 얌체 지."

복천영감이 손발을 씻고 들어와 담배를 한 모금 빠는데 애들 말소리 가 들렸다. 얼굴을 내밀었다.

"아부지, 시장하시지요."

"오냐, 얼렁 들오니라. 노곤허지야?"

"괜찮아요. 빨리 저녁 차릴게요."

딸애는 언제나처럼 부엌부터 먼저 들어갔다.

복천영감은 시름시름 잠이 들다가 저녁상을 받았다. 밥상에는 오랜만에 대하는 색다른 반찬이 두 가지나 놓였다. 고등어찌개와 가지나물이었다. 군침이 돌았다.

"웬것이라나?"

"많이 드세요, 아부지."

딸애는 고등어찌개가 담긴 그릇을 바짝 앞에다 놓아주었다.

"니 쓰잘데 없는 짓거리 허는 거 아니여?"

"염려 마세요, 아부지. 이번에 우리가 제본한 책이 베스트셀러가 됐거든요. 내용도 좋았지만 제본이 잘 돼서 더욱 그리 됐대요. 그래서 우리 사장이 뽀나스로 백 원씩을 줘서 그 돈으로 산 거예요."

"거 무신 소리여?"

제본이란 말이야 알겠고 뽀나스란 말도 알겠는데, 거 베, 어쩌고 하는 꼬부랑 말은 흉내조차 낼 수도 없었던 것이다.

"베스트셀러라는 말 말이죠?"

영수놈이었다.

"그려, 고게 무슨 소리다냐?"

"그건 책이 인기가 좋아서 제일 많이 팔렸다는 말이예요. 누나는 괜히 영어를 쓰고 야단이야."

영수놈은 제 누나를 툭 치면서 핀잔을 했다. 그만 나도 모르게 어쩌고, 하면서 딸애는 어쩔 줄을 모르고 있었다. 그런 딸애를 바라보며 서당개 삼 년이라더니……, 복천영감은 빙그레 웃었다.

"다 식는디 얼렁 묵자."

복천영감은 숟가락을 들고 상머리로 다가앉았다.

복천영감은 자신이 칼갈이로 나서고부터는 딸이 버는 돈은 한 푼도 못 쓰게 했다. 칼갈이 수입으로는 영수놈을 학교에 보내고 세 식구가 먹고 살기에 빠듯했다. 그렇다고 딸애가 버는 돈까지 헐어 쓸 수는 없었다. 고기 한 점 덜 먹고, 보리를 더 얹어 먹으면 될 일이었다. 외상 소 잡아먹는 격으로 손쉬운 대로 딸애의 돈까지 헐어쓰다가 막상 빈 주먹으로 나이 들어가는 딸애의 시집은 어떻게 보낼 것인가. 귓가로 듣는 이야기였지만 잘 해서 보낸 것도 아닌데 삼십만 원이 들었느니 사십만 원이 들었느니 하는 말들을 들을 때면 가슴이 철렁 내려앉고 도시 남의 일 같지가 않았던 것이다. 에미가 있나, 배운 것이 많은가, 그렇다고 남들처럼 푸지게 해줄 돈이 있나. 당연히 애비된 도리로 해야 할 일을 못 할 바에야 제가 번 돈이나마 알뜰히 모아 시집갈 때 쓰게 하려고 단 한 푼도 헛되이 쓰지 못하게 하고 있는 터였다.

복천영감은 찌개 국물을 한 숟가락 뜨다 말고 눈길을 돌렸다. 영수놈은 억척스레 밥을 퍼넣고 있었다. 복천영감은 자신의 국그릇을 들어 영수놈 앞에다 놓아주고 영수놈 걸 들어다가 딸애 앞에 놓았다. 그리고 딸애의 것을 집어오려는데 그릇이 움직이지 않았다. 딸애가 두 손으로 그릇을 붙들고 있었던 것이다.

"인내라. 고걸 내가 묵을란다."

"아부지이."

딸애의 얼굴이 울상이었다. 영수놈은 밥을 한입 가득 물고 눈알만 굴리고 있었다.

"금메, 본시 생선 대가리넌 어런이 묵는 것이여. 어두진미란 말 니도 암스로 그래 쌓냐와."

복천영감은 딸애에게서 찌개그릇을 빼앗듯이 했다. 국물을 뜨다가 보니까 자신의 그릇에 가운데 토막이 들어 있었고, 그래서 살펴보았더니 영수놈 그릇에 아래토막이, 대가리는 딸애의 그릇에 들어있었던 것이다.

"식는디 얼렁 묵자."

복천영감은 다시 숟가락을 들었다.

어느때없이 달게 먹은 저녁이었다. 담배를 끄고나자 딸애가 설거지를 마치고 들어왔다.

"너 그것 아부지한테 안 보여드려?"

딸애의 말에 영수놈은 종이 한 장을 내밀었다.

“뭐시라냐.”

“성적표래요.”

딸애가 옆에 앉으며 대신 대답을 했다.

“또 한 달이 됐드라냐. 요번에넌 몇 찌나 혔을 꺼나?”

“3등밖에 못 했대요.”

영수놈은 고개를 숙이고 앉아서 제 누나를 옆으로 흘겨대고 있었다.

“워메 내 새끼 잘혔구먼 그랴, 잘혔어. 워디 이리 오니라.”

복천영감은 영수놈의 팔을 끌어당겨 머리를 쓰다듬었다. 3등, 기특하고 장한 일이었다. 남들은 몇 만 원씩을 들여서 과외공부를 시킨다고 했다. 학원인지 학관인지도 보낸다고 들었다. 공부시키는 데 돈을 그렇게 불쓰듯 하면 먹기는 얼마나 잘 먹일 것이며, 책인들 오죽 많이 사 대랴. 과외고 학관이고 다 그만 두고 푸지게 먹이기나 하고, 참고서는 못 사줄 망정 교과서라도 새 것으로 사주었으면 이렇게 가슴이 아프지는 않을 것이다. 기름지게 먹고 많은 책으로 과외까지 해대는 애들 속에 끼여 3등을 하다니. 제 누나라도 많이 가르쳤더라면 배울 수나 있었을 것을, 혼자 공부를 하느라 얼마나 힘이 들었고, 모르는 것이 있을 때는 오죽 답답했을까. 복천영감은 아들의 머리를 쓸고 또 쓸었다. 3등을 하고서도 이렇게 풀이 죽어있는 이유를 아는 복천영감은 더 가슴이 쓰리고 아팠다. 언젠가 제 누나가 아버지 고생하는데 1등을 해서 돈 안 내고 학교 좀 다니도록 하지 못하고 매냥 5등 안에서만 빙빙 도니 그 무슨 맹추 같은 짓이냐고 꾸짖던 것을 엿들은 일이 있었다. 딸애에게 그러지 말라고 하려다가 저희들 말을 엿들은 것 같아서 뒤로 미루다가 잊어버렸던 일이 성적표를 보자 생각이 났다.

그리고 복천영감의 눈앞에는 선하게 떠오르는 얼굴이 있었다. 큰아들 영기였다. 몹쓸 놈……, 그만 복천영감의 목은 꽈악 메이고 말았다. 큰놈 생각만 하면 으레 목이 메이는 복천영감이었다. 에미 임종도 못 지킨 불효자식 같으니라구. 어느 하늘 밑에라도 살아만 있다면야 또 모르지만 지혜 없이 굴다가……. 더이상 생각하기가 끔찍하고 무서웠다. 설마 그러기야 했을라고, 자위를 하면서도 십년이 다 되도록 종무소식인 것을 의식하다보면 불길한 생각은 다시 꼬리를 드는 것이었다. 작은놈이 공부만 파고들거나 인정이 두터운 것을 보면 마누라를 닮은 것인데, 큰놈은 공부보다 운동이 먼저였고, 무뚝뚝한 성미며 남에게 지기 싫어하는 것은 남들의 말이 아니더라도 자신을 많이 닮은 건 사실이었다. 주위 사람들은 큰놈을 가리켜 자신의 화상이라고들 했다. 공부는 중간을 넘어섰다 벗어났다 하는 식이었는데, 운동은 못 하는 게 없었다. 뜀박질이고 철봉이고 씨름이고 가리는 것이 없었다. 동네 아이들과 놀 때도 언제나 대장노릇이었다. 국민학교 오학년 때였던가. 학예회를 한다고 부모들을 부른 일이 있었다. 운동회는 매년 가을이면 벌이는 학교의 큰 잔치니까 다 아는 것이지만 학예회란 처음 듣는 말이었다. 운동회하고 어떻게 다르냐고 물었더니 큰놈은 씨익 웃더니 와보면 알 거라고만 했다. 무뚝뚝한 그놈의 성미를 아는지라 더 묻지를 않았다. 학예회고 운동회라. 회자 돌림이니 학교 잔치는 잔치겠구나 생각했다. 그리고 다음날 마누라와 학교엘 갔다.

그날은 운동회 때와는 달리 아들놈이 시키는 대로 음식장만을 하지 않았다. 손에 든 것도 없이 내외가 학교를 가자니 뭔가 허전했는데 막상 운동장에 들어서고보니 그 허전한 기분은 한층 더했다. 색색 국기도 없고 차일도 쳐져 있지 않았다. 이상한 일이었다. 썰렁하기 그지없는 운동장을 가로질러 교실에 가까워지자 어린것들 떠드는 소리가 들렸다. 복도를 기웃거리는데 몇 놈이 쫓아오더니 학예회에 오셨느냐고 물었다. 그렇다니까 다짜고짜 옷소매를 끌어당겼다. 고무신을 벗어들고 거울처럼 반들거리는 긴 복도를 지나서 어느 교실로 떠밀려 들어갔다. 거긴 교실 셋을 터서 하나로 만든 것이었는데 의자가 가지런히 놓여 있었다. 어린것들이 끄는 대로 자리를 잡고보니 맞은편에 높은 단이 눈에 띄었다. 그리고 그단의 끝에서부터 천장까지는 광목으로 높이 가리워져 있었다.

근디 저런 것을 워디서 본상 시픈디, 오려 싸카쓰(서커스)단에서 심순애와 이수일을 허던 단이구만그랴. 연신 고개를 끄덕였다. 학예회가 무엇인지 알듯 싶었다. 신문지에 만 담배를 두 대째 피우고나서야 학예회는 시작되었다. 몇 사람 없던 그 넓은 교실에 그 동안 사람들이 꽉 차 있었다. 단을 가렸던 흰 광목이 걷히고 교장선생님의 인사가 있었다. 여러분의 귀여운 자녀들이 평소에 익힌 춤이며 노래, 연극 등으로 학부형님을 위로해 드릴려고 이런 자리를 마련했으니 부족한 점이 있더라도 귀엽게 보시고 많은 박수를 쳐달라는 교장선생님의 말이었다. 맨 처음이 콩쥐팥쥐라는 연극이었다. 어찌나 재미있게 잘하는지 장내는 줄곧 웃음바다였다. 다음 순서가 춤이었다. 어린것들이 어디서 나오는지도 모를 곡에 맞춰 나물캐는 춤을 추는데 어설픈 기생 뺨 맞고 쫓겨갈 판이었다. 그 다음 순서는 노래였다. 한복 치맛자락을 잘잘 끌고 나온 조그만 계집애가 마이크에다 대고, 지금부터는 노래 순서로 여러 부모님들께 오학년 이반 박영기 군의 독창을 보내드리겠습니다, 했다.

"지금 뭐시라 허든가, 들었는가 자네?"

마누라에게 소리쳤다. 그 소리가 너무 커서 주위 사람들의 눈길이 한꺼번에 쏠렸다. 그런 건 알 바 아니었다. 계집애의 말을 듣는 순간 귀가 번쩍 했고, 곧 가슴에선 방망이질이 시작되었다.

"금메 말이요. 영기 이름을 듣기는 들었는디."

마누라도 얼떨떨한 표정이었다.

"와따 이 사람아, 워째 똑똑한 귀신만도 못 헌 소리럴 혀."

마누라에게 쏴대는데 장내에 박수 소리가 진동했다. 깜짝 놀라 무대를 보니 아들 영기가 인사를 하고 고개를 드는 참이 아닌가.

"요기여, 요기."

와아, 장내에 웃음이 터졌다. 젊은 복천영감은 벌떡 일어나서 소리를 지른 것이었다. 마누라가 옷깃을 끌어당겨서야 아차 싶어 주저앉았다.

장내가 조용해지기를 기다려 영기놈은 노래를 시작했다. 애기 재우는 노랜데, 저 목소리, 저 목소리, 복천영감은 엉덩이가 들먹거려 그대로 앉아 있을 수가 없었다. 마이크도 안 대고 그 큰소리가 어디서 나온단 말인가. 귀신이 곡할 노릇이었다. 어느때 한 번 집에서 노래라고 부른 일이 없었던 것이다. 노래가 끝나자 박수 소리가 콩쥐팥쥐 때보다도, 춤이 끝났을 때보다도 더 크게 더 오래 울렸다. 누가 재청이요, 하자 여기

저기서 재청을 외쳐댔다. 그러자 들어갔던 영기가 다시 나왔다. 허리가 반이나 굽도록 인사를 했다. 또 박수가 터졌다.

"나보담은 우리 아부지가 훨씬 잘 허시는디, 우리 아부지가 저기와 기신께로 우리 아부지럴 시키는 것이 좋겄는디, 워쩔깨라우?"

장내는 다시 박수와 웃음소리로 범벅이 되고 있었다. 그래서 텃골 복천이는 선생에게 팔을 잡히고 학부형들에게 등을 떠밀려 방망이질하는 가슴으로 학예회 단 위에서 육자배기를 시원하게 뽑아댔던 것이다. 그 일이 있은 후로 육자배기 하면 텃골 '복천이 육자배기'가 제일이라는 소문이 읍내에까지 파다하게 되었던 것이다.

"이 자석아 고것이 무슨 짓거리여. 애비 간 떨어지는 줄도 모르고."

집으로 돌아오는 길에 아들을 나무랬다.

"워째라우, 학예회넌 잘 허는 것 발표허는 자린디."

영기놈의 대꾸였다.

"학상덜이 발표허는 자리제 워디 부모가 허는 자리다냐."

"학상덜언 누구 자식인디라우."

"그라고 니가 뽑혔음사 먼첨 말이나 비쳐얄 것 아니여. 애비가 그 무슨 망신살이다냐."

"노래 한 번 허는 것이 무슨 큰 벼슬이라고라. 그라고 부모가 자석 보고 아는 체 허는디 망신살은 무신 망신살이어라."

영기놈은 이런 식으로 엉뚱한 데가 있었다. 그런 아들이 미덥고 실하게 느껴지는 까닭은 무엇일까. 그리고 그 많은 사람들 앞에서 난데없이 육자배기를 뽑은 일이 더없이 기분좋고, 자식 키우는 보람을 새삼스러이 느끼는 것이었다. 마누라도 연신 벙글거렸다.

중학교에 들어가자마자 유도라는 것을 시작해서 이학년 때에는 중등부 군(郡) 대표로 뽑혀 도내 체육대회에 참가하여 상을 받아온 것은 또 한번 가슴이 벌어지는 일이었다. 그때 복천영감은 스무 살 안쪽에 읍내 씨름대회에서 황소는 못 탔지만 쌀가마니를 차지하여 장사로 불리어졌던 자신을 다시 보는 기쁨이었다.

그런데 큰아들은 삼학년에 올라가서 끔찍한 사고를 저질렀다. 상급생인 고등학생을 반죽음이 되도록 두들겼던 것이다. 코피가 터지거나 멍이 드는 것쯤이야 어린것들의 싸움에서 으레 있는 일이라 하더라도 팔을 부러뜨려놓은 것은 입이 열이라도 변명할 여지가 없었다. 영기놈의 말로는 그 상급생이 건방지다는 이유로 변소 뒤로 끌고가서 무조건 엎드리라고 하더란다. 얼굴은 알고 있지만 말 한 번 해본 기억이 없는 상급생이었다. 그러니 하등 잘못한 일도 없었다. 경례를 하지 않았다거나 말대꾸를 했다거나 하는 이유라면 그까짓 볼기짝 서너 대쯤 맞아주는 것은 대수로운 일은 아니었다. 그런데 무조건 건방지다는 게 이유였다. 엎드릴 수 없었다. 몇 번 실랑이를 하다가 그 상급생은 몽둥이를 휘둘렀다. 피한다고 피했는데 몽둥이는 팔을 후려 갈겼다. 또 몽둥이가 날아들었다. 눈에서 불이 번쩍했다. 그리고 눈앞이 아찔했다. 목줄기를 얻어맞은 것이었다. 저놈을……, 그대로 몸을 날렸다. 업어치기로 상급생을 떡치듯 했다. 솟구친 피가 가라앉을 때까지 잡히는 대로 매다꼰았다. 잘잘못이 누구에게 있건 결정적인 피해를 입은 건 상급생이었다. 그 상급생 부모에게 손이 발이 되게 빌고 입에 침이 마르도록 사죄를 하는 것은 자식 가진 부모의 응당 할 일이었다. 그리고 치료비를 무는 것은 당연한 일이었다. 그런데 문제는 학교에서 퇴학을 시키려는 것이었다. 상급생에게 반항을 했을 뿐만 아니라 폭행을, 그것도 팔을 부러뜨리는 폭력행위는 학생의 신분으로서 도저히 용서할 수 없는 일이라 했다. 살려달라고, 한번만 살려달라고 학생과장 앞에서 교감, 교장에게까지 매달렸다. 못 배운 것이 한이 되어 가르치는 자식인데 퇴학을 시키면 어쩌느냐고, 자식놈 죄야 중하지만 퇴학을 당하고나면 이 애비의 한은 어쩌느냐고, 내가 볼기를 맞아도 좋고 주리를 틀려도 좋으니 퇴학만 시키지 말아달라고 몸부림을 했다. 그래서 간신히 퇴학을 면하고 받은 처벌이 무기정학이었다. 치료비는 쌀 두 가마니 값이 들었다. 생각지도 못한 돈이 없어진 것도 부담은 적잖았지만 속 탄 것에 비하면 아무것도 아니었다.

한 번은 최서방네 소에서 떨어져 또 간이 파삭 타게 한 일이 있었다. 열서너 살이 되고보면 꼴 먹이던 소를 타는 것쯤이야 으레 있는 일이었다. 헌데 이놈은 소를 타도 꼭 방정맞게 탄 것이었다. 제까짓놈이 무슨 서커스단 재주꾼이라고 소 등에서 일어섰는지 모를 일이었다. 일어서는 것도 좋고, 한 발만 소 등에 붙이고 한 발은 들어서 뒤로 뻗힌 다음 두 팔을 벌려 윗몸을 구부리는 재주를 부리는 것까지는 또 좋다. 헌데 제놈이 환장을 하지 않고 눈 앞에 염라대왕이 어른거리지 않은 바에야 어찌 그런 괴상한 꼴을 하고, 뛰는 소 위에서 견딜 수 있다고 생각을 했을 것이며, 무엇을 믿고 내기를 걸었을 것인가. 장담을 하는 놈도 열두 번 환장을 한 놈이지만 그런 꼴로 서 있는 것을 보면서 넋놓고 풀을 뜯고 있는 소 불알을 회초리로 후려갈긴 놈도 필경 제 정신이 아닌 놈이었다. 서커스단 재주꾼이라도 못 당할 짓을 제놈이 참새나 제비가 아닌 바에, 난데없이 불알을 후려맞고 뛰는 소 등에서 그런 꼴로 버티면 얼마를 버티었을 것인가. 보나마나 소 등에서 떨어져 땅바닥에 개구리 뻗듯 해버린 게 아니었을 것인가. 허리를 상해 꽤나 고생을 했었다. 울컥하는 성미로는 몇 번 쥐어박고도 싶었지만 그래도 저것이 사내답기는 하지, 하는 생각이 들고 그런 일이 벌어질 때마다 자신의 옛날을 보는 듯싶어 마누라 몰래 웃음을 짓곤 했던 것이다.

영기놈은 한사코 농사일을 배우려 하지 았다. 고등학교에 진학하지 못한 것은 별로 섭섭해 하지는 않았다. 그런데 농사일을 가르치려고 들면 펄펄 뛰었다.

"농새일언 배워서 멀 헌다요?"

"농새짓제 뭘 해야, 멀 허길."

"백날 농새지면 무신 소양이 있다요. 평상 요 모양 요꼬라지 못면허고 도시놈덜 종노릇만 뼈빠지게 허다 만단 말이요."

"그라면 농꾼이 농새짓제 무신 일얼 헐 것이다냐와?"

"그럴라면 중학교는 멋할라고 보냈습디여?"

"아, 사람이 삼스롱 무식은 면해얄 것 아니여."

"아부지넌 무신 말씀이다요. 무식 면헐랐으면 소학교만 나와도 그만이지라우. 중학교 나와서 농새 질 참이었음사 소학교 끝내고 농새짓는 것이 훨씬 이문이었당께요. 중학교 댕김서 없애뿐 고 아까운 돈으로 논을 샀어도 두 마지기는 샀을 것 아니다요."

그럴 수도 있는 일이었다. 어쩌면 맞는 말일지도 몰랐다.

"그라먼 워쪄겄다는 것이라냐?"

"밑천을 뽑아야지라우. 디린 밑천을 뽑아야지라우."

그렇다고 영기놈은 밑천을 뽑을 만한 묘안을 가지고 있는 것도 아니었다. 기술을 배운다고 했다가, 장사를 한다고도 하는가 하면 도시로 나가 굴러야 돈벌이 길이 트인다고도 했다. 어찌됐든 그놈의 머리 속에는 농사를 짓겠다는 생각은 손끝만큼도 없었던 것이다. 그놈의 말은 뜬구름 같은 이야기에 지나지 않았지만 그래도 그런 아들이 대견스러운 생각도 없지 않았다. 자신은 열여섯 살의 나이에 꿈에라도 그런 생각을 해본 일이 있었던가. 박 진사네 애머슴으로 새경도 받지 못하고 하루 세끼를 얻어먹기 위해 죽어라고 일만 했었다. 세 끼 밥을 먹기 위해서 일을 하는 것이지 일을 하기 위해서 세 끼 밥을 먹는 것인지 구분이 되지 않던 그때였다. 머슴노릇을 하는 신세였으니까 세 끼 밥을 얻어먹기 위해 일을 하는 게 뻔한 이치였다. 그러나 어쩌자고 그리도 힘든 일을 해내면서도 그것이 아니면 곧 죽는 것처럼 불평 한 번 해볼 염도 없이 뼈가 녹아나도록 일만 해댔을까 싶었다. 아들놈 영기의 하는 양을 대하고 나니 그때의 자신이 얼마나 바보짓만 했었던가를 새삼스레 느꼈다. 그러면서 영기놈을 중학교까지만이라도 잘 가르쳤다 싶었다. 그만한 소견이라도 트인 것도 중학을 가르친 때문이라고 여겼다.

영기놈은 마지못해 지게질을 하고 논일을 거들었다. 녀석은 논갈이를 하다가도 기차가 지나가면 일손을 멈추고 서서 한참씩이나 바라보았다. 그러다가 기차가 산굽이를 돌아가면 꺼져라 한숨을 내쉬곤 했다. 그러던 녀석이 집을 뛰쳐나간 것은 중학을 졸업하고 이년이 지난, 가을걷이가 끝나고서였다. 마누라와 이웃마을 환갑잔치에 갔다가 늦어서 돌아오니 녀석은 쪽지 한 장을 방바닥에 팽개쳐놓고 떠난 뒤였다. 윗동네 강서방 아들과 함께였다. 추수한 쌀 세 가마니가 없어진 것을 알기는 며칠이 지난 뒤였다. 훌쩍거리는 마누라의 울음소리를 들으며 먼 산만 바라보았다.

행여나 행여나 하던 영기놈의 편지를 받은 것은 달포가 가까워서였다. 짤막한 편지였다. 안부를 물었고, 곧 일자리가 생길 것이라 쓰고는 한밑천 잡으면 부모님 편히 모셔 불효를 갚겠노라는 것이 전부였다. 봉투에는 '서울에서' 라고만 씌어 있을 뿐 주소가 없었다. 마누라는 또 훌쩍이는 것이었지만 복천영감의 마음은 형용할 수가 없었다. 아직 일자리도 구하지 못한데다가 주소도 없는 것을 보면 잠자리도 일정하지 않다는 말이었다. 그 동안 돈이나 다 써버리지 않았을지. 부모 편히 모실 생각 말고 제놈 몸이나 성해야 할텐데. 날씨는 추워지기 시작하는데 타관에서 어쩔 셈인지. 제발 당장에라도 내려와주었으면 좀 좋으랴. 주소가 없으니 소식도 전할 수가 없고. 밤이 깊도록 잠을 이루지 못했다.

장사를 시작했다는 두 번째의 편지가 온 것이 한겨울이었다. 무슨 장사인지 밝히지도 않았고, 이번에도 주소가 없는 것은 마찬가지였다. 일부러 주소를 밝히지 않는 것인지 여전히 잠자리가 일정하지 못한지. 아니면 편지도 들어가지 못할 곳에 거처를 정하고 있는지. 도무지 종잡을 수가 없이 갑갑하고 복통을 해서 죽을 노릇이었다. 이런 촌구석에도 편지가 들어오는 세상에 명색이 서울인데 편지 안 들어갈 곳은 없을 것이었다. 가슴에 첩첩이 쌓이는 근심을 떼칠래야 떼칠 수가 없었다. 그러나 그런 답답한 편지일망정 자주나 왔으면 좋으련만 그 두 번째의 편지가 마지막 소식이 되고 말았다.

윗동네 강 서방 아들이 이름 모를 병을 얻어 거지꼴이 되어가지고 돌아온 것은 다음해 삼월이었다. 강 서방네로 내달아서 아들 영기의 소식을 물었지만 강 서방 아들은 고개를 가로저었다. 서울에 도착해서 보름쯤 되어 헤어졌다고 했다. 그후로는 한 번도 만나보지 못했다는 것이었다. 기가 막힐 일이었다. 그저 강 서방네 아들처럼 병이 들었더라도 당장 돌아와주기만 하면 얼마나 고마우랴 싶었다.

그때 이미 마누라의 장딴지는 말썽을 부리기 시작했다. 마누라의 병세가 그리도 급작스럽게 나빠졌던 것은 영기놈 때문이었는지도 모른다. 마누라는 첫 번째 수술을 하지 않으면 안 되게 병세가 악화되었을 때부터 부쩍 영기놈의 걱정으로 애를 태우기 시작했던 것이다.

영기놈의 소식이 감감한 채로 징병 신체검사 통지서를 받았고, 마누라는 썩어가는 다리의 고통을 못 이겨 외쳐대는 비명과 함께 아들의 이름을 부르다가 숨을 거두었던 것이다. 결국 영기놈은 장남으로 에미의 임종도 못 지킨 천하에 몹쓸 불효자식이었다.

마누라의 장례를 치르고나서 방 가운데 뎅그러니 앉은 복천영감의 가슴엔 먹구름이 끼어 있었다.

내다버린 것처럼 치른 장례였지만 그 비용도 전부 빚이었다. 아무리 생각해도 앞으로 살아갈 일이 암담했다. 마흔다섯의 나이가 많지는 않았지만 어린 두 자식을 데리고 살아갈 방도가 서지 않았다. 이미 전답은 다 없어졌고, 서너 달만 있으면 집마저 빼앗겨 골목으로 나앉을 판이었다. 거기다가 사방에 깔려 있는 빚은 그 액수마저도 기억에 없었다. 마흔다섯의 나이면, 그전 전답을 알뜰히 일구며 살아도 딸애는 그만두고 막내인 영수놈도 중학까지밖에는 못 가르칠 형편이었다. 더 젊었던 나이에도 큰놈 영기를 중학에 보내느라고 전답을 늘려보지 못했는데 나이 들면서는 더 말할 것도 없는 일이었다. 그런데 남은 건 빚뿐 아무것도 없었다. 집을 쫓겨나면 남의 집 헛간에서라도 살 수는 있는 일이었다. 두 자식을 굶기지 않으려면 소작논이라도 얻으면 될 일이었다. 그러나 날로 늘어나는 이자를 물고 사방에 흩어져 있는 빚을 무슨 수로 갚는단 말인가. 그것도 날 죽여라 하고 나자빠지면 죽이기야 할까 싶었다. 그렇지만 소작도 하루이틀이지 쉰이 넘고 에순이 되도록 그 짓을 어떻게 할 것인가. 내 힘으로 할 수 있다 하더라도 젊은 사람들이 많은 판에 누가 나이 많은 사람에게 소작을 맡겨줄 리가 만무했다. 그렇게 되면 이제 겨우 국민학교 이학년인 막내는 중학교 문턱을 밟기도 전에 굶지 않을 방도부터 마련해야 될 형편에 몰리는 것이었다. 사내가 농촌에서 굶지 않을 방도를 마련하는 것. 그건 뻔한 길이었다. 마슴살이뿐이었다. 생각이 여기에 미치자 복천영감은 이빨을 뿌드득 갈았다. 하늘이 두 쪽이 나도 안 될 일이었다. 자식이 무슨 죄가 있다고……, 죽어서도 풀리지 않을 한이 쌓인 머슴살이를 자식에게까지 시킬 수는 없었다. 복천영감은 몇 밤을 뜬눈으로 새우다시피 했다.

옆 읍내에 장이 서는 날이었다.

건너마을 홍씨네의 소를 빌렸다. 쟁기를 올린 지게를 지고 김 주사의 산밭으로 소를 몰았다. 밭둑에 지게를 받치고 해부터 살폈다. 해는 뼘반쯤 솟아 있었다. 사방을 유심히 살폈다. 사람의 그림자는 보이지 않았다. 잠시도 망설일 여유가 없었다. 힘껏 쇠고삐를 나꿔챘다. 그리고 뛰다시피하여 산등성이 길을 타고 넘었다. 오늘 장이 서고 있는 읍으로 통하는 지름길이었다.

삼십리가 되는 옆 읍내 쇠전에 다다르기는 정오 두어 시간 전이었다. 쇠전이 먼발치로 보이는 데서 냄새를 맡고 달겨드는 거간꾼을 만났다. 다른 때와는 달리 반가운 사람이었다. 그 거간에게 마누라의 급한 병 때문에 그러니 값은 고하간에 빨리 흥정을 붙여달라고 했다. 물론 구전을 톡톡히 주겠다는 말도 잊지 않았다. 이에 덩달아 거간꾼은 복천영감더러 술집에서 한 잔하며 기다리라고 한술을 더 떴다. 지금 마음으로는 값을 따지지 않겠다고 하지만 막상 작자가 나서고보면 욕심이 생겨 더 받고 싶어지고, 그러다보면 거래가 빨리 이루어지지 않는다는 것이 거간꾼이 내세운 이유였다. 그것도 틀리는 말은 아니었지만 정작 값을 속여 제 뱃속을 채우겠다는, 속이 뻔히 들여다보이는 수작이었다. 그러나 그건 오히려 복천영감 쪽에서 더 바라던 것이었는지도 모른다. 시세가 있는데 떼먹으면 얼마를 떼먹을까. 괜히 사람 많은 쇠전에서 얼씬거리다가 아는 얼굴이라도 만나는 날엔… 복천영감은 머리끝이 쭈뼛해짐을 느꼈다. 거간꾼의 등을 밀어 답쳐보내고 약속한 술집으로 들어섰다. 가슴에선 그칠 줄 모르고 방망이질이 계속되고 있었다. 어떻게 해서 삼십 리 길을 왔는지 기억이 없었다. 하여튼 소 등에 땀이 젖도록 고삐를 후렸던 것이다. 막걸리 한 주전자를 불렀다. 잇대어 잔을 기울였지만 오금이 조여들기는 매일반이었다. 두 번째 주전자를 반쯤 비웠을 때 거간꾼이 들어섰다. 그가 내놓은 돈은 시세에서 쌀 네 가마니가 빠진 액수였다.

"시세에 빠지긴 혔어도 급허게 헐랑께 별 수 없구만이라."

"떼어도 염치가 있시 떼야지, 너무 혀부렀는디."

복천영감은 급하게 돈을 세며 쏘아 붙였다.

"그 무신 말씸이다요, 점잔헌 체면에. 고런 짓거리 혔음사 날베락 맞어 죽어도 싸요.”

거간꾼은 자못 핏대를 올렸다. 그러나 그 한 마디쯤 안 할 수도 없는 복천영감이었다.

“사람 못 믿는 것도 죄는 죈디……, 을매나 받어야 쓰겄능가?”

복천영감의 손가락은 건성으로 움직였다.

“병수발 헐라고 농새꾼 재산 폴아묵는 판인디 워디 욕심대로 바라겄소?”

오랴, 니놈이 인사치레꺼정 혀? 묵어도 오지게 묵었는갑구나.

상례의 반에 해당하는 구전을 치르고 읍내 역에 도착하니 딸애가 동생 영수놈의 손목을 붙든 채 겁먹은 얼굴로 두리번거리고 있었다.

“영자야, 오래 기둘렀지야?”

“……아부지이이.”

딸애는 와락 달겨들며 울먹거렸다.

“싸게 가자, 싸게.”

서둘러 표를 샀다.

약간의 액수를 제하고는 허리춤에 찼던 돈을 풀어 다시 차근차근 세어 본 것은 기차가 어둠을 가르며 달리는 시간, 변소 속에서였다. 거간꾼이 말한 액수는 틀림이 없었다. 그 돈을 다시 허리춤에 꼭꼭 차고 자리로 돌아와서도 눈을 붙일 수가 없었다. 잔뼈가 굵은 고향, 따지고보면 좋았던 일보다 궂은 일이 더 많았을지도 모를 땅이지만 이런 식으로밖에 떠날 수 없게 된 신세가 기가 막혔다. 도망을, 그것도 갚을 길 없는 죄를 짓고 도망을 가는 것이다. 이미 초저녁에 동네가 뒤집혔을지도 모른다. 그렇지 않았다면 내일 아침이면 분명 온 동네가 뒤집힐 것이었다. 건너 마을 홍씨가……, 배내기 암소를 하루아침에 잃어버린 홍씨가……. 복천영감은 다시 소주를 사서 들이켰다. 가재가 물을 떠나서는 못 산다고 했다. 배우고 익힌 일이라곤 농사일 뿐인데 땅을 등지고나서 무슨 짓으로 살아갈 것인가. 그러나 이러지도 저러지도 못할 처지였다. 기왕 각다분할 바에는 하는 생각으로 저질러버린 일이었다. 배운 것도 기술도 없지만 사지가 멀쩡한데 설마 굶어 죽기야 하랴 하면서 마음을 달

랬고, 어쩌면 큰아들을 찾을지도 모른다는 생각을 하고, 자식들까지도
다시는 고향에 못 돌아갈 죄를 지었다는 가책에 시달리며 날이 밝았다.
그리고 서울이라는 혼이 쑥 빠져나가는 도시에 부려졌던 것이다.
 "이만허면 잘혔어. 고상혔응께 오늘 저녁에는 얼렁 자그라."
 복천영감은 또 영수놈의 머리를 쓰다듬었다.
 "그까짓 3등을 하구선 무슨 고생예요. 애 영수야, 빨리 공부해."
 딸애의 사정없는 꾸지람이었다.
 "누나는 괜히 야단야. 내가 다 알아서 할 테니까 걱정마셔."
 "1등도 못 한 주제에 입만 살아서……."
 복천영감은 눈짓으로 딸애를 말렸다. 딸애는 웃음을 머금었다.
 "아부지, 빨리 주무세요. 피곤하실 거예요."
 "그려, 그려. 느그덜도 얼렁 자야 혀."
 딸애가 보아준 잠자리에 눕고나니 몸은 돌덩이였다. 팔다리가 조근조
근 쑤시고 허리가 등짐을 지고 있는 것처럼 무거웠다. 잠을 청하려 했으
나 영어를 읽는 영수놈의 목소리만 또렷해질 뿐 잠은 멀기만 했다.
 지금은 눈에 보이지도 않고 귀에 들리지도 않지만 그때는 어쩌면 사
람도 차도 그리 많고, 시끄럽기는 어찌 또 그리 시끄러웠던가. 어디가
어딘지 종잡을 수 없는 채로 사방을 둘러봐도 산덩이 같은 집채들뿐이
고, 곧 부딪칠 것처럼 내달리다가 빵빵 소리를 질러대는 자동차의 홍수
뿐이었다. 거기다가 읍내 장터거리는 어림도 없을 만큼 사람들이 북적
대는 바람에 더욱 정신을 차릴 수가 없었다. 그런데 어찌된 일인지 그
많은 사람들이 하나같이 부산하게 오가는 것이었다. 누구든 붙들고 말
을 물으려 해도 대꾸를 해줄 것 같은 사람은 하나도 없었다. 두 아이의
손목을 잡고 어찌할 바를 모르는 복천영감은 역 앞마당에 서서 연신 사
방을 두리번거리고만 있었다. 그러면서 줄곧 큰아들을 생각하고 있었
다. 이런 세상에서 무슨 수로 돈을 벌겠다고, 철도 안 든 나이에 어찌했
을 것인가. 자신이 막연하고 답답할수록 큰아들이 안쓰럽고 가엾기 그
지없었다.
 "아저씨, 식사하세요. 싸고 맛있는 식당이 있어요."

복천영감은 반사적으로 몸을 사렸다. 더벅머리 녀석이 위아래를 훑고 있었다. 서울은 눈 감으면 코 떼어가는 세상이라는 말과, 사람 조심해야 된다는, 시골에서 귓가로 듣던 말이 퍼뜩 떠올랐다.

"묵었네, 묵었어."

복천영감은 두 아이의 손목을 더 꼭 잡고 급히 돌아서서 걷기 시작했다. 온 신경은 허리에 쏠려 있었다.

광장을 벗어나자 사람 다니는 길 양옆으로 즐비하게 늘어선 장사들이 눈에 들어왔다. 사과·떡·계란·잡채·국밥·돼지비계볶음·닭창자볶음, 그런 것들을 차려놓고 있었다. 어린것들 요기를 시키기는 시켜야 되겠는데 식당이 어딘지도 모르겠고, 쉽게 식당을 찾는다 해도 돈만 터무니없이 비쌀 것인데……. 이런 생각을 하며 걷고 있는 복천영감의 귀에는 장사들이 손님을 끄는 외침이 겹스쳐갔다.

"……?"

복천영감은 멈칫 발길을 세웠다.

"맛 없음사 돈 안 받을팅께, 떡 사씨요, 떠억."

잘못 들은 것이 아니었다. 어느새 복천영감은 떡장수 앞으로 다가서 있었다. 그런 그의 얼굴은 환하게 밝아졌다.

"어서 오시씨요. 무신 떡으로 허실께라우?"

"근디……, 떡언 쪼끔 있다고 묵기로 허고……."

복천영감은 도무지 무슨 말부터 해야 좋을지 알 수가 없었다.

"워메, 한땅 사람 아니요이, 그러치라우?"

마흔대여섯이 나보이는 떡장수 여인은 종이를 든 채 반색을 했다.

"그렇게 말이요. 말씨 듣고 반가워서 돌아슨 것 아니겄소."

복천영감은 목이 메일 지경이었다. 떡장수 여인이 자신의 심중을 빨리 알아차려준 것이 그렇게 고마울 수가 없었다.

"하먼이라. 까마구도 지 땅 까마구는 반가운 것인디 사람찌리야 비문 헐랍디여. 얼렁 자리 잡으씨요."

복천영감은 떡장수 여인이 권하는 대로 두 자식을 나란히 앉히고, 자신도 떡이 가득 담긴 큰 양은 그릇 앞에 쪼그리고 앉았다.

252

"시방 온 차로 오셨는갑소이?"

복천영감은 고개를 끄덕였다.

"그라면 새끼덜 배고프겠다와. 얼렁 묵어라, 얼렁."

여인은 찌그러진 양은접시에다 빠른 솜씨로 떡을 이것저것 놓고는 설탕가루를 듬뿍 쳐서 아이들 앞에 놓아주었다.

"아부지……."

딸애가 복천영감을 올려다보고 있었다.

"와따매, 아부지 걱정 말고 느그덜이나 싸게싸게 묵어. 언칠라, 물 묵어감시로."

여인은 물까지 따라주었다. 떡값이야 응당 치를 것이지만 그다지 살붙게 대해주는 여인이 더없이 고마웠다. 정신없이 떡을 먹고 있는 두 자식을 물끄러미 내려다보고 있는 복천영감의 가슴은 미어지고 있었다. 에미 일찍 잃어버리고 집도 절도 없는 타향으로 도망와 길가에서 이 무슨 꼴이냐. 철없는 너희들이 무슨 죄가 있다고. 복천영감의 흐려진 눈앞에는 죽은 마누라의 모습이 선하게 떠오르고 있었다.

"얼렁 시장기나 때우씨요."

여인의 말에 복천영감은 자리를 고쳐 앉으며 코를 들이마셨다.

"서울은 초행인갑는디, 아들네집이라도 댕기로 오는 질(길)입디여?"

"무슨 소리다요. 초행은 초행인디, 아들네집에 옴사 넋빠졌다고 질가에서 떡얼 사묵을랍디여. 그라고 요런 문딩이꼴얼 해갖고 왔을 택이 있겠소?"

"금메 말이요. 나도 아들네헌테나 일가집에 댕기로 온 것이 아닌지 암시롱 안 물었드라요. 워쩔라고 요 험한 서울로 왔습디여?"

"고향선 못 살게 되야부렀는디 워쩔 것이요. 움치고 뛸라야 방도넌 없고, 서울이 험허고 순허고럴 따질 틈이 워디 있기나 혔드라요. 꾸정물얼 묵고 살아도 사람 많이 사는 디가 낫겄지 시퍼 올라온 것이다요."

"살 방도넌 섰을께라?"

"그라면 머시 답답헐 것이 있겄소. 워째야 쓸지 기가 차요."

"수중에 돈언 지녔을께라우?"

 "태평스런 소리 고만 허씨요. 돈이 있음사 염병헌다고 밤차로 도망얼 나왔을 것이요."

 복천영감은 자신도 모르게 큰소리를 질렀다. 그러면서 허리에 찬 돈을 다시 의식하고 있었다.

 "배 덜 찼지야. 떡 더 묵어라."

 복천영감은 설탕가루 하나 남기지 않고 말끔히 비워진 애들 앞의 접시를 보며 말했다.

 "아그덜이 그만허면 되얏제 더 묵어 탈 나면 안 묵으만 못 허요."

 복천영감은 그만 비위가 상했다. 여인의 태도가 달라진 것 같은 것을 직감했던 것이다.

 "아, 우리 아덜언 더 묵어도 암시랑 안허요. 떡값 치를 돈언 있응께 걱정허지 말고 한 접시 더 놓씨요."

 "와따, 사람 잡겄네웨. 그라고봉께 돈 못 받을 성불러 나가 그런 소리 헌 것 맹키요이. 참말로 너무허요."

 여인은 계면쩍은 얼굴로 떡을 접시에 옮겨놓고 있었다. 여인의 말을 듣고보니 자신이 괜한 오해를 한 것 같기도 했다.

 "근디 아그덜 엄니넌……?"

 여인은 조심스럽게 물었다. 복천영감은 여인의 눈길을 피해 얼굴을 돌렸다.

 "야속허게……, 먼첨 가부렀다요."

 "짐작언 혔는디, 생떼겉은 새끼덜얼 냉게놓고 워찌 눈얼 감었을꼬, 타관서 살라면 혼자서 심이 곱으로 들건디."

 여인은 혼잣말을 하며 다시 아이들에게 물을 따라주었다.

 여인은 고향을 떠나온 지 삼년이 넘었다고 했다. 부모에게 물려받은 전답으로 다섯 식구가 살아가기는 부족함이 없었는데, 평소에 술 좋아하고 노름에 손을 대곤 하던 남편이 한 해 겨울에는 타 고장에서 몰려든 노름꾼들에게 빠져 재산을 다 날리고 말았다는 것이다. 전답이 없는 농꾼이 농촌에서 살아갈 길이 없었다. 남편은 반미친 사람이 되어 매일 술만 퍼댔다. 호랑이가 열두 번 물어가도 정신을 차려야 산다고 곧 굶어

254

죽게 된 판국에 남편의 그런 꼴은 죽기를 재촉하는 가당찮은 짓이었다. 말로해서 될 일이 아니었다. 그 고장을 떠나야 나을 병이었다. 친정아버지가 죽었다고 거짓말을 했고, 남편은 장인의 상을 입으러 가는 줄 알고 기차를 탔다. 남편은 몸을 가눌 수 없이 술이 취해 서울에 도착할 때까지 밤새껏 코를 골았던 것이다. 잠이 깨고서야 서울인 것을 안 남편은 기가 막히는 모양이었고, 며칠을 계속해서 입에 못 담을 욕을 퍼부었다. 아무 대꾸도 하지 않고 하루에 소주 한 병씩을 디밀었다. 그러기를 며칠 계속하자 남편은 욕을 그쳤다. 그렇다고 다른 무슨 말을 하는 것도 아니었다. 그저 시무룩한 표정으로 판잣집 단칸방 벽에 등을 기대고 앉아 있을 뿐이었다. 그렇게 또 며칠이 지났다. 그때도 계속해서 소주 한 병씩을 사다놓는 것을 잊지 않았다. 그런데 그 소주가 남아돌아가기 시작했다. 그러던 어느 날 밤 드디어 남편은 무겁게 입을 열었다.

"대처 워쩔 심판이여?"

"……."

"아, 답답혀 환장얼 허겄는디 말 잠 혀보드라고."

남편은 거칠게 어깨를 흔들었다.

"워쩌긴 워째라. 이 집 쥔이 누군디, 쥔이 알아서 헐 일이제"

"무슨 소리 허는 거여. 멀쩡한 사람 속여 서울 온 건 누구랑가, 누구."

"고것도 남정네 헐 소리라고 헌다요? 지집년 소갈머리에 무신 장헌 소견이 있었을랍디여. 기왕 굶어죽을 팔짜에 남새시럽게 아는 사람덜 앞에서 죽느니 평생 서울 귀경이나 한 번 허고 죽을라고 혔소."

"허, 사람 잡내 웨, 고렇크름 뻗대지만 말고 사람 잠 살리소, 사람 보타 죽겄네."

이렇게 하여 남편과 살아갈 구체적인 방법을 의논하기에 이르렀다. 남편은 술도 멀리하고 팔을 걷고 나섰다. 뒤늦은 속차림이었지만 고마웠다. 그 동안 여러 가지 장사를 거쳐 지금은 떡장사로 자리를 잡은 것이라 했다. 남편도 장사를 하고 있다는 것이었다.

복천영감은 여인의 말을 들으며 신경은 다른 곳에 쏠려 있었다. 여인은 별로 길지도 않은 그 이야기를 하는 동안에 서너 차례 말을 멈추어야 했다. 손님에게 떡을 싸주기 위해서였다.

"장사가 참 잘 돼요이. 손님이 영 많은디."

복천영감은 마음이 급했다. 이 많은 떡이 하루에 다 팔리는 것이 분명하다. 떡은 하루만 지나면 쉬고, 날씨가 차서 쉬지 않는다 해도 굳어져서 팔지 못하게 된다. 이 떡을 다 팔면 이익이 수월찮을 것인데, 하루벌이가 대체 얼마나 될까? 이런 생각을 하는 복천영감의 마음은 달고 있었다.

"요만치도 없음사 워찌 묵고 살라고라."

항시 이 정도 손님은 있다는 여인의 대꾸였다. 그렇다면……, 복천영감은 우선 안심이 되었다. 그러나 자신이 여자가 아니라는 생각에 그만 또 마음이 들뜨는 것이었다.

"님징네가 떡얼 폴지도 못힐 일이고, 워째야 쓸께라?"

가슴에서 맴돌기만 하던 말을 단숨에 털어놓았다.

"금메 말이요. 묵고 살 일도 일이제만 잠자리부텀 정해야 쓸 것 아니겄소. 서울언 맨주먹 쥐고는 굶어죽고 얼어죽기 딱 좋은 시상잉께. 근디……."

여인이 왜 말꼬리를 흐리는지 복천영감은 언뜻 알아차렸다. 조금전에 여인이 돈을 가졌느냐고 물었을 때 한 마디로 대질러버린 일이 떠올랐다. 그러고보면 아이들에게 떡을 그만 먹이라고 했던 말도 돈을 못 받을까봐 그런 것이 아님은 분명한 일이었다. 복천영감은 자신의 터무니 없는 오해를 뒤늦게 깨닫고는 미안한 생각과 함께 여인이 더없이 믿음직스러워 보였다.

여인의 말은 맞는 말이었다. 요즈음도 조석으로 산들거리는데 우선 급한 것은 잠자리 해결이었다.

"을매나 비싼지는 모르겄지만서도 돈이 쪼깨는 있는디, 워디가 워딘지 모르는 눈 뜬 봉사가 돼갖고 이 북새통에서 잠자리를 구허자니 워디다 구헐 것이요."

"그려라? 무신 남정네가 고렇크름 우뭉허다요, 우뭉허긴."

복천영감의 걱정에 여인은 손바닥을 칠 지경으로 반가워했다.

"어덜언 나한테 맡게 놓고 싸게 일어나씨요, 싸게."

여인은, 잠자리는 자기가 사는 동네에다 구해주겠노라고 했다. 자기가 집에 돌아가려면 떡이 다 팔려야 하는데, 그때가 대개 해가 질 즈음이라는 것이었다. 그러니 그때까지 진종일 기다릴 수도 없고, 잠자리는 해결되었으니 한시인들 허송할 필요가 어디 있겠느냐며, 돈벌이 할 구멍을 찾아나서야 한다는 것이었다. 그래서 복천영감은 과히 내키지도 않는 것을 여인에게 떠밀려 난생 처음 서울 시내버스에 올라타게 되었다. 여인은, 백 번 말해도 소용이 없으니 동대문시장에 가서 밑천 안 들이고 돈벌이할 일을 찾아보라고 다그쳤다. 차장에게 말을 해줄 테니 차장이 내리라는 곳에서 내리고, 돌아올 때의 갈 때의 길 반대편에서 아무 버스나 타면 서울역에 올 수 있다는 것이었다. 무슨 말인지 아리숭했지만 되물을 여유도 없이 버스에 떠밀려 올랐다. 버스에 오르기 전에 여인은 돈 간수 잘하라고 일렀고, 해지기 전에 돌아오라고 다짐을 했다. 버스가 움직이기 시작해서야 정신은 가다듬은 복천영감은 귀신에 홀리는 것이 이런 것이로구나 싶었다. 돈은 허리춤에 있고, 애들의 걱정이 되기는 했지만 이제 어쩔 도리가 없었다. 동대문시장에서 내려달라고 서너 번 다짐을 하다가 차장에게 호되게 핀잔을 맞고나서, 차장이 나꿔채는 대로 끌려내리기는 버스가 두 번인가 더 정거를 하고난 다음이었다.

동대문시장, 복천영감은 질겁을 했다. 사람도 사람도 무슨 사람이 그리도 많단 말인가. 복천영감은 배를 잔뜩 움켜잡았다. 두 손아귀에는 큼직한 돈뭉치가 잡혔다. 사람들에게 떠밀려 걸음을 옮겨놓고 있는 복천영감은 고개를 질정없이 움직였다. 그러다가 맞은편에서 오는 사람과 부딪치기도 했고, 발을 헛디뎌 비척거리기도 했다. 그러나 복천영감은 연신 사방을 두리번거리기에 정신을 팔고 있었다.

"와따매, 저놈에 괴기 좀 보소."

"허어, 무신 과실이 저렁크를 많단가이."

"여기년 또 워디여. 포목상 아니라고."

"요상허시, 반지락도 까서 풀고, 너물도 아조 디쳐서 포내 그랴."

길목이 바뀔 때마다 색다른 상점이 나타났고, 그때마다 복천영감은 감탄을 금치 못했다. 보는 것마다 새롭고 눈에 띄는 것마다 놀라운 것뿐이었다. 어느 길목에는 어물점만 줄을 섰는데, 어쩌면 그리고 크고 탐스러운 생선이 많을까 싶었다. 하여튼 이름도 모를 갖가지 생선이 그득그득 쌓였는데, 갈치 하나만 해도 손바닥보다 넓고 두꺼운 것이 한 팔 길이는 실히 넘는 것들이었다. 과일상점은 과일상점대로, 포목점은 포목점대로 물건이 산더미로 쌓여 있었다. 무엇보다도 이상한 것은 조개를 까서 팔고 나물을 미리부터 삶아서 파는 것이었다. 서울 사람들은 빨래도 맡겨서 빨아 입는다더니 틀린 말이 아니었구나 싶었다. 그렇게 시장구경에 정신을 빼앗긴 복천영감은 발길 닫는 대로 걷고 있었다. 얼마를 그렇게 밀려 다녔는지 몰랐다. 복천영감이 시장기를 느낀 것은 수십 개의 돼지 대가리를 삶아놓은 집 앞에서였다. 그 집은 떡도 팔고, 전이며 술도 파는 집이었다. 시루떡에서 김이 오르는가 하면, 갓 부쳐낸 녹두전은 기름을 흠뻑 뒤집어쓰고 있었고, 솥에서 막 삶아져 나온 돼지 대가리는 칼질을 잘 받게 익어 있었다. 저 돼지 대가리 아래짬을 비계 섞어 서너 점 썰어 새우젓에 찍어 소주 한 잔을 하면……그새 복천영감의 입 안에는 군침이 돌았다. 들어설까 말까 망설이다가 입에 고인 침만 꿀꺽 삼키고 돌아섰다. 역전에 두고 온 두 아이들 생각이 떠올랐던 것이다.

서너 걸음을 옮기던 복천영감은 그 자리에 푹 주저앉고 말았다.

"쌍, 눈 똑바로 뜨고 다녀."

어깨를 움켜잡은 복천영감은 소리나는 쪽으로 겨우 고개를 돌렸다.

"……!"

상소리를 내뱉으며 지나쳐가는 사내를 보는 순간 복천영감은 눈이 번쩍 뜨였다. 그 사내는 지게에 짐을 잔뜩 짊어지고 있었던 것이다. 복천영감은 지게에 부딪친 어깨의 아픔도 잊었다. 바로 저것이다! 장사도 많고 사람도 많은 이 시장에서 등짐을 하는 것이다. 지게질이야 뼈에 익은 일이고, 마흔은 넘었지만 아직 쌀 두 가마니 정도는 거뜬히 질 수 있는 기운이었다. 그러고보니 자신은 시장에 들어서서 여지껏 구경을 하느라고 정신을 팔았지 정작 일거리를, 밑천이 안 드는 일거리를 찾는 일은 까맣게 잊고 있었던 것이다. 복천영감은 부리나케 일어섰다. 시장골목을 샅샅이 뒤지기 시작했다. 그러면서 그날 밭에 버려두고 온 지게를 생각했다. 이럴 줄 알았더라면 지게를 가져오는 건데……. 그러나 지금이니까 말이지 그날 소를 몰고 산등성이길을 타고 넘을 때는 무슨 경황이 있었던가. 아마도 그 지게는 그날 저녁때나 그 다음날 아침쯤 소 임자인 홍씨의 손에 박살이 났을지도 모를 일이었다.

얼간고등어 서너 마리를 들고 다니며 백 원 떨이를 외치는 사람도 있었다. 당근 대여섯 개를 바구니에 담아서 지나가는 사람들 앞에 디미는 사람도 있었다. 저고리 동정을 한 주먹 들고다니며 싸구려를 노래부르듯 하는 사람도 있었다. 그런데 그런 장사는 모두가 여자였다.

남자의 경우는, 긴 장대에 고무줄을 늘이고 다니며 신들린 것처럼 십 원, 십 원을 쉴새없이 떠들어대고 있었다. 또는 조그만 수레에 변색한 멸치를 쌓아 올려놓고 멍청히 서 있는가 하면, 바구니를 팔에 끼고 좀약이나 이약이요를 외치며 비좁은 사람 틈을 생쥐처럼 빠져다니기도 했다. 그런데 어찌된 일인지 그 사람들은 하나같이 파랗게 젊은 사람들이었다. 여자건 젊은 남자건 간에 그들은 모두 장사였다. 명색이 장사고보면 밑천이 안 들 리가 없었다. 분명 떡장수 여인은 밑천 안 들이고 돈벌이 할 일거리를 찾아보라고 했다. 해가 설핏하도록 시장 바닥을 헤매었지만 밑천 안 들일 돈벌이는 찾을 수가 없었다. 지게품을 파는 사람들을 네댓 만나기는 했는데 그것도 밑천이 전혀 안 드는 일은 아니었다. 지게를 가져왔으면 또 별문제였다. 어느 길모퉁이에서 지게에 누워 잠이 든 사람을 찾아냈다. 그 사람은 돈을 벌 만큼 벌고 힘이 들어서 그러는지, 일거리를 찾다 지쳐서 그러는지 알 수는 없지만 입을 떡 벌린 채 그 시끄러운 속에서 코를 골며 자고 있었다. 하도 그 꼴이 사나워 물끄러미 내려다보다가 눈길이 지게에 머물렀다. 이상했다. 분명히 지게는 지게인데 이상한 지게였다. 복천영감은 고개를 갸웃거렸다. 첫눈에 이상하게 보이긴 했는데 막상 살펴보니 지게인 것이 분명했다. 빌어먹을, 하룻밤 사이에 눈이 변했나 싶어 쪼그리고 앉아 자세히 들여다보니 그건 희한하게 만들어진 지게였다. 시골에서 쓰던 지게는 등뿔이 가지로 뻗어나간 통나무로 된 것이었는데 그건 나무토막에 못을 박아 이은 것이었다. 그리고 등받이나 양쪽 등뿔 사이의 이음나무(윗세장, 밀삐세장, 허리세장, 밑세장 등)는 원래 끌로 구멍을 파서 넣는 법인데, 그건 손쉽게도 등발에 판자를 놓고 못질을 해버린 것이었다. 등받이도 짚으로 짜서 하는 것인데 그건 넓직한 판자를 붙여버렸고, 밀삐(멜끈)도 짚으로 따내린 것이 아니라 무슨 두꺼운 천으로 대신하고 있었다. 참으로 괴상한 지게였다. 그 지게의 생김새가 어떻든 간에 지게가 없고보면 지게질로 돈을 벌려고 할 경우에는 최소한 저런 괴상한 지게라도 만들 밑천은 들어가지 않을 수 없었다. 밑천 안 들이고 돈벌이 할 일거리는 하나도 없었다.

아침에 버스에서 내리며 눈여겨 보아둔 건물을 찾지못해 길을 헤매다가 결국 교통순경의 도움으로 서울역으로 가는 버스를 탈 수 있었다. 버스에 자리를 잡고나서 비로소 배를 욹켜잡았던 손을 풀었다. 손아귀가 뻐근했다.

"밑천 안 디린다고 생판 공짜가 워디 있다요? 모를 논에 박아놓고 밥이 입에 들어올 때꺼정 비문히 밑천이 듭디여? 고런 밑천 드는 것임사 서울서 입에 풀칠허는 택치고 싸고 말고라."

밑천 안 들이고 할 일거리는 하나도 없더라는 복천영감의 말을 듣고난 떡장수 여인의 시원스런 대꾸였다. 이치에 맞는 말이었다. 여인의 말을 듣고나자 복천영감은 마음이 가벼워졌다. 그전까지는 밑천 안 들일 돈벌이가 있는데 자신이 잘못 찾은 것이 아닌가 싶어 마음이 개운하지 못했던 것이다. 그런데 여인은 눈여겨 잘 보았다고 칭찬 비슷한 말까지 해주었던 것이다.

여인을 따라 버스에서 내렸을 때에는 어둠이 짙어 있었다. 여인은 날이 어두워 방을 구할 수가 없다며, 밥만 사먹으면 잠은 그냥 재워주는 집으로 데려다주었다. 하룻밤만 고생하라고 타향에서 무슨 돈으로 비싼 여관에 들겠느냐며 여인은 염려를 해주었다. 말마다 옳은 말이었다. 그런 여인이 너무 고마울 뿐이었다. 생각보다 힐한 밥값을 치르고 잠자리까지 얻은 복천영감은 몸이 피곤한 것과는 상관없이 별의별 궁리 탓에 쉽게 잠을 이룰 수가 없었다.

지금 생각해도 여인네 일가족의 떼죽음은 허망하기로 쳐서 그런 허망함이 또 있을까 싶었다. 그 해 첫 추위가 몰아닥친 날 여인네 내외와 세 자식, 다섯 식구는 밤 사이에 뻣뻣한 시체로 변해버렸던 것이다. 연탄가스 중독이라 했다. 끔찍한 일이었다. 다음해 봄이 되면 판잣집이나마 사서 셋방살이를 면하면 될 것이라며 그리도 부지런히 살던 내외의 모습이 너무 선했다. 시름시름 앓다 죽어갔던 마누라의 죽음에서 미처 느끼지 못했던 허망함이요 또 다른 슬픔이었다. 여인의 시동생이 고향에서 올라온 이틀째 되는 날 오후까지 상제 노릇을 한 복천영감은 다음날 아침 일찍 다섯 구의 시체를 화장터로 옮겼다. 동생이란 사람은 도착하자마자 고인이 된 형이며 형수 조카들의 시체를 넘어다니다시피 하며 살림을 샅샅이 뒤져 저금통장과 도장을 찾아냈던 것이다. 그 저금통장을 보자 복천영감은 또 울분이 복받쳐 올랐다. 그리고 쓴 막걸리 한 잔 올리기는커녕 염(殮)도 하지 않은 시신을 짐짝 다루듯 하는 동생의 행동에 온몸의 피가 머리로 치솟는 울분을 견뎌야 했다. 동생은 염을 할 필요가 없다고 한 마디로 잘랐다.

"거 무신 넋나간 소리여. 염 안 혀 저승길 보내는 법도 있드랑가?"

"염허면 멋허고 안 하면 또 워쩐답디여? 다 산 사람 호사허자는 짓거리제 죽어뿐 사람이 알기나 허간디라."

"입으로 뱉으면 다 말인 줄 아는가? 영전에서 못 허는 소리가 읎는디, 안 되야, 워쨌거나 염은 혀서 모셔야 써."

"아, 사람 환장허겠네요이. 산 사람 묵고 죽을 돈이 읎는 판에 염은 무신 놈에 염을 허겄다고 그래쌌소. 그라고 말이요이, 당신이 먼디 넘 일에 배 놔라 감 놔라 고렇크름 말얼 씹혀쌌소?"

"머시여……?"

복천영감은 이빨을 뿌드득 갈며 주먹을 말아쥐었다.

장의사 운구비까지 깎아대는 사람 덜된 짓을 해가며 다섯 구의 시체를 흡사 넝마 태우듯 해버리고 장례비로는 반에 반도 못 쓴 저금통장의 돈과 전세방 돈까지 빼서 떡장수 여인의 시동생이 가버린날 복천영감은 먼 산등성이를 바라보며 목젖이 아프도록 몇 번이고 마른침을 삼켰다.

그러면서 자신이 땅콩 리어커만 송두리째 잃어버리지 않고 이 꼴이 되지 않았어도 염만은 해서 마지막 길을 보냈을 거라는 안타까움을 떼치지 못하고 있었다.

칼갈이로 나선 둘쨋날 첫 손님 된, 식모살이를 왔다던 처녀를 대했을 때 복천영감의 반가움은 여간한 것이 아니었다. 집 생각에 몸살이 나던 판에 자신의 목소리를 듣고 간 지 며칠 되지 않은 칼을 들고 뛰쳐나왔다는 처녀의 심정은 두말 하지 않아도 누구보다 잘 이해할 수 있었다. 그 처녀에게 있는 성의를 다해서 맘 잡고 잘 있으라며 타이르고 위로를 했던 것은 서울에 처음 발 디뎠던 자신을 생각해서만이 아니었다. 자신은 이미 처녀에게 떡장수 여인이 되고 있다는 생각이 들었던 것이다. 어떻게 해야 좋을지 갈피를 잡을 수 없던 그때에 떡장수 여인은 그 얼마나 고마운 사람이었던가. 떡장수 여인이 자신에게 그러했듯 이제 자신두 처녀에게 훌륭한 떡장수 여인이 되어주어야 한다는 마음으로 대했던 것이다.

한 차례 거친 동네를 다시 들르려면 대략 보름쯤 걸렸다. 보름 간격을 두고 여섯 번째인가 들렀을 때였다. 그날도 그 골목을 들어서면서부터 복천영감은 목청을 한껏 더 높게 뽑았다. 두 번 세 번……, 이상한 일이었다. 다른 때 같으면 한 번이면 뛰어나오던 처녀였다. 낮잠이라도 자는 건가. 다시 목청을 돋우었다. 그러나 대문 열리는 소리와 함께 한 손에 부엌칼을 든 처녀의 활짝 웃는 얼굴은 나타나지 않았다. 어디 심부름을 갔나. 또 목소리를 가다듬었다. 여전히 대문은 굳게 닫혀 있었다. 멀리 심부름이라도 간 게지. 우선 다른 골목부터 돌고, 가는 길에 다시 들르기로 하고 발길을 옮겼다. 갑자기 온몸의 기운이 풀려버리는 기분이었다. 그리고 여지껏 느끼지 못했던 추위가 전신을 휩싸고 들었다. 김장철이 지나서 그런지 온 동네를 다 돌았어도 고작 두 자루를 갈았을 뿐이다. 칼을 갈면서도 복천영감의 머리에는 처녀의 생각으로 가득 차 있었다. 고향으로 내려가버렸을까. 다른 집으로 옮겨갔나. 혹시 쫓겨나지나 않았을까. 생각나는 것은 모두 불길한 것뿐이었다. 다시 그 골목으로 들어서자 복천영감은 아까보다 더 큰 목소리로 외쳐댔다. 그러나 끝까지 대문은 열리지 않았다. 아까부터 지금까지……, 멀리 심부름을 갔다고 해도 능히 돌아왔을 시간이었다. 복천영감은 몸이 달았다. 이 집에 없는 것이 분명하다. 그럼 어떻게 한다? 이대로 돌아갈까. 그럴 순 없는 일이다. 그럼……, 복천영감은 어느새 대문을 두들기며 "카알 가아씨요"를 외치고 있었다.

"도대체 누구야, 거지같이."

이런 표독스러운 목소리는 대문이 벌컥 열림과 동시에 쏟아졌던 것이다. 깜짝 놀라 물러선 복천영감 앞에는 서른서넛쯤 되어보이는 여자가 눈꼬리를 치켜세우고 서 있었다.

"미안스럽구만이라. 칼 가실……."

"닥쳐요, 능청스럽게. 그년을 꾀어낸 게 바로 당신이지?"

"……?"

"가요, 경찰서로 가. 콩밥을 먹여줄 테니까."

여자는 사납게 복천영감의 어깨를 밀치며 서슬이 푸르렀다.

"아, 무신 말이다요? 통 땅짚 못 헐 소리럴 허는디."

"시치미 떼지 말아요. 그년한테 도둑질을 시킨 게 당신이 아니란 말야?"

"워쩨라우? 그 무신 날벼락 맞을 소리다요?"

복천은 두어 걸음 물러섰다.

"뭐 날벼락? 그년이 돈이고 반지를 훔쳐 달아나서 날벼락을 맞은건 누군데? 이 개똥쇠 종자들은 곤조가 틀려먹었어. 가, 경찰서로 가!"

여자는 복천영감의 소매를 틀어잡았다. 복천영감은 세차게 팔을 뿌리쳤다. 그리고 뒷걸음질을 했다.

"고런 쌩사람 잡을 소리 그만 혀. 읋이 산다고, 요놈에 세상은 있는 놈이 더 도정놈들이니께."

복천영감은 연상 뒷걸음질을 치며 쏟아놓았다.

"흥, 아가리는 살아서. 또 나타나기만 해봐라. 그땐 꼭 영창에 처넣고 말 테니까."

여자는 이런 말을 남기고 대문을 소리가 나게 닫았다. 복천영감은 으시시 몸을 떨었다.

그때 이미 떡장수 여인은 운명을 달리한 뒤였다. 그래서 복천영감의 가슴은 한층 허전했는지도 모른다. 넓디나 넓은 서울, 넓은 만큼 인종이 많고 그 값을 하느라고 인심마저 얼음장 같은 속에서 떡장수 여인 일가나 그 처녀는 유일한 의지요 위안이었다. 무엇으로도 메울 수 없는 허전함과 감당할 수 없이 밀려드는 고적감을 이겨내는 일이 밥 굶은 것만큼이나 견디기 어렵다는 사실을 복천영감은 다 늙어가면서 경험하고 있었다.

금품을 훔쳐 달아나다니, 못된 짓이다. 그러나 주인 여자의 그 인상하고, 오죽했으면 그런 짓을 했을까. 어쨌거나 잡히지 않았으니 무엇보다 다행한 일이었다. 그 돈을 가지고 고향으로 내려가 시집이나 잘 갔으면 좋으련만. 혹시 어느 건달의 꾀임에리도 빠져 그런 짓을 했다면 어쩌나. 이런 흉악한 세상에서 잘못 풀려 신세라도 망치고 만다면……별의별 걱정이 꼬리에 꼬리를 물었다.

서울에 있기만 한다면 언제 어디서든 다시 만나게 되리라는 생각만은 버리지 않았다. 그래서 그날부터 아들을 찾는 일에 처녀까지 곁들였던 것이다. 그러나 수년이 지나는 동안 서울의 길이란 길은 발길 안 닿는 곳이 없을 정도로 헤매고 다녔지만 아들도 처녀도 만날 수는 없었다. 언제부턴가 복천영감의 마음에는 한사코 떼치려는 생각이었지만, 아들은 죽었을 것이라는 체념이 자리잡기 시작했고, 처녀는 고향으로 내려간 것이라는 생각이 굳어지고 있었다.

떡장수 여인이 손을 써서 다음날로 산동네에 방 한 칸을 세들었다. 그때 비로소 전세니 사글세니 하는 말을 알았다. 그 말을 이해하기까지 복덕방 영감과 떡장수 내외 세 사람이 번갈아가며 설명을 해야 했다.

생각보다 비싼 방세였다. 더구나 복덕방이라는 괴상망칙한 이름을 내걸고 앉아 말 몇 마디에 글씨 몇 자를 내갈기고 양쪽에서 돈을 뜯어내는 영감이 생각할수록 뻔뻔스러워 보였다. 억울한 생각이 자꾸 솟았지만 이것이 서울이거니 할 수밖에 다른 도리가 없었다. 수중의 돈은 반 정도 남아 있었다. 떡장수 내외는, 경험이 없으니 장사는 아직 이르다는 결론을 내렸다. 경험이 있다 해도 서울 물정이 몸에 익을 때까지는 장사를 시작해선 안 된다는 말이었다. 그래서 결국 지게품을 파는 것이 밑천도 적게 들고 몸에 익은 일이라 가장 적당하다는 데 의견이 모아졌다. 떡장수 내외는 당장 그날로 지게를 만들어 다음날부터 돈벌이를 나서라고 했다. 수중에 있는 돈 까먹기는 쉬워도 벌기는 어려운 세상이고, 서울에서는 돈 없으면 그대로 굶어 죽게 마련인데 옆에서 굶어 죽어도 눈 하나 깜박하지 않는 것이 서울 인심이라고 일깨워주었다. 그런 것쯤은 복천영감으로서도 벌써 알아차리리고 있었다. 어제 서울역에서, 그리고 동대문시장에서 가슴이 조여드는 겁에 질려 어렴풋이 느꼈고, 시골 같았으면 그냥이라도 빌려줄 그런 허술한 방의 비싼 세며, 터무니없이 많은 구전을 받아내면서도 얼굴색 하나 변하지 않는 복덕방 영감의 소행에서 돈이 곧 목숨인 무서운 서울을 느꼈던 것이다. 그래서 복천영감은 지게 품팔이를 거절했다. 그리고 몸만으로 할 수 있는 돈벌이를 찾을 수 없겠느냐고 눈치를 살폈다.

"지게 맹그는 돈꺼정 애끼겠다는 고걸 맘으로 험사 지아무리 독헌 서울 인심도 버틸 재간이 있을랍디여. 존 생각은 생각인디, 그라면 천상에 글로(그곳으로)가보는 수밖에 읎구먼 그랴."

그래서 떡장수 여인의 남편이 장사를 나가는 길에 데려다준 곳이 집 짓는 공사장이었다.

"발 벗어붙이고 나선 판인께 체면 챙기지 말고 해야 쓰요."

떡장수 여인의 남편은 헤어지며 또 당부하고 있었다.

"하면이라, 발등에 불 떨어졌는디 개릴 것이 따로 있제라. 잘 댕겨오씨요."

복천영감은 이렇게 대꾸하고 그와 헤어졌다.

산을 뒤로 업은 넓은 평지에 집 짓는 공사가 한창이었다. 이미 지어진 집들이 띄엄띄엄 놓여 있었는데, 사람이 사는지 안 사는지 알 수는 없었지만 어쩌면 그리도 크고 좋은지 몰랐다. 기어들고 기어나는, 방문도 제대로 맞지 않는 산동네의 판잣집들은 여기에 비하면 갈데없는 돼지우리였다. 좁고 비탈진 골목에 지린내까지 풍겨대는 산동네의 집들은 바위에 엉켜붙은 굴딱지거나 기계독을 앓는 머리에 덕지덕지 앉은 부스럼이었다. 그런 가난이 부글거리는 동네가 머지않은 곳에 이런 궁궐 같은 집들이 들어서고 있다니 알다가도 모를 일이었다. 읍내에 하나뿐인 양조장에다가 읍장까지 지내는 최가의 집이 좋다고들 떠들어대지만 저런 집들에 비하면 선하품밖에 안 나오는 것이었다. 대체 저런 집에 사는 사람들은 무엇을 하는 사람들일까. 무슨 수로 돈을 벌어 저런 집들을 지을수 있을까. 읍장보다 더 높은 사람들이면 군수? 도지사? 군수도 한둘이고, 군수면 군에 살지 서울에 살 리가 있는가. 읍내의 돈을 다 쓸어 모으던 양조장보다 더 돈이 잘 벌리는 장사는 또 뭘까? 어떤 놈들은 벼락을맞아도 가려가며 돈벼락을 맞아 저런 궁궐 같은 집에 살고, 어떤 놈은전생에 무슨 죄를 졌길래 고향을 도망나와 산꼭대기 판잣집 셋방살이신세란 말인가. 잘사는 놈들은 갈수록 팔자가 치지고 늘이지고, 못 사는놈들은 갈수록 신세가 비틀리고 쪼그라드니 평생 저런 집에 살아보기는아예 틀려먹은 것이 아닌가. 차가 빵빵거리는 바람에 정신을 차린 복천영감은 길을 비켜서며 씁쓸한 웃음을 지었다. 다 부질없는 생각이었다.그런 마음도 모두 서울이라서 생기는 것이려니 하며 공사장으로 걸음을빨리했다.

우선 공사장을 두루 살펴보았다. 거의 다 되어가는 집이 있는가 하면,한창 벽돌을 쌓아올리는 집이 있고, 어떤 곳은 기초공사를 하기도 했다.일도 가지가지였다. 문을 짜고 대패질을 하는 목수, 벽돌을 쌓거나 벽에시멘트를 바르는 미장이, 철창을 만드는 용접공이 있었다. 그러나 그런일은 시켜줘도 할 수 있는 일이 아니었다. 할만한 일은 트럭에서 부려진벽돌이나 모래를 저나르는 등짐이나 기초공사를 위해 땅을 파내는 일이고작이었다. 그러니까 집이 거의 완성되어가고 있는 공사장에는 할 일이 없었다. 한 공사장에서 발길을 멈추었다. 반 팔 높이로 벽돌이 쌓여지고 있는 그곳에서 일손을 놓고 있는 사람은 찾을 수 없도록 바쁘게 돌아가고 있었다. 복천영감은 한 사람 한 사람을 살펴나갔다. 마침내 눈길이 한 곳에 고정되었다. 검은 안경을 쓴 남자는 뒷짐을 지고 서서 사람들의 일하는 양을 살피고 있었다. 책임자임이 분명했다. 그렇게 생각이

들자 갑자기 가슴이 두근거리기 시작했다. 생각과는 달리 발이 말을 듣지 않았다. 떡장수 여인의 남편 말이 떠올랐다. 되든 안 되든 말이나 해봐야 할 일이었다. 담배꽁초에 불을 붙여 거푸 서너 번을 빨고나니 약간 마음이 가라앉았다. 꽁초를 꺼서 다시 조끼주머니에 넣고 발을 떼어놓았다.

"저어 선상님, 실례하겠는디요."

"……?"

고개를 돌린 남자는 좀 떨어진 거리에서 옆모습으로 볼 때와는 달리 꽤 젊은 사람이었다.

"저어, 일얼 좀 혀봤으면 허는디요."

"일자리를 구하신단 말이죠? 글쎄……, 무슨 일을 할 수 있는데요?"

"배운 기술이 읎응께, 저런 등짐은 헐 수 있는디요."

"일이 급하긴 한데, 잠깐 기다려보시오. 이씨, 이씨이, 나 잠깐 봅시다."

벽돌이며 모래를 저나르고 있던 대여섯 중에서 한 사내가 나섰다.

말을 다 듣고난 사내는

"되겠나 따져보지요."

하고 엉거주춤 서 있는 복천영감을 향해

"따라오시오."

퉁명스럽게 말하고는 앞서 걸어갔다.

벽돌과 모래가 산더미로 쌓인 곳에 이르러서였다.

"당신 저 사람과 어떤 사이요?"

사내는 갑자기 돌아서며 물었다.

"무신 말씸이요?"

"이런 참, 저 안경 낀 사람과 어떤 사이냔 말요."

"사이넌 무신 사이어라. 첨 대허는 사람인디."

"그럼, 남남이란 말이지?"

나이도 많지 않은 사내는 대뜸 반말을 걸쳐왔다.

"워찌 그래쌌소. 첨 보는 넘넘이란께."

"이거봐, 보다시피 개새끼처럼 빌어먹고 사는 신센데, 우리 배 채울

것도 모자라는 형편에 나눠먹을 것까진 없으니까 딴데로 가보라구.”

“가기넌 워디로 가라. 저 사람이 일얼 허라고 안헙디여?”

“이거, 밤차로 올라온 촌놈이 세상 무서운 줄 모르고 설쳐, 설치긴. 우리가 이 일을 맡을 때 너같은 핫바지한테 뜯길려고 맡은 줄 알아? 점 잖게 말할 때 딴데로 가!”

사내의 목소리는 낮았지만 독이 서려 있었다.

복천영감은 물러날 수밖에 없었다. 더이상 대꾸할 말이 없었던 것이다. 더 할말이 있었다 해도 그만두는 것이 꾀 있는 짓이었는지도 모른다. 사내의 하는 품으로 보아 더 말을 했다가 주먹이라도 날릴 것 같은 기세였다.

그 사내의 말은 틀린 데가 없었다. 한 사람이라도 더 끼어들면 벌이가 술어드는 것은 당연한 일이었다. 그 사내는 ‘우리’라는 말을 썼다. 등짐을 하고 있는 사람들은 한패거리라는 뜻이었다. 그리고 사내는 곧 잡아먹을 듯이 얼러댔다. 그건 그만큼 살기가 어렵다는 표시였다. 그래서 사내는 패거리를 짜가지고 다니는지도 모를 일이었다. 무서웠다. 처음 당하는 일이 너무 무서웠다. 허전했다. 패거리를 만들 수는 없다 하더라도 단 한 사람도 의지가 없는 처지가 너무 허전했다.

수십 군데가 넘는 공사장은 제각기 바쁘게 돌아가고 있었다. 저 많은 사람들이 모두 제나름대로의 패거리로 묶여 있겠지 생각하는 복천영감의 가슴엔 서늘한 바람이 일고 있었다. 어느 한곳인들 다시 찾아가 일거리를 청해 볼 엄두가 나지 않았다. 내팽개쳐진 것 같은, 슬픈 것도 서러운 것도 아닌 마음은 달랠 길이 없었다. 흥청거리는 잔칫집 대문 밖에 쫓겨나 눈치만 살피고 있던 거지들의 모습이 떠올랐다. 아, 그 거지들의 마음이 이랬을지도 모른다. 뒤미처 깨달은 일이었다.

얼마를 걸어서 시멘트벽돌을 찍어내는 곳에 다다랐다. 얼굴이 검게 탄 사내 혼자서 일손을 부지런히 놀리고 있었다. 쇠로 된 틀에 시멘트로 반죽한 모래를 두 삽 퍼넣고는 삽등으로 탁탁 두 번 두들기고나서 삽을 모래더미에 꽂는다. 그리고 쇠틀 양쪽 손잡이를 잡아 한쪽을 들어올렸다가 탕 내려치고 반대쪽을 또 그렇게 하여 같은 동작을 세 번 되풀이했다. 쇠틀 속의 시멘트와 반죽된 모래를 다지는 것이다. 그 다음 왼쪽에 쌓인 판자 받침대를 집어 아직 쇠틀 위에 남은 모래를 되의 쌀을 밀듯 쭉 밀어붙여서는 쇠틀을 뒤집었다. 그리고 먼저 쇠틀의 겉을 들어낸 다음 일곱 개의 벽돌을 구분하는 속틀을 빼냈다. 그리고나면 판자 받침대에는 반듯반듯한 일곱 개의 회색 벽돌이 나란히 키를 맞추어 모습을 드러냈다. 그것을 들어다가 먼저 것 옆에 맞춰놓고 돌아와서 쇠틀을 짜고 삽을 드는 것이었다. 그런 사내의 동작은 몇 십 번을 계속하는 동안에도 흐트러지는 일이 없었다. 빠르고 분명하고 정확한 몸짓은 흡사 기계였다. 복천영감은 그런 사내를 물끄러미 바라보고 있다가 도대체 저 일은 벌이가 얼마나 될까를 생각하기에 이르렀다. 재료값이고 뭐고 다 제하더라도 줄잡아 벽돌 한 장에 일 원은 남지 않을까 싶었다. 그렇다면 한 번 찍어내는 데 칠 원이고, 저런 빠르기로 찍어낸다면 하루에 천 장은 실히 찍을 것이다. 그럼 한 달이면……, 그만 머리가 아리숭해지고 있었다. 하지만 팔리지 않으면 많이만 만든다고 다 돈이 되는 것은 아닐 터였다. 그러나 집을 짓는 곳이 한둘이 아니고보면 그런 것쯤은 괜한 걱정인지도 모를 일이었다. 그런데, 장사가 잘 된다면 왜 사내는 혼자 일을 할까. 어쩌면 저 사내는 주인이 아니라 일꾼인지도 모른다. 아니 주인인데 미처 사람을 구하지 못했는지도 알 수 없었다. 밑져봐야 본전이라는 생각이었다. 면박이나 무안을 당한다 하더라도 등짐을 하던 아까 사내에게 당했던 것보다 더 심하랴 싶었다. 더욱이 복천영감이 그런 용기를 낸 것은 상대가 패거리가 아니고 사내 혼자였기 때문이다.

"혼자 욕보시오."

"……?"

모래를 퍼넣던 사내는 복천영감을 힐끗 곁눈질하고는 그만이었다.

"요것 한 장에 을매나 헌다요?"

"몇 장이 필요한데요?"

사내는 삽 등으로 모래를 두들겨 다지며 되물었다. 복천영감은 그만 찔끔했다. 사내는 벽돌을 사러 온 줄 아는 모양이었다.

"그런게 아니라, 행여 일헐 사람얼 구허는가 싶어서……."

사내는 아무 대꾸가 없는 채로 일손만 빠르게 놀리고 있었다. 혹시 못 들은 건 아닐까. 얼굴을 살펴보았지만 사내의 표정은 아무런 변화가 없었다.

"여그서 일헐 자리가 읎을께라?"

복천영감의 목소리는 크고 또렷해졌다.

"혼자 해도 세 끼 밥 먹기가 힘드는데 어찌 사람을 두겠소."

사내는 쇠틀을 벗기며 한숨을 내쉬었다.

담배를 한 대 피우며 사내는 혼자 일할 수밖에 없는 형편을 털어놓았다. 어느 벽돌공장에서 직공노릇을 했다는 것이다. 아무리 열심히 일을 해도 소용이 없었다. 주인의 이익이 얼마인지 뻔히 아는데도 월급은 언제나 그 꼴이 그 꼴이었다. 결국 주인 좋은 일 시키는 것밖에 되지 않았다. 끼니를 건너뛰다시피 해서 돈을 모아 따로 공장을 차렸다. 그러나 자본이 적고보니 일이 뜻대로 풀리지 않았다. 재료비와 기계를 장만하는 것은 수중의 돈으로 겨우 해결이 되었다. 문제는 장소였다. 모래를 쌓아두어야 하고 찍어낸 벽돌을 굳을 때까지 서너 번 물을 뿌려주며 늘어놓을 터가 있어야 했다. 그래서 월세로 빈 터를 빌렸다. 그러나 일은 그것으로 끝나는 것이 아니었다. 뜯기는 곳이 한두 군데가 아니었다. 거기다가 날이 갈수록 동무장사까지 늘어나고보니 생각하던 것처럼 일이 돌아가지 않았다. 물론 고용살이를 하던 때보다는 낫지만 사람을 두고 할 처지는 못된다는 말이었다. 그리고, 보아하니 나이도 꽤나 많아 보이는데, 할 수 있으면 노동 같은 막일이 아닌 다른 일을 궁리해보라고 했다. 힘 좋은 젊은 사람도 남고 처지는 세상에 누가 나이든 사람을 쓰려고 하겠느냐는 것이었다. 그도 듣고보니 맞는 말이었다. 마누라가 죽고 나서 열 살은 더 먹어보일 지경으로 늙어버렸다는 마을사람들의 말이 새삼스럽게 떠올랐다. 대하는 사람마다 신수가 너무 못 쓰게 상했다고 입을 모으기에 도무지 어떤 꼴이 되었나싶어 거울을 들여다보고는 스스로도 놀라지 않을 수 없었다. 음푹 패인 볼이며, 쑥 들어간 눈자위에 꺼칠하게 말라버린 주름진 살갗이 실히 쉰을 넘어 보이게 했다. 그런데 지금이야 더 말할 것이 무엇이랴. 굳이 마흔다섯이라고 해보았자 곧이 들을 것 같지도 않았고, 일자리가 생기지도 않을 형편인데 구구하게 나이까지 밝힐 필요는 없었다.

“적더라도 돈이 있으면 장사를 해봐요. 무슨 장사건 장사는 남는거고 노동보다야 힘이 덜 들 테니까요.”

사내는 꽁초를 발끝으로 잉끄리고 일어섰다. 허물없이 사람을 대하는 사내가 고마웠다.

“명심허겠소. 돈 많이 버써요.”

사내와 헤어지고나자 갈 곳이 없었다. 해는 중천에 걸려 있었다. 사먹은 밥이라서 그런지 시장기가 일었다.

그런 식으로 헤매다간 일자리는 구하지도 못하고 날만 보내다가 남은 돈 고스란히 까먹고 알거지가 되기 십상이었다. 떡장수 여인의 말을 들었어야 옳았다. 지게 만드는 돈쯤은 아까워할 일이 못 되었다. 이렇게 일거리 구하기가 힘든 세상에서 지게 만드는 돈쯤 들이고 입에 풀칠 할 수 있다면 밑천이랄 것도 없다는 말이 맞는 말이었다. 처음부터 떡장수 내외의 말을 들었더라면 이런 헛고생은 안 해도 되고 내일부터 당장 돈벌이를 나설 수 있었을 것이라는 후회가 생겼다.

몇 번인가 물어서 제재소를 찾아갔다. 어제 시장에서 본 지게를 생각해가며 키에 대보고 땅에 놓고 맞춰보고 해서 나무를 샀다. 길을 더듬다시피 해서 집으로 돌아오는 길목에서 철물점을 찾아 못도 구했다. 모두 손가락 두 마디 길이의 중못으로 하고, 대못은 지게작대기에 쓸 것으로 딱 두 개만 샀다. 어느것 하나 돈 아닌 것이 없었다. 시골서 같았으면 지게감으로 쓸 만한 나무를 눈여겨 보아두었다가 주인 눈을 피해 쳐오면 그만이었다.

톱과 망치는 집주인 여자가 빌려다주었다. 톱질도 톱질이었지만 못박기는 생각보다 힘이 들었다. 등받이가 될 판자를 붙이는 것쯤 아무 일도 아니었지만 짐을 얹을 지겟가지를 세워 붙이는데 여간 애를 먹은 게 아니었다. 그 지겟가지는 끝이 몸체의 아랫부분인 동발 등받이 밑부분에 붙어야 하는데, 그것이 등받이 쪽으로 많이 기울어져 붙으면 짐을 받치는 힘은 좋지만 짐을 많이 얹을 수가 없게 된다. 그렇다고 등받이로부터 곧바르게 ㅓ꼴로 붙고나면 못질하기에는 그처럼 쉬울 일이 없지만 짐을 받치는 힘이 전혀 없고 막상 짐을 지고 일어서는 경우 무게가 뒤로 쏠리기 때문에 그걸 버티느라면 짐이 몇 곱절 무거워지게 되었다. 그러니까 지겟가지를 가장 적당하게 붙이는 것은 ㅓ 모양의 간격을 반으로 나누고 등받이 쪽이 아닌 지겟다리 쪽의 반을 다시 반으로 나눈 정도의 기울기를 유지시켜야 했다. 그러니 양쪽의 가지가 같은 기울기가 되도록 못 박을 부분을 톱질하기도 쉽지 않았지만 정작 못질은 예삿일이 아니었다. 망치로 손가락을 대여섯 번씩 쳐가며 겨우 지겟가지를 고정시키고 허리를 폈을 때는 주위에 어스름이 퍼지고 있었다.

떡장수 여인이 들어선 건 그때였다. 여인은 우선 밥해 먹을 살림살이를 마련해 주려고 온 것이다. 언제까지 밥을 사먹을 수도 없는 노릇이고, 사먹는 밥은 살로 가지도 않는다며 여인은 아침에 약속을 했었다. 빨리 돌아오기 위해 떡도 다른 날보다 적게 받아가겠다고 했었다.

"지게 맹그는 것 봉께로 헛탕쳐부렀는갑소이?"

"그렁게 말이요. 아짐씨 말이 빈 말이 아니드만이라."

"장보로 가게 돈 챙게둣씨요. 나 얼렁 집에 잠 댕겨 올라요."

여인은 곧 되돌아왔다. 여인의 손에는 헝겊이 들려 있었다.

"요거시 천막 쪼가링께 멜빵으로 쓰고라, 요거넌 헌옷 나부랭인디 등에 대면 될랑가 몰르겄소."

복천영감은 헝겊을 받아들면서도 감사하다는 말을 못 했다.

멜끈을 달고 등받이 판자에 헌옷을 접어 붙이는 것으로 지게는 다 만들어졌다. 딸애를 데리고 여인이 돌아온 것은 지게를 판자대문 옆에 세워두고나서도 한참이 지난 뒤였다.

양은솥, 숟가락, 젓가락, 밥그릇, 조리, 도마, 칼 등속으로 부엌살림이 빠진 것이 없었고, 쌀도 반 말을 팔아왔기 때문에 불만 지피면 곧 밥을 해먹을 수 있게 되어 있었다. 그런 것을 장만하는 데도 수월찮은 돈이 들어갔다. 당장 없어서는 안될 물건인들 줄 알면서도 돈이 축나는 것을 생각하면 조바심이 일었다.

다음날 아침 복천영감은 지게를 지고 여인을 따라 시장으로 갔다. 여인은 버스를 타고 다녔지만 그날만은 지게 때문에 버스를 탈 수 없는 복천영감에게 길을 가르쳐주기 위해 그 먼 길을 걸었던 것이다. 여인은 찾기 쉬운 큰길만 골라 걸으며 눈에 잘 띄는 병원 같은 것을 똑똑히 보아두라고 이르곤 했다.

"행여 질 잃어뿔먼 맥엄씨 혼자 애태우지 말고 얼렁얼렁 순사한테 물으씨오. 그라고 눈치껏 날래게 혀야쓰오. 지게꾼 찾을 때꺼정 태평치고 있지 말고 큰 짐 들고 가는 사람헌테넌 먼첨 지고 가자고 운을 띠우란 말이요. 비우가 좋아사 사는 세상 아닙디여."

시장에서 헤어지며 여인은 또 이렇게 염려를 해주었다. 그러는 여인에게 그저 미안하고 고마워서 아무런 말도 할 수가 없었다.

"지고 가십씨다, 지고 가."

큰 짐을 든 사람이면 쫓아가서 말을 걸었다. 번번이 허탕이었다. 그러나 지치지 않고 같은 소리를 되풀이하며 사람들 틈을 비집고 다녔다.

과일 상점들이 늘어선 길목으로 들어섰을 때였다.

"어이 지게, 지게."

귀가 번쩍 띄었다. 헛들은 게 아니었다. 소리나는 쪽으로 빠르게 고개를 돌리자 한 남자가 손짓을 하고 있었다. 얼씨구나, 복천영감은 힘을 다해 뛰었다. 그렇게 뛰던 복천영감은 상점을 서너 발짝 남겨놓고 그대로 곤두박히고 말았다. 눈에서 불이 번쩍하며 아찔해지는 정신을 겨우 다잡아 눈을 떴을 때는 상점 앞에 누군가가 지게를 받치고 있었다. 이게 어찌된 일인가. 복천영감은 벌떡 일어났다. 그러나 마음뿐이었다. 왼쪽 무릎에 찡 전기가 통하며 움직일 수가 없었다. 복천영감은 이빨을 뿌드득 갈았다. 저 자석이, 저 자석이 내 다리럴 맘 묵고 걷어뿐 것이다! 저 자식이 짐을 지고 일어서기 전에 멱살을 틀어잡아야 된다는 생각만으로 복천영감은 일어서려고 안간힘을 썼다.

이를 앙다물고 지겟작대기에 의지해 가까스로 일어섰을 때 그놈의 지게에는 사과궤짝이 세 개째 올려지고 있었다. 그놈은 아무 일도 없었다는 듯 지게를 받쳐 잡고 휘파람을 불고 있었다. 당장 저놈의 대가리를 들바수고 말리라. 그러나 분통이 솟기는 마음과는 달리 왼쪽 다리의 아픔은 한 발짝을 옮기기가 어렵게 심했다. 지겟작대기를 지팡이 삼아 한 발짝씩 떼어놓고 있는 복천영감의 입술은 경련을 일으켰다.

"요런 도적놈아, 싸게 그 짐 부려라!"

복천영감의 이런 호령은 그 사내의 팔을 나꿔채는 것과 동시에 터져 나왔다.

"……."

그 사내는 놀라는 기색도 없이 천천히 고개를 돌렸다. 그런 사내의 입술은 비웃음을 담은 채 비틀려 돌아가고 있었다.

"아, 싸게 그 짐 부리랑께 멀 고렇크름 빤히 쳐다보는 것이여. 누가 먼첨 왔는지, 양심이 있음사 더 잘 알 일 아니드라고?"

"아가리 닥쳐, 콱 모가지 비틀기 전에."

복천영감은 그만 기가 질렸다. 그 사내는 크지도 않은 목소리로 이런 독한 말을 내뱉았다. 그러나 사리는 사리대로 따져야 하고, 희고 검고는 밝혀야 될 일이었다.

"머시 워쩌고 워째? 모가지럴 팍 비틀어뿐다고? 요런 사람 잡을 놈잠 보소. 넘 다리럴 걷떠뿔고 새치기헌 도적놈이 큰소리넌 혼자 다 치네웨. 싸게 그 짐 안 풀 것이여?"

"야이 개에새끼야, 정말 죽고 싶어? 대가리부터 깝죽을 확 벗겨야 정신을 차리겠냔 말야!"

사내는 눈을 부릅떴다. 복천영감은 등골이 오싹해짐을 느꼈다.

"뭘 하는 거야. 빨리 묶어."

지게를 불렀던 남자가 사내에게 쏘아붙였다.

"예에, 예."

그 사내는 금세 웃는 얼굴로 꾸뻑 고개까지 숙였다. 그리고 줄을 뒤로 던져 넘기고는 지게 뒤로 돌아서며 팔꿈치로 복천영감의 옆구리를 사정없이 걷어올렸다. 컥 숨이 막혔다. 저놈을…, 그러나 복천영감은 생각을 고쳐먹었다. 사내에게 다시 따져본들 돌다가 부딪친 것이지 내가 언제 쳤느냐고, 누가 거기 서 있으랬느냐고 덮어 씌울 놈이었다. 이 정도라면 그놈이 최고의 예의를 갖추는 경우일 것이었다. 그런 것도 아니고 이번에는 또 무슨 흉악한 소리를 들을까 겁부터 났다. 우선 급한 것은 사내가 지게를 지고 일어서지 못하게 하는 일이었다. 그러려면 조금 전에 짐을 빨리 묶으라고 이르던 그 남자에게 담판을 부탁하는 도리밖에 없었다. 그 남자가 짐꾼을 부른 장본인이니 누가 먼저 왔으며, 누가 무슨 짓을 했는지 다 알고 있을 것이기 때문이었다.

"봇씨요, 나 잠 봇씨요. 우리덜 둘 중에 누가 먼첨 왔는지 판결을 내려줏씨요. 먼첨 온 사람이 짐얼 져야 쓸 것 아니겄소."

"바빠 죽겠는데 비켜요, 비켜. 저 사람이 먼저 왔으니까 짐을 맡은 게 아닌가."

"워째라? 내 다리럴 걷어뿐 건 누군디, 내 다리럴……."

"아 비키란 말이오. 어쨌든 먼저 온 건 먼저 온 건데 뭘 말이 많아."

"머라고라?"

복천영감은 멍한 얼굴로 그 남자를 바라보고 있었다.

"너 이새끼, 한 발도 꼼짝 말고 여기서 기다려. 너 오늘 잘 걸렸다."

지게를 지고 일어난 사내가 낮은 목소리로, 그러나 찰고무같이 질긴 느낌이 묻어나는 이런 말을 남기고 걸음을 옮겼다.

복천영감은 다리를 절룩이며 걸었다. 그러면서 떡장수 여인의 말을 생각했다. 눈치껏 날쌔게 하라고 했었다. 그리고 상점 남자의 말도 생각했다. 어찌됐건 먼저 온 건 먼저 온 것이라는 말이었다. 이것이 서울이거니 여기고 마음을 다잡으려 했지만 사지에 맥이 빠질 뿐 도무지 자신이 생기질 않았다.

큰 짐을 들고 가는 사람에게 지자고 말을 걸어가며 얼마를 걸었는지 모른다. 누가 어깨를 세차게 치며 휙 나꿔챘다. 눈앞에는 아까 그 사내가 기분 나쁘게 웃고 있었다. 지게를 지지 않은 홀몸이었다. 웬일인지 그를 보는 순간 가슴이 덜컥 내려앉았다.

"내가 술 한 잔 살 테니까 같이 가실까? 아까의 잘못을 사과해야겠수다."

"무신 새 날아간 소리여, 사과고 능금이고 술 묵을라면 혼자나 퍼묵어, 잡것."

"왜 이러실까. 여러 말 말고 따라오는 게 좋을걸?"

사내의 목소리는 사뭇 위압적이었다.

사내에게 끌려간 곳은 후미진 골목, 높은 두 건물의 사이였다. 거기에는 다른 지게꾼 세 명이 지게에 걸터앉아 담배를 빨고 있다가 그들이 들어서는 것을 보고 일어섰다.

"요 쌍놈에 새끼야."

사내는 소리를 지르며 여지없이 구석에다 밀어붙였다. 복천영감은 비척비척하다가 끝내 쓰러지고 말았다. 그들 네 명은 빙 둘러섰다. 패거리, 복천영감의 머리를 번개처럼 스쳐간 생각이었다. 순간 전신에 소름이 쭉 끼쳤다. 그리고 무서움증이, 이대로 죽어버린다면 하는 무서움증이 걷잡을 수 없이 몰려들었다.

"이새끼, 지게 벗어!"

사내가 허벅지를 걷어차며 소리질렀다. 지게를 벗었다. 전신이 와들와들 떨리고 있었다.

"너 아까 뭐랬니? 갈비가 몇 대 부러져야 알겠어!"

사내가 지겟작대기를 치켜들었다. 곧 후려칠 기세였다. 복천영감은 무릎을 꿇었다. 그리고 손을 싹싹 부볐다. 무슨 말을 해야 된다고 생각하면서도 말이 나오질 않았다. 다른 세 사람은 팔짱을 낀 채 내려다보고만 있었다.

"너 이새끼, 여기가 어딘 줄 알고 함부로 발을 딜여. 여긴 우리 땅이야, 우리 땅. 어느 놈이고 얼씬대다간 다리뼈가 부러져. 무슨 말인지 알아?"

사내는 군홧발로 무릎 꿇은 허벅지를 짓밟았다. 입이 딱 벌어졌다.

"이새끼 아까처럼 아가리를 나불댔으면 반 죽이고 말았을 텐데, 이만 봐준다. 내일 또 얼씬댈 테냐?"

복천영감은 고개만 빠르게 저었다.

"똑똑히 기억해둬. 저것 부서버려."

사내가 눈짓을 하자 다른 남자가 지게를 번쩍 들어올렸다.

"웨메……."

복천영감은 소리를 지르며 일어서려고 손을 땅에 짚었다. 그때 구둣
발이 사정없이 손등을 밟았다.

"손 으깨지지 않으려면 꼼짝말어!"

손을 뺄래야 뺄 수가 없었다.

손등을 밟힌 채로 지게가 벽에 부딪쳐 부서져나가는 소리를 들으며
복천영감은 몸서리를 치고 있었다.

"이 새끼 빨랑 꺼져, 당장 이 시장에서 꺼지란 말야!"

힘들여 일어나서 고개를 드니 산산조각이 난 나무토막들이 사방에 흩
어져 있었다. 복천영감은 눈을 질끈 감았다.

어떻게 해서 큰길까지 나왔는지 정신이 없었다. 큰길에 나와서 보니
손등과 손바닥에 모래가 그대로 박혀 있었다.

무엇에 쫓기기라도 하듯 시장을 뒤로 했다. 어제 집 짓는 곳에서 등짐
하던 사내로부터 느꼈던 무서움에는 댈 수도 없는 무서움이었다. 허전
했던 기분, 그런 것은 호강스러운 생각이었다. 캄캄한 밤이었다. 이런
세상에서 어떻게 살아가야 할지 마음은 캄캄한 밤이었다.

다리를 절룩이며 서투른 길을 걸어서 집으로 돌아오는 복천영감의 눈
앞에는 마누라의 얼굴이, 소식 없는 큰아들의 모습이 겹쳐서 어른거리
다가 사라지고 다시 떠오르곤 했다. 지옥이 따로 없을 이런 세상에서 그
어린놈이 무슨 일을 당했을지 알 것인가. 주먹이나 약하고 성질이나 고
분고분했으면 또 모른다. 큰아들을 생각할수록 조바심이 일어나고 불길
한 생각은 떼칠 수가 없었다.

칼갈이 일을 시작하고 얼마 되지 않아서였다. 집으로 돌아오는 길이
었다. 해가 지고난 겨울은 시간이 과히 늦지 않았는데도 밤이 곧 밀어
닥쳤다. 바삐 걸음을 옮기던 복천영감은 주춤 발길을 세웠다. 가로등 밑
에서 두 사내애들이 싸우고 있었다. 싸운다기보다는 하나는 제멋대로
주먹을 갈기고 있었고, 다른 하나는 몸을 웅크려 박은 채 맞고만 있었
다. 둘 다 옆구리에는 무언가를 끼고 있었다. 신문 뭉치였다. 많은 사람
들이 두 녀석의 옆을 지나치면서도 누구하나 눈길조차 돌리지 않았다.
형제일까? 아무리 형제라도 무슨 잘못을 했길래 저리도 독하게 때리고

맞는단 말인가. 우선 말리고 봐야 할 일이었다.

"야 이놈 자석아, 요게 무신 짓이여. 고만 혀, 고만."

복천영감은 주먹질하는 녀석을 막아섰다.

"어어? 비켜요, 당신이 뭔데. 저 새긴 뼈를 추려야 돼."

녀석은 일단 주춤해지며 복천영감을 빠르게 위아래로 훑고나더니 다시 기세를 올렸다.

"이 새끼야, 왜 때려. 말로 하지 왜 때려."

그때서야 맞고만 있던 녀석이 울음 섞인 목소리로 대들었다.

"저 새끼가 정말!"

녀석은 복천영감을 밀치며 발길질을 했다. 복천영감은 비틀거리면서도 잽싸게 녀석의 어깨를 움켜잡았다. 그래서 그 아이는 헛발질을 해댔고, 제 기운데 못 이겨 궁둥방아를 찧고 넘어졌다.

"씨팔, 뭐 저 따위 늙은이가 다 있어?"

녀석은 벌떡 일어서며 소리를 질렀다.

"워쩌? 요런 보배운디 없는 자석아."

복천영감은 화가 솟겨 주먹을 쳐들었다. 녀석은 생쥐처럼 피하더니 또 발길질을 했다. 그 녀석의 발은 맞고만 있던 녀석의 얼굴을 여지없이 후려찼다. 그 아이는 폭 주저앉으며 얼굴을 감쌌다. 그 바람에 겨드랑이에 끼어 있던 신문 뭉치가 떨어져 사방으로 흩어졌다. 그리고 이리저리 바람에 날아가기 시작했다.

"요런 무지헌 놈아, 대갱이에 피도 안 마른 녀석이……."

녀석의 멱살을 붙들고 마구 흔들어대던 복천영감은 윽 비명을 토하며 주저앉고 말았다. 녀석에게 사타구니를 걷어채인 것이다.

"씨팔, 칼갈아 먹는 주제에 뭐가 잘낫다고 남 일에 간섭야, 간섭이."

열대여섯 살 먹어 보이는 그 녀석은 서너 걸음 간격으로 물러나서 이런 욕을 퍼대고 있었다. 저놈을, 저놈을……마음뿐 점점 더 찢는 듯, 비트는 듯 파고드는 아픔으로 사타구니를 거머잡은 채 꼼짝을 할 수가 없었다.

"이 새끼, 또 한 번만 내자리에서 신문을 팔아봐라. 그땐 아주 골통을

까놓고 말 테니까.”

그 녀석은 그때까지도 얼굴을 감싸쥐고 쪼그리고 앉은 아이의 엉덩이를 걷어차고 돌아섰다. 그리고 걸어가면서 흩어진 신문지를 일일이 발로 밟아 싹싹 잉끄려버리는 것이 아닌가. 저놈을, 저놈을……, 복천영감은 가슴에서 불이 붙고 있었다. 그러나 어쩌는 도리가 없었다.

겨우 몸을 가누어 웅크리고 앉은 사내에게 가까이 간 복천영감은 그만 깜짝 놀랬다. 코를 감싼 녀석은 손가락 사이로 싯뻘건 피가 흘러내리고 있었다. 녀석의 앞에 흩어진 신문지 위에도 이미 피가 범벅이 되어 있었다.

“요런 불쌍한 자석아, 고개럴 젖혀라, 뒤로 젖혀.”

복천영감은 신문지를 찢어서 정신없이 부벼가지고 사내애의 코를 틀어 막았다.

얼굴에 손에 묻은 피를 다 닦고나서 그 아이와 함께 쓸 만한 신문을 추려보니 다섯 장이 못 되었다. 녀석의 말로는 삼십 장을 받아 네 장인가를 팔았다고 했다.

“느그 아부지넌 멀 헌다냐와?”

복천영감은 하도 마음이 답답해서 이렇게 물었다. 녀석은 고개만 가로 저었다.

“할아버지 감사합니다. 안녕히 가세요.”

깍듯이 인사를 하고 돌아서는 사내애의 볼에는 눈물이 흘러내리고 있었다.

찬바람 속을 걸으면서 복천영감의 가슴은 터질 것만 같았고, 자신이 시장에서 당했던, 생각만으로도 끔찍한 그 일을 떠올렸고, 그래도 자신이 당했던 것은 아무것도 아니라는 생각이 들었다. 자식들 때문에라도 어차피 한세상을 살아야 하는 것이 어른이요 부모들이었다. 살다보면 무슨 일이 없을까마는 저 어린것이……

그날 밤 복천영감의 이야기를 다 듣고난 떡장수 내외는 난색을 표할 뿐 별로 놀라는 기색은 없었다. 무슨 일을 할 것인지 이런저런 이야기 끝에 찬바람도 나고 하니 땅콩장사를 해보기로 결정이 되었다. 그 결정은 떡장수 내외가 한 것이었고, 복천영감은 듣기만 했다. 여인의 남편 말로는 그래도 돈 빨리 만지려면 장사가 최고라고 했다. 장사 밑지는 일은 세상이 두 쪽이 나도 없고, 장사가 망하는 것은 외상을 떼이거나 세금 때문이라는 것이었다. 그런데 그 땅콩장사는 외상이란 아예 없고, 리어커를 끌고 이리저리 옮겨 다니니 세금 또한 낼 필요가 없다는 것이었다. 그리고 리어카가 있으니 철 따라 다른 장사를 할 수도 있다고 했다. 채소장사, 과일장사, 냉차장사, 멍게장사, 하다못해 이삿짐을 날라먹어도 되고, 김장시장에서 김칫거리를 실어 날라도 한 철은 살 수 있다는 것이었다. 단 한 가지 흠이 있다면 리어커가 값이 좀 비싸고 목돈이 들어서 탈이라 했다.

"근디 땅콩만 폴아서 세 입이 묵고 살께라?"

"시자혀보면 눈 깐짜헐 새에 도사가 되아불꺼지만서도, 워디 땅콩만 폴아서 될 것이요. 장사넌 구색이 맞어야 손이 이어지는 거싱께, 묵는것 포는 식품점서 치약이고 비누넌 멋났다고 갖다놓고, 또 그 비싼 전화넌 멋헐라고 통해놀 것이요. 전화 쓰로 옴스롱 미안혀서라도 사가고, 손님은 천층만층이니께 식품점에 와서 치약이나 비누럴 찾는단 말이요. 그렇게 서울 사람덜이 삼동이먼 잘 묵는 땅콩을 주로 폴고, 거그다가 쑤루매다리, 끔, 사탕, 까치담배, 엿 등속으로 구색얼 맞치먼 세 입에 거무줄 칠랍디여."

떡장수 여인의 남편은 아는 것이 많았다. 그거야 장사를 하고 있으니 그러려니 하지만 그의 말이 너무 수월해서 오히려 불안하기도 했다. 그러나 그런 것은 따질 만한 문제가 아니었고, 정작 장사를 시작하는 데 선뜻 마음이 내키지 않는 것은 다른 걱정 때문이었다.

"근디 장사럴 시작혀서 또 자리다툼이 벌어지면 워쩐다요?"

복천영감은 이 말을 물으며 지게가 부서져나가는 소리를 듣고 있었다.

"와따 걱정도 팔짜요. 아 구데기 무서워 장 못 당그고, 서울이 무섭당께 광주역서부텀 기는 꼴이요이."

서울 지리를 모르니 아예 복잡한 큰길로 나갈 필요가 없다고 했다. 그

장사를 하는데는 자리다툼도 문제이긴 하지만 교통순경을 잘 피해야 된다는 것이었다. 교통순경에게 끌려가는 날에는 장사도 못 하고 벌금을 물고 해서 이중 손해를 본다고 했다. 그러나 그것도 별 문제가 아닌 것이 미리 피할 골목만 보아두었다가 순경이 나타났다하면 숨으면 그만이라는 말이었다. 그리고 가버리면 다시 끌어다 내놓고 장사를 하면 되는데, 그만한 수고 안 하고서 어떻게 먹고 사느냐는 것이었다. 장소로는 극장 앞이나 버스 정류장 같은 곳이 좋은데, 자리다툼이 안 날 자리를 보아주겠노라고 했다. 리어커도 쓸 만한 중고를 사면 그리 비싸지도 않으니 알아보겠다는 것이었다.

내외가 돌아간 다음 자리에 든 복천영감은 오래도록 뒤척였다. 갖가지 생각이 머리를 어지럽히는데다가 낮에 채이고 밟히고 한 다리의 통증이 예사롭지 않았다.

이틀을 꼬박 자리에 누워서 보냈다. 밤을 지내고나니 다리가 부어올라 움직일 수가 없었다. 변소길도 못 가고 누워서 냉수찜질을 계속했다. 두 아이들은 번갈아가며 주무르는 고역을 치러야 했다. 신문지로 발라진 천장을 바라보고 누워서 자신도 마누라처럼 다리병으로 죽는 것이나 아닌가 하는 생각을 무시로 했다.

자리에서 일어나고 나흘째 되던 날 땅콩장사로 리어커를 밀게 되었다. 리어커를 사들이고 물건을 장만하고나니 수중의 돈은 바닥이 났다.

여인의 남편이 구해준 자리는 집에서 그다지 멀지 않은 버스 정류장이었다. 그 길을 지나서 얼마 안 가면 길은 세 갈래로 갈라졌다. 그래서 그 버스 정류장에는 세 갈래길로 가는 버스가 전부 멈추는 것이었고, 그에 따라 손님도 많이 타고 내렸다. 자리다툼을 안 해도 되는 그런 좋은 자리를 구해진 여인의 남편이 한없이 고마웠다. 그뿐 아니라 리어커를 놓을 자리며 교통순경이 나타났을 때 어디로 피하라고 골목까지 일일이 가르쳐주었다.

물건값에 혼동을 일으켜 당황을 하기도 했지만 물건이 팔리는 재미는 여간한 게 아니었다. 새 보기를 끝내고 벼가 고개를 숙이기 시작할 때 이삭을 훑어 몇 알을 입에 넣고 깨물면 약간 말캉한 듯 하면서도 역력히

씹혀지던 쌀알의 냄새를 맡을 때 같은 기분이었다. 첫날의 장사는 생각했던 것보다 많이 팔렸다. 이대로만 되면……, 리어커를 밀고 늦은 밤길을 걸으면서 복천영감은 배고픈 줄을 몰랐다.

밤 늦게까지 물건값을 외운 덕택으로 둘쨋날은 당황한 일이 없었다. 땅콩장사를 시작하기 십분 잘했다 싶었다. 손님은 심심찮게 찾아들었고, 물건은 팔리는 대로 이익이 남았다. 손님이 없을 때는 앉아서 쉴 수도 있었다. 농사에 비하면 그런 신선놀음도 없었다.

그날 점심 때가 가까워서였다. 손님이 찾아들었다. 양복을 말끔하게 입은 청년이었다.

"이거 얼마요?"

청년은 땅콩이 담긴 세 개의 되 중에서 제일 작은 것을 가리켰다.

"오십 원인디요."

"주시오."

빠른 동작으로 땅콩을 봉투에 비웠다.

"돈 여기."

"……!"

오백 원짜리였다. 복천영감의 눈살이 찌푸려졌다. 거슬러 줄 돈이 없었던 것이다.

"혹 잔돈이 읎을란가요이?"

"없으니까 이걸 내는 것 아니오."

청년은 퉁명스러웠다.

"잔돈이 읎는디, 사람 환장허겄네."

중얼거리며 사방을 두리번거려 보았으나 난처할 뿐이었다.

"그럼 관두쇼."

청년은 돌아섰다. 손님을 놓칠 수는 없었다. 팔면 이익이 남는다. 잔돈은 바꿔오면 될 일이었다.

"봇씨요, 나 얼렁 잔돈 바까올꺼싱께 쪼끔만 기달려주실라요?"

"글쎄, 빨리 와야 합니다."

대답할 겨를이 없었다. 오백원을 받아쥐고 뛰었다. 사진관, 여기는 안 된다. 양품점으로 들어섰다. 되돌아 나왔다. 땅콩을 한 주먹이라도 집어 넣으면 어쩌나 싶어 뒤를 돌아보았다. 청년은 리어커를 등지고 서 있었다. 그렇지, 양복을 말끔히 입었던걸. 약국으로 들어갔다. 역시 바꾸지를 못했다. 양장점을 그대로 지나쳤다. 담뱃가게의 유리문을 급하게 두들겼다. 계집애가 꽥 소리를 질렀다. 식품점으로 뛰어들었다. 내가 바꾸려는 참이었는데, 하는 맥빠지는 소리를 듣고 나왔다. 식당의 문을 밀쳤다. 허탕이었다. 가구점으로 들어갔다. 주인은 미친놈처럼 웃었다. 다시 뒤를 돌아보았다. 행인들에게 가려 리어커는 보이지 않았다. 약국, 빵집, 식품점을 지나 수예점에서 돈을 바꿨다. 숨이 닿도록 뛰었다.

"……?"

복천영감은 우뚝 섰다. 그럴 리가 없었다. 눈을 부볐다. 그러나 없었다. 분명 리어카는 없었다. 복천영감은 그 자리에서 몇 바퀴 뺑뺑이를 돌았다. 괴상한 소리를 질렀다. 그리고 돈을 바꿔온 맞은편 길로 뛰기 시작했다. 얼마 후에 되돌아왔다. 입가에 거품을 문 복천영감의 눈에서는 이상한 빛이 뿜어져 나오고 있었다. 이 골목, 저 골목을 헐떡이며 뛰고 있었다. 흡사 미친 사람이었다.

장사를 시작하고 보름이 못 되어 당한 일이었다.

"정녕 선산에 묘를 잘못 썼는갑소이? 원 시상에 무슨 놈에 일이 요렇크름 꾀일께라, 꾀이길?"

떡장수 여인의 탄식이었다.

"참말로 요상허요, 요상해. 나도 고상깨나 허고 오장육보가 썩어내리는 꼴 당해감서 이날 입때꺼정 살아옴시로 의지 읎는 것이 젤로 서러바서 돈으로넌 못 도와도 맘으로라도 도울라고 혔는디, 참말로 재수도 더럽게는 없소이."

여인의 남편도 어이가 없는 모양이었다. 그리고 그런 도둑놈을 조심하라고 미리 가르쳐주지 못한 자신의 잘못을 후회했다. 그렇지 않았으면 거스름 잔돈을 넉넉히 준비하라는 말만은 잊지 말았어야 했을 거라며 안타까워했다. 장사가 거스름돈을 넉넉히 준비하는 것은 너무 뻔한 일이어서 입에 올리지 않은 것이라 했다. 택시 운전수를 빼놓고는 어느

장사고 잔돈이 없어 이익을 보는 경우는 없다는 것이었다. 복천영감은 할 말이 없었다. 모두 자신의 잘못이고 미숙의 탓일 뿐이었다.

양복 입은 청년 말고도 패거리는 두어놈쯤 더 있을 거라는 것과, 정작 리어카를 끌고간 놈은 패거리 중의 다른 놈이었을 거라는 것과, 소매치기나 쓰리꾼 같은 놈들이 옷은 더 기막히게 잘 입고 다닌다는 것과, 심지어 정거하려고 속도를 늦춘 택시를 잡는 체하며 뒷바퀴에 일부러 발을 넣어 치료비쪼로 돈을 뜯어내는 패거리도 있다는 등의 생전 처음 듣는 말이 많았다.

앞으로 어떻게 해야 될 것인지 뾰족한 수를 찾아내지 못하고 떡장수 내외는 돌아갔다. 그도 그럴 것이 수중에 지닌 돈이 없었다. 그 동안 물건을 팔아 모아진 돈으로는 사흘거리 새 물건을 채웠던 것이다. 상점이 아닌 리어커의 손바닥만한 판에 벌여놓은 물건이고 보니 사흘 정도 팔고 나면 뒤를 대지 않을 수 없었다. 다행하게도 오늘이 물건을 할 날이었기 때문에 그래도 수중에는 이틀간 모은 돈이 남아 있었다. 그러나 그 돈으로 다른 무슨 일을 벌일 생각은 할 수가 없었다. 액수가 적기도 했지만 복천영감 자신이나 떡장수 내외도 너무 갑작스럽게 당한 변으로 그럴만한 여유를 가질 수가 없었다.

잠자리를 뒤척이면서 많은 생각에 시달렸다. 그 중에서도, 남의 가슴에 못을 박아놓고 장만한 돈으로 시작한 일이라서 벌을 받느라고 이러는지도 모른다는 생각이 오래도록 마음에서 떠나지 않았다.

다음날 복천영감은 버스 정류장으로 나갔다. 리어커를 놓았던 자리에 쪼그리고 앉아 버스에 오르내리거나 길을 오가는 사람들의 얼굴을 샅샅이 살폈다. 점심 때가 되어가자 어깨가 더 무거워지며 머리가 한층 뜨거워왔다. 잠자리에서 일어났을 때 벌써 몸은 심상치 않았던 것이다. 머리가 아픈 데다가 너무나 많은 사람의 얼굴만 보아서 그런지 그 얼굴이 그 얼굴로 구분이 되지 않았다. 그래서 눈을 질끈 감았다 뜨고, 감았다 뜨고 하면서 자꾸만 흐려지는 양복입었던 청년의 얼굴을 떠올리려 애를 썼다. 날이 어두워질 때까지 그렇게 앉아 있었지만 헛일이었다. 몰리는 한기로 으실으실 떨며 어둠 속을 걷고 있는 복천영감은 알아 들을 수 없이 중얼거리고 있었다.

"고히 삭히나 바라, 고 돈이 워쩐 돈이라고 고히 삭히나 바라. 썩어 내려앉을 거싱께, 필역 칵 엎혀 꼬드라질꺼싱께."

그 다음날도, 또 그 다음날도, 연거푸 사흘을 그 자리를 지키다가 복천영감은 펄펄 끓는 몸으로 쓰러져버렸다.

징그럽게 독한 몸살이었다. 모래 바닥에 내던져진 붕어처럼 열에 들뜬 몸으로 숨을 할딱거리면서도 복천영감은 그 일을 해야 되겠다고 마음을 다지고 있었다. 그래서 딸애가 울고불고 법석이었지만 한사코 약살 돈을 내놓지 않았다. 끙끙 앓으면서도 허리춤에 넣어둔 몇 푼 안되는 돈을 만지며 고통을 견디었다. 병이란 나면 낫게 마련이니까, 자리만 차고 일어나면 그 일을 시작할 참이었다. 칼갈이였다.

그놈을 찾아 이틀째 자리를 지키던 날, 한 사람이 나무통을 걸머지고 가며 칼갈라고 외쳐대는 것을 보았던 것이다. 옳지, 저것이다! 어지럽던 머리가 개운해지는 기분이었다. 칼가는 것, 그것은 낫을 가는 것이나 마찬가지였다. 아니 낫은 아무나 가는 것이 아니었다. 부엌칼은 김치나부랭이나 썰고 가끔 닭모가지나 자르지 않으면 돼지고기 비계살을 다루는데 잘 들게 갈면 그만이었다. 그런 부엌칼쯤은 아무나 숫돌에 대고 문지르면 그만이었다. 설령 숫돌이 없다 해도 급한 경우에는 항아리 뚜껑이나 아가리에 문질러 써도 임시 변통은 되었다. 그러나 낫을 가는 일은 보통 솜씨로 되는 일이 아니었다. 낫 끝에서부터 끝까지 그 어느 부분도 날이 넘치거나 처지지 않게 갈아내는 솜씨를 지닌 사람은 농꾼들 사이에서 농악의 꽹과리잡이만큼 중요한 위치에 놓였다. 한 마지기의 벼를 베기도 전에 날이 죽어버리는 낫으로 바쁜 추수를 잘 하기는 틀린 일이었다. 그런데 복천영감에게 지게질 만큼 자신이 있는 것이 낫가는 일이었다. 그래서 모내기 때 육자배기를 도맡아 부른 것처럼 추수에는 낫가는 일로 한층 분주했던 것이다.

그러나 칼갈이로 돈벌이를 하고자 마음을 굳힌 것은 낫갈기에 자신이 있어서만은 아니었다. 우선 그 일을 시작하는 데는 자본이 적게 들었다. 그리고 자리다툼할 필요가 없었다. 자본으로 숫돌 한 개를 마련할 돈이면 족했다. 장사는 구색을 맞춰야 된다는 말을 굳이 따른다 해도 판자쪽으로 연장통을 얽어 짜면 그만이었다. 정작 밑천이라고 한다면 손님을 끌 목소리이겠는데, 목소리로 치자면 읍내를 뜨르르하게 육자배기를 뽑던 명난 목소리가 아니던가. 더군다나 자리다툼을 하지 않고도 돈벌이를 할 수 있다는 것은 무엇보다도 홀가분한 기분이었다. 어쩌다가 어느 골목에서 다른 사람과 맞부딪치지 않으란 법도 없긴 했다. 그러나 이 경우는 공사판이나 시장하고는 아예 다른 형편일 게 분명했다. 혹시 또 기막히게도, 제가 맡은 동네라고 시비를 붙여온다 하더라도 자신이 있었다. 칼갈이를 하는 작자들이 떼거리로 몰려다닐 리가 없었다. 패거리가 아닌 일대일이라면 그 어떤 놈이라도 자신이 있었다.

며칠 만에 몸살에서 풀려난 복천영감은 코끝에 스물거리는 묘한 냄새를 맡았다. 그것은 속을 뒤집는 역한 냄새였다. 그런데 그 냄새는 여지껏 맡아본 온갖 사나운 냄새를 다 기억해봐도 딱히 어울려 드는 게 없는 야릇하고도 해괴망칙한 냄새였다. 그건 서울만이 지니는 서울의 냄새였던 것이다.

그 후로 복천영감은 그 서울 냄새를 심심찮게 맡으며 오늘까지 살아오고 있었다. 목이 타들어가서 목소리가 나오지 않을 지경이 되어서도 물 한 그릇 얻어마시지 못한 오늘 오후 같은 때는 서울 냄새는 역하게 속을 뒤집는 것이었다.

"애 영수야, 정신차려."

딸애의 말이었다. 아마 영수가 조는 모양이었다. 복천영감은 돌아 누웠다.

"인자 그만 허고 자그라. 영자야, 니도 곤헌디 얼렁 자얄 것 아녀."

"어머, 여태 안 주무셨어요? 어디 편찮으세요?"

딸애는 황급히 수놓던 것을 밀치고 다가들었다.

"금메, 공연헌 생각 땜세 잠이 안 온다와."

"저희들도 잘 테니 빨리 주무세요. 얼마나 피곤하실 텐데……."

딸애는 곧 불을 껐다.

3등을 한 영수가 기특하다는 생각을 또 하고, 내일은 어느 동네로 가야 할 것인지도 생각하고, 육 년이 넘도록 성묘 한 번 못 간 마누라의 묘가 어떻게 되었을까 생각을 하다가 겨우 잠이 들었다.

번쩍번쩍 윤이 나는 검은색 자가용이었다. 자동차는 곧게 뻗어나간 고속도로를 시원스럽게 달리고 있었다. 운전을 하는 아들 옆에 언제 보아도 곱상한 며느리가 앉았다. 뒷자리 그의 양옆으로는 두 아들손자가 앉아서 목청껏 노래를 불렀다. 그는 담배를 물었다. 필터가 달린 고급 담배였다. 불을 붙였다. 가스라이터였다. 차는 계속해서 달리고 길가의 전봇대가 휙휙 지나갔다. 점점 목적지가 가까워지고 있는 것이다. 며느리가 콜라를 잔에 따라 넘겨준다. 콜라는 차갑고, 며느리는 역시 환하게 웃는 얼굴이다. 손자놈들이, 더워지기 전에 콜라를 빨리 마시라고 성화다. 그러나 그는 콜라를 마실 수가 없다. 목적지가 가까워질수록 마음은 걷잡을 수 없이 설레는 것이다. 백미러에 비친 자신의 모습을 물끄러미 바라본다. 머리칼은 반백이 넘었다. 그러나 흰 와이셔츠며 넥타이 양복이 그런대로 어울려 그다지 흉하게 늙은 모습은 아니다. 손자놈들의 성화에 못 이겨 콜라를 단숨에 마셨다. 그리고 입에서 잔을 떼는 순간이었다. 차로 한 사내가 뛰어들었다. 차가 뺑그르 돌더니 낭떠러지로 굴렀다. 아아……소리를 질렀다.

번쩍 눈을 떴다. 꿈이었다. 방 안은 캄캄한 어둠뿐, 옆에서는 곤한 잠에 빠진 두 아이의 숨소리만 들리고 있었다. 고향으로 가는 길이었다. 출세한 아들 영수가 모는 자가용을 타고 고향으로 가는 길이었다. 그런데, 난데없이 차로 뛰어든 그놈은? 아는 얼굴이었는데……, 그렇지. 이마에 식은땀이 밴 복천영감은 그만 으시시 떨었다. 그 거지꼴을 한 사내는 큰 아들이다. 그때까지 종무소식이던 큰아들이었다. 터무니없는 꿈이었다. 그러나 끔찍한 꿈이었다.

다음날 아침에도 여느 때와 마찬가지로 영수놈과 함께 집을 나섰다.

오늘은 어제와 반대쪽에 있는 아파트촌으로 갈 순서였다. 처음 이 일을 시작하고는 무작정 발길 닿는 대로 쏘다녔다. 그러다보면 해가 저물었다. 길을 잃어버려 애를 먹었는가 하면, 걸어서 집에 돌아갈 시간을 계산에 넣지 않아 아이들의 속을 태우기도 했다. 그리고 며칠의 간격도

두지 않고 같은 동네를 돌다보니 일거리도 궁했다. 서너 달이 지나면서부터 차츰 발길이 익숙해지기 시작하면서 일거리를 구하는 방법이 터득되고 요령도 생겼던 것이다.

언제부턴가 확실하지 않지만 복천영감의 머리에는 열다섯 개의 동네가 구획정리되어 있었다. 다시 하나의 동네는 큰 두 개의 길로 이등분되었다. 그래서 반은 오전 중에, 남은 반은 오후에 돌면 해가 지기 직전까지 한 동네의 골목을 빠짐없이 돌 수 있게 되어 있었다. 그런 다음, 해가 서산에 걸리면 집으로 발길을 재촉하는 것이었다. 여름과 겨울은 약간 시간의 차이가 있긴 했지만 산동네 어귀의 공중수도에 다다르면 초저녁 어스름이 깔리곤 했다. 그렇게 한 동네를 하루씩의 일터로 잡고보니 한 번 들른 동네를 다시 찾기까지에는 보름이 걸렸다.

보름 간격으로 한 차례씩 도는 데는 특별한 이유기 있어서는 아니었다. 열흘이면 너무 자주고, 한 달이면 또 너무 사이가 뜨는 감이 있어 보름으로 정한 것이다. 그리고 그렇게밖에 정할 수 없었던 이유가 분명하다면 분명할 수도 있었다. 집을 중심으로 사방에, 그것도 걸어서 갔다가 걸어서 돌아와야 하는 거리의 동네를 힘이 닿는 데까지 늘인 것이 열다섯 동네가 된 것이기도 했다.

몇 년째 같은 동네를 상대로 칼갈이를 해오면서도 종잡을 수 없는 일이 있었다. 한 집에서 대개 며칠이나 몇 달 만에 칼을 가는가 하는 문제였다. 아무리 그걸 따져보려 했지만 대중을 잡을 수가 없었다. 물론 집집마다 같을 수는 없다 하더라도 대충 어림짐작은 할 수 있어야 될 텐데 그게 생각 같지가 않았다. 한동안은 그 문제가 몹시 신경을 건드렸던 것이다. 하루의 일거리를 대중 잡을 수 없는 직업으로 어떻게 살아가나 하는 불안 때문이었다. 고깃근이라도 자주 사다먹는 집과 푸성귀만 걸쳐대는 집이 다를 것이었다. 그리고 식구가 많은 집과 식구가 적은 집이 차이가 날 건 분명했다. 그렇다고 모든 집에서 매일 고기를 사다먹거나 식구가 많기를 바랄 수는 없는 노릇이었다.

생각이 여기에 미치자 적어도 생활 수준이 중이거나 그 이상이 되는 동네를 상대로 해야 된다는 생각이 잇따랐다. 해먹는 것이 어느 만큼 자리가 잡혔어야 칼도 자주 쓰게 될 것이고, 그래야 일거리가 심심찮을 것이었다. 그뿐 아니라 생활이 기름기 있게 돌아야 칼도 자주 갈 것이라 싶었다. 그날 벌어 그날 먹고 사는, 밑이 찢어지게 가난한 사람들의 경우에는 칼날이 신작로가 되어도 돈을 내가며 칼을 갈 리가 없었다. 항아리 아가리에다 네댓 번씩 문질러 쓰면 족할 일이었다. 그래서 열다섯 개의 동네를 정하면서도 비교적 생활이 잡힌 곳으로 골랐던 것이다.

특히 통술집이나 막걸리집 또는 싸구려 밥집이라도 많이 끼어있는 동네는 그 어느 곳보다 수입이 좋았다. 가정에 비해 거의 하루종일 칼을 다루어야 되는 그런 곳에서는 칼을 그만큼 자주 갈 것은 말할 것도 없었다. 그런 곳의 일거리를 도맡지 못하고 다른 사람에게 빼앗긴다는 것은 임자 없는 떡을 놓치는 것이나 다를 바 없었다. 어떻게 하면 그런 곳의 일을 도맡을 수 있을까? 궁리 끝에 생각해 낸 방법은 간단했다. 하루 이틀 대하고 그만 둘 형편이 아니니 우선 칼을 잘 갈아주는 일이었다. 식모들이나 가정 부인들이 아닌, 칼을 다루며 먹고사는 사람들에게 눈속임이 통할 리가 만무였다. 다음 방법은 남보다 돈을 싸게 받는 일이었다. 그러면 주인은 돈을 적게 내서 좋을 것이고, 칼을 다루는 사람은 칼이 잘 먹혀 기분이 좋을 것이었다. 그렇게 되면 자연스럽게 단골이 될 수 있으리라는 계산이었다.

그런 계산은 틀림없이 들어맞았다. 그래서 어느 집에서는 자신이 오기를 기다려 이틀이고 사흘이고 칼을 묵혀두는 집이 생기게끔 되었다. 또 어느 집에서는 돈을 다 치르고 나서는 막걸리 한 잔을 권하기도 했다. 밑이 두꺼운 막걸리잔의 술은 두 모금이 채 못되는 양이었지만 그런 술을 넘길 때면 고향 산천이 눈 앞에 어른거리고 코에서는 고향의 땅내음이 물씬거렸다.

그런 곳의 일거리는 별로 힘들이지 않고 맡을 수 있었으나 또 남은 문제는 일반 가정을 상대로 하는 것이었다. 음식점이나 술집 등에 일거리가 많다고는 하나 그 숫자가 일반 가정에 비해 어림도 없고보면 그걸 무시해서는 안 될 일이었다. 가정에서 나오는 일거리도 될수록 많이 단골로 맡아야 했다. 그러나 그건 먼젓번 방법처럼 그렇게 간단하지는 않았다. 칼을 잘 갈아주는 경우 오래 쓸 것은 자명한 일이었다. 그렇다고 칼을 잘 갈았는지 잘못 갈았는지를 뒤섞인 쌀알 보리알 가려내듯 그렇게 확연하게 구별할 식모나 아주머니들이 몇이나 될까. 잘 갈아주느라 애쓰고, 칼 오래 써서 일거리만 늦어지게 하는 미련한 짓이 칼을 잘 갈아주는 일이었다. 그럼 아무렇게나 당장 잘 들게만 갈아줄 것인가. 그것이 문제였다. 남의 돈 받고 일을 하면서 속임수를 쓰다니, 괴로운 일이었다. 세상이 도둑놈 천지고, 잘 사는 사람이면 거개가 남 속이고 남 등치기 안 한 경우를 못 보았지만 나까지 차마 그런 짓을 하면……, 망설임이 앞서는 것이었다. 허긴 착하게 살아봐도 알아주는 사람 없고, 양심적으로 해보았자 남는 건 가난뿐이었다. 남의 등을 쳤든지 거짓말을 했든지간에 돈 있어 잘 살고보면 착하고 바르게 살며 가난한 사람은 그 밑에서 종 노릇이나 비렁뱅이짓을 면하지 못했던 것이다. 옛날 박 진사네에서 머슴살이를 할 때도 그런 일은 지겨웁도록 보았고 당해왔던 것이다. 박 진사는 돈에는 피도 눈물도 없는 사람이었다. 그가 그 많은 재산을 지닌 것은 한 마디로 소작인들의 피를 빨았기 때문이었다. 박 진사는 가뭄이고 홍수고 가리질 않았다. 가뭄이거나 홍수는 사람의 힘으로 어쩔 수 없는 하늘이 하는 일이었다. 농사꾼이 할 수 있는 일이란 뼈가 휘도록 일을 하는 것뿐이었다. 그런데도 박 진사는 예외가 없었다. 가뭄이나 홍수로 인한 흉작을 왜 자기가 책임지느냐고 매정하게 잘랐다. 처음 조건대로 쌀을 바치라는 호령이었다. 그렇지 않으면 다음해에 소작을 주지 않겠다는 것이었다. 소작인들은 어쩌는 도리가 없었다. 박 진사의 재산 앞에서 그 누구하나 대들어볼 염을 낼 수조차 없었다. 일년의 농사가 몇 말의 좁쌀을 거둔 신세가 되는 한이 있어도 다음 해를 위해 처음 약속한 쌀을 바쳐야 했다. 그러고나면 농비를 대느라 빌려쓴 장리쌀은 그대로 빚으로 남게 마련이었다. 아무리 허리띠를 졸라매고 이를 갈아도 햇보리가 나기까지는 한두 가마니의 쌀을 장리 내지 않을 도리가 없었다. 그때는 다시 박 진사 앞에 머리를 조아리는 것이다. 해가 바뀔 때마다 박 진사의 논은 늘게 마련이었고, 그에 따라 소작인도 늘어났으며, 그럴수록 박 진사의 입꼬리는 아래로 처져내리고 허리는 뒤로 넘어갔

다. 그래도 인심이 후하다는 농촌에서 그런 식으로 부자가 되었는데 뻘
건 대낮에 리어커를 훔쳐 달아나는 서울에서 부자가 된 사람들이야 두
말할 필요조차 없는 일이었다. 칼 적당히 갈아주고 그런 돈쯤 받아먹는
것은 그다지 괴로운 일이 아닐 수도 있었다. 문제는, 자신이 양심적으로
하고 있을 때 다른 칼갈이가 그와같은 요령을 부려 이익을 취하는 경우
그 피해는 어쩔 수 없이 자신에게 미치게 되었다. 그런 엉뚱한 피해를
입어야 할 이유가 없었다. 이유가 없다면……, 어떠한 피해도 입지 않도
록 하면 될 일이었다. 그러면 당장 잘 들도록 요령껏 갈아주면 되는 것
이었다. 물론 그런 칼갈기 요령은 이미 알고 있었다. 칼날을 대략 3등분
하여 그 부분들이 서로 엇갈리게 날이 넘치도록 갈기만 하면 되었다.

　그뿐만 아니라 값을 싸게 받는다는 것에도 문제가 따랐다. 그 고민의
원인은 식모와 주인을 따로 구분하는 데서 비롯했다. 음식점이나 술집
의 경우는 언제나 주인이 나앉아 있으니까 값을 싸게 해주면 그 이익은
곧 주인에게로 가게 마련이었다. 그러나 생활이 어지간한 집들은 대개
식모를 두고 있었으며, 칼을 갈러 나오는 사람도 거의가 그들 식모였다.
모든 집들이 그렇다면 문제는 간단했다. 그런데 주인이 손수 칼을 들고
나오는 집 때문에 골칫거리였다.

　식모살이를 하는 계집아이들은 하나같이 집이 가난하여 종 노릇을 하
는 것은 뻔한 일이었다. 우선 입을 먹는 것이고, 그 다음은 돈이 목적인
것도 두말의 여지가 없었다. 단 한푼의 돈이라도 요긴한 식모 아이들,
그들을 단골 손님으로 만드는 길은 칼을 갈 때마다 돈을 손에 쥐게 만들
어주는 것이었다. 그건 간단한 일이었다. 어차피 남들보다 싼 값으로 칼
을 갈고 있으니까 주인에게 받아가지고 온 돈의 나머지를 식모 아이들
의 몫으로 주면 되었다. 그것까지는 그럴듯한 생각이었지만 주인이 직
접 칼을 갈게 되었을 경우에는 싼값으로 해줄 수가 없었다. 만약 주인에
게 싼 값으로 갈아주는 실수를 범하게 되면 그 동안 식모 아이들이 숨겨
온 일이 탄로가 나고 말 것이었다. 그렇게 되면 매정하고 독살스럽고 하
찮은 일에 인색한 서울 사람들에게 식모아이들이 어떻게 당할 것인지는
묻지 않더라도, 수입에 미칠 영향은 따지나마나한 일이었다. 각 동네

를 두루 돌며 여러 날에 걸쳐 자세히 살펴보니 식모 없는 집보다 있는 집이 훨씬 많았다. 결국 식모 아이들 쪽으로 기울어져야 수지가 맞을 것이었다. 그래서 주인이 직접 칼을 갈려고 나오는 경우에는 다른 사람들이 받은 액수와 같게 받을 수밖에 없었다. 식모와 주인을 한눈에 구별하기는 그다지 어렵지 않았다. 가끔 아리숭한 때가 없지는 않았지만 손을 보면 금방 알아차릴 수 있었다.

"시악씨 몫으로 쓰라고 싸게 혀주는 것잉께 담부터도 나헌테 갈아야 써. 내 목소리 잊어묵지 말고. 알겠어?"

돈을 받으면서는 꼭 이렇게 다짐을 했다.

"잘 안 드는 칼 갖고 일 험시로 애썼쌌지 말고 싸게싸게 갈도록 혀. 안 드는 칼로 정재일 헐라면 심이 곱이로 드니께."

이렇게 깨우쳐주기도 잊지 않았다.

그러면서 미안한 마음은 뗴칠 수 없었다. 분명히 칼은 이쪽저쪽으로 날이 넘쳐 있었기 때문이다. 그 넘친 날은 며칠이 못 가 문드러지게 마련이다.

워디 죄럴 짓고 싶어 짓간디. 다 자석 새끼덜 믹여 살릴랑께 죄도 짓고 못된 짓도 허는 것이제. 이 세상 부모넌 다 자석덜 땀세 뻔히 암스로도 죄인이 되는 것잉께. 그 자석덜이 몸 성히 크고 잘 되는 것으로 부모 죄가 씻어지는 것인디. 자석덜 위해 한평생 고상허고 애쓰다가 죽는 것이 부모가 헐 도리고 보람이니께 요까짓 일임사 죄가 되먼 을매나 될라고. 자석덜언 뒤쳐놓고 즈그덜 당대 기름지게 묵고 호강허자고 오만 잡놈에 악헌 짓거리넌 도매로 허는 도적놈덜이 오뉴월 칙간에 구데기맹키로 득실거리는 세상인디 요까짓 것이 죄는 무신 놈에 죄여.

복천영감은 이렇게 스스로를 위안하기도 했다.

문을 열어 닫을 대까지 줄곧 칼질을 해대는 고깃간에서 칼을 갈지 않는 것은 하등 이상할 것이 없었다. 명난 목수일수록 나무만 잘 다루는 것이 아니라 숫돌이나 줄도 걸맞게 잘 다루는 것이나 마찬가지 이치였다. 그러나 큰 음식점일수록 칼을 잘 갈지 않는 것은 이해가 되지 않았다. 거기 칼잡이도 고깃간 사람이나 마찬가지겠지, 생각하면서도 웬지 석연찮은 데는 그대로 남았다. 처음 이 일을 시작하고나서 잠을 설쳐가며 칼질을 제일 많이 하는 곳이 어딜까를 차근차근 꼽던 중에 음식점도 들어 있었다. 그래서 될수록 큰 음식점을 찾아다니며 일거리를 청했지만 하나같이 팔을 내젓고 쫓아냈다. 자신의 예상이 빗나간 것도 이상했지만, 쫓아내는 것이 분명한 식당 사람의 불손한 태도가 마음에 걸렸다. 칼을 갈지 않으면 그만이지 누굴 거지로 취급하고 들었다. 새삼스럽게 자신의 몰골을 내려다보다가, 아하 그랬을지도 모른다는 생각이 들었다. 때가 절고 색이 바랜 야전 잠바를 걸치고 나무통을 둘러멘 부시시한 꼴이 거지와 다를 데가 없었다. 이런 꼴이라서 갈아야 될 칼이 있으면서도 장사가 방해가 될까봐 쫓아낸 것일까. 그런 석연찮은 점이 있긴 했지만 우선 거지 취급을 당한 것이 불쾌하고, 거지로 안 보일 만큼 말쑥하게 차려 입을 옷도 없는 처지라서 큰 음식점은 발길을 끊었던 것이다. 그런데 또 이상한 일은 담이 높은 부잣집이수록 칼을 갈지 않는 일이었다. 고깃간은 그렇게, 큰 음식점은 막연한 대로 또 그렇게 넘긴다 하더라도 담 높이가 높은 집일수록 일거리가 없는 까닭은 도무지 알 수 없는 노릇이었다. 그런 부잣집에는 칼 가는 일만 도맡은 머슴을 따로 두고 있는 것일까. 복천영감이 신경을 쓰는 것은 그런 부잣집에서 일거리를 달게 구할 수 없어서가 아니라 그 집들이 담이 드높은 부잣집이라는 데에 있었다.

복천영감은 눈에 유별나게 띄는 부잣집을 보면 고양이 개 대하듯 금세 독이 올랐다. 이빨을 뿌드득 가는 복천영감의 눈앞에는 어김없이 박 진사의 얼굴이 떠올랐던 것이다.

소작인의 피를 빨아 부자가 된 박 진사이기에 밉기도 했지만, 복천영감에게는 또 다른 한이 맺혀 있는 원수였다. 강도질을 하다시피 재산을 모은 박 진사는 재산이 늘어갈수록 담을 올려쌓고 집을 늘여댔다. 그리고 드나드는 사람들도 한층 까다롭게 감시를 하게 했다. 박 진사가 그러했듯 모든 부자들은 가난한 사람들의 생피를 빨아서 배를 채웠기 때문에 지레 질릴 뿐만 아니라, 저희들 속이 도둑놈 소굴이니까 남들도 다 그런 줄 알고 담을 높이 쌓아올리는 것이라고 생각했다. 담이 높을수록 집이 크고, 집이 클수록 담이 높은 것은 이리 치나 저리 치나 매한가지지만, 한 가지 분명한 사실은 담이 높으면 높을수록 집이 크면 클수록 그만큼 도둑질을 많이 했다는 표시며, 가난한 사람들의 등가죽을 그만큼 독하게 벗겨 먹었다는 표시였던 것이다. 그렇게 굳어진 복천영감의 생각은 돌이킬 수가 없었다. 그래서 언제나 부잣집만 보면 박 진사와 똑같은 놈이 또 하나 있구나 싶어 사정없이 가래침을 담벼락에 내뱉고는 했다.

그런데 막상 서울에 와서 보니 곳곳에 박 진사는 명함도 못 내놓을 도둑놈들이 즐비했던 것이다. 두 길이 넘는 높은 담도 부족해서 쇠막대기를 꽂지 않았던가. 헌데 그 쇠막대기 끝은 누구 배창자를 끌어내리려고 그리도 뾰족뾰족하게 쇠창살을 또 붙인 것일가. 그것뿐인가. 어떤 담에는 그 뾰족한 쇠막대기 끝이 하나 간격으로 밖으로 내뻗치고 있었다. 호랑이 발톱이라고나 할까, 늑대 이빨이라고나 할까. 더 기고만장한 것은 그런 위에다가 가시 철망까지 서리서리 둘러놓은 것이었다. 죄를 졌어도 지옥 기름 가마솥에 처박히거나, 이글거리는 숯불밭을 혀에 고삐를 매어 끌려야 하는 죄를 짓지 않고서 어찌 사람을 그렇게 무서워할 수 있으며, 무슨 겁이 그다지 날것이랴 싶었다. 그런 집들이 상상외로 많은 것에 놀라며 살벌하기 이를데없는 서울 인심을 겪었고, 그런 집들이 많을수록 없는 사람 살기가 얼마나 어려울까는 당하기 전에 짐작할 수 있었던 것이다.

복천영감은 한사코 그런 집들의 칼을 갈고 싶었다. 단 한 번을 갈고 마는 한이 있더라도 뱃가죽에 기름기 절은 놈들에게 솟는 울분이 가실 만큼 칼을 멋대로 갈아주려는 심산이었다. 그러면서 옛날 그 기분을 맛보고자 했던 것이다.

손아귀에 알맞게 들어오는, 길이가 짧은 그 칼끝에 온 정성 다해 날을 세워 돼지의 목을 후빌 때의 그 기분. 젊은 복천이가 잡은 돼지는 언제나 앞발만 묶여 있었다. 자신이 팔을 등 뒤로 묶여 당했던 것처럼. 그래서 돼지는 뒷발로 땅을 차며 소리를 질러댔다. 칼을 쥐고 일어서는 어릿어릿한 기분에 취한 복천의 눈 앞에는 팔을 묶인 채 내동댕이쳐져 아우

성치는 박 진사가 있었다. 천천히 다가가서 오른쪽 무릎으로 돼지의 앞다리께 몸통을 짓누르며 왼손으로는 두 귀를 틀어잡는다. 돼지는 더욱 발버둥을 치며 소리를 지른다. 복천의 온몸에는 피가 뜨겁게 솟구친다. 칼을 번쩍 들었다. 그리고 박 진사의 목을 내리 찍었다. 시뻘건 피가 뿜어져 나오고, 돼지의 마지막 몸부림을 천지를 두 쪽으로 가를 듯한 비명과 함께 난폭하게 그렸다. 그럴수록 세모로 구멍 뚫린 박 진사의 목덜미에서 솟구치는 시뻘건 피, 그리고 그 발악의 몸부림이 전신을 타고 번지는 아련하면서도 형용할 수 없이 뻐근하고도 상쾌한 기분. 어금니를 꾹 물고 눈을 지그시 내려 감은 채 뼈 마디마디마다 전해지는 복수의 쾌감에 사로잡히는 것이다. 차츰 전율이 약해지다가 끝내 푹 꺼지는 기분과 함께 눈을 뜨면 무릎 아래에는 삐져나오도록 살이 찐 돼지의 주검이 놓여 있을 뿐이었다. 거기에 숨 끊어진 돼지의 몸집만큼 커다란 허탈이 있었다. 그러나 그 허탈은 복천의 울분과 복수심을 어느 만큼 달래고 있었던 것이다. 서울의 생활이 어려울수록 그때의 그런 기분을 맛보고 싶었다. 가끔 그런 집들이 칼을 갈 때면 으레 그때의 그런 기분에 사로잡힐 수 있었고, 그러다보면 칼은 자연히 날이 엉망이 되고 말았다.

일년 중에 그래도 일거리가 많을 때는 김장철이었다. 그때는 재수가 좋은 날이면 평소의 세 배쯤 수입을 올리기도 했다. 그 대목이 지나면 설이 임박해서 또 괜찮았다. 떡가래를 썰자면 칼이 잘 들지 않고는 안 될 일이었던 것이다. 차츰 떡가래도 썰어서 비닐봉지에 넣어 파는 판국이 되어가고 있었다. 그러나 그것은 아직 염려할 만큼은 아니었다. 아무래도 괘씸한 것은 고깃간이었다. 저희들이 쓰는 칼을 손수 갈아대는 것쯤은 이해가 된다 하더라도 칼갈아 밥 빌어 먹는 꼴이 그리도 배가 아픈지, 아니면 누구 약을 올리는 것인지 아예 고기를 썰어서 팔아대는가 했더니, 엎친 데 덮치는 격으로 고기를 들들 갈아서까지 파는 법석을 피우고 있었다. 고깃간 것들은 누가 칼갈아 먹고 살랬느냐고 코방귀를 뀌거나, 그런 기계를 만들어낸 사람에게 따지라고 할지도 몰랐다. 자기들이야 손님 편하게 해서 장사 잘 되게 하려는데 왜 말이 많으냐고 오히려 덤벼들면 글쎄 할 말은 없었다. 그러나 아쉬운 마음이야 어떻게 버린단

말인가. 칼에 날이 제일 필요한 때는 고기를 썰 때, 그것도 불고깃감으
로 얇게 썰 때고, 또 칼날이 제일 잘 죽는 것은 고기를 잘게 다질 때인데
그 일을 고깃간에서 다 해버리니 일거리를 없애는 짓을 도맡아하는 것
은 고깃간임에 틀림없었다. 괘씸하고 얄밉기는 덕석의 보리쌀을 마당에
흩뿌려놓은 장닭의 소행이요, 오랜만에 산 고등어를 물고 달아나는 고
양이의 짓거리나 다름이 없었다.

 그러나 정작 야속한 것은 비 오는 날이었다. 막벌이를 하는 사람들이
면 누구나 비오는 날을 제일 싫어할 것이었다. 복천영감은 비가 오는 날
에는 꼼짝없이 방에 갇히고 말았다. 하루종일 빗소리를 들으며 지낼 수
밖에 없었다. 휴일이라고는 따로 없는 복천영감으로서는 그런 날이 유
일한 휴일이 되는 것이지만 하루를 공치고 만다는 초조감 때문에 피곤
이 풀리지 않았다. 더구나 견디기 어려운 것은 한숨 자고난 다음에 몰려
드는 시장기였다. 걷지도 않고 소리도 지르지 않는데 이상하게도 일하
는 날에는 느끼지 못한 시장기가 몰렸다. 시장기를 떼치려고 다시 이불
을 뒤집어쓰고 잠을 청하는 것이다. 그러나 잠은 멀어지고 또 고향의 갖
가지 모습이 선하게 떠오르는 것이다. 넓은 들이었다. 거기 초록빛 물결
이 부드러운 파도를 일구고 있었다. 그 물결 속을 헤집고 걸어가면 그리
도 환하게 뚫리던 가슴과, 느긋함이 가득 차오던 배부름. 모두 내 논이
아닌 것쯤은 상관할 게 없었다. 단 한 마지기의 내 논이 없다 하더라도
그 초록빛 물결은 가슴 가득가득 차서 넘치는 뿌듯함을 가져다주기는
마찬가지였다. 따가운 햇살을 밀짚모자로 받아내며 그 초록의 물결속을
걷노라면 십 리고 이십 리고 다리가 아프지 않았다. 메뚜기가 튀기 시작
하면서 초록은 누런 황금빛으로 변해갔다. 좁은 논틀길을 마구 내닫고
싶은, 목청껏 소리라도 지르고 싶은 벅찬 가슴을 억누르며 벼포기 하나
하나를 자식 다루듯 소중히 하다가 언뜻 참새떼 내려앉는 소리에 놀라
후우여, 후우여, 있는껏 목청을 뽑아가며 이 논귀 저 논귀를 돌았다. 그
런 때 누구의 논인들 상관할 게 있을까. 그러나 어느 논귀에서도 참새떼
는 날아오르지 않고 벼이삭 살을 올리는 바람결이 스치고 있을 뿐이었
다. 술 한 말 내기 투전판이 흥겨웁고, 혼례식 차일 밑의 웃음소리가 귓

가에 역력했다. 뙤볕에 타는 논바닥과 함께 숯이 되어가는 애간장을 쥐어뜯을 수밖에 없는 가뭄도 있다. 거센 흙탕물이 온 들녘을 삼켜버리는 홍수가 지기도 했다. 괭이며 삽을 곤두세워 들고 윗마을 사람들과 맞선 물싸움도 있었다. 집을 나서면서 엉겁결에 연장들을 하나씩 찾아들기는 했지만 물이 말라가는 개울을 사이에 두고 막상 맞대고 서면 곤두세워 들었던 괭이며 삽은 슬며시 뒤로 감춰졌다. 그리고 서로가 질세라 고래고래 욕을 퍼댔다. 그러다가 비만 한 차례 지나고나면 언제 물싸움을 했던가 싶게 서로는 예전의 웃음을 주고 받았던 것이다.

어서 가리라 했다. 기필코 가리라 했다. 가서 그 땅에 다시 괭이질을 하여 씨를 뿌리리라 했다. 밀린 빚을 다 갚고, 훔쳐낸 소값도 톡톡히 치르리라 생각했다. 그러나 칼갈이짓을 해서 어느 세월에 고향에 돌아가며, 그 많은 빚을 어찌 다 갚을 것인가 하는 걱정이 앞을 막아서고는 했다. 없어진 논을 다시 찾는 건 고사하고, 한 푼의 빚도 못 갚는다 하더라도 알몸일망정 돌아가리라 했다. 가서 그 간절하던 흙내음에 취하며 초록빛 물결 속을 한정도 없이 걷다가 죽으리라 했다. 그러면 원이 없을 것 같았다. 어찌 되었든 비가 오는 날은 이중삼중으로 야속한 날이었다.

"벤또 쌌지야?"

갈림길에 이르러 매일 아침 묻는 말을 또 물었다.

"예, 여기 있어요."

영수놈도 버릇처럼 가방을 들어보였다. 복천영감은 또 가방이 너무 헐었구나 생각하고 있었다.

"밥 때맞혀 묵어야 쓴다. 헌디 찬이 있어야 묵제……."

"다른 애들도 다 김치예요. 아부지, 그럼 다녀오세요."

"그려, 차조심 허고."

영수놈의 모자를 바로잡아 주었다. 그리고 영수놈의 모습이 사라질 때까지 그 자리에 서 있었다.

싸게싸게 커라. 얼렁 커서 큰사람이 되어야 혀. 지닌 것 읎는 이 애비지만서도 꼬꾸라지기 전까지넌 무신 짓을 혀서라도 뒷수발얼 헐팅께 공부 열심히 하고. 느그 성 꼬라지가 되면 안 되니께. 불효가 따로 읎는 것이요. 요새 세상에넌 못 배우면 빙신이고 넘 발밑에 사는 거싱께로 부지런히 공부혀. 천상 니가 내 핏줄이니께, 니가 크게 돼야 저 세상에서 느그 엄니도 맘놓고 잠얼 잘 것이 아니냐와. 지끔도 느그 엄니넌 잠자리가 편치 못헐 것이여. 이 애비가 못나서 요꼴로 느그덜얼 키우는디 느그 엄니라고 맘이 편컸냐.

복천영감은 아들의 모습이 사라진 쪽에서 눈길을 거두어 돌아서서 발길을 빨리 했다.

오늘의 일터인 아파트촌도 일거리는 심심찮은 편이었다. 처음 이 아파트촌을 먼발치에서 보고는 무슨 공장들이 저렇게 한군데에 빽빽이 몰려 있을까 싶었다. 그런데 공장이라 하더라도 그 숫자가 너무 많았고, 지나치게 깨끗했다. 그럼 학교일까? 학교라면 무슨 학교가 잇대어 있지 않고 토막토막 떨어져 있단 말인가. 그리고 역시 그 건물의 숫자가 너무 많았다. 창고? 그 많은 서울 사람들이 먹고 사는 쌀을 넣어두는 창고? 그러나 이것도 저것도 아닌, 사람이 사는 '아파트'라는 이름의 집인 것을 알고 그만 깜짝 놀랐던 것이다. 일이층도 아닌 오층이나 육층의 높은 건물에 층층이 사람이 산다는 것이었다. 사람들이 살림을 하고 산다는 것이었다. 머리 위에서 불을 때고 그 머리 위에서 또 불을 때고, 오줌 똥을 싸고, 그 아래에서 밥을 먹고, 그러면서 자식을 키우고 또 자식을 낳고, 사람이 사람 위에 포개지고 그 위에 또 얹혀서 살림을 하고 살아간다는 것이었다. 딸은 몰라도 아들을 키우는 데는, 서는 경우 머리 위에 걸리는 것은 대들보요 눕는 경우가 맞닿는 것은 벽뿐이어야 했다. 그래야 사내가 크게 되고 이름 높은 사람이 되는 것이었다. 아들을 뉘여놓고 에미라 한들 어디 감히 머리 위를 지나칠 수 있단 말인가. 어찌됐건 서울 사람이란 보배운 데 없고 징상스러운 인종들이라 싶었다. 그런데 더욱 놀란 것은 그 아파트라는 집이 상상할 수조차 없도록 비싼 것이었다.

꼭 난리통에 피난민 수용소로 쓰던 국민학교의 창가에 널었던 것처럼 너절하고 지저분하게 층마다 빨래를 널어둔 꼴과는 반대로 일거리가 심심찮아 아파트라는 집이 비싸다는 말을 수긍하게 되었다. 그리고 좋지 않던 인상도 차츰 가시어져갔다.

칼 세 자루를 갈고나니 점심때가 되었다. 이 아파트촌에 들어와서는 일거리 찾는 방법을 달리해야 했다. 건물이 대개 오층이나 육층이고 보니 문 하나를 가운데 두고 양쪽으로 집이 층으로 포개져 있는 꼴로 창문한 줄이 다섯 가구나 여섯 가구가 되는 셈이었다. 그런데 문과 문 사이의 거리는 보통집의 담 끝에서 끝까지의 길이가 될까말까였다. 그러니 보통동네의 골목을 걷는 기분으로 걷다가는 열 발짝 정도를 떼어놓는 사이에 자그만치 열두 집을 지나치게 되는 셈이었다. 더군다나 건물이 높기 때문에 보통동네에서 하던 것처럼 '카알 가아씨요'를 외쳤다가는 사층 이상 집들의 일거리는 손도 못대고 말 형편이었다. 그래서 문 하나하나가 바뀔 때마다 문 정면, 그것도 맨꼭대기층까지 소리가 잘 퍼지도록 멀찌감치 떨어진 곳에서 아예 연장통을 내려놓고 목청을 뽑았다. 이 때야말로 옛날 그 시원한 찹쌀막걸리 한 잔을 걸치고나서 육자배기를 뽑던 기분으로 목소리를 가다듬어야 했다. 그것도 한두 번이 아니라 대여섯 번씩 되풀이했다. 언젠가는 그짓이 힘들어 점잖게 문을 밀치고 들어가서 계단을 오르며 소리를 질렀다. 소리를 질러놓고 복천영감은 제풀에 깜짝 놀랐다. 예사로 목소리를 낸 것이었는데 의외로 찌렁 울렸던 것이다. 그래서 한결 목소리를 낮추었다. 진작 이렇게 할걸. 계단을 오르내리는 수고가 있긴 했지만 소리를 작게 내는 것에 비하면 수고랄 것도 없었다. 이렇게 수월한 방법이 있었는데 왜 그 동안 생고생을 했던고, 사람은 소견이 티어야 해, 소견이. 마지막 계단까지 올라갔다가 되짚어 내려오며 이런 생각을 하고 있었다.

"이거 봐, 당신 뭐야?"

고개를 돌렸다. 순경? 복천영감은 가슴이 덜컥했다. 무슨 잘못이 있어서 순경이 잡으러 왔을까.

"저어……."

"빨리 나가요. 뭐가 잘났다고 떠들어, 떠들긴."

자세히 보니 순경이 아니었다. 순경 비슷하게 차린 경비원이었다.

잡상인은 이 아파트촌에 발을 들여놓을 수 없는 것이 규칙이지만 눈을 감아주었더니 건방지게 건물 안에까지 들어갔다며, 누굴 병신 만들려고 그따위 짓을 하느냐며 경비원은 등을 사정없이 떠밀어댔다.

칼을 세 자루 갈았으니 잠시 쉴겸 해서 그 일을 시작하기로 했다. 쓰레기통을 뒤지는 일이었다. 그것 역시 다른 동네와는 달리 아파트촌에서만 얻는 재미고 수입이었다. 건물 뒤에 붙어 있는 아파트의 쓰레기통은 하나의 계단에 층마다 두 집씩이 배치된 것처럼 양쪽 집 부엌의 사이에 설치된 홈통이 일층에서부터 끝층까지 뻗어 올라가고 있었다. 그러니 육층 아파트인 경우 하나의 쓰레기통에는 열두 집의 쓰레기가 쏟아져내려 쌓이고 있었다. 그 쓰레기통에는 오만 잡동사니가 다 뒤섞여 있었다. 아파트촌을 일터로 잡은 지 얼마 안 되어 우연히 쓰레기 치우는 것을 보게 되었다. 청소부들은 쓰레기를 담아내다 말고 골라내는 물건이 있었다. 가까이 가서 보니 병, 찌그러진 냄비, 손잡이가 떨어진 잔 등속이었다. 그런 것들은 없는 살림에는 요긴하게 쓸 수 있는 나무릴 데 없는 살림살이였다. 그리고 고물장사라는 것도 있었다. 시골에서는 엿장수가 할 일을 서울에서는 강냉이장사나 고물장사가 나눠 하는 것이었다. 강냉이 장사나 고물장사가 돈으로 바꿔주는 물건은 그 가짓수를 헤아릴 수 없이 많았다. 그러니 눈 여겨 보기만 하고 남보다 먼저 손에 넣으면 길가에서 돈을 줍는 격이었다. 그래서 복천영감은 일거리를 구해 골목골목 헤매면서 한눈을 파는 일이 없었다. 녹슨 못 하나, 철사 한 토막이라도 주워서 연장통에 담았다. 활명수병이나 유리조각도 그냥 지나치지 않았다. 어느날 재수좋게 인심 후한 집이 이사가는 경우 같은 때는 연탄집게나 헌책 나부랭이, 헌옷가지며 신발까지 한짐을 얻을 때도 있었다. 쓸 만한 것은 골라서 집으로 가져가고 나머지는 고물장사에게 넘기면 라면 하나 값이 나올 때도 있고 그 반이 생기기도 했다.

그 다음 아파트촌에 들르면서부터 청소부들의 눈을 피해가며 쓰레기통을 뒤졌다. 아파트의 쓰레기통은 보통동네와는 아주 달랐다. 다른 동네들은 쓰레기통이 밖으로 나와 있지도 않았지만 더러 시멘트로 만든, 우직스럽게 생긴 통이 나와 있다 하더라도 온통 연탄재로 채워져 있기가 일쑤였다. 그런데 아파트의 쓰레기통에는 연탄재란 눈 씻고 찾아도 없었다. 한결 뒤지기가 수월하면서도 왜 그럴까, 연탄이 아니면 무엇을 땔까 궁금증은 풀리지 않았다. 스팀이라던가 김이라던가, 뭐 기름으로 물을 끓여서 어쩌고어쩌고 하기 때문에 연탄을 때지 않는다는 것을 알기는 한참 뒤였다. 쓰레기통을 뒤지는 재미는 적잖았다. 어떤 때는 바닥은 생생한 채 발가락이 굽어지는 부분만 살짝 터진 운동화가 나왔다. 한번은, 코가 약간 벗겨진 노란색 여자 뾰족구두 한 켤레를 얻기도 했다. 그 구두를 물걸레로 닦아놓고 보니 말끔한 새것이었다. 딸애에게 약간 커서 콧등에 솜을 넣어 신으니 아주 그럴듯하게 맞아들었다. 반 토막도 넘는 필터달린 담배꽁초를 한 주먹씩 줍는 것은 으레 있는 일이었고, 꼬부랑 글씨가 써진, 단단하게 생겼으면서 마개까지 있는 병을 줍는 것도 드문 일은 아니었다. 그런 병은 기름병이나 간장병으로 쓰면 훌륭했다. 언젠가는 비닐봉지에 담긴 닭을 찾아들었다. 그 닭은 으레 유리상자 속에서 빙글빙글 돌아가며 사람 회를 동하게 만들던 전기구이 통닭이라는 것이었다. 어떤 배부른 사람들이 두 다리만 뜯어먹고 통째로 버린 것이었다. 벌써 이빨 사이사이에는 군침이 스며 나왔다. 비닐봉지를 뜯어 냄새부터 맡았다. 이상했다. 그러나 못 먹을 정도로 심한 것 같지는 않았다. 언뜻 두 아이의 얼굴이 떠올랐다. 그러나……, 설마……. 망설이다가 마음을 다졌다. 어린 것들의 속에 배탈이라도 난다면 먹지 않음만 못한 일이었다. 마침 봉지에 후추가루까지 섞은 소금이 있어 닭을 맛있게 뜯었다. 그날 밤 자다가 일어나서 변소문을 붙든 채 옷에다가 좍좍 설사를 했다. 이틀간이나 일을 못 나가고 서너 차례씩 설사를 했던 것이다.

복천영감은 지금 쓰레기통에다 상반신을 박은 채 신이 나고 있었다. 연한 녹두색 바탕에 꽃무늬를 찍은 도배지 뭉치를 찾아낸 것이다. 물론 벽에서 뜯어낸 종이지만 그대로 버리기는 아까웠다. 방 한 칸을 다 도배하기에는 모자랄 것 같고, 그렇지, 영수놈의 사과궤짝 책상을 벽지로 다시 발라주자. 오늘은 재수가 좋은 날이다. 칼도 벌써 세 자루를 갈았고 다른 쓰레기통에서 주운 병만도 여섯 개나 된다. 이렇게 신이 나다가 복천영감은 얼굴을 쓰레기 더미에 처박으며 쓰러졌다. 누가 엉덩이를 걷어찼던 것이다.

"어떤 새끼야, 재수없게!"

이런 째지는 소리를 들으며 복천영감은 허겁지겁 쓰레기통에서 몸을 일으켰다.

고개를 들어 보니 청소부가 아니라 커다란 망태를 진 십칠팔 세먹은 사내놈이 껌을 질겅이며 서 있었다.

"요런, 대갱이에 피도 안 마른 자석이, 어른이 눈에 안벼?"

복천영감은 고함을 질렀다. 그때서야 걷어채인 엉덩이가 얼얼했다.

"어른 좋아하지 말고 이리 나오시지?"

녀석은 여전히 껌을 질겅이며 한쪽 다리를 방정맞게 흔들어대고 서 있었다.

"저런 싸가지없는 자석 좀 보소. 잘못했다고 안 빌 것이여?"

복천영감은 다시 고함을 지르며 삿대질을 했다.

"이거 왜 이래, 빌 쪽은 오히려 영감일껄? 왜 요새 건덕지는 없고 맹물만 남았나 했더니 바로 당신이 요따위 얌체짓을 했잖아? 꺼지라구, 점잖게 말할 때 꺼지라구."

녀석은 엄지손가락으로 어깨 뒤쪽을 가리키며 연신 다리를 까딱거렸다.

"요런 버르장머리없는 자석, 니가 먼디 가라마라여?"

복천영감은 녀석의 시건방진 꼴이 밉고, 보배운 데 없는 말버릇에 화가 치밀어 견딜 수가 없었다. 그저 생각대로라면 녀석의 대가리를 시멘트벽에 짓찧어도 시원찮을 지경이었다. 복천영감이 그렇게 화가 나서 소리를 지르는데 녀석은 들은 척도 않고 딴짓을 시작한 것이다.

"내 수고를 덜어줘서 고맙지 뭐여."

녀석은 이런 소리를 지껄이며 복천영감이 모아둔 병을 망태기에 다 주워담고 있었다.

"요런 도적놈아, 뻘건 대낮에 넘 물건얼……."

복천영감은 이미 녀석의 멱살을 틀어잡고 있었다.

"이 영감쟁이가 미쳤나? 아직도 무슨 뜻인지 못 알아듣겠어?"

녀석은 복천영감을 빤히 들여다보며 가소롭다는 듯 웃고 있었다.

"그려 못 알아묵겠다, 못 알아묵겠어!"

302

복천영감은 틀어잡은 녀석의 멱살을 흔들었다.

"다시 한 번 말해줄 테니까 똑똑히 들어. 남의 밥에 더러운 숟가락 대지 말고 썩 꺼지란 말야. 그리고 이거 봐!"

녀석은 말을 끝냄과 동시에 복천영감의 팔을 느닷없이 후려쳤다.

그 바람에 복천영감은 녀석의 옷깃을 놓치며 비척 쓰러지려다가 몸을 가누었다.

"이 자석이 생사람 잡을……."

몸을 바로 잡은 복천영감의 눈에는 여섯 개의 병 중에서 마지막 하나를 망태기에 넣고 있는 녀석의 유유한 모습이 들어왔다. 잔소리를 할 여유가 없었다. 쫓아가 다시 멱살을 거머 잡았다.

"요런 도적놈아, 고 병 못 내놓컸어?"

"정말 이거……, 어른 대접할 때 조용히 꺼지라니까. 대접 받기가 싫은 모양이지?"

녀석은 유들유들한 표정으로 또 빤히 들여다보는 것이었다. 녀석이 그럴수록 복천영감은 화가 나서 미칠 지경이었다.

"니놈이 먼디 이땅이 니꺼시여? 시장이 허락허디야 면장이 허락허디야. 아, 말얼 혀보랑께?"

"씨팔, 더럽게 유식한 영감탱인데."

녀석은 기가 차다는 듯 피식 웃었다. 그리고

"비켜!"

복천영감의 눈에서는 불이 번쩍했다. 그리고 여지없이 나동그라졌다. 녀석이 안면을 들이받은 것이다.

복천영감은 사납게 눈을 쓸었다. 그리고 벌떡 일어섰다. 정신이 핑핑 돌면서도 녀석이 병을 가지고 내빼게 둬서는 안 된다는 생각이었다. 망태기를 지고 일어서는 녀석의 모습이 흔들려 보였다. 복천영감은 그대로 내달았다. 복천영감의 머릿속에는 씨름판에서 상대를 보기 좋게 내던지던 자신의 모습이 스치고 지나갔다. 이빨을 앙다물었다. 녀석의 멱살을 몰아잡으며 온 힘을 다해 허리를 꺾었다. 녀석은 그 큰 망태기를 진 채로 땅바닥에 나가떨어졌다. 그와 동시에 망태기에 들었던 휴지며 고철, 병 같은 잡동사니들이 쏟아져 녀석을 덮다시피 해버렸다.

"요 버르장머리 읎는 자석아, 늙었다고 사람 시퍼보는 갑는디. 이 세상언 뛰는 놈 우에 나는 놈 있는 법잉게. 아무리 철 읎는 나이라고 멋대로 설치지 말 것이여. 암디서나 고렇크름 까불다가넌 갈빗대 뿌러……."

녀석의 장딴지를 눌러밟고 서서 일장 훈계를 하던 복천영감은 윽소리를 지르며 쓰러졌다. 녀석이 휴지 줍는 집게로 후려쳤다.

"이 개에새끼!"

녀석은 닥치는 대로 발길질을 해댔다. 옆구리고 가슴이고 허벅지고를 가릴 것 없이 군홧발은 내질러지고 있었다. 복천영감은 이를 악물고 기를 썼다. 일어서야 했다. 그러나 일어서려다가 쓰러지고 일어서려다가 쓰러지기를 되풀이했다. 녀석의 발길질은 잠시도 그치지 않고 쏟아졌다. 아찔아찔한 정신 속에서 복천영감은 다시 날아드는 녀석의 다리를 움켜잡았다. 죽을 힘을 다해 팔에 힘을 모았다. 그리고 녀석의 허벅지를 물어뜯었다. 녀석은 숨 넘어가는 소리를 질러대며 복천영감의 머리고 뒷덜미를 내려쳤다. 그러나 복천영감은 부들부들 떨며 온몸의 힘을 이빨에다 쏟고 있었다. 그러다가 복천영감은 다리를 움켜잡은 팔을 풀고 말았다. 녀석이 눈을 후벼팠던 것이다. 얼굴을 감싼 복천영감은 그대로 나동그라졌다. 그리고 얼굴에 불이 붙는 아픔에 소리를 질렀다. 저놈 잡아라, 하는 어렴풋한 소리를 들으며 복천영감은 정신이 가물가물해 가고 있었다.

복천영감이 정신을 차렸을 때는 아파트 경비원이 옆에 앉아 있었고 녀석은 보이지 않았다.

"어서 일어나 피 닦으시오."

경비원이 휴지를 내밀었다. 코피가 터져 얼굴을 말할 것도 없고 목덜미며 옷에까지 피가 번져 있었다.

"노인네가 어린애하고 싸움은 무슨 싸움이오."

"속 모르는 소리 허지도 마씨요. 싸운 것이 아니라 도적놈 잡을라다 요꼴 아니요."

"그놈이 뭘 훔쳤길래요?"

경비원은 눈을 휘둥글하게 떴다.

"내가 쓰레기통서 골라낸 병을 안 돌라갑디여."

"병이요? 아휴, 난 또 뉘집 텔레비전이라도 훔치다 들킨 줄 알았지."

경비원은 쩝쩝 입맛을 다셨다.

"도대체 병이 몇 개나 됐길래 그렇게 싸웠소?"

"여섯 개였지라."

"뭐요? 아, 병 하나에 몇 푼 한다고 이렇게 피를 흘리면서까지 싸워요. 병 여섯 개가 아니라 육십 개를 팔아보시오. 그 돈으로 이 핏값이 나오나. 그까짓 병 여섯 갤 가지고 괜히⋯⋯."

"허, 배 부른 소리 고만 헛씨요. 한 목숨 사는 것이 말맹키로 고렇크름 쉬움사 무신 걱정이 있을랍디여. 다 모르는 소리요. 다 한세상 사는 것이제만 천층만층이니께. 동정 한닢 땀세 십 리럴 걷고, 주먹밥 한 덩어리 땀세 살인도 허는 것잉게. 사람 사는 세상언 다 구구각색인디, 모르는 소리여."

피를 닦아내며 이렇게 중얼거리듯 하고 있는 복천영감의 얼굴에는 스산한 웃음이 번지고 있었다.

얼마를 맞았는지 몸을 가누기가 어려웠다. 일어서다가 다리에 전기가 통해 무릎에 손을 대고 엉거주춤한 꼴로 한동안 서 있었다. 장딴지 살은 떨리는 건지 뛰는 건지 알 수가 없었다. 속에서 살을 떠받쳐 올리는 것 같은 아픔은 살이 불룩불룩 솟기는 기분으로 위에서부터 아래로 쭉 뻗어 내리고는 했다. 다리를 절룩이며 연장통 있는 데로 걸어가서 연장통 멜끈을 들다가 입을 딱 벌렸다. 옆구리가 뜨끔하더니 그 아픔은 살속 깊이 찌르르 파고 들었다. 견디기 어려운 아픔이었다. 연장통 위에 털썩 주저앉아버렸다. 만사가 귀찮고 세상이 싫었다. 꽁초에 불을 붙였다. 연기를 깊게 빨아들였다. 가슴이 막히며 숨이 가빴다. 그리고 연이어 기침이 터져나왔다. 기침을 참으려고 애쓰는 복천영감의 한 손은 가슴을 누르고 있었고, 다른 한 손은 옆구리를 감싸잡고 있었다. 기침을 할 때마다 가슴과 옆구리는 견디기 어렵게 쑤시고 결렸다.

이대로 폭싹 주저앉았으면 싶게 전신이 아프고 살이 푸들거리며 경련을 일으켰다. 차라리 이대로 죽어렸으면 싶었다.

가까스로 연장통을 어깨에 메고 일어섰다. 연장통은 보통 때보다 몇 곱절의 무게로 어깨를 눌렀다.

"카알⋯⋯."

그만 가슴을 붙안고 쓰러지듯 주저앉았다. 부챗살처럼 퍼지며 가슴 깊이 파고들던 찌르르한 전기는 갑자기 한곳으로 몰려 치뻗쳐오르는 아픔을 쏟아놓았다. 그 아픔으로 소리는 막혀버렸다. 그런 아픔이 가시지 않는 한 소리는 지를 수가 없었다. 소리를 외칠 수가 없게 되면 장사도 그만인 것이다. 생각이 여기에 이르자 복천영감은 어지러움을 애써 씻어내며 정신을 가다듬었다. 그리고 숨을 고르게 다스린 다음 다시 자세를 바로잡았다.

"카알⋯⋯."

소용 없었다. 아픔은 더 거세게 치뻗어올랐다. 속으로부터 치솟는 그 아픔은 살이 불쑥 솟기는 것 같은 기분이었다. 그런 아픔은 어지러움과 비린내 메스꺼움을 함께 몰아왔다.

복천영감은 아파트의 잔디밭에 물을 주기 위해 설치된 수도로 가서 목을 축였다. 물을 마시고 나자 사지가 늘어질 대로 늘어졌다. 한 걸음도 떼어놓기가 싫었다.

연장통을 질질 끌어 그늘로 들어섰다. 그리고 연장통을 베개 삼아 누웠다. 아파트의 그림자는 뒤 아파트의 화단 가까이 번지고 있었다. 그림자는 오후 두시쯤을 가리켰다.

눕자마자 눈이 감겼다. 몸이 땅 속으로 파묻혀들고, 커다란 바위가 무너져내리고, 어딘지도 모를 깊은 골짜구니로 떨어져내리면서 버둥거렸다.

잠이 깼을 때는 아파트의 그림자는 뒤 아파트 이층까지 먹어들어가고 있었다. 이렇게 되면 해는 서산에서 반 뼘도 안 남은 시간이었다. 놀란 복천영감은 벌떡 몸을 일으켰다. 그러나 아이고메! 소리를 토하며 다시 쓰러졌다.

　길게 늘어진 아파트의 그림자를 밟으며 복천영감은 다리를 절며 걸었다. 재수가 없어도 어지간히 없는 날이었다. 오후에 돌아야 될 아파트촌의 반은 아예 발걸음도 못 하고 만 것이다. 오전처럼 세 자루는 못 갈았을망정 한 자루는 틀림없이 갈았을 것이었다. 그런데 몸 상하고 일거리 놓치고, 복천영감은 뿌드득 이를 갈았다. 그놈이 눈앞에 있기만 한다면 뜯어먹어도 분이 풀릴 것 같지 않았다. 언제든지 만나기만 해라, 제놈이 망태기 지는 신세를 면하지 못하고 내가 칼가는 짓을 하는 한 언제 어디서든지 만나게 될 것이었다. 그러나 복천영감의 마음은 이내 서글퍼졌다. 그 나이에 그렇게 악다구니로 살아야 되는 그 녀석이 무슨 죄랴 싶었다. 녀석도, 자신도 그리고 자신을 괴롭혔던 사람들도 다 눌려사는 처량한 신세들이라 싶었다. 불편한 걸음을 옮기고 있는 복천영감의 손에는 돌돌 만 도배지가 들려 있었다.

　“할아버지이, 칼가는 할아버지.”

　복천영감은 걸음을 멈추고 고개를 돌렸다.

　“복권 발표했잖아요. 왜 그냥 가세요.”

　복권 파는 계집애는 언제나처럼 파리한 얼굴로, 그래도 환하게 웃고 있었다.

　“오냐, 인숙이냐. 몸 성히 잘 있었냐와.”

　복천영감은 무겁던 몸이 가벼워지는 기분이었다. 온통 쑤시고 결리는 몸을 끌다시피 하면서 걸음을 옮기는 데만 급급한 나머지 미처 어디가 어딘지를 분간할 여유가 없었다. 천상 병든 병아리새끼 같은 인숙이라는 계집애를 아파트촌에 들르는 길에 만나는 것은 복천영감의 그다지 많지 않은 기쁨 중의 하나였다.

　“할아버지, 빨리 복권 꺼내보세요.”

　인숙이는 또 행여나 하는 눈길로 복천영감을 답치고 있었다.

　“그려, 그려. 아이고메 허리야……”

　복천영감은 속주머니에 넣어둔 복권을 꺼내려다가 잦아드는 신음을 물었다.

　“할아버지, 어디 아프세요? 왜 그러세요?”

인숙이는 연장통을 받들며 눈이 커졌다.

"어머 할아버지, 이게 뭐예요? 피, 피죠? 그렇죠?"

인숙이의 목소리는 겁에 질려 있었다. 복천영감의 옷에 밴 변색한 피를 본 것이다.

"암시랑 않은 일잉게 걱정 말고 얼렁 요것이나 뽑혔능가 보자와. 얼렁 숫자럴 불러라."

복천영감은 일부러 기분이 좋은 것처럼 서둘렀다.

"아녜요, 무슨 일이 있었어요. 누가 할아버지를 때렸지요, 그렇죠? 할아버지가 맞아서 피가 난 거죠?"

인숙이의 눈은 눈물이 글썽이고, 목소리까지 눈물이 묻어나고 있었다.

"무신 소리 허는 거여. 아, 이 할애빌 때리기넌 누가 때려? 이 할애비넌 맞고 살 사람이간니? 엎어진 거여, 헛눈 폴다가 엎어져 코럴 깬거여."

"거짓말예요. 애들이 넘어지지 어른도 넘어지나요. 어떤 깡패가 할아버질……, 할아버질…….."

언제나 노리끼리한 인숙의 얼굴은 이젠 울상이 되었고, 눈에서는 벌써 눈물이 흐르고 있었다. 그런 인숙이를 물끄러미 내려다보고 섰는 복천영감의 가슴에는 커다란 멍울이 잡히고 있었다. 그간 이렇게 정이 들었던가. 허긴 서로 의지가 없는 처지니까. 저리 정 많고 착한 것이 어린 나이에 복권을 팔아야 하다니. 가난이 죄고 가난이 원수지. 이런 생각을 하고 있는 복천영감의 눈앞에는 그날의 일이 선하게 떠오르고 있었다.

눈발이 희끗거리는 오후였다. 복천영감은 집으로 걸음을 재촉하고 있었다.

"안 돼요, 안 돼요. 백 원에 한 장이란 말예요."

계집애의 울부짖는 소리에 걸음을 멈추었다. 차가운 날씨에 계집애의 목소리는 유독 크고 싸늘하게 퍼졌다.

복천영감이 고개를 돌렸을 때, 열서너 살 되어보이는 계집애는 조그만 책상과, 오바깃을 펄럭이며 비틀걸음을 옮기고 있는 대여섯 발짝 떨어진 사내 사이에서 종종걸음을 치며 어쩔 줄을 모르고 있었다. 한 걸음씩 멀어지고 있는 사내를 향해서 같은 소리르 외치고 있는 계집애의 목소리는 사내가 비틀거리며 멀어질수록 자지러지듯 눈발 속에 흩어졌다. 제자리에서 팔딱팔딱 뛰면서 어쩔 줄 모르는 계집애의 몸짓은 사내를 쫓으려다가 책상을 염려하고, 책상을 염려하다가 사내를 쫓아야 하는 이러지도 저러지도 못하는 발버둥이었다.

지체할 필요가 없었다. 복천영감은 계집애 앞으로 급히 다가갔다.

"무신 일인디 이러냐? 내가 맡을팅께 얼렁 말혀, 얼렁."

계집애는 눈물이 범벅된 멍한 얼굴로 복천영감을 올려다보았다.

"아, 싸게 말혀보랑께. 내가 심이 돼주겄단 말이여."

복천영감은 속이 끓어 버럭 소리를 질렀다.

"한 장에 백 원짜리 복권을 두 장 가져갔어요."

계집애는 울음을 터뜨렸다.

"백 원짜리럴 백 원 놓고 두 장 뺏어갔단 말이지야?"

계집애는 고개를 끄덕였다.

"어떤 자석이냐? 저 술 처묵은 놈이지야?"

"예에."

계집애는 고개를 크게 끄덕였다. 복천영감은 연장통을 내려놓고 뛰기 시작했다. 복권이라는 것이 무엇인지 알아볼 여유가 없었다. 그저 돈 내고 사는 물건이거니 했다.

비틀거리며 걷고 있는 사내는 어느새 사람들 틈에 섞여 잘 보이지 않았다.

복천영감은 사내의 앞을 막아섰다.

"내놀 것이여 안 내놀 것이여. 싸게 내, 싸게."

"이, 이런 자식이, 넌 누구야 임마. 내놓긴 뭘 내놔."

아직 날도 어두워지지 않았는데 사내는 술 냄새를 푹푹 뿜어냈다.

"니가 먼디 백 원 놓고 백 원짜리럴 두 장 가지가? 싸게 한 장 요리 내."

복천영감은 '복권'이란 말을 했으면 속이 시원하겠는데 그 동안 까맣게 잊어버려 이렇게만 대질렀다.

"비켜, 재수없게. 당신이 뭔데 잔소리야 잔소리가."

사내는 팔을 휘저었다. 복천영감은 사내의 멱살을 바짝 틀어잡아 흔들었다.

"정 안 내놀 것이여? 땅바닥에 팍 때기럴 쳐뿔기 전에 못 내놓겄어?"

"네가 뭐야, 뭐냔 말야."

"요런 잡것이. 그려, 내 딸이다 딸. 내가 아부지란 말이여. 요래도 못 내놓겄어!"

복천영감은 말마디마다 힘을 주며 사내의 목줄기를 쳐올렸다.

"여기, 여기."

사내는 손을 내밀었다. 조그만 종이쪽이 들려 있었다. 저 종이쪽이 한 장에 백 원이라? 이놈이 능청을 떠는구나. 내가 속을 줄 알어?

"잡지랄 말고 싸게 내, 싸게."

복천영감은 또 사내의 목줄기를 사정없이 쳐올렸다.

"이 영감쟁이야. 복권 줬으면 됐지 뭘 또 달래는 거야. 아이고 목이야."

그렇지, 복권. 이게 복권이구나. 복천영감은 사내의 손에서 종이쪽을 빼앗듯이 해서는 다시 뛰기 시작했다.

계집애는 눈물이 얼룩진 얼굴로 손을 불며 발을 동동거리고 있었다.

"요것이라냐?"

"예 맞아요. 그런데……, 왜 두 장 다 가져오셨어요?"

"머여? 두 장?"

"예, 두 장예요. 백 원은 받았으니까 한 장은 돌려줘야 해요. 어떻게 하면 좋지. 할아버지, 미안하지만 이것 좀 봐주세요. 내가 돌려주고 올게요."

복천영감은 계집애의 어깨를 잡았다.

"내빌라둬라. 이 추운디 니 울리고 애태운 값으로도 백 원은 싸다. 그라고 그런 도적놈 심뽀럴 지닌 놈헌테 양심적으로 혀도 소양없다. 다 지가 진 죄값얼 허니라고 그런 것잉께."

　이렇게 해서 열네 살 먹은 인숙이를 알게 되었다. 노동하던 아버지가 공사장에서 떨어져 죽었다고 했다. 생선장사를 하는 어머니와 다섯 식구라 했다. 아래로 동생이 셋인 큰딸이었다.

　"할아버지, 이것 가져가세요. 칠 백만 원 탈지도 모르잖아요."

　"금메 날 줄라 말고 하나라도 더 풀으랑께 그래 쌌냐와."

　"싫어요. 할아버지가 안 가지면 찢어버릴 거예요."

　하는 수 없이 복권을 받아들었다. 복권이 무엇인지를 설명하고난 인숙이는 한사코 그 사내에게서 받아온 나머지 한 장을 복천영감에게 주었다. 복천영감의 수고에 대해서 인숙이는 깔끔하게도 인사치레를 하려는 것이었다.

　"눈 더 퍼붓기 전에 얼렁 들어가그라."

　"엄마를 기다렸다가 같이 가요. 곧 시장에서 올 거예요."

　인숙이는 오들오들 떨었다.

　"나 먼첨 가야 쓰겄다. 근디, 얼어붙겄다와."

　복천영감은 떨고 있는 어린것이 안쓰러웠지만 돌아서는 수밖에 없었다.

　"할아버지, 열흘 있다가 발표예요. 안녕히 가세요."

　어린것의 얼어붙은 목소리는 거칠어진 눈발 속에서 그대로 고드름이었다.

　굳이 잊지 않고 열흘 후에 인숙이를 찾아갔다. 어린것은 강추위에 꽁꽁 얼어 있다가 복천영감을 보자 금세 봄기운이 도는 웃음을 지었다. 속주머니에 간직했던 복권을 꺼내 발표된 번호를 인숙이가 부르고 복천영감은 복권의 숫자를 맞추어 나갔다. 허탕이었다. 인숙이는 미안한 얼굴이 되어 제가 다시 맞춰보는 것이었다. 역시 같은 번호가 없었다.

　"할아버지……, 어떡해요."

　인숙이의 목소리는 들릴락말락했다.

　"어허, 무신 소리여. 요것이 워디 니가 허는 일이간디? 자, 돈 여깄다. 존 놈으로 한 장 도라."

　"할아버지……, 사시게요?"

인숙이는 난처한 표정으로 복천영감을 올려다보았다.

"나 일이 급헝께 얼렁 존 놈으로 한 장 뽑아주라. 칠 백만 원 타면 인숙이 니헌테 반 뚝 짤라 줄팅께."

"저어, 할아버지 맘대로 고르는 거예요."

"아서라, 아서. 맘씨 고운 니가 골라사 재수가 티인다. 맘 푹 놓고 골라뿌러라."

이렇게 해서 일년이 넘도록 매달 한 장씩의 복권을 샀다. 그저 막연하고 답답한 일이었지만 세상일이 그렇게 허망한 것만은 아니라는 생각으로 영수놈을 위해 매달 복권을 샀던 것이다. 눈을 감기전까지는 무슨 짓을 해서라도 영수놈 공부 뒷바라지를 하리라 마음다진 것은 이미 오래전의 일이었다. 그러나 막상 생각해보면 부모가 자식에게 남겨줄 유산이 고작 뻣뻣이 굳은 몸뚱아리밖에 없다면 부모 노릇을 했디고 할 깃이 없었다. 지성으로 하다보면 혹시 아는가. 하느님이 보우하사 칠 백만 원을 받게 되면 그 얼마나 알찬 유산이랴. 영수놈을 위해서 동전 한 푼 저금한 일이 없는 복천영감은 저금하는 셈치고 매달 복권을 사게 되었고, 허탕이 되고 말면 칼 한 자루 갈지 않은 것으로 여기며 미련이나 아쉬움을 남기지 않았다.

"아, 맘 급해 죽겄다. 싸게 번호 불러라. 이번에넌 칠 백만 원인지 누가 아냐."

"어떤 깡패자식이 할아버지를……."

인숙이는 손등으로 눈물을 씻으며 마지못해 책상 앞에 나붙은 당첨자 번호표를 마주 대하고 쪼그리고 앉았다. 복천영감은 연장통을 멘 채 허리를 구부정하게 하고 서서 귀는 인숙이 쪽에다 있는껏 열어놓고, 눈은 복권의 숫자 하나하나를 놓치지 않고 있었다. 평생의 농사일에다가 몇 년 계속된 칼갈이 일로 거칠대로 거칠어진 뼈마디 굵은 복천영감의 두 손아귀 사이에서 한 장의 구겨진 복권은 너무 작고, 그 대신 너무 거만을 부리고 있었다.

"됐어요?"

인숙이는 번호 하나를 또박또박 불러놓고는 언제나 이렇게 물었다.

"오냐, 또 남았지야? 얼렁 불러라."

복천영감은 언제나 이렇게 대꾸했다.

"아이, 어떻게 하면 좋지."

인숙이는 혼잣말을 흘리며 다시 돌아앉아 다음 번호를 부르는 것이었다.

오늘도 벌써 그러기를 네 번째 하고 있었다.

역시 허탕이었다. 복천영감은 동전으로 백 원을 만들어 인숙이에게 건넸다.

"할아버지, 요새는 잘 팔려요."

인숙이는 언제나처럼 같은 말을 하며 또 난처한 표정이었다.

"나 좋아 사는 것잉게 얼렁 존 걸로 골라라."

복천영감은 똑같은 말로 대꾸하며 버릇처럼 담배꽁초를 물었다. 어인 일인지 복권 번호만 맞추고나면 담배 생각이 간절해졌다.

복천영감은 다른 날보다 훨씬 늦어서야 공중수도에 다다랐다. 물통에 물을 받기 전에 가게에서 밀가루 십 원어치를 샀다.

물이 가득 담긴 물통을 들어내다가 또 입을 딱 벌리며 헛숨을 들이켰다. 골병이 들어도 단단히 들었다 싶었다.

물지게를 지고 일어설 수가 없어서 양쪽 물통의 물을 반씩 쏟아버렸다. 그걸 지고도 다른 날보다 몇 곱절 힘에 겨웁게 비탈길을 비척거렸다.

다행히도 집에는 아무도 없었다. 영수놈이 제 누나를 마중나간 모양이었다. 복천영감은 서둘러 웃옷을 벗었다. 그리고 주물러 빨기 시작했다. 본래 핏자국은 잘 지지 않는 것이었지만 다행히 옷이 무늬가 있는 것이어서 덜 빠진 얼룩도 표가 날 정도는 아니었다.

발을 씻고 있는데 애들이 들어섰다.

"아부지 오셨군요. 오늘은 왜 이렇게 늦으셨어요?"

영수놈이 뛰어오며 반가운 목소리였다.

"그려, 일꺼리가 많이 생겨 쪼끔 늦어부렀다."

"피곤하시겠어요. 근데 저건……."

딸애는 빨랫줄에 눈을 박고 서 있었다.

"날이 에진간히 쪄대야 살제. 하도 땀얼 빼서 내가 뽈아 널어부렀다. "

"일도 힘드신데 빨래까지 하시면 어떡해요. "

딸애는 곧 울상이었다.

"인자 담부터넌 안 그럴란다. 얼렁 밥이나 묵자. "

"예, 곧 차릴게요. "

딸애는 곧장 부엌으로 들어갔다.

저녁밥을 마치고 밀가루로 풀을 쑤게 했다.

온몸이 볏짐을 진 것처럼 무거웠지만 딸애와 함께 있는 정성을 다해 영수놈의 사과꿰짝 책상에 주워온 벽지를 발랐다.

"야, 멋있다. 아부지, 이런 근사한 종이가 어디서 났어요?"

"맘에 드냐?"

"그럼요. 아주 최고예요"

"맘에 든당께 다행이다. 어떤 아짐씨가 쓸 디 있으면 쓰라고 주드라. "

"이젠 공부가 훨씬 잘 될 것 같아요."

"하면 그래야제. "

복천영감은 어금니를 꼭 물었다.

"아이구 입만 살아서 큰소리는. 어디 1등만 못해 봐라. "

"괜히 누나는 나만 보면 야단이야. "

"그러니까 말만 앞세우지 말고 실천을 해보란 말야. 지금도 왜 잔소리만 하고 앉아 있니?"

그날 밤새도록 복천영감은 끙끙 앓았다.

그리고 이튿날은 기어이 일을 나가지 못했다.

시월도 중순으로 접어들고 있었다.

"카알 가아씨요."

"할아부지, 할아부지 나 잠 봇씨요. "

"……."

복천영감은 여자의 다급한 목소리에 걸음을 멈췄다. 얼핏 스치는 얼

굴이 있었다. 그 처녀, 칼갈이로 나선 둘쨋날 첫손님이 되었던 그 처녀,
복천영감은 급히 돌아섰다. 가슴이 두근거렸다. 그러나 자신을 향해서
뛰어오고 있는 여자는 생판 모르는 얼굴이었다.

"할아부지가 맞제라? 할아부지 나요, 나."

여자는 복천영감의 손을 덥썩 잡았다.

"뉘기시요? 통 몰라보겄는디요이."

아무리 뜯어봐도 모를 여자였다. 지져볶은 머리, 시커먼 숯칠을 한
눈, 시뻘건 칠이 맥질된 입술, 자신의 손을 잡고 있는 손, 그 짐승 발톱
같이 긴 손톱에 불그죽죽한 칠을 한 이런 하이칼라 여자로 알 만한 사람
은 없었다.

"워메 할아부지도, 참말로 야속허요이. 식모살이 와서 집생각으로 몸
살이 나다가 할아부지 목청 듣고 미친년맹키로 좋아하던 나럴 잊어뿌렸
당가요?"

"머시라고? 당신이 그때 그 시악씨란 말이요?"

"금메 그러탕께요."

여자는 복천영감의 손을 붙든 채 좋아서 어린애처럼 제자리뜀을 했
다. 복천영감도 아가씨 못지 않게 반가우면서도 그 거침없는 몸짓에 면
구스러움이 앞섰다.

"나넌 할아부지 목청만 듣고 금방 알아묵었는디⋯⋯."

"그렇게 말이여. 시악씨넌 너무 기맥키게 변해뿌러서 워디 한눈에 알
아보겄드라고? 요렇크름 하이칼라가 되야부렀응께로 무신 수로 알아볼
것이랑가."

땋아내린 머리채, 생긴 대로의 얼굴, 일에 익었던 손과 길지 않던 손
톱 등, 지난날의 모습이라곤 찾아볼 수가 없었다. 다만 옛 기억을 되살
려주는 것이 있다면 그 말씨뿐이었다. 옛날 그 수수하던, 아직 다 가시
지 않은 촌티가 묻어 있던 차림새도 이젠 복천영감이 당황스러울 지경
으로 변해 있었다. 몸에 찰싹 달라붙은 옷은 가슴은 가슴대로 엉덩이는
엉덩이대로 드러내고 있었다.

"할아부지 말이 맞지라우. 꼴만 변헌 것이 아니라 사람도 달라졌응께

라. 할아부지도 엄청 늙어부렀구만이라이."

"하메 몇 년짼가. 다섯 해가 다 안 되어간다고."

"그려라. 오년이 다 차 가는구만이라. 할아부지, 섰지만 말고 집으로 들어가실께라."

아가씨는 앞서서 걸었다. 이 근방에 집이 있다면 무슨 일을 할까. 시집이라도 갔을까. 왜 지난번에는 만나지 못했을까. 그런 생각을 하며 걷는데 앞서 가던 아가씨는 한 술집으로 서슴지 않고 들어섰다.

"할아부지, 얼렁 들어오시씨요. 요 집이 내가 묵고 있는 집이다요."

머뭇거리고 있는 복천영감을 향해 아가씨가 외치다시피 한 말이었다. 꼴만 변헌 것이 아니라 사람도 달라졌응께라. 조금 전에 아가씨가 아주 수월하게 했던 말이었다. 살림집에서 술집으로, 변해도 이만저만 변한 것이 아니었다. 복천영감은 무겁게 문턱을 넘어서며 쓴 입맛을 다셨다.

"할아부지, 일로 앉으시씨요. 밥 잡수셔야지라."

복천영감은 아가씨가 앉히는 대로 자리를 잡았다.

"밥 잡숫기 전에 한 잔 드시씨요."

아가씨는 주전자와 잔을 가져와서 복천영감의 맞은편에 자리를 잡고 앉았다.

"나 밥 묵었네웨. 밥때가 언제라고."

"비문헌(오죽한) 걸 잡수셨을랍디여. 밥 될 때꺼정 술이나 드시씨요."

복천영감은 조심스레 잔을 들었다. 술은 잔을 넘치게 따루어져 있었다. 이렇게 푸지게 꾹국 눌러 따른 술잔을 받아보기도 얼마만인가. 그 술잔 속에 자신의 파삭 늙어버린 모습이 비쳤다. 참으로 오랜만에 이런 푸진 술잔을 받고서도 복천영감의 마음은 무겁기만 했다.

"그년이 돈이고 반지를 훔쳐 달아나서 날벼락을 맞은 건 누군데? 이 개똥쇠 종자들은 곤조가 틀려먹었어. 가, 경찰서로 가."

복천영감의 귀에는 그런 말이 표독스러운 목소리에 실려 들려오고 있었다. 아가씨가 살던 집주인의 음성이었다.

돈을 훔쳤거나 반지를 훔쳤거나 잡히지 않은 것을 다행으로 여겼었

316

다. 그 돈을 밑천으로 시집이라도 잘 가기를 바랬다. 그런데 이런 술집에서 만나다니. 하기야 직업에 귀천이 없는 세상이니까 제 힘으로 이런 술집을 하고 있다면 얼마나 좋으랴. 서울 땅에서 이만한 술집 하나 가지는 것도 적은 재산은 아니니까.

복천영감은 잔을 단숨에 비웠다. 그리고 손등으로 입가를 문지르고나서 입을 열었다.

"근디, 요런 말 혀서 어쩔란지넌 몰르겠네만, 하도 가당찮은 말이라서 묻는 것잉께 새겨들드라고. 그전 집주인이 말이시, 돈이랑 반지럴 돌라갖고 도망갔다고 허든디……."

"고것이 무슨 소리다요? 고런 잡년이 못 허는 소리가 읍네웨. 할아부지가 언제 만냈습디여?"

아가씨는 갑자기 눈을 부릅떴다.

"하면. 항시 댕기는 날짜에 맞혀 시악씨 동네럴 안 갔드라고……."

복천영감은 그때의 일을 자세히 들려주기 시작했다.

아가씨는 이야기를 들으며 사이사이에 웨메 고런 문딩이 잡것이, 오살허네 오살해, 염병허등갑다 호랭이 씹어갈 것, 이런 욕을 내뱉으며 분해서 어쩔 줄을 몰라했다.

"할아부지, 그년이 내 신세럴 요모양 요꼴로 맹그라뿐 년 아니요. 원 시상에 그랄 수가 있을랍디여."

아가씨는 또 술을 따루어 권하며 말을 시작했다.

그 집은 애들 셋에 내외 시동생까지 여섯 식구였다.

일요일이었다. 주인아주머니의 친정에 무슨 잔치가 있어 온 식구가 집을 비웠다. 아주머니는 한 군데도 빼지 말고 집안 청소를 말끔하게 해 놓을 것을 당부했고, 애들 옷에다가 홑이불까지 뜯어서 하루종일 쉴 여유가 없을 만큼의 일거리를 맡겼다. 그리고 애들 삼촌이 나가면 집이 빌 테니까 문단속 잘 하라고 몇 번이나 일렀다.

대문을 닫아걸기 무섭게 돌아서서 빨랫감을 챙겼다. 아주머니의 팔팔한 성질을 잘 알기 때문에 잠시도 지체할 수가 없었다. 빨래를 다 빨아 널었을 때는 점심 때가 가까워 있었다. 냉수를 한 사발 들이키고는 곧 청소를 시작했다.

응접실을 닦고 있었다. 소파가 놓여 있는 그 마루방은 집안 청소를 할 때 제일 정성을 들여 하는 곳이었다. 아주머니는 방보다도 거기를 몇 배나 대단하게 간수했기 때문이다. 손님들을 맞는 응접실이 깨끗해야 인상이 좋아진다고, 응접실이 지저분한 집 치고 잘 돼가는 집 못 보았다며 마루방 청소를 할 때마다 쫑알거렸고, 청소를 하고나도 이것저것 흠을 잡으며 까다롭게 굴었던 것이다. 그래서 방바닥은 한 번 닦고 말아도 응접실은 서너 번씩 닦게 되었다.

무릎을 꺾고 엎드려 마룻바닥에서 소리가 나도록 힘을 주어 닦고 있었다.

"웨메!"

누가 갑자기 뒤로부터 허리를 끌어안았던 것이다. 애들 삼촌이었다.

"어기 놓씨요. 워째 이러시요."

그네는 몸을 비틀었다. 그러나 빠져나올 수가 없었다. 두 다리는 삼촌의 양쪽 다리 사이에 끼었고, 허리는 꼼짝을 할 수 없게 팔에 감겨 있었다.

"금메 말로 허씨요, 말로."

그네의 목소리는 겁에 질려 있었다.

"……"

삼촌은 대꾸가 없었다. 더욱 다리에 힘을 주어 조였고, 허리를 감은 팔로는 그네의 몸을 한사코 뒤로 추슬렀다. 그네의 몸을 뒤로 추슬릴 때마다 삼촌은 자기의 몸을 앞으로 밀쳤다. 그러면서 삼촌의 숨소리는 차츰 거칠게 빨라졌고 그럴수록 그네의 몸을 뒤로 추슬리는 속도도 빨라지고 있었다.

"무신 짓이다요, 무신 짓이다요."

그네는 울먹이며 두 마리의 개가 머리를 스치고 있었다. 고향에서, 우물로 물을 길으러 나가던 이른 아침이면 얄궂게 뒤로 맞붙어 있던 두 마리의 개. 그때서야 그네의 가슴엔 뜨거운 것이 확 솟겼고, 자기의 그 부분을 눌러오는 거북스러운 것을 느끼고는 입술을 깨물며 부르르 떨었다.

"무슨 짓이다요, 무슨 짓이다요!"

그네는 기를 쓰며 빠져나오려고 했다. 그러나 손바닥을 서너 번 옮겨서 기어간 것밖에는, 허리를 감은 팔이나 다리를 조여드는 압박에서 빠져 나올 수는 없었다. 손바닥을 서너 번 옮겨 기었지만, 삼촌은 거머리처럼 찰싹 붙어 따라와버린 것이다.

"살려줏씨요, 살려줏씨요."

그네는 죽을 힘을 다해 버둥거렸다. 그러다가 끝내 팔다리를 내뻗고 말았다. 그네의 이마에는 땀이 솟겨 있었다.

치마를 헤집고 드는 것이 있었다. 손이었다. 그네는 다시 벌떡 일어났다. 그러나 얼마를 가지 못하고 다시 쓰러졌다.

"엄니, 나 죽어."

마룻바닥에 눕혀진 그네는 걸레를 몰아잡은 채 파르르 떨었다.

아랫입술을 깨물은 그네의 얼굴은 창백했고, 눈꼬리에서 흘러내린 눈물은 머리칼을 타고내렸다.

얼마나 지났는지 모른다.

"아가리 함부로 놀리지 마."

그런 사나운 목소리를 들으며 그네는 왁 터져나오는 울음을 꿀꺽꿀꺽 삼켰다.

"항시 몸 간수 잘 해야 혀. 지집언 한 번 베래불먼 그만이니께."

집을 떠나기 전날밤 몇 가지 안 되는 옷 사이에 햇볕에 바랜 광목으로 만든 그것을 다섯 개 넣어주며 하던 어머니의 말이었다.

"집 잘 봐."

멀리서 들리는 그런 말과 함께 쾅 대문 닫히는 소리를 듣고 그네는 눈을 번쩍 떴다. 환한 대낮, 집안은 조용할 뿐이었다. 울컥 울음이 솟겼다. 그네는 걸레를 움켜잡은 손등에 얼굴을 묻고 엎드려 울고 또 울었다.

그날 밤 잠결에 가슴이 답답하며 버둥거리다가 눈을 떴다.

"뉘……."

그네는 소리를 지르려다가 입을 틀어막았다.

“떠들지 마, 나야.”

또 숨을 씩씩대고 있는 삼촌이었다. 그네는 자신이 알몸인 것에 소스라쳤고 이미 낮에와 같은 일을 당하고 있음을 깨닫고는 몸서리를 쳤다.

그 후 삼촌은 매일밤 그네를 괴롭혔다. 부엌에 붙은 그네의 방에는 안에서 잠글 아무런 장식이 없었다. 그렇다고 아주머니에게 알릴 수도 없는 일이었다. 잠을 안 자는 도리밖에 없었지만 야속하게도 잠은 소나기처럼 쏟아졌다. 진종일 일에 시달린 피곤 때문일 것이다.

있어야 될 날에 그것이 없었다. 초조한 며칠이 지났을 뿐이다. 다음 달도 마찬가지였다. 그네는 혼자 애를 태웠다. 아주머니에게 머리채나 끌리기 꼭 알맞은 일이었다. 칼가는 할아버지에게 의논을 해볼까. 얼굴부터 뜨거워졌다. 아무래도 당사자인 삼촌밖에 없었다. 그러나 대학을 다닌다면서도 언제 공부하는 꼴을 본 일이 없는 그 짐승 같은 녀석에게 하면 무슨 말을 하며 자신의 말을 듣고 무슨 소리를 할지 걱정이었다.

아주머니 몰래 잡지를 뒤져보곤 했지만 임신은 틀림이 없는 성싶었다.

그네는 마음을 단단히 먹었다. 오늘밤은 그대로 보내지 않을 작정이다. 삼촌은 제멋대로 그네의 온몸을 더듬었다. 그네는 꼿꼿이 누워 있었다. 삼촌은 또 숨을 씩씩대기 시작했다.

“내 말 잠 들으씨요.”

그네의 목소리에는 냉기가 흘렀다.

“응, 응? 그래, 그래.”

뭐가 응이고 뭐가 그래라는 것인지 모를 일이었다. 개 같은 자석, 염병하네. 그네는 이를 악물었다.

“말 잠 들어보란 말이요.”

“알어, 알어. 날 사랑한단 말이지? 그래, 그래.”

“워메 잔생이 사랑헐 잡것이 읎든갑다.”

그네는 기가 막혀 코웃음을 치고는 소리를 지르듯했다.

“애기가 섰단 말이요, 애기가.”

“어? 무신 소리야?”

320

“임신했단 말이요, 임신.”

“뭐야? 무신 개소리야?”

삼촌은 땀이 밴 얼굴로 숨을 헐떡이며 소리질렀다. 그런 얼굴은 너무 무섭게 일그러져 있었다.

“너 그게 정말이냐? 다시 말해봐, 다시.”

“무신 존 소리라고 몇 번씩 혀라.”

그네는 고개를 돌려버렸다.

“에이. 재수 없이, 비켜.”

그는 그네 위에서 훌떡 내려오더니 허벅지를 걷어찼다. 그네는 그만 숨이 막혔다.

옷을 주섬주섬 입은 삼촌은 문을 밀었다. 그네는 다리를 붙들고 늘어졌다.

“그냥 가불먼 워쩔 판이요. 말 잠 허씨요.”

“여기 못 놔? 내가 알게 뭐야.”

다리를 빼려고 했다. 그러나 그네는 놓치지 않았다.

“그 무신 넋빠진 소리다요. 누가 헌 짓인디 누가 몰라라.”

“식모년이 재수없게, 누가 새끼 배랬어?”

상상했던 대로였다. 그네는 물러서지 않았다. 삼촌이 그럴수록 그네의 마음은 더욱 강해지고 있었다.

“누가 고런 짓 허랍디요? 식모는 여자 아닌 줄 알았습디요?”

“이게 정말, 너 죽고 싶어?”

“죽이씨요. 식모년 하나 죽이고 콩밥 묵을라면 당장 죽이씨요.”

“하 정말 이걸 그냥……, 여기 못 놔, 이 쌍…….”

주먹으로 어깻죽지를 내리쳤다. 그네는 그 아픔을 삼촌의 다리를 더 꼭 붙드는 것으로 참아냈다.

“얼랴, 인자 패기꺼정 하는구만. 또 패, 또. 온 집안식구 다 깨게 소리럴 질러뿔 것잉게 또 패보란 말이여.”

그네는 목소리를 높였다.

“야야 제발……, 그래 나더러 어쩌란 말이냐.”

삼촌은 한숨을 내쉬며 주저앉았다.

"애기 임자가 알아서 헐 일이제 나헌테 물으면 무신 소양이 있겠소."

"참 재수가 더러워서……."

삼촌은 머리를 박고 한참이나 앉아 있었다.

"긁어버려!"

고개를 번쩍 들며 한 말이었다.

"무슨 소리다요?"

"이런 병신, 따내버리란 말야, 수술 몰라, 수술?"

삼촌은 곧 삼킬 듯이 눈을 부라리고 있었다.

"못 혀라, 그 짓은 죽어도 못 혀라. 애기가 무슨 죄 졌다고 생으로 죽여라."

"이런 촌년이……, 그럼 도대체 어쩌자는 거냐?"

"애기 낳고 살아야지라."

"뭐라구? 뭐라구? 너 미쳤니? 미쳤어?"

삼촌은 주먹을 쥐고 부들부들 떨었다.

"나도 삼촌 같은 남자넌 죽어도 싫어라. 한 번 몸 베래분 남자허고 평생 함께 살아야 헌다고 우리 엄니는 말해싼디다가 애기꺼정 배부렀응께 싫어도 살아야제 워쩔 것이요."

그네의 진정이었다.

"아이고 사람 미치고 환장하겠네. 요런 돌대가리, 바보 천지, 그래 너하고 나하고 부부로 어울릴 것 같애? 어울릴 것 같으냐구."

삼촌은 제 주먹으로 제 머리를 마구 쥐어박았다.

"누가 어울린답디여? 삼촌보담은 내가 더 싫지만 몸 베래부러서 억지로 살겄다고 허는 것이요."

"알았어, 알았어. 네 맘대로 새끼를 까든지 앨 낳든지, 다 너 좋도록 해."

삼촌은 일어섰다. 그네는 다시 다리를 붙들었다.

"또 뭐냐?"

"말 나온짐에 다 혀뿌러야겄는디, 배 불러지기 전에 식을 올려야 쓸 것 아니요."

"하! 촌년이 미치고 환장을 하는구나."

"누가 미치고 환장을 혀라. 기왕 헐 것이면 남새시럽게 배……."

"아이고 마나님, 잘 알았습니다. 곧 날짜를 받도록 할 테니까 오늘밤은 이만 주무시도록 합시다, 제발."

이렇게 해서 삼촌은 자기방으로 돌아갔다.

그런데 다음날 저녁부터는 그네의 방에 나타나지 않았다. 이틀, 사흘, 나흘, 그네는 집안 어느 구석에서고 기회를 잡아 말을 걸려고 했으나 실패를 거듭했다. 아침 일찍 나가 밤늦게 돌아왔고, 어쩌다가 단둘이 맞부딪치게 되면 갑자기 커다란 소리로 노래를 불러대거나 지나쳐버리는 것이었다.

그러던 어느날 아침, 그네는 망을 보고 있었다. 삼촌은 휘파람을 불며 대문을 나섰다. 그네는 뒤따라 나갔다.

"나 잠 봇씨요, 삼촌."

여전히 휘파람을 불며 들은 척도 안 하고 걸어가는 것이었다. 못 들을 리가 없었다.

"알아서 혓씨요. 오늘 아자씨헌테 다 말해뿔 것잉께."

이 말에 삼촌은 휙 돌아섰다.

"너 방금 뭐랬니? 뭐, 아저씨한테 말해?"

살기를 품은 눈, 너무 무서운 얼굴에 그네는 몸을 으시시 떨었다. 그러나 할 말은 해야 했다.

"워째 나럴 피해 댕기요, 피해 댕기길. 무신 말이 있어야 쓸 것 아니겄소?"

"글쎄, 난 지금 결혼식에 쓸 비용을 구하느라고 정신이 없는데 넌 왜 남의 속도 모르고 설치니? 너 아저씨 잘 알지? 그 깍쟁이가 돈 대줄 것 같으냐? 아저씨한테 말해? 왜 잘 돼가는 일을 산통 깰려고 까부니? 가만 죽치고 있어."

금방 웃는 얼굴로 목소리도 부드러웠다. 그도 맞는 말이었다. 아저씨가 돈에 인색한 것은 사실이었다. 괜히 속도 모르고 방정을 떨었다고 뉘

우치며 멋적게 돌아섰다. 그런 그네의 귓볼은 발갛게 물이 들어 있었다.

며칠을 그네는 삼촌의 눈치를 살피며 보냈다. 여전히 그네의 방에는 나타나지 않았다.

그날 집에는 아주머니와 그네 단둘뿐이었다.

"애 금자야, 너 이리 좀 나와."

그네는 하던 일을 멈추고 급히 돌아섰다. 그런데 눈앞이 아찔해지며 뭔가 울컥 넘어오는 것 같았다. 그네는 벽을 집고 묽은 침을 흘리며 헛구역질을 계속했다.

"애, 뭘 하는 거니?"

"예……."

예 가요, 하는 말은 나오지 않고 멎으려던 구역질이 다시 솟았다. 그때 벌컥 부엌문이 열렸다.

"옳지, 자알 한다. 어째 요새 하는 짓이 수상쩍어 따지려던 참이었는데, 내 추측이 틀림없군. 이년, 이리와!"

아주머니는 그네의 소매를 마구잡이로 끌었다. 응접실까지 끌려나온 그네는 팔을 뿌리쳤다.

"아니, 이 년이 감히 누구한테……이 년이 서방질을 하더니 못 하는 짓이 없구나. 너 요년, 이리 와."

그네의 머리채를 나꿔채려 했다. 그네는 몸을 피하면서 소리를 질렀다.

"내 몸 망친 것이 누군디. 느그 시동상이란 말이여. 나헌테 손만 대봐라, 니 죽고 나 죽고 헐팅게."

물러서며 소리를 지르던 그네는 소파 사이에 놓인 탁자 위에서 유리 재떨이를 집어들었다.

"아니 저것이 미쳤나? 왜 그러니, 왜 그래?"

"느그 시동상이 도적놈인디 워째 나럴 잡질라는 것이여. 나도 사람이니께, 되나케나 맞고만 사는 짐생이 아니란 말이여."

그네의 눈엔 눈물이 가득 고여 있었다.

"그래, 내가 뭐라던? 네가 임신을 한 것 같아서 알아보려는 것 아니냐. 누가 애아버지인지도 알아야 될 것이고, 그 다음엔 어떻게 할 것인지도 의논해야 되잖니. 금자 널 내가 데리고 있는 이상 우선 책임은 내게 있잖겠니. 자, 거기 앉거라.”

아주머니는 곧 웃음이 넘치는 얼굴로 나긋나긋한 목소리였다.

“아짐씨는 소양읎어요. 삼촌허고 식 올리기로 작정혔응께로 아짐씨는 간섭 안 혀도 고만이어라.”

“무슨 말이야 금자. 식만 올리기로 했으면 뭘해, 돈이 있어야지. 학생인 삼촌이 무슨 돈 있나? 내가 도와주면 한결 수월하잖아. 자, 나하고 맘 터놓고 얘기하도록 해.”

그네는 귀가 솔깃해졌다. 그래서 아주머니의 맞은편 소파에 앉긴 했지만 재떨이는 손에 꼭 쥐고 있었다.

처음부터 차근차근 이야기를 다 했다. 아주머니는 한숨을 쉬어가며 듣고만 있었다. 그네의 말이 다 끝나자 아주머니는 대뜸 시골집에 알렸느냐고 물었다. 그네는 고개만 저었다. 그러면서 울컥 설움이 복받치고 눈앞이 뿌옇게 되었다. 그 짙은 안개가 낀 듯한 눈 앞에 홀로인 어머니의 얼굴이 어른거렸다. 사실 그 동안 얼마나 망설였는지 모른다. 몇 번을 편지에 적었다가 찢고는 했었다. 결국 식을 올리게 되면 알리기로 하고 참아왔던 것이다.

삼촌은 아직 학생이고 군대까지 갔다올려면 몇 넌이나 남은지 아느냐, 스물도 못된 나이에 시집은 무슨 시집이며, 시집을 가더라도 남편될 삼촌이 돈벌이를 못 하니 거지꼴을 면치 못 한다. 삼촌은 원래 건달기가 있어서 시집을 가도 바람을 피워 속을 썩힐 것이다. 월급을 배로 올려주겠으니 말을 들어라. 아주머니는 별의별 말을 다 해가며 수술하기를 권했다. 자기도 세 번 해보았는데 하나도 아프지 않다고도 했다. 그러나 그네의 마음은 요지부동이었다. 한 번 몸을 버린 남자를 따라 평생을 살아야 한다는 어머니의 말을 거역할 수는 없었다. 그네는 견디다 못 해 소리를 질렀다.

“인자 엥간이 사람 피 보트게 혓씨요. 골백 번 말씹혀싸도 소양읎단 말이요. 죽었으면 죽었지 수술언 안 헐팅께. 요런 소식 집에도 안 전했졌다, 서울에 아는 사람 하나또 읎는 줄 알고 날 시퍼보고 수술시킬라고 그래쌌는갑는디, 무신 소리다요. 칼갈로 댕기넌 할아부지가 한 고향 사람으로, 죽어뿐 우리 아부지 친구니께. 날 시퍼보지 마씨요이.”

그네 자신이 미처 준비하지도 않은 거짓말이 술술 나왔던 것이다.

그네의 이 말에 아주머니는 놀라는 기색을 감추지 못했다.

“알겠다. 정 네 결심이 그렇다면 더 생각해 보자.”

아주머니가 자리를 뜨면서 남긴 말이었다.

그날밤 늦게까지 안방에서는 주인 내외와 애들 삼촌이 앉아 있었다.

다음날 점심 때가 훨씬 지나서였다.

“금자야, 빨리 나갈 준비 해. 예식장 예약하러 갈 테니까, 빨리.”

삼촌은 들어서면서부터 수선을 피웠다.

“무신……?”

“이런 바보야, 네가 좋아하는 결혼식을 보름만 있으면 한단 말야. 그러니까 결혼식 할 예식장을 미리 정해놓게 같이 가잔 말야.”

이게 무슨 말인가, 이게 정말인가!

“날짜를 정했어요? 보름 후로요? 참 잘했어요.”

아주머니가 방에서 나오며 환하게 웃고 있었다.

“금자야, 뭘 하고 있니. 어서 옷 갈아입어야지. 결혼 날짜를 받고 예식장 예약을 하러 가재잖아.”

그네는 정신을 차릴 수가 없었다. 옷을 갈아입으면서도 계속 가슴이 두근거리고 얼굴이 뜨겁게 달아올랐다. 아무래도 꿈만 같고 도무지 믿어지지 않을 만큼 수월하게 일이 풀렸던 것이다.

“금자도 멋쟁인데? 나간김에 시골 엄마한테 알려야 될 텐데, 시골 주소나 우리 집 주소는 다 알고 있지?”

“시골 주소는 아는디 서울 주소는 봐야 알겠어라우.”

그네는 또 얼굴이 달아올라 고개를 돌렸다.

“그럼 됐어. 서울 주소는 삼촌이 아니까.”

“그럼, 그럼. 자, 가지.”

그네는 아주머니와 삼촌이 마주보며 눈을 찡긋하는 것을 보지 못했다.

그네는 택시를 타고 시내 중심가로 들어와 어느 큰 건물 앞에서 내렸다. 국민학교를 나왔을 뿐인 그네의 눈에도 그 건물에 붙은 ××예식장이란 글자는 선명하게 보였다.

건물은 바깥모양보다 안이 훨씬 으리으리했다. 삼촌은 넓은 홀 가장자리로 줄지어 놓인 의자에 그네를 앉혀놓고 계단을 뛰어올라갔다. 사무실에 가서 계약을 하고 올 테니 기다리라고 했다. 그네는 사방을 두리번거렸다. 설레는 가슴을 주체할 수가 없었다. 서울의 이렇게 큰 예식장에서 결혼식을 한다. 어머니가, 혼자 살아오며 고생한 어머니가 얼마나 좋아하랴. 남편이 될 삼촌이 약간 건들대긴 하지만 아직 나이가 차지 않아서 그러겠지. 그래도 서글서글한 데는 있으니까 소견머리 좁은 남자보다는 낫지. 이런 생각을 하는데 삼촌이 뛰어왔다.

"계약이 끝났어. 우리가 식을 올릴 식장을 구경하고 가자."

그네는 이층으로 이끌려 올라갔다. 넓고 으리으리한 식장이었다. 계속 가슴이 떨릴 뿐이었다. 저 많은 의자에 누가 와서 앉아. 시골에서 올 사람이 몇이나 될까. 친척들이 있긴 하지만 모두 가난해서 어쩌나. 삼촌이 서울에 사니까 저 자리쯤 메울 수 있겠지.

"저게 드레스야. 금자 맘에 맞는 걸로 골라입고 결혼식을 하는 거야. 어느 게 맘에 드나 골라봐."

유리 상자 속에는 열대여섯 가지의 하얗고 긴 옷들이 가지가지 모양으로 걸려 있었다. 어느 것 하나 예쁘지 않은 것이 없었다. 저런 옷을 입고 신식결혼식을 하다니. 복실이, 민자, 복자, 득남이……, 고향 친구들의 얼굴이 차례로 스쳐가고 있었다. 뻐기고 싶었다. 자랑을 하고 싶었다. 읍내에서 빌려다가 입는 그 먼지끼고 때 묻은 구식 예복을 입고 시집을 가는 친구들에게 저리도 예쁜 옷을 길게 늘어뜨려 잘잘 끌며 식을 올리는 자신의 모습을 꼭 보여주고 싶었다.

식당에 들어가서 불고기를 먹었다. 앞으로 돈 쓸 데가 많은데 집에 가서 먹자고 하려다가 촌스럽게 군다고 핀잔이라도 맞을까봐 돈이 아까우면서도 잠자코 따라들어갔다.

식당에서 나왔을 때는 석양의 어스름이 엷게 번지고 있었다.

“우리 기분도 그렇지 않은데 드라이브나 하지? 참 드라이브란 말 알아?”

그네는 고개를 푹 숙이며 가로저었다.

“드라이브란 말야, 자동차를 타고 달리며 기분을 내는 걸 말하는 거야.”

삼촌은 팔을 빙 돌리며 차가 달리는 시늉을 해 보였다.

“어때, 좋지?”

그네는 고개를 끄덕이기만 했다. 그러면서 그네는 이렇게 허풍을 떠는 삼촌이 싫었다. 차를 타고 달리며 기분을 내는 드라이브라는 것. 차를 타고 달리면 호시야 좋겠지만 돈 안 들이고 될 일인가. 기분을 내는 데 꼭 돈이 들어야만 하는가. 큰일을 앞에 놓고 돈 쓸 구멍만 찾는 삼촌이, 결혼하고서도 저런 버릇을 버리지 못하면 어쩌나 하는 걱정에 마음이 무거웠다.

택시는 무서운 속력으로 들판길을 달렸다. 밖은 차츰 어두워지고 있었다. 운전수 때문에도 그네는 자꾸 손을 뿌리치는데 삼촌은 끈덕지게 치마 밑으로 손을 디밀곤 했다.

“워디로 이렇크름 가기만 헌다요?”

그네는 견디다 못해 입을 열었다.

“이 바보야, 드라이브란 본래 차가 많이 다니지 않는 길에서 하는 거야. 그래야 속력을 내고, 속력이 빨라야 기분이 통쾌할 것 아냐.”

그네는 또 무안해졌다.

그네가 택시에서 내렸을 때는 길가 양쪽에 늘어선 상점들에 불빛이 환하게 밝혀져 있었다.

그네는 삼촌을 따라 어느 집으로 들어섰다. 여관이었다.

방으로 들어서자마자 그네를 침대에 눕히고 몸을 덮쳐왔다.

“워째 이러시요, 워째⋯⋯.”

“워째는 뭐가 워째야. 이제 우린 부부란 말야, 부부. 이런 일을 맘놓고 해도 되는 부부라니까.”

그네는 더이상 대꾸를 하지 못하면서도 집에서도 할 수 있는 일을 돈

내버려가며 여관에서 이러다니, 생각하며 또 돈이 아까웠다. 그러나 그네는 그전 어느날 밤에도 느껴보지 못했던 포근한 기분에 싸였고, 그전에는 그리도 밉게 들리던 삼촌의 씩씩거리는 숨소리도 듣지 못했다.

이마의 땀을 닦아내며 담배를 빨던 삼촌이 그네에게 물었다.

"목 마르지?"

그네는 고개를 저었다. 그러나 사실 냉수를 한 사발 들이키고 싶도록 목은 탔다.

"조금만 기다려. 콜라 사올 테니까."

삼촌은 서둘러 옷을 입고 방을 나갔다. 그네는 지금부터 저리 세심하게 마음을 써주는 것이 고마워서 가슴이 뭉클했다.

"그런디……, 할아부지 국 식는디 얼렁 잡숫씨요."

그네는 이야기를 멈추고 복천영감에게 식사를 권했다.

"그려 워찌 됐드랑가?"

복천영감은 침을 꿀꺽 삼키며 자리를 고쳐 앉았다.

"그 질로 도망얼 가분 것이지라. 연놈덜이 작당을 혀서 날 쇡여 묵었단 말이요."

행여나 행여나 했지만 삼촌은 돌아오지 않았다. 기다리다 못해 밖으로 나왔다.

여관에서 일하는 사내가 가져다주는 신발을 신고 그네는 급히 대문 쪽으로 걸음을 옮겼다. 그러나 그네는 대문을 나서지 못하고 붙들렸다. 여관비를 내라는 것이었다. 돈이 있을 턱이 없었다. 그때까지도 그네는 여관비 같은 것은 염두에 두지 못했던 것이다. 손바닥을 부비며 사정을 했다. 소용이 없었다. 주인 여자에게 넘겨졌다. 주인은 더 매정하게 잘랐다. 그네는 할 수 있는 한 자신의 딱한 사정을 털어놓으며 살려달라고 빌었다. 통하지 않았다.

"요즘은 촌것들이 더 호박씰 깐단 말야. 야야, 누가 그따위 연극에 넘어갈 줄 아니? 사랑도 좋고 재미보는 것도 좋지만 여관비도 없는 거지새끼들이 뭐가 잘났다고 여관 출입이냐. 됐어, 낯짝도 반반하고 몸도 그 정도면 잘 빠진 셈이다. 더구나 그 사투리가 더 매력적이로구나. 새 것이란 증거가 될 수 있으니 손님들이 더 구미가 댕겨 하실꺼란 말이다.”
　주인 여자는 이렇게 지껄이더니 그네를 향해 버럭 소리를 질렀다.
　“벌어서 갚어, 갚고나서 서방을 찾든지 시집을 가든지 맘대로 해.”
　“밥허고 빨래허는 일밖에 몰르는디 무슨 수로 그 돈을 갚아라.”
　“잔소리 말고 따라와. 돈벌이는 얼마든지 할 수 있으니까.”
　그네는 주인 여자에게 끌려 여관을 나섰다. 어두운 골목을 지나고 좁은 길을 몇 번이나 돌아 어느 집에 이르렀다. 그 동안 그네는 한 번만 살려 달라고 빌다가 서너 차례 쥐어박히기만 했다.
　그날밤 열두시가 되기 전에 그네는 삼촌에게 당한 그 무섭고 징그러운 일을 두 번이나 치러야 했다. 그런데 두 번째 남자는 시커먼 사내, 흑인이었던 것이다.
　며칠만에 알게 된 그곳의 이름은 파주였다.
　유산이 되어 피를 쏟고, 수술을 했지만 결과가 좋지 못해 무던히 고생을 했다. 입원비다 방세다 하여 주인집에 빚은 날이 갈수록 늘었고, 올가미는 자꾸 조여들어 그곳을 빠져나올 길은 막연한 채로 당장 굶주림을 면하기 위해서라도 냉이 흐르는 몸뚱아리를 팔지 않을 수 없었다.
　담배를 피우고 술을 마셨다. 성병에 걸렸고 도박을 즐겼다. 서너 번 도주를 계획했으나 그때마다 붙들려 온몸에 구렁이를 감았다. 곤충이 거미줄을 못 보고 걸려들듯이 미처 감시망을 파악하지 못한 때에 저지른 어설프고 부질없는 짓이었다.
　세월이 바뀌고 기지촌의 경기가 날로 한산해지기 시작했다. 길가의 상점이 문을 닫는가 하면 포주가 하나씩 짐을 꾸렸다.
　결국 그네가 기식하고 있던 집주인도 짐을 꾸리게 되었다. 주인은 자기가 데리고 있던 일곱 아가씨를 불러앉히고 마지막 인정을 베풀었다. 그 동안의 빚은 모두 없던 것으로 하겠다. 이 짓을 그만 청산하기로 했으니 너희들도 앞으로 자유의 몸이다. 고향으로 갈 사람은 가고 다른 계획이 있으면 그 일을 하도록 해라. 나는 배워먹은 짓이 이런 짓이니 이 나이에 무슨 다른 일을 할 게 있느냐. 그래서 서울에 선술집을 하나 잡아 두었으니 너희들 중에 막상 갈 곳이 없거나 당장 할 일이 마땅찮으면 나와 함께 있도록 하자. 앞으로는 월급제를 실시하겠다. 그러면서 주인은 아가씨들에게 오천 원씩 쥐어주었다.

네 명은 떨어지고 세 명이 주인을 따라 서울로 이사를 했다. 그네도 그 셋 중에 하나였다. 그네는 못 견디게 고향엘 가고 싶었다. 그 동안 한 번도 소식을 전하지 않은 고향, 혼자 사는 어머니의 소식이 미치게 궁금해 고향으로 가려고 했다. 그러나 죽기 전에는 잊을 수 없는, 몇 년이 지나고서도 생각만 하면 가슴에 불길이 타는, 손끝만큼도 감정이 누그러지지 않는 원한이 맺힌 그 원수들을 서울에 두고 그대로 고향으로 내려갈 수는 없었다. 원수를 갚아야 했다. 어떤 수를 써서라도 원수를 갚지 않고서는 서울을 떠날 수는 없었다. 그래서 갈보업에다가 술집 작부노릇이 더 붙은 생활을 견딜 수밖에 없게 되었다.

"서울에서 자리럴 잡은 그날로 친구허고 항께 그년 집엘 찾아갔었지라우."

"근디?"

복천영감은 바짝 다가앉았다.

"참말로 그리도 원통헐 수가 있을랍디여. 금메 이사럴 가불고 읎습디다."

그랬을지도 모른다. 아가씨를 꾀어냈으니 경찰서로 넘기겠다고 서슬 푸르게 대들던 주인 여자의 독살스런 꼴에 질린 자신도 그 후로는 아예 그 골목은 들어서지 않았던 것이다. 아가씨가 그다지 억울한 일을 당한 줄만 알았더라면 그들 연놈들을 그저……. 후회해도 소용없고 안타까워해도 엎질러진 물이었다.

"두고 봇씨요. 내가 요렇게 뻔히 살아 있고 즈그덜이 서울서 살면 기엉코 웬수럴 갚고 말팅께. 그년 딸이 둘잉께. 고것덜얼 잡아다가 꼭 내가 당헌 만큼만 신세를 망쳐주고 말팅께 두고 봇씨요."

그네는 입술을 깨물며 부르르 떨었다. 그러면서 한숨을 푹 내쉬었다.

"모르는 소리여, 모른다고 혔으니게 요렇게라도 살아남았제 그때 알았다고 혔음사 그 무지헌 것들이 다른 수럴 썼을 것이여. 죽여부렸을란지도 모른당께. 알아도 모른다고 혔어야제. 하면, 몰라서 살아난 것이여."

"그렸을께라?"

복천영감의 말에 그네는 소스라치게 놀랐다.

복천영감은 자신의 경험에 비추어 능히 그럴 수 있는 일이라 미루어 생각했다. 복천영감의 머리에는 잊혀졌던 박 진사에 대한 기억이 너무나 생생하게 가득차고 있었다.

술이 거나하게 취해서 술집을 나섰을 때는 해도 거의 기울고 있었다.

"할아부지, 종종 들리시씨요."

"그려, 맘 단단허게 묵고 살아야 혀. 항시 요런 꼴로 살으란 법이 읎는 것잉게. 사람사는 세상에는 한때는 필경 오는 법잉게. 맘 다잡아 묵고 살아야 써."

그네가 쥐어주는 담배를 사양히다가 못 이겨 받아들고 설음을 옮기는 복천영감의 가슴엔 서늘한 바람과 훈훈한 바람이 함께 뒤섞여 불고 있었다.

생각할수록 서럽고 원통한 일이었다. 예나 지금이나 가난한 사람은 죄진 일이 없이 어쩌면 그리도 가혹한 벌을 받는지 모를 일이었다. 가난한 것은 죄가 아닌데도 가난한 사람은 그리도 모진 설움과 학대를 벌로 받아야 하는 것이었다. 옛날 자신이 그러했고, 지금 그 아가씨가 또 당하고 있었다. 자신이 당했던 아픔도 아픔이었지만 그때의 나이가 아가씨와 비슷했고 더욱이 당한 일이 너무 흡사해서 더 분하고 기가 막히는 것이었다.

스무 살 나던 여름이었다.

초상집 상여를 메고 장지에서 마신 술로 곤드레가 되어 집에 들어서는 길로 마루에 쓰러져 잠이 들었다.

물이 발목에 차는 개울이었다. 여자와 둘이는 알몸이었다. 여자는 한사코 도망을 가려고 발버둥을 치고 그는 여자를 개울바닥에 눕히려 애를 먹고 있었다. 그러다가 둘이는 뒤엉켜 쓰러졌다. 그는 숨을 헐떡이며 그 여자를 끌어안았다. 그런데 그 여자는 분이가 아니었다. 분명 분이였는데 끌어안고 보니 생판 모르는 여자였다. 그리고 이상하게도 그 여자

332

는 여자가 지녀야 하는 그것이 없었다. 한참을 낑낑대다가 알아차린 것이었다. 그가 깜짝 놀라 벌떡 일어서자 그 여자는 까르르 웃더니 개울 바닥에서 돌을 집어 내던졌다. 피할 겨를도 없이 돌은 콧등을 때렸다.

번쩍 눈을 떴다. 눈을 부볐다. 또 부볐다. 어떤 여자가 옆에 앉아 있었다. 그리고 분명히 콧등이 얼얼했다. 몸을 일으켰다. 그러다 다시 눕고 말았다. 여자가 가슴을 누른 것이다.

"그냥 누웠드라고, 곤헌갑는디."

그 목소리, 그때서야 옆에 앉은 여자가 집주인 박 진사의 첩인 것을 알았다. 퍼뜩 정신이 들었다. 그러면서 그것이 발끈 성을 내고 있음을 깨달았고, 퍼뜩 정신이 들자 그것은 순식간에 줄어들었다.

"원 시상에 업어가도 모르겠네웨. 그렇크름 코럴 비틀어도 모르고 자까이."

박 진사의 첩은 코먹은 소리로 말하며 복천의 옷 속으로 손을 디미는 것이 아닌가. 복천은 가슴이 오싹해지며 등에 찬바람이 끼쳤다.

"기운도 시고, 잘 생긴디다가 웨메 요 돌떵어리 같은 가슴패기잠 보소이."

첩의 코먹은 목소리는 더 감겨들었고, 손이 이미 복천의 가슴팍을 마구 더듬고 있었다. 뻣뻣하게 굳어진 복천이는 첩의 손바닥이 옮겨질 때마다 흠칠흠칠 놀라고 있었다.

"워찌 요리도 순헌 남자가 있으까이. 그렁게 더 내 속이 타는가비여."

첩의 손은 배꼽을 지나고 있었다. 복천은 벌떡 일어났다. 박 진사의 얼굴이, 그 무서운 박 진사의 얼굴이 떠올랐던 것이다.

"아짐씨, 워째 이러시요. 줸장, 아니 진사 어른이 알면 다리몽댕이가 뿌러질 것인디……."

복천은 말도 제대로 못 했다.

"고런 근심은 안 혀도 돼야. 진사 어른은 족보 맹글라고 문중회의에 갔응게, 올라먼 보름도 더 멀었단 말이시. 그리고 이 어둔 밤에 머시 무선게 있다고 이려. 복천이, 맘 푹 놓란 말이여. 나허고 단둘이뿐인게로."

겹겹으로 어둠이 싸인 여름밤이었다. 어쩌다가 반딧불이 어둠을 가르면, 갈라진 그 자리를 어둠은 이내 흔적도 없이 채워버리곤 했다.

첩은 복천의 목을 감으며 바싹 몸을 붙였다. 복천의 어깨에 뭉클 닿는 것이 있었다. 복천은 또 흠칠 놀라며 몸을 비켰다. 그러나 첩에게 목을 감기고 있었기에 그 뭉클한 감각을 떼칠 수가 없었다. 오히려 다른 부분으로 더 번져갈 뿐이었다. 첩의 젖가슴이 닿는 것임을 느끼며 복천은 비로소 첩이 속이 꿰비치는 모시옷만을 걸친 것을 알았다.

첩에게 이끌려 들어가 꿈에서처럼 알몸이 되었다.

"아으 아으 아으 아으……."

첩은 괴상한 소리를 흘려대며 이빨을 딱딱 맞때리는가 하면, 울다가 웃다가 뒤범벅인 채 복천의 등을 박박 긁어댔다.

그러기를 여섯 번인가 일곱 번인가, 기억이 없었다. 늘어진 발 사이로 별들이 뒤엉켜 빙글빙글 도는 것을 느끼며 복천은 쓰러졌고, 먼 발치로 닭 우는 소리를 어렴풋이 들으며 잠에 곯아떨어졌다.

첩이 흔들어 깨워서 눈을 떠보니 먼동이 트고 있었다.

"일 안 혀도 되니께 낮에 잠이나 자도록 혀."

옷을 말끔하게 차려입은 첩은 방문을 나서는 복천에게 나지막한 소리로 일렀다.

아침밥도 먹지 않고 잠을 잤다.

늦은 점심 밥상을 받았다. 정신없이 밥을 퍼넣고 있는데 상 위에 손이 쑥 나타났다.

"언친디 쌀쌀 묵어. 요것도 묵고 껍데기넌 딴디 내뿌러."

첩은 달걀 두 개를 상 위에 놓고 곧 돌아섰다.

밤이 어두워져서 복천은 또 첩의 방으로 갔다.

첩은 웃목에 두었던 상을 들여왔다.

"달구새끼 곤 것인디 싸게 묵어. 뜨끈뜨끈혔으면 좋겄는디, 아수운대로 묵을만은 헐 것이여. 뼉다구는 다 추래내뿐 것잉께 묵기만 혀."

그날 밤도 새벽녘이 다 되어 눈을 붙였다.

거의 매일 아침나절은 잠을 잤고, 오후에 일을 나갈 때면 첩은 때아닌

떡이나 돼지고기를 싸주었다.

첩은 날이 갈수록 이상한 말을 하기 시작했다.

어느날 밤에는 새경을 박 진사 몰래 배로 올려주겠다고 했다. 다음날 밤에는 자기가 좋으냐고 다잡아 물었다. 자기는 복천이가 없으면 못 살겠다고 하며 목을 얼싸안고 늘어져서 또 이빨을 딱딱 맞때렸던 것이다. 하룻밤에는 박 진사가 좋으냐고 물었다. 복천이는 대답을 못 했다. 같은 말을 계속 물었다. 그래서 주인인데 싫고 좋은 것이 어디 있겠느냐고 했다. 그랬더니 첩은 복천의 가슴을 치며 바보 병신이라고 욕을 했다. 남자가, 그것도 시퍼렇게 젊은 나이로 언제까지 남 밑에서 종살이를 할 작정이냐고, 싫으면 싫은 거지 뭐가 무서워 말도 못 하느냐고 사납게 꾸짖었다. 자기는 그 박 진산가, 늙은 귀신인가가 꼴도 보기 싫다고 했다. 그 늙은이가 빨리 죽어야 자기 팔자가 피는데 남자노릇도 못 하는 주제에 평소에 좋다는 보약이란 보약은 다 처먹어 빨리 죽지도 않을 것이라고 푸념이었다. 그러다가 대뜸 자기와 도망가서 살자고 했다. 그 동안 따로 모아둔 돈도 있고, 앞으로 기회를 봐서 큰돈을 장만할 테니 그때 같이 도망가서 살겠느냐고 따졌다. 복천이는 생각할 여유가 없었다. 꿈에도 생각해보지 못한 너무 갑작스럽고 놀라운 일이었다. 그리고 생각을 해본다 하더라도 첩은 대답을 빨리 들으려고 성화를 부릴 것이기 때문에 이것저것 따져서 생각할 수도 없는 노릇이었다. 또 따져서 생각해 본 결과가 싫다고 하더라도 지금 당장 마음먹은 대로 대답을 할 수도 없는 형편이었다. 그랬다가는 괜히 얼굴을 쥐어뜯기거나 코를 물어뜯기 십상이었고, 그렇게까지 되진 않는다 하더라도 얼간이 팔푼이 욕을 먹어가며 또 가슴팍을 쥐어박힐 것은 뻔한 일이었다. 그래서 서슴지 않고 그렇게 하마고, 돈을 장만하더라도 평생 먹고 살 만큼 장만하라고 대꾸했다. 그랬더니 첩은 왜 그리 대답이 수월하냐고, 정작 대답이 힘들어야 할 대목에서 수월한 걸 보니까 거짓말이라고, 자기를 속이는 것이라고 앙탈이었다.

"넘 속도 모름서 무신 쓰잘데 읎는 소리여. 나도 아짐씨를 환장허게 좋아허고 을매 전부텀 고런 생각얼 혔음스로도 밖으로 못 내놓고 애만 태우던 참이랑께.”

　복천은 첩을 끌어안았다. 그러면서 그런 말을 거침없이 해내는 자신에게 놀라고 있었다.

　“고 말 참말이랑가? 고 말 참말이여?”

　첩은 복천의 가슴에다가 뜨거운 입김을 뿜고 있었다.

　“하면, 하면. 나도 아짐씨 읎이는 못 살겄어.”

　“워메 존거, 워메 존거. 아짐씨넌 쌔빠지게 무신놈에 아짐씨여.”

　첩은 거친 숨을 몰아쉬며 말도 제대로 못 하고 있었다.

　“아짐씨는 아짐씬디 머시러 헌디야?”

　복천이도 이미 제정신이 아니었다.

　“인자 우리넌 부분디, 부분디, 부분디, 넘 아닌 부분디, 부분디…….”

　복천으로서도 자신이 마음을 알 수가 없었다. 서른두 살의 나이로 환갑이 넘은 박 진사와 사는 첩은 첩이라 치자. 각 스무 살밖에 안된 자신은 왜 덩달아 미치는가 말이다. 날이 갈수록 열두 살이나 위인 첩이 좋아지는 것이었다. 허긴 따지고보면 좋아지지 않을 특별한 이유도 없었다. 얼굴 빼어난 미인이겠다, 돈 많겠다, 잘해 주겠다.

　복천이는 슬그머니 마음이 변하고 있었다.

　“워메, 워메…….”

　“가는 거여, 가는 거여…….”

　가쁜 숨소리에 실린 둘의 목소리가 번지는 어둠속에 검은 그림자가 기둥 뒤에서 어른거리고 있는 것을 그들은 까맣게 모르고 있었다.

　그후 박 진사가 돌아오기까지 이틀밤을 검은 그림자는 기둥 뒤에서 어른거리다가 사라졌다.

　점심 무렵에 박 진사가 돌아오고, 첩은 두어 시간만에 안방에 갇혔다. 그리고 같은 시간에 들일을 하다가 불려온 복천은 대문을 들어서다 몽둥이로 정갱이를 얻어맞고 푹 거꾸러졌다. 두 장정에게 팔을 뒤로 묶여 광으로 끌려들어갔다. 쌀가마니 사이에 처박혀 복천이는 눈앞이 캄캄했다.

　죽을 일밖에는 남지 않았다. 부르러 왔을 때 눈치를 채지 못한 것이

발등을 찍고 싶도록 원통했다. 심부름을 온 그년, 순심이가 눈치만 했더라도 금방 알았을 텐데. 그년은 능청스럽게 진사 어른이 읍에 두고 온 짐을 찾아올 것이 있으니 집으로 오란다고 했던 것이다. 허긴 순심이가 눈치를 채게 부르러 보냈을 박 진사가 아니었다. 더구나 그 잠 많은 순심이가 둘의 그런 관계를 알았을 리 만무였다. 그렇지만, 그 병신 같은 순심이년이 박 진사가 화가 난 것 같더라는 말 한 마디만 했더라도 좋았을 것을. 평소에는 단둘이 있게 되면 그리도 헤프게 웃기를 잘하고 쓸데없는 말을 지껄이던 것이 오늘은 다른 말은 한 마디도 안 했던 것이다. 생각할수록 암담하고 영락없이 죽었다는 생각뿐이었다.

그런데 도대체 박 진사가 어떻게 그 일을 알았단 말인가. 본 사람이 없었다. 아무리 생각해도 본 사람은 없었다. 첩이 일러바쳤을까. 박 진사를 보자 마음이 변해서 일러바쳤을까. 그러나 저도 성하지 못할 것을 알 텐데. 그렇지만 덮어씌울 수도 있는 일이었다. 강제로 당한 일이었다고 발뺌을 할 수도 있는 일이었다. 그러나 그럴 리가 없었다. 어젯밤까지 그렇게 굳게 언약을 했는데 그랬을 리가 없었다. 그럼 도대체 어떻게 ……, 어떻게…….

그때 문이 덜컥 열렸다.

박 진사가 먼저 들어오고 두 사람이 뒤따라 들어왔다. 두 사람은 몽둥이를 들고 있었다. 둘다 박 진사의 소작을 부치고 사는 아는 얼굴들이었다.

"고 자석 끌어내그라."

낮으면서도 냉기가 서린 박 진사의 음성이었다.

복천은 눈을 감았다.

"눈 떠!"

박 진사의 호령이었다.

복천은 겨우 눈을 떴다. 박 진사의 분을 못 견뎌 창백하게 일그러진 늙은 얼굴이 밀려들었다.

"요런 열두 토막얼 낼 개자석아. 니가……, 니가……."

박 진사는 말을 잇지 못했다.

“멋들 하는 거여. 저놈 삭신을 뿐질러뿌러!”

한꺼번에 두 개의 몽둥이가 날아들었다. 팔을 뒤로 묶인 복천은 그대로 머리를 박고 나동그라졌다.

“쥑여뿌러, 쥑여뿌러!”

몽둥이가 떨어질 때마다 복천의 몸은 꿈틀거렸다.

“더 씨게 쳐, 더 씨게!”

복천의 귀에는 이런 외침이 멀어져갔다. 모로 누운 채 코피를 쏟고 있는 복천의 몸뚱아리는 몽둥이가 떨어져도 꿈틀댈 줄을 몰랐다.

“까무러쳤는디요.”

한 사람이 겁에 질린 목소리로 말했다.

“찬물 퍼부서. 당아당아 멀었다, 당아 멀었어.”

박 진사는 입가에 거품을 물고 소리질렀다.

냉수를 서너 바가지 끼얹어서 복천은 깨어났다.

“일어내켜라.”

일으켜세워진 복천의 꼴은 말이 아니었다. 물을 뒤집어쓰고 헝클어진 머리칼, 피와 물이 범벅이 되어 몸에 찰싹 붙은 삼베옷. 계속 코피를 흘리면서 겨우 몸을 지탱하고 서 있는 복천은 아랫입술을 깨문 채 박 진사를 뚫어지게 쏘아보고 있었다.

“엄동설한에 얼어뒈질 자석얼 집어다가 여태꺼정 키워놓께 무신 짓얼 혀? 요런 펄펄 끓는 물에 튀겨 죽일 놈아, 무신 짓얼 헜냔 말이여. 고것이 은혜 보답허는 질이여, 고것이? 감히 누구헌테, 멋들 허는 거여? 저 자석얼 쥑여뿌러, 쥑여뿌러!”

또 몽둥이가 날아왔다. 복천은 머리를 박고 거꾸러졌다.

“더 씨게 쳐, 더 씨게!”

한 사내의 몽둥이가 두 동강이가 났다. 새 몽둥이로 바꿔 들었다.

“더 씨게 쳐, 느그덜 안 죽을라먼 더 씨게 쳐!”

복천은 죽을 힘을 다해 일어서려 했고, 때마침 내리박히는 몽둥이에 몸이 크게 꿈틀하고는 쭉 뻗쳐졌다.

“또 까무러쳤어라.”

“무신 잡소리여. 퍼부서, 찬물 퍼부서.”

전신이 물에 젖고 있는 복천의 삼베옷은 사방이 찢어져 있었다. 그 찢어진 사이로 피멍이 잡혀 부풀어 올랐거나 터져 피가 흐르는 살이 드러났다.

다시 일으켜 세워진 복천은 목을 쑥 빼낸 채 허리가 반으로 꺾여 곧 쓰러질 것만 같았다. 그런 자세로 복천의 핏줄선 눈은 여전히 박 진사를 뚫어지게 쏘아보고 있었다. 터진 머리에서 흘러내리는 피는 귀 뒤를 타고내려 목으로 번져갔다.

“머슴놈이 감히 워디라고 안방으로 뛰어들어. 죽을라고 환장얼 했잖음사, 워디라고 안방얼 넘보냐니께.”

“알라면 똑똑허게 아씨요. 날 먼첨 꾀인 것이 누군디라. 아짐씨요, 아짐씨.”

몸을 제대로 가누기 어려운 자세로 선 복천의 말이었다.

“머시여, 머시여? 요자석이 이래도 정얼 못 다시고…….”

박 진사는 복천의 얼굴을 후려쳤다. 복천은 비틀거리며 넘어지지 않으려고 애를 쓰다가 기어이 넘어지고 말았다.

“술 묵고 자는 나럴 속곳 바람으로 아짐씨가 먼첨 꾀…….”

“요 오살헐놈아, 주둥아리부텀 잉끄레뿌러야겄다.”

박 진사는 숨을 헉헉대며 발로 복천이의 얼굴을 두 번 세 번 짓밟았다.

“화로에 인두 꼽아오니라. 아, 얼렁얼렁.”

박 진사는 부들거리며 고함을 질렀다.

“니놈 연장얼 평생 못 쓰게 지져뿌러야겄다. 지져뿌러야 정얼 다실껑께.”

박 진사는 인두를 거머잡았다.

“그 자석 일어내켜!”

두 사내가 복천을 일으켰다. 그러면서 한 사내가 빠르게 귓속말을 했다.

“내빼는 게 상수여. 문 열렸응께 내빼야 혀.”

귀가 번쩍 띄였고, 어디선가 힘이 솟겼다. 복천은 지체하지 않고 불화로를 걷어찼다. 그리고 문을 향해 내달았다.

"진사 어른, 진사 어른……."

"진사 어른, 상허신 디넌……."

두 사내는 넘어진 박 진사를 부축했다.

"멋들 혀, 그 자석 안 잡고 멋들 허냐니께."

박 진사는 두 사내를 떠밀며 외치고 있었다.

대문은 걸려 있었다. 어떻게 해볼 도리가 없었다. 손이 뒤로 묶여 있었던 것이다. 곧 돌아섰다. 헛간에 낫이 있었다. 그러나 소용이 없었다. 복천은 비틀거리고 휘청이며 안채로 달렸다. 순심이를 찾아가는 것이었다.

복천은 부엌문 기둥에 몸을 기대는가 했더니 무너지듯 주저앉았다.

"워메!"

순심이는 손바닥으로 입을 막았다. 뒤로 묶인 팔, 찢어진 옷, 피에 젖은 얼굴. 그런 복천의 모습에 순심이는 얼어붙고 있었다.

"얼렁 순심아……, 요 사내끼럴(새끼줄을)……, 사내끼럴……."

복천이는 곧 자지러질 것만 같았다. 순심이는 칼을 집어들었다. 그리고 복천의 손목을 칭칭 동여맨 새끼줄에 칼을 댔다. 그 순간 순심이의 머리 속에는 거푸 사흘밤을 보아온 꼴이 떠올랐다.

"가당찮다. 졸 때넌 어떤 년하고 놀아나고 다급헐 때넌 날 찾는고. 힝, 나 같은 년이라고 속도 쓸개도 읎는 줄 아는갑제?"

순심이는 이렇게 쏘아대고 그냥 일어서버렸다.

"무슨 소리여, 순심이. 무슨 소리럴 허는 거여?"

"아, 나럴 빙신으로 아는 거여? 나도 열여덟 살이나 묵은 지집이란 말이여. 느그덜 허는 짓거리 다 보고듣고 혔는디도 잡아띨라고 혀?"

그랬었구나. 바로 너였구나.

복천은 뿌드득 이를 갈았다. 또 어디선지 모르게 힘이 솟았다. 벌떡 일어섰다.

"순심이 니가……."

"못 잡아내면 느그덜이 죽을팅께, 요런 쌔럴 뺄 자석덜아."

머지않은 곳에서 들리는 박 진사의 외침이었다.

복천은 뒤란으로 뛰었다. 담을 넘는 수밖에 없었다. 그래도 담이 제일 낮은 곳이 뒤란의 장독대가 있는 부분이었다. 다행히도 때가 여름이라서 김장에 쓰는 커다란 독들은 엎어져 있었다. 복천은 장독대를 타고 가까스로 한 다리를 담에 걸쳤다.

"뒷간에도 읎고 헛간에도 읎으면 지놈이 하늘로 날았을 것이냐 땅으로 꺼졌을 것이냐. 대문이 안 열렸응께로 집안 워딘가 처백혀 있는 것이여. 멋들 혀, 싸게 못 찾고."

한결 가깝게 들리는 박 진사의 외침이었다.

복천은 죽을 힘을 다해 독을 밟고 선 다리를 치뻗음과 동시에 담에 걸친 다리를 끌어당겼다. 몸이 붕 떴다. 겉잡을 사이도 없었다. 몸은 담 아래로 곤두박혔다.

복천이 정신을 차렸을 때는 차 서방네 아랫목에 누워 있었다. 아까 도망치라고 일러준 사람이었다.

"복천이, 죽을 짓을 했네. 누구넌 허고잡아 고런 짓을 헐 것잉가. 맘 넓게 묵고 용서해 주소웨."

차 서방은 몇 번이고 사과를 했다.

"나도 첨에넌 자네가 젊은 기분에 그런 일얼 저질러뿐 줄 안 알았등가. 고년이 능히 그렸을 것이여. 박 진사 늙어빠진다다가 집얼 비웠것다, 평소에 보타들든 속풀기에넌 그보다 존 때가 또 있었을 것잉가."

차 서방은 이런 말로 복천을 변호까지 해주었다.

"한 사날 있다가 내 동상집으로 윙겨야 할 것이구만. 자네가 우리 집서 요양헌다는 소문이 나먼 고 독헌 박 진사가 가만 안 있을 것잉께. 발 없는 말 천리 가는 세상 아니라고."

맞는 말이었다. 박 진사가 알게 되면 또 요절이 날 것은 분명했고 자신을 숨겨준 차 서방도 다음 해부터는 소작은 얻지 못하게 될지도 모를 일이었다. 어쩌면 차 서방도 그 점을 염두에 두고 하는 말인지도 몰랐다.

몸이 회복되기까지는 달포가 넘어 걸렸다. 골병이 들게 맞은 것이 분명했다. 그러나 그 분은 삭일 수도 있었다. 박 진사의 첩이 먼저 꾀었건 꼬리를 쳤건간에 남의 마누라를 범한 것에 대해서는 입이 열이라도 변명할 여지가 없었다. 마음을 단단히 먹지 못했던 것이 후회스러울 뿐 남의 마누라를 범한 죄로 그렇게 맞은 것이라고 잊어버릴 수도 있는 문제였다. 그러나 정작 억울한 것은 오년 치의 새경을 몽땅 떼어버린 일이었다. 몸 회복이 늦어진 것도 이 일 때문에 분을 참지 못한 탓이 컸다.

달구지에 실려 차 서방네 동생집으로 옮겨 열흘이 되었을까. 박 진사가 보낸 사람이 찾아왔다. 어차피 동네를 떠났으니까 다시는 발을 들여놓지 말 것과, 그 일을 남들 앞에서 입에 올리는 일이 절대로 없도록 하라는 것이었다. 만일 그걸 지키지 않으면 그때는 고이 살아남지 못할 것을 각오하라는 협박이었다. 이 문제에 대해서는 박 진사가 굳이 사람을 보내지 않았어도 될 일이었다. 정말 중요한 일은 그 다음, 그 동안의 새경은 물론 줄 수 없고, 정 찾고 싶으면 집으로 오라더라는 것이었다. 곧 환장을 할 것만 같았다.

열다섯이 되던 해부터 애머슴 신세를 면하고 새경을 받게 되었다. 그때의 기쁨을 무어라 형용할 수가 없었다. 더욱 부지런히, 그리고 열심히 일을 했다. 그러면서 부푼 꿈에 취해 피곤함을 느낄 수가 없었다. 잘살고자 했다. 착실히 새경을 모아 어서 머슴 신세를 면하고 내 전답을 내 손으로 뒤져 내 피땀이 스민 곡식을 거두어들이고 남부럽지 않게 사는 것이 간절한 소원이었다. 그전보다 일을 더 많이 하고 더 부지런히 한다고 새경을 더 줄 것도 아니었다. 그저 제 신명에 겨워 했던 일이었다. 일년이 지나 한 가마니의 쌀을 새경으로 받고, 박 진사가 그 쌀을 팔아 돈으로 지니겠느냐, 장리를 놓아주랴 했을 때 장리를 놓아 달라는 말을 못하고 얼굴만 벌겋게 달아올라 얼마나 머뭇거렸던가. 돈을 지녀 보아야 간수하기 귀찮고, 하는 것 없이 없어지게 마련이라면서 쌀이 불어나려면 장리를 놓는 길밖에 없다고, 자기 쌀 장리를 놓을 때 합해서 놓아주겠다고 했다. 그때처럼 박 진사가 미덥고 높아 보이고 고마운 때가 또 있었던가. 그저 꾸벅꾸벅 절만 했던 것이다.

다시 일년만에 장리 놓았던 쌀은 한 가마니 반으로 늘어나 있었고 새로 받은 새경까지 합해서 두 가마니 반이 되었다. 그렇게 새경은 해마다 늘어나 오년이 되었던 것이다. 그것을 하나도 못 받게 되고 만 것이었다.

어둠 속에서도 속살이 다 드러나는 모시옷만을 걸쳤던 첩을 저주했다. 마음을 굳게 먹지 못한 자신을 원망하며 후회도 했다. 다 소용없는 일이었다. 한 번만 살려달려고 빌고, 금년 새경은 그만 두고 장리를 놓은 그전 것만이라도 달라고 매달려볼까, 벼라별 궁리가 많았지만 막상 날이 밝고나면 허황된 공상이었을 뿐이다. 차라리 죽고 싶었다. 죽어버려야 풀릴 것 같은 억울함이요 원통함이었다.

기동이 자유로워지고 지게가 등에 제대로 맞아들어가자 복천은 이를 갈았다. 네놈 원수를 꼭 갚고 말 테니까 어디 두고보자.

복천이 더 이를 가는 것은 박 진사와 첩, 두 연놈이 희희낙락거리며 사는 때문이었다. 첩년은 모든 죄를 자기에게 떠넘겼고, 박 진사는 첩년의 말을 그대로 믿고 자기를 개 잡듯 한 것이었다.

복천은 하루에도 몇 번씩 이를 갈며 다시 머슴살이를 게을리하지 않았다.

해방이 되고 농지개혁이 실시되었다. 볼 것도 없이 박 진사는 된서리를 맞았다. 복천은 다른 소작인들과 함께 덩실덩실 춤을 추었다. 하루아침에 전답을 거의 빼앗기다시피한 박 진사는 득병을 하여 앓아 누웠다는 소문이 퍼졌다. 지나가는 말이라도 누구 하나 안쓰러운 말을 하는 사람이 없었다.

전쟁이 터지고, 그 동네에까지 화약냄새가 번지기 시작하면서 인심은 험악하게 변했다. 그때까지 병을 앓고 있던 박 진사가 낫으로 가슴을 찍혀 죽고, 첩이 알몸뚱이로 거기에 돌멩이가 틀어박힌 채 마당 가운데 죽어 자빠진 일이 터진 것도 그때였다. 그 소문은 쉬쉬하는 가운데 입에서 입으로 전해지다가 꼬리를 감추었다.

복천영감은 아가씨가 사준 담배를 뜯어서 불을 붙였다. 연기를 깊게 빨아들였다가 천천히 뿜어냈다. 담배맛이 그렇게 좋을 수가 없었다. 담배도 고급이었지만 아가씨가 사준 것이라서 맛도 별난 것임은 틀림없는 일이었다. 갑자기 큰아들 생각이 떠올랐다. 그놈이 돈벌이를 해서 사주는 담배를 피우면 그 맛도 이러리라 싶었다. 얼마 전의 꿈이 생각켰다. 어찌 하필 고향을 찾아가는 차로 뛰어들어 죽는 것이었을까. 불길한 꿈이었다. 아들을 찾으면서 마음을 달래려고 했다. 큰아들도 깡패가 되었거나, 강도가 되었거나, 앞에 나타나기만 하면 더 바랄 것이 없었다. 아가씨를 만난 것처럼 그렇게 어느 길목에서든 만났으면 얼마나 좋으랴 싶었다. 복천영감은 웬지 자꾸만 서글퍼지는 마음을 달래기라도 하듯 담배에 거푸 불을 붙여 빨며 비척비척 걷고 있었다.

조석으로 제법 서늘한 바람이 불기 시작했다.
"할아버지, 칼 많이 갈으셨어요?"
"그랴, 니도 복권 많이 퐐았나?"
"예. 그런데 할아버지…….."
"무신 일이냐."
"이제 맞춰보기가 겁이 나요."
"허어, 무신 소리라고. 워디 니가 허는 일이간디?"
"그래도 발표 때마다 허탕이니까 할아버지한테 미안해요."
"원 별소리 다 헌다."
복천영감은 인숙이를 물끄러미 내려다보고 있었다. 언제 보아도 참한 얼굴이었다. 다음에 영수놈 색시감으로……, 복천영감은 자기의 엉뚱한 생각에 스스로 놀랐다. 꼭 인숙이에게 들킨 것만 같아 복천영감은 두어 번 헛기침을 했다.
"열 번 찍어 안 넘어가는 나무 읎는 법잉께. 인숙아, 얼렁 불러라."
복천영감은 두 손아귀에 복권을 쥐고 언제나처럼 또 구부정한 자세가 되었다.
"그렇지만 열 번도 훨씬 넘은걸요?"
"시무 본언 못 사고 백 본언 못 사겄냐? 나무가 킁게로 열 본 찍어 될 리가 있을 것이냐. 시무 본이고 백 본이고 넘어갈 때꺼정 찍어야 허는 것이여. 얼렁 불러라, 맘 급하다."

344

또 허탕이었다.

"할아버지, 이젠 그만 사세요."

인숙이는 울상이었다.

"이 할애비넌 헌다면 기엉코 하는 성민께로. 얼렁 존 것으로 하나 골라도라."

"그럼 오늘부턴 할아버지가 고르세요."

"자꼬 말 썹혀쌓지 말고 싸게 뽑아라. 니가 재수 존 사람이여."

인숙이는 어쩔 수 없이 유리상자 속에 손을 디밀었다.

복천영감은 오늘 재수가 좋은 날이었다. 다른 날보다 배 가까운 수입을 올렸던 것이다.

복천영감은 생각할수록 기분이 상쾌해서 또 돈을 전부 꺼내들고 손가락에 퉤퉤 침을 뱉었다. 다시 세어보며 그 느긋한 기분을 맛보고 싶었다.

"어!"

복천영감은 소리쳤다.

손에는 돈이 한 장도 남아 있지 않았다.

녀석은 차도로 막 뛰어내리고 있는 참이었다.

"저놈, 저놈, 저 도적놈 잡어!"

복천영감은 소리치며 뒤쫓았다.

복천영감은 차도로 뛰어들었다.

—— 끼이익!

차가 급정거하는 소리만 찢어졌을 뿐 복천영감의 모습은 보이지 않았다.

복천영감은 만 하루만에 의식을 회복했다. 그리고 자신의 왼쪽다리가 절단되어버린 사실을 알고는 다시 정신을 잃어버렸다.

두 자식이 병실에 나타난 것은 다시 의식을 회복한 복천영감이 집주소를 알려주고 난 다음이었다.

얼굴이 핼쓱한 오누이는 붕대를 칭칭 감고 침대에 누워 있는 아버지를 보고 소스라치더니 이내 울음을 터뜨리며 쫓아와 침대에 매달렸다.

밤을 뜬눈으로 꼬박 새우고 날이 밝자 파출소에 신고를 해놓고는 진종일 발을 동동 굴렀던 것이다.

오누이는 울음을 그쳤고, 아버지의 다리 하나가 잘려나간 것을 알고는 다시 울음을 터뜨려 섧게 섧게 울었다.

"고만 울어라, 고만. 울면 무신 소양이 있냐. 다리 한쪽 떨어져나가뿌렸어도 이 애비넌 암시랑 안혀. 다시 돈벌이럴 헐 것이여. 앉은뱅이도 사는디 나넌 앉은뱅이보담은 나승께. 한쪽다리로 걸어댕김서 헐 일이 또 있을꺼여. 정 헐일이 읎음사 목발 짚고 댕김서 비렁뱅이 짓거리넌 못 허겄냐. 허기넌 이적지 살아온 꼬라지가 비렁뱅이 짓이나 진배 읎었응께. 목발 짚은 한쪽 다리 읎는 꼬라지넌 영축읎는 빙신잉께로, 비렁뱅이 맹키로 살 팔짜라면 아조 비렁뱅이가 돼야 부는 것이 편헐 것잉께. 사지 멀쩡헌 몸땡이로 차마 비렁뱅이 짓거리 못 헌 것이었는디, 인자 표나는 빙신이 됐응께로 비렁뱅이로 나서는 거여. 한 집서 십 원씩만 동냥허도 열 집이면 백 원이고, 백 집이면 천 원 아니라고, 칼가는 것보담 낫구만 그랴. 비렁뱅이 짓거리혀서 묵고 살아도 비렁뱅이 짓거리 허는 사람만 비렁쟁이제 그 자석덜언 비렁뱅이가 아닌 법잉께. 비렁뱅이 되라고 비렁뱅이 짓거리혀서 먹여살리는 것이 아니랑게. 이 애비가 무신 짓얼 혀서라도 느그덜 밥 안 굶기고 살릴팅게, 영자 니넌 행실 바르게 혀서 시집 잘 가야 허고, 영수 니넌 공부 열심히 혀서 이 애비맹키로 평생얼 넘 발밑에 깔려 비렁뱅이 진배읎이 산 한얼 풀게라도 훌륭한 사람이 돼야 혀. 허기넌 사람 사는 한평생이 이러나저러나 빙신은 빙신인디. 그려도 배부른 병신이 낫고 권세 있는 빙신이 난 법잉께. 고만 울어라. 고만. 이 애비넌 암시랑 안혀. 이러나저러나 다 빙신으로 한평생 살다가는 것잉께로."

두 자식의 손을 양쪽 손에 나눠잡고 이렇게 중얼거리듯 하고 있는 복천영감의 수척한 볼에는 계속 눈물이 흐르고 있었고, 눈물로 흐린 시야에는 마누라의 얼굴과 큰아들의 얼굴과 푸르른 들녘이 뒤범벅이 되고 있었다.

趙廷來의 작품세계
― 단편 《메아리 메아리》를 중심으로 ―

― 文學評論家 ―　　申　東　漢

1980년대의 거작으로 평가받고 수많은 독자들의 관심과 인기를 끌어 모았던 베스트셀러 대하소설 《태백산맥(太白山脈)》의 작가 조정래(趙廷來)는 1942년 전남 광주(光州)에서 태어났다.

동국대학(東國大學) 국문과를 졸업하고 1970년 〈현대문학(現代文學)〉지에 단편 《누명(陋名)》《선생님 기행(紀行)》이 추천되어 문단에 데뷔하였다.

그 후 《20년을 비가 내리는 땅》《빙판(氷板)》《폭력교사(暴力敎師)》《청산댁(靑山宅)》《메아리 메아리》《빙하기(氷河期)》《유형(流刑)의 땅》 등의 중·단편과 장편 《불놀이》 그리고 1986년부터 89년에 걸쳐 9권 4부작의 대하소설 《태백산맥(太白山脈)》을 집필, 간행하여 우리 나라 소설에 하나의 큰 봉우리를 세웠다. 현재도 대하소설 《아리랑》을 집필, 연재 중이다.

작품집으로는 장편 대하소설 《태백산맥》(전10권) 외에 장편소설 《불놀이》, 창작집 《어떤 전설(傳說)》《황토(黃土)》《한(恨), 그 그늘의 자리》《허망한 세상 이야기》《대장경》《유형(流刑)의 땅》 등 여러 권이 있다.

1982년에는 작품 《유형의 땅》으로 제27회 현대문학상(現代文學賞)을 받았고, 작품 《인간(人間)의 문(門)》으로 대한민국 문학상을 수상하였다.

작가 조정래가 문단에 나온 이후 20여 년 동안 줄기차게 추구해온 커다란 줄기는 국토의 분단이 빚어놓은 민족의 비극을 소설로 형상화하는 것이었다.

우리 나라가 분단되어 민족이 둘로 갈라져 겪어온 갈등의 근원은 따지고 보면 일제에 의한 침략에서 비롯되는 것이다. 이와 같은 분단의 뿌리를 작가 조정래는 예리하면서도 뚜렷한 역사관을 가지고 파헤쳐 나가고 있다.

흔히 그 동안에도 6·25 동란이나 또 거슬러 올라가 일제 식민지 치하의 겨레의 수난상이 수많이 소설로 쓰여져 왔다. 그러나 그것이 자칫하면 편파적이고 피상적으로 작품화되는 경향이 적지 않았다.

이러한 타성적이고 안이한 작가적 태도를 벗어나 사회구조의 역사적 천착을 통해 민족의 분열과 상잔의 구체적인 모습을 그리려 애쓴 것이 바로 작가 조정래의 작품세계의 특징이라고도 할 수 있다.

그는 초기에는 주로 중·단편을 통해 스스로의 소설의 주제를 작품화하려 했지만 1980년대에 들어와 대작 《태백산맥》을 통해 민족분열의 시발점을 캐나가는 거창한 작업을 통해 우리 소설사에 하나의 획을 그어놓는 시도에서 커다란 성과를 거둔 것이다.

작가 조정래의 문학적 주제의 가장 큰 특징은 무엇보다도 민족의 수난사를 살펴나가는 가운데에서 우리가 지향해야 하는 무엇보다도 커다란 과업은 다름아닌 겨레의 통일이라는 데 모아지고 있다.

그동안 일제치하에서 겪었던 겨레의 치욕적인 수난의 모습과 해방 이후 이데올로기의 대립과 갈등이 빚어놓았던 동족상잔의 비극상을 그는 낱낱이 파헤치면서 그것을 반성과 각성의 계기로 삼도록 하고 있다.

단편작품으로 그와 같은 주제의 특색을 가장 상징적으로 집약한 소설로 우선 《메아리 메아리》를 들 수 있겠다.

이 작품은 〈나〉라는 일인칭의 화자(話者)를 통해 한 가족이 겪게 되는 일제치하와 해방 후의 남북에서의 구체적인 생활상이다.

주인공인 〈나〉의 아버지는 이제는 북의 땅이 된 황해도 사리원에서 해방 전 커다란 포목점을 하는 거상이다. 그러나 그 아버지는 딸들은 공부를 많이 안 시키고 먼저 주인공의 형에게 큰 희망을 걸고 일본 유학을 보낸다. 일본으로 건너간 형은 학업보다도 독립운동에 뜻을 두다가 일경에게 피검되어 옥고를 치른 끝에 일본군대에 끌려간다.

그러나 요행히 살아 돌아와 광복의 기쁨을 누리게 되고 고향인 북의 공산체제 속에서 일을 하다 의견충돌로 다시 옥고를 치르고 가족들이 모두 월남한다.

그러나 그 형은 북에서의 행적 때문에 이남에 와서도 곤욕을 치르고 결국 6·25 전란에 군대에 나가 생사불명인 채 종적을 모르게 된다. 그에게는 결혼한 아내에게서 낳은 딸이 하나 있었다. 그 딸이 주인공인 작은 아버지를 찾아 자신이 시집을 가게 되었다는 것을 알리는 것을 실마리로 해서 작품을 회상조로 풀어나가는 내용이다.

이러한 대강의 줄거리에서도 알 수 있듯이 한 가족이 겪게 되는 수난의 모습을, 특히 주인공인 화자(話者)의 형을 통해 극명하고도 구체적으로 그려 나가고 있다. 나라와 겨레를 위한 큰 뜻을 지닌 인간이 당하는 고초를 거시적인 안목을 가지고 꾸며놓은 이 작품이 상징하는 뜻은 아주 깊다.

특히 해방 후 이데올로기의 갈등이 빚어놓은 동족간의 분열과 갈등은 겨레에게 커다란 상처만을 안겨주었다는 것을 주인공의 형의 모습을 통해 절실하게 묘사하고 있다.

민족의 분열과 갈등이라는 비극의 도가니 속에서 겪어나가는 비극적

인간상의 창출에 작가 조정래는 다른 누구보다도 앞장서 있고, 또 그의 관점은 객관적이고도 가장 냉정하려 애쓰고 있는 흔적이 역력하다.

그는 특권층이나 부유층의 힘있는 편에 서지 않고 언제나 착취만 당하고 이용만 당하는 약자를 편드는 휴머니즘의 입장에 서서 역사와 사회의 움직임을 파악하려 애쓰고 있다.

이와 같은 맥락에서 살필 때 《메아리 메아리》의 작품세계에서 더욱 진일보한 경지를 보이는 것이 중편 《유형의 땅》이라고 할 수 있다.

《유형의 땅》의 주인공 만석은 대대로 머슴살이를 이어온 가장 무식하고 천대받는 신분의 인물이다.

그는 6·25 전란에 부역을 하지만 그의 아내가 인민군 대장과 간통을 한 현장을 목격하고 그들을 총으로 쏘아 죽인 끝에 수복 후에는 쫓기는 몸이 되어 공사장을 전전하다 다시 아내를 얻어 아들까지 생기지만 그 아내도 곁을 떠나 어린 아들만을 데리고 유랑의 몸이 된다.

스스로를 학대하고 혹사한 것이 원인으로 병을 얻은 끝에 아들을 고아원에 맡기고 그는 다시 고향 생각을 버리지 못하고 그곳으로 발걸음을 옮기는 과정을 통해 작가는 이 땅의 비극적 인간의 하나의 전형을 그리려 하고 있다.

그리하여 마지막 결말에서 주인공은 고향의 강물에 빠져 스스로의 목숨을 끊는다. 이데올로기의 망령이 몰고 온 비극적 인간의 종말을 이렇게 상징적 죽음으로 그려놓은 작품 《유형의 땅》에서 우리는 새삼스럽게 지난 날의 악몽으로 점철된 역사를 되새기게 된다.

작품의 제목 《유형의 땅》이 암시하고 있듯이 분단된 이 땅에서 벌어진 비극상은 바로 유형의 고장이었음에 틀림없다.

그것은 강자보다도 약자의 입장에서는 더욱 절실한 것이다. 약자의 설움과 고난의 실상을 작가는 만석이라는 인물을 통해서 가장 구체적으로 표출시켜 놓았다. 만석의 이데올로기의 갈등으로 인한 비극적 동족상잔이 빚어놓은 하나의 제물인 것이다. 그는 가진 것이 아무 것도 없는 최하층의 인간이었기 때문에 더욱 큰 시달림을 받는다.

지난 날의 민족의 비극적 상황 아래에서의 시련과 수난의 구체적인 모습을 약자의 입장에서 그려나간 《유형의 땅》은 그 뛰어난 형상화에 힘입어 읽는 사람에게 큰 감동의 회오리를 몰고 오게 하고 있다.

이와 같은 인물의 생동감을 통해 감동을 느끼게 하는 뛰어난 묘사력은 작가 조정래의 여러 작품에 고루 나타나 있지만 《빙하기(氷河期)》라는 단편 속에 그려진 어린 구두닦이의 모습에서도 유감없이 그것을 엿볼 수 있는 것이다.

이 작품에서 작가는 흔히 우리 주변에서 볼 수 있었던 어린 구두닦이의 생태를 속속들이 그려놓고 있다. 그들의 세계에도 왕초가 있고 똘마니가 있는 것이다. 가장 밑바닥 자리에 있는 어린 구두닦이 길수를 통해 작가는 사회의 천대받는 약한 자의 한 단면을 그리고 있다. 그것은 아주 구체적이면서도 사실적이다.

작가 조정래가 창출해내는 작중 인물은 어느 곳에서나 생동적이고 선명하다. 그만큼 그의 묘사력은 뛰어난 것이다. 아무리 새롭고 기발한 소재를 가지고 소설을 쓴다 하더라도 작품의 형상화를 뒷받침하는 묘사력이 따르지 못하면 그것은 문학으로서의 뛰어난 결실을 가져오지 못하는 것이다.

이러한 점에서 작가 조정래의 재질은 탁월하다. 그의 작품세계에 나타나는 사건이나 인물은 흔히 우리 주변에서 보고 들을 수 있는 내용들이다.

그렇기 때문에 뛰어난 형상화의 힘이 아니면 커다란 문학적 감명을 가져올 수 없는 것이다. 그 어려운 작업을 그는 너끈히 해치우고 있다.

그의 단단한 작품 구성의 재치와 남다른 묘사력이 출중한 소설을 꾸며내는 바탕이 되고 있는 것이다. 또 작품의 기둥이 되는 주제에 있어서도 우리의 가장 절실하고 절박한 문제를 다루는데 있어서 어느 다른 작가보다도 앞서 있다.

그는 자신의 어느 작품집에서 아래와 같은 말을 하고 있다.

"글이란 영혼으로 짓는 순금의 집이다. 썩고 병든 영혼으로 도금한 집을 짓는 행위는 분명히 범죄다. 그런데 그것은 문화적 범죄라서 구속이 모면되긴 하지만 끝내는 스스로의 파멸을 초래하게 된다."

이러한 작가의 말에서도 짐작할 수 있듯이 그는 글을 쓰는 것, 즉 소설을 집필하는 것은 다름아닌 순금의 집을 짓는 것과 같다고 했다. 즉 언제나 순결하고 고귀한 정신으로 글을 써야 한다는 말이다. 그의 말이 시사해 주고 있듯이 그의 작품세계는 거기에 어긋나지 않는 걸출하면서도 성실한 모습을 보이고 있다.

앞으로 더욱 알찬 대작이 나올 것을 작가 조정래에게 우리는 크게 기대를 걸면서 주시할 것이다.

▨ 조정래(趙廷來) 연보 ▨

1943년　전남 순천 선암사에서 시조시인 조종현과 박성순의 차남으로 출생.

1949년　순천 남국민학교 입학.

1950년　충남 논산에서 6·25 맞음.

1953년　종전과 함께 전남 벌교로 이사. 56년 국민학교 졸업.

1956년　광주 서중학교 입학. 59년 졸업(제34회).

1959년　서울 보성고등학교 입학. 62년 졸업(제52회).

1962년　동국대학교 국문학과 입학. 66년 졸업과 동시에 육군 사병 입대.

1967년　시인 김초혜와 결혼.

1969년　3월 제대. 1년 동안 실업자.

1970년　〈현대문학〉 6월호에 《누명(陋名)》이 첫회 추천됨. 12월호에 《선생님 기행(紀行)》이 추천완료되면서 등단.
　　　　동구여상에서 교직 근무 시작.

1971년　단편 《20년을 비가 내리는 땅》《빙판(氷板)》《어떤 전설》《폭력교사》 등 발표. 《선생님 기행(紀行)》이 일어로 번역됨.

1972년　중편 《청산댁(靑山宅)》, 단편 《이런 식이더이다》 발표. 부부작품집 《어떤 전설》 간행. 아들 도현 낳음. 중경고등학교로 옮김.

1973년　중편 《비탈진 음지》, 단편 《거부반응》《타이거 메이져》《상실기(喪失記)》 등 발표. 《청산댁》이 일본에서 발간된 《한국전후대표작선집》에 번역 수록. 〈월간문학〉으로 자리를 옮김.

1974년　중편 《황토》, 단편 《빙하기》《동맥》, 연작소설 《천동설(天動說) 시대》《③ 술 거절하는 사회》《⑤ 신문을 사절함》 등 발표. 작품집 《황토》 간행.

1975년　단편 《인형극》《이방지대(異邦地帶)》《발아설(發芽說)》《천동

설시대》《② 전염병》 등 발표. 《황토》가 영화화됨. 〈월간문학〉
퇴사.

1976년　단편 《허깨비춤》《방황하는 얼굴》《검은 뿌리》《비틀거리는 혼》
등 발표. 장편 《대장경》을 민족문학대계의 일환으로 집필 완성.
월간문예지 〈소설문예〉를 인수, 10월호부터 발간.

1977년　중편 《진화론》《비둘기》, 단편 《한(恨), 그 그늘의 자리》《어떤
솔거의 죽음》《변신의 굴레》《우리들의 흔적》 등 발표. 10월호
를 끝으로 〈소설문예〉의 경영권을 넘김. 작품집 《20년을 비가
내리는 땅》 간행.

1978년　중편 《미운 오리새끼》, 단편 《마술의 손》《외면하는 벽(壁)》
《살 만한 세상》 등 발표. 도서출판 〈민예사〉 창설. 작품집 《한,
그 그늘의 자리》 간행.

1979년　단편 《두 개의 얼굴》《사약(死藥)》《장님 외줄타기》 등 발표.

1980년　단편 《자연공부》 발표. 〈민예사〉 경영권을 넘김. 작품집 《허망
한 세상 이야기》 간행.

1981년　중편 《길이 다른 강》《사랑의 벼랑》《유형(流刑)의 땅》, 단편
《껍질의 삶》《아내의 선물》 등 발표, 장편 《대장경》 간행. 《청산
댁》이 불어로 번역출판. 현대문학상 수상(작품 《유형의 땅》).

1982년　중편 《인간연습》《인간의 문》《인간의 계단》《인간의 탑》, 단편
《회색의 땅》《시간의 그늘》《그림자 접목》 등 발표. 작품집 《유
형의 땅》 간행. 대한민국문학상 수상(작품 《인간의 문》).

1983년　중편 《박사(薄土)의 혼》, 단편 《움직이는 고향》 등 발표. 〈현대
문학〉 9월호부터 1만 5천 장 예정의 대하소설 《태백산맥》 연재
시작, 연작장편 《불놀이》 간행.

1984년　중편 《운명의 빛》, 단편 《메아리 메아리》 등 발표. 장편 《불놀
이》 영어로 번역. 중편 《박사의 혼》이 독일어로 번역. 소설문학
작품상 수상(작품 《메아리 메아리》). 〈한국문학〉의 주간을 맡아
12월호부터 발간.

1985년　《태백산맥》 연재 계속.

1986년　〈현대문학〉 9월호로써 《태백산맥》 제1부를 4,800매로 완결. 《태

백산맥》을 세 권의 단행본으로 간행.

1987년　《태백산맥》제2부를 〈한국문학〉 1월호부터 연재 시작하여 12월
호까지 3,200매를 완결. 《태백산맥》제2부를 두 권의 단행본으
로 간행.

1988년　〈한국문학〉 3월호부터 《태백산맥》제3부를 연재 시작하여 12월
호까지 3,200매를 완결. 《태백산맥》제3부를 두 권의 단행본으
로 간행.

1989년　〈한국문학〉 1월호부터 《태백산맥》제4부를 연재 시작.

1990년　《태백산맥》제4부를 세 권의 단행본으로 간행. (완간)

1991년　〈한국일보〉에 《아리랑》제1부를 연재 시작.

1993년　〈한국일보〉에 《아리랑》제3부를 연재중.

① 여자의 일생	㉛ 싯다르타
② 데미안	㉓ 이방인
③ 달과 6펜스	㉝㉞ 무기여 잘 있거라(Ⅰ Ⅱ)
④ 어린 왕자	㉟㊱ 지와 사랑(Ⅰ Ⅱ)
⑤ 로미오와 줄리엣	㊲㊳ 생활의 발견
⑥ 안네의 일기	㊴㊵ 생의 한가운데(Ⅰ Ⅱ)
⑦ 마지막 잎새	㊶㊷ 인간 조건(Ⅰ Ⅱ)
⑧ 젊은 베르테르의 슬픔	㉓ 이반 데니소비치의 하루
⑨⑩ 부활(Ⅰ Ⅱ)	㉔㉕ 25시(Ⅰ Ⅱ)
⑪⑫ 죄와 벌(Ⅰ Ⅱ)	㊻~㊽ 분노의 포도(Ⅰ Ⅱ)
⑬⑭ 테스(Ⅰ Ⅱ)	㊾ 나의 생활과 사색에서
⑮⑯ 적과 흑(Ⅰ Ⅱ)	⑩~⑫ 누구를 위하여 종은 울리나(Ⅰ Ⅱ)
⑰⑱ 체털리 부인의 사랑(Ⅰ Ⅱ)	⑬ 주홍글씨
⑲⑳ 파우스트(Ⅰ Ⅱ)	⑭ 슬픔이여 안녕
㉑㉒ 셜롬홈즈의 모험(Ⅰ Ⅱ)	⑮ 80일간의 세계일주
㉓ 이솝 우화	⑯ 물과 원시림 사이에서
㉔ 탈무드	⑰ 람바레네 통신
㉕㉖ 한국 민화(Ⅰ Ⅱ)	⑱~⑳ 인간의 굴레(Ⅰ~Ⅲ)
㉗ 철학이란 무엇인가	㉛ 독일인의 사랑
㉘ 역사란 무엇인가	㉒ 죽음에 이르는 병
㉙ 인생론	㉓ 목걸이
㉚㉛ 정신 분석 입문(Ⅰ Ⅱ)	㉔ 크리스마스 캐럴
㉜ 소크라테스의 변명	㉕ 노인과 바다
㉝ 금오신화·사씨남정기	㉖㉗ 허클베리 핀의 모험(Ⅰ Ⅱ)
㉞ 청춘·꿈	㉘ 인형의 집
㉟ 날개	㉙㉚ 그리스 로마 신화(Ⅰ Ⅱ)
㊱ 황토기	㉛ 인간론
㊲ 백범 일지	㉒ 대지
㊳ 삼대(上)	㉓㉔ 보봐리 부인(Ⅰ Ⅱ)
㊴ 삼대(下)	㉕ 가난한 사람들
㊵ 조선의 예술	㉖ 변신
㊶㊷ 조선 상고사(Ⅰ Ⅱ)	㉗ 킬리만자로의 눈
㊸ 백두산 근참기	㉘ 말테의 수기
㊹ 선과 인생	㉙ 마농 레스꼬
㊺㊻ 삼국유사(Ⅰ Ⅱ)	⑩⑩ 젊은이여, 시를 이야기하자
㊼ 욕망이라는 이름의 전차	⑩⑩ 피아노 명곡 해설
㊽ 리어왕·오셀로	⑩⑫ 관현악·협주곡 해설
㊾ 도리안그레이의 초상	⑩⑬ 교향곡 명곡 해설
㊿ 수레바퀴 밑에서	⑩⑭ 바로크 명곡 해설

판형 / 4·6판 ＊면수 / 평균 256면

⑩⑤ 혈의 누	⑮⑩ 한중록
⑩⑥ 자유종 · 추월색	⑮① 구운몽
⑩⑦ 벙어리 삼룡이	⑮② 양치는 언덕
⑩⑧ 동백꽃	⑮③ 아들과 연인
⑩⑨ 메밀꽃 필 무렵	⑮④⑮⑤ 에밀(Ⅰ Ⅱ)
⑩⑩ 상록수	⑮⑥⑮⑦ 팡세(Ⅰ Ⅱ)
⑪①⑪② 아들들(Ⅰ Ⅱ)	⑮⑧⑮⑨ 짜라투스트라는 이렇게 말했다(Ⅰ Ⅱ)
⑪③ 감자 · 배따라기	⑯⑩ 광란자
⑪④ B사감과 러브레터	⑯① 행복한 죽음
⑪⑤ 레디 메이드 인생	⑯② 김소월 시선
⑪⑥ 좁은문	⑯③ 윤동주 시선
⑪⑦ 운현궁의 봄	⑯④ 한용운 시선
⑪⑧ 카르멘	⑯⑤ 英 · 美명 시선
⑪⑨ 군주론	⑯⑥⑯⑦ 쇼펜하워 인생론
⑫⑩⑫① 제인 에어(Ⅰ Ⅱ)	⑯⑧⑯⑨ 수상록
⑫② 논어 이야기	⑰⑩⑰① 철학이야기
⑫③⑫④ 탁류(Ⅰ Ⅱ)	⑰②⑰③ 백경
⑫⑤ 에반제린 이녹 아든	⑰④⑰⑤ 개선문
⑫⑥⑫⑦ 폭풍의 언덕(Ⅰ Ⅱ)	⑰⑥ 전원교향곡 · 배덕자
⑫⑧ 내훈	⑰⑦ 소나기(外)
⑫⑨ 명심보감과 동몽선습	⑰⑧ 무녀도(外)
⑬⑩ 난중일기	⑰⑨ 표본실의 청개구리(外)
⑬① 대위의 딸	⑱⑩ 사랑방 손님과 어머니(外)
⑬② 아버지와 아들	⑱① 순애보(上)
⑬③ 나의 라임오렌지나무	⑱② 순애보(下)
⑬④ 갈매기의 꿈	⑱③ 유리동물원(外)
⑬⑤⑬⑥ 젊은 그들(Ⅰ Ⅱ)	⑱④⑱⑤ 무영탑
⑬⑦ 한국의 영혼	⑱⑥⑱⑦ 대도전
⑬⑧ 명상록	⑱⑧ 태평천하
⑬⑨ 마지막 수업	
⑭⑩ 잠 못 이루는 밤을 위하여	
⑭① 페스트	
⑭② 크눌프	
⑭③⑭④ 빙점(Ⅰ Ⅱ)	
⑭⑤ 페이터의 산문	
⑭⑥ 적극적 사고방식	
⑭⑦ 신념의 마력	
⑭⑧ 행복의 길	
⑭⑨ 카네기 처세술	

메아리 메아리

중판·발행 1994년 10월 10일 값 9,000원

■ 저 자 / 조 정 래
■ 발행자 / 남   용
■ 발행소 / 一信書籍出版社

주 소 : 1 2 1 - 1 1 0 서울 마포구 신수동 177-3
등 록 : 1969. 9. 12. No. 10-70
전 화 : 703-3001~6
FAX : 703-3009
대체구좌 / 012245-31-2133577